KB058189

에마

J A N E   A U S T E N

에마

제인 오스틴 지음 | 최세희 옮김

시공사

일러두기

1. 이 책은 1815년 영국의 존 머리(John Murray) 출판사에서 출간된 제인 오스틴(Jane Austen)의 《에마(Emma)》를 우리말로 옮긴 것이다.
2. 번역은 2015년 출간된 펭귄 고전 시리즈의 《에마》(Fiona Stafford 편집, Penguin Books 발행)를 대본으로 삼았고, 《주석판 에마》(David M. Shapard 주석 및 편집, Anchor Books 발행, 2012년)를 참고하였다.
3. 본문의 주는 모두 옮긴이 주이다.

Contents

오스틴을 사랑하는
한국 독자들에게

마틴 프라이어(주한영국문화원장)

18세기 영국 시골 마을에서 마흔두 해 짧은 생을 살다 간 제인 오스틴이라는 작가가 2백 년이 지난 지금도 전 세계적으로 사랑받고 있다는 건 매우 경이로운 일이다. 19세기에서 20세기 초만 해도 오스틴의 영향력은 주로 미국과 유럽 국가들에 한정되어 있었으나, 20세기 들어 널리 번역되어 읽히면서 오늘날 그의 작품은 언어와 문화권을 초월해 어마어마한 규모의 독자층을 형성하기에 이르렀다. 동아시아 지역도 예외는 아니어서 1920년대에는 일본어로, 1930년대에는 중국어로 번역되어 명성을 얻었고, 한국에서는 1958년 《오만과 편견》을 시작으로 주요 작품들이 차례로 소개되어 지금껏 식을 줄 모르는 인기를 누리고 있다. 특히 1900년대 후반부터 오스틴의 작품이 크고 작은 규모로 꾸준히 영상화되며 그의 아성은 더더욱 공고해졌다.

  오스틴이 주제를 다루는 데 있어 한결같이 발휘한, 시공을 뛰어넘는 보편적 접근법 덕분에, 그의 작품이 아득히 멀고도 이질적인 18세기 영국을 배경으로 하고 있음에도 우리는 별다른 어려움 없이 그 속에서 공감을 느끼게 된다. 남녀의 성 역할, 사회적 지위, 돈, 결혼, 그리고 사랑까지…… 제인 오스틴의 소설에 담긴 다양한 주제는 2백 년 전 햄프셔의 작은 마을에 살았던 작가 자신뿐만 아니라 21세기를 사는 우리네 삶에서도 여전히 중요한 요소들이다.

일찍이 제인 오스틴의 탁월한 재능을 간파하고, 그가 영국 문학의 전통을 일구어온 거장들에 견주어 한 치의 부족함도 없음을 알아본 또 다른 영국 여성 작가가 있었다. 버지니아 울프는 작가로서의 여성과 소설 속 인물들에 대해 쓴 에세이 《자기만의 방》에서 제인 오스틴에 대해 이렇게 말했다. "1800년 무렵에 증오도 고통도 두려움도 없이, 항의하는 법도 설교하는 법도 없이 글을 쓰던 한 여자가 여기 있다. 그것은 셰익스피어의 작법이기도 했다." 어떤 비평의 언어도 이만큼 강렬한 울림을 전해주진 못할 것이다.

곧 이 위대한 작가가 세상을 떠난 지 꼭 2백 년이 된다. 부디 이 책이 한국의 독자들에게 널리 사랑받아 다음 2백 년간도 여전히 유효한 고전으로 남게 되길 바란다.

2016년 10월
마틴 프라이어

제1권

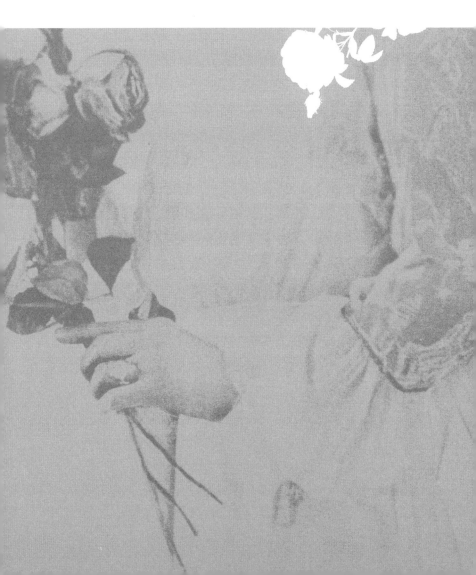

1

에마 우드하우스는 아름답고 영리하고 부유한 데다 안락한 가정과 근심 걱정이라고는 모르는 성격을 가졌으니, 가히 사람으로 태어나 누릴 수 있는 복을 한꺼번에 누리는 듯했다. 스물한 살이 다 되도록 고민하거나 짜증을 낼 일도 거의 없다시피 했다.

그녀는 더없이 다정하고 너그러운 아버지의 두 딸 중 막내로서, 언니가 결혼한 후 매우 이른 나이부터 집안의 안주인 노릇을 해왔다. 어머니는 워낙 오래전에 세상을 떠나서, 어렴풋하게 애정 어린 손길을 기억하는 것이 전부였다. 그리고 그 빈자리는 어머니 못지않게 애정을 쏟는 훌륭한 가정교사가 채워주었다.

우드하우스가 사람들과 16년이라는 세월을 동고동락해 온 테일러 양은 가정교사이기 이전에 친구였다. 그녀는 두 딸을 모두 아꼈으나 에마에게는 더욱 각별했다. 둘 사이는 친밀

한 자매와도 같았다. 테일러 양은 기질이 온화한 탓에 명목상의 직무였던 가정교사 일을 그만두기 전부터 에마에겐 아무런 제재도 가하지 못했다. 권위의 그림자조차 사라진 지 오래여서 그들은 서로 단짝 친구로 함께 살았고, 에마는 테일러 양의 판단력을 매우 높이 사면서도 대개 자기 판단에 따라 자기가 하고 싶은 대로 행동했다.

사실 에마 같은 상황에서 부득이하게 생기는 폐해라면 지나치게 제멋대로 굴거나 자기 자신을 다소 과대평가하는 경향이 나타날 수 있다는 것인데, 이는 그녀의 수많은 즐거움을 훼손할 수 있는 단점이었다. 그러나 이런 단점들은 현재로선 거의 눈에 띄지 않았기 때문에 그녀는 이를 결코 불운으로 여기지 않았다.

슬픔이 찾아왔다. 그러나 불쾌한 형태와는 거리가 먼 온화한 슬픔이었으니, 테일러 양이 결혼을 한 것이었다. 테일러 양을 잃은 것은 생전 처음 느끼는 고통이었다. 이 사랑하는 친구의 결혼식 날 에마는 처음으로 가시지 않는 쓸쓸한 생각에 잠겨 자리에 앉아 있었다. 결혼식이 끝나고 신부 측 사람들이 떠나자, 아버지와 딸은 긴 저녁에 활기를 불어넣어줄 세 번째 사람이 올 거라는 기대조차 품지 못한 채 단둘이 남아 정찬을 들었다. 아버지가 여느 때처럼 식사를 마치고 평온하게 잠을 청하자, 그녀에게는 자리에 앉아 자신이 무엇을 잃었는지 생각하는 일만이 남았다.

그 결혼식은 그녀의 친구에겐 모든 행복을 약속하는 것이었다. 웨스턴 씨는 나무랄 데 없는 성품의 남자로, 부유한 데다 나이도 적당했고 태도도 유쾌했다. 그리고 자신이 헌신적인 마음과 아낌없는 우정을 발휘해 그 둘이 맺어지기를 바라고 용기를 불어넣어줬다는 점을 생각하면 얼마간 만족스러웠다. 그러나 그녀의 입장에서 그것은 달갑지 않은 일이었다. 테일러 양의 부재를 시시각각 실감하게 될 터였다. 에마는 지난날 테일러 양의 다정함을, 16년간 베풀어준 친절과 애정을 떠올려보았다. 다섯 살 때부터 줄곧 자신을 가르치고 함께 놀아주었던 것, 건강할 때 온 힘을 다해 아껴주고 즐겁게 해주며, 어린 시절 이런저런 병치레를 할 때면 곁에서 보살펴주었던 것을 떠올렸다. 이것만으로도 고맙기 그지없는 일이었다. 그러나 언니인 이저벨라가 결혼하고 둘만 남게 된 후 동등한 위치에서 허물없이 지내며 쌓아온 지난 7년간의 우정은 보다 더 소중하고 애틋한 기억이었다. 테일러 양 같은 친구이자 동반자를 만난 것은 흔치 않은 행운이었다. 그녀는 지적이고 박식하고 유능하고 다정했으며, 우드하우스 가족의 생활 방식을 속속들이 알고 있었고 집안 대소사에도 관심을 기울였는데, 특히 에마와 에마가 좋아하는 일, 에마가 세운 계획이라면 무엇이든 발 벗고 나섰다. 그래서 에마는 어떤 생각이건 거리낌 없이 털어놓을 수 있었고, 또 테일러 양은 그녀에 대한 애정이 워낙 지극해서 싫은 소리는 한마디도 할 수 없었다.

그러니 어떻게 그녀가 없는 현실을 받아들일 수 있겠는가. 사실인즉, 에마의 친구는 그들과 고작 반 마일 떨어진 곳에 살 예정이었다. 하지만 에마는 반 마일 거리에 살게 될 웨스턴 부인과 한집에 살았던 테일러 양 사이에 분명 하늘과 땅만큼이나 큰 차이가 있으리라는 것을 알았다. 그리고 천성과 가정 환경상의 온갖 이점들에도 불구하고, 이제 그녀는 지적 고독에 시달릴 커다란 위험에 직면해 있었다. 에마는 아버지를 진심으로 사랑했지만 그를 말벗으로 삼을 수는 없었다. 이성적인 대화든 단순한 말장난이든 아버지는 그녀에게 어울리는 상대가 아니었다.

부녀의 나이 차에 따른 이러한 불행은 (우드하우스 씨는 일찍 결혼했다고 할 수 없었다) 아버지의 기질과 습관으로 인해 더욱 커졌다. 건강을 지나치게 염려하며 몸이건 마음이건 움직이길 싫어한 탓에 그는 실제보다 훨씬 더 나이 들어 보였고, 친절한 마음씨와 온후한 기질로 어딜 가나 환영받았지만, 재능은 언제든 호감을 살 만한 수준은 아니었다.

에마의 언니는 결혼해서 비교적 가까운 런던에 정착했는데, 불과 16마일 떨어져 있다고는 하나 매일같이 오갈 만한 거리는 아니었다. 크리스마스에 이저벨라 언니와 형부가 아이들을 데려와 집 안을 가득 채우고, 그들과의 단란한 시간을 선사해주기 전까지는 하트필드에서 10월과 11월의 기나긴 밤들을 견뎌낼 수밖에 없었다.

하트필드는 독립된 잔디밭과 관목 숲을 갖춘 데다 버젓한 이름도 있었지만 실상은 하이버리에 딸린 동네였는데, 소도시라고 해도 손색없을 크고 북적이는 마을 하이버리에도 에마와 맞먹을 만한 사람은 없었다. 우드하우스 가문은 이 마을에서 가장 영향력 있는 집안이었다. 모두가 그 집 사람들을 우러러 보았다. 에마는 누구에게나 예의 바른 아버지 덕에 하이버리에도 아는 사람들이 많았지만, 반나절이라도 테일러 양을 대신할 만한 사람은 단 한 명도 없었다. 우울한 변화였다. 에마는 아버지가 잠에서 깨어나 유쾌한 모습을 보이려고 애쓰지 않으면 안 될 때까지, 그 일을 생각하며 한숨을 내쉬고 이룰 수 없는 것들을 소망하는 수밖에 없었다. 아버지는 마음이 여려서 의지할 곳이 필요했다. 그는 신경이 예민하고, 걸핏하면 우울해지는 남자였다. 전부터 잘 알고 지낸 사람들은 덮어놓고 좋아했고, 그들과 헤어지는 것을 싫어했다. 변화는 무조건 질색했다. 결혼은 변화의 근원이라는 점에서 언제나 불쾌한 일이었다. 그래서 그는 자기 딸이 결혼했다는 사실도 여전히 받아들이지 못하고 있었으며, 그 결혼이 어디까지나 사랑으로 이루어졌음에도 딸 이야기를 할 때면 늘 측은지심에 젖었다. 그런데 이제는 테일러 양과도 부득이하게 헤어져야만 했던 것이다. 은근히 이기적인 데다 다른 사람들의 생각이 자신과 다를 수도 있다는 고려 따위는 결코 못 하는 성향으로 미루어보건대, 그는 필시 테일러 양이 그를 포함한 다른 사람들은 물론 테일러 양 본인도 애석하게 여길 짓을 했으며, 그냥 하트필드에서 여생을 보냈으면 훨씬 더 행복했으리라 생각했을 것이다. 에마는 아버지가 그런 생각을 못 하도록 한껏 미소를 지으며 발랄하게 대화를 나누었다. 하지만 차가 나왔을 때, 아버지는 참지 못하고 정찬 때 했던 말을 똑같이 되풀이했다.

"가엾은 테일러 양! 다시 이리로 오면 얼마나 좋겠니. 웨스턴 씨가 테일러 양을 마음에 품다니 하늘도 무심하시지!"

"전 그렇게 생각하지 않아요, 아빠. 제 생각은 이미 아시겠지만요. 웨스턴 씨는 상냥하고 재미있고 훌륭한 신사잖아요. 좋은 아내를 맞을 자격이 있다고요. 그리고 아빠도 테일러 양이 자기 집이 생길지도 모르는 마당에 우리와 평생 함께 살면서, 종잡을 수 없는 제 온갖 변덕을 다 받아줄 거라 생각지는 않으셨을 것 아니에요?"

"자기 집이라고! 도대체 테일러 양한테 자기 집이 생기는 게 무슨 득이 된다는 거냐? 이 집이 세 배는 더 큰데. 그리고 얘야, 네가 언제 종잡을 수 없는 변덕을 부렸다고 그런 말을 해?"

"앞으로 웨스턴 부부를 얼마나 자주 보게 될 텐데 그러세요. 그리고 그분들도 우리를 보러 올 거고요! 날이면 날마다 만나게 될걸요! 우리 쪽에서 먼저 시작해야 해요. 하루라도 빨리 결혼 축하 방문을 하는 거예요."

"얘야, 내가 무슨 수로 그 먼 길을 가겠니? 랜들스는 너무 멀단다. 난 그 절반도 걸어갈 수 없어."

"아뇨, 아빠, 아무도 아빠가 걸어가실 거라고 생각하지 않아요. 마차를 타고 가야죠, 당연히."

"마차라고! 하지만 그런 짧은 거리에 말들까지 동원하는 걸 제임스가 싫어할 텐데. 게다가 우리가 그 집에 머무는 동안 그 가엾은 말들은 어디에 두려고?"

"웨스턴 씨네 마구간에 둬야죠, 아빠. 그런 문제라면 이미 다 정해놨다는 걸 아시면서 그러세요. 어젯밤에 웨스턴 씨와 전부 얘기했잖아요. 그리고 제임스는 언제든 기꺼이 랜들스에 가줄 게 분명해요. 딸이 거기서 하녀로 일하고 있으니까요. 전 다만 제임스가 랜들스 외의 다른 곳에 우리를 데려다주려 할지가 의문이죠. 그렇게 한 건 아빠잖아요. 해나에게 좋은 자리를 구해주셨죠. 아빠가 얘기를 꺼내시기 전까지 누구도 해나 생각은 못 했어요. 제임스는 아빠한테 신세를 진 거죠!"

"나도 해나를 생각해내서 매우 다행이라고 생각한단다. 정말 운이 좋았지. 가엾은 제임스가 어떤 연유로든 무시당했다고 느낀다면 나로선 달갑지 않았을 거야. 그리고 나는 해나가 하녀 노릇을 정말로 훌륭히 해내리라고 장담한다. 예의가 바르고 말도 예쁘게 하는 아이니까. 난 해나를 대단히 좋게 생각한단다. 마주칠 때마다 한 번도 빠짐없이 내게 무릎을 굽혀 인사하면서 안부를 물어봐주거든. 정말 사랑스런 태도로 말이지. 그리고 네가 그 아이를 이리 불러 바느질을 시켰을 때 지켜본 바로는, 언제나 문 자물쇠를 반듯이 돌리고 한 번도 쾅 소리 나게 닫은 적이 없더구나. 장담하는데 그 애는 뛰어난 하녀가 될 거다. 그리고 가엾은 테일러 양에게도 늘 알고 지냈던 사람을 곁에 두는 것이 얼마나 큰 위안이 되겠니. 너도 알겠지만, 제임스가 딸을 만나러 갈 때마다 테일러 양은 우리 소식을 듣게 될 테고 말이야. 우리가 어떻게 지내는지 제임스가 얘기해줄 수 있을 테니까."

에마는 이 행복한 생각의 흐름이 이어지도록 모든 노력을 아끼지 않았고, 주사위 놀이에 기대어 아버지가 그날 저녁을 그럭저럭 보낼 수 있기를, 그래서 그녀처럼 회한의 감정에 사로잡히는 일이 없기를 바랐다. 주사위 놀이 탁자를 펼쳤다. 하지만 그러기가 무섭게 손님 하나가 들어서는 바람에 헛일이 되고 말았다.

　나이틀리 씨는 서른일곱 내지 서른여덟 살가량의 분별 있는 사람으로, 우드하우스 가문과는 오래도록 막역한 사이일 뿐만 아니라 이저벨라 남편의 형이기도 했다. 그는 하이버리와 1마일 남짓한 거리에 살면서 우드하우스가를 자주 찾았고 언제나 환영받았다. 이번엔 양 집안 모두와 친척 관계인 이들이 있는 런던에서 막 돌아온 참이었기 때문에 평소보다 더 반가운 손님이 되었다. 며칠 떠나 있다가 늦은 정찬 시간에 맞춰 돌아온 그는 이제 걸어서 하트필드를 방문해 브런즈윅 스퀘어의 모두가 잘 지내고 있다는 소식을 전했다. 기쁜 소식 덕분에 우드하우스 씨는 한동안 기운이 났다. 나이틀리 씨의 태도는 유쾌해서 우드하우스 씨에겐 늘 도움이 되었다. 그리고 '가엾은 이저벨라'와 그 아이들의 안부를 연거푸 묻자 더할 나위 없이 흡족한 대답이 돌아왔다. 이 절차가 끝나자 우드하우스 씨는 크게 기뻐했다.

　"이렇게 야심한 시간에 우릴 찾아와주다니 참 친절하구려, 나이틀리 씨. 여기까지 걸어오기가 정말 힘들었을 텐데 말이오."

"전혀요, 어르신. 오늘 밤은 달빛이 정말 아름다운걸요. 날씨도 이렇게 푸근하니 엄청난 열기를 내뿜는 이 댁 화로에서 좀 떨어져 있어야 할 것 같습니다."

"하지만 길이 얼마나 더러운 진창이 되었는지 보지 않았소. 혹여 감기라도 걸리지 않길 바라오."

"진창이라니요. 제 신발을 좀 보세요. 티끌 하나 안 묻었잖습니까."

"아! 이거 정말 놀랍구려. 여태까지 하늘에 구멍이 뚫린 것처럼 퍼부었거든. 오늘 저 아이랑 조찬을 하는 동안에도 한 시간 반을 무시무시하게 쏟아졌다오. 그 덕에 결혼식이 연기되면 좋겠다고 생각했다니까."

"그러고 보니 제가 아직 축하를 드리지 못했군요. 두 분이 느끼실 기쁨이 어떤 것인지 너무 잘 알고 있어서 굳이 서둘러 축하 말씀을 드리지 않고 있었답니다. 그래도 모든 게 별 탈 없이 잘되었기를 바랍니다. 다들 어떠셨나요? 제일 많이 운 사람은 누굽니까?"

"아, 가엾은 테일러 양! 이건 정말 슬픈 일이라오."

"실례가 되는 말씀일지 모르지만 가엾은 건 두 분이지요. 저로선 도저히 '가엾은 테일러 양'이라고는 말 못 하겠군요. 어르신과 에마를 더없이 존경합니다만, 의존이냐 독립이냐의 문제에 관해서라면! 아무튼 두 사람보다는 한 사람을 만족시키는 게 더 편한 건 틀림없지 않겠습니까."

"특히 둘 중 한 명이 변덕스러운 사고뭉치라면 더더욱 그렇지요!" 에마가 농담조로 말했다. "나이틀리 씨가 미릿속으로 생각하신 게 이거죠? 알아요. 아버지가 이 자리에 안 계셨으면 틀림없이 말씀하셨겠지요."

"틀린 말은 아닌 것 같구나, 애야." 우드하우스 씨가 한숨을 내쉬며 말했다. "내가 때때로 변덕을 부리고 골치 아프게 구는 건 사실이니까."

"어머나, 아빠! 제가 설마 아빠를 두고 그런 말을 했겠어요? 물론 나이틀리 씨도 아빠를 두고 말한 게 아니고요. 어쩜 그렇게 끔찍한 생각을 하세요! 아, 아니에요! 전 어디까지나 제 자신에 대해 말한 거였어요. 나이틀리 씨가 제 흠을 잡길 좋아한다는 건 아빠도 아시잖아요. 재미로요. 다 농담이라고요. 나이틀리 씨와 전 언제나 허물없이 이야기를 나누니까요."

사실, 나이틀리 씨는 에마 우드하우스의 결점을 볼 수 있는 극소수 사람들 중 한 명이었고, 그 점에 대해 지적할 수 있는 유일한 사람이기도 했다. 이는 에마 본인에게도 딱히 기분 좋은 일이 아니었지만, 아버지에겐 그보다 더하리라는 것을 알았기에 모두가 당신 딸을 완벽하게 여기지는 않는다는 사실을 눈치채지 못하게 하고 싶었다.

"에마는 제가 입에 발린 말 같은 건 결코 하지 않는다는 걸 압니다." 나이틀리 씨가 말했다. "하지만 누구도 비판하려는 의도는 없었어요. 테일러 양은 이제껏 두 사람을 보살펴왔는데 앞으로는 한 사람만 보살피게 되겠지요. 테일러 양의 형편이 더 나아진 건 확실해 보입니다."

"음," 에마는 이 얘기를 이쯤에서 넘기길 바라는 마음으로 말했다. "나이틀리 씨는 결혼식 얘기를 듣고 싶으신 거죠. 제가 기꺼이 이야기해드릴게요. 정말이지 우리 모두 모범적으로 처신했거든요. 모두가 시간에 맞춰서 가장 멋진 모습으로 참석했어요. 눈물을 흘리는 사람도, 시무룩한 표정을 짓는 사람도 없었어요. 전혀요! 고작 반 마일 남짓한 거리에 살게 될 테니 매일 만날 수 있을 거라고 확신했거든요."

"우리 에마는 만사를 잘 견뎌내지." 아버지가 말했다. "하지만 나이틀리 씨, 사실 이 아이는 가엾은 테일러 양과 헤어지게 된 것을 가슴 찢어지도록 슬퍼하고 있다오. 그리고 내 장담하는데 자기가 생각하는 것 이상으로 테일러 양을 그리워할 거요."

에마는 눈물과 미소가 반쯤 섞인 표정으로 고개를 돌렸다.

"그런 친구를 잃었는데 에마가 그리워하지 않을 도리는 없겠죠." 나이틀리 씨가 말했다. "그리워하지 않을 거라는 가정이 가능하다면, 우리가 지금처럼 에마를 좋아하지도 않았을 겁니다, 어르신. 하지만 에마는 테일러 양에게 이 결혼이 얼마나 득이 되는지 알고 있습니다. 테일러 양의 나이에 자기 소유의 집에 정착한다는 것이 얼마나 기꺼운 일인지, 가정의 안락함을 지속적으로 누릴 수 있다는 것이 얼마나 중요한지 알고 있고, 그러므로 가슴 아파하기보다는 기뻐해야 할 일임을 잘 알고 있습니다. 테일러 양의 친구라면 누구든 그녀가 그토록 행복한 결혼을 하게 된 것에 기뻐해야 마땅합니다."

"그것 말고도 제가 기뻐해야 할 일이 한 가지 더 있다는 것을 잊으셨네요." 에마가 말했다. "더군다나 정말로 중요한 건데요. 그 결혼을 주선한 사람이 바로 저라는 사실 말이에요. 제가 4년 전에 그 결혼을 주선했다는 걸 아시잖아요. 많은 분들이 웨스턴 씨는 절대 재혼하지 않을 거라고 했지만, 저는 결혼을 추진했고 제 판단이 옳았음을 증명해 보였죠. 그러니 저로선 어떤 경우에도 위안을 받을 수 있답니다."

나이틀리 씨는 에마를 보며 고개를 저었다. 그녀의 아버지가 다정하게 대답했다. "아! 에마야, 이 아비는 네가 이제 결혼을 주선하고 이런저런 일들을 예견하는 건 그만했으면 좋겠구나. 그도 그럴 것이 네가 말하는 족족 그대로 이루어지잖니? 부탁이니 이제 그런 일에는 그만 나서주렴."

"제 결혼을 주선하는 일은 없을 거라고 약속드릴게요, 아빠. 하지만 다른 사람들 얘기라면 달라요. 세상에 그만큼 재미난 일도 없는걸요! 성공하고 난 뒤에는 또 어떻고요! 다들 이구동성으로 웨스턴 씨는 절대로 재혼하지 않을 거라고 했었잖아요. 아, 천만의 말씀이죠! 물론 웨스턴 씨는 너무나 오랜 세월을 홀몸으로 지낸 터라, 아내 없이 살아도 불편해 보이지는 않았어요. 런던에선 사업을 운영하느라, 여기선 친구들과 어울리느라 늘 눈코 뜰 새 없이 바쁜 분이었고요. 어딜 가나 환영받고 언제나 유쾌한 분이라서, 본인이 바라지 않는 한 1년에 단 하룻밤도 혼자 보낼 필요가 없었을 거예요. 그러니 어렵하겠어요! 웨스턴 씨가 재혼할 리가 없죠. 어떤 사람들은 웨스턴 부인의 임종 때 재혼하지 않기로 약속했을 거라 했고, 또 다른 사람들은 웨스턴 씨의 아들과 외삼촌이 허락하지 않을 거라고도 했었죠. 이 문제를 놓고 심각하기만 한 별의별 헛소리가 나돌았지만, 전 아무것도 믿지 않았어요. (4년쯤 전이었나) 테일러 양과 제가 브로드웨이 레인에서 웨스턴 씨를 만났던 날이었어요. 이슬비가 내리기 시작하니까 웨스턴 씨가 멋지게 기사도를 발휘해 파머 미첼 씨네 가게로 달려가선 우산 두 개를 빌려 와 저희에게 주셨고, 그때 저는 그 문제에 대해 결론 내렸어요. 바로 그 순간부터 두 사람을 결혼시키기로 마음먹었죠. 그리고 기쁘게도 이렇게 성공리에 성사되었는데, 아빠, 제가 결혼을 주선하는 일에서 손을 뗄 거라고 생각하실 수는 없을 거예요."

"'성공리에'라니 무슨 말을 하는 건지 모르겠군." 나이틀리 씨가 말했다. "성공은 노력을 전제로 하는 것이지. 지난 4년 동안 이 결혼을 성사시키기 위해서, 에마 당신이 뭔가 노력한 게 있다면 당신의 시간을 적절하고 섬세하게 쓴 것이겠지. 젊은 숙녀가 마음을 쏟을 만한 가치가 있는 일일 거야! 하지만 내가 상상하는 바, 당신 말마따나 결혼을 주선했다는 것이 그러겠노라 작정하는 것에 지나지 않는다면, 어느 무료한 날 '웨스턴 씨가 테일러 양과 결혼한다면 그녀에겐 참 좋은 일이 될 텐데'라고 혼잣말을 한 후 이따금씩 되풀이하는 것이라면, 그걸 어떻게 성공이라고 말할 수 있지? 당신의 노력으로 결실을 본 게 어디 있지? 당신 스스로 뿌듯해할 만한 게 뭐지? 운 좋게 맞히긴 했어. 그게 당신이 노력한 거라 말할 수 있는 전부야."

"그런데 나이틀리 씨는 운 좋게 맞혔을 때의 기쁨과 뿌듯한 감정은 전혀 느껴본 적이 없으신가 봐요? 안됐군요. 그보다는 더 현명한 분인 줄 알았는데. 운 좋게 맞히는 것이 단순히 운이 좋아서만은 아니니 염려 마시죠. 거기엔 언제나 재능이 따르는 법이니까요. 그리고 제가 어설프게 쓴 '성공'이란 말에 이의를 제기하시는데, 제게 그 말을 쓸 자격이 전혀 없다고는 생각하지 않아요. 당신은 두 가지 그림을 제시하셨지만 저는 세 번째 그림도 제시할 수 있을 거라고 봐요. 아무것도 하지 않는 것과 뭐든 닥치는 대로 하는 것 사이의 어떤 것 말이에요. 만약 웨스턴 씨가 이곳을 방문하도록 제가 부추기지 않았다면, 그리고 소소하게라도 여러 번 격려를 해드리고, 사소한 많은 문제들을 해결해주지 않았다면, 결과적으로 둘 사이엔 아무 일도 일어나지 않았을지 몰라요. 하트필드 사정엔 도통한 분이시니 그 점도 이해하시리라 생각하는데요."

"웨스턴처럼 직선적이고 솔직한 분과 테일러 양처럼 이성적이고 꾸밈없는 사람이라면 아무 걱정 없이 내버려둬도 자기 앞가림은 다 할 텐데. 당신이 간섭하는 바람에 십중팔구, 그 둘보다는 당신 자신에게 더 손해가 된 것 같고."

"에마는 다른 사람들이 잘될 수 있다면 자기 생각 같은 건 전혀 하지 않는다오." 단편적으로만 이해한 우드하우스 씨가 다시 대화에 끼어들었다. "하지만 얘야, 부탁이니 더 이상 결혼 주선은 하지 말아다오. 바보짓이거니와, 멀쩡한 집안의 유대를 끊어버리는 짓이야."

"딱 한 번만 더 할게요, 아빠. 엘턴 씨까지만 하고 안 할게요. 가엾은 엘턴 씨! 아빠는 엘턴 씨를 좋아하시잖아요. 그렇죠, 아빠. 제가 엘턴 씨의 짝을 찾아드려야 해요. 하이버리엔 그분에게 어울릴 만한 신붓감이 없어요. 여기 사신 지 1년이나 된 데다 집도 정말 안락하게 꾸며놓았는데, 그런 분을 계속 독신으로 지내게 하는 건 부끄러운 일이에요. 엘턴 씨가 오늘 신랑 신부의 손을 맞잡게 했을 때, 본인에게도 그와 똑같은 일이 일어나길 바라는 듯한 눈치였어요! 저는 엘턴 씨를 정말로 좋게 생각하고 있고, 결혼을 주선하는 것이야말로 제가 그분에게 해드릴 수 있는 유일한 일이에요."

"엘턴 씨는 꽤 번듯하게 생긴 청년이지, 두말할 것도 없이 기품 있는 젊은이고. 그래서 난 그 청년을 매우 높이 평가한단다. 하지만 에마 네가 그에게 관심을 보이고 싶다면, 애야, 그 사람에게 언제고 우리 집에 와서 정찬을 들자고 청해보려무나. 그러는 쪽이 훨씬 더 보기 좋을 거야. 내 짐작이지만 나이틀리 씨도 친절하게 자리를 함께해줄 거고."

"기꺼이 참석하겠습니다, 어르신. 언제든지요." 나이틀리 씨가 웃으며 말했다. "그리고 그편이 훨씬 더 보기 좋을 거라는 어르신 말씀에 동의하는 바입니다. 엘턴 씨를 정찬에 초청해, 에마. 그리고 최상품의 생선과 닭고기 요리를 대접하는 거야. 하지만 그분의 배필은 그분이 알아서 고르게 놔둬. 두말하면 잔소리지만, 스물예닐곱 살 난 청년이라면 자기 건사는 알아서 할 줄 아니까."

2

웨스턴 씨는 하이버리에서 나고 자란 토박이였다. 명망 있는 집안 출신으로 지난 2, 3세대를 거치면서 상류층에 속하게 되었고 재산도 늘어났다. 그는 좋은 교육을 받았지만, 젊은 나이에 약간의 재산을 상속받아 독립한 뒤로는 형제들이 몸담고 있던 고만고만한 일에 흥미를 잃었고, 자신의 활동적이고 쾌활한 성격과 사교적인 기질에 맞는 일을 찾아 마침 당시 막 창설된 민병대*에 입대했다.

웨스턴 대위는 두루 인기가 많았다. 그는 군 생활 중에 우연히 요크셔의 위세 높은 가문 출신인 처칠 양을 만나게 되었고, 처칠 양은 그를 사랑하게 되었다. 이 사실에 놀란 사람은 그녀의 오빠와 올케뿐이었는데, 그들은 그때까지 웨스턴 씨를 본 적이 없었던 데다 콧대 높고 자기애로 넘치는 사람들이어서 그와 처칠 양의 관계를 불쾌하게 여겼다.

그러나 처칠 양은 성년이었고, 비록 가족이 소유한 영지에 비할 바는 아니었으나 자신의 재산을 자유롭게 쓸 수 있었기 때문에, 집안의 반대를 무릅쓰고 그와 결혼했다. 이 일은 오빠 부부에겐 이루 말할 수 없는 치욕이었기 때문에, 그들은 적당

---

*18세기 말에서 19세기 초까지 영국은 대혁명을 거친 프랑스와 전쟁 중이었다. 이동하는 군대였던 민병대는, 주로 영국 남부의 정해진 장소에 주둔하여 전국에 퍼져 있는 '정규군'과 구분되었다. 본토 방어의 주력은 민병대였고, 제인 오스틴의 오빠 한 명도 민병대에 복무했다.

히 예법을 갖춰서 그녀를 내쳤다. 정작 그 결혼은 어울리지 않는 결합이었고 큰 행복을 가져다주지도 않았다. 웨스턴 부인은 마땅히 그 결혼에서 더 많은 행복을 누려야 했다. 남편은 그녀가 아름다운 미덕을 발휘해 자신을 사랑해주었으니 그 보답으로 결혼 생활에서 모든 것을 아내에게 맞추어야 한다고 생각할 만큼 마음씨가 따뜻하고 기질이 상냥했기 때문이다. 그러나 그녀에게 배짱이 있긴 했어도 아주 굳건한 건 아니었다. 비록 오빠의 뜻을 어기고 자신의 의지를 관철할 만큼의 결단력이 있었지만, 오빠의 부당한 분노 앞에 부당하게 후회하지 않을 정도로, 또 처녀 적에 누렸던 사치를 그리워하지 않을 정도로 강단이 있는 건 아니었다. 웨스턴 부부의 씀씀이는 수입을 넘어서는 것이었지만, 엔스컴 시절과 비교하면 아무것도 아니었다. 남편에 대한 사랑이 식은 것은 아니었지만, 기실 그녀는 웨스턴 대위의 아내이자 엔스컴의 처칠 양으로 살기를 바랐다.

사람들, 특히 처칠 부부가 보기에 횡재나 다름없는 결혼을 한 것 같았던 웨스턴 대위는 결국 그야말로 최악의 거래를 한 것이나 마찬가지였다. 그도 그럴 것이 3년간의 결혼 생활을 끝으로 아내가 세상을 떠났을 때, 그는 애초보다 더 가난해진 데다 딸린 자식까지 하나 있었던 것이다. 그러나 얼마 지나지 않아 웨스턴 씨는 아들의 양육비 문제에서 풀려나게 되었다. 아이의 엄마가 오래 병치레한 것이 처칠 부부의 매서운 태도를 누그러뜨리는 요인으로 작용하면서 일종의 화해 수단이 된 것이었다. 게다가 처칠 부부는 마침 슬하에 자식도 없었고, 그렇다고 자식처럼 돌봐야 할 친척도 없었던 터라, 여동생이 세상을 떠난 지 얼마 안 돼서 어린 프랭크를 온전히 책임지겠노라고 제안한 것이다. 상처(喪妻)한 아버지로서 그 제안에 얼마간 가책을 느끼고 얼마간 주저했을 법도 하다. 하지만 다른 점들을 고려하면서 그런 감정들은 극복되었고, 아이는 결국 처칠 부부의 보살핌과 부에 맡겨져, 웨스턴 씨에겐 자신의 안락을 추구하고 처지를 개선하기 위해 애쓰는 일만 남게 되었다.

바람직한 방향으로 가려면 생활 방식을 전면적으로 바꿔야 했다. 그는 민병대를 떠나 사업을 시작했다. 형제들이 이미 런던에서 자리를 잡은 덕에 유리하게 시작할 수 있었다. 그것은 더도 덜도 말고 딱 적당히 일하면 되는 사업이었다. 그에겐 아직 하이버리에 작지만 자기 소유의 집이 있었고, 그곳에서 대부분의 여가 시간을 보냈다. 그 후로 쓸 만한 직업과 사교 생활의 즐거움 사이를 오가며 18년 내지 20년에 달하는 삶이 유쾌하게 흘러갔다. 그즈음, 그는 늘 열망했던 대로 하이버리 인근에 작은 영지를 구입했고, 지참금 한 푼 없는 테일러 양과도 결혼했으며, 본인의 친절하고 사교적인 기질이 원하는 만큼 부응해 살 정도로 거칠 것 없는 능력을 갖게 되었다.

테일러 양이 그의 계획에 영향을 미치기 시작한 지는 꽤 되었지만, 이는 두 젊은이 사이에서 이루어지는 강압적인 것과는 거리가 멀었기 때문에, 랜들스를 사기 전에 정착하는 일은 결코 없으리라는 그의 결심이 흔들린 적은 없었다. 이후 랜들스가 매물로 나오기까지 오래도록 애타게 기다려야 했지만, 이런 목표들을 마음에 품은 채 흔들림 없이 밀고 나간 끝에 원하는 대로 이루게 되었다. 그는 큰돈을 벌었고 집을 샀으며 아내를 맞았고 그 어느 때보다 더 큰 행복을 맛보게 되리라는 전망과 함께 삶의 새로운 국면에 들어섰다. 그는 한 번도 불행을 맛본 적이 없는 남자였다. 타고난 기질이 그를 보호해주었고, 이는 첫 번째 결혼 생활에서도 예외가 아니었다. 그러나 두 번째 결혼이야말로 분별 있고 진정 따뜻한 마음을 가진 여자를 맞아들이는 것이 얼마나 즐거운 일인지 그에게 알려주었을 것이며, 선택받는 것보다 선택하는 것이, 고마운 마음을 느끼는 것보다 불러일으키는 것이 비할 수 없이 즐거운 일임을 여실히 증명했을 터였다.

그는 다만 자기 마음 가는 대로 선택하면 되었다. 그의 재산은 그의 것이었다. 프랭크는 암묵적으로 자기 외삼촌의 상속자로서 길러지는 것을 넘어, 성년이 되면 처칠가로 호적을 옮기고 양자가 될 예정이었으므로, 행여 프랭크가 아버지에게 원조를 바랄 일은 없을 것 같았다. 웨스턴 씨는 그 문제라면 전혀 걱정하지 않았다. 외숙모는 변덕스러운 데다 남편을 쥐락펴락했지만, 혹여 그녀가 그토록 소중한 아이, 아버지로서는 마땅히 소중히 해야 한다고 여기는 아이에게 해악이 될 만큼 요변덕을 부릴 거라고 상상하는 건 그의 천성과 거리가 멀었다. 웨스턴 씨는 매년 런던에 가서 아들을 만났고, 자랑스럽게 여겼으며, 아들이 정말로 훌륭한 청년이 되었다고 즐겨 전했으므로 하이버리 사람들도 그런 그를 대견하게 생각했다. 그래서 마치 그가 이 마을 사람인 양, 그의 뛰어난 덕목과 미래의 전망을 공통 관심사로 여기게 되었다.

프랭크 처칠은 하이버리의 자랑거리가 되었고 사람들은 앞다투어 그를 보고 싶어 했지만, 그토록 칭찬을 아끼지 않은 것이 무색하게 정작 그는 단 한 번도 마을을 찾은 적이 없었다. 아버지를 방문하러 온다는 말이 왕왕 오갔지만 실제로 이루어진 적은 없었다.

이제 아버지가 결혼을 하게 되었으니, 아들로서 마땅한 예우를 갖추기 위해 방문할 것이 분명하다는 말이 널리 나돌았다. 이 점에 대해선 아무도 이의를 제기하지 않았다. 페리 부인이 베이츠 모녀와 차를 마셨을 때나, 베이츠 모녀가 답방을 했을 때도 마찬가지였다. 이제야말로 프랭크 처칠이 그들 앞에 나타날 때였다. 그리고 그가 그 일과 관련해 새어머니에게 편지를 썼다는 사실이 알려지면서 기대감은 더욱 높아졌다. 며칠 동안 하이버리에선 아침 방문을 할 때마다 웨스턴 부인이 받았다는 멋진 편지에 대한 얘기가 돌았다. "프랭크 처칠 씨가 웨스턴 부인에게 보냈다는 멋진 편지에 대한 얘기 들으셨죠? 정말 멋진 편지였다고 하더군요. 우드하우스 씨한테서 직접 들었거든요. 우드하우스 씨가 그 편지를 보고선 그렇게 잘 쓴 편지는 평생을 통틀어 한 번도 본 적이 없다고 하셨답니다."

그 편지는 실로 극찬을 받았다. 웨스턴 부인이 그 청년에 대해 매우 호의적인 생각을 품게 된 것은 당연했다. 그처럼 기분좋은 배려는 그가 훌륭한 양식을 갖추었음을 의심의 여지 없이 증명했고, 그녀로서는 지금껏 받은 온갖 축하의 말에 더해 더 없이 반가운 인사를 한 번 더 받은 것이며, 또한 축하받아야 할 이유가 하나 더 생겨난 셈이었다. 웨스턴 부인은 자신이 더없이 복 받은 여자라 생각했다. 남들도 당연히 그렇게 생각하리라는 걸 알 만큼 견문을 쌓은 사람이었지만, 유일하게 아쉬운 건 식지 않는 우정을 나누어준 친구들, 그녀와 멀어지는 것을 감당하기 힘들어하는 친구들과 예전만큼 막역하게 지낼 수는 없게 된다는 것이었다!

웨스턴 부인은 친구들이 때때로 자신을 그리워하리라는 것을 알았다. 그리고 자신이 떠난 후, 에마가 한 가지 즐거움을 잃고 따분함에 괴로워하리라는 생각으로 가슴이 아팠다. 그러나 우리의 에마는 그리 유약한 성격이 아니었다. 그녀는 대부분의 여자들에게서 예상할 수 있는 수준 이상으로 자신의 상황에 잘 대처했으며, 작은 곤경과 시련을 잘 참아내고 순조롭게 헤쳐나갈 만한 분별력과 활력과 정신력을 갖고 있었다. 그리고 하트필드에서 랜들스까지의 거리가 여자 혼자서 걸어갈 수 있을 정도로 가깝다는 것도 큰 위안이 되었다. 웨스턴 씨의 기질과 환경을 고려했을 때, 다가오는 계절에 그들이 일주일의 저녁 시간의 반을 함께 보낸다 해도 눈치 볼 일은 전혀 없을 터였다.

웨스턴 부인의 상황은 대체로 오랜 시간 감사하고 아주 짧은 순간만 아쉬워할 사안이었다. 그녀가 거기에 만족하고 즐기고 있다는 것 또한 지극히 당연하고 명백해서, 에마는 가정의 안락함을 모두 갖춘 랜들스에서 테일러 양을 떠나올 때나, 혹은 저녁 무렵 테일러 양이 쾌활한 남편의 에스코트를 받으며 자기 소유의 마차를 타고 떠날 때, 여전히 "가엾은 테일러 양"이라고 동정하듯 말하는 아버지에 대해 그 성품을 잘 알면서도 때때로 놀라곤 했다. 아버지는 매번 가볍게 한숨을 내쉬면서 이렇게 말했다.

"아, 가엾은 테일러 양! 우리랑 계속 같이 살면 정말 좋아할 텐데."

테일러 양을 되찾아오기란 불가능한 일이었으나, 그렇다고 그녀를 더 이상 동정하지 않게 될 공산도 거의 없었다. 그래도 몇 주가 지나자 우드하우스 씨의 아쉬운 마음도 얼마간 줄어들었다. 이웃들의 축하 인사도 끝난 터라 슬프기 그지없는 일에 축하 인사를 받는 괴로움은 더는 겪지 않아도 되었다. 그리고 그에겐 참화나 다름없었던 웨딩케이크도 다 먹어 없어진 뒤였다. 그의 위장은 기름진 것을 조금도 받아들이지 못했고, 다른 사람들도 모두 자기와 마찬가지일 거라고 철저히 믿었다. 그는 자기 몸에 해로우면 세상 모두에게도 맞지 않을 거라 여겼다. 그래서 웨딩케이크는 입에도 대지 말라고 진지하게 사람들을 설득했지만, 결국 수포로 돌아가자 이번엔 누구도 먹지 못하도록 사전에 조치를 취하려 했다. 그는 이 문제로 굳이 약제사인 페리 씨에게 상의를 하는 번거로움까지 감수했다. 페리 씨는 해박한 지식을 갖춘 데다 신사적인 남자였고, 그가 자주 찾아와주는 것은 우드하우스 씨에겐 위안거리가 되어주었다. 페리 씨로선 (그런 부탁이 사람들 기호에 다소 반하는 듯했지만)

웨딩케이크를 지나치게 많이 먹을 경우 몸에 맞지 않는 사람들이 많다고, 어쩌면 대부분일 수도 있다고 인정하는 수밖에 없었다. 우드하우스 씨는 이렇게 페리 씨에게서 확증받은 자신의 견해를 신혼부부를 방문하는 모든 이들에게 전하려 했다. 그럼에도 여전히 케이크를 먹는 사람들이 있었고, 케이크가 완전히 사라질 때까지 그의 자애로운 신경은 잠시도 쉴 틈이 없었다.

한편 하이버리에선 이상한 소문이 돌았는데, 페리 씨의 어린 자식들이 하나같이 웨스턴 씨의 웨딩케이크를 들고 있더라는 것이었다. 그러나 우드하우스 씨는 그 소문을 결코 믿지 않았다.

3

우드하우스 씨는 자기 나름대로 사교 생활을 즐겼다. 그는 친구들을 집으로 불러들여 만나는 것을 몹시도 좋아했다. 그리고 이러저러한 이유들, 그가 하트필드에서 오래 살았다는 점과 그의 훌륭한 성품, 그의 재산, 저택과 딸 덕분에 그는 자신과 가까운 몇몇 친구들을 원하는 만큼 얼마든지 불러 모을 수 있었다. 그 무리에 속하지 않은 다른 집안들과는 이렇다 할 교류가 없었다. 야심한 시각의 모임이나 대규모 만찬을 질색하는 그였기에 자신의 방식에 맞춰 방문하는 지인들 외에는 누구와도 교분을 맺지 않았다. 다행스럽게도 하이버리와, 같은 교구 내의 랜들스, 그리고 인접한 교구에 있는 나이틀리 씨의 저택 돈웰애비도 그런 식으로 교분을 유지했다. 에마가 설득하면 그는 자주는 아니더라도 심혈을 기울여 선정한 최고의 친구들과 정찬을 들었지만 그가 더 좋아하는 것은 저녁 모임이었다. 그래서 사람들과 어울릴 기분이 아니라고 생각할 때라면 모를까 에마는 주중에 거의 매일같이 아버지를 위해 카드 탁자를 준비했다.

웨스턴 부부와 나이틀리 씨는 진심 어린, 변치 않는 존중심에서 방문했다. 그리고 원치 않게 독신으로 살고 있는 청년 엘턴 씨는 혼자서 멍하니 외롭게 저녁 시간을 보내는 대신 우드하우스 씨의 응접실에서 우아하게 친교를 맺고, 그의 사랑스러운 딸의 미소를 만끽하는 특권을 내칠 이유가 전혀 없었다.

이들 다음으로 두 번째 무리가 있었다. 그들 가운데 카드 탁자를 가장 많이 마주하는 사람들은 베이츠 모녀와 고더드 부인으로, 이 세 숙녀는 하트필드의 초대를 받으면 거의 언제나 화답했다. 하루가 멀다 하고 그들을 마차로 데리러 가고 데려오는 통에 우드하우스 씨는 그 일이 제임스에게도 말에게도 전혀 부담스러운 일이 아닐 거라 생각했다. 만약 1년에 딱 한 번 있는 일이었다면 제임스는 오히려 더 불평을 늘어놓았을 것이다.

하이버리의 전임 교구 목사였던 베이츠 씨의 미망인은 매우 연로한 숙녀로, 차를 마시고 카드릴 게임*을 하는 것 말고는 더

---

*네 사람이 패 40매로 하는 카드놀이.

이상 아무 일도 할 수 없었다. 그녀는 외동딸과 지극히 간소하게 살았으며, 그런 생활고 속에서도 누구에게도 폐가 되지 않는 노부인이 불러일으킬 만한 모든 배려와 존경을 받았다. 부인의 딸은 젊지도 아름답지도 부유하지도 않은 미혼 여성으로서는 대단히 이례적이라 할 만큼의 인기를 누렸다. 베이츠 양은 그렇게 만인의 사랑을 듬뿍 받은 탓에 더없이 고약한 곤경에 빠져 있었다. 그리고 그녀에게는 마음속으로나마 우쭐해하거나, 자기를 싫어하는 사람에게 외경심을 불러일으켜 겉으로나마 존경을 표하게 할 만큼 지적으로 우월한 구석은 조금도 없었다. 뽐낼 만한 아름다움이나 영민함도 없었다. 청춘은 별볼일 없이 흘려보냈고, 중년은 노쇠해져가는 어머니를 보살피고 빠듯한 수입으로 살림을 꾸려나가려 애쓰는 데 바쳤다. 그럼에도 그녀는 행복한 사람이었고 모두가 선의를 가지고 이야기하는 사람이기도 했다. 이런 불가해한 일이 가능했던 건 그녀의 본원적인 선의와 느긋한 기질 덕이었다. 베이츠 양은 모두를 사랑했고, 모두의 행복에 관심을 가졌으며, 모두의 장점을 금세 찾아냈다. 또한 자신이 가장 복 받은 사람이며, 더할 나위 없이 훌륭한 어머니와 수많은 선량한 이웃들과 친구들, 그리고 아쉬운 데라고는 전혀 없는 집의 가호를 받고 있다고 생각했다. 그녀의 순박하고 쾌활한 본성, 느긋하고 기분 좋은 기질은 다른 모든 사람에겐 귀감이, 그녀 자신에겐 무한한 행복의 원천이 되었다. 그녀는 시시콜콜한 일로도 굉장히 수다를 잘 떨었으므로, 사소한 잡담과 악의 없는 뒷공론이 일상인 우드하우스 씨와는 제대로 죽이 맞았다.

고더드 부인은 학교의 교장이었다. 그 학교로 말하자면, 새로운 원칙과 체제를 통해 교양을 습득하고 품격 있는 덕성을 키운다는 둥 그럴듯한 헛소리로 점철된 이야기를 장황하게 늘어놓으며, 어마어마한 학비를 받고 젊은 아가씨들을 건강을 해칠 정도로 들볶아 허영심이나 품게 하는 그런 학교나 시설과는 하등 무관했다. 합리적인 학비로 합리적인 수준의 소양을 키워주는 곳으로, 거치적거리는 딸들을 보내 얼마간 교육을 받게 해도, 영재가 되어 돌아올 위험 따위 전혀 없는 진솔하고 정직한 구식 기숙학교였다. 고더드 부인의 학교는 명성이 높았다. 하이버리는 특히나 건강에 좋은 곳으로 알려져 있었기 때문에 당연히 그럴 만했다. 부인은 넓은 저택과 정원을 소유하고 있었고, 학생들에게 건강에 좋은 음식을 아낌없이 주었으며, 여름에는 마음껏 뛰어놀게 해주었고, 겨울에는 동상 걸린 아이들을 직접 치료해주었다. 스무 쌍의 젊은 아가씨들이 부인을 따라 교회로 가는 모습은 더는 신기한 구경거리가 아니었다. 부인은 수수한 외모에 상냥한 성품의 여성으로, 젊은 시절에 열심히 일했으니 이젠 자신에게 가끔씩 이웃을 방문해 차를 마시며 여가를 즐길 자격이 있다고 생각했다. 그리고 예전에 우드하우스 씨의 친절에 크게 신세 진 바가 있었기 때문에, 언제든 짬이 나면 자수품이 걸려 있는 말쑥한 응접실을 벗어나 자신의 집 난롯가에서 6펜스 동전 몇 개를 따고 잃는 게임을 하자는 특별한 요청에 응했다.

에마는 이 부인들을 거의 언제라도 불러 모을 수 있다는 것을 알았고, 아버지를 생각하면 그 사실이 기뻤다. 하지만 에마 자신의 입장에서 보았을 땐, 그들 역시 웨스턴 부인의 빈자리를 전혀 채워주지 못했다. 아버지의 편안해진 표정을 보면 매우 기뻤고, 그런 일들을 능히 도모한 자신이 참으로 대견하다는 생각이 들었지만, 세 명의 부인이 나지막하게 지루한 이야기를 하는 것을 보고 있으면 매일 저녁을 그렇게 소일하는 것이야말로 그녀가 예전부터 두려워하며 예견했던 저녁 시간의 풍경이라는 생각이 드는 것이었다.

어느 날 아침, 그녀는 오늘도 별다른 일 없이 똑같이 지나가겠구나 생각하며 자리에 앉아 있다가, 고더드 부인에게서 스미스 양과 함께 가도 되겠느냐고 매우 정중하게 요청하는 짧은 편지를 받게 되었다. 더없이 반가운 요청이었다. 스미스 양은 열일곱 살 난 소녀로, 에마는 아름다운 용모의 그녀를 똑똑히 기억하고 있었고, 또 오랫동안 관심을 가지고 있던 터였다. 매우 호의적인 초대장을 보낸 후, 그 저택의 아름다운 안주인은 더 이상 그날 저녁을 두려워하지 않을 수 있었다.

해리엇 스미스 양은 누군가의 사생아였다. 몇 년 전에 그 누군가가 그녀를 고더드 부인의 학교에 입학시켰고, 그런 후엔 일반 학생에서 교장 집에 거주하는 기숙생으로 올려놓았다. 이 정도가 그녀의 과거에 대해 일반적으로 알려진 전부였다. 그녀에게는 하이버리에서 알게 된 친구들 말고는 이렇다 할 벗이 없었고 동기인 몇몇 젊은 아가씨들을 보러 시골을 방문해 오래 머물다가 막 돌아온 참이었다.

스미스 양은 매우 예쁜 아가씨였고, 그녀의 미모는 에마가 특히 동경하는 종류의 것이었다. 그녀는 키가 작고 통통했으며, 흰 피부에 발그레한 고운 뺨, 파란 눈과 밝은색 머리칼, 가지런한 이목구비에 참으로 사랑스러운 표정을 하고 있었다. 그래서 그날 저녁이 다 가기도 전에 에마는 그녀의 생김새만큼이나 태도에도 매료되어서, 친분을 계속 유지해나가기로 굳게 마음먹었다.

스미스 양과의 대화에서 유달리 영민하다는 인상을 받지는 못했지만, 그래도 에마는 그녀가 대체로 매우 매력적인 사람이라는 것을 알 수 있었다. 필요 이상으로 수줍어하거나 말하기를 저어하지도 않았고, 주제넘게 구는 일 또한 일절 없었으며, 지극히 적절하고 걸맞은 존경심을 드러내는 것이, 하트필드에 초대되어 몹시도 즐겁고 감사한 듯했다. 자신의 일상보다 훨씬 더 고아하고 품위 있어 보이는 모든 것에 천진난만하게 감동하는 모습으로 보아, 양식을 갖춘 사람임에 틀림없었으며 그런 점에서 격려를 받을 만한 사람이었다. 마땅히 격려해줄 일이었다. 그 아련한 파란 눈동자, 그 모든 타고난 우아함이 하이버리의 신분 낮은 사람들 무리를 위해 소모되어선 안 될 일이었다. 그녀가 지금껏 맺어온 친분 관계는 그녀에게 어울리지 않았다. 그녀가 최근에 만나고 온 친구들은 비록 성품이 매우 훌륭한 사람들이긴 했으나, 그녀에게 백해무익할 것이 분명했다. 그들은 마틴 가족으로, 에마도 이름을 들어서 알고 있었다. 마틴 가족은 돈웰 교구에서 나이틀리 씨의 큰 농장을 소작하며 살고 있었는데, 나이틀리 씨가 그들을 높게 평가한다는 점에 기대어 에마 또한 그들이 매우 훌륭한 사람들일 거라 믿었지만, 그럼에도 상스럽고 세련되지 못할뿐더러 지식과 기품을 조금만 더 겸비한다면 흠잡을 데 없어질 소녀와 터놓고 지내기에는 한참 뒤떨어진 사람들임에 분명했다. 이제 에마가 그녀에게 관심을 기울일 것이었다. 그녀를 발전시키고, 바람직하지 않은 친구들과 절연케 하고, 훌륭한 사람들에게 그녀를 소개해줄 작정이었다. 그렇게 스미스 양을 식견과 예의범절을 갖춘 사람으로 만들 것이었다. 이 일은 흥미로우며, 의심할 여지 없이 매우 친절한 처사가 될 터였다. 에마 자신의 입지와 여가와 능력에 지극히 부합하는 일이 될 것이었다.

에마는 그녀의 아련한 파란 눈동자를 칭찬해주고 이야기를 하고 들어주는 짬짬이 이런 계획들을 세우느라 눈코 뜰 새 없이 바빴기 때문에, 그날 저녁은 평소와 전혀 다르게 쏜살같이 지나갔다. 그리고 그녀는 이런 파티에선 늘 마지막 순서인 석식을 언제쯤 준비하면 좋을지 알아보려고 미리 자리를 잡고 앉아 지켜보곤 했는데, 이번에는 그녀가 미처 깨닫기도 전에 식탁이 다 차려져 불가로 옮겨져 있었다.

그녀는 만사를 적절하면서도 주의 깊게 해낸다는 칭찬을 흘려들은 적 없었고, 그럴 때면 흔히 보여주는 추진력 이상의 민첩함과, 신나는 계획으로 한껏 들뜬 마음에서 우러나온 순수한 선의에서 세심하게 안주인 노릇을 했다. 그리고 식사 시중을 들면서 이른 시간이라는 점을 감안하고, 예의상 사양하는 손님들에게 부담이 되지 않을 정도의 호의를 담아 다진 닭고기 요리와 구운 굴 요리를 권했다.

이러한 상황에 우드하우스 씨의 마음은 서글프게 갈등했다. 그가 젊었을 적 유행했던 대로 식탁보를 까는 건 참 좋았지만, 석식이 건강에 매우 해롭다는 지론을 가진 그로선 그 식탁보 위에 어떤 음식이 올라가건 썩 유감스러운 일이 아닐 수 없었다. 그리고 주인으로서 하나부터 열까지 손님들을 배려하고자 마음먹고 있으면서도, 정작 그들의 건강이 신경 쓰여서 그들이 음식을 먹는 것에 가슴이 아팠다.

그 투철한 지론에 기대어 그가 추천할 수 있는 것은 자기 것과 똑같은 작은 그릇에 담긴 멀건 죽 말고는 아무것도 없었지만, 숙녀들이 편안한 마음으로 더 맛있는 요리가 담긴 접시를 말끔히 비우는 동안 속내를 억누르고 말했다.

"베이츠 부인, 이 달걀을 하나 드셔보시는 게 어떨까요? 부드럽게 삶은 달걀은 건강에 해롭지 않으니까요. 달걀 삶는 거라면 서럴만큼 잘 아는 사람이 없을 겁니다. 다른 사람이 달걀을 삶았다면 제가 이렇게 권하지도 못했을 겁니다. 그러니 염려 마세요. 보시다시피 달걀이 아주 작지요? 저희 집의 작은 달걀 중 하나를 먹었다고 배탈이 날 일은 없을 겁니다. 베이츠양, 타르트 한 조각 먹지그래요. 우리 에마가 줄 겁니다. 아주 작은 조각이니 괜찮아요. 이 집엔 사과 타르트만 있어요. 이 집에 혹여 건강에 해로운 설탕 조림이 있지 않을까 하는 걱정은 붙들어 매둬요. 커스터드는 권하고 싶지 않군요. 고더드 부인, 포도주 반 잔만 더 드시겠습니까? 작은 잔에 반쯤 따르고 물 한 컵을 섞어서 말입니다. 그 정도라면 부인에게 해가 될 거란 생각은 안 드는데요."

에마는 아버지가 하는 말에 이의를 표하지 않았지만 손님들이 훨씬 더 만족할 만한 방식으로 음식을 내놓았고, 그날 밤 손님들이 즐거워하면서 돌아가는 모습에 자못 마음이 즐거워졌다. 에마가 주의를 기울인 만큼 스미스 양은 꽤나 즐거워했다. 하이버리에서 우드하우스 양의 입지는 대단한 것이었으므로, 그런 사람을 소개받는다는 것은 스미스 양에겐 기쁜 일이면서 동시에 무척이나 두려운 일이었다. 그렇지만 겸손하고 고마워할 줄 아는 이 자그마한 아가씨는 대단히 흡족한 마음으로 돌아갔다. 우드하우스 양이 저녁 내내 자신을 다정하게 대해준 것에, 또 헤어질 때는 심지어 악수까지 해준 것에 기뻐하면서.

4

얼마 지나지 않아 해리엇 스미스 양은 하트필드에 친숙한 존재가 되었다. 신속하고 과단성 있는 에마는 뜸 들이는 법 없이 스미스 양을 초대했고, 격려해주었으며, 자주 찾아오라고 말했다. 그렇게 서로를 점점 알아나갈수록 그들은 서로를 더욱 마음에 들어 했다. 에마는 오래전부터 그녀가 같이 산책할 친구로서 손색이 없음을 간파하고 있었다. 그 짐에 관해서라면 웨스턴 부인이 곁에 없게 된 것이 중요한 요인으로 작용했다. 그녀의 아버지는 관목 숲 너머로는 한 발짝도 나간 적이 없었다. 그에게 산책은 긴 시간이건 잠깐이건 계절에 따라 숲 두 군데를 가는 것으로 족했다. 그래서 웨스턴 부인이 결혼하게 되면서 에마가 산책을 할 일도 부쩍 줄어들었다. 한번은 용기를 내서 혼자 랜들스까지 가보았지만 즐겁지가 않았다. 그러니 산책을 하자고 언제든 부를 수 있는 해리엇 스미스 양의 존재로 에마는 이미 가진 것에 더해 소중한 특권 하나를 더 얻은 셈이었다. 스미스 양을 만나면 만날수록 에마는 그녀의 모든 면을 인정하게 되었고, 자신의 친절한 계획이 옳다는 것을 더더욱 확신하게 되었다.

해리엇은 확실히 영리하진 않았지만 다정하고 유순하며 고마워할 줄 아는 성품이었고, 자만심은 조금도 없었으며 다만 자신이 우러러보는 사람을 귀감으로 여겨 따르고자 했다. 그녀는 일찍부터 에마에 대한 애정을 드러냈고 이는 크게 호감을 주었다. 훌륭한 벗을 만나고 싶어 하고, 비록 이해력을 기대할 수는 없어도 품위 있고 영리한 것을 알아볼 줄 아는 능력은 있는 걸 보면 감식안이 부족한 건 아니었다. 에마는 해리엇 스미스 양이 전반적으로 자신이 바랐던 딱 그대로의 젊은 친구라고 확신했다. 정확히 그녀의 집에서 필요로 하는 존재였다. 웨스턴 부인 같은 친구를 바라는 건 무리였다. 그런 친구가 둘씩이나 주어질 리 없었다. 그런 친구가 둘씩이나 있는 건 그녀 역시 바라는 바가 아니었다. 그것은 전혀 다른 종류의 문제, 독립적인 별개의 감정이었다. 웨스턴 부인은 감사와 존경에 근거해 높이 평가하는 대상이었다. 해리엇은 도움을 줄 만한 사람으로서 사랑하게 될 대상이었다. 웨스턴 부인에게는 해줄 수 있는 것이 아무것도 없었지만 해리엇에게는 뭐든 해줄 수 있었다.

에마는 해리엇을 도우려는 계획의 첫 번째 일환으로 그녀의 부모가 누구인지 알아내려 했다. 그러나 정작 해리엇은 아무것도 알지 못했다. 자신이 아는 모든 것을 기꺼이 털어놓을 해리엇이었으나 그 점에 대해서는 질문을 해도 소용이 없었다. 에마는 어쩔 수 없이 내키는 대로 상상의 나래를 펼쳐보면서도 자신이었다면 같은 상황에서 분명 진실을 찾아냈을 거라는 확신이 들었다. 해리엇에겐 혜안이라는 것이 전혀 없었다. 그녀는 고더드 부인이 골라서 해주는 말을 듣고 믿는 것으로 만족했고, 거기서 한 발짝도 더 나아가질 않았다.

고더드 부인과 선생들, 여학생들과 학교에서 일어나는 일들이 대체로 대화의 큰 부분을 차지했는데, 그나마 대화의 전부가 되지 않은 건 애비밀 농장의 마틴 씨 집안과의 친분 덕이었다. 그녀는 마틴 가족 생각을 많이 하는 편이었다. 그들과 두 달간 매우 행복하게 지낸 터라, 그들을 방문했을 때 얼마나 재미있었는지를 즐겨 이야기했고, 또 그곳에서의 안락했던 기억과 놀라웠던 일들을 설명해주었다. 에마는 그녀가 계속 떠들도록 부추기고, 또 다른 부류의 사람들에 관한 이야기를 즐겁게 들고, 마틴 부인의 집에 응접실이 두 개나 있었다는 등의 이야기를 할 때 드러나는 해리엇의 철없는 단순함에 재미있어했다. "정말 멋진 응접실이 두 개나 있었는데 그중 하나는 고더드 부인의 응접실 뺨치게 컸어요. 그곳의 고참 하녀는 마틴 가족과 함께 산 지 25년이나 됐대요. 또 그 집엔 암소가 여덟 마리 있는데 두 마리는 올더니 종이고 한 마리는 작은 웨일스 종이었어요. 그 웨일스 암소가 어찌나 깜찍하고 예쁘던지, 제가 너무 예뻐하니까 급기야 마틴 부인이 그 소를 해리엇의 소라고 불러야겠다고 말할 정도였다니까요. 그리고 그 집 정원엔 정말로 근사한 여름 별장이 있었는데, 내년에 언제고 다 함께 그곳에서 차를 마실 거예요. 정말 근사한, 열두 명은 너끈히 들어갈 만큼 커다란 정자에서요."

한동안 에마는 즐거이 듣기만 했을 뿐, 그 이야기의 이면을 생각하지는 않았다. 하지만 마틴 가족에 대해 좀 더 잘 이해하게 되면서, 처음과는 다른 감정이 생기는 것이었다. 애초에 어머니와 딸, 아들과 며느리가 다 함께 산다고 생각했던 것부터가 잘못 짚은 것이었다. 이야기의 한 부분을 차지하는 인물로서, 이런저런 일을 처리하는 데 있어서 훌륭한 인품을 보여주었다는 칭찬과 함께 언급되었던 마틴 씨는 미혼이었으며, 마틴 부인은 존재하지 않는다는 것, 그에게 아내가 없다는 것을 알게 되자, 에마는 자신의 가엾은 어린 친구가 받은 그 모든 호의적인 대접과 친절한 대우가 오히려 위험할 수 있으며, 그런 의미에서 제대로 보살핌을 받지 못할 경우 영영 나락에서 헤어 나오지 못할 수도 있다는 생각이 들었다. 이런 생각으로 말미암아, 그녀는 더 깊은 의미를 담아 더 많은 질문을 하게 되었다. 그리고 해리엇이 마틴 씨에 대해서 더 많이 이야기하도록 세심하게 유도했는데, 해리엇 역시 그 점에 전혀 불편해하지 않는 것이 분명했다. 달빛 아래 산책을 할 때나 저녁에 재미난 게임들을 하면서 그가 뭘 했는지에 대해 물어보지 않아도 기꺼이 이야기할 태세였다. 그리고 그가 얼마나 호방하고 마음 씀씀이가 깊은 사람인지를 장황하게 이야기하는 것이었다.

"한번은 제게 호두를 주려고 3마일이나 되는 길을 가서 구해오셨지 뭐예요? 제가 예전에 호두를 무척 좋아한다고 말한 적이 있었거든요. 그분은 어떤 경우에도 이루 말할 수 없이 마음 씀씀이가 깊어요. 어느 날 밤엔 양치기의 아들을 응접실로 불렀는데 저를 위해 노래를 부르게 하려고 그랬던 거였어요. 저는 노래를 정말 좋아하거든요. 그분도 노래를 좀 부를 줄 아세요. 정말 총명하고 세상만사 모르는 것이 없는 분임에 틀림없어요. 그분 소유의 양들도 얼마나 훌륭하다고요. 제가 마틴 가족과 지내는 동안 그분의 양털이 지역에서 가장 높은 입찰가를 받았을 정도니까요. 모두가 그분이라면 칭찬을 아끼지 않을 거예요. 그분의 어머니와 누이들은 그분을 정말 좋아하시던걸요. 어느 날 마틴 부인이 저에게 (이 말을 할 때마다 해리엇 양은 어김없이 얼굴을 붉혔다) 세상 누구도 마틴 씨만큼 아들 노릇을 훌륭하게 할 수는 없을 거라고 말씀하셨어요. 그리고 마틴 씨가 언제 결혼하건, 훌륭한 남편이 될 거라고 장담하셨어요. 그렇다고 당신께서 아드님이 결혼하길 바라신 건 아니에요. 서두르는 기색은 전혀 없으셨어요."

'잘했어요, 마틴 부인! 자신이 뭘 하고 있는지 알고 있군요.' 에마는 생각했다.

"그리고 제가 떠나게 되었을 때, 마틴 부인께선 참으로 친절하게도 고더드 부인에게 예쁜 거위 한 마리를 보내셨답니다. 고더드 부인 평생에 그렇게 예쁜 거위는 못 보셨을걸요. 고더드 부인은 어느 일요일에 그 거위의 털을 뽑고 내장을 발라낸 후에 내시 양과 프린스 양, 리처드슨 양 이렇게 세 선생님 모두에게 함께 저녁으로 들자고 말씀하셨죠."

"마틴 씨는 자기 사업과 관련한 게 아니면 별다른 견식이 없는 분인가 봐? 독서는 안 하지?"

"안 하긴요! 제 말은, 아뇨, 잘 모르겠어요. 하지만 저는 그분이 상당한 독서가일 거라고 확신하거든요. 하지만 우드하우스 양이 보시기엔 대수롭지 않을 거예요. 그분은 창가 의자에 놓아둔 농경 보고서나 그 밖의 다른 책들을 읽는데, 전부 다 소리 내지 않고 읽어요. 그래도 가끔은 저녁에 카드놀이를 하기 전에 《명문 모음집》*의 내용을 큰 소리로 읽어주기도 했는데 정말 재미있더라고요. 그리고 제가 알기로 그분은 《웨이크필드의 목사》**는 읽었을 거예요. 《숲 속의 로맨스》나 《사원의 아이

* 저명한 저서들에서 발췌해 꾸민 유명한 선집.
** 1766년 발간된 올리버 골드스미스의 소설. 감상적인 필치로 전원생활과 소박한 미덕을 찬양한 작품으로 당시 영국의 베스트셀러였다.

들》*은 읽은 적이 전혀 없고요. 제가 그 책들 이야기를 하기 전
까지는 들은 적도 없었으니까요. 하지만 가급적 빨리 구하겠다
고 마음먹었답니다."

그다음 질문은 이러했다.

"마틴 씨는 어떻게 생겼어?"

"아! 잘생기진 않았어요. 잘생긴 것과는 거리가 멀어요. 처
음엔 그분이 정말 볼품없게 생겼다고 생각했지만, 지금은 그렇
게까지 생각하진 않아요. 시간이 흐르면 그러기 마련이잖아요.
그런데 우드하우스 양은 그분을 본 적이 한 번도 없으신가요?
마틴 씨도 이따금씩 하이버리를 찾는 데다 매주 말을 타고 킹
스턴으로 가거든요. 모르긴 해도 우드하우스 양을 꽤 많이 지
나쳤을걸요."

"그럴 수도 있겠지. 어쩌면 그 사람 이름도 모르면서 얼굴만
쉰 번을 봤을지도 모르고. 나는 젊은 농부라면 말을 타고 있든
걷고 있든 전혀 관심 없거든. 자작농**만큼이나 나와 관계없는

---

*앤 래드클리프의 《숲 속의 로맨스》와 레지나 마리아 로슈의 《사원의 아이들》은 아
름답고 품위 있는 젊은 여성들이 공포와 고난에 끝없이 시달리는 내용의 고딕소설이
다. 당시 영국에선 감상소설, 행위 지침서와 함께 대대적으로 인기를 끌었던 문학 장
르였고, 오스틴은 1798년부터 1799년까지 쓴 《노생거 수도원》에서 이 장르의 허위의
식과 과장된 감수성을 신랄하게 풍자했다. 고아인 해리엇이 가정 환경 때문에 아름답
고 미덕 있는 여인이 세파에 시달리는 이런 소설들에 이끌린 건 무리가 아닐 것이다.
**자기 땅을 가지고 농사를 짓는 농부를 의미하는 자작농은 당시 영국의 신분계급에
선 신사와 농지를 소유하지 못한 노동자 사이의 중간 계층 정도에 해당했다. 간단히
말해 존중을 받지만 신사로 인정받지는 못했다. 나이틀리 씨 같은 지주에게서 땅을
임대받아 경작하는 마틴 씨는 엄밀히 말해 소작농에 가깝지만 당시엔 '자작농'의 전
형으로 여겨졌다.

계층의 사람들도 없을걸. 그보다 한두 단계 지위가 낮으면서 믿음직한 모습을 한 사람이라면 관심이 생길지도 모르겠어. 이러저러하게 그들 가족들에게 도움을 주고 싶을 것 같아. 하지만 농부라면 내 도움 따윈 전혀 필요 없을 테니 한 가지 점에선 내가 주목할 만한 범주 위에 있는 것이고, 그 밖의 다른 모든 점에선 아래에 있는 셈이지."

"분명히 그래요. 아, 맞아요! 우드하우스 양이 행여 그분을 알아봤을 리가 없죠. 하지만 그분은 우드하우스 양을 대단히 잘 알고 있던걸요. 제 말은, 안면은 있는 것 같아요."

"마틴 씨가 대단히 존중받을 만한 청년이라는 점은 한 치도 의심하지 않아. 난 진심으로 그렇게 생각하기 때문에, 마땅히 그가 잘되기를 바라. 해리엇이 생각하기에 그 사람 나이가 몇 살인 것 같아?"

"지난 6월 8일에 스물네 살이 되었어요. 제 생일이 23일이니까 딱 15일 차이네요. 참 묘하죠?"

"고작 스물네 살이라니. 결혼하기엔 너무 이른 나이네. 마틴 씨의 어머니가 서두르지 않는 건 정말 잘하는 처사야. 그 가족에게는 지금 상태가 더없이 편할 텐데, 어머니 쪽에서 아들 결혼을 서둘러 주선하면 필시 후회하게 될 거야. 앞으로 6년쯤 지나서 자기와 신분이 같고 돈도 좀 있는 훌륭한 처녀를 만날 수 있다면 아주 바람직하겠어."

"6년 후라니요! 말도 안 돼요, 우드하우스 양. 그럼 그분 나이가 서른 살이나 되는데요?"

"음, 애초부터 독립할 자산을 가진 게 아니라면 대부분의 남자들이 아무리 일러도 그 나이는 돼야 결혼을 할 수 있거든. 내 생각에 마틴 씨는 한 푼도 남에게 기대지 않고 혼자서 재산을 모아야 사회에 나갈 수 있을 것 같은데. 그에게 모은 돈이 있었다 해도 부친이 돌아가셨을 때 다 썼을 것이고, 가족에게 재산이 있어서 그의 몫으로 얼마를 받았건, 내 장담하는데 가축이나 그 밖의 다른 경비로 썼을 거야. 부지런히 일하고 운이 따라준다면야 앞으로 부자가 될 수도 있겠지만, 벌써 재산을 모아두었을 리는 없겠지."

"물론이죠, 그래요. 하지만 그분들은 매우 편안하게 살고 있는걸요. 집안일을 하는 하인을 거느리고 있진 않지만, 다른 점에선 모자람 없이 살고 있어요. 게다가 마틴 부인은 내년에 시동 하나를 들일 거라 말씀하고 있고요."*

"마틴 씨가 언제 결혼하든 네가 곤경에 처하는 일은 없기를 바라, 해리엇. 그러니까 그 사람의 아내와 알고 지내는 문제를 말하는 거야. 그 사람의 누이들이야 고등교육을 받았으니 둘 다 어디 내놓아도 부끄러울 것 없는 신붓감들이지만, 그렇다고 해서 그가 네 주목을 받을 만한 여자와 결혼하게 될 거란 뜻은 아니야. 넌 태생이 불운하기 때문에 네가 알고 지내는 사람들에 대해서는 각별히 주의를 기울이지 않으면 안 돼. 네가 신사

---

*당시 시동 같은 하인은 집 안과 집 밖에서 일하는 하인으로 구분되었으며, 집 안에서 일하는 하인을 고용하는 것은 위신이 있는 사람에게만 가능했다. 마틴 씨의 경우는 자신이 임대한 농지에서 부릴 집 밖의 남자 하인을 의미한다.

의 딸이라는 건 의심할 여지가 없으니까, 그 신분이 주는 권리에 보탬이 되도록 최선을 다해야 해. 그렇지 않으면 네 품성을 떨어뜨리는 것에 재미를 붙일 사람들이 끝도 없이 생겨날 거야."

"네, 정말 그래요. 저도 그렇게 생각해요. 하지만 제가 하트필드를 방문하고, 또 우드하우스 양께서 이토록 제게 친절하게 대해주시는 한, 저는 누가 뭐래도 두렵지 않아요."

"영향력이 주는 힘을 잘 아는구나, 해리엇. 하지만 난 네가 훌륭한 집단에 확실히 자리를 잡아서 하트필드는 물론 내게서도 독립할 수 있기를 바라. 난 네가 든든한 인맥을 확고하게 갖추는 것을 보고 싶고, 그러려면 이상한 사람들과는 가급적 친분을 맺지 않는 것이 좋아. 그래서 내가 하고 싶은 말은 마틴 씨가 결혼할 때 네가 이 지역에 있게 된다면, 그 누이들과 친하다는 이유로 그 사람의 아내와도 친분을 트는 일은 없기를 바란다는 거야. 마틴 씨의 아내는 고작 농부의 딸에, 교육도 받지 못한 사람일 테니 말이야."

"옳은 말씀이에요. 이렇게 말한다고 해서 마틴 씨가 제대로 교육받지 못하고 바람직하게 양육받지도 못한 아가씨랑 결혼할 거라고 생각하는 건 아니지만요. 어쨌든 우드하우스 양의 견해에 반대하려는 뜻은 없어요. 그리고 저 역시 그의 아내 될 사람과 친해지고 싶은 생각은 들지 않을 것 같아요. 마틴가의 따님들, 그중에서도 엘리자베스는 변함없이 존중할 것이고, 그런 의미에서 그들과의 우정을 포기하는 것이 매우 유감스럽긴

할 거예요. 그들은 저와 마찬가지로 교육을 잘 받은 아가씨들이니까요. 하지만 마틴 씨가 일자무식에 천박한 여자와 결혼하게 된다면 그 사람을 찾아가지 않는 게 좋으리란 건 두말할 필요도 없겠죠, 제 선에서 가능하다면요."

에마는 해리엇이 이렇게 갈팡질팡하며 말하는 내내 그녀를 주시했고, 걱정할 만큼의 사랑의 징후 같은 것은 발견하지 못했다. 그 청년이 그녀를 좋아한 첫 번째 남자이긴 했어도 그 외에 달리 영향을 끼친 바는 없다는 것, 그리고 해리엇 입장에선 에마가 우정의 발로에서 중재할 때 거부할 만큼 심각한 문제는 없을 거라고 믿었다.

바로 다음 날, 그들은 돈웰 거리를 걷다가 마틴 씨를 만나게 되었다. 그는 걸어오다가 매우 공손한 태도로 에마를 쳐다보더니 그 옆에 있던 해리엇을 일말의 가식도 없는 흡족한 표정으로 쳐다보았다. 에마는 그런 식으로 관찰할 기회가 생긴 것이 싫지 않았고, 두 사람이 이야기를 나누는 동안 몇 발짝 앞서 가서 예리한 눈으로 로버트 마틴을 속속들이 보았다. 그는 매우 깔끔한 용모에 분별력을 갖춘 청년으로 보였지만, 그 외의 다른 장점은 전혀 찾아볼 수 없었다. 지금껏 해리엇을 매료시켰던 그의 장점들은 다른 신사들과 비교하는 순간 모두 사라져버릴 거라고 그녀는 생각했다. 해리엇은 예법에 둔감한 여자가 아니었다. 일전에 그녀는 우드하우스 씨의 온유한 성품을 알아차리고 놀라워하며 찬탄하기도 했다. 반면 마틴 씨는 예법이 무엇인지 전혀 알지 못하는 사람처럼 보였다.

우드하우스 양을 기다리게 할 수는 없었기 때문에 두 사람이 함께 있었던 건 고작 몇 분에 지나지 않았다. 이내 들뜬 듯 미소 띤 얼굴로 달려오는 해리엇을 보며 에마는 그 즉시 그녀의 마음을 가라앉히고 싶었다.

"마틴 씨를 이렇게 우연히 만나게 되다니! 정말 신기하지 않아요! 그분도 랜들스 쪽으로 돌아가지 않았던 게 순전히 우연이었대요. 우드하우스 양과 내가 이 길을 산책할 거라고는 꿈에도 생각지 못했대요. 으레 랜들스 쪽을 향해 가겠거니 생각했대요. 그리고 《숲 속의 로맨스》는 아직 구하지 못했대요. 지난번에 킹스턴에 갔을 때 정신없이 바빠서 기억조차 못 했었는데 그래도 내일 다시 간대요. 이렇게 우연히 마주치다니 정말 이렇게 신기한 일이 다 있을까요! 우드하우스 양, 그분은 당신이 예상했던 대로인가요? 그분을 어떻게 생각하세요? 정말 볼품없이 생겼다고 생각하세요?"

"두말할 필요도 없이 정말 볼품없이 생겼어. 한눈에 보일 정도로 말이야. 하지만 그런 건 세련된 몸가짐이라곤 눈을 씻고 봐도 없는 것에 비하면 전혀 중요하지 않지. 나는 많은 걸 기대하지도 않았고 또 내게 그럴 권리도 없지만, 그렇게나 촌스럽고 풍채도 형편없을 줄은 미처 몰랐어. 솔직히 말하자면 그 사람이 이보다 한두 등급은 더 신사 계층에 가까울 거라고 생각했었거든."

"정말 그래요." 해리엇이 당황한 기색이 역력한 목소리로 말했다. "진짜 신사만큼 품위 있는 사람은 아니죠."

"해리엇, 우리와 함께 어울리면서 진정한 신사들을 몇 번이나 만나보았으니, 그들과 마틴 씨가 얼마나 다른지 여실히 깨달았을 거야. 넌 하트필드에 올 때마다 지체 높은 집안에서 훌륭한 교육을 받으며 성장한 신사들의 뛰어난 모범을 익히 봐왔지. 그런 사람들을 보고도 마틴 씨와 다시 어울리면서 그가 정말로 격이 떨어지는 사람이란 걸 깨닫지 못한다면, 예전엔 어떻게 그런 사람에게 호감을 가졌던 건지 네 스스로 이상하게 여기지 않는다면, 난 놀랄 거야. 벌써부터 슬슬 그런 생각이 들지 않아? 놀랍지 않았어? 난 네가 그의 어수룩한 표정과 투박한 태도에, 그리고 내가 여기 서서 듣기로는 전혀 조절이 되지 않는 듯한 무례한 목소리에 분명히 놀랐을 거라고 확신하는데."

　"물론, 마틴 씨가 나이틀리 씨 같지는 않아요. 그분은 나이틀리 씨처럼 분위기나 걸음걸이가 우아하지도 않아요. 제 눈에도 그 차이가 확연히 보였어요. 하지만 나이틀리 씨는 정말로 우아한 분이니까요!"

　"나이틀리 씨의 태도야 어디에 내놓아도 흠잡을 데 없으니 마틴 씨와 비교하는 건 공정하지 못한 일이겠지. 나이틀리 씨처럼 훌륭한 신사는 백 명 중에 한 명이나 될까 말까 하니까. 하지만 네가 최근에 알게 된 신사가 나이틀리 씨만 있는 건 아니지. 웨스턴 씨와 엘턴 씨는 어때? 그 두 사람 중 한 명과 마틴 씨를 비교해봐. 걸음걸이며 말투, 침묵할 때의 태도 같은 것 말이야. 분명히 다른 게 느껴질 거야."

"아, 그럼요! 엄청나게 달라요. 하지만 웨스턴 씨는 거의 노인에 가깝잖아요. 그분 나이가 마흔에서 쉰 사이니까요."

"그래서 그분의 훌륭한 태도가 더더욱 빛을 발하는 거야. 해리엇, 사람은 나이가 들수록 태도에 어긋남이 없도록 하는 게 더 중요하거든. 야단스럽거나 상스럽거나 어수룩한 태도는 나이가 들수록 남들 눈에 잘 띄고 혐오스러워지기 마련이야. 젊었을 땐 눈감아줄 만한 일도 나이가 들어선 참을 수 없이 싫어지니까. 마틴 씨는 지금 어수룩하고 투박하잖아. 그런 사람이 웨스턴 씨의 나이가 되면 어떤 모습일까?"

"그건 정말 모르겠어요." 해리엇은 다소 진중하게 대답했다.

"하지만 짐작이야 얼마든지 할 수 있지 않을까. 그 사람은 더없이 상스럽고 저속한 농부가 될 거야. 외모 같은 건 될 대로 되라는 식일 테고 오로지 이윤과 손실에만 신경 쓰겠지."

"정말 그분이 그렇게 될까요? 그러면 정말 보기 흉하겠어요."

"네가 추천한 책을 알아보는 것조차 벌써 잊어버릴 정도니, 이미 그 사람 머릿속엔 자기 일밖에 없다는 것쯤 알 수 있지 않아? 온통 거래 생각뿐이라 그 외의 다른 것은 신경 쓸 겨를이 전혀 없는 거야. 자수성가하는 사람이라면 그러는 게 당연하고. 그런 사람에게 책이 다 무슨 소용이니? 물론 그 사람이 자수성가해서 장래에 대단한 부자가 될 거라는 건 전혀 의심하지 않아. 그러니 일자무식에 상스럽다고 해서 우리가 심란해할 건 없어."

"마틴 씨가 왜 그 책을 기억하지 못했을까 싶네요." 해리엇은 그렇게만 대답했으나, 말투에 불쾌감이 적잖이 묻어나서 에마는 그 일에 대해서는 더 이상 얘기하지 않는 것이 안전하겠다고 생각했다. 그래서 잠깐 침묵하다가 다시 말을 꺼냈다.

"어쩌면 한 가지 면에서는 엘턴 씨의 태도가 나이틀리 씨나 웨스턴 씨보다 더 나을지도 몰라. 그분 쪽이 좀 더 온화하거든. 그분을 귀감으로 삼는 게 더 좋을지도 모르겠어. 웨스턴 씨는 솔직하고 기민하고 어찌 보면 퉁명스럽기까지 하지만, 너무나 유쾌하게 그런 면모를 드러내기 때문에 모두가 그분을 좋아해. 하지만 그런 태도는 따라 할 성질의 것이 못 돼. 거침없고 단호하고 명령조에 가까운 나이틀리 씨의 태도는 그분에겐 참 잘 어울리지만, 마찬가지로 다른 사람이 따라 할 만한 것이 아니야. 그분이 그래도 괜찮아 보이는 건 그분 특유의 용모, 표정, 사회적 지위 덕이니까. 하지만 다른 청년이 나이틀리 씨를 따라 하겠다고 나선다면, 그 모습이 가히 가관일 거야. 반면 엘턴 씨를 모범으로 삼도록 추천하는 건 정말 괜찮을 것 같아. 엘턴 씨는 유쾌하고 활기차고 친절한 데다 온화하기까지 하니까. 내가 짐작하기로 그분의 태도가 최근 들어서 더 온화해진 것 같아. 더 부드러운 태도로 우리 둘 중 한 사람의 환심을 사려는 마음인지는 모르겠지만, 해리엇, 아무래도 내 생각엔 그분 태도가 전보다 더 부드러워진 것 같거든. 거기에 어떤 저의가 있다면 틀림없이 네 마음을 사고자 하는 걸 거야. 일전에 그분이 너에 대해 한 얘길 내가 들려주지 않았니?"

그런 다음 에마는 엘턴 씨를 부추겨서 얻어낸 따뜻하고 사사로운 칭찬의 말들을 되풀이함으로써 그 뜻을 온전하게 전달했다. 그러자 해리엇은 얼굴을 붉히며 미소를 짓더니 엘턴 씨라면 늘 기분 좋은 분으로 생각했다고 말했다.

엘턴 씨는 해리엇의 머릿속에서 예의 젊은 농부를 몰아낼 셈으로 에마가 점찍은 인물이었다. 에마는 엘턴 씨라면 해리엇의 훌륭한 배필이 될 거라고 생각했다. 아니, 누가 봐도 당연하다고 여길 정도로 바람직하고 자연스럽고 그럴듯하기에 에마가 두 사람을 계획적으로 맺어주었다고 해서 자랑스러워할 것도 없을 것 같았다. 그녀는 다들 똑같이 생각하고 예견할까 봐 걱정스러웠다. 하지만 그 계획을 세운 시기를 따져볼 때 누구도 그녀를 앞서진 못할 터였다. 그녀가 그 계획을 처음 떠올린 것은 다름 아니라 해리엇이 하트필드를 찾은 첫날 저녁이었으니까. 생각하면 할수록 정말로 멋진 조합이라는 생각이 들었다. 엘턴 씨는 다른 사람을 떠올릴 수 없을 만큼 적절했다. 흠잡을 데 없는 신사인 데다 남부끄러운 친척도 없었다. 그러면서도 해리엇의 의문스러운 출생 배경을 놓고 크게 반대할 수 있을 만큼 대단한 가문도 아니었다. 해리엇이 편히 살 수 있는 집이 있었고, 에마 생각엔 흡족한 정도의 수입도 있는 사람이었다. 하이버리에서 목사직의 봉급이 대단한 수준은 못 되었지만 그에겐 별도의 상당한 재산이 있다고 알려져 있었다. 그리고 에마는 유쾌하고 착하고 존경할 만한 청년으로, 세상을 살아가는 데 필요한 분별과 식견을 갖추고 있다는 점에서 그를 매우 높이 평가했다.

엘턴 씨가 해리엇을 아름다운 아가씨로 생각하고 있다는 것은 이미 충분히 확인한 사실이었다. 에마는 그가 하트필드에서 해리엇을 자주 만나는 것만으로도 사랑의 씨앗을 틔우게 될 거라고 믿었다. 해리엇은 엘턴 씨가 자신에게 특별한 감정을 갖고 있다고 생각하는 것으로도 효과를 보일 게 분명했다. 그리고 엘턴 씨는 실제로 매우 호감이 가는 유형, 그리 까다롭지 않은 여자라면 누구나 좋아할 만한 그런 청년이었다. 세간에는 그가 빼어난 미남이라고 알려져 있었다. 대체로 그의 외모에 대한 칭찬이 자자했는데, 에마는 거기에 동의하지 않았다. 그에게는 그녀가 외모에서 필수 불가결한 것으로 생각하는 품격이 없었기 때문이다. 하지만 자신에게 줄 호두를 찾아 말을 타고 시골을 누비는 로버트 마틴 같은 남자한테도 반색하는 여자라면 엘턴 씨의 칭찬에는 완전히 마음을 빼앗길 것이었다.

5

"웨스턴 부인, 부인은 어떻게 생각하실지 모르겠습니다만," 나이틀리 씨가 운을 뗐다. "요즘 들어 에마와 해리엇 스미스가 부쩍 친하게 지내는 것 말입니다. 저는 우려가 됩니다."

"우려가 되다니요. 정말로 그렇게 생각하시나요? 왜죠?"

"서로에게 전혀 득이 될 것 없는 관계라는 생각이 들어서요.”

“그런 말씀을 하시다니 놀랍네요! 에마가 해리엇에게 도움이 되리라는 건 당연하지 않나요. 그리고 해리엇도 에마가 새롭게 관심을 쏟을 만한 대상이 됨으로써 도움을 준다고 할 수 있지 않을까요. 저는 두 사람이 친하게 지내는 것을 정말 더없이 기쁜 마음으로 지켜봐왔어요. 그런데 나이틀리 씨와 제 생각이 이렇게 다르다니! 서로에게 전혀 득이 될 것 없는 관계라고 생각하실 줄은 몰랐네요! 아무래도 에마 때문에 앞으로 저와 언쟁을 벌이시게 될 것 같은데요, 나이틀리 씨.”

“어쩌면 웨스턴이 외출한 틈을 타서 언쟁을 벌일 요량으로 이렇게 부인을 찾아온 거라고 생각하실 수도 있겠군요. 그렇다면 부인 혼자서 싸우게 될 테니까요.”

“웨스턴 씨가 여기 있었다면 당연히 제 편을 들었을 거예요. 그 문제에 대해서라면 남편은 저와 생각이 완전히 일치하니까요. 바로 어제도 그이와 전 그 이야기를 하면서 에마에게 하이버리에서 친하게 지낼 만한 친구가 생겨 정말 다행이라고 말했답니다. 나이틀리 씨, 이번만큼은 당신의 판단이 공정하다고 인정하지 않겠어요. 나이틀리 씨는 혼자서 지내는 것에 너무도 익숙해진 나머지 말동무의 가치를 알지 못하시는 거예요. 하기야 어떤 남자도 공정하게 판단하진 못할 것 같네요. 평생 동성과 우정을 쌓으며 지내온 여자가 이후 또다시 그런 교우 관계를 맺게 되었을 때 느끼는 포근한 감정을 남자들이 어떻게 이해하겠어요? 나이틀리 씨가 해리엇 스미스를 마뜩지 않게 여기시는 건 알 만해요. 에마의 친구라면 그보다는 훨씬 더 뛰어난 처녀여야 할 테니까요. 하지만 달리 생각해보면 에마는 해리엇이 지금보다 식견을 넓히길 바라고 있으니, 그 덕분에 에마 자신의 독서량도 늘어나게 될 거예요. 둘은 함께 독서를 할 거거든요. 에마는 정말로 그렇게 할 거예요, 제가 알아요."

"에마는 열두 살 때부터 줄곧 독서량을 늘리겠다고 작정하지 않았던가요? 꾸준히 읽겠노라며 시시때때로 작성한 도서 목록을 제가 한두 번 본 줄 아십니까? 실로 대단히 훌륭한 목록이었지요. 좋은 책들을 골라 정말로 깔끔하게 정리까지 했었죠. 때론 알파벳 순서대로, 때론 뭔가 다른 원칙에 따라서 말입니다. 에마가 고작 열네 살 때 작성한 목록이 있었지요. 그녀의 판단력이 얼마나 뛰어난지 잘 보여준다는 생각에 얼마간 간직하고 있었던 기억이 납니다. 그런 점에서 단언컨대 에마는 이번에도 대단히 훌륭한 목록을 작성했을 것 같군요. 하지만 전 에마가 꾸준히 독서를 해나가리라는 기대는 접었습니다. 그녀는 성실과 인내를 요하는 일은 물론, 상상보다 이해에 기대야 하는 일은 무엇 하나 순순히 하는 법이 없으니까요. 그 방면에선 결혼 전의 부인도 에마를 고무시키지 못했는데, 하물며 해리엇 스미스가 해낼 리 만무하다고 제가 장담해도 되겠지요. 부인이 아무리 설득해도 에마는 부인이 바라는 것의 반도 읽지 못할 게 분명합니다. 부인도 자신이 할 수 없다는 걸 아시겠지요."

"저도 그땐 그렇게 생각했지요." 웨스턴 부인이 미소 지으며 대답했다. "하지만 에마와 따로 살게 된 후로 에마가 제가 바란 것 중에 빼먹은 게 하나라도 있는지 전혀 기억이 안 나네요."

"그런 기억을 되살리고 싶은 마음이 차마 생기지 않는 것이겠죠." 나이틀리 씨가 진중한 태도로 말하더니, 잠깐 말을 끊었다가 이내 덧붙였다. "하지만 그런 매력에 정신을 잃어본 적이 없었던 저로서는 여전히 보고 듣고 기억할 수밖에 없습니다. 에마는 집안에서 제일 영특한 아이였기 때문에 응석받이가 됐어요. 에마가 열 살 때 열일곱 살 난 언니조차 어려워할 만한 질문에 답을 할 만큼 똑똑했던 것이 오히려 불운이었죠. 에마는 언제나 순발력이 있었고 또 자신만만했습니다. 이저벨라는 굼뜨고 수줍음을 많이 탔고요. 그런 데다 열두 살이 되면서부터 에마는 쭉 집안의 안주인이자 여러분 모두의 안주인 노릇을 했지요. 어머니를 여의면서 에마는 자신을 감당할 만한 유일한 사람을 잃은 겁니다. 그녀는 어머니의 재능을 물려받았고, 어머니가 살아 계셨다면 틀림없이 고분고분하게 자랐을 거예요."

"나이틀리 씨, 제가 만약 우드하우스가를 떠나 다른 일자리를 얻고자 당신의 추천에 기댔다면 큰일 날 뻔했네요. 나이틀리 씨는 어느 누구에게도 저를 좋게 평가하셨을 것 같지 않으니까요. 제가 맡았던 직책에는 한참 모자라는 사람이라고 늘 생각하셨겠죠."

"네." 그가 미소를 지으며 말했다. "부인은 이 자리가 더 잘 어울립니다. 아내로서의 자질은 매우 훌륭하지만, 가정교사로선 전혀 아닙니다. 당신은 하트필드에 살면서 언제나 훌륭한 아내가 될 준비를 하고 있었죠. 부인이 가진 능력에 맞게 에마를 흠잡을 데 없이 가르치진 못했을 겁니다. 반대로 에마에게서 결혼 생활의 핵심 미덕, 즉 자신의 의지를 꺾고 순종하는 법을 배웠지요. 만약 웨스턴이 저에게 신붓감을 추천해달라고 부탁했었다면 저는 틀림없이 테일러 양이라고 말했을 겁니다."

"고맙군요. 하지만 웨스턴 씨 같은 분에게 훌륭한 아내가 된다고 해서 제가 가진 미덕이 크게 돋보이진 않을 것 같네요."

"이런, 솔직히 말씀드리면 오히려 부인이 그 미덕을 내팽개칠까 봐 걱정이 되는군요. 어떤 일도 감내할 수 있는 능력을 가지셨지만, 정작 감내해야 할 일이 아무것도 없을 테니까요. 그래도 아직 절망하진 마십시오. 웨스턴이 안락함에 겨워 성격이 비뚤어질지, 아니면 아들 때문에 속을 썩을지 누가 압니까?"

"그러지 않기를 바라야죠. 그런 일이 일어날 것 같지도 않고요. 아뇨, 나이틀리 씨, 그 방면에서 애태울 일이 생길 거라는 예측은 하지 마세요."

"저는 예측하는 게 아닙니다, 정말로요. 다만 가능성을 지적하는 것뿐입니다. 제가 주제넘게 에마처럼 앞날을 내다보고 짐작하는 재능이 있다고 이러는 것도 아니고요. 저는 그 청년이 웨스턴 같은 훌륭한 성품과 처칠 씨 같은 재력을 겸비했기를 진심으로 바랍니다. 하지만 해리엇 스미스라면, 전 해리엇 스미스에 대해선 아직 할 말을 반도 채 못 했습니다. 제 생각에 그 여자는 에마가 만나게 될 친구 중에서 단연코 최악의 유형입니다. 자기는 아는 게 진히 없고, 에마는 모르는 게 없다며 떠받들고 있지요. 그녀는 무엇을 해도 아첨꾼이 될 뿐이에요. 그 아첨이 사심 없이 우러나오는 것이라 더 나쁩니다. 그런 무지가 에마에겐 끝없는 아첨이 될 테니까요. 해리엇이 그렇게 기쁨에 겨워 대놓고 무지를 드러내는데 에마가 무슨 수로 배워야겠다는 자극을 받겠습니까? 그리고 감히 말씀드리건대, 해리엇은 에마와의 우정에서 아무것도 얻지 못할 겁니다. 하트필드 때문에 공연히 자신이 속한 곳들에 정나미만 떨어지게 될 거예요. 우아해질지는 모르나, 태생과 입지 면에서 자신과 비슷한 사람들을 불편하게 받아들일 만큼만 우아해질 테고요. 만약 에마의 가르침이 마음을 강건히 하는 데 조금이라도 보탬이 되거나, 어린 처녀가 삶에서 부닥치게 될 온갖 상황들에 이성적으로 적응하는 데 일말의 도움이라도 줄 수 있다면, 제가 한참 잘못 생각한 것이겠지요. 하지만 에마의 가르침은 약간의 품위만 더해주는 데 지나지 않아요."

"제가 나이틀리 씨보다는 좀 더 에마의 분별력에 기대를 걸고 있거나, 아니면 에마가 당장 즐겁게 지내기를 더 바라는 건지도 모르겠네요. 저로선 두 사람의 친교를 안타까워할 수 없는 노릇이니까요. 어젯밤에 에마를 봤는데 얼마나 좋아 보였는지 모르실걸요!"

"아하! 그러니까 에마의 마음보다는 외모에 대해 이야기하고 싶으신 거군요, 그렇죠? 안 될 것 있습니까? 에마가 예쁘다는 점에 대해서라면 저도 굳이 부정할 생각은 없습니다."

"예쁘다고요! 아름답다고 말씀하셔야죠. 얼굴로 보나 몸매로 보나 에마보다 더 완벽에 가까운 미인을 상상하실 수 있으세요?"

"제가 뭘 상상할 수 있을지도 모르겠는걸요. 하지만 이제껏 에마만큼 보기 좋은 얼굴이나 몸매를 본 적이 거의 없다는 건 인정하겠습니다. 하지만 저는 오랜 친구이니 제 눈은 편파적일 수밖에 없죠."

"에마의 그 눈! 아름답게 반짝이는 진짜 담갈색 눈동자 말이에요! 정연한 이목구비에 순수한 표정에, 안색은 또 어떻고요! 아! 건강미 넘치는 복숭앗빛 뺨과 단아한 키와 몸집. 자태도 어쩌면 그리 탄탄하고 곧은지요! 복숭앗빛 뺨만이 아니라 그녀의 태도, 그녀의 머리, 그녀의 시선에도 건강미가 넘치죠. 흔히들 아이를 두고 '건강의 표본'이라고 하는데, 저는 에마야말로 성년이 가진 건강미의 완벽한 표본 같다는 생각을 늘 한답니다. 에마는 사랑스러움 그 자체예요. 나이틀리 씨, 그렇지 않나요?"

"에마의 외모에 대해서라면 저 역시 어떤 흠도 잡지 않겠습니다." 나이틀리 씨가 대답했다. "부인께서 묘사하신 그대로라고 생각합니다. 에마를 바라보는 것은 즐거운 일이지요. 그리고 이 모든 찬사에 한 가지를 덧붙이고 싶군요. 자기 외모에 대한 허영이 없다는 점 말입니다. 그토록 아름다운 외모를 가졌는데도, 본인은 그 사실에 하등의 관심이 없어 보이니까요. 그녀의 허영은 다른 데 있죠. 웨스턴 부인, 부인이 절 설득해봤자 해리엇 스미스에 대한 반감을 거두거나, 그들의 우정이 그들 쌍방에 해가 되리라는 걱정을 덜 일은 없을 겁니다."

"저도 말이죠, 나이틀리 씨, 둘의 우정이 그들에게 전혀 해가 되지 않으리라는 확신에 있어선 당신 못지않게 확고하답니다. 사랑스러운 에마가 대수롭지 않은 결함들을 갖고 있다 한들, 그녀는 뛰어난 사람이에요. 어딜 가면 그보다 더 든든한 딸이나 더 다정한 자매, 더 진정한 친구를 찾을 수 있을까요? 아무 데도 없어요. 아무 데도요. 에마는 신뢰할 만한 품성을 갖추었어요. 그런 에마가 누군가를 잘못된 방향으로 이끌 리 없어요. 돌이키지 못할 큰 실수 같은 건 하지 않을 거예요. 한 번 실수를 하면 백 번은 옳은 일을 하는 사람이니까요."

"좋습니다. 더는 부인을 괴롭히지 않겠습니다. 에마는 천사가 될 거고, 제 심술은 크리스마스에 존과 이저벨라가 올 때까지 저 혼자 간직하도록 하지요. 존은 에마를 합리적으로, 따라서 맹목적인 애정에 사로잡히는 법 없이 사랑하죠. 그리고 이저벨라는 존이 아이들 얘기에 무심한 경우만 아니라면 늘 남편과 뜻을 같이하고요. 장담하는데 두 사람도 제 의견에 동의할 겁니다."

"세 분 모두 에마를 지극히 사랑하시니 부당하거나 몰인정하게 생각하실 리 없다는 걸 알아요. 그렇지만 실례를 무릅쓰고 한 말씀 드릴게요. 나이틀리 씨. 에마의 어머니가 살아 계셨다면 누리셨을 발언권이 제게도 얼마간 있다고 생각하니까요. 해리엇 스미스와의 친교 문제로 여러분이 설왕설래한다면, 결코 좋은 방향으로 갈 수 없을 거라는 게 제 생각입니다. 이렇게 말씀드려서 유감이지만, 설령 에마와 해리엇의 친교로 인해 어떤 불편함이 우려된다고 가정하더라도 에마가 해명해야 할 대상은 그녀의 아버지뿐인데, 우드하우스 씨는 그들의 관계를 절대적으로 인정해주셨으며, 또한 에마 본인이 그로 인해 즐거워한다면 절교를 강요해선 안 될 일이지요. 저는 수년간 조언하는 것을 직분으로 삼아왔으니, 제가 얼마 남지 않은 제 역할을 다한다고 해도 놀라지는 마세요, 나이틀리 씨."

"그럴 리가요!" 나이틀리 씨가 소리쳤다. "그 조언, 매우 달게 받겠습니다. 실로 훌륭한 조언입니다. 그 말씀은 지금껏 당신이 해주신 조언보다 나은 운명을 맞게 될 겁니다. 제가 소중히 간직할 테니까요."

"존 나이틀리 부인은 쉽게 불안해하는 성격이라서 동생을 걱정할지도 모르겠는데요."

"안심하세요." 그가 말했다. "설마 제가 반대한다고 고함이라도 치겠습니까. 저의 언짢은 기분은 저 혼자만 간직하도록 하겠습니다. 저는 에마에게 진정 어린 관심을 갖고 있습니다. 이저벨라는 제수씨 이상은 아닌 것 같아서, 딱히 큰 관심을 가져본 적이 없습니다. 이저벨라가 제 관심을 끌 만한 이렇다 할 행동을 한 적이 없어서인지도 모르죠. 하지만 에마에 대해서는 염려나 호기심이 듭니다. 그녀가 어떻게 될지 궁금하거든요!"

"저도 그래요." 웨스턴 부인이 부드럽게 말했다. "아주 많이요."

"에마는 절대 결혼하지 않겠다고 큰소리치는데, 물론 아무 의미 없이 하는 말이죠. 하지만 에마가 지금껏 마음이 가는 남자를 한 번이라도 만난 적이 있는지 모르겠습니다. 적절한 상대를 만나 열렬히 사랑하게 된다면 그녀에겐 좋은 일일 겁니다. 전 에마가 사랑에 빠지되, 그 보답으로 사랑을 받지는 못하는 상황에 처하는 걸 보고 싶어요. 그러는 게 에마에겐 약이 될 겁니다. 하지만 이 근방에는 그녀가 애정을 줄 만한 사람이 아무도 없지요. 게다가 에마는 좀처럼 집에서 나오지도 않고요."

"정말 현재로선 그 결심을 되돌릴 만큼 에마를 유혹할 만한 게 거의 없는 것 같아요." 웨스턴 부인이 말했다. "그리고 에마가 하트필드에서 더없이 행복하게 지낼 수 있는 한, 저는 그녀가 사랑에 빠지길 바라지 않아요. 그렇게 되면 가엾은 우드하우스 씨에겐 견디기 힘든 일이 될 테니까요. 제가 결혼을 경멸하는 건 절대 아니지만, 지금 당장은 에마에게 결혼하라고 권하지 않겠어요."

그녀의 말에는 이 주제에 관해 본인과 남편이 곧잘 하는 어떤 생각을 숨기려는 의도도 담겨 있었다. 랜들스에선 에마의 앞날을 두고 이러저러한 바람들이 오갔지만, 다른 사람들에게 들켜서 좋을 것이 없었다. 나이틀리 씨는 이내 조용히 화제를 바꾸었다. "웨스턴은 날씨에 대해 어떻게 생각하던가요? 비가 올까요?" 이에 웨스턴 부인은 하트필드에 대해서 더 할 말이나 짐작하는 바가 없는 거라고 믿었다.

6

에마는 자신이 해리엇의 상상을 적절한 방향으로 이끌었고, 고마워하는 그녀의 철없는 허영심을 끌어올려 매우 바람직한 목적을 부여했다고 믿어 의심치 않았다. 해리엇이 엘턴 씨의 뛰어난 외모와 유쾌한 태도를 전보다 더 분명하게 의식하고 있음을 알아챘기 때문이었다. 그리고 곧바로 엘턴 씨가 해리엇을 마음에 두고 있는 게 틀림없다고 기분 좋은 암시를 주었으니, 해리엇의 마음에도 그 상황에 필요한 만큼의 호감이 생겨났으리라 확신했다. 에마는 엘턴 씨가 이미 사랑에 빠진 게 아니라면 곧 사랑에 빠질 공산이 크다고 믿었다. 엘턴 씨에 관해서라면 의심의 여지가 없었다. 그가 해리엇에 관해 이야기하면서 너무나 열성적으로 칭찬했기 때문에, 에마는 설령 미진한 점이 있더라도 시간이 지나면 해결될 거라고 생각했다. 해리엇이 하트필드에 소개된 후, 그녀의 태도가 몰라보게 향상되었다는 엘턴 씨의 견해는 그만큼 그의 애정이 커져가고 있음을 드러내는 기분 좋은 증거였다.

"당신은 스미스 양에게 필요한 모든 것을 채워주셨습니다." 엘턴 씨가 말했다. "당신 덕분에 그녀는 우아하고 차분해졌어요. 처음 당신에게 왔을 때도 아름다운 아가씨였지만 제 생각에 당신이 스미스 양에게 더해준 매력은 그녀가 타고난 성품과 비교할 수 없을 만큼 우월해요."

"제가 해리엇에게 도움을 줬다고 생각해주시니 기쁘네요.

하지만 해리엇에게 필요한 건 애초에 갖고 있는 것들을 밖으로 끄집어내는 일이었어요. 제가 준 건 약간, 아주 약간의 암시뿐이었죠. 해리엇은 상냥한 기질과 솔직함 같은 우아한 천성을 타고났어요. 그에 비하면 제가 한 일은 정말 보잘것없지요."

"숙녀의 말에 반박해도 예의에 어긋나지 않는다면 그렇게 했을 겁니다." 특히 여성에게 정중한 엘턴 씨가 말했다.*

"제가 해리엇에게 좀 더 결단력 있는 성격을 부여하고, 그녀가 이전에는 미처 생각지 못했던 점들을 생각해보도록 가르친 건 있을지 몰라요."

"바로 그겁니다. 제가 인상 깊게 느낀 것도 바로 그거예요. 정말 몰라보게 강단 있는 숙녀가 되었어요! 솜씨가 정말 대단하십니다!"

"더없이 즐거운 일이었다고 자부해요. 해리엇만큼 사랑스럽기 그지없는 성격을 가진 아가씨는 처음 보니까요."

"그 점에 대해서라면 전혀 의심하지 않습니다." 그 말을 하면서 엘턴 씨는 크게 한숨을 내쉬었고, 이는 사랑에 빠졌음을 여실히 드러내는 행동이 아닐 수 없었다. 또, 어느 날엔가 그녀가 뜬금없이 해리엇을 그리고 싶다고 하자 그가 찬성하며 보인 태도 역시 만족스러웠다.

"초상화 그린 적 있어, 해리엇?" 에마가 말했다. "네 초상화를 위해 의자에 앉아 포즈를 취해본 적이 있냐는 말이야."

*당시 남성에게 있어 숙녀가 불쾌하게 받아들일 만한 말을 하거나, 숙녀의 의견에 반대하는 것은 금기였다.

해리엇은 막 방을 나서려다가 멈춰 서더니, 절로 관심이 갈 만큼 천진난만하게 말했다.

"어머! 그럴 리가요. 아뇨, 한 번도 없어요."

그녀가 방을 나서자마자 에마가 큰 소리로 말했다.

"해리엇을 솜씨 좋게 그린 초상화가 있다면 정말 멋진 소장품이 될 텐데! 저라면 아무리 비싸다고 해도 기꺼이 돈을 지불할 거예요. 제가 직접 해리엇의 초상화를 그리고 싶은 생각마저 들 정도니까요. 엘턴 씨는 모르시겠지만 이래 봬도 2, 3년 전엔 열성적으로 초상화를 그렸답니다. 몇몇 친구들의 초상화도 그려줬었는데, 웬만큼 안목은 있다는 평을 받았거든요. 하지만 이런저런 이유로 넌더리가 나서 그만둬버렸죠. 하지만 해리엇이 절 위해 포즈를 취해준다면 용기를 내서 한 번 더 그려볼 수 있을 것 같아요. 해리엇의 초상화를 그리게 되면 정말 기쁠 거예요!"

"제가 간청해도 되겠습니까!" 엘턴 씨가 소리쳤다. "정말로 기쁠 겁니다! 우드하우스 양, 제가 간청드릴 테니 친구분을 위해서 그 매력 넘치는 재능을 발휘해주시지 않겠습니까? 당신의 그림 솜씨는 알고 있습니다. 어찌 제가 모를 거라고 생각하셨나요? 이 방만 봐도 당신이 그린 풍경화와 꽃 그림들이 이렇게 많은데요. 그리고 랜들스에 있는 웨스턴 부인의 응접실에도 우드하우스 양의 독창적인 인물화 몇 점이 있지 않나요?"

'그럼요, 친절한 엘턴 씨! 그런데 그런 말들이 초상화를 그리는 것과 무슨 상관이죠? 당신은 그림에 대해선 아무것도 모르잖아요. 내 그림에 열광하는 척하지 말아요. 그 열광은 해리엇의 얼굴을 위해 아껴두시죠.' 에마는 속으로 생각했다. "이런, 이토록 친절하게 격려해주시니 제 능력을 발휘하지 않을 수 없겠네요, 엘턴 씨. 해리엇의 이목구비는 정말 섬세해서 초상화를 그리기가 어렵거든요. 하지만 눈매나 입술 선이 독특해서 누구나 포착할 수 있어요."

"바로 그렇습니다. 눈매와 입술 선. 전 당신이 훌륭하게 해낼 거라고 확신합니다. 제발, 제발 그려주세요. 당신이 그리기만 한다면 실로 그 그림은, 당신이 한 말을 빌리자면, 멋진 소장품이 될 겁니다."

"엘턴 씨, 문제는 해리엇이 포즈를 취하지 않을 거라는 거예요. 해리엇은 자신이 얼마나 아름다운지 잘 모르거든요. 제 질문에 답할 때 그녀의 태도는 당신도 보셨지요? 달리 생각할 것도 없이 그 대답은 '제 초상화를 그릴 이유가 있나요?'라는 뜻이었으니까요."

"아, 그럼요! 저도 봤습니다. 당신 말씀이 맞아요. 저도 그런 점을 놓치지 않았어요. 하지만 저는 여전히 스미스 양을 설득할 수 있을 거라고 봅니다."

곧 해리엇이 돌아왔고 제안은 곧바로 이루어졌다. 그리고 그녀는 두 사람의 진지한 설득에 오래 망설이지 않고 승낙했다. 에마는 즉시 작업에 착수하기 위해 이전에 자신이 시도했던 다양한 초상화들이 들어 있는 화첩을 가지고 왔고, 다 함께 해리엇의 초상화에 가장 적합한 크기를 결정하고자 했다. 그녀가 손만 대고 끝맺지 못한 수많은 초상화들이 눈앞에 펼쳐졌다. 세밀화, 반신화, 전신화, 연필부터 크레용, 수채화 물감까지 두루 시도해 그린 것들이었다. 그녀는 모든 것을 다 해보고 싶어 했는데, 그림과 음악에서라면 그녀처럼 별다른 노력을 기울인 적이 없는 사람들 다수보다는 더 발전한 편이라고 할 수 있었다. 그녀는 악기를 연주하고 노래를 부를 줄 알았고, 또 거의 모든 양식의 그림을 그릴 줄 알았다. 그러나 진득이 한 적은 한 번도 없었다. 스스로 바라는 만큼 뛰어난 경지에 이르지 못했고, 이르지 못하면 안 될 경지에도 이른 적이 없었다. 그림이나 음악에 있어 그녀는 자신의 솜씨에 대해 스스로를 속이지는 않는 편이었지만, 다른 사람들을 속이는 것을 꺼려하지 않았고, 자신의 재능에 대한 평가가 실제보다 높을 때가 많다는 것을 알아도 서운해하지 않았다.

적어도 완성한 그림에선 저마다 장점이 엿보였다. 어쩌면 완성했다는 데 가장 큰 의의가 있을지 모르지만 그녀의 스타일엔 활기가 넘쳤다. 하지만 그런 활기가 훨씬 적었거나 열 배는 더 많았다 해도 그녀의 두 친구는 변함없는 기쁨과 찬사를 바쳤을 것이다. 두 사람 모두 희열을 느끼고 있었다. 초상화는 모두를 즐겁게 하는 법이며, 우드하우스 양의 작품은 틀림없이 우수할 터였다.

"딱히 얼굴이 다양해 보이진 않을 거예요." 에마가 말했다. "연구 대상으로 삼을 만한 사람들이 제 가족뿐이었거든요. 저기 아버지 초상화가 있네요, 저기 또 하나가 있고요. 아버지는 초상화 때문에 가만히 앉아 있다는 생각만으로도 너무 불안해하셔서 몰래 그릴 수밖에 없었어요. 그래서 두 그림 다 아버지와 아주 비슷하다고는 할 수 없어요. 웨스턴 부인을 그린 그림이 하나 더, 하나 더, 그리고 여기도 있네요. 사랑하는 웨스턴 부인! 내가 무엇을 하든 한결같이 친절하게 대해준 나의 친구! 부인은 제가 부탁만 하면 언제든 포즈를 취해줬어요. 이건 저의 언니네요. 아담하고 우아한 자태가 제대로 표현되어 있지 않나요! 얼굴도 꽤 닮았고요. 언니가 오래 앉아 있었다면 좀 더 닮게 그릴 수 있었을 텐데, 조카들 넷을 그리라고 절 다그치느라 가만히 앉아 있질 못하더라고요. 그리고 이건 그 네 아이 중에 셋을 그린 그림이에요. 거기, 그림 이쪽 끝에서 저쪽 끝 방향으로 헨리, 존, 벨라예요. 셋 중에 한 명을 다른 아이로 그렸어도 될 텐데. 언니가 조카들 초상화를 그려달라고 너무도 간절히 바라는 바람에 거절할 수가 없었어요. 하지만 서너 살 먹은 아이들을 무슨 수로 가만히 서 있게 하나요. 그리고 분위기와 안색을 표현하는 것은 둘째 치고, 비슷하게 그리는 것도 결코 쉽지 않아요. 유달리 기괴하게 생겼다면 모를까. 여기 이건 넷째 조카를 그린 거예요, 아기 때였죠. 소파에 누워 잠들어 있을 때 그렸는데, 모자에 달린 꽃이 바라던 대로 실제에 가깝게 그려졌어요. 아이가 아주 편한 자세로 머리를 기대고 자고 있었어요. 그래서 실제와 많이 비슷해요. 그리고 여기 제 마지막 그림이 있네요." 에마는 어느 신사를 그린 작은 크기의 전신화를 펼쳤다. "제 마지막 작품이자 최고의 그림이랍니다. 제 형부인 존 나이틀리 씨를 그린 거예요. 조금만 더 그리면 완성할 수 있었는데, 도중에 화가 나서 치워버리고선 초상화는 두 번 다시 그리지 않겠다고 맹세해버렸지 뭐예요. 화를 내지 않을 수가 없었어요. 제 딴에는 엄청 공을 들여서 정말로 멋지게 그려낸 거였거든요. (웨스턴 부인도 저도 실제 나이틀리 씨와 아주 닮았다는 데 동의했어요.) 물론 실제보다 지나치게 잘생기고 멋져 보이긴 해요. 하지만 그건 선의의 실수일 뿐이었다고요. 그런데 다 그려놓고 나니 미운 이저벨라 언니가 와선 쌀쌀맞게 '그래, 닮긴 좀 닮았네'라고 시인하더니 '하지만 분명한 건, 그이의 실물만 못하다는 거야'라고 말하는 게 아니겠어요. 형부를 설득해 그림 그리는 동안 앉아 있게 하려고 우리가 얼마나 진땀을 뺐는지 몰라요. 형부는 엄청난 은혜라도 베푸는 사람처럼 굴었어요. 요컨대, 저로선 참을 수 없었어요. 그래서 전 완성하지 않기로 마음먹었죠. 브런즈윅 스퀘어에 매일 아침 손님들이 올 때마다 그 초상화에 대해 실물만 못하다고 변명을 늘어놓을 거라면. 그리고 이미 말씀드렸듯이 전 앞으로 누구도 그리지 않겠다고 맹세했어요. 하지만 해리엇을 위해서, 혹은 나 자신을 위해서, 그리고 이번엔 남편도 아내도 개입할 일이 없으니, 이참에 제 결심을 깨뜨리려고요."

엘턴 씨는 그 생각에 몹시도 감동을 받았는지 그녀의 말을 되풀이했다. "이번엔 남편도 아내도 개입할 일이 없으니. 바로 그겁니다. 남편도 아내도 없어요." 그가 어찌나 열렬히 관심을 표하는지, 에마는 지금 당장 두 사람만 남겨두고 자리를 뜨는 게 나을까 고민이 되었다. 하지만 그림을 그리고 싶었기 때문에 그의 애정 선언은 좀 더 유보하기로 했다.

에마는 초상화의 크기와 종류를 진즉에 결정해둔 터였다. 존 나이틀리 씨의 초상화처럼 전신 크기에 수채화로 그릴 예정이었고, 그녀가 원하는 대로 된다면 명예롭게도 벽난로 선반 위에 놓이게 될 것이었다.

해리엇이 포즈를 취했다. 그녀는 미소를 지으면서도 얼굴을 붉혔고, 태도와 표정이 어색할까 봐 걱정하면서 화가의 침착한 시선에 젊은이 특유의 참으로 사랑스러운 감정이 뒤섞인 표정을 드러냈다. 하지만 엘턴 씨가 뒤에서 쭈뼛거리며 획을 그을 때마다 주시하고 있는 통에, 에마는 아무것도 할 수 없었다. 그녀는 엘턴 씨가 보고 또 보아도 전혀 방해되지 않는 곳에 서 있다는 것을 알고 있으면서도 그에게 그만 처다보고 다른 곳에 가 있으라고 말할 수밖에 없었다. 그때 그에게 책을 읽게 하자는 묘안이 떠올랐다.

"저희에게 책을 읽어주신다면 얼마나 고마울까요! 저는 그림을 그리느라 힘든 것도 즐겁게 떨쳐버릴 것이고, 스미스 양도 포즈 취하느라 지루한 것을 덜 수 있을 테고요."

엘턴 씨는 크게 기뻐했다. 그가 책을 읽는 동안 해리엇은 열심히 들었고, 에마는 평온한 마음으로 그림을 그렸다. 그래도 그가 틈날 때마다 다가와서 보는 것까지 막을 수는 없었다. 그보다 관심을 덜 보였다면 사랑에 빠진 사람이라고 말할 수는 없었을 것이다. 그는 연필이 멈추는가 싶으면 기다렸다는 듯

벌떡 일어나 그림의 진척 상황을 확인하고는 매혹되는 것이었다. 그렇게 격려를 아끼지 않는 사람에게 불쾌감을 표할 수는 없는 노릇이었다. 그렇게 찬탄하면서 초상화가 실물과 비슷해질 기미를 보이기도 전에 그 유사성을 간파했으니까. 에마는 엘턴 씨의 안목을 존중할 수는 없었지만, 그의 애정과 사근사근한 태도는 흠잡을 데 없었다.

해리엇은 모델로서 더할 나위 없었다. 에마는 첫날의 스케치에 꽤 만족했고 그대로 계속 이어지길 바랐다. 실물과 어느 정도 닮아 보이는 데다, 운이 좋아서 태도도 잘 포착해냈다. 그녀는 그 형상을 좀 더 미화해서, 키를 좀 더 늘리고 우아한 분위기는 꽤 많이 부여할 작정이었다. 초상화가 완성되었을 때는 어느 모로 봐도 예쁜 그림이 될 것이며, 그에 걸맞은 곳에 놓여서 그들 두 사람의 자랑거리가 될 거라고 확신해 마지않았다. 모델의 미모와 그린 사람의 솜씨, 그 둘의 우정을 위한 영원한 기념물로, 엘턴 씨의 변치 않을 애정까지 덧붙여 다른 많은 유쾌한 일화들을 연상케 할 것이었다.

해리엇은 그다음 날 다시 포즈를 취하기로 했고, 엘턴 씨는 마땅히 그래야 한다는 듯, 자신도 함께해 또 한 번 그들을 위해 책을 읽게 해달라고 간청했다.

"물론이죠. 엘턴 씨가 저희와 함께하신다고 생각하면 더없이 기쁠 거예요."

다음 날, 그들을 신속하고도 즐겁게 그림을 그려나가는 가운데 첫날과 똑같은 깍듯한 태도와 예의 바른 말들을 주고받았고, 똑같은 성과를 거두었고, 만족을 표했다. 그림을 본 이들은 하나같이 기뻐했지만, 엘턴 씨야말로 변함없는 찬탄을 표하며 어떤 비판에도 맞서 끝까지 옹호하는 데 여념이 없었다.

"우드하우스 양은 친구에게 부족했던 유일한 아름다움을 부여했어요." 웨스턴 부인은 자신이 사랑에 빠진 사람에게 말을 하고 있다는 사실을 조금도 눈치채지 못한 채 엘턴 씨에게 말했다. "그중에서도 눈을 가장 정확하게 표현해냈지만, 스미스 양의 실제 눈썹과 속눈썹은 그림과 달라요. 그림처럼 생기지 않은 게 결점이었죠."

"그렇게 생각하십니까?" 엘턴 씨가 말했다. "그렇다면 저는 동의할 수 없군요. 제 눈엔 어딜 봐도 정말 실물과 똑같아 보이거든요. 그렇게 실물과 똑같은 그림은 지금껏 한 번도 본 적이 없습니다. 아시겠지만, 색조로 인해 달라 보이는 건 감안해야죠."

"스미스 양을 너무 훤칠하게 그렸는걸, 에마." 나이틀리 씨가 말했다.

에마도 그 점은 알고 있었지만 인정하지 않으려고 했다. 엘턴 씨가 다정하게 덧붙여 말했다.

"아, 아닙니다! 더 훤칠할 리가 없어요. 어쨌거나 너무 훤칠한 건 아니에요. 생각해보세요. 스미스 양은 앉아 있으니 당연히 달라 보이죠. 요컨대 이 그림의 의도를 정확히 드러내고 있어요. 그리고 반드시 유지해야 할 것이 비율 아니겠습니까. 비율, 전방 축소……. 아, 아니에요. 이 그림은 스미스 양의 키를 정확하게 반영하고 있어요. 한 치의 차이도 없다니까요!"

"정말 예쁘구나." 우드하우스 씨가 말했다. "정말 예쁘게 잘 그렸어! 전에 그렸던 그림들도 다 예뻤지만 말이야. 이 아비는 너처럼 잘 그리는 사람은 본 적이 없어. 딱 한 가지 전적으로 좋아할 수 없는 점이 있다면, 스미스 양이 야외에 앉아 있는 것 같은데 어깨에 이렇게 얇은 숄 한 장만 걸치고 있다는 거란다. 사람들이 보면 그 아이가 감기에 걸릴 게 분명하다고 생각할 거야."

"하지만 아빠, 여름철이라고 생각하고 그린 건데요. 여름의 한낮이라고요. 나무를 보세요."

"그래도 애야, 집 밖에서 앉아 있는 건 건강에 좋지 않단다."

"우드하우스 씨, 아무 말씀도 마세요!" 엘턴 씨가 큰 소리로 말했다. "이건 털어놓지 않을 수 없군요. 전 스미스 양을 집 밖에 앉아 있게 한 것이 더없이 다행스런 발상이라고 생각합니다. 그리고 저 나무를 좀 보세요. 비할 바 없이 기운차게 그려 내지 않았습니까! 배경이 달랐다면 그런 특징이 훨씬 덜 살아났을 겁니다. 천진난만한 스미스 양의 태도가, 물론 다른 것들도요, 아, 정말 형용할 수 없이 사랑스럽지 않습니까! 전 한시도 눈을 뗄 수가 없습니다. 실물과 이토록 똑같은 초상화는 본 적이 없습니다."

다음으로 필요한 건 그림에 액자를 씌우는 것이었다. 그리고 이 단계에서 몇 가지 애로 사항이 있었다. 액자는 곧장 씌우지 않으면 안 되었다. 그런데 액자를 씌우려면 런던으로 가야 했다. 신뢰할 수 있는 취향을 가진 지적인 인물이 직접 주문을 해야만 했다. 그런데 통상적으로 이 일을 도맡아 해오던 이저벨라는 제외할 수밖에 없었다. 때는 12월이었고, 우드하우스 씨로선 이저벨라가 집을 떨쳐 나와 12월의 안개를 헤치고 외출한다는 건 상상조차 할 수 없었기 때문이었다. 하지만 이런 애로 사항은 엘턴 씨의 귀에 들어가기가 무섭게 해결되었다. 그의 신사도란 상시 대기 상태였다. "제게 맡겨주십시오. 그러면 저에겐 무한한 기쁨이 될 겁니다! 전 언제라도 런던으로 갈 수 있습니다! 그런 심부름을 할 수 있다면 이루 말할 수 없을 만큼 기쁠 겁니다."

"어쩌면 그리 친절하신가요! 하지만 그런 생각은 차마 할 수 없어요! 그렇게까지 폐를 끼칠 수는 없어요." 아니나 다를까 그는 몇 번이나 간청하고 장담했고, 그로부터 채 몇 분도 지나지 않아 문제는 해결되었다.

엘턴 씨는 그 그림을 런던으로 가져가서 액자를 고르고 지시를 할 것이었다. 그리고 에마는 그에게 더 이상 폐를 끼치는 일 없이 무사히 그림을 포장할 수 있을 거라고 생각했다. 반면에 그는 자신에게 폐를 끼칠 일이 더는 없을까 봐 몹시도 걱정이 되는 모양이었다.

"정말로 소중한 위탁품이군요!" 그는 그림을 받은 후 가만히 한숨을 내쉬며 말했다.

'이렇게 여자들에게 필요 이상으로 친절한 이 남자가 사랑을 할 수 있을까?' 에마는 생각했다. '하지만 사랑하는 방식은 백 가지도 더 될 만큼 천차만별인걸. 엘턴 씨는 뛰어난 청년이고, 해리엇과는 천생연분일 거야. 그 자신의 말을 빌리자면, 바로 그렇습니다, 라고 할 수 있지. 하지만 이렇게 한숨을 쉬고 애달파하고 온갖 찬사를 늘어놓으니 만약 그의 상대가 나였으면 참기 힘들었을 것 같아. 측근으로서도 꽤나 많이 받는 편이지만 그거야 해리엇 때문에 고마워서 그러는 거겠지.'

7

엘턴 씨가 런던으로 간 날, 에마에게는 친구를 위해 해줄 새로운 일이 생겼다. 해리엇은 여느 때처럼 조찬을 마친 후 곧바로 하트필드에 들렀다가 얼마 후 정찬을 하러 다시 집으로 간 터였다. 그런 그녀가 예정보다 더 이른 시간에 되돌아왔는데, 급한 일인 듯 흥분된 표정으로 보아 뭔가 이례적인 일이 일어나서 얼른 이야기하고 싶은 눈치였다. 30초 만에 그 일의 본말이 드러났다. 고더드 부인의 집으로 돌아가자마자 해리엇은 마틴 씨가 한 시간 전에 방문했으며, 그녀가 집에 없고 돌아올 것 같지도 않다는 말에 그의 누이 중 한 명에게서 받은 작은 소포를 남기고 갔다는 말을 들었다. 그리고 소포를 풀자 그녀가 엘리자베스에게 베끼라고 빌려줬던 두 개의 악보 옆에 그녀에게 쓴 편지가 있었다. 이 편지는 그 사람, 즉 마틴 씨가 쓴 것으로, 다짜고짜 청혼을 하고 있었다. "누가 이런 걸 생각이나 했

겠어요? 너무 놀라서 어찌해야 할지 모르겠어요. 맞아요, 청혼
이 틀림없어요. 게다가 편지도 꽤 잘 썼어요. 적어도 제 생각엔
그래요. 이 편지를 보면 마틴 씨가 저를 무척 사랑하고 있는 것
같아요. 하지만 확신할 수가 없었고, 어쨌거나 우드하우스 양
에게 어떻게 처신해야 좋을지 물어보고 싶어서 이렇게 급히 달
려온 거예요." 에마는 자신의 친구가 기뻐 어쩔 줄 몰라 하면서
도 의심을 품는 것에 얼마간 부끄러워졌다.

"말도 안 돼." 에마는 큰 소리로 말했다. "그 사람 아무래도
밑져야 본전이란 생각에 그랬던 게 아닐까? 할 수 있다면 인맥
도 잘 쌓을 사람이겠어."

"편지를 읽어보시겠어요?" 해리엇이 소리쳤다. "제발 읽어
봐주세요. 그렇게 해주세요."

에마는 그렇게 채근당해도 서운한 마음은 없었다. 편지를
읽으면서 그녀는 내심 놀랐다. 편지의 문체가 그녀의 예상을
뛰어넘는 수준이었던 것이다. 문법적으로 정확한 것을 넘어서
작법상으로도 신사로서 모자람이 없었다. 표현은 평이했지만
강렬했고 진솔했으며 그 안에 담긴 감정은 편지를 쓴 사람을
더할 나위 없이 돋보이게 해주었다. 내용은 간결했지만 깊은
판단력, 따뜻한 애정, 너그러움, 타당함, 심지어 섬세한 감정까
지 엿보였다. 에마는 편지를 읽으며 머뭇거렸고, 그녀의 의견
을 기다리던 해리엇은 "저, 그런데"라고 말하며 불안한 표정으
로 서 있다가 급기야 참지 못하고 덧붙였다. "잘 쓴 편지인가
요? 아니면 너무 짧은가요?"

"응, 정말 잘 쓴 편지야." 에마가 다소 느리게 대답했다. "너무 잘 써서 말이지, 해리엇, 모든 정황을 고려해보건대 그 사람의 누이 중 한 명이 편지 쓰는 것을 거들었을 거라는 게 내 생각이야. 나로선 일전에 내 앞에서 너와 이야기를 했던 청년이 온전히 자기 능력만으로 이렇게까지 훌륭하게 자기 마음을 표현했다고는 상상하기 힘들거든. 그렇다고 여자의 문체도 아니야. 아니, 그렇게 보기엔 확실히 너무 확고하고 너무 간명해. 여자라면 이보다 훨씬 더 장황하게 썼을 거야. 마틴 씨가 분별 있는 청년이라는 점엔 의심할 여지가 없어. 또 확고하고 명쾌하게 사고하는 데 타고난 재능도 있는 것 같고. 그가 펜을 손에 쥐면 생각들이 자연스럽게 적절한 단어들을 찾아내는 식이지. 몇몇 남자들에겐 그게 가능해. 그래, 어떤 정신의 소유자인지 알겠어. 박력 있고, 결단력 있고, 어느 정도 감상적이지만 추레하지는 않고. 내가 예상한 것보다는 (편지를 돌려주면서) 더 잘 썼네, 해리엇."

"그렇다면," 해리엇이 여전히 기다리면서 말했다. "그렇다면, 그러니까 전 어떻게 해야 하죠?"

"어떻게 하긴! 어떤 점에서? 이 편지에 대해서 어떻게 하냐는 뜻이야?"

"네."

"뭘 걱정하고 있는 거야? 당연히 답장을 써야지. 그것도 얼른."

"네. 하지만 답장에 뭐라고 쓰죠? 우드하우스 양, 조언을 좀 해주세요."

"아, 안 돼, 안 돼! 혼자서 쓰는 게 훨씬 나을 거야. 네가 자신의 감정을 아주 적절히 표현할 거라고 난 믿어. 제일 중요한 건 네 뜻을 제대로 전달하지 못하는 일이 없어야 한다는 거야. 네 의도를 분명히 밝혀야 해. 의심을 품거나 이의를 제기하게 만들어선 안 돼. 그리고 그가 너로 인해 고뇌하는 것에 예의를 갖춰 감사와 염려를 표할 수 있도록 적절한 표현이 네 마음속에 자연스레 떠오를 거라 믿어 의심치 않아. 실망시켜서 죄송하다는 투로 쓰라고 굳이 네게 말할 필요도 없을 거고."

"제가 거절해야 한다고 생각하시는 거군요." 해리엇이 눈을 내리깔면서 말했다.

"거절해야 한다! 어머, 해리엇, 무슨 소리를 하는 거야? 망설일 이유가 하나라도 있어? 내가 생각한 건…… 아니, 미안해. 아무래도 내가 오해를 한 것 같네. 답장에서 어떤 의사를 밝혀야 할지 확신이 서지 않는 거라면, 내가 제대로 이해한 게 아닌가 봐. 난 그저 답장을 쓰는 방식에 대해서 내게 의견을 구하는 거라고만 생각했었는데."

해리엇은 말이 없었다. 에마는 살짝 태도를 누그러뜨리면서 계속 말했다.

"이제 보니 승낙하는 답장을 보내려는 거구나."

"아뇨, 그렇지 않아요. 승낙을 하려는 게 아니고……. 제가 어떻게 해야 할까요? 저에게 어떤 조언을 해주실 건가요? 부탁드려요, 우드하우스 양. 제가 뭘 해야 할지 말씀해주세요."

"난 어떤 조언도 하지 않을 거야, 해리엇. 앞으로 그 문제엔 어떤 식으로든 개입하지 않겠어. 이건 네가 네 자신의 감정에 따라 결정해야 하는 일이니까."

"그분이 절 이렇게까지 좋아하는 줄은 미처 몰랐어요." 해리엇은 편지를 찬찬히 들여다보면서 말했다. 에마는 한동안 침묵을 지켰으나, 그 편지의 감언이설이 너무도 강렬하게 사람을 매혹시킬지 모른다는 걱정이 들기 시작했고, 그래서 말을 해주는 것이 좋겠다고 결론 내렸다.

"내가 일반적인 원칙으로 삼고 있는 건, 해리엇, 만약 한 여자가 한 남자를 받아들여야 할지 말아야 할지 확신이 서지 않는다면, 마땅히 그 남자를 거절해야 한다는 거야. '네'라고 말하기가 주저된다면, 지체 없이 '안 돼요'라고 말해야 해. 확신도 없이 마음이 반만 기운 채 시작하는 결혼 생활은 안전하지가 않아. 네게 이렇게까지 말하는 건 친구로서, 그리고 연장자로서의 의무 때문이야. 혹여 내가 널 좌지우지하고 싶어 한다는 생각은 말아줘."

"아! 설마요, 전 잘 알아요, 당신이 너무나 친절하시기 때문에…… 그래도 제가 어떻게 하는 것이 가장 좋을지 한마디만 해주신다면……. 아니, 아니에요, 그런 뜻이 아니라…… 당신 말씀대로 마음을 확실히 정해야만 하겠죠. 우물쭈물해서는 안 돼요. 이건 아주 중대한 문제니까요. 아무래도 '안 돼요'라고 말하는 것이 더 안전할 것 같아요. 우드하우스 양 생각에도 제가 '안 돼요'라고 말하는 게 더 좋을까요?"

"물론이지." 에마는 우아하게 미소 지으며 말했다. "난 네게 이래라저래라 하지 않을 거야. 네 행복은 너 스스로 판단해야만 하니까. 만약 네가 마틴 씨를 다른 누구보다 더 좋아한다면, 네가 지금껏 만나 친구가 된 사람들 중에서 마틴 씨를 만날 때 가장 기분이 좋아진다고 생각한다면, 주저할 이유가 있을까? 얼굴을 붉히는구나, 해리엇. 지금 이 순간 그런 감정이 규정하는 다른 누가 떠오르는 거니? 해리엇, 해리엇, 네 자신을 속이지 마. 고마운 마음과 동정심에 휘둘려선 안 돼. 지금 이 순간, 네가 마음에 품고 있는 사람이 누구야?"

조짐들이 좋았다. 해리엇은 대답을 하는 대신 혼란스러워하며 돌아서더니 난롯가에 선 채로 생각에 잠겨 있었다. 편지는 여전히 손에 쥐고 있었지만 이젠 부주의하게 기계적으로 구기고 있었다. 에마는 초조해하며 결과를 기다렸지만, 마음속에는 확고한 희망이 있었다. 마침내 해리엇이 머뭇거리며 말했다.

"우드하우스 양, 당신의 생각을 말씀해주시지 않으니 저 혼자서 어떻게든 잘해봐야만 하겠지요. 이제 어느 정도 결심이 섰어요. 정말로 거의 결정을 내린 상태예요. 마틴 씨의 청혼을 거절하기로요. 제가 옳다고 생각하세요?"

"완벽해, 완벽하게 옳아, 내 사랑하는 친구 해리엇. 넌 마땅히 해야 할 바를 하고 있는 거야. 네가 결정을 내리지 못하고 있는 동안 내 감정을 속으로 삭이고 있었지만, 이제 네가 완전히 마음을 굳혔으니까 더 이상 주저할 필요 없이 찬성할게. 사랑하는 해리엇, 네가 그렇게 결정했다니 나 역시 기뻐. 너와의 우정을 잃었다면 정말 슬펐을 거야. 네가 마틴 씨와 결혼을 한다면 우리는 헤어질 수밖에 없을 테니까. 네가 마음속으로 갈등하고 있는 동안 내가 일언반구도 하지 않았던 건, 나로 인해 네 결정이 달라질까 염려했기 때문이야. 하지만 하마터면 내 친구를 잃을 뻔했지. 나로선 애비밀 농장의 로버트 마틴 부인의 집을 방문할 순 없었을 테니까. 이제 그 점에 있어선 영원히 안심할 수 있겠구나."

해리엇은 그때까지 자신이 처해 있었던 위험을 짐작하지 못하다가 비로소 깨닫고서 꽤 큰 충격을 받았다.

"저를 방문하실 수 없었을 거라고요!" 그녀는 소스라치게 놀라서 외쳤다. "물론, 그러실 수 없었겠죠. 하지만 전 조금 전까지도 그런 생각은 전혀 못 했어요. 그랬다면 정말 얼마나 끔찍했을까! 용케 피했으니 다행이에요! 친애하는 우드하우스 양, 저는 하늘이 무너지는 한이 있어도 당신과 친하게 지내는 기쁨과 영예를 포기하지 않을 거예요."

"정말이지 해리엇, 내게도 널 잃는 건 극심한 고통이었을 거야. 하지만 그럴 수밖에 없었을 거야. 넌 훌륭한 사람들과의 친분을 박차고 나가버렸을 테니까. 난 어쩔 수 없이 널 포기해야 했을 테고."

"어머나! 그렇게 되면 제가 무슨 수로 감당할 수 있겠어요! 하트필드에 발을 들일 수 없게 된다면 전 죽고 말 거예요!"

"다정한 내 친구! 그런 네가 애비밀 농장으로 추방된다고 생각하면! 네가 한평생을 일자무식에 상스러운 사람들의 무리에 갇혀 산다고 생각하면! 그 청년이 무슨 자신감으로 네게 청혼했는지 모르겠어. 자기가 꽤 괜찮다고 생각하나 보지?"

"그렇다고 그분이 자만심에 빠져 있다고는 생각하지 않아요, 대체적으로요." 해리엇이 그 비난에 도의적으로 맞서며 말했다. "어쨌거나 마틴 씨는 타고난 성품이 아주 훌륭한 사람이고, 전 그런 그분에게 늘 고마워할 거예요. 그분에게 지대한 관심을 갖고 있지만 그건 애정과는 차원이 다른 감정이죠. 우드하우스 양도 아시다시피, 그가 절 좋아한다고 해서 저도 그를 좋아해야 하는 건 아니죠. 그리고 제가 이곳을 방문하게 되면서 여러 사람들을 만났다는 건 인정하지 않을 수 없고요. 그리고 그분들의 외모와 태도를 비교하면, 사실 비교 자체가 불가능해요. 이쪽이 훨씬 더 잘생기고 근사하니까요. 하지만 저는 마틴 씨가 정말로 호감을 주는 청년이라고 진심으로 생각해요. 그리고 그런 편지를 썼다는 것도……. 하지만 어떤 경우라도 당신을 떠나는 건 제게는 있을 수 없는 일이에요."

"고마워, 고마워, 나의 사랑스러운 작은 친구. 우린 헤어지지 않을 거야. 여자는 단지 청혼을 받았다는 이유로, 남자 쪽에서 애정을 느끼고 괜찮은 편지를 썼다는 이유로 섣불리 결혼을 해선 안 돼."

"아, 안 되죠. 그리고 고작 짧막한 편지에 지나지 않는걸요."

에마는 해리엇의 취향이 저급하다는 생각이 들었지만 이렇게 말하며 넘겨버렸다. "그렇고말고. 그리고 남편의 태도가 꼭 광대 같아서 시시각각 모욕으로 다가올 정도인데, 그가 편지를 잘 쓴다는 것을 안다고 해서 아내에게 대단한 위안이 될 리는 없지."

"아! 그럼요, 정말로 그래요. 누가 편지 따위에 신경을 쓴다고요. 중요한 건 유쾌한 친구들과 언제나 행복하게 지내는 것이죠. 그분의 청혼을 거절하기로 확실하게 마음먹었어요. 하지만 어떻게 거절하죠? 무슨 말을 써야 할까요?"

에마가 답장을 쓰는 건 전혀 어려울 게 없다는 말로 안심시키면서 지금 당장 써야 한다고 조언하자, 해리엇은 그녀가 도와줄 거라고 기대하면서 동의했다. 에마는 비록 어떤 도움도 필요 없을 거라며 고사했지만, 실은 단 한 문장도 그녀의 손을 거치지 않은 것이 없었다. 답장을 하려고 마틴 씨의 편지를 다시 참고하면서 해리엇은 그만 마음이 약해졌고, 이에 에마는 단호한 표현 두어 가지로 그런 그녀의 마음을 다잡아줄 필요가 있었다. 해리엇은 자기 때문에 그가 슬퍼할 거라는 생각에 걱정이 태산인 데다, 그의 어머니와 누이들이 어떻게 생각하고 뭐라고 말할지, 혹여 자기를 은혜도 모르는 것이라 생각하진 않을지 노심초사했다. 오죽하면 에마는 마틴 청년이 지금 당장 눈앞에 나타난다면 해리엇이 결국 청혼을 수락할 게 분명하다는 생각까지 들 정도였다.

그러나 답신은 완성되었고, 봉인되어 보내졌다. 일은 마무리되었고 해리엇은 안전했다. 그녀는 저녁 내내 다소 침울해 보였지만, 에마는 그렇게 사근사근하게 낙담한 마음을 드러내는 것은 눈감아줄 수 있었고, 이따금은 우애를 표하고 이따금은 엘턴 씨 이야기를 꺼내서 그녀의 마음을 풀어주었다.

"전 이제 다시는 애비밀에 초대받지 못할 거예요." 해리엇이 울적한 어조로 말했다.

"초대받는다 해도 내가 너와 헤어지는 걸 견디지 못할 거야, 나의 해리엇. 넌 하트필드에서 이루 말할 수 없이 귀한 존재라 절대 애비밀에 내줄 수 없어."

"저도 확신하건대 그곳에 가고 싶다는 생각은 전혀 들지 않을 거예요. 하트필드 외의 다른 곳에서는 결코 행복하지 않으니까요."

잠시 후 해리엇은 또 이렇게 말했다. "고더드 부인이 무슨 일이 있었는지 알게 되면 정말 많이 놀라실 거예요. 내시 양도 마찬가지일 테고요. 자기 언니가 결혼을 정말 잘했다고 생각하거든요. 그래봤자 리넨 상인에게 시집간 건데."

"학교 교사가 지나치게 자부심 높거나 세련된 걸 보면 오히려 유감스러울 거야. 해리엇, 내가 장담하는데 내시 양은 네가 이렇게 결혼할 기회를 얻은 걸 부러워할 거야. 이렇게 남자의 마음을 사로잡은 것까지도 그녀의 눈엔 대단하게 비칠걸. 그보다 더 멋진 일이 너에게 생길 거라는 건, 그녀로서는 전혀 알 수 없는 노릇일 테고. 한 분이 각별하게 관심을 기울이고 있다는 사실이 아직 하이버리 사람들 입에 오르내리진 않았으니까. 지금까지는 너와 내가 그분의 표정과 태도의 의미를 알아차린 유일한 사람들이라고 생각하거든."

해리엇은 얼굴을 붉히며 미소를 지었고, 사람들이 자신을 그렇게까지 좋아하는 것이 놀랍다고 말했다. 엘턴 씨를 생각하니 확실히 기운이 나는 모양이었다. 하지만 잠시 후 그녀는 자신이 거절한 마틴 씨를 생각하며 또다시 가슴 아파했다.

"지금쯤이면 마틴 씨가 제 답장을 받았겠네요." 그녀가 침착하게 말했다. "다들 어떻게 하고 있을지 궁금해요. 그분의 누이들도 알았을지, 그분이 슬퍼하면 누이들도 슬퍼할 테니까요. 그분이 너무 고깝게 여기지 않았으면 좋겠어요."

"우리 이 자리에 없는 친구들 중에서 누가 더 즐거운 시간을 보내고 있을지 생각해보자." 에마가 큰 소리로 말했다. "지금 이 순간, 아마 엘턴 씨가 네 초상화를 자신의 어머니와 누이들에게 보여주면서 실물이 훨씬 더 아름답다고 말하고 있을 거야. 그리고 그들이 대여섯 번은 물어본 후에야 비로소 네 이름을, 네 사랑스러운 이름을 말해주겠지."

"제 초상화요! 하지만 그분은 이제 막 그걸 본드 거리*에 맡겼을 텐데요."

"그럴까? 네 말이 맞는다면 난 엘턴 씨에 대해 아무것도 알지 못하는 거네. 아니, 나의 귀엽고 겸손한 해리엇, 내가 장담하는데 내일 엘턴 씨가 말에 오르기 직전까지는 그 초상화가 본드 거리에 가 있을 일은 없을 거야. 그 초상화는 오늘 저녁 내내 그분에게 위안을 주고 기쁨을 주는 벗으로 남아 있을 테니까. 그 그림이 그분의 마음속 계획을 가족들에게 드러낼 것

*상점이 많은 런던 번화가.

이고, 또 그들에게 널 소개할 것이고, 인간 본성 가운데 가장 즐거운 감정인 열망에 찬 호기심과 따뜻한 호감을 그들 모두에게 심어주게 될 거야. 그들이 얼마나 즐겁고 신나게 온갖 짐작을 하며 상상의 날개를 펼치고 있을까!"

해리엇은 다시 미소 지었고, 그 미소는 점차 뚜렷해졌다.

8

그날 밤 해리엇은 하트필드에서 잤다. 지난 몇 주간 그녀는 자신의 일상의 반 이상을 그곳에서 보냈고, 우드하우스가에선 차차로 그녀에게 머물 침실 하나를 내주었다. 그리고 에마는 현재로선 그녀와 가급적 함께 지내는 것이 어느 모로 보나 가장 안전하고 가장 배려 있는 행동이라고 판단했다. 해리엇은 다음날 아침 고더드 부인의 집에 가서 한두 시간을 보내야 했지만, 얼마 지나지 않아 하트필드로 돌아와 며칠 동안 정식으로 머물기로 했다.

해리엇이 없는 동안 나이틀리 씨가 방문해서 우드하우스 부녀와 함께 시간을 보냈다. 그가 오기 전에 산책을 하려고 했던 우드하우스 씨는 비록 자신의 예법에 어긋나는 일이긴 했지만, 딸이 그냥 다녀오시라고 재촉하고 나이틀리 씨까지 합세해 간곡히 설득하자 나이틀리 씨를 놔둔 채 계획대로 산책을 가기로 결정했다. 사교상의 형식에 치우치는 법이 없는 나이틀리 씨의 간결하고 단호한 답변은 우드하우스 씨의 장황한 사과와 정중한 망설임과 재미있는 대조를 이루었다.

"음, 나이틀리 씨, 내 사정을 양해해준다면, 내가 대단히 큰 무례를 범하는 거라 생각지 않는다면, 에마의 조언을 받아들여 15분 동안 산책을 할까 하네만. 해가 나왔으니 할 수 있을 때 세 바퀴를 도는 게 좋을 것 같아서. 마땅한 예우를 갖추지 못하게 되었소, 나이틀리 씨. 우리 환자들은 우리에게 특권이 있다고 생각하니 말이오."

"어르신, 절 남처럼 대하지 마세요."

"내 뛰어난 대리인인 내 딸을 남겨두고 가지. 에마가 기꺼이 대접해줄 거요. 나는 나이틀리 씨에게 양해를 구하고 세 바퀴 산책을 하고 오겠소. 내 겨울 산책이지."

"더없이 좋은데요, 어르신."

"내 산책 동무가 되어달라고 부탁하고 싶소만, 난 원체 느리게 걷기 때문에 나이틀리 씨에겐 내 발걸음이 굼뜨게만 느껴질 거요. 게다가 나이틀리 씨는 곧 돈웰 애비까지 먼 길을 걸어가야 할 테고."

"감사합니다, 어르신, 감사합니다. 저도 금방 갈 겁니다. 어르신이 빨리 나가실수록 더 좋다고 생각합니다. 제가 어르신의 외투를 갖다드리고 문도 열어드리지요."

우드하우스 씨가 마침내 집을 나섰다. 그러나 나이틀리 씨는 금방 떠나기는커녕 다시 자리에 앉는 것으로 보아 좀 더 대화를 나누고 싶은 눈치였다. 그러더니 해리엇 이야기로 입을

열고는 에마가 한 번도 듣지 못한 기꺼운 칭찬을 곁들이는 것
이었다.

"난 당신처럼 스미스 양의 미모를 높이 사진 못할 것 같아."
그가 말했다. "하지만 그녀는 예쁘고 사랑스런 사람이고, 그녀
의 성격에 대해서도 좋게 생각하고 싶어. 그녀의 성격은 함께
지내는 사람들에게 달려 있겠지. 좋은 사람들이 배려해준다면
훌륭한 아가씨가 될 거야."

"그렇게 생각하신다니 기쁘네요. 그리고 좋은 사람들의 배
려가 부족하지 않게 되길 바라고요."

"이런." 그가 말했다. "칭찬에 목이 마른 모양이니, 당신이
스미스 양을 개선시켰다고 말해주지. 여학생처럼 킥킥대는 버
릇을 고쳐주었으니 말이야. 정말이지 당신이 아니었으면 어림
도 없었을 거야."

"고마워요. 제가 얼마간 도움이 되었다고 확신하지 않는다
면 정말 창피했을 거예요. 하지만 칭찬받을 만한 일을 했다고
해서 세상 모두가 칭찬을 하는 건 아니죠. 당신만 해도 제게 칭
찬을 해서 감동을 주신 적이 많지 않으니까요."

"스미스 양이 다시 오기로 했나, 오늘 오전에?"

"곧 올걸요. 이미 예정한 것보다 늦었는데요."

"무슨 일이 생겨서 늦는 모양인데. 손님이라도 맞았을는지
모르고."

"하이버리의 소문들이란! 지긋지긋한 수다쟁이들!"

"해리엇은 당신처럼 모두가 지긋지긋하다고는 생각 안 할

텐데."

에마는 그 말이 반박할 여지가 전혀 없는 진실임을 알았고, 그래서 아무 말 하지 않았다. 그는 이내 미소를 지으며 덧붙였다.

"언제 어디서일지는 정확히 말할 수 없지만, 당신의 사랑스런 친구가 조만간 자신에게 유익한 소식을 듣게 되리라고 확신할 근거가 있다는 건 말해두지."

"정말요! 왜요? 어떤 일이죠?"

"아주 진지한 일이라고 자신 있게 말할 수 있어." 그는 여전히 미소 짓고 있었다.

"아주 진지한 일이라고요! 그렇다면 생각나는 건 단 한 가지밖에 없네요. 누가 그녀와 사랑에 빠진 건가요? 누가 당신에게 털어놓은 거죠?"

에마의 마음은 엘턴 씨가 자신의 감정을 넌지시 비친 거면 좋겠다는 바람으로 반쯤 차 있었다. 나이틀리 씨는 대체로 모든 사람들과 친했고, 또 사람들에게 자주 조언을 해주었다. 에마는 엘턴 씨가 그를 존경한다는 것을 알고 있었다.

"내가 가진 근거에 따르면 해리엇 스미스는 곧 청혼을 받게 될 것이고, 상대는 나무랄 데 없는 로버트 마틴이지. 스미스 양이 올여름에 애비밀을 방문한 일을 계기로 청혼을 하게 된 모양이야. 그는 해리엇을 너무도 사랑해서 그녀와 결혼할 생각이야."

"참 자상한 사람이군요." 에마가 말했다. "그런데 마틴 씨는 해리엇의 생각도 자신과 같다고 확신하는 건가요?"

"이런, 이런, 그렇다면 그녀에게 청혼을 할 생각이라고 해두지, 그럼 됐나? 그가 이틀 전 저녁에 그 문제로 나와 상의하려고 애비에 왔었어. 그는 내가 자신과 자신의 가족을 더할 나위 없이 존중하고 있음을 알고 있고, 나는 내가 그의 막역한 친구라고 스스로 믿고 있지. 여하간 그는 이렇게 일찍 정착하려는 것이 경솔한 처사인지 물었어. 그리고 스미스 양이 결혼하기에 너무 어리다고 생각하는지도 물었고. 요컨대, 내가 자신의 결정에 전적으로 찬성하는지 알고 싶었던 거지. 스미스 양이 (특히 당신이 그녀를 대단히 중시한 이후로) 자기보다 더 높은 계층에 속한다고 여겨질까 봐 불안해하더군. 난 그가 한 말을 하나부터 열까지 매우 좋게 생각했어. 로버트 마틴만큼 분별 있게 말하는 건 들어본 적이 없었으니까. 그는 언제나 요령 있게 말할 줄 아는 사람이야. 편견 없이 솔직하게 말하는 데다 판단력도 뛰어나지. 그는 내게 모든 것을 털어놨어. 자신의 형편과 계획, 그리고 자신이 결혼할 경우 가족들이 하겠다고 제안한 것까지. 그는 훌륭한 청년이야, 아들로서나 오빠로서나. 난 주저하지 않고 그에게 결혼하라고 조언해주었어. 그는 내게 한 가정을 꾸려나갈 능력이 있음을 증명해 보였고, 기왕 결혼하기로 마음먹은 거라면 그게 최선이라고 확신했지. 난 그 예쁜 아가씨도 칭찬해주었고, 그가 더없이 행복해하며 가는 것을 봤어. 만약 그가 이전에 내 견해를 높이 평가한 적이 없었다 해도 아마 그때는 나를 매우 좋게 생각했을 거야. 그리고 장담하건대 나만큼 막역한 친구이자 의논 상대는 어디에도 없을 거라 생각하며 집을 나섰을 거야. 이게 그저께 밤에 있었던 일이지. 그러니 이제 그가 더 이상 시간을 끌지 않고 그 아가씨에게 곧장 청혼할 거라 생각해도 괜찮겠지. 어제까진 청혼하지 않은 모양이니, 오늘은 고더드 부인 댁으로 갈 것 같은걸. 스미스 양도 이 일로 방문객을 맞은 걸지도 모르지. 지긋지긋한 수다쟁이라 생각지 않고 그를 상대하다 보니 여기 오지 못한 것 같고."

"그런데 말이죠, 나이틀리 씨." 에마가 말했다. 그녀는 그가 말하는 동안 꽤 오래 혼자 미소를 짓고 있던 터였다. "마틴 씨가 어제 말하지 않았다는 건 어떻게 아시나요?"

"물론, 확실히 아는 건 아니지만." 그가 놀라서 대답했다. "짐작은 할 수 있지. 스미스 양이 당신과 하루 종일 함께 있지 않았던가?"

"이런." 에마가 말했다. "제게 그 이야기를 해주신 보답으로 저도 뭔가 말씀을 드려야겠네요. 마틴 씨는 어제 청혼을 하셨답니다. 다시 말하면, 그분은 편지를 쓰셨고 거절당하셨지요."

에마는 나이틀리 씨가 이 말을 납득할 때까지 몇 번이나 반복해야 했다. 이내 나이틀리 씨는 충격과 불쾌감으로 얼굴이 벌개져서는 자리에서 벌떡 일어났고 몹시도 분개하며 말했다.

"그렇다면 해리엇 스미스는 내가 생각했던 것보다 훨씬 더 바보로군. 도대체 그 어리석은 여자는 무슨 생각으로 그런 짓을 한 거지?"

"아! 정말이지," 에마가 큰 소리로 말했다. "남자들은 하나

같이 여자가 청혼을 거절하는 이유를 알지 못하는군요. 언제나 청혼만 하면 상대가 누구건 수락할 거라고 생각한다니까요."

"무슨 소리야! 남자가 무슨 그런 생각을 한다는 거지? 그건 그렇고 대체 이게 다 무슨 뜻이지? 해리엇 스미스가 로버트 마틴을 거절하다니? 정말 그렇다면 정신이 나간 거지. 당신이 착각한 거면 좋겠군."

"해리엇의 답장을 봤는걸요! 그보다 더 확실할 수 있을까요?"

"그녀의 답장을 봤다고! 뿐만 아니라 답장을 써주기도 했겠지. 에마, 당신이 저지른 짓이군. 당신이 그녀를 설득해 거절하게 만든 거야."

"그렇다고 해도, (물론 결코 인정할 수 없지만요) 내가 잘못한 거란 생각은 들지 않는데요. 마틴 씨는 매우 훌륭한 청년이지만 그가 해리엇과 동등하다고는 인정할 수 없어요. 그가 감히 해리엇에게 청혼을 했다는 사실이 도리어 놀랍군요. 당신 말대로라면 그는 실제로 다소 불안해한 것 같으니까요. 그런 불안감이 다 어디로 간 건지 유감이네요."

"해리엇과 동등하지 않다니!" 나이틀리 씨는 큰 소리로 격하게 외쳤다. 그러고는 잠시 후 한층 가라앉은, 그러나 매서운 말투로 덧붙였다. "그래, 그는 해리엇 스미스와 동등하지 않아. 처지로 보나 분별력으로 보나 그녀보다 훨씬 더 우월하지. 에마, 당신은 그 여자에게 심취한 나머지 분별력을 잃었어. 출신이나 타고난 품성, 교육 수준, 그 어떤 면에서 봐도 해리엇 스미스가 로버트 마틴보다 더 나을 게 뭐가 있지? 부모가 누군지도 모르는 사생아에다 필시 물려받을 재산도 한 푼 없을 테고, 존경할 만한 친척 하나 없으리라는 건 너무나 뻔하지. 알려진 건 기껏해야 평범한 학교의 교장 집에 머문다는 것뿐이고. 분별력은커녕 식견조차 없는 어린 여자. 유용한 건 하나도 배우지 못한 데다 너무 어리고 너무 단순해서 스스로 깨우쳐 익힌 것도 없는 여자. 그녀 나이에 경험을 쌓은 것이 있을 리 없고, 혜안을 갖춘 바도 거의 없으니 자신에게 도움이 될 만한 소양을 쌓을 것 같지도 않고. 물론 예쁜 사람이야. 성품도 순하고. 하지만 그게 다야. 두 사람의 결혼에 대해 조언하면서 마음에 걸렸던 단 한 가지가 있었는데 바로 마틴 씨 때문이었어. 신부 될 여자가 그에게 걸맞지도 않을뿐더러 바람직하지 못한 인척까지 떠맡아야 할 테니까. 재산만 보더라도 그가 얼마든지 더 좋은 배필을 맞이할 수 있을 거라고 생각했어. 그리고 사리분별을 잘하는 반려자, 혹은 도움이 되는 내조자라는 면에서볼 때, 스미스 양만큼 나쁜 선택도 없을 거라고 생각했어. 하지만 그런 말로 사랑에 빠진 남자를 설득할 수는 없었지. 그래서 그녀가 그에게 해가 될 리 없다고, 마틴 같은 좋은 사람과 결혼해서 함께 살다 보면 무난하게 바른길로 갈 수 있고 훌륭한 아내가 될 수 있을 거라고 선선히 믿게 된 거야. 이 결혼에서 득을 볼 사람은 그녀 말고는 아무도 없다는 생각이 들었고, 고로 다들 그녀에겐 정말 엄청난 행운이라고 소리 지를 거라 확신했어. (그리고 지금도 마찬가지고.) 심지어는 당신도 만족할 거라고 확신했었어. 그렇게 좋은 혼처가 생겼으니 그녀가 하이버리를 떠난다 해도 당신은 슬퍼하지 않을 거란 생각이 지체 없이 머리를 스쳤으니까. 그래서 혼잣말을 했던 게 기억이 나는군. '해리엇을 각별히 좋아하는 에마라고 해도 이건 정말 좋은 혼사라고 생각할 거야'라고."

"그렇게 말할 정도로 저에 대해 모르시다니 정말 놀랍군요. 뭐라고요? 내 절친한 친구의 배필로 일개 농사꾼을 (마틴 씨가 아무리 사리분별을 잘하고 장점이 많은 사람이라 해도 농사꾼 이상은 아니죠) 생각했다고요? 해리엇이 내 지인으로 절대 인정할 수 없는 남자와 결혼하기 위해서 하이버리를 떠나는데 내가 슬퍼하지 않을 거라뇨! 내가 그렇게 느낄 거라 생각하다니 믿을 수가 없네요. 분명히 말씀드리지만 난 당신이 생각하는 것과 전혀 다르게 생각하거든요. 당신이 한 말은 어떻게 생각해도 공정하다고 볼 수가 없어요. 당신은 해리엇의 자격을 공정히 평가하지 않아요. 그녀의 자격에 대해서라면 나뿐만 아니라 다른 사람들 역시 아주 다르게 평가할 거예요. 마틴 씨가 그녀보다 부유할지는 몰라도, 사회적 지위는 의심할 여지 없이 낮아요. 이제 그녀의 신분은 그보다 훨씬 높아졌어요. 그러니 그와 결혼하는 건 수모나 다름없어요."

"사생아에다 무식하기 그지없는 여자와 결혼하는 게 수모겠지, 지적이고 존경받을 만한 농장주 신사한테는!"

"해리엇의 출신에 대해 얘기하자면, 비록 법적으로는 아무것도 아닌 여자일지 몰라도, 상식 면에선 그렇지 않아요. 그녀를 함께 자란 사람들보다 수준이 낮다고 여겨서, 다른 사람의 죄를 대속하게 할 순 없어요. 그녀의 아버지가 신사라는 점은 의심할 여지가 없어요. 재산이 많은 신사라는 점도요. 용돈도 아낌없이 주는 데다, 지금껏 그녀의 발전이나 생활의 안정에 필요한 일을 인색하게 거절한 적도 없었죠. 그런 점에서 저는 해리엇이 신사의 딸이라고 확고히 믿고 있어요. 제가 이해하는 바로는 그녀가 신사의 딸들과 어울리고 있다는 것을 부인할 사람은 아무도 없을 거고요. 그녀는 로버트 마틴 씨보다 더 나아요."

"그 아가씨의 부모가 어떤 사람들이건," 나이틀리 씨가 말했다. "그 아가씨를 책임져온 사람이 누구건, 그녀를 이른바 '상류사회'로 들이는 건 그들의 계획과는 전혀 무관해 보이는데. 해리엇 스미스는 그저 그런 수준의 교육을 받은 후 고더드 부인의 손에 맡겨져 자기 깜냥에 맞게 삶을 꾸리게 된 거야. 요컨대, 고더드 부인의 인맥 안에서 부인의 지인들과 친분을 맺게 된 거지. 부인의 지인들은 그 정도면 그녀에게 충분하다고 생각했을 게 분명해. 사실 그 정도면 훌륭했지. 그녀 자신이 더 나은 것을 바랐을 리도 없고. 당신이 그녀를 친구로 삼기 전까지 그녀는 자신이 속한 집단에 염증을 느낀 적도 없었고, 그 이상의 야심을 품은 적도 없었어. 여름에 마틴 가족과 어울리면서 더할 나위 없이 행복했었고. 당시만 해도 그녀에게 우월 의식 같은 건 없었어. 지금 그녀가 우월감을 느낀다면 그건 당신이 심어줬기 때문이야. 당신은 이제껏 해리엇 스미스에게 친구 노릇을 제대로 한 적이 없어, 에마. 로버트 마틴은 그녀의 마음이 자신에게 기울었다는 확신이 없었다면 이렇게까지 나오지 않았을 거야. 난 그를 잘 알아. 이기적인 정념이 휘두르는 대로 청혼하기엔 너무도 순정한 남자야. 그리고 내가 아는 이들 중에 자만심과 가장 거리가 먼 남자고. 그녀가 그를 부추긴 게 분명해."

에마로선 이런 주장에 곧바로 응답하지 않는 것이 가장 편했다. 그래서 그녀는 이 사안에 대한 자신의 의견을 재차 밝히기로 했다.

"당신은 마틴 씨에겐 다정다감한 친구지만, 조금 전에 제가 말씀드렸듯 해리엇에게는 공정하지 않아요. 해리엇에겐 좋은 남편을 만날 자격이 있고, 그 자격은 당신이 주장하는 만큼 그리 하찮은 게 아니랍니다. 해리엇은 똑똑하진 않지만 당신이 생각하는 것보다 훨씬 사리 판단을 잘하는 아가씨고, 따라서 그녀의 이해력을 이토록 경멸적으로 폄하하는 건 옳지 않아요. 그 점을 차치해두고, 당신 말대로 예쁘고 품성이 좋은 것 말고는 그녀에게 아무런 장점이 없다고 가정해보죠. 그렇다면 그만한 미모나 품성은 세상 사람들 대부분이 가벼이 여길 장점은 아니라고 말씀드리고 싶군요. 그녀는 아름다운 아가씨고, 백에 아흔아홉은 틀림없이 그렇게 생각할 테니까요. 그리고 남자들이 아름다움이라는 주제에 대해 통념과 달리 초월하기 전까지, 또 단아한 용모가 아니라 식견이 풍부한 마음을 사랑하게 되기 전까지는 해리엇처럼 사랑스러운 아가씨가 찬사와 추구의 대상이 되기 때문에, 그녀는 수많은 남자들 중에서 상대를 고를 수 있는 것이고, 따라서 까다롭게 굴 권한도 갖게 될 거예요. 그녀의 훌륭한 품성 역시 대수롭지 않은 장점이라고 할 순 없죠. 그 성격은 상냥하기 그지없는 기질과 태도, 자신을 낮추는 겸양, 그리고 다른 사람들을 사심 없이 포용하는 태도를 갖추고 있으니까요. 만약 당신을 비롯한 남자들 대부분이 그런 아름다움과 그런 기질을 여성이 갖출 수 있는 가장 고결한 자격으로 생각하지 않는다면 제 착각이 이만저만이 아닌 거겠죠."

"맹세컨대 에마, 당신이 자신의 이성을 오용하는 것을 듣고 있다간 나까지 그렇게 생각하게 되겠군. 당신처럼 이성을 악용하느니 차라리 분별력이란 게 없는 편이 낫겠어."

"틀림없어요!" 그녀는 장난스럽게 소리쳤다. "그게 당신 같은 신사분들의 생각이라는 걸 잘 알아요. 해리엇 같은 아가씨야말로 어떤 남자도 마다하지 않고 좋아할 만한 여자죠. 남자들의 감각을 매혹시키면서도 판단력까지 만족시켜주니까요. 아! 해리엇은 자기 뜻대로 고르고 택해도 돼요. 당신이 만에 하나 결혼을 하게 된다면, 바로 당신에게 그녀가 제격이에요. 그런데다 그녀는 열일곱 살, 이제 막 인생을 시작한 터라 세상에 알려진 지도 얼마 되지 않았는데, 생전 처음 받은 청혼을 수락하지 않았다는 것이 그리 놀랄 일인가요? 아니요, 부탁인데 그녀가 주변을 둘러볼 수 있게 내버려두세요."

"난 당신 둘의 우정이 어리석은 짓이라고 늘 생각했어." 이내 나이틀리 씨가 말했다. "하지만 그런 생각을 입 밖에 꺼내진 않았지. 이제 그 우정이 해리엇에게 엄청난 불운을 가져다주리라는 것을 알겠군. 당신이 그 미모니 그녀가 가진 자격이니 뭐니 하는 말로 그녀를 한껏 부추겼으니, 얼마 못 가 그녀 주변엔 좋은 사람들이 남아 있지 않게 될 거야. 모자란 머리에 허영심이 깃들면 온갖 해악을 저지르게 되는 법이니까. 젊은 아가씨에게 기대치를 터무니없이 높이는 것만큼 쉬운 것도 없을 거야. 해리엇 스미스 양이 무척 예쁘다 해도 당장 청혼이 밀려들지 않을지도 몰라. 당신이 무슨 말을 하건 상관없이, 분별 있는 남자가 어리석은 아내를 바라는 법은 없거든. 좋은 가문의 남자가 그녀처럼 신분이 알려지지 않은 여자와 인연을 맺는 것을 반길 리 없을 거고. 그리고 신중에 신중을 기하는 남자라면 아내 부모의 정체가 밝혀질 경우 감수해야 할지 모를 불편과 치욕을 꺼려할 테고 말이야. 스미스 양이 로버트 마틴과 결혼하게 놔둬. 그러면 그녀는 안전하고, 존중을 받을 테고, 영원히 행복할 거야. 그럼에도 당신이 그녀에게 더 대단한 사람과 결혼할 수 있을 거라는 망상을 심고, 신분이 높고 재산이 많은 상대 외에는 만족할 수 없도록 가르친다면 그녀는 고더드 부인 댁에서 남은 평생을 살게 될지도 몰라. 그렇지 않더라도 (해리엇 스미스 양은 어쨌거나 결혼을 할 사람이니까) 결국엔 다급해져서 옛날 작문 선생의 아들이라도 감지덕지해서 매달릴지도 모르고."

"이 점에 대해서 당신과 저의 의견 차가 너무 크네요, 나이틀리 씨. 더 이상 이 문제로 토론해봐야 아무 소용이 없겠어요.

그래봤자 서로 화만 더 돋우게 될 테니까요. 하지만 전 절대로 해리엇이 로버트 마틴과 결혼하도록 내버려두지 않을 거예요. 해리엇은 이미 그 사람을 거절했고, 그것도 매우 단호하게 거절했으니, 두 번째 청혼은 절대 있어선 안 된다는 것이 제 생각이에요. 그의 청혼을 거절한 것 때문에 생기는 해악이라면 그게 무엇이건 받아들여야 하겠죠. 그리고 거절 그 자체에 대해서라면 제가 해리엇의 결정에 얼마간 영향을 끼쳤다는 것은 인정하겠어요. 하지만 저는 물론이고 다른 누구의 영향도 결정적인 게 아니라고 확언할 수 있어요. 그의 외모가 그에겐 크나큰 단점으로 작용한 데다 예법도 엉망이어서, 해리엇이 한때 그에게 호감을 가졌는지는 몰라도 이제는 아니에요. 그때까지 그보다 나은 사람을 본 적이 없어서 그를 관대히 봐줬을지도 모른다는 생각이 들어요. 그 사람은 그녀 친구들의 오빠였고, 그녀를 즐겁게 해주려고 애를 썼으니까요. 전반적으로 볼 때, 그보다 더 나은 사람은 단 한 명도 본 적이 없었기 때문에 (그 점이 그에겐 대단히 유리한 점이었을 거예요) 그녀는 애비밀에 있는 동안 그가 마음에 들지 않는다곤 생각하지 못했을 거예요. 하지만 이젠 사정이 달라졌어요. 해리엇은 이제 신사가 어떤 건지 알게 되었어요. 그러니 교육 면에서나 예절 면에서나 신사만이 그녀에게 다가갈 기회를 얻을 수 있어요."

"헛소리, 이렇게 말도 안 되는 헛소리는 처음 듣는군!" 나이틀리 씨가 외쳤다. "로버트 마틴의 태도엔 높이 살 만한 분별력과 신실함, 쾌활함이 있어. 그리고 그의 정신은 해리엇 스미스가 이해할 수 있는 것 이상의 진정한 우아함을 갖추고 있다고."

에마는 아무 말도 하지 않았고, 신경 쓰지 않는 듯 쾌활한 표정을 지으려고 애썼지만, 실은 불편한 나머지 그가 가줬으면 하는 마음만 간절했다. 자신이 한 일에 대해 후회가 든 건 아니었다. 여성의 권리와 우아함이라는 문제에 있어선 여전히 자신이 그보다 더 공정하게 판단한다고 생각했다. 그러나 나이틀리 씨의 판단 전반을 습관처럼 존중했기 때문에 그가 자신을 향해 이렇게 큰 소리로 반박하는 것이 싫었다. 그가 화를 내며 맞은편에 앉아 있는 것도 몹시 불쾌했다. 그렇게 불편한 침묵이 몇 분간 이어진 후 에마 쪽에서 날씨 얘기를 한번 꺼내봤지만, 그는 아무 말도 하지 않았다. 그는 생각에 잠겨 있었다. 그리고 마침내 그 생각의 결과가 다음과 같은 말로 나타났다.

"로버트 마틴 입장에선 크게 잃을 게 없어. 스스로도 그렇게 생각할 수만 있다면 말이야. 나로선 조만간 그러기를 바라는 바고. 당신이 해리엇을 어떻게 생각하는지는 당신 본인이 제일 잘 알겠지만, 당신이 중매 서기를 참으로 좋아한다는 걸 스스로도 전혀 감추지 않으니, 당신에게 여러 견해와 계획과 전망이 있을 거라 짐작해도 무리는 아니겠지. 그리고 친구로서 귀띔해주는 건데 당신이 생각하는 상대가 엘턴이라면 아무리 노력해봤자 헛수고일 거야."

에마는 웃음을 터뜨리고는 그 말을 부정했다. 그는 계속 말했다.

"확실해. 엘턴에겐 통하지 않을 거야. 엘턴은 매우 훌륭한 사람이고 하이버리의 목사로서 존경할 만하지만, 경솔한 결혼을 할 리는 만무하지. 그는 높은 수입의 가치를 누구보다도 잘 알거든. 말은 감상적으로 할지언정 행동은 이성적으로 할 거야. 게다가 그는 자신의 자격을 잘 알고 있지, 당신이 해리엇의 자격을 아는 것처럼. 그는 자신이 빼어나게 잘생겼다는 것과 어딜 가나 대단한 환대를 받는다는 것을 알고 있어. 그리고 남자들끼리만 있을 때 거리낌 없이 말하는 방식으로 미루어보건대, 자신을 함부로 내던질 생각은 전혀 없다는 것을 난 알아. 그가 자기 누이들과 친한 어느 대가족 얘기를 몹시 신이 나서 하는 걸 들은 적이 있는데, 그 집안 아가씨들은 각자 2만 파운드씩의 재산을 가지고 있다더군."

"정말 어떻게 감사드려야 할지 모르겠네요." 에마는 다시 웃음을 터뜨리며 말했다. "제가 만약 엘턴 씨와 해리엇을 맺어주려고 마음먹고 있었다면, 눈이 번쩍 뜨일 만큼 아주 친절한 말씀이었겠어요. 하지만 현재로선 전 해리엇이 제 곁에 있어주길 바랄 뿐이에요. 중매 서는 일이라면 이젠 정말 끝이에요. 어딜 가도 랜들스에서 이룬 것 같은 성과는 꿈도 꾸지 못할 테니까요. 박수 칠 때 떠나야죠."

"잘 있어요." 나이틀리 씨는 일어서서 돌연 걸어 나가버렸다. 그는 매우 짜증이 나 있었다. 로버트 마틴이 얼마나 실망할지 가늠이 되었고, 자신이 청혼에 찬성함으로써 실망감만 더 키운 셈이었으니 황망하기 그지없었다. 에마가 그 일에서 어떤 역할을 했는지 확실히 알고 나니 몹시도 화가 치밀어 오르는 것이있다.

에마도 짜증이 나긴 마찬가지였다. 하지만 그에 비해 그녀가 짜증이 난 이유는 명확하지 않았다. 그녀는 나이틀리 씨처럼 자신에게 늘 전적으로 만족하지도, 자신의 견해가 옳고 상대는 틀렸다고 확신하지도 않았다. 그는 자신의 견해에 그녀보다 더 큰 확신을 안고 떠났다. 그렇다고 에마가 심하게 풀이 죽은 건 아니었고, 얼마 안 있어 해리엇이 돌아오면 마음을 어느 정도 추스를 수 있을 것이었다. 해리엇이 너무나 오랫동안 돌아오지 않고 있어서 불안해지기 시작했다. 그날 아침 로버트 마틴이 고더드 부인의 집으로 가서 해리엇을 만나 간청할지도 모른다고 생각하니 마음이 불안했다. 결국 그렇게 실패할지도 모른다는 두려움이 불안감을 낳았다. 그래서 해리엇이 돌아왔을 때, 그녀의 기분이 좋아 보인 데다 오랫동안 가 있었던 것도 그런 이유가 아닌 것에, 에마는 비로소 안도하면서 마음을 가라앉혔다. 그리고 나이틀리 씨가 어떻게 생각하고 말하건 자기는 여성의 우정과 감정이 정당화하지 못할 일을 저지른 적은 없었다고 확신하게 되었다.

나이틀리 씨의 말에 엘턴 씨가 다소 걱정되긴 했지만, 에마는 나이틀리 씨가 자기만큼 그를 관찰하진 못했을 거라고 생각했다. 자기만큼 관심 있게 보지도 않았을 것이고, (나이틀리 씨가 어떤 주장을 내세우건, 자신할 수 있으니) 이 문제에 대해 그녀만큼 노련한 관찰력을 발휘하지도 못했을 터였다. 그는 화가 나서 성급하게 말했고, 그저 사실이었으면 하는 것을 말했을 뿐 실제로 아는 건 전혀 없다고 확신할 수 있었다. 물론 그가 그녀는 듣지 못한 엘턴 씨의 솔직한 이야기를 들었을 수도 있고, 엘턴 씨가 돈 문제에 대해 경솔하거나 분별없는 성격이 아닐 수도 있다. 엘턴 씨가 천성적으로 돈 문제에 신경을 쓰는 쪽일 수도 있다. 그렇다 한들 나이틀리 씨는 모든 타산적 동기에 맞서는 강한 열정이 끼치는 영향력을 제대로 헤아리지 못했다. 나이틀리 씨 눈에 그런 열정이 보일 리 없으니, 그 효력을 생각했을 리 만무하다. 그러나 열정이라면 너무도 많이 본 에마는 엘턴 씨가 처음엔 이성적으로 경계하느라 다소 주저하더라도 결국은 극복할 거라고 생각했다. 그리고 지금 엘턴 씨에게 이성적이고 알맞은 정도의 신중함이 있을 리 없다고 믿어 의심치 않았다.

그녀는 해리엇의 쾌활한 표정과 태도에 마음이 놓였다. 해리엇은 돌아왔고, 마틴 씨를 생각하는 대신 엘턴 씨 얘기를 했다. 그녀는 곧장 내시 양에게서 들은 이야기를 더없이 쾌활하게 들려주었다. 페리 씨가 아픈 아이를 진찰하려고 고더드 부인 집에 왔다가 내시 양과 마주친 후 들려준 이야기라고 했다. 페리 씨는 그 전날 클레이턴 파크에서 돌아오다가 엘턴 씨와 만났는데, 그에게서 런던으로 가는 길이며 이튿날도 돌아오지 못할 것 같다는 말을 듣고 매우 놀랐다고 했다. 그도 그럴 것이 그날 밤에는 엘턴 씨가 한 번도 빠진 적 없었던 휘스트* 모임이

*네 명이서 하는 카드놀이.

열릴 예정이었기 때문이었다. 이에 페리 씨는 볼멘소리를 하며 휘스트 게임을 제일 잘하는 엘턴 씨가 빠지는 것처럼 싱거운 일도 없으니 런던행을 딱 하루만 늦추라고 설득하려 애썼지만 소용이 없었다. 런던에 가겠다는 엘턴 씨의 결심은 확고했고, 확연히 달라진 어조로 자신에겐 하늘이 무너진다 해도 미룰 수 없는 일이며, 모두의 부러움을 살 만한 부탁을 받아 대단히 귀중한 것을 가져가고 있다고 말했다는 것이다. 페리 씨는 딱히 그 말을 이해하진 못했지만 한 아가씨와 관련된 일일 거란 확신에 그렇게 말했고, 엘턴 씨는 겸연쩍은 표정으로 미소만 짓고는 기운 넘치는 모습으로 말을 타고 가버렸다고 했다. 내시 양은 해리엇에게 모든 이야기를 낱낱이 들려주었을 뿐 아니라, 엘턴 씨에 대해서도 한참을 더 이야기한 후 매우 의미심장한 눈으로 해리엇을 바라보며 이렇게 말했다고 한다. "엘턴 씨한테 무슨 일이 있는 건지 내가 알 리 없지만, 엘턴 씨가 각별히 좋아하는 여자라면 세상에서 가장 운이 좋은 여자라는 것은 알아. 안 그러니? 잘생긴 외모나 호감을 주는 데 있어서 엘턴 씨를 능가하는 사람이 없다는 건 확실하니까 말이야."

9

나이틀리 씨는 에마와 싸울 수 있을지 몰라도, 에마는 자신과 싸울 수 없었다. 그는 몹시 불쾌했기 때문에 평소보다 오랜 시

108

간이 지나서야 다시 하트필드를 찾았다. 그리고 에마와 다시 마주쳤을 때, 그의 심각한 표정은 여전히 그녀를 용서하지 않았음을 보여주고 있었다. 에마는 유감스러웠지만 뉘우치진 않았다. 오히려 이후 며칠 동안 일어난 전반적인 상황을 보고 자신의 계획과 조처가 더더욱 타당하고 값진 것이라 여기게 되었다.

엘턴 씨가 돌아온 후 얼마 지나지 않아 우아한 액자에 끼워진 초상화가 안전하게 도착했고, 공동거실*의 벽난로 위 선반에 걸렸다. 엘턴 씨는 일어나서 그 그림을 쳐다보며 그로서는 당연하다는 듯 감탄이 뒤섞여 미처 맺지 못한 말을 한숨처럼 토해냈다. 그리고 해리엇의 감정은, 젊음과 그 심적 경향에 비추어 볼 때 더없이 강렬하고 굳건한 애착으로 커져가는 것이 눈에 보일 정도였다. 얼마 안 가 해리엇이 엘턴 씨를 한층 돋보이게 할 비교 대상으로 언급할 때 외에는 더 이상 마틴 씨를 떠올리지 않게 되자 에마는 완전히 마음을 놓았다. 유용한 독서와 대화에 많은 시간을 할애해서 이 사랑스런 친구의 마음을 바람직한 방향으로 이끌려 했던 에마의 계획이 무색하게도, 책 읽기는 초반 몇 장을 보다가 다음 날로 미루는 수준 이상을 넘어서지 못했다. 공부보다는 수다 떠는 것이 훨씬 더 쉬웠다. 해리엇의 이해력을 향상시키거나 냉철한 사실에 근거해 생각하도록 훈련시키려 애쓰는 것보다는 그녀의 상상력을 자유롭게 풀

*가장 일반적인 용도로 사용되는 응접실이나 거실을 가리킨다. 당시 영국 저택에서는 벽난로가 유일한 난방 수단이었기 때문에, 방마다 벽난로와 선반이 설치되어 있었다.

어놓고 자신의 행복을 위해 노력하도록 하는 게 훨씬 더 즐거웠다. 그리고 현 시점에서 해리엇이 몰두하고 있는 유일한 문학적 작업은 인생의 황혼기를 위해 준비하고 있는 유일한 마음의 양식으로서, 얻어들을 수 있는 온갖 종류의 수수께끼를 수집해 4절판 공책에 쓰는 것이었다. 그 공책은 에마가 가열 가압한 종이를 묶어 이름의 머리글자와 무늬로 장식한 것이었다.

바야흐로 문학의 시대에, 그토록 방대한 규모의 수집은 기실 드문 일은 아니었다.* 고더드 부인 학교의 수석 교사인 내시 양의 경우 적어도 3백 개는 적어놓았다. 그리고 내시 양한테서 그 이야기를 처음 들은 해리엇은 우드하우스 양의 도움을 받아서 그보다 훨씬 더 많이 모으고 싶어 했다. 에마가 창의력과 기억과 취향을 있는 힘껏 발휘해 도와준 데다 해리엇의 글씨체도 워낙에 예뻤던 터라 그것은 분량이나 모양새에 있어서 최고 수준으로 정리한 책이 될 듯싶었다.

우드하우스 씨는 아가씨들 못지않게 그 일에 흥미를 느꼈고, 그들이 적어 넣을 만한 수수께끼를 기억해내려고 적잖이 애를 썼다. "내가 어렸을 땐 기발한 수수께끼들이 참 많았는데, 기억나는 게 없다니 믿어지지 않는구나! 그래도 조금 있으면

---

*뛰어난 문학적 성취를 이룬 수작들이 놀랄 정도로 많이 출간되었다는 점에서 당시는 가히 문학의 시대라 불릴 만했다. 또한 운문 형태로 쓴 잠언이나 수수께끼 서적들도 많이 출간되었는데, 해리엇처럼 개인이 직접 선집을 만드는 것도 유행했다. 대개 이런저런 책에서 발췌한 것들이나 친구가 직접 지은 것을 하나로 묶어 꾸미는 식이었고, 오스틴과 그녀의 가족 역시 이런 선집들을 즐겨 만든 것으로 알려져 있다.

기억이 날지 몰라." 하지만 결국에 가선 늘 한 가지만 떠오르는 것이었다. "키티, 예쁘지만 얼음장 같은 아가씨."*

우드하우스 씨에게서 그 이야기를 전해 들은 그의 좋은 친구 페리 씨도 수수께끼라 할 만한 건 하나도 떠올리지 못했다. 하지만 우드하우스 씨는 그가 이곳저곳을 많이 돌아다니니 뭔가 건질 수 있을지도 모른다는 생각에 그에게 계속 생각해보라고 말해놓았다.

하이버리의 지식인들을 두루 찾아다니며 수수께끼를 알려달라고 요청하는 것은 그의 딸의 바람과는 하등 상관없는 일이었다. 정작 에마가 부탁한 사람은 엘턴 씨가 유일했다. 그에게 정말 좋은 수수께끼나 셔레이드**, 재치 있는 문답을 알고 있으면 알려달라고 부탁했던 것이다. 그러자 그는 기억을 떠올리려고 열과 성을 다해 노력하며 에마를 기쁘게 해주었다. 동시에 여성을 배려하지 않거나 여성에게 찬사를 바치지 않는 표현은 입에 담지도 않으려고 무척 조심하는 것 같았다. 덕분에 그들은 그에게서 세련되기 이를 데 없는 수수께끼 두세 개를 얻었다. 마침내 유명한 셔레이드를 기억해냈을 때 엘턴 씨는 기

*18세기 영국 연극계를 주름잡았던 배우이자 희곡 작가이며 시인이었던 데이비드 개릭이 1757년에 쓴 〈하녀를 시켜 굴뚝에 불을 지핀 어느 귀부인이 쓰다〉라는 셔레이드로 답은 '굴뚝 청소부'이다.
**수수께끼 형식의 시(詩)로, 18세기 프랑스에서 처음 유행했다. 시를 통해 단서를 제시했고, 초기에는 답이 2음절로 된 단어로 제한되었으나, 이후 답의 음절 수도 늘어나고 손가락이나 몸짓을 사용해 음절 수를 표현하거나 마임의 요소까지 끌어들이면서 규칙이 다양해졌다. 엘턴 씨가 지은 것을 제외하면 작품 속에 등장하는 셔레이드는 모두 당시에 발표된 것들이다.

뿜과 환희에 겨워서 다소 감상적으로 이를 암송했다.

> 나의 첫 번째는 고통을 뜻하며,
> 두 번째는 그 고통을 느낄 운명이지.
> 그리고 내 전부는 최고의 해독제로
> 그 고통을 덜어주고 치유해준다네.

에마는 몹시 미안해하며 이미 몇 페이지 전에 적었다고 털어놓았다.

"그러지 마시고 저희를 위해 직접 하나 써주시는 게 어떨까요, 엘턴 씨?" 에마가 말했다. "새로운 걸 넣으려면 그보다 더 확실한 방법은 없을 테니까요. 당신에게는 그리 어려운 일도 아닐 테고요."

"아, 안 됩니다! 전 써본 적이 없는걸요. 한 번도 없는 것 같아요. 그런 글귀는 처음이에요. 이런 멍청한! 죄송하지만 우드하우스 양은⋯⋯." 그는 잠깐 말을 멈추었다. "아니, 스미스 양도 제게 영감을 주실 수 없을 겁니다."

그러나 바로 다음 날, 영감의 증거로 볼 만한 것이 등장했다. 그는 잠깐 들러서 탁자 위에 쪽지 한 장을 올려놓더니, 자신의 친구가 흠모하는 어느 젊은 아가씨에게 보내는 것이라고 말했다. 에마는 엘턴 씨의 태도를 보자마자 그가 직접 쓴 것이라고 확신했다.

"스미스 양의 수집 목록에 넣어달라는 건 아닙니다." 엘턴 씨가 말했다. "친구가 쓴 것이기 때문에 저로선 많건 적건 다른 사람들에게 보여줄 권리가 없거든요. 하지만 당신이라면 봐도 싫어하진 않을 것 같아서요."

그 말은 해리엇보다는 에마를 향한 것이었는데, 에마는 이해할 수 있었다. 그는 자신의 감정을 깊이 자각했고, 그녀의 친구보다는 그녀와 눈을 마주치는 게 더 편하다는 것을 깨달은 것이다. 다음 순간 그는 자리를 떴다.

"받아." 에마는 미소 지으며 말하고는 곧장 쪽지를 해리엇에게 내밀었다. "널 위해 쓴 거잖아. 네 것이니까 받아."

그러나 해리엇은 떨려서 쪽지를 건드리지도 못했다. 그래서 어떤 경우에도 앞장서는 것을 마다하지 않는 에마가 직접 읽는 수밖에 없었다.

_____ 양에게

셔레이드.

첫 번째로 땅의 지배자를 보여주겠다.
부와 화려함, 사치와 안락을 누리는 왕들을!
두 번째로 남자의 또 다른 모습을 보여주겠다.
보라, 저기 저 바다의 군주를!

그러나 아! 하나로 합쳐질 때, 우리가 보는 건 정반대구나!

남자가 떠벌리는 권력과 자유, 모든 것이 날아가버리고,

땅과 바다의 지배자는 노예가 되어 무릎을 굽히고,

여자, 사랑스러운 여자가 홀로 통치한다.

그대는 민첩한 기지로 이내 단어를 떠올릴 것이니

그 다정한 눈을 반짝이며 받아들여주오!*

그녀는 쪽지를 한 번 보고, 깊이 음미하고, 그 뜻을 포착했으며, 행별로 다시 꼼꼼히 읽으면서 확실히 이해한 건지 파악한 후 그제야 해리엇에게 건네주며 흐뭇한 미소를 지었다. 해리엇이 희망과 얼떨떨한 감정이 뒤섞인 채 쪽지를 들여다보며 곤혹스러워하고 있는 동안 에마는 속으로 생각했다. '아주 잘했어요, 엘턴 씨. 정말 잘했어요. 이보다 더 형편없는 셔레이드도 읽어봤어요. 구애…… 아주 훌륭한 암시예요. 그 점은 칭찬해드리죠. 그러니까 당신은 이렇게 느끼고 있다는 것이군요. 아주 분명하게 말하고 있어요. 스미스 양, 당신에게 청혼할 수 있게 해주세요. 한 번의 눈길로 나의 셔레이드와 당신에게 청혼하는 내 마음을 받아주세요.'

그 다정한 눈을 반짝이며 받아들여주오!

*이 셔레이드는 제인 오스틴이 창작한 것이다. 장황한 문체에 허세 섞인 과장, 여성에 대한 찬사를 가득 담아 엘턴 씨의 성격을 단적으로 드러내고 있다.

'정확히 해리엇을 지목하고 있어. 다정한, 이라는 표현이야 말로 그녀의 눈에 가장 어울리는 말이 아닐까. 부여할 수 있는 모든 형용사들 가운데 가장 정확한 말이야.'

그대는 민첩한 기지로 이내 단어를 떠올릴 것이니

'흠, 해리엇이 민첩한 기지를 가지고 있다? 아니, 이건 더 좋은 징조야. 정말 깊이 사랑에 빠진 게 아니라면 해리엇을 이렇게까지 묘사할 수 없을 테니까. 아! 나이틀리 씨, 당신도 이걸 봤으면 좋았을 텐데요. 이 정도면 당신도 납득할 테니까요. 난 생처음 당신이 착각했음을 스스로 인정할 수밖에 없을걸요. 정말 빼어난 셔레이드야! 그런데다 목적에도 안성맞춤이고. 조만간 절정에 달할 게 틀림없어.'

해리엇이 애타게 질문을 퍼붓는 바람에 에마는 이 즐거운 평가를 중단할 수밖에 없었다. 만약 방해가 없었더라면 한참 동안 계속 그러고 있었을 것이다.

"이 셔레이드가 뭘 가리키는 건가요, 우드하우스 양? 과연 뭘까요? 전 모르겠어요. 전혀 짐작조차 할 수가 없어요. 도대체 어떻게 하라는 거죠? 부탁드릴게요. 좀 알려주세요, 우드하우스 양. 도와주세요. 이렇게 어려운 건 생전 처음 보거든요. '왕국'이 답인가요? 이걸 쓴 친구가 누군지, 또 그 젊은 아가씨는 누군지 궁금하네요. 이게 잘 쓴 거라고 생각하세요? 답이 '여자'는 아닐까요?

여자, 사랑스러운 여자가 홀로 통치한다.

아니면 '넵튠'인가요?

보라, 저기 저 바다의 군주를!

'삼지창'은 아닐까요? 아니면 '인어'일까요? 아니면 '상어'?
아, 아니에요! 상어는 단일어죠. 정말 재기 넘치는 문제네요.
하긴 그렇지 않다면 그분이 이걸 가져오셨을 리 없겠죠. 아! 우
드하우스 양, 당신과 제가 이 문제의 답을 알아낼 수는 있을까
요?"

"인어라니. 상어는 또 뭐야! 말도 안 돼! 해리엇, 도대체 무
슨 생각을 하고 있는 거야? 엘턴 씨가 뭐하러 인어나 상어에
관해 쓴 친구의 셔레이드를 우리에게 가지고 오겠어? 그 쪽지
이리 줘. 그리고 잘 들어.

"_____ 양에게……" 이건 너를 말하는 거야.

첫 번째로 땅의 지배자를 보여주겠다.
부와 화려함, 사치와 안락을 누리는 왕들을!

이건 '궁정(court)'을 뜻해.

두 번째로 남자의 또 다른 모습을 보여주겠다.

보라, 저기 저 바다의 군주를!

이건 '배(ship)'를 뜻하지. 너무 명백해서 두 번 생각할 것도 없어. 자, 이제 이 셔레이드의 백미야.

그러나 아! 하나로 합쳐질 때(합치면 '구혼(court-ship)'이야.)

우리가 보는 건 정반대구나!

남자가 떠벌리는 권력과 자유, 모든 것이 날아가버리고,

땅과 바다의 지배자는 노예가 되어 무릎을 굽히고,

여자, 사랑스러운 여자가 홀로 통치한다.

정말 꼭 들어맞는 찬사지! 그런 다음엔 간청이 이어지는데, 내 생각은 말이야, 해리엇, 이건 너도 쉽게 이해할 수 있을 거야. 마음을 편히 하고 혼자서 읽어봐. 널 위해서, 그리고 네게 바치기 위해서 쓴 것이 틀림없으니까."

해리엇은 얼마 안 가 이토록 기분 좋은 말에 설복되고 말았다. 그녀는 이어지는 마지막 구절을 읽었고, 설렘과 행복을 느꼈다. 그녀는 말도 할 수 없을 지경이었지만, 굳이 말을 할 필요는 없었다. 느끼는 것만으로도 족했다. 에마가 그녀를 대신해 말했다.

"이 찬사엔 정말 명백하고 각별한 뜻이 담겨 있어." 그녀는 말했다. "그래서 난 엘턴 씨의 의도에 어떤 의심도 품을 수가

없어. 그는 네게 구애하고 있는 거야. 그리고 넌 머지않이 그 사실을 뒷받침하는 완벽한 증거를 받게 될 거고. 반드시 그렇게 될 거라고 생각했었어. 내가 그렇게까지 착각할 리 없다고 생각했거든. 봐, 이렇게 분명하지 않니? 엘턴 씨의 마음은 더없이 분명하고 확고해. 내가 널 알게 된 후로 쭉 이 문제에 대해서 바랐던 그대로. 그래, 해리엇, 지금 일어난 바로 이런 상황이 찾아와주길 난 정말 오래도록 기다려왔어. 너와 엘턴 씨의 애정을 바람직하다 해야 할지, 자연스럽다 해야 할지 분간할 수가 없었어. 그저 가능성이 있는 일 정도로 보이다가도 그 못지않게 너무나 당연한 일이라는 생각도 들었거든! 정말 기뻐. 축하해, 나의 소중한 해리엇. 진심으로 축하해. 이런 연모의 감정을 끌어낸 여자라면 자부심을 가져도 돼. 이 인연은 좋은 일만 가져다줄 거야. 네게 필요한 것, 그러니까 존경이나 독립, 바람직한 가정은 내가 다 줄게. 그러면 넌 네 진정한 친구들의 한가운데 정착할 수 있게 될 거야. 하트필드와 나의 곁에서. 그렇게 우리의 우정을 영원토록 공고히 하는 거야. 해리엇, 이건 우리 둘 모두에게 얼굴을 붉힐 일 없는 결합인 거야."

"친애하는 우드하우스 양!" 맨 처음 해리엇이 다정한 포옹과 함께 한 말은 '친애하는 우드하우스 양'뿐이었다. 하지만 그들이 좀 더 대화다운 대화를 시작하게 되었을 때, 에마는 해리엇이 마땅히 해야 하는 대로 보고 느끼고 예견하고 기억한다는 것을 여실히 알 수 있었다. 그녀는 엘턴 씨가 얼마나 우월한지를 분명하게 인식하고 있었다.

"우드하우스 양의 말씀은 무엇이건 옳아요." 해리엇은 큰 소리로 말했다. "그렇기 때문에 저는 당신의 말씀대로일 거라 생각하고 믿고 바라요. 그렇지 않다면 이번 일은 상상조차 하지 못했을 거예요. 이건 저에겐 넘치도록 과분한 일이니까요. 엘턴 씨라면 누구와도 결혼하실 수 있는 분 아닌가요! 그분에 대해선 이견이랄 게 존재할 리 없죠. 말할 수 없이 뛰어난 분이니까요. '____ 양에게'라고 쓴 그 아름다운 시만 생각해봐도 알 수 있죠. 아, 얼마나 재기가 넘치는지! 정말 저를 염두에 두고 쓰신 걸까요?"

"그 점에 대해서라면 난 질문을 할 수도, 질문을 들을 수도 없어. 확실해. 내 판단에 맡겨. 그 시는 이를테면 연극의 서문, 각 장 첫머리를 장식하는 제사(題詞)라고 할 수 있어. 그리고 조만간 있는 그대로의 산문도 나올 거야."

"아무도 예상치 못했던 일이네요. 한 달 전만 해도 전 아무 생각도 못 했었는데! 이토록 신기한 일들이 일어나다니!"

"스미스 양과 엘턴 씨 같은 사람들이 서로를 알게 될 때, 진실로 서로에 대해 알게 될 때, 그건 정말로 신기한 일이지. 다른 사람들이 앞장서서 준비해주고 싶을 정도로 더없이 바람직한 혼사가 이렇게 빨리 적절한 절차를 밟아나간다는 건 흔히 있는 일이 아니야. 신분에 있어서도 너와 엘턴 씨는 천생연분이야. 각자의 가정 환경을 낱낱이 살펴봐도 두 사람은 서로에게 안성맞춤이야. 네 결혼은 랜들스에서 있었던 결혼에도 뒤지지 않을 거야. 하트필드의 공기 속에는 사랑이 가야 할 방향을 정확히 알려주어 길을 잃지 않도록 해주는 뭔가가 있는 것 같이.

진정한 사랑의 길은 결코 평탄한 적이 없었네…….*

하트필드판 셰익스피어는 이 구절에 긴 주석을 붙이게 될 거야."

"엘턴 씨가 정말 저를 사랑하신다니, 그 많은 사람들 중에 저라니. 미카엘 축일** 때만 해도 그분은 알지도 못했고, 말도 한번 해본 적 없었는데! 어딜 가도 빠지지 않을 만큼 빼어난 용모에, 모두의 존경을 받는 그런 분이! 나이틀리 씨처럼 말이에요! 그분은 정말로 온갖 곳에서 초대를 받지요. 모두들 그분 스스로 원하지 않는 한 단 한 끼도 혼자서 먹을 일이 없을 거라고 말할 정도로요. 몸이 두 개라도 모자랄 정도라고 하던걸요. 그리고 교회에서도 정말 멋지다고 들었어요! 내시 양이 그분이 하이버리에 오신 후 하신 설교를 몽땅 다 받아 적었다고 하더라고요. 세상에! 새삼 그분을 처음 뵀던 때가 기억나네요! 전거의 생각조차 못 했어요! 그분이 지나가신다는 말을 듣고 저랑 애벗 자매가 응접실로 달려가 블라인드 틈으로 몰래 훔쳐보

*셰익스피어의 《한여름 밤의 꿈》에 등장하는 유명한 구절로 극중에서 라이샌더가 연인 허미아에게 "비록 그녀의 아버지가 둘의 사랑을 반대하지만 절망하지 말자"며 하는 말이다. 여기서 오스틴은 에마가 해리엇의 연애 문제에 지나치게 관여하는 것에 대한 비판적인 뉘앙스를 담아 인용하고 있다.
**9월 29일. 잉글랜드, 스코틀랜드, 아일랜드에서 기리는 축일로 성모 영보 대축일(3월 25일), 세례 요한 축일(6월 24일), 크리스마스(12월 25일)와 함께 영국의 사분기 결산일 중 하나이다.

고 있는데 내시 양이 오더니 저희를 꾸짖어 내보냈거든요. 그
러고선 자기가 내다보더라고요. 하지만 이내 절 불러들여서 보
게 해줬어요. 성격이 참 좋은 사람이죠. 그리고 둘 다 그분이
진짜 잘생기셨다고 생각했죠. 그때 엘턴 씨는 콜 씨와 팔짱을
끼고 지나가고 있었어요."

"네 친구라면 누구건 무엇을 하건 두말 않고 이 결혼을 축
하해주어야 해. 최소한의 상식이란 걸 가졌다면 말이야. 바보
들이라면 굳이 우리의 결정을 설명할 필요도 없을 테고. 그 사
람들이 네가 행복하게 결혼하는 모습을 진실로 보고 싶어 하는
거라면, 여기 그 행복을 누구보다 확실히 보장할 수 있는 다정
한 남자가 있어. 그들이 택해준 마을과 집단 속에 네가 정착하
기를 바란다면, 여기서 그 바람이 실현될 거야. 그리고 흔한 말
로 네가 좋은 데 시집가는 것이 그들의 유일한 목표라면, 만족
하고도 남을 만큼 안정적인 재산과 훌륭한 집, 신분 상승 기회
도 여기 있지."

"네, 그렇고말고요. 우드하우스 양은 어쩌면 그렇게 말씀을
잘하세요? 전 당신의 이야기를 듣는 게 참 좋아요. 우드하우스
양은 모든 것을 다 알고 계세요. 당신과 엘턴 씨의 총명함은 우
열을 가릴 수 없어요. 이 셔레이드를 보세요! 제가 열두 달 동
안 공부를 해서 쓴다 한들 이런 건 흉내조차 못 낼 거예요."

"엘턴 씨의 거절하는 모습을 보니 자기 솜씨를 발휘하려고
단단히 각오한 것 같았어."

"진심으로, 제가 읽어본 최고의 셔레이드예요."

"이렇게나 목적에 부합하는 시는 나도 처음 읽어봐, 정말로."

"길이도 이제껏 모은 것들만큼 길고요."

"긴 것이 이 시의 특별한 장점은 아니라고 생각해. 이런 성격의 글은 일반적으로 짧을수록 좋으니까."

해리엇은 셔레이드에 골몰해 있느라 미처 듣지 못했다. 그녀의 머릿속에 가장 흡족한 비교가 떠올랐던 것이다.

"그건 별개의 문제겠죠." 해리엇이 두 뺨을 붉히며 말했다. "다른 사람들처럼 그럭저럭 괜찮은 수준의 양식을 갖추고서 뭔가 할 말이 생겼을 때 자리에 앉아 편지지에 용건만 간단히 쓰는 것과, 이렇게 시와 셔레이드를 쓰는 것은 다르지 않을까요."

마틴 씨의 편지를 이토록 담대하게 거부하다니, 에마라고 해도 이보다 더한 표현은 바랄 수 없었을 것이다.

"얼마나 아름다운 시인가요!" 해리엇은 계속했다. "여기 마지막 두 행이 특히 그래요! 하지만 제가 어떻게 이 쪽지를 돌려드릴 수 있을까요? 어떻게 그분에게 제가 찾아냈다고 말씀드릴 수 있을까요? 아! 우드하우스 양, 이 노릇을 어쩌면 좋을까요?"

"나한테 맡겨둬. 넌 손 하나 까딱할 것 없어. 엘턴 씨가 오늘 밤 이리로 올 게 분명해. 그때 내가 이걸 그분에게 돌려드리고 서로 대수롭지 않은 말을 몇 마디 나누는 거지. 넌 대화에 끼어들 필요 없어. 네 다정한 눈이 알아서 빛날 때를 택할 테니까. 나한테 맡겨."

"아! 우드하우스 양, 이렇게 아름다운 셔레이드를 공책에 쓸 수 없다니 가슴이 아파요! 공책의 반 분량을 내놓아도 이 시의 절반에도 미치지 못할 거예요."

"그렇다면 마지막 두 행만 빼고 얼마든지 네 공책에 써도 돼."

"아! 하지만 그 두 행은⋯⋯."

"그 시의 백미지. 인정해, 혼자서 만끽하기엔 최고야. 그러니 혼자만 보는 것으로 간직해. 네가 잘라냈다고 해서 미완의 시가 되는 건 아니잖니? 두 행이 없어지는 것도 아니고, 의미가 달라지는 건 더더욱 아니야. 하지만 그걸 빼버리면 글을 완전히 도용하는 것도 피할 수 있고, 어느 모음집에나 어울릴, 참으로 예쁘고 멋진 셔레이드만 남을 거야. 분명 엘턴 씨는 자신의 열정이 무시당하는 것 못지않게 자신의 셔레이드가 무시당하는 것도 좋아하지 않을 거야. 사랑에 빠진 시인에겐 응당 이두 가지 능력 모두를 장려해주든가, 아예 말아야 돼. 그 공책나한테 줘봐. 내가 적어줄게. 그러면 어떤 경우에도 네가 꼬투리 잡힐 일은 없을 거야."

해리엇은 비록 속으로는 그 시를 갈라낼 수 없었으나 친구의 말에 순순히 따랐고, 에마가 그 사랑의 맹세를 공책에 적어넣지 않았음을 확인했다. 그것은 너무도 소중해서 다른 누구에게도 보여줄 수 없을 것 같았다.

"앞으로 이 공책이 제 손을 떠나는 일은 결코 없도록 하겠어요." 그녀가 말했다.

"물론이지." 에마가 대답했다. "그런 감정은 정말 자연스러운 거야. 그리고 그 감정이 오래 계속될수록 난 디 기쁠 거야. 저기 우리 아버지가 오시네. 아버지한테 이 셔레이드를 읽어드려도 괜찮겠지? 정말 즐거워하실 거야! 이런 걸 워낙 좋아하시는 데다, 특히 여성을 찬미하는 글이라면 가리는 법이 없으시거든. 아버지는 우리 모두에게 더없이 다정하셔! 그러니 꼭 읽어드려야 해."

해리엇이 심각한 표정을 지었다.

"해리엇, 이 셔레이드를 가지고 너무 유난 떨면 안 돼. 네가 지나치게 의식하거나 예민하게 굴고, 너무 많은 의미를 부여하는 것처럼 혹은 의미란 의미는 몽땅 갖다 붙이는 것처럼 보이면, 네 감정이 원치 않게 드러나게 될 거야. 그렇게 소소한 찬사의 말에 흔들려선 안 돼. 엘턴 씨가 비밀에 부치기를 바랐다면 내가 한자리에 있을 때 그 쪽지를 두고 가진 않았을 거야. 하지만 그는 네가 아니라 내게 쪽지를 건넸지. 이 일에 대해서 너무 진지하게 굴지 말자. 이 셔레이드에 대해 우리가 한숨을 내쉬며 속내를 드러내지 않더라도 그는 할 만큼 한 거니까."

"어머, 이런! 이 일로 너무 호들갑 떨지 말아야겠어요. 우드하우스 양 뜻대로 하세요."

그때 우드하우스 씨가 들어왔다. 아니나 다를까 그는 들어오기가 무섭게 시도 때도 없이 던지는 질문을 또 한 번 꺼내며 그 이야기를 다시 했다. "자, 우리 아가씨들, 책 작업은 잘되어 가고 있니? 뭐 새로운 거라고 얻었고?"

"네, 아빠. 여기 읽어드릴 게 있네요. 아주 새로운 거예요.

오늘 아침 이 탁자 위에서 발견한 건데요, 저희가 짐작하기론 요정이 떨어뜨리고 간 것 같아요. 아주 예쁜 셔레이드가 적혀 있길래, 막 다 베껴 쓴 참이랍니다."

에마는 무엇이건 읽어주는 것을 좋아하는 아버지에게 천천히, 그리고 또박또박 그 시를 들려주었고, 두세 번 되풀이해 읽으면서 방금 읽은 대목마다 설명하는 것을 빼놓지 않았다. 우드하우스 씨는 매우 즐거워했고, 에마가 이미 예견했듯 찬사를 바치는 마지막 대목에 특히 깊은 인상을 받았다.

"아, 참으로 옳은 말이야. 정말이지 적절하게 잘 쓰여졌구나. 진실하기 그지없고. '여자, 사랑스러운 여자'라는 대목을 보렴. 정말 예쁜 셔레이드구나. 얘야, 아비는 어떤 요정이 이걸 갖다 놨는지 알 것 같다. 이렇게 예쁘게 쓸 수 있는 사람은 단 한 명, 너뿐이지, 에마."

에마는 고개만 끄덕이며 미소 지었다. 그러자 우드하우스 씨는 잠시 생각에 잠겼다가 조용히 한숨을 내쉬며 덧붙였다.

"아! 네가 누굴 닮았는지는 쉽게 알 수 있지. 네 어머니는 정말로 재기가 넘쳐서 이런 것들을 잘해냈단다. 나도 네 어머니만큼 기억력이 좋았다면! 하지만 기억나는 게 아무것도 없구나. 에마 네가 얼마 전에 언급했었던 그 수수께끼만 해도 첫 번째 연 말고는 기억이 나질 않는단다. 여러 연이 있었는데.

키티, 예쁘지만 얼음장 같은 아가씨.
그녀가 불을 피워 올림에 나 한탄하며

눈가리개를 한 소년을 불러 도와달라 했네.

하지만 그가 다가오는 것조차 겁이 났지.

내가 입은 옷엔 치명적이기에.

　내가 기억하는 대목은 이게 전부란다. 그래도 처음부터 끝까지 머리를 잘 쓴 수수께끼지. 그건 그렇고, 네가 이미 구했다고 했지."

　"네, 아빠, 공책 두 번째 페이지에 쓰여 있어요.《명언 모음집》에서 베낀 거였죠. 개릭의 작품요."

　"아, 그래, 맞아. 좀 더 기억해내면 좋으련만.

　키티, 예쁘지만 얼음장 같은 아가씨.

　키티라는 이름을 들으면 가엾은 이저벨라 생각이 난단다. 할머니를 따라서 캐서린이란 세례명을 받을 뻔했거든. 다음 주에 여기서 그 애를 볼 수 있으면 좋으련만. 애야, 네 언니가 오면 어디에 묵게 할지, 아이들에겐 어느 방을 내줄지 생각해봤니?"

　"아, 그럼요! 언니에겐 당연히 따로 방을 내줘야죠. 지금껏 늘 썼던 그 방 말예요. 그리고 아이들은 육아실에 머물면 되고요. 늘 그래왔잖아요. 이번이라고 달라져야 하나요?"

　"모르겠구나, 애야. 하지만 그 애가 여기 묵는 건 정말 오랜만이잖니! 작년 부활절 이후로는 한 번도 없었으니까. 그때도 고작 며칠 머물렀을 뿐이고. 존 나이틀리 씨가 변호사라서 이만저만 불편한 게 아니구나. 가엾은 이저벨라! 슬프게도 우리 모두와 떨어져 있으니! 게다가 이곳에 와도 테일러 양을 볼 수 없으니 얼마나 서운해하겠니?"

"적어도 놀라지는 않을 거예요, 아빠."

"그것도 모르는 일이다, 애야. 나만 해도 테일러 양이 결혼한다는 말을 들었을 때 얼마나 놀랐는지 모른단다."

"언니가 여기 머무는 동안 잊지 않고 웨스턴 부부에게 정찬을 함께 하자고 해야겠어요."

"그래야지, 애야, 시간이 되면. 하지만…… (그는 더없이 의기소침하게 말했다) 이저벨라는 고작 일주일만 머물 예정이잖니. 그동안 뭘 할 수 있겠니?"

"더 오래 머물지 못하는 건 정말 아쉽지만, 어쩔 수 없는 것 같더라고요. 형부가 28일에는 다시 런던에 돌아가야 하거든요. 그러니 언니네 가족이 돈웰 애비에서 이삼 일간 머무르지 않고 시골에 있는 내내 우리와 시간을 보내는 데 감사해야죠. 나이틀리 씨가 이번 크리스마스에는 자기 권리를 포기하겠다고 약속했으니까요. 아시다시피 나이틀리 씨는 우리보다도 언니 부부랑 지낸 지 오래되었는데 말이에요."

"가엾은 이저벨라에겐 하트필드 말고 다른 데는 어디나 다 힘들 거다, 에마."

우드하우스 씨는 나이틀리 씨가 동생에 대해 갖는 권리는 물론, 이저벨라에 대해서도 자기 말고는 어느 누구의 권리도 인정히려 하지 않았다. 그는 잠시 생각에 잠겨 앉아 있다가 말했다.

"하지만 나는 가엾은 이저벨라가 꼭 남편을 따라서 그렇게 빨리 돌아가야 하는지 모르겠구나. 에마, 아무래도 내가 여기 좀 더 있으라고 그 애를 설득해봐야겠다. 그 애와 손주들은 잘 지낼 수 있을 거야."

"아! 아빠. 그래서 언제 한 번이라도 성사된 적이 있었나요. 이번에 하신다고 될 것 같지도 않아요. 언니는 형부를 보내고 여기 남으려 하지 않을 거예요."

이는 반박할 여지가 없는 사실이었다. 그래서 우드하우스 씨는 달갑지 않지만 체념의 한숨을 쉴 수밖에 없었다. 남편을 향한 큰딸의 애착을 생각하며 의기소침해하는 아버지를 보고 에마는 얼른 기운을 차릴 만한 주제로 이야기를 돌렸다.

"형부랑 언니가 여기 와 있는 동안 해리엇도 가능한 한 우리 와 함께 지내도록 해야겠어요. 조카들을 보면 분명 좋아할 거 예요. 아버지도 저처럼 그 아이들을 보면 정말 뿌듯하시죠, 그 렇죠? 해리엇이 어느 아이가 제일 잘생겼다고 생각할지 궁금 하네요. 헨리일까요, 존일까요?"

"아, 나도 누굴 고를지 궁금하구나. 가엾은 것들, 여기 오면 얼마나 좋아하겠니. 그 애들은 하트필드에서 지내는 걸 정말 좋아하거든, 해리엇."

"우드하우스 씨 말씀이 옳아요. 누군들 그렇지 않겠어요?"

"헨리도 괜찮은 아이지만, 존이야말로 제 엄마를 꼭 빼닮았 지. 헨리가 형인데, 제 아버지 이름 대신 내 이름을 물려받았단다. 둘째인 존이 제 아버지 이름을 물려받았지. 분명 첫째가 아버지 이름을 물려받지 않은 것에 놀랄 사람들도 있을 거야. 하지만 이저벨라가 헨리라고 이름 붙이길 바랐었고, 난 그런 그 아이가 참 예뻐 보였단다. 그리고 헨리는 정말로 영특한 아이야. 둘 다 정말 영특해. 하는 짓이 얼마나 예쁜지 몰라. 그 아이들은 여기 오면 내 의자 옆에 서서 이렇게 말한단다. '할아버지, 끈 좀 주세요'라고. 그리고 한번은 헨리가 나한테 칼을 달라고 해서 내가 칼은 할아버지만 쓸 수 있다고 말해줬지. 아무래도 아이들 아버지가 애들을 너무 험하게 다루는 것 같아."

"아버지 눈엔 형부가 다소 험해 보일 때도 있을 거예요." 에마가 말했다. "아버지가 워낙에 자상하시니까요. 하지만 다른 아버지들과 비교해보시면, 형부가 그리 험하다는 생각은 안 하실걸요. 형부는 아이들이 활달하고 씩씩하길 바라거든요. 아이들이 버릇없이 굴면 이따금씩 날카롭게 지적하기도 하고요. 그래도 형부는 다정한 아버지예요. 네, 존 나이틀리 씨는 다정한 아버지이고말고요. 아이들도 다 아버지를 좋아하잖아요."

"그런데 아이들 삼촌이 오면 그 애들을 천장에 닿을 정도로 던져 올리니, 너무 무시무시한 일 아니니!"

"하지만 아이들이 좋아하잖아요, 아빠. 그 이상 좋아할 수 없을 정도로요. 아이들은 그걸 너무 재미있어해서, 삼촌이 차례대로 해준다는 원칙을 세우지 않으면 절대 서로 양보하지 않을 거예요."

"글쎄, 나로선 도무지 이해가 안 가는구나."

"그건 우리 모두 마찬가지예요, 아빠. 세상 사람 절반이 다른 절반의 재미를 이해하지 못하고 살죠."

그날 아침 느지막이, 아가씨들이 4시 정찬을 준비하기 위해 자리를 털고 일어나려는데 누구도 흉내 낼 수 없는 셔레이드를 쓴 영웅이 다시 들어섰다. 해리엇은 고개를 돌렸지만 에마는 평소와 다름없는 미소로 그를 맞이했다. 그리고 그녀는 날카롭게도 그가 자신의 뜻을 밀어붙였다고, 주사위를 던졌다고 의식하고 있음을 금세 파악했고, 그 결과를 보기 위해 나타난 거라고 생각했다. 그러나 그는 자신이 우드하우스 씨의 파티에 빠져도 될지, 혹 하트필드가 조금이라도 자신을 필요로 하는지 물어보기 위해 왔다고 형식적인 이유를 둘러댔다. 자신을 원한다면 만사 제쳐놓고 참석하겠지만, 그렇지 않다면 친구인 콜이 수차례 함께 정찬을 들자고 말한 데다 무척이나 성화를 부리고 있으니, 짬을 봐서 가겠다고 한 약속을 지키겠다는 것이었다.

에마는 그에게 감사를 표하면서도 자기들 때문에 친구를 실망시켜선 안 된다고 말했다. 아버지도 러버 게임*을 할 예정이었다. 엘턴 씨는 다시 청을 했고 그녀는 다시 사양했다. 그런후 그가 인사를 하고 나가려 하자 에마는 탁자에서 그 쪽지를 집어 다시 돌려주었다.

"아! 친절하게도 저희에게 맡기고 가신 셔레이드를 돌려드릴게요. 이런 것을 읽게 해주셔서 감사합니다. 저희는 읽으면

---

*세 명 혹은 다섯 명이 하는 카드게임. 에마는 다른 손님들이 올 테니 굳이 엘턴 씨가 참석하지 않아도 러버 게임을 하는 데 무리가 없을 거라 생각하고 있다.

서 감탄을 금할 수 없었답니다. 외람되지만 제가 스미스 양의 모음집에 직접 베껴 썼어요. 친구분께서 너그럽게 양해해주시면 좋겠는데. 당연하지만 첫 연의 여덟 줄만 적었답니다."

엘턴 씨는 뭐라고 말해야 할지 모르겠다는 기색이 역력했다. 그는 다소 주저하며 혼란스러워하는 표정을 짓다가 "영광" 운운하는 말을 했다. 그런 다음 에마와 해리엇을 흘끗 바라보고는 그 책이 탁자 위에 펼쳐져 있는 것을 보고 집어 들더니 매우 꼼꼼히 살펴보는 것이었다. 에마는 어색한 순간을 넘겨버릴 셈으로 미소를 지으며 말했다.

"친구분께 죄송하다고 전해주세요. 하지만 이렇게 훌륭한 셔레이드는 한두 사람만 보고 묻혀선 안 되지요. 이렇게까지 여성에게 헌신하는 글에 대해 모든 여성이 찬동하리라는 것을 그분도 아셔야 하지 않겠어요?"

이렇게까지 여성에게 헌신하는 글에 대해 "주저 없이 말씀 드리겠습니다." 실제로는 꽤나 주저하면서 엘턴 씨가 대답했다. "주저 없이 말씀드리건대, 제 친구가 최소한 저처럼 느낀다면, 제가 보듯 자신의 서투른 시문이 영예로운 대접을 받는 것을 볼 수 있다면…… (그러면서 그는 다시 그 책을 보더니 탁자 위에 올려놓았다) 인생에서 가장 자랑스러운 순간으로 여기리라고 확신합니다."

이 말을 마치고서 그는 신속하게 자리를 떴다. 하지만 에마는 그가 너무 빨리 가버렸다는 생각은 들지 않았다. 선량하고 유쾌한 자질을 갖춘 사람임에도, 그의 말에는 웃음을 터뜨리고 싶게 만드는 어떤 과시욕이 깃들어 있었다. 다정하고 고상한 즐거움은 해리엇의 몫으로 남겨둔 채, 에마는 그 충동을 마음껏 터뜨리려고 자리를 피했다.

10

12월 중순이긴 해도 젊은 아가씨들이 정기적으로 산책을 나가지 못할 만큼의 날씨는 아니었다. 다음 날 아침, 에마는 하이버리에서 좀 떨어진 곳에 사는 어느 가난하고 병든 가족을 자선차 방문했다.

그 외딴 오두막에 가려면 목사관 길을 따라서 내려가야 했다. 길은 울퉁불퉁하긴 해도 널찍한 주도로와 직각으로 이어져 있었고, 그 이름이 암시하듯 엘턴 씨의 안락한 거처가 자리 잡고 있었다. 볼품없는 집들을 몇 채 지나치고서 길을 따라 4분의 1마일 정도 내려가자 우뚝 선 목사관이 나왔다. 지어진 지 오래된 탓에 대단히 훌륭한 집이라고는 할 수 없었고, 도로변에 거의 붙어 있다시피 해서 위치상 장점도 없었지만, 그래도 현집주인이 여기저기 상당히 공들여 꾸며놓았다. 비록 변변찮은 집이었지만, 때마침 지나가던 두 친구로선 걸음을 늦추고 살펴보지 않을 수가 없었다. 에마가 한마디 했다.

"이 집이야. 조만간 너와 네 수수께끼 책이 오게 될 곳."

그러자 해리엇이 말했다. "어머나, 참 예쁜 집이네요! 어쩜

저리 아름다울까! 내시 양이 칭송해 마지않는 노란색 커튼이 보여요."

"지금은 내가 이리로 자주 오지 않지만," 걸음을 옮기면서 에마가 말했다. "앞으로 자주 올 일이 생길 테고, 그러다 보면 저 울타리도, 문들도, 웅덩이도, 가지 친 나무들도 차차 친숙해지겠지."

지금껏 목사관 내부를 한 번도 본 적이 없는 해리엇은 들어가보고 싶어 안달이 난 듯했고, 외적 상황과 가능성을 고려할 때 에마로선 그런 그녀의 태도야말로 엘턴 씨가 그녀에게서 민첩한 기지를 본 것과 마찬가지로 사랑의 증거라고 생각할 수밖에 없었다.

"어떻게든 들어가볼 수 있으면 좋겠는데." 에마가 말했다. "하지만 도무지 적당한 핑곗거리가 떠오르지 않아서 말이야. 이 집 가정부의 안부를 물어볼 만한 하인이 있길 하나, 아버지의 전갈이 있길 하나."

곰곰이 생각해봐도 딱히 뾰족한 수가 떠오르지 않았다. 몇 분 동안 둘 다 말이 없다가 해리엇이 입을 열었다.

"문득 궁금해지네요, 우드하우스 양. 당신처럼 매력적인 분이 왜 결혼을 안 하는지, 왜 결혼하려고 하지 않는지 그 이유가요!"

에마는 웃으며 대답했다.

"해리엇, 내가 매력적이라고 해서 결혼할 수 있는 건 아니지. 다른 사람에게서 매력을 느껴야 하니까. 최소한 한 명이라도. 그리고 난 지금 당장 결혼할 마음도 없을뿐더러 앞으로도 결혼할 생각이 거의 없어."

"아! 그렇게 말씀하셔도 전 믿을 수가 없는걸요."

"결혼할 마음이 생기려면 지금껏 봤던 누구보다 월등히 잘난 사람이 나타나야 할걸. 엘턴 씨는 너도 알다시피 (문득 정신 차리고선) 논외고. 그리고 설령 그런 사람이 나타난대도 만나고 싶은 생각은 없어. 결혼할 마음이 생기지 않는 쪽이 더 좋거든. 결혼한다고 지금보다 더 좋아질 리는 없으니까. 굳이 결혼을 한다 해도 후회할 걸 각오하지 않으면 안 될 거야."

"무슨 그런 말씀을! 여성분한테서 그런 얘길 들으니 참 이상하네요!"

"여자들이 결혼을 결심하게 되는 통상적인 동기가 내겐 전혀 해당되지 않거든. 내가 정말로 사랑에 빠진다면 그건 전혀 다른 문제겠지만! 정작 난 한 번도 사랑에 빠져본 적이 없어. 사랑은 내가 살아가는 방식과 어울리지 않을뿐더러 내 천성과도 맞지 않아. 앞으로도 내가 사랑에 빠지는 일은 없을 거야. 그리고 사랑 없이 내 상황을 바꾸려 한다면 그것만큼 어리석은 일도 없을 테지. 재산이라면 이미 충분해. 기혼 여성 중에 내가 하트필드에서 갖는 입지의 절반만큼이라도 자기 남편 집에서 갖는 사람은 거의 없을걸. 그리고 지금처럼 진정으로 사랑받고 존중받을 거라는 기대는 아예 접어야 할 거야. 아버지가 날 봐주신 것처럼 다른 남자가 날 언제나 최우선으로 여기고 언제나 옳다고 생각해주길 바랄 수는 없지."

"하지만 그러다간 결국 노처녀가 될 텐데요, 베이츠 양처럼!"

"네가 생각할 수 있는 가장 끔찍한 모습이 그거구나, 해리엇. 내가 베이츠 양처럼 될지도 모른다고 생각하면 어떨 것 같아? 매사에 어리숙한 데다 모든 게 마냥 좋고, 웃음이 헤프고, 하는 말은 하나같이 평범하고 지루하지. 분별력도 없고, 안목이랄 것도 없고, 자기 주변 사람과 관련된 얘기를 닥치는 대로 떠들어대는 그런 사람이 된다면, 내일이라도 당장 결혼하겠어. 하지만 베이츠 양과 나 사이엔 미혼이라는 것 말고 비슷한 점은 하나도 없다고 자신 있게 말할 수 있어."

"그렇지만 노처녀가 되는 건 확실하잖아요! 그건 너무 끔찍한 일이에요!"

"걱정 마, 해리엇. 난 가난한 노처녀가 되진 않을 테니까. 사람들이 독신을 경멸하는 이유는 단 하나, 가난 때문이잖아! 수입이 쥐꼬리만 한 독신녀는 우습고 불쾌한 노처녀일 거라는 거지! 아이들의 놀림거리나 되고 말이야. 하지만 부유한 독신녀는 언제나 존중받고 다른 누구 못지않게 분별력 있는 기분 좋은 사람으로 여겨질 거야. 이런 식으로 구별하는 것이 처음에는 공정하지 못하고 상식에 어긋나 보일지 몰라도, 수입이 너무 없어서 궁색해지다 보면 편협해지고 성격도 비뚤어지기 마련이거든. 간신히 입에 풀칠만 하면서 좁은 활동 범위 내에서 열등한 사람들과 어울리며 살다 보면 교양 없고 꼬인 사람이 되기 마련이야. 하지만 베이츠 양은 경우가 다르지. 그분은 지나치게 마음씨가 곱고 지나치게 어리숙해서 나랑은 안 맞지만, 대체로 모두와 잘 맞는 편이잖아. 가난한 독신녀인데도 말이야. 베이츠 양은 가난해도 편협해지지 않았지. 단돈 1실링만 생겨도 6펜스는 남에게 줄 사람이잖아. 그런데다 그녀를 무서워하는 사람이 한 명이라도 있어? 그건 대단한 매력이야."

"어머나! 하지만 우드하우스 양은 어쩌실 셈이죠? 나이가 들면 무엇을 소일거리로 삼으실 건가요?"

"내가 스스로를 잘 아는 게 맞다면, 해리엇, 난 능동적이고 왕성한 정신력에 독립적으로 살기 위한 많은 것들을 갖추었거든. 그리고 마흔이나 쉰이 되면 스물한 살 때보다 소일거리가 줄어든다는 건 나로서는 이해할 수 없어. 그 나이가 되어도 지금과 마찬가지로 손과 마음을 쓰는 통상적인 일들을 해낼 거야. 그게 아니라고 해도 크게 달라질 건 없을 거야. 지금처럼 그림을 많이 그리지 않게 된다면 책을 더 많이 읽겠지. 음악을 듣지 않게 된다면 카펫 짜는 일을 할 수도 있을 거야. 취미로 삼을 대상, 애정을 쏟을 대상이 없어진다면 삶이 피폐해질 테니, 결혼을 하지 않을 거라면 그런 해악은 반드시 피해야겠지. 그런 점에서 난 참 축복받은 사람이야. 사랑해 마지않는 조카들이 있으니 그 애들을 돌봐줄 수 있잖아? 언니가 앞으로도 아이들을 더 낳을 건 분명하니, 그 아이들이 나의 저물어가는 인생에 필요한 온갖 감흥을 안겨줄 거야. 바라는 일과 두려워하는 일 모두를 말이야. 비록 내 애정이 부모의 애정에 비할 바는 못 되더라도 내가 생각하는 안위의 개념에선 그 정도가 알맞지. 더 뜨겁거나 더 맹목적이어선 안 돼. 나의 조카들! 아마도 조카딸이랑 같이 지낼 때가 많겠지."

"베이츠 양의 조카딸을 아세요? 그러니까, 보시기야 백 번은 보셨겠지만 친하게 지내시나요?"

"아! 물론이지. 그녀가 하이버리에 올 때마다 싫어도 어울려야 하니까. 그런데 말이야, 그것만으로도 조카라는 것에 정나미가 다 떨어질 지경이야. 맙소사! 베이츠 양이 제인 페어팩스 이야기를 떠벌리는 것의 반만큼이라도 내가 나이틀리 집안 꼬마들 얘기로 사람들을 지겹게 해선 안 될 텐데. 제인 페어팩스라면 이름만 들어도 지긋지긋하거든. 그 여자가 보내온 편지를 마흔 번은 더 들어야 한다니까. 온갖 친구들한테 전하는 안부 인사는 끝도 없이 돌고 돌지. 자기 이모에게 가슴옷* 패턴을 보내거나, 할머니에게 양말대님이라도 짜서 보내는 날엔 한 달 동안 꼼짝없이 그 얘기만 듣고 있어야 해. 제인 페어팩스가 잘 지내길 바라 마지않지만, 정말이지 지겨워 죽겠어."

오두막이 가까워지자 그들은 한가로운 잡담을 그만두었다. 에마는 매우 인정이 많은 사람이었다. 그리고 가난한 사람들은 그녀의 지갑만이 아니라 그녀의 개인적인 관심과 친절, 그녀의 조언과 인내심이 자신들을 얼마간 곤궁에서 벗어날 수 있게 해

---

*드레스의 상체 부분인 보디스 앞에 끼워 넣어 가슴부터 배까지 덮도록 한 옷으로 18세기 영국에서 인기를 끌었던 복식 스타일이다. 화려하게 자수를 놓거나 보석을 달아 장식하는 경우가 많았는데, 베이츠 양은 어머니를 위해 제인에게 받은 패턴으로 수를 놓으려 했을 것이다.

줄 거라 믿었다. 에마는 그들의 생활 방식을 이해했고, 그들의 무지와 그들이 나쁜 유혹에 쉽게 빠지는 것에 대해서도 아량을 베풀 줄 알았으며, 교육의 혜택을 거의 받지 못한 사람들에게 특별한 미덕이라는 낭만적 기대도 품지 않았다. 언제든 동정심을 가지고 그들의 곤경에 뛰어들었고, 선의와 함께 그에 못지않은 지혜를 발휘해 그들을 도왔다. 이번에 그녀가 방문한 곳은 병과 가난에 이중으로 시달리는 집이었다. 그녀는 위로와 조언을 해줄 수 있을 만큼 머문 뒤 오두막을 나섰고, 그들이 처한 현실에 깊은 인상을 받아 해리엇과 함께 걸어가면서 말했다.

"해리엇, 방금 본 광경은 우리에게도 도움이 될 거야. 저 사람들을 보고 나면 다른 건 모두 사소해 보이지 않니! 지금 심정으론 앞으로 남은 평생을 저 불쌍한 사람들 생각만 하며 살 것 같아. 하지만 이런 심정이 얼마나 갈지 누가 알겠어?"

"정말이에요." 해리엇이 말했다. "불쌍한 사람들이에요! 다른 생각을 할 수가 없네요."

"그리고 정말로 이런 기분이 금방 사라질 것 같지 않아." 에마는 그렇게 말하며 낮은 산울타리와 기우뚱거리는 발판을 건넜고, 오두막의 뜰을 가로지르는 비좁고 미끄러운 길을 다 건너서 다시 좁은 길로 들어섰다. "사라지지 않을 거야." 그녀는 멈춰 서서 다시 한 번 오두막의 참담한 외관을 보았고, 더욱 참담한 그곳의 내부를 떠올렸다.

"아! 그렇고말고요." 그녀의 친구가 말했다.

그들은 계속 걸었다. 길의 완만한 굽이를 지나기가 무섭게 눈앞에 엘턴 씨가 나타났다. 그가 지척에 있어서 에마는 간신히 이렇게만 말할 수 있었다.

"아, 해리엇! 우리가 고귀한 생각을 계속 품고 있을 수 있을지 이토록 갑작스레 시험에 들게 되다니. 아무튼 (미소 지으면서) 연민을 품고서 고통받는 사람들을 위해 노력하고 위안을 주었으니, 참으로 귀한 일을 했다고 인정받았으면 좋겠다. 불쌍한 사람들을 보며 가슴 아파 하고, 그들을 위해서 우리가 할 수 있는 일을 다 했다면 그것으로 족하지. 거기서 더 나아가봤자 괜히 우리 자신만 심란하게 만드는 공허한 동정심에 지나지 않을 거야."

이에 해리엇이 "아! 우드하우스 양, 그렇고말고요"라고 말을 하기가 무섭게 예의 신사가 그들에게 다가왔다. 그러나 세 사람이 처음으로 나눈 대화는 문제의 가난한 가족에게 필요한 것과 고통에 관한 것이었다. 엘턴 씨도 마침 그 가족을 방문하려고 나선 길이었다. 이제 그는 방문을 미루기로 했다. 하지만 그 사람들을 위해 무엇을 할 수 있고, 무엇을 해야 할지를 놓고 참으로 흥미롭게 의견을 주고받았다. 이윽고 엘턴 씨는 그들을 데려다주기 위해 발길을 돌렸다.

'이런 용건으로 가다가 마주치게 되다니.' 에마는 생각했다. '자선을 베푸는 일을 하다가 만나다니. 이 일로 서로에 대한 사랑은 한층 더 깊어질 거야. 설령 사랑을 고백한다 해도 놀라울 게 없어. 나만 이 자리에 없었다면 분명 고백했을 텐데. 내가 이 자리에 없었으면 좋았으련만.'

어떻게든 두 사람에게서 멀리 떨어져야겠다는 생각에 에마는 그들을 주도로에 남겨둔 채, 곧장 길의 한쪽 가에 약간 높이 난 좁은 오솔길로 들어섰다. 그러나 그 길로 접어든 지 채 2분도 지나지 않아, 에마는 습관처럼 그녀를 의지하고 따르는 해리엇이 따라왔음을, 요컨대 얼마 안 가 두 사람 모두 자신을 따라잡으리라는 것을 알게 되었다. 이래선 안 될 일이었다. 에마는 재빨리 걸음을 멈추고서 신고 있는 하프 부츠의 끈을 다시 묶겠다는 핑계를 대고는, 몸을 숙여 아무도 들어설 수 없도록 오솔길을 독차지하고선 그들에게 계속 가라고, 금방 따라가겠다고 양해를 구했다. 그들은 그녀의 말대로 했고, 이만하면 부츠 끈을 다 맸겠다 싶을 정도로 시간이 지났을 때, 마침 하트필드에 가서 죽을 갖고 오라는 지시를 받아 물주전자를 들고 예의 오두막에서부터 따라온 아이와 마주친 덕에 좀 더 늑장을 부릴 수 있었다. 그 아이와 나란히 걸어가면서 말을 걸고 질문하는 것은 비할 바 없이 자연스러운 모습이었다. 아니, 비할 바 없이 자연스러운 모습이 될 뻔했다. 그녀가 의도를 가지고 그렇게 했더라면 말이다. 어쨌거나 이런 이유로 앞서간 두 사람은 에마를 기다려야 한다는 의무에서 벗어나 계속 앞서 걸어갈 수 있었다. 그럼에도 그녀는 본의 아니게 그들을 따라잡게 되었으니, 아이의 걸음이 빠른 반면 그 둘의 걸음은 다소 느렸기 때문이었다. 그런데다 둘 다 흥미를 가지고 대화를 나누는 것이 분명해 보였기 때문에 에마로선 더 신경이 쓰였다. 엘턴 씨는 활기차게 말하고 있었고 해리엇은 정말로 즐거워하며 귀를 기울이고 있었다. 아이를 보내고 나서 에마가 어떻게 하면 좀 더 늑장을 부릴 수 있을까 궁리하려던 찰나, 두 사람이 뒤를 돌아보는 바람에 그녀는 어쩔 수 없이 그들에게 합류했다.

엘턴 씨는 여전히 말을 하고 있었고, 뭔가 흥미로운 이야기를 시시콜콜 늘어놓고 있었다. 에마는 그가 아름다운 동행인에게 고작 자기 친구 콜 씨네서 열린 파티에 관해 이야기했을 뿐이며, 그녀가 다가갔을 때는 스틸턴 치즈, 북부 윌트셔 치즈, 버터, 셀러리, 비트 뿌리를 비롯해 온갖 디저트에 관해 이야기하고 있었다는 걸 깨닫고서 적잖이 실망했다.

'조금 있으면 뭔가 더 생산적인 이야기가 나왔을 거야. 당연하지.' 에마는 이런 생각을 하며 스스로를 다독였다. '사랑하는 사람들 간에는 어떤 이야기도 재미있기 마련이고, 어떤 이야기도 서로의 진심을 확인하는 계기가 될 수 있을 테니까. 내가 좀 더 오래 떨어져 있었다면 좋았을 텐데!'

그들은 이제 말없이 함께 걸었다. 얼마 후 목사관이 모습을 드러냈을 때, 에마는 문득 해리엇이 그 집에 들어가볼 수 있도록 해줘야겠다고 결심하고선 아무래도 자기 부츠에 문제가 있는 것 같다고 말한 후 뒤처졌다. 그녀는 장화를 이리저리 만지다가 끈을 짧게 잘라 재빨리 도랑에 던진 다음 그들에게 멈춰 서달라고 청했다. 그리고는 부츠를 제대로 손볼 수 없으니 불편해서 집까지 갈 수 없을 것 같다고 말했다.

"신발 끈이 좀 떨어져 나갔어요." 에마가 말했다. "어찌해야 할지 모르겠네요. 본의 아니게 두 사람한테 거추장스럽기 그지

없는 짐이 되어버렸군요. 제가 늘 이렇게 준비가 허술하진 않
길 바라지만. 엘턴 씨, 죄송하지만 목사관에 잠시 들러서 댁의
가정부에게 리본이나 줄을 좀 달라고 해도 될까요? 장화를 묶
을 만한 거라면 뭐든 상관없어요."

이 제안에 엘턴 씨는 희색이 만면했다. 그들을 목사관 안으
로 안내하면서 기민하고도 주도면밀한 태도로 모든 것을 돋보
이게 하려고 애쓰는 모습은 가히 타의 추종을 불허했다. 두 여
자가 안내를 받아 들어간 곳은 그가 주로 시간을 보내는 방으
로, 정면을 향해 있었고, 그 뒤로 또 다른 방이 바로 연결되어
있었다. 두 방 사이의 문이 열려 있었다. 에마는 가급적 편히
도움을 받을 수 있도록 가정부와 함께 그 문을 지나 뒷방으로
들어갔다. 문은 조금 열어둘 수밖에 없었지만, 에마는 엘턴 씨
가 문을 닫을 거라고 확신했다. 그러나 문은 닫히지 않았고, 여
전히 조금 열려 있었다. 에마는 가정부를 숨 쉴 틈도 없이 대화
에 끌어들이면서, 옆방에 있는 그가 그 틈을 타서 하고 싶었던
얘기를 꺼내길 바랐다. 그러나 10분이 지나도록 그녀의 귀엔
자신이 떠드는 소리 말고는 아무것도 들리지 않았다. 더는 시
간을 끌 수 없었다. 그녀는 결국 마지못해 대화를 끝내고 두 사
람 앞에 모습을 드러냈다.

두 연인은 창가에 서 있었다. 그 모습만으로도 길한 일이 일
어날 조짐이어서 에마는 계획이 성공했다는 생각에 참으로 기
뻤다. 하지만 그렇지가 않았다. 그는 아직 본론을 꺼내지 못했
다. 그는 더없이 상냥하고 더없이 유쾌하게 해리엇을 대하면

서, 그녀와 에마가 지나가는 것을 보고 일부러 따라왔노라고 말했다. 그 밖에도 소소하게나마 듣기 좋은 말과 암시들이 뒤따랐지만, 진지한 이야기는 일절 나오지 않았다.

'신중해, 정말 신중해.' 에마는 생각했다. '1인치씩 움직이면서 스스로 확실하다고 납득하기 전까지는 어떤 위험도 무릅쓰지 않을 사람이야.'

그녀의 교묘한 계획대로 모든 것이 성사된 건 아니었지만, 덕분에 두 사람에게 즐거움을 줄 수 있었고, 이것이 계기가 되어 보다 의미 있는 결과로 나아가게 될 것이 틀림없다는 생각에 에마는 우쭐해졌다.

11

에마는 이제는 엘턴 씨가 스스로 알아서 하도록 내버려둘 수밖에 없다. 그의 행복을 위해 몸소 나서거나 그가 조처를 취하도록 부추기는 건 에마의 능력 밖의 일이었다. 언니네 식구들이 방문할 날이 코앞에 다가와 있었기 때문에 처음엔 그들의 방문에 기대를 걸었고, 그 후론 그 일이 그녀의 최대 관심사가 되었다. 그리고 언니 가족이 하트필드에 머무는 열흘 동안 그 연인들은 이따금씩 예기치 않게라면 모를까 그 이상의 도움은 기대할 수 없었고, 그녀 자신도 도와줄 수 있을 거라고 생각지 않았다. 그래도 두 사람에게 의지가 있다면 신속히 관계를 진척시킬 수 있을 것이다. 그리고 그들에게 의지가 있건 없건 이러저러하게 진척될 수밖에 없을 것이다. 그녀는 더 이상 그들에게 시간을 할애하고 싶지 않았다. 이쪽에서 해주면 해줄수록 스스로 움직일 생각을 더 안 하는 사람들이 있기 마련이니까.

존 나이틀리 부부는 평소보다 오랜만에 서리를 찾는 것이어서 그만큼 더 큰 관심을 불러 모으고 있었다. 결혼한 후 올해까지 매번 휴가를 하트필드와 돈웰 애비에서 나누어 보낸 그들이었지만, 이번 가을 휴가는 아이들 때문에 해수욕을 하러 가느라 온전히 다 써버렸고, 그러다 보니 서리의 친척들을 정기적으로 방문한 지도 몇 달이 지난 터였다. 런던처럼 먼 곳은 하늘이 무너진다 해도, 설령 가엾은 이저벨라를 위해서라고 해도 절대로 방문하지 않는 우드하우스 씨 경우에는 아예 얼굴도 보지 못했던 터라 바야흐로 그들의 짧기 그지없는 방문을 더없는 불안과 우려가 섞인 행복한 마음으로 고대하고 있었다.

그는 이저벨라가 여행으로 겪게 될 불편에 대해 걱정했고, 여정의 후반에 그들 일부를 태워서 올 자신의 말들과 마부가 노고를 겪는 것에 대해서도 적잖이 속을 끓였다. 그러나 그의 근심은 기우였으니, 존 나이틀리 부부와 다섯 아이들과 수완 좋은 보모들은 모두 16마일의 여정을 가뿐히 끝내고 무사히 하트필드에 도착했다. 다른 때였다면 도착한 일행과 부산을 떨고 반가움을 표시하고 이 사람 저 사람에게 말을 걸고 환영하고 권한 후 여러 곳에 나누어 머물 자리를 마련해주느라 시끌벅적하게 우왕좌왕하는 일이 그의 신경으론 견디기 힘들었을 것이고, 이번이라고 해서 딱히 훨씬 더 오래 견딜 수는 없었을 것이다. 그러나 존 나이틀리 부인은 하트필드의 방식과 자기 아버지의 기분을 매우 중요시했기 때문에, 어머니 된 마음으로야 당장에 어린 자식들이 즐거워하도록 마음껏 풀어주고 바라는 것을 들어주고, 또 먹고 마시고 잠자고 놀 수 있게 해주고 싶었겠지만, 행여 아버지에게 내내 폐가 되는 건 아닐까 싶어 아이들과 아이들을 쉼 없이 챙기는 자신을 단속했다.

존 나이틀리 부인은 예쁘장한 용모에 체구가 아담하고 우아한 여자로, 온화하고 조용한 태도에 매우 상냥하고 인정이 많았다. 가족밖에 모르는 헌신적인 아내이자, 자식이라면 사족을 못 쓰는 어머니였으며, 아버지와 여동생에 대해서는 가족이라는 더 높은 차원의 유대 관계가 아니었다면 지금보다 더 따뜻하게 사랑할 수 없겠다 싶을 만큼 한없는 애착을 갖고 있었다. 그녀의 눈에 아버지와 여동생은 전혀 흠잡을 데 없는 사람들이었다. 그녀는 대단한 이해력을 갖고 있거나 눈치가 빠른 편은 아니었다. 이런 면에서도 그렇지만 체질적으로도 아버지를 닮아 몸이 허약한 편이었고, 자식들을 과잉보호하는 편이었으며 걱정이 많은 성격이어서, 아버지가 페리 씨에게 그러하듯 런던의 주치의 윙필드 씨에게 대단한 호감을 갖고 있었다. 성격이 전반적으로 자애롭다는 점과 함께 오래 알고 지낸 사람들을 존중하는 경향이 크다는 점에서도 두 부녀는 서로 닮아 있었다.

존 나이틀리 씨는 키가 크고 신사답고 재기 넘치는 사람으로, 몸담은 업계에서도 높이 평가받는 데다 가정적이고 존중받을 만한 성품을 갖고 있었다. 그렇지만 과묵한 태도 때문에 사람들의 호오가 갈리는 편이었고, 이따금씩 불편한 심기를 드러내기도 했다. 그렇다고 까다로운 성격은 아니었고, 비난을 받을 만큼 심하게 찌무룩하게 구는 일이 그리 잦다고 할 수는 없었다. 하지만 그의 기질이 완벽하다고는 할 수 없었고, 천성적 결함은 남편을 더없이 숭배하는 아내로 인해 더더욱 커질 수밖에 없었을 것이다. 한없이 다정한 아내의 기질이 그의 기질에 손상을 가할 것이 틀림없었다. 그는 아내와 달리 명쾌하고 기민했으며, 가끔이지만 무례하게 행동하거나 모질게 말할 때도 있었다. 그런 그가 아름다운 처제에게 이렇다 할 호감을 살 리 없었다. 에마는 그의 결함을 단 하나도 놓치는 법이 없었다. 이저벨라는 전혀 느끼지 못하는 소소한 모욕들을 그녀는 민감하게 받아들였다. 그가 처제를 좀 더 치켜세워줬더라면 더한 모욕도 눈감아줬을지 모르지만, 그는 냉정하고 깍듯한 형부이자 친구일 뿐, 결코 과하게 칭찬하거나 맹목적으로 눈감아주는 법이 없었다. 그러나 설령 그가 아낌없이 칭찬해주었다 해도 그녀의 눈에 가끔씩 비치는 형부의 치명적인 결함까지 너그러이 받아주기는 어려웠을 것이다. 그 결함이란 그녀의 아버지에 대해 존경심을 갖고서 그의 행동을 참아주는 법이 없다는 것이었다. 그 점에서 그는 남들의 바람 만큼 참지 못했다. 이따금 장인의 기이한 버릇이나 성마른 태도에 짜증이 날 때면 그는 논리적으로 항의하거나 신랄하게 반박하곤 했는데 어느 쪽도 바람직한 대응이라고 할 수 없었다. 그런 일이 자주 있는 건 아니었다. 존 나이틀리 씨는 장인을 대단히 존중했고, 사위로서의 도리가 무엇인지 대체로 잘 알고 있었다. 그러나 에마에겐 너 그러이 봐줄 만한 선을 넘어서는 일이 너무 잦았던 데다가, 특히 그런 불상사가 일어나지 않더라도 종종 일어날 거라는 불안감에 시달리게 만드는 것이 문제였다. 그래도 늘 그러하듯 처음 얼마간은 서로를 거스르는 법 없이 예의 바르게 대했으며, 이번 방문의 경우 체류 기간이 짧을 터였기에 친절한 말들만 주고받으며 보내기를 기대할 법했다. 그들이 자리 잡고 앉아 분위기가 편해진 지 얼마 지나지 않아서, 우드하우스 씨가 우울하게 고개를 설레설레 저으며 한숨을 한 번 내쉬고는 지난번 방문 이후 하트필드를 찾아온 서글픈 변화에 대해 맏딸에게 이야기해주었다.

"아! 애야," 우드하우스 씨가 말했다. "가엾은 테일러 양의 일은 참으로 통탄할 일이었단다."

"아! 그럼요." 그녀는 언제든 공감을 표시할 기세로 외쳤다. "테일러 양이 정말 보고 싶으시죠! 그리고 에마 너도! 아버지도 에마도 상실감이 정말 어마어마하겠어요. 그분 없이 어떻게 지내고 계실지 전 상상도 못 하겠던걸요. 이런 변화는 참 슬프죠. 그래도 테일러 양이 잘 지내기를 바라요, 아버지."

"잘 지내지. 나도 테일러 양이 잘 지내기를 바란단다. 잘은 모르겠다만 테일러 양이 그럭저럭 견딜 만한 환경이라더라."

이때 존 나이틀리 씨가 랜들스의 공기가 안 좋다고 의심하는 사람들이라도 있냐고 에마에게 조용히 물었다.

"아! 이뇨. 그럴 리가요. 웨스턴 부인이 요즘처럼 건강하게 지내는 걸 본 적이 없을 정도인데요. 혈색도 최고로 좋아요. 아빠는 다만 서운한 마음에 그렇게 말씀하시는 거예요."

"두 분 모두에게 명예로운 일이군." 근사한 대답이 돌아왔다.

"테일러 양은 자주 만나는 편인가요, 아버지?" 이저벨라가 아버지의 마음에 쏙 들 만큼 애처로운 어조로 물었다.

우드하우스 씨는 주저했다. "내가 바라는 만큼 그리 자주는 못 본단다."

"어머! 아빠, 테일러 양이 결혼한 뒤로 그들 부부를 온종일 보지 못한 건 딱 하루뿐이었어요. 매일 아침이나 저녁에 둘 중 한 사람은 꼭 봤고, 대개는 랜들스나 우리 집에서 둘 모두 봤는 걸요. 그리고 언니도 짐작하겠지만 대체로 여기서 봤지. 그분들이 친절하게도 자주 찾아와줬어. 웨스턴 씨는 부인 못지않게 정말로 친절한 분이시거든. 아빠, 그렇게 우울하게 말씀하시면 언니가 우리 모두에 대해 오해하지 않겠어요? 테일러 양이 없어서 서운한 건 다들 잘 알지만, 우리가 예상한 것만큼 서운한 마음이 들지 않도록 웨스턴 부부가 진심으로 신경 써주고 있다는 사실도 마땅히 아셔야 해요. 이건 명백한 사실이니까요."

"마땅히 그래야지." 존 나이틀리 씨가 말했다. "그리고 처제의 편지를 읽으면서 내가 바랐던 대로야. 장인어른을 챙겨드리려는 웨스턴 부인의 마음이야 의심할 필요도 없고, 웨스턴 씨도 시간 여유가 있는 데다 사교적인 성격이라 편한 마음으로 방문하는 것이고. 여보, 내가 늘 당신에게 말했잖소. 당신이 염려하는 만큼 하트필드에 중대한 변화가 생긴 것 같지는 않다고 말이야. 이제 에마의 설명까지 들었으니 마음 놓도록 해요."

"암, 그래야지." 우드하우스 씨가 말했다. "그래, 그렇고말고. 웨스턴 부인, 가엾은 웨스턴 부인이 틈만 나면 우릴 찾아와 주는 건 사실이지. 그래도 늘 다시 돌아가야 하니 원."

"돌아가지 않으면 웨스턴 씨는 어떻게 하라고요, 아빠. 가엾은 웨스턴 씨는 툭하면 잊어버리시네요."

"실은 저도 말입니다," 존 나이틀리 씨가 유쾌하게 말했다. "웨스턴 씨한테 어느 정도 그럴 권리가 있다고 생각합니다만. 처제랑 내가 그 가엾은 남편의 편을 좀 들어줄까. 나는 남편이고, 처제는 누군가의 아내가 아니니까 우리 둘 다 남편의 권리에 대해서 똑같이 중요하게 느낄 것 같은데. 이저벨라의 경우에는 이미 결혼한 지 오래돼서 웨스턴 씨의 권리 같은 건 가능한 한 무시하는 게 편하다고 생각할 테고."

"내가요, 여보?" 남편의 말을 일부만 듣고서 이해한 아내가 소리쳤다. "내 이야기를 하고 있는 거예요? 장담하는데 나만큼 결혼 생활을 옹호하는 사람도 없을 거예요. 웨스턴 부인이 하트필드를 떠나는 불상사만 없었다면 난 그녀가 이 세상에서 가장 운이 좋은 여자라고 생각했을 거예요. 그리고 웨스턴 씨, 그토록 훌륭한 웨스턴 씨를 홀대하다뇨. 저는 그분이 세상 무엇이건 차지할 자격을 갖고 있다고 생각해요. 최고의 인격을 가진 분 가운데 하나라고 믿으니까요. 당신과 아주버님을 제외하고 웨스턴 씨만큼 훌륭한 성품을 가진 사람이 또 있을까 싶어요. 작년 부활절 때 바람이 그렇게 불었는데도 헨리를 위해 연을 날려주셨던 걸 결코 잊지 못할 거예요. 그리고 작년 9월에도 절 안심시켜주시려는 마음에 참으로 친절하게도 카뷰에선 성홍열*이 돌지 않았다는 내용의 쪽지를 자정에 써서 보내주신 이후로 전 그분보다 따뜻한 마음씨를 가진 분은 어디에도 없을 거라고 확신하게 되었죠. 그런 분에게 어울릴 사람이 있다면 단연코 테일러 양이에요."

"웨스턴 씨 아들은 어디 있죠?" 존 나이틀리가 말했다. "이번 결혼식엔 왔습니까?"

"아직 안 왔어요." 에마가 대답했다. "결혼식이 끝나고 곧 올 거라고 많이들 기대했었는데 안 왔죠. 그리고 최근 들어선 그 사람에 대한 이야기는 못 들었네요."

"그래도 그 편지에 대해선 이야기해줘야지, 에마." 아버지가 말했다. "그 청년이 가엾은 웨스턴 부인에게 편지를 보냈다네. 참으로 예의 바르고 근사하게 결혼을 축하하는 내용이었지. 웨스턴 부인이 내게 그 편지를 보여줬거든. 그런 편지를 보내다니 아주 기특한 젊은이라는 생각이 들었어. 스스로 생각해낸 건지는 잘 모르겠지만. 아직 나이가 어린 청년이니 어쩌면 외숙부가……."

"아빠, 그 사람은 스물세 살이에요. 세월이 많이 흐른 걸 잊으셨나 봐요."

*성홍열은 심각한 목의 염증을 동반하는 전염병이다. 실제로 영국에선 1800년부터 1805년까지 환자가 급증, 사회적인 경각심을 불러일으켰다.

"스물세 살이라고! 그 청년이 정말로? 이런, 그 생각은 미처 못 했구나. 그 친구가 가엾은 어머니를 여의었을 때가 고작 두 살이었거든! 정말 시간이 쏜살같이 흐르는구나. 그런데다 내 기억력은 형편없고. 어쨌거나 굉장히 잘 쓴 유려한 편지였고, 웨스턴 부부도 이루 말할 수 없이 기뻐했어. 웨이머스에서 써 보냈다는 건 기억이 나. 날짜가 9월 28일이었고 첫줄에 '친애하는 부인'이라고 쓰여 있었는데 그다음 내용은 기억이 나지 않는구나. 'F. C. 웨스턴 처칠'이라고 서명이 되어 있었던 건 확실히 기억해."

"참으로 호감이 갈 만한 예의 바른 청년이군요!" 심성 고운 나이틀리 부인이 큰 소리로 말했다. "붙임성이 좋은 청년임에 틀림없어요. 하지만 자기 아버지와 한 지붕 아래 살지 못하는 건 정말 애석한 일이네요! 아이를 자기 부모와 자기 집에서 떨어져 지내게 하는 건 정말이지 못 할 짓이니까요! 웨스턴 씨가 어떻게 아들과 떨어져 지낼 수 있었는지 저로선 도무지 이해가 안 돼요. 자식을 포기하다니! 누구건 그런 제안을 하는 사람은 도저히 좋게 생각해줄 수가 없네요."

"처칠 부부를 좋게 생각할 사람은 아무도 없을걸." 존 나이틀리 씨가 냉정하게 말했다. "하지만 헨리나 존을 포기할 경우 당신이 느끼게 될 감정을 웨스턴 씨도 느꼈을 거라고 생각할 필요 없어요. 웨스턴 씨의 성격은 느긋하고 쾌활한 편이지, 강렬한 감정과는 거리가 좀 머니까. 그는 상황을 있는 그대로 받아들이고 그 안에서 어떻게든 즐거움을 찾는 사람이에요. 내가 짐작하기에 웨스턴 씨는 가족들의 애정이나 가정보다는 사교 생활이라 불리는 것, 한마디로 일주일에 다섯 번 이웃과 어울려 먹고 마시고 휘스트 게임을 하는 것에서 안위를 구하는 사람이니까 말이오."

에마는 웨스턴 씨에 대한 비난이나 다름없는 그의 말이 마음에 들지 않았고, 그래서 반박할까 생각도 했지만 꾹 참고 넘겨버렸다. 가능한 별 탈 없이 지내고픈 마음이었다. 그리고 잦은 사교 활동과, 그런 것을 중시하는 사람들을 업신여기는 형부의 성향은 다름 아닌 철저할 정도로 가정에 충실한 습성, 자신에겐 가정만으로 족하다고 여기는 태도에 기인하는 것으로 어딘지 모르게 존경스럽고 가치 있어 보였다. 그러니 인내를 요구할 만큼 고귀한 권리를 갖고 있다고 할 수 있지 않을까.

12

나이틀리 씨는 그들과 함께 정찬을 들기로 했다. 이저벨라가 온 첫날 누구도 끼어들지 않기를 바란 우드하우스 씨의 의향을 다소 거스르는 일이긴 했다. 그러나 에마도 옳다고 생각해서 그러기로 한 일이었다. 두 형제에게 마땅한 대접을 해야 한다고 생각했을뿐더러, 지난번에 나이틀리 씨하고도 다투었던 터라 예의 바르게 그를 초대하는 것이 특히나 즐거웠다.

그녀는 그와 다시 친구가 될 수 있기를 바랐다. 화해할 때가 됐다는 생각이 들었다. 물론 화해는 가당치 않은 일이었다. 그녀는 분명 잘못한 것이 없었고, 그는 자신의 잘못을 인정하는 사람이 아니었다. 양보는 있을 수도 없는 일이었다. 그러나 그들이 서로 싸웠던 것을 잊은 것처럼 보여야 할 때였다. 그래서 그녀가 막내 조카와 있는 동안 그가 방 안으로 들어왔을 때 우정을 회복하는 데 얼마간 힘을 실어주지 않을까 내심 기대했다. 생후 여덟 달 남짓 된 조카는 작고 귀여운 여자아이로 하트필드를 처음 방문한 참이었고, 이모가 두 팔로 안아 이리저리 얼러주는 것에 못내 즐거워하고 있었다. 나이틀리 씨는 처음엔 굳은 표정으로 짧은 질문만 했지만, 이내 평소와 다름없이 그들의 안부를 물었고 허물없는 태도로 스스럼없이 에마의 품에서 아이를 받아 들었다. 에마는 그와 다시 친구가 된 거라고 생각했다. 그런 확신이 들자 처음엔 몹시 만족스러웠고, 그다음엔 약간 장난기가 발동해서 그가 아기를 보며 감탄하고 있을 때 참지 못하고 이렇게 말했다.

"조카들에 대해서는 나이틀리 씨와 제 생각이 일치한다니 참 마음이 편해지네요. 남자와 여자에 대해선 서로 의견이 완전히 엇갈릴 때가 종종 있는데 말이에요. 하지만 이 아이들에 대해서만큼은 이견이 전혀 없는 것 같아요."

"이 아이들의 경우와 마찬가지로 남자와 여자를 판단할 때도 본성에 의지하면서 환상과 변덕의 힘에 쉽게 흔들리지 않는다면 우리 생각이 늘 일치할 것 같은데."

"그렇겠죠. 우리가 서로 불화할 때는 예외 없이 내가 잘못을 저지를 때가 아니던가요."

"그래." 그가 미소 지으며 말했다. "타당한 이유가 있지. 당신이 태어났을 때 나는 열여섯 살이었으니까."

"그때는 대단한 차이였겠죠." 에마가 대답했다. "그리고 그 시절 당신의 판단력이 나보다 훨씬 나았으리라는 것은 의심할 여지가 없고요. 그래도 21년이 지나면서 우리 판단력의 차이가 꽤 많이 줄어들지 않았을까요?"

"그래, 많이 줄어들었지."

"그런데도 서로 생각이 다를 때 내 판단이 옳다고 인정할 만큼 차이가 줄어든 건 아닌 모양이군요."

"16년의 경험 덕에 아직 내 쪽이 당신보다 유리해. 그리고 아름다운 젊은 아가씨도 버르장머리 없는 아이도 아니라는 점에 있어서도 마찬가지고. 자, 에마, 이제 허물없이 지내자고. 그 얘기는 그만두고 말이야. 아기 에마야, 이모에게 말해줄래? 예전의 불만을 되새기는 것보다는 더 나은 모범을 보여달라고 말이야. 한 가지 더, 이모가 전에 잘못 생각한 게 아니라면 지금 잘못 생각하고 있는 거라고."

"맞아요." 에마가 큰 소리로 말했다. "맞고말고요. 아기 에마야, 자라서 이모보다 더 나은 여자가 되어야 한다. 깊이를 알 수 없을 만큼 영민해지되, 그 반도 자만해선 안 된단다. 자, 나이틀리 씨, 한두 마디만 더 하고 끝낼게요. 의도가 선하다는 점에서는 우리 둘 다 옳았고, 내 주장이 틀렸다고 입증할 만한 결과는 아직 나오지 않았어요. 전 다만 마틴 씨가 회복할 수 없을 만큼 실망하지 않았기를 진심으로 바랄 뿐이에요."

"그보다 더 실망한 사람도 없을걸." 그는 짧지만 모자람 없이 답했다.

"아, 정말이지 유감스러운 일이에요. 자, 나와 악수해요."

둘이 이렇게 더할 나위 없이 따뜻한 악수를 나누기가 무섭게 존 나이틀리 씨가 나타났고, "조지, 잘 있었어?"나 "존, 어떻게 지냈니?" 같은 말들이 영국식으로, 무관심에 가깝게 느껴지는 냉정함으로 진짜 애정을 숨긴 채 이어졌다. 하지만 그 애정은 필요할 경우 서로를 위해 물불 가리지 않는 쪽으로 그 두 남자를 이끌었을 것이다.

그날 저녁은 조용하면서도 이야기를 나누기에 알맞은 분위기였다. 우드하우스 씨는 사랑하는 이저벨라와 편하게 이야기를 하겠다는 일념으로 카드놀이를 하지 않았고, 이 작은 집단은 자연스레 두 무리로 나뉘어졌다. 한편에는 우드하우스 씨와 그의 딸이, 다른 편에는 나이틀리 형제가 있었다. 각자 이야기하는 화제도 판이하게 달랐고 어쩌다 한 번 뒤섞이는 것이 전부였다. 그리고 에마는 이쪽저쪽에 이따금씩 끼어들었다.

나이틀리 형제는 각자의 관심사와 일에 관해 대화를 나누었지만, 기질적으로 말하는 것을 좋아하고 언제나 말을 더 잘하는 편인 형 쪽에서 주로 이야기를 했다. 그는 치안판사*로서

---

* 치안판사는 지역 내에서 최고의 법적 권한을 갖고 있었다. 통상적인 모든 사건들에 대해 판결을 내려야 했고, 복잡하고 전문적인 분야를 다루는 경우도 적지 않았기 때문에 전문 변호사에게 자문을 구할 때도 있었다.

존에게 법적 자문을 구할 일이 많았고, 그게 아니더라도 최소한 들려줄 만한 흥미로운 일화를 갖고 있었다. 또 돈웰에서 자작 농장을 경영하는 농장주로서 내년에 밭마다 어떤 작물을 심을지 말해주어야 했고, 동생이 인생의 가장 오랜 시간을 보낸곳, 따라서 깊은 애정을 가질 수밖에 없는 고향의 소식을 낱낱이 전해주어야 했다. 배수 시설 계획, 울타리 교체, 벌목, 밭마다 밀, 순무, 봄철 곡물을 심도록 지정하는 일에 대해 존은 보다 차분하면서도 형 못지않은 관심을 가지고 끼어들었고, 형이 흔쾌히 어떤 것이든지 물어봐도 좋다는 태도를 보이면 열띤 어조로 질문을 했다.

이렇게 두 형제가 편안하게 대화를 나누는 동안, 우드하우스 씨는 딸과 함께 행복한 비탄과 우려 섞인 애정에 푹 빠져 있었다.

"가엾은 내 딸 이저벨라." 그는 이렇게 말하고 다정하게 딸의 손을 잡으며, 다섯 아이들 때문에 정신이 없는 그녀의 주의를 잠시 돌렸다. "이게 대체 얼마 만인지, 네가 마지막으로 여길 다녀간 게 정말 까마득히 오래전 일인 것 같구나! 게다가 여기까지 오느라 얼마나 피곤하겠니. 애야, 오늘은 일찍 자야 한다. 그리고 자기 전에 죽을 좀 주마. 이 아비와 함께 맛 좋은 죽을 한 그릇 먹는 거야. 애, 에마야, 우리 다 같이 죽을 조금씩 먹으면 어떻겠니?"

에마는 죽을 먹으라고 나이틀리 형제를 설득할 수 없다는 것을 알았기 때문에, 그런 생각조차 할 수 없었다. 그래서 죽은 두 그릇만 가져오도록 했다. 우드하우스 씨는 아무도 죽을 먹지 않는 데 대해 의문을 표하며 죽에 대한 찬사를 좀 더 늘어놓은 후 심각하게 나무라는 투로 말을 이었다.

"애야, 여기서 가을을 나지 않고 사우스엔드로 간 건 현명하지 않은 처사였어. 나는 바닷가 공기가 좋다고 생각한 적이 없단다."

"윙필드 씨가 그러라고 적극 권유하셨어요, 아버지. 안 그랬으면 저희가 그곳에 갈 일은 없었을 거예요. 윙필드 씨는 모든 아이들에게, 특히 인후가 약한 벨라에게 바닷바람과 해수욕이 좋을 거라고 권했거든요."

"아! 애야, 하지만 페리는 그 애가 바다에 가서 좋아질 거라고 생각하지 않던걸. 그리고 내 의견을 이야기하자면, 이렇게 말한 적이 지금껏 한 번도 없었던 것 같다만, 누구한테든 바다가 좋을 리 만무하다는 생각을 아주 오래전부터 하고 있었단다. 내가 바다 때문에 한 번 죽을 뻔한 적도 있었으니까."

"자, 아빠." 에마는 이런 얘기를 해봤자 좋을 게 없다고 생각하고 큰 소리로 말했다. "바다 얘기는 안 하시는 게 어떨까 하는데요. 바다를 갔다니 부럽기도 하고 제 자신이 초라해지는 기분도 들어서 말이죠. 전 한 번도 바다를 본 적이 없으니까요! 괜찮으시다면 사우스엔드 이야기는 하지 않기로 해요. 이저벨라 언니, 그러고 보니 언니가 페리 씨의 안부는 아직 묻지 않았지? 그분은 언니를 절대 잊는 법이 없는데 말이야."

"어머! 친절한 페리 씨는 어떻게 지내나요, 아버지?"

"아, 그야 잘 지내고 있지. 하지만 아주 잘 지낸다고는 할 수 없겠구나. 가엾은 페리는 담즙에 문제가 있는데도 자기 자신을 돌볼 겨를도 없어. 나한테 자기 몸을 살필 짬도 안 난다고 말을 했거든. 참 애석한 일이지. 그래도 이 지방 전역에서 다들 그를 찾아대니. 어딜 가도 그렇게 훌륭한 의술을 펼치는 사람은 볼 수 없을 거다. 게다가 그렇게 똑똑한 사람도 없지."

"페리 부인과 아이들은요, 다들 잘 지내나요? 애들이 좀 컸 겠죠? 전 정말로 페리 씨를 존경해요. 그분이 조만간 우리를 방 문했으면 좋겠네요. 우리 아이들을 보면 참 좋아할 테니까요."

"내일 와줬으면 좋겠는데 말이야. 중요한 일로 물어볼 게 몇 가지 있어서. 그리고 애야, 언제건 페리가 오면 벨라의 목을 좀 봐달라고 하는 게 좋겠구나."

"어머! 아버지, 벨라의 목은 훨씬 좋아져서 전 이제 신경도 거의 쓰지 않는걸요. 해수욕을 한 덕을 톡톡히 보았거나 윙필 드 씨한테서 처방받은 도포제가 아주 잘 들은 것 같아요. 지난 8월부터 꾸준히 그 약을 발라줬거든요."

"애야, 해수욕이 벨라에게 소용이 있었을 거라니, 그랬을 리 가 없어. 그리고 도포제가 필요한 것을 진즉에 알았다면 내가 말했을……."

"베이츠 모녀도 잊었나 봐, 언니." 에마가 말했다. "그 사람 들 안부도 전혀 묻지를 않네."

"어머! 친절한 베이츠 모녀 말이지! 나 원, 이렇게 정신이 없어서야. 하지만 네 편지에서 그분들 소식을 대부분 접하게 되니까 그래. 그분들도 잘 지내야 할 텐데. 선량한 베이츠 부인. 내일 아이들을 데리고 찾아가봐야겠어. 우리 애들을 보면 늘 좋아서 어쩔 줄을 몰라 하지. 그리고 흠잡을 데 없는 우리 베이츠 양은 어떻고! 어딜 봐도 참으로 존경할 만한 사람들이지! 그 모녀는 어떻게 지내나요, 아버지?"

"그야 잘 지내지, 전반적으로는 말이다. 그런데 한 달 전에 가엾은 베이츠 부인이 감기로 지독하게 고생을 했단다."

"정말 가슴이 아파요! 그래도 올가을처럼 감기가 극성맞게 퍼진 적이 있었나요. 윙필드 씨도 독감이 돌았던 때 말고 이렇게까지 지독하게 널리 퍼진 감기는 처음이라고 하더라고요."

"감기에 걸린 사람은 많았지만 네가 말한 정도는 아니었지. 페리 말로는 감기가 널리 퍼진 건 맞지만 11월에는 그보다 더 심한 경우도 종종 있었다던걸. 페리는 그런 정도를 '유행병의 계절'이라고 말하지는 않아."

"아, 윙필드 씨라고 해서 심각한 유행병이라고 생각한 건 아닌 것 같아요. 다만……."

"아! 가엾은 이저벨라. 실은 말이다, 런던은 언제나 유행병의 계절이란다. 런던에 사는 사람치고 건강한 사람은 하나도 없어. 건강할 수가 없지. 네가 그런 데서 살 수밖에 없다니 정말 이만저만 걱정되는 게 아니야! 멀기도 얼마나 머니! 공기도 말할 수 없이 나쁘고!"

"아뇨, 사실 저희는 나쁜 공기하고는 하등 상관이 없어요. 런던에서 저희가 사는 지역은 다른 어느 곳보다 월등하게 좋은 곳이니까요! 저희기 시는 동네를 일반적인 런던과 혼동하시면 안 돼요, 아버지. 브런즈윅 스퀘어 인근은 런던의 다른 지역과는 아주 많이 달라요. 저희 동네는 바람이 정말 잘 통해요! 런던의 다른 곳에서 살아야 한다면 내키지 않을 거라는 건 저도 인정해요. 아이들을 키워도 될 정도로 만족할 만한 다른 곳은 거의 없으니까요. 하지만 저희가 사는 곳은 놀랄 정도로 바람이 잘 통한답니다! 윙필드 씨는 공기 좋은 것으로 치면 브런즈윅 스퀘어 주변이 최고라고 생각하세요."

"아! 우리 딸, 그렇다 한들 하트필드만 하겠니. 가급적 그곳을 좋게 보려고 하니까 그런 거지만, 하트필드에서 일주일만 지내봐도 너희들 모두 달라질 거야. 혈색이 전과 다를걸. 그래서 말인데 너희 중 누구도 지금 혈색이 좋아 보인다고는 말할 수 없을 것 같구나."

"그렇게 말씀하시니 마음이 안 좋네요, 아버지. 하지만 제가 장담하는데, 세상 어디를 가도 결코 완전히 헤어날 수는 없을 신경성 두통과 심계항진증만 빼면 전 정말 건강하답니다. 그리고 아이들이 자러 가기 전에 다소 핏기가 없어 보였다면 여행을 한 데다, 여기 온다고 들떠서 평소보다 살짝 더 피곤해서 그런 것뿐이에요. 내일 아이들을 보시고 안색이 좀 나아졌구나 생각하시면 좋겠네요. 윙필드 씨가 저희 가족 모두를 이번처럼 건강한 모습으로 배웅한 적이 없다고 말했으니 안심하시고요. 적어도 아버지 사위가 병색이 있어 보인다고는 생각지 않으실 거라 믿어요." 이저벨라가 애정 어린 근심이 가득한 눈길로 남편을 쳐다보며 말했다.

"내가 보기엔 그만그만한 것 같구나, 얘야. 좋은 말은 못 해 주겠다. 네 남편 안색이 썩 좋아 보이지는 않는 것 같아서 말이야."

"무슨 말씀이세요, 장인어른? 저에게 말씀하셨나요?" 자기 이름이 들리자 존 나이틀리 씨가 큰 소리로 말했다.

"여보, 아버지가 당신 안색이 썩 좋아 보이지 않는다고 하시니 이를 어쩌죠? 그저 당신이 조금 피로해서 그런 것이길 바라요. 그래도, 당신도 알겠지만, 당신이 집을 나서기 전에 윙필드 씨를 봤더라면 좋았을 뻔했어요."

"이저벨라, 여보." 존 나이틀리 씨가 서둘러 외쳤다. "내 안색이라면 신경 쓰지 말아요. 당신과 애들이 진찰을 받고 몸을 소중히 하는 것으로 만족하고, 내 안색은 내가 알아서 하도록 놔둬요."

"형부가 형님에게 하던 이야기를 제가 제대로 못 알아들어서 그러는데요." 에마가 큰 소리로 말했다. "친구분인 그레이엄 씨가 새로 산 토지를 감독할 사람으로 스코틀랜드에서 토지 관리인을 데려오실 거라고 하신 것 말이에요. 그게 제대로 잘 될까요? 해묵은 편견이 더 앞서게 되는 건 아닐까요?"

에마가 이런 식으로 이야기를 길게 끌면서 방향을 돌린 덕에 다시 아버지와 언니를 주목해야 했을 때도 이저벨라에게선 친절하게 제인 페어팩스의 안부를 묻는 말 말고 다른 근심할 만한 이야기는 전혀 나오지 않았다. 그리고 에마는 제인 페어패스 이야기라면 대체로 달가워하지 않았지만 이 순간만큼은 매우 기뻐하며 그녀를 칭찬하는 것을 거들었다.

"상냥하고 사랑스러운 제인 페어팩스 말이죠!" 존 나이틀리 부인이 말했다. "그 아가씨를 본 지도 참 오래됐네요. 어쩌다 잠깐 마주친 적은 이따금씩 있었지만요! 그녀가 오면 사람 좋은 할머니와 훌륭한 이모가 정말로 기뻐하시겠지요! 사랑하는 우리 에마를 생각하면 페어팩스 양이 하이버리에 더 오래 머물 수 없다는 게 말할 수 없이 안타까워요. 하지만 이제 캠벨 대령 부부도 딸을 출가시켰으니 페어팩스 양을 더더욱 놔주지 않겠죠. 에마에겐 정말 좋은 말동무가 되어줄 텐데 말이에요."

우드하우스 씨는 토씨 하나 빼놓지 않고 동의하면서도 한마디 덧붙였다.

"그래도 우리의 어린 친구 해리엇 스미스가 바로 그런 예쁜 친구가 되어주고 있단다. 이저벨라 너도 해리엇을 좋아하게 될 거다. 에마에겐 더없이 좋은 말동무거든."

"정말로 반가운 얘기네요. 하지만 제인 페어팩스는 대단히 교양 있어서 어디 내놔도 부끄럽지 않다고들 하잖아요! 그뿐인 가요, 에마하고는 동갑내기고요."

매우 즐거운 분위기 속에서 이에 관한 이야기가 오갔고, 뒤 이어 비슷한 무게의 다른 화제들로 이어지다가 역시나 비슷하게 훈훈한 분위기에서 마무리되었다. 그러나 그날 저녁이 기울기 전에 결국 사소한 분란이 일어나고 말았다. 죽이 나오자 온갖 칭찬과 의견들을 비롯해서 체질을 불문하고 유익하다는 확신에 찬 결의, 그리고 죽을 제대로 쑬 줄 모르는 수많은 집들에 대한 꽤나 가혹한 맹공격까지 온갖 이야기가 오갔다. 그런데 공교롭게도 이저벨라가 예로 든 실패 사례들 가운데, 가장 최근의 사례로 유독 주목받았던 것이 다름 아닌 사우스엔드에서 그녀의 요리사가 끓인 죽이었던 것이다. 한시적으로 고용된 젊은 여성 요리사는 묽되 지나치게 묽지 않아 부드럽게 넘어가는 죽을 어떻게 쑤는지 전혀 알지 못했다. 이저벨라가 죽을 먹고 싶어서 해달라고 한 적이 많았지만, 단 한 번도 먹을 만한 죽을 내온 적이 없었다. 바로 이 이야기가 위험의 시작이었다.

"아!" 우드하우스 씨가 다정한 근심에 찬 시선을 딸에게 고정한 채 고개를 설레설레 흔들며 한탄했는데, 에마의 귀에는 이렇게 들렸다. "아! 네가 사우스엔드에 가는 바람에 이렇게 슬픈 일들이 끝없이 일어나는구나. 이런 말을 해봤자 무슨 소용이 있겠느냐마는." 에마는 한동안 아버지가 그 이야기를 하지 않기를 바랐고, 그가 말없이 생각에 잠겨 있다 보면 부드러운 죽의 풍미를 다시 즐길 수 있을 거라고 기대했다. 그러나 몇 분 후, 아버지는 다시 운을 뗐다.

"네가 올가을에 여기 오는 대신 바다로 갔다니 이 아비는 정말이지 아쉬운 마음을 금할 길 없을 것 같구나."

"왜 그렇게 생각하세요, 아버지? 분명히 말씀드리지만 아이들이 그 덕에 얼마나 건강해졌는데요."

"더군다나 굳이 바다에 갔어야 했대도 사우스엔드만큼은 피하는 편이 나았을 거야. 사우스엔드는 건강에 해로운 곳이니까.

페리는 네가 사우스엔드로 결정했다는 말을 듣고 놀라더구나."

"그렇게 생각하는 사람들이 적지 않다는 건 알고 있지만, 그 정말이지 큰 착각이에요, 아버지. 저희는 그곳에 가서 더할 나위 없이 건강하게 지냈으니까요. 진흙도 전혀 불편한 줄 모르겠던데요. 그리고 윙필드 씨도 그곳이 건강에 해롭다고 생각하는 건 전적으로 착각이라고 말했어요. 그분 말은 믿어도 된다고 제가 장담할게요. 공기의 성질을 잘 알고 있는 데다 그분 형과 가족들도 그곳에 자주 갔으니까요."

"애야, 바다에 갈 거였으면 크로머에 갔었어야지. 페리가 일전에 크로머에 일주일 있었는데 해수욕하기엔 으뜸이라고 말하더구나. 바다가 탁 트여서 아름다운 데다 공기가 그리 맑더란다. 그리고 내가 알기로는 바다에서 꽤 멀리, 4분의 1마일 떨어진 곳에 숙박할 만한 데도 있었을 게야. 아주 편한 곳으로 말이다. 그러니 페리하고 상의를 했었어야 해."

"아버지도 참, 가는 길이 차이가 나잖아요. 다른 건 둘째 치고 거리만 생각해보셔도 아실 텐데. 1백 마일은 가야 할걸요, 40마일이 아니라."

"아! 애야, 페리도 말했다만 건강이 걸린 문제라면 다른 건 일체 생각할 필요도 없어. 그리고 여행을 하기로 했으면 40마일이건 1백 마일이건 뭐 그리 대수겠니. 40마일을 여행해서 공기가 더 나쁜 곳으로 갈 바에야 차라리 아무 데도 가지 않고 런던에 가만히 있는 게 더 낫지. 이것도 페리가 한 말이란다. 그 친구 생각으로는 사우스엔드로 간 게 이만저만 잘못된 판단이 아니었던 게지."

에마는 아버지를 제지하려 했지만 허사였다. 그리고 아버지의 주장이 여기에 이르렀을 때, 형부가 갑자기 끼어든 것은 놀랄 일이 아니었다.

"페리 씨 말입니다." 그는 불쾌한 기색이 역력한 목소리로 말했다. "자기 의견은 누가 물어볼 때까지는 말하지 않는 편이 현명할 겁니다. 제가 제 가족을 바닷가로 데려가건 말건, 어째서 그 사람이 제가 하는 일에 이래라저래라 참견하는 겁니까? 저도 페리 씨만큼 판단력을 행사할 수 있으면 좋겠군요. 저는 그의 약은 물론 지시도 받고 싶지 않습니다." 그는 잠시 말을 멈추었다가, 순식간에 더 냉랭해져서는 더욱 매몰찬 목소리로 신랄하게 덧붙였다. "만약 페리 씨가 제게 아내와 다섯 아이들을 데리고 40마일을 갈 때와 똑같은 비용과 수고를 들여 1백 마일 하고도 30마일의 거리를 여행할 방법을 알려줄 수 있다면, 그때는 기꺼이 그분처럼 사우스엔드 대신 크로머로 가지요."

"그래, 그래." 나이틀리 씨가 다급하게 끼어들며 큰 소리로 말했다. "당연하지. 그렇다면 마땅히 고려해볼 일이지. 그나저나 존, 내가 아까 랭엄으로 이어지는 길을 옮기려는 생각에 대해서 말했잖아? 그 길을 좀 더 오른쪽으로 틀면 사유 목초지를 관통해 지나갈 일도 없을 것 같고, 내 생각엔 어려울 것도 없을 것 같아. 하이버리 주민들에게 불편을 끼친다면 그렇게는 안 할 생각이지만, 지금 그 길이 어느 방향인지 네가 정확히 기억할 수 있으면……. 아니, 그걸 확인하려면 아무래도 지도를 보는 수밖에 없겠구나. 괜찮으면 내일 아침에 논웰 애비에서 만나 같이 지도를 보면 좋겠는데. 그때 네가 의견을 주면 될 테니까."

우드하우스 씨는 자기 친구 페리가 그토록 모진 비난을 듣자 기분이 다소 언짢아졌다. 무의식적이긴 했어도 사실 자신이 느끼는 바와 하는 말 대부분을 그의 책임인 것처럼 넘겨왔기 때문이었다. 그렇지만 딸들이 달래듯 배려해준 덕에 불쾌한 기분은 점차 가라앉았고, 동생이 즉각 정신을 차리고 조심하고, 형은 더 나은 화제들을 꺼낸 덕에 그와 같은 불상사는 더 이상 일어나지 않았다.

13

하트필드를 잠시 찾은 존 나이틀리 부인만큼 행복한 사람은 세상 어디에도 없었을 것이다. 그녀는 아침마다 다섯 아이를 데리고 옛 지인들을 방문했고, 저녁이면 아버지와 동생에게 그날 있었던 일을 이야기했다. 하루하루가 너무 빨리 지나가지 않기를 바라는 것 말고 더 바랄 게 없었다. 방문은 즐거웠고, 매우 짧다는 점에서 완벽했다.

대개 저녁 시간은 아침과 달리 친구들과 함께하는 일이 적은 편이었다. 그러나 딱 한 번, 하트필드가 아닌 곳에서의 그 정찬 약속만큼은 크리스마스라고 해도 피할 수가 없었다. 웨스턴 씨는 거절은 있을 수 없는 일이라 여겼고, 하루 정도는 다들 랜들스에서 정찬을 해야만 했다. 우드하우스 씨조차 가족들이 제각기 흩어지는 것보다는 그 편이 더 낫겠다고 수긍할 정도였다.

우드하우스 씨는 가족들 모두를 그곳까지 어떻게 실어 나를지 이의를 제기할까도 생각했지만, 딸 내외의 마차와 말들이 하트필드에 있는 터라 그 문제에 있어서는 단순히 의문을 표하는 정도밖에 할 수 없었다. 하나 의구심을 가질 만한 점은 없었다. 또 에마가 마차 중 한 대에 해리엇을 태울 자리가 있을 거라고 아버지를 설득하는 데에도 그리 오랜 시간이 걸리지 않았다. 그들 가족 외에 초대된 사람은 해리엇, 엘턴 씨, 나이틀리 씨뿐이었다. 시간도 이르게 정했고, 초대한 손님도 얼마 없었으니, 모든 면에서 우드하우스 씨의 습성과 기호를 고려한 결과였다.

이 대단한 사건(우드하우스 씨가 12월 24일에 집 밖에서 정찬을 든다는 것은 대단한 사건이었다)이 있기 전날 저녁, 하트필드에서 머물던 해리엇은 감기에 걸려 몸이 찌뿌드드한 채 집으로 돌아갔지만, 고더드 부인의 간호를 받겠다는 뜻을 간곡히 밝히지 않았다면 에마는 그녀를 가지 못하게 했을 것이다. 다음 날 에마는 그녀를 방문했다. 그리고 그녀가 랜들스의 정찬에 함께하지 못할 운명임을 알게 되었다. 해리엇은 열이 펄펄 끓는 데다 심한 후두염까지 앓고 있었고, 고더드 부인은 성심과 애정을 다해 간호를 하고 있었다. 페리 씨를 불러야 한다는 이야기가 오갔고, 해리엇 본인도 너무 아프고 기운도 없었기 때문에 그 즐거운 모임에 갈 수 없다는 부인의 말에 그저 눈물만 뚝뚝 흘리며 아쉬움을 표할 뿐, 가겠다고 고집을 피우지는 못했다.

에마는 가능한 한 오랫동안 자리를 지키며 고더드 부인이 불가피하게 자리를 뜬 사이 해리엇을 보살폈고, 그녀가 아픈 것을 알게 되면 엘턴 씨가 크게 상심할 거라는 말로 기운을 북돋워주었다. 또 그가 이번 정찬에서 일말의 즐거움조차 얻지 못할 것이며, 다른 사람들도 모두 그녀의 부재를 몹시도 아쉬워할 거라는 달콤한 믿음 속에서 얼마간 마음이 편해진 그녀를 보고서 마침내 그 집을 나섰다. 고더드 부인의 집을 나와 몇 야드도 채 걷지 않았을 때, 에마는 엘턴 씨와 마주쳤다. 이쪽으로 오고 있었던 게 분명했다. 그래서 몸져누운 해리엇에 관한 이야기를 나누며 천천히 함께 걸었다. 그는 해리엇의 병세가 꽤 심각하다는 소문을 듣고 하트필드에 소식을 전하려는 생각에 직접 병문안을 가던 중이라고 했다. 그러다 매일 방문하는 돈웰에서 돌아오던 존 나이틀리 씨가 앞서가던 그들을 따라와 함께하게 되었다. 존 나이틀리 씨는 큰아들 둘과 함께 있었는데, 두 아이의 얼굴에는 건강한 혈색이 돌아 시골에서 뛰어다닌 덕을 여실히 보여주었고, 얼른 집으로 가서 구운 양고기와 쌀 푸딩을 눈 깜짝할 사이에 먹어치울 기세였다. 그렇게 모두가 함께 가게 되었다. 에마는 친구의 몸 상태에 대해 막 설명하던 중이었다. "후두염이 심한 데다 열이 굉장히 높아요. 맥박도 빠르고 약하게 뛰고요. 고더드 부인 말로는 해리엇이 툭하면 지독한 후두염에 시달리고 자주 도지는 편이라는데, 그 말을 들으니 제 마음이 좋지 않더라고요." 이 말에 깜짝 놀란 엘턴 씨가 큰 소리로 말했다.

"후두염이라고요! 전염성은 아니겠지요. 아주 지독한 전염병이 아니면 좋겠군요. 페리 씨한테서 진찰을 받았나요? 당신 친구뿐만 아니라 당신도 조심해야 해요. 부탁이니 위험을 무릅쓰는 일은 하지 마세요. 왜 페리 씨에게 진찰을 받지 않죠?"

자기 자신에 대해선 전혀 걱정하지 않았던 에마는 경험 많은 고더드 부인이 잘 보살펴줄 거라는 얘기로 그의 과도한 우려를 가라앉혔다. 하지만 그녀가 조리 있게 이야기해도 그는 여전히 얼마간 불안감을 떨치지 못했다. 에마는 그를 안심시키기보다는 오히려 더 부채질을 해서 불안감을 키우고 싶은 마음에 곧바로 다른 화제로 돌리듯 덧붙였다.

"너무 춥네요. 정말 추운 날이에요. 그런데다 어쩐지 눈이 펑펑 내릴 것 같은 느낌인데요. 다른 곳이나 다른 파티였다면 정말 저는 오늘 외출하지 않고 아버지께도 굳이 외출하지 마시라고 말씀드렸을 거예요. 하지만 아버지는 이미 결정을 하셨고, 추워하시지도 않는 것 같아서 간섭하고 싶지는 않아요. 그랬다가 웨스턴 부부에게 큰 실망을 안겨드릴지도 모르니까요. 하지만 엘턴 씨, 제가 당신이라면 단언컨대 양해를 구하고 가지 않을 거예요. 지금 보니 벌써 목이 쉰 것 같은데요. 내일 말씀하실 일도 많고 피로해지실 텐데 오늘 밤에는 무조건 집에 머물면서 몸을 잘 추스르는 게 좋을 듯해요."

엘턴 씨는 어떻게 대답해야 할지 잘 모르겠다는 표정이었다. 정말로 그랬다. 이토록 아름다운 아가씨가 친절하게 배려하자 무척이나 기뻤고 그녀의 조언이라면 뭐든 가리지 않고 받아들이고 싶었지만, 방문을 포기할 생각은 추호도 없었다. 그러나 에마는 이미 자신의 생각과 관점에 지나치게 몰입한 나머지 그가 하는 말은 귓등으로 흘려듣거나 그를 제대로 보지 못했고, 그가 "날씨가 정말 춥다고, 확실히 정말 춥다고" 더듬거리며 인정한 것에 대단히 흡족해했다. 그리고 자신이 랜들스에서 해방시켜준 덕에 그가 저녁 내내 매시간 해리엇의 상태를 확인하러 사람을 보낼 수 있게 되었음을 기뻐하며 걸었다.

"잘 생각하신 거예요." 그녀가 말했다. "웨스턴 부부에겐 저희가 대신 사과를 전할게요."

그러나 에마가 이 말을 하기 무섭게 형부가 나서더니 엘턴 씨가 정찬에 가지 못하는 이유가 다만 날씨 때문이라면 자기 마차에 타도 좋다고 정중하게 제안했고, 이에 엘턴 씨는 즉각 흡족해하며 그러겠다고 했다. 이제는 번복할 수 없게 되었고 엘턴 씨는 정찬에 참석하게 되었다. 그의 훤하게 잘생긴 얼굴이 지금 이 순간만큼 즐거운 표정을 띤 적이 없었고, 이렇게 활짝 미소를 지은 적도 없었으며, 그녀를 쳐다볼 때만큼 두 눈에 희열이 가득한 적도 없었다.

"말도 안 돼." 에마는 혼잣말을 했다. "정말 이상한 일이야! 내가 이렇게 솜씨 좋게 빼내주었는데도 굳이 사람들과 어울리겠다니. 아픈 해리엇은 내팽개쳐두고! 뭐 이렇게 이상한 일이

170

다 있담! 하지만 많은 남성들, 특히나 독신 남성들은 집 밖에서 정찬을 드는 것을 좋아하는 경향이 있으니까. 그들의 도락, 일, 품위, 의무 같은 것들의 등급을 매길 때 정찬 약속을 너무나 중요시해서 경우를 불문하고 그것이 최우선이 되는 거야. 엘턴 씨도 틀림없이 그런 거겠지. 두말할 필요 없이 훌륭한 성품을 가진 데다 호방하고 기분 좋은 청년이고, 해리엇을 마음 깊이 사랑하고 있긴 하지만, 그래도 초대를 거절하지는 못하는구나. 어디서 초대를 하건 무조건 가야만 하다니. 사랑이란 참 이상한 거야! 해리엇의 유연한 기지를 꿰뚫어 보면서도 그녀를 위해서 혼자 저녁을 먹으려 하진 않다니 말이야."

그런 후 얼마 안 있어 엘턴 씨는 그들과 헤어졌고, 에마는 헤어질 때 그가 매우 깊은 감정을 담아 해리엇의 이름을 언급했다고 인정하지 않을 수 없었다. 그는 그녀를 다시 만나는 행복을 누릴 준비를 하기 전에 마지막으로 고더드 부인 집에 가서 그녀의 예쁜 친구가 어떤 상태인지 반드시 소식을 전하겠다고 장담하면서, 부디 더 좋은 이야기를 들려줄 수 있기를 바란다고 말했는데, 그때 그의 어조가 그러했다. 그런 후 그는 한숨을 내쉬고는 미소를 지으며 자리를 떴고, 에마는 그를 더욱더 좋은 쪽으로 인정하게 되었다.

몇 분 동안 침묵하고 있던 존 나이틀리가 말을 꺼냈다.

"엘턴 씨처럼 좋은 인상을 주려고 애쓰는 남자는 생전 처음 보는군. 숙녀들이 있는 곳에선 노골적일 정도로 애를 쓰니 말이야. 남자들끼리만 있을 때는 합리적이고 젠체하는 법이 없는 시람인데, 비위를 맞춰야 할 숙녀들이 있을 때면 생판 딴사람이 되는군."

"엘턴 씨의 태도가 완벽한 건 아니에요." 에마가 대답했다. "하지만 잘 보이려고 노력한다면 결점 같은 건 너그럽게 눈감아줘야죠. 실제로도 상당 부분을 눈감아주기도 하고요. 능력이 그저 그런 남자라도 최선을 다한다면 그보다 우월하나 태만한 사람보다 더 나을 거예요. 엘턴 씨는 흠잡을 데 없이 훌륭한 마음씨와 선의를 가지고 있으니 마땅히 존중할 수밖에요."

"그래." 존 나이틀리 씨가 다소 느물거리며 곧바로 대답했다. "처제에게 대단히 호감을 가지고 있는 것 같던데."

"저라고요!" 그녀는 깜짝 놀라 웃으면서 대답했다. "설마 엘턴 씨가 절 염두에 두고 있다고 생각하시는 거예요?"

"그런 생각이 머리를 스치긴 했다고 인정하지, 에마. 지금껏 한 번도 그렇게 생각해본 적 없었다면 이제라도 고려해보는 편이 좋을 거야."

"엘턴 씨가 저를 사랑한다고요! 어쩜 그런 생각을 다 하세요!"

"틀림없이 그렇다고 말하는 게 아니야. 다만 그런지 아닌지 곰곰이 생각해보고 그에 따라 처신을 하는 것이 좋을 거란 얘기지. 아무래도 처제의 태도 때문에 그 친구가 더 고무되는 것 같거든. 친구로서 하는 이야기야, 에마. 자신의 주변을 돌아보고 자신의 행동과 의도를 살펴보는 게 좋을 거야."

"참으로 고맙군요. 하지만 단언하건대 형부가 단단히 착각하고 계시는 거예요. 엘턴 씨와 저는 아주 좋은 친구이지만, 그 이상은 절대 아니니까요." 에마는 발걸음을 옮기면서 정황의 일부만 아는 탓에 종종 저지르는 실수와, 자신의 판단력을 과신하는 사람들이 늘 범하기 마련인 오해에 대해 생각하면서 실소했다. 그렇지만 형부가 자신을 보는 눈이 없고 무지해서 조언이 필요한 사람으로 생각한다는 점은 그리 즐거워할 일이 아니었다. 존 나이틀리 씨는 더는 말이 없었다.

우드하우스 씨는 랜들스를 방문하기로 확고히 마음먹은 터라, 시시각각 추워지는 날씨에도 전혀 위축되지 않는 듯 보였고, 다른 사람들만큼 딱히 날씨를 의식하는 것 같지도 않은 태도로 정확한 시간에 맞춰서 딸과 함께 자신의 마차에 오른 후 마침내 출발했다. 자기가 외출한다는 사실에 스스로 놀란 데다, 자신의 방문이 랜들스에 안겨줄 기쁨을 생각하느라 그는 날씨가 추운 것도 느끼지 못했다. 그러기엔 옷으로 몸을 너무 꽁꽁 싸매기도 했지만. 그러나 날씨는 혹독하게 추웠고, 두 번째 마차가 움직일 무렵엔 슬슬 눈발이 날리기 시작했다. 하늘은 먹구름으로 뒤덮이다시피 해서 맵찬 공기가 조금만 풀려도 온 세상이 순식간에 하얀 눈으로 뒤덮일 기세였다.

얼마 지나지 않아서 에마는 마차에 함께 탄 형부의 기분이 썩 좋아 보이지 않는다는 걸 알아챘다. 이런 날씨에 굳이 번거롭게 준비하고 외출하는 것, 정찬이 끝난 후에도 아이들을 볼 수 없다는 것은 불쾌한 일, 그렇지 않다 해도 최소한 마뜩잖은 일이기에 존 나이틀리 씨로선 도저히 즐거워할 수 없었을 것이다. 그는 그런 희생을 무릅쓰고 방문할 만큼 정찬에 가치가 있을 거라고 전혀 기대하지 않았다. 그래서 마차를 타고 목사관까지 가는 내내 불만을 표했다.

"다른 사람들에게 자기 집 난롯가를 벗어나 이런 날씨를 뚫고 방문해달라고 말하는 사람은 두말할 것 없이 스스로를 굉장히 높이 평가하는 사람일 거야. 자기가 참으로 유쾌한 친구라고 생각하는 게 분명해. 나라면 그럴 수 없을 거야. 정말 말도 안 되게 어리석은 짓이지. 이렇게 눈이 내리는 마당에! 사람들이 자기 집에 편히 머물도록 놔두지 않다니 멍청한 짓이야! 집에 편히 머물 수 있는데도 그러지 않는 사람들 역시 마찬가지고! 해야 할 일이 있거나 사업 때문에 오늘 같은 저녁에 굳이 밖에 나갈 수밖에 없다면, 이만저만 곤란한 일이 아니라고 생각할 거야. 그런데 지금 우리를 봐. 우리가 보고 느끼는 모든 것을 통해 집 밖으로 나가지 말고 가급적 안전히 있으라고 말하는 자연의 목소리를 무시한 채, 필시 평소 때보다 더 얇은 옷만 걸치고서 딱히 이렇다 할 이유도 없이 자진해서 나섰잖아. 남의 집에서 머저리같이 다섯 시간을 보내려고 말이지. 어제 말했거나 들은 얘기, 내일이면 말하거나 듣게 될 얘기 말고는 아무것도 없을 게 뻔한데도, 이렇게 굳이 가고 있는 거라고. 음울한 날씨 속에 가고 있으니 돌아올 땐 필시 더 고약한 날씨를 만나게 되겠지. 오들오들 떨고 있는 할 일 없는 인간들이 자기들 집보다 더 추운 방에서 더 형편없는 사람들을 만나는 일로 쓸데없이 말 네 필과 하인 네 명을 동원하다니."

에마는 형부가 그간 함께 여행하는 반려자로부터 이골이 나게 들었을 "당신 말이 맞아요, 여보"라는 즐거운 동의의 말을 흉내 낼 생각이 전혀 없었다. 대신 그녀는 아무런 대답도 하지 않기로 결심했다. 형부의 의견에 동의할 수 없었지만, 싸우게 될까 봐 두려웠기 때문에 그녀의 영웅심은 침묵하는 데 그쳤다. 형부가 떠들든 말든 입을 다문 채로 마차의 창유리들을 가지런히 매만지고선 숄로 몸을 감쌌다.

일행이 도착해 마차가 돌려 세워지고 발판이 내려지자, 검은색 옷을 맵시 있게 차려입은 엘턴 씨가 미소를 지으며 곧장 마차에 올랐다. 에마는 흡족한 마음으로 이제 화제가 바뀌겠구나 하고 생각했다. 엘턴 씨는 이루 말할 수 없이 고마워하며 자못 쾌활하게 행동했다. 그가 정중하면서도 어찌나 쾌활하게 말하는지, 에마는 해리엇에 관해 자신이 들었던 바와 다른 이야기를 들은 게 틀림없다고 생각하기 시작했다. 사실 옷을 차려입으면서 사람을 보냈지만 돌아온 답신은 "달라진 게 없다. 차도를 보이지 않는다"였던 참이었다.

"고더드 부인에게 전해 들은 소식은 제가 바란 것과 달리 고무적이지 않았어요." 에마가 곧바로 말했다. "'차도를 보이지 않는다'는 것이 제가 받은 답신이었거든요."

엘턴 씨의 표정이 어두워지더니 감정이 풍부한 목소리로 대답했다.

"아! 유감스럽게도 그렇더군요. 그렇지 않아도 막 말씀드리려던 참이었답니다. 옷을 갈아입으러 들어가기 전에 고더드 부인 댁을 방문했는데 스미스 양이 상태가 좋아지긴커녕 더 나빠졌다더군요. 정말로 애석하고 우려스럽습니다. 제 딴엔 오늘 아침에 그렇게 기운을 북돋워주셨으니 틀림없이 나아졌을 거라고 생각했었는데 말이에요."

에마는 미소 지으며 대답했다. "제 방문으로 인해 해리엇의 신경성 증세가 나아졌길 바라고 있어요. 하지만 저로서도 후두염을 물리칠 마법 같은 건 부릴 수 없죠. 정말로 지독한 감기예요. 페리 씨가 다녀가셨어요, 이미 들으셨겠지만."

"네. 그럴 거란 생각은 했습니다. 그러니까 제 말은······."

"그분은 해리엇의 이런 증세들을 익히 잘 아니까 내일 아침이면 우리 둘 모두에게 더 위안이 될 소식이 들려올 거라 기대하고 있어요. 하지만 애석한 마음은 떨칠 수가 없군요. 오늘 우리 모임에도 얼마나 슬픈 손실인가요!"

"끔찍하죠! 그렇고말고요. 매 순간 스미스 양의 부재를 아쉬워할 겁니다."

이 말은 매우 적절했고, 그와 함께 한숨을 내쉬었으니 이 역시 실로 존중할 만했다. 하지만 더 오랫동안 그랬어야 마땅했다. 그가 불과 30분도 지나지 않아 다른 이야기들을 시작한 데다, 주저하는 기색 하나 없이 기쁨에 겨운 목소리로 말하자 에마는 당황하고 말았다.

"마차에 양가죽을 쓰다니 대단히 현명한 생각이군요. 덕분에 참으로 편안히 가게 됐습니다. 이런 예방책 덕에 전혀 춥지가 않네요. 현대의 고안품들은 정녕 신사들의 마차를 완벽하게 완성시켰어요. 비바람이 들지 않도록 단단히 막아놓아서 바람 한 점 새어 들어올 틈이 없으니까요. 이제 날씨 따위는 하등 중요하지 않아요. 오늘 오후는 정말 춥지만 이 마차 안에 있으니 전혀 모르겠는걸요. 아! 눈이 좀 오네요."

"그래요. 내가 보기엔 눈이 꽤 많이 올 거 같네요." 존 나이틀리가 말했다.

"이런 게 진짜 크리스마스다운 날씨죠." 엘턴 씨가 말했다. "딱 어울리는 날씨예요. 그런데다 정말로 운이 좋은 게, 눈이 어제부터 내렸다면 오늘 정찬은 무산됐을 거거든요. 눈이 많이 쌓였더라면 우드하우스 씨는 집을 나서지 않으셨을 테니 정말로 무산됐을 거예요. 하지만 이제 눈은 전혀 문제가 안 돼요. 지금이야말로 친구들이 함께 모이기에 제격인 계절이죠. 크리스마스 땐 누구나 주변 친구들을 초대하고, 최악의 날씨에 대해선 조금도 생각하지 않으니까요. 한번은 눈 때문에 친구 집에 갇혀 일주일 동안 꼼짝 못 한 적이 있었는데 정말 그때처럼 즐거웠던 적이 없었어요. 하룻밤만 머물 작정으로 갔다가 이레 낮과 밤을 발이 묶여 있었죠."

존 나이틀리 씨는 그게 왜 즐거운 건지 도통 이해하지 못하겠다는 표정이었지만, 쌀쌀맞게나마 한마디 했다.

"난 눈 때문에 랜들스에서 일주일 동안 발이 묶이는 건 바라지 않습니다."

다른 때라면 에마도 그런 대화에 즐거워했겠지만, 지금 그녀는 예상 밖의 감정에 젖은 엘턴 씨를 보며 이루 말할 수 없이 놀란 상태였다. 즐거운 징찬에 대한 기대감 때문에 해리엇은 까맣게 잊어버린 것처럼 보였다.

"랜들스의 난롯불은 틀림없이 활활 타오르고 있을 것이고," 엘턴 씨는 계속 떠들어댔다. "모든 것이 더없이 안락할 테니 걱정 안 하셔도 됩니다. 웨스턴 부부는 매력적인 분들이죠. 웨스턴 부인은 아무리 칭찬해도 부족하고, 웨스턴 씨는 모두가 바라는 그대로의 분이죠. 더없이 친절하고 사교적이고요. 엄선된 사람들끼리 모이는 거라면 아무리 조촐하다 해도 필시 최고로 유쾌한 모임이 될 겁니다. 웨스턴 씨 댁의 정찬실은 열 명이 넘으면 편하게 있을 수가 없는 곳입니다. 저라면 그런 상황에서 두 사람이 넘치는 것보다는 두 사람이 모자란 쪽을 택하겠습니다. (에마를 돌아보며 다정한 태도로) 당신은 제 말에 동의하시겠지요. 틀림없이 동의하실 거라고 생각합니다. 나이틀리 씨야 아무래도 런던의 대규모 파티에 익숙하시니 저희의 이런 기분을 딱히 수긍하지 못하시겠지만."

"런던의 대규모 파티에 대해선 아무것도 알지 못합니다, 선생. 나는 누구와도 정찬을 드는 일이 없으니까요."

"정말입니까? (놀라움과 동정이 뒤섞인 어조로) 법률 업무가 그렇게나 힘들고 고된 일인 줄은 미처 몰랐군요. 자, 나이틀리 씨, 그런 노고를 보상받을 때가 반드시 올 겁니다. 그때 나이틀리 씨께서는 크게 수고를 들이지 않더라도 큰 즐거움을 맛보시게 될 겁니다."

"내가 처음으로 즐거움을 맛볼 때는," 마차가 앞문을 통과

할 때 존 나이틀리가 말했다. "다시 하트필드에 안전하게 도착할 때일 겁니다."

14

웨스턴 부인의 응접실로 들어가면서 두 신사는 각자 얼마간 표정을 관리해야 했다. 엘턴 씨는 싱글벙글하던 표정을 가라앉혀야 했고, 존 나이틀리 씨는 찌무룩한 기분을 떨쳐내야 했다. 그곳의 분위기에 어울리려면 엘턴 씨는 미소를 덜 지어야 했고, 존 나이틀리 씨는 더 지어야 했다. 본성이 불러일으키는 대로, 있는 그대로의 모습으로 즐거워한 사람은 에마뿐인 듯했다. 그녀는 웨스턴 부부와 만나는 것이 정말 즐거웠다. 웨스턴 씨가 몹시 마음에 드는 데다, 그의 아내만큼 거리낌 없이 속내를 터놓고 이야기를 나눌 수 있는 사람은 이 세상에 아무도 없었기 때문이었다. 소소한 사건들, 계획들, 아버지와 자신에게 일어난 난감했던 일, 즐거웠던 일을 들어주고 이해해주고 늘 흥미를 갖고 받아줄 거라고 확신할 수 있는 사람은 웨스턴 부인뿐이었다. 웨스턴 부인은 에마가 하트필드에 대해 어떤 이야기를 하건 대단한 관심을 기울였다. 그리고 30분 동안 누구의 방해도 받지 않고 일상생활에서 행복을 느끼는 데 일조하는 그 모든 시시콜콜한 문제들을 이야기하는 것은 두 사람 모두에게 최고의 기쁨을 안겨주었다.

이런 희열은 하루 종일 함께해도 온전히 채워지지 않을 때도 있었지만, 지금 30분 동안은 전혀 예외였다. 그러나 에마는 웨스턴 부인을 보고 그녀의 미소와 손길과 목소리를 느끼는 것만으로도 감사했다. 그래서 엘턴 씨의 이해할 수 없는 태도나 그 밖의 다른 불쾌한 일 같은 건 가급적 마음에 담아두지 않고 즐길 만한 것을 최대한 즐기기로 작정했다.

해리엇이 감기에 걸렸다는 비보는 에마가 도착하기 전에 이미 알려질 대로 알려져 있었다. 우드하우스 씨가 편히 자리를 잡고 앉아 시간에 구애받지 않고 해리엇의 사정은 물론, 그 자신과 이저벨라가 여기까지 오게 된 것부터 에마가 따라온 경위까지 낱낱이 이야기한 터였다. 그리고 제임스도 와서 자기 딸을 만날 거라는 이야기까지 만족스럽게 끝냈을 때 다른 사람들이 들어섰고, 그 덕에 그때까지 오로지 그에게만 열중하고 있었던 웨스턴 부인은 돌아서서 사랑하는 에마를 환영할 수 있었다.

잠시나마 엘턴 씨에 대해 잊기로 다짐했던 에마는 정작 사람들이 모두 자리를 잡고 앉았을 때 그가 가까이 앉자 적이 짜증스러워졌다. 그는 바로 옆자리에 앉는 것도 모자라 틈만 나면 행복에 겨운 표정으로 그녀의 주의를 끌면서 시도 때도 없이 열심히 말을 걸었고, 그때문에 에마는 해리엇에게 이상할 정도로 무관심한 그에 대한 생각을 마음에서 몰아내기가 매우 힘이 들었다. 그의 행동거지가 그러하다 보니, 그녀로선 그를 잊기는커녕 마음속으로 '설마 형부가 생각한 게 사실인 걸

180

까?', '해리엇에게 품었던 이 남자의 애정이 내게로 향하는 게 가당키나 한 일일까?', '말도 안 돼! 참을 수 없는 일이야!'라고 자문하는 것을 피할 도리가 없었다. 정작 엘턴 씨는 그녀가 행여 춥지는 않을까 염려했고, 또 그녀의 아버지에게 지대한 관심을 기울였으며, 웨스턴 부인에게는 희희낙락해하는 것이었다. 급기야 그녀가 그린 그림들에 대해 아는 것도 별로 없으면서 열렬히 찬사를 퍼붓는 모습이 섬뜩하게도 장래의 연인처럼 구는 듯해서, 그녀는 각고의 노력으로 예의를 지키려고 진땀을 뺐다. 그녀의 입장에선 무례하게 굴 수 없기 때문이기도 했지만, 해리엇을 위해 만사가 순조롭게 풀릴 것이라는 희망을 가져야 했기 때문에 오히려 더 친절하게 대했다. 하지만 참으로 가상한 노력이 아닐 수 없었다. 엘턴 씨의 허튼소리가 절정에 달했을 때, 다른 사람들이 하필이면 그녀가 유독 듣고 싶어 했던 이야기들을 나누고 있었으니 더욱 곤혹스러웠다. 한 귀로 듣기에 웨스턴 씨가 자기 아들의 소식을 전하고 있는 모양이었다. "내 아들", "프랭크", "내 아들"이란 말이 몇 번인가 들렸고, 토막 난 몇 개의 음절들을 통해 웨스턴 씨의 아들이 조만간 방문할 것임을 알리는 내용이란 걸 짐작할 수 있었다. 그러나 그녀가 엘턴 씨의 말을 중단시키기 전에 이야기가 완전히 끝나버렸기 때문에 새삼 그에 관한 질문을 던지면 어색할 것 같았다.

결혼을 하지 않겠다는 결심이 무색하게도 에마는 프랭크 처칠이라는 이름과 그 이름의 주인을 상상할 때마다 어쩐지 관심이 있다. 특히 프랭크 처칠의 아버지가 테일러 양의 남편이 된 후, 에마는 자신이 굳이 결혼을 해야 한다면 프랭크 처칠이야 말로 나이나 성격이나 조건 면에서 자신과 딱 맞는 상대일 거라는 생각을 자주 했었다. 테일러 양의 결혼으로 두 가족이 하나가 되었으니 그와도 가까운 관계로 맺어진 듯 느꼈다. 그들을 아는 사람이라면 누구나 그 결혼을 상상할 게 분명하다고 그녀는 짐작했다. 웨스턴 부부는 정말로 그렇게 생각했을 거라고 한 치의 의심 없이 믿었다. 처칠은 물론 어느 누구에게도 마음을 내줄 생각이 없을뿐더러 더할 나위 없는 현재의 조건을 포기할 생각도 없었지만, 그녀는 적잖이 호기심이 발동해 그를 만나보고 싶었다. 그가 호감 가는 사람이며 자기를 어느 정도 좋아할 거라고 확신했다. 친구들이 그와 그녀가 맺어지는 것을 상상할 거라 생각하니 즐겁기도 했다.

그녀가 이런 기분에 젖어 있을 때, 엘턴 씨는 지독히도 때를 못 맞춘 정중한 언사들을 늘어놓았다. 그러나 그녀는 잔뜩 짜증이 난 와중에도 지극히 예의 바르게 응대했고, 이번 방문이 끝나기 전에 친절한 웨스턴 씨가 그녀가 놓친 그 이야기를 똑같이, 혹은 핵심이라도 다시 한 번 들려줄 거라고 생각하며 자신을 달랬다. 과연 그러했다. 정찬 때가 되어 다행히 엘턴 씨에게서 벗어나 웨스턴 씨의 옆에 앉게 되었을 때, 그는 집주인으로서 손님들을 챙기느라 양고기 등심 요리를 대접한 후 처음으로 쉴 짬이 났을 때를 놓치지 않고 에마에게 말했다.

"두 사람만 더 있으면 숫자가 딱 맞을 텐데. 두 사람, 에마의 예쁜 친구 스미스 양과 내 아들이 빠지니 아쉽군. 그래야 주인 입장에서 이만하면 완벽하다고 말할 수 있을 테니까. 아까 응접실에서 내가 다른 사람들에게 프랭크가 곧 올 거라고 말한 것 못 들었지? 오늘 아침 프랭크에게서 편지를 받았는데 보름 안에 올 거라더군."

에마는 딱 적절한 정도의 기쁨을 표하면서 프랭크 처칠 씨와 스미스 양이 있었다면 파티가 완벽했을 거라는 그의 말에 전적으로 동의했다.

"와서 우리를 만나고 싶다고 했었는데." 웨스턴 씨가 계속해서 말했다. "9월 이후로 보내오는 편지마다 그 말로 도배하다시피 했는데. 그 애 입장에선 시간을 마음대로 정할 수가 없는 거지. 비위를 맞춰줘야 하는 사람들이 있는데, (우리끼리 얘긴데) 프랭크 쪽에서 꽤나 많이 내주어야 간신히 흡족해하는 경우가 간혹 있거든. 하지만 이제 1월 둘째 주쯤이면 그 아이가 분명 이곳을 찾을 거라고 생각해."

"그러면 참 기쁘시겠어요! 웨스턴 부인도 그분을 만나길 고대했으니 못지않게 기뻐할 테고요."

"그래, 그럴 거야. 하지만 아내는 이번에도 방문이 연기될 거라고 생각하지. 그 애가 올 거라고 나만큼 믿지는 않거든. 하지만 그건 아내가 나만큼 그 사람들을 알지 못해서 그래. 그런데 사실인즉, (그나저나 이건 우리끼리만 알고 있자고. 저 방에서 이 얘긴 단 한 마디도 안 했거든. 이건 가족들만의 비밀인 거야, 알겠지?) 1월에 한 무리의 친구들이 초대를 받아서 엔스컴에 올 거라는 거야. 그런데 그 사람들의 방문이 연기되어야 프랭크가 올 수 있어. 만약 그쪽에서 일정대로 오면 프랭크는 옴짝달싹 못 하게 되지. 하지만 나는 그 방문이 연기될 거라고 생각해. 왜냐면 엔스컴의 어느 지체 높으신 부인께서 그 가족을 유독 싫어하시거든. 이삼 년에 한 번은 그 가족을 초대해야 한다고 생각하면서도 정작 때가 되면 늘 방문을 연기했었으니까. 내가 장담하는데 틀림없이 그렇게 될 거야. 1월 중순에 내가 여기 있으리라 확신하는 것만큼 프랭크도 이곳에서 볼 수 있을 거라고 확신해. (탁자의 위쪽 끝을 턱으로 가리키며) 하지만 저기 있는 에마의 막역한 친구분께선 성격상 변덕을 모르는 데다 하트필드에서 그런 일을 겪은 적이 거의 없어서인지 그런 변덕의 결과를 헤아릴 줄 모르시지. 나야 그 방면에선 오래전부터 도통해 있지만."

"이번에도 확신할 수 없다니 유감이네요." 에마가 대답했다. "하지만 전 웨스턴 씨 편을 들게요. 그분이 올 거라 생각하신다면 저도 그렇게 생각할래요. 엔스컴은 웨스턴 씨가 잘 아실 테니까요."

"그럼. 그곳이라면 내가 안다고 말할 권리가 있지. 평생 발도 들여놓은 적 없는 곳이긴 하지만. 이만저만 괴상한 부인이어야 말이지! 하지만 나는 프랭크를 위해 절대로 그 부인의 험담은 하지 않아. 부인이 프랭크를 정말로 아끼는 게 틀림없거든. 예전엔 자신 말고는 누구도 좋아할 수 없는 사람이라고 생각했었는데, 프랭크에게만은 늘 친절하게 대해주지. (사소한 걸로 변덕을 부리거나 이랬다저랬다 하면서 모든 게 자기가 원하는 대로 되기를 바라는 사람이란 걸 감안하면 그래도 그 부인 나름대로는 그 애에게 친절한 거라 할 수 있겠지.) 이건 내 생각인데, 그 부인에게 그만한 정을 느끼게 하다니 프랭크는 대단한 아이야. 역시 아무한테도 말하지 않겠지만, 부인은 대체로 사람들에게 돌멩이만큼의 온정도 베풀지 않는 여자니까. 성격도 얼마나 괄괄한지 몰라."

에마는 이 주제가 너무도 마음에 들었기 때문에 거실로 자리를 옮기기 무섭게 웨스턴 부인에게 그 이야기를 꺼냈다. 축하한다, 하지만 첫 만남은 으레 걱정스럽기 마련인 걸 잘 안다는 에마의 말에 웨스턴 부인은 동의하면서도 첫 만남에 긴장이 되지만 이번에 말한 대로 꼭 오게 되면 더할 나위 없이 기쁠 거라고 덧붙였다. "프랭크가 반드시 올 거란 생각은 들지 않아. 웨스턴 씨처럼 낙관할 수가 없어. 결국에 가서 아무것도 성사되지 않을까 봐 정말 걱정이 돼. 웨스턴 씨가 정확히 어떤 상황인지 네게 이야기해주셨지?"

"네. 성질 고약한 처칠 부인의 손에 달려 있는 것 같던데, 그보다 더 확실한 게 있겠어요?"

"이런, 에마!" 웨스턴 부인이 미소 지으며 말했다. "이랬다저랬다 하는 언행이 어디가 확실하다는 거야?" 그러더니 그녀는 그때까지 둘의 대화에 끼어들지 않았던 이저벨라에게 몸을 돌렸다. "친애하는 나이틀리 부인, 당연히 알겠지만 프랭크 처칠을 만날 수 있으리란 보장은 없다는 게 내 생각이야. 전적으로 프랭크 외숙모의 기분과 의향이 어떤가에 달려 있으니까. 한마디로 부인의 기질에 달려 있어. 두 사람은 내 딸이나 다름없으니까 솔직히 사실을 말해도 되겠지? 처칠 부인은 엔스컴을 쥐락펴락하는데, 성격이 정말 이상한 사람이야. 그래서 이번에 프랭크가 방문할 수 있는지는 부인이 그를 놔줄 것이냐 아니냐에 달려 있어."

"아, 처칠 부인요? 그분을 모르는 사람은 없어요." 이저벨라가 대답했다. "그 가엾은 청년을 생각하면 안타깝기 짝이 없어요. 그렇게 성질 고약한 사람과 하루 이틀도 아니고 줄곧 같이 살아야 하다니, 두말할 것 없이 정말 끔찍할 거예요. 우리야 다행히도 그게 어떤 건지 알지 못하지만 틀림없이 인생이 비참할 거예요. 그 부인 슬하에 자식이 없는 건 축복이에요! 있었다면, 가엾어라, 그런 어머니 밑에서 얼마나 불행했겠어요!"

에마는 웨스턴 부인과 단둘이 있고 싶었다. 그러면 더 많은 이야기를 들을 수 있었을 것이다. 에마는 웨스턴 부인이 이저벨라에게는 차마 털어놓지 못할 이야기들을 거리낌 없이 들려줄 것이고, 처칠가에 관한 모든 사실을 다 털어놓을 것이라고 믿어 의심치 않았다. 단, 에마가 이미 상상력을 발휘한 끝에 직감하게 된 프랭크에 대한 의견들만 빼고.* 어쨌거나 현재 시점에선 더 이상 나올 이야기가 없었다. 얼마 안 있어 우드하우스 씨가 그들을 따라 응접실로 들어왔다. 정찬을 든 후 오랫동안

* 웨스턴 부부가 내심 프랭크와 에마가 맺어지길 바라고 있다는 것을 암시한다. 웨스턴 부인은 드러내놓고 말하지 않지만 에마는 이미 이를 눈치채고 있다.

앉아 있다 보니 좀이 쑤셔 견딜 수가 없었던 것이다. 그에겐 포도주도 대화도 중요하지 않았기 때문에, 같이 있어도 늘 편한 사람들이 있는 곳으로 선뜻 자리를 옮긴 것이었다.

하지만 아버지가 언니와 이야기를 하는 동안, 에마는 용케 말할 기회를 포착했다.

"그러니까 이번에 아드님이 정말로 올 수 있을지 확신할 수 없다고 보시는 거죠. 유감이네요. 처음 만나는 사람과 말을 트는 건 늘 불편한 일이잖아요. 빨리 할수록 마음이 편할 텐데요."

"그래. 그리고 방문이 연기될 때마다 다음번에도 연기되는 게 아닐까 하는 생각이 들더라고. 설령 이번에 브레이스웨이트 가족의 방문이 연기된다 해도, 뭔가 또 다른 구실을 찾아내 우릴 실망시키지 않을까 걱정이 돼. 프랭크가 여기 오길 꺼린다고는 생각지 않아. 하지만 처칠가에서 프랭크를 간절히 곁에 두고 싶어 한다는 건 나도 확실히 느껴. 질투하는 거지. 프랭크가 자기 아버지에게 관심을 기울이는 것조차 질투하는 거야. 더 부연할 것 없이 나는 그가 올 거라고 전혀 생각하지 않아. 그래서 웨스턴 씨가 저렇게 태평하게 생각하지 않았으면 하는 거야."

"마땅히 와야지요." 에마가 말했다. "이곳에서 이삼 일밖에 머물지 못한대도 와야 해요. 다 큰 청년이 제 의지로 그 정도도 못 한다는 건 누가 봐도 이상한 일이에요. 여자라면 나쁜 사람들의 꼬임에 넘어가 정작 만나고 싶었던 사람들과 멀어질 수도 있겠죠. 하지만 남자가 다른 사람도 아니고 자기 아버지와 일주일간 같이 지내겠다는데 그런 제약에 발이 묶이다니 아무리 생각해봐도 이해가 안 가요."

"프랭크가 뭘 할 수 있을지를 판단하기 이전에 직접 엔스컴에 가서 그 가족의 됨됨이를 알아봐야지." 웨스턴 부인이 말했다. "한 사람의 행실을 판단할 때는 그 사람이 어떤 집안의 누구이건 이처럼 주의를 기울여야겠지. 하지만 엔스컴의 경우는 일반적인 방식으로 판단해선 안 된다고 생각해. 처칠 부인은 이성적으로 판단하길 기대할 수 없을 만큼 무모한 사람이고, 세상 어느 것도 그 사람을 이기지 못할 거야."

"그래도 부인이 조카는 그렇게 아낀다면서요. 프랭크 씨는 처칠 부인에겐 눈에 넣어도 아프지 않을 존재인 거지요. 음, 제가 처칠 부인을 제대로 이해한 거라면, 그분은 자신에게 그토록 많은 것을 베풀어준 남편의 안위를 위해 희생하기는커녕 툭하면 변덕을 부리면서도, 정작 빚진 일도 없는 조카의 말은 오냐오냐 들어주는 걸 오히려 당연히 여길걸요."

"부탁이니 에마, 네 다정한 성품을 동원해서 못된 성품에 대해 굳이 이해하거나 원칙을 부여하려고 애쓰지 마. 그냥 내버려둬. 프랭크가 원하는 대로 결정할 수 있을 때도 분명 있겠지만, 언제 그럴 수 있을지는 그도 전혀 알 수 없을 테니까."

에마는 가만히 듣고 있다가 단호하게 말했다. "오지 못한다면 전 납득할 수 없을 거예요."

"경우에 따라 자기 의지를 관철할 수 있을 때도 있고 아닐 때도 있겠지." 웨스턴 부인이 말했다. "그중에 프랭크가 부인의 뜻을 절대로 꺾을 수 없는 경우가 있다면, 그건 바로 엔스컴을 떠나 우리를 방문하는 것 아닐까?"

15

우드하우스 씨는 곧 차를 마시고 싶어 했다. 그리고 차를 마시고 나자 얼른 집에 돌아가고 싶어 했다. 곁에 있던 세 사람은 재미난 이야기로 그의 주의를 돌려 다른 신사들이 도착하기 전에 시간이 늦었음을 눈치채지 못하도록 하려고 애를 썼다. 웨스턴 씨는 말수가 많은 데다 남들과 어울리길 좋아해서 어떤 모임이든 일찍 파하는 것을 원치 않았다. 마침내 사람들이 응접실로 들어왔다. 제일 먼저 들어온 이들 중에는 지나칠 정도로 활기 넘치는 엘턴 씨도 있었다. 그는 웨스턴 부인과 에마가 소파에 함께 앉아 있는 것을 보더니 앉으란 말도 하지 않았는데 주저 없이 그들 사이에 끼어 앉았다.

프랭크 처칠 씨에 대한 기대감으로 기분이 좋아진 에마는 그가 조금 전 부적절하게 행동했다는 사실을 기꺼이 잊고 전과 다름없이 편하게 대하기로 마음먹었다. 그리고 그가 해리엇 이야기로 운을 떼자 더없이 상냥한 미소를 지으며 귀를 기울이기로 했다.

엘턴 씨는 에마의 아름다운 친구, 아름답고 상냥한 친구가 걱정돼서 견딜 수 없을 지경이라고 토로했다. "다른 소식은 없었습니까? 랜들스에 온 후로 뭔가 듣지 못하셨나요? 스미스 양의 증세를 보고 이만저만 심각한 게 아니라고 생각했습니다." 그는 한동안 이런 말들을 늘어놓았는데 그로선 당연히 할 만한 얘기였고, 굳이 대답을 들으려는 기색은 없었다. 악성 후두염이 얼마나 무서운지 알고 염려하는 그를 에마는 가엾게 여겼다.

그러나 상황은 기묘하게 꼬이기 시작했다. 에마는 문득 그가 해리엇이 아닌 자신 때문에 악성 후두염을 걱정하는 게 아닌가 하는 느낌을 받았다. 그는 환자의 상태를 걱정하기보다 에마가 감염될까 봐 더 불안한 모양이었다. 그는 에마에게 한동안 환자를 방문하는 건 삼가라고 매우 신중한 태도로 간청하기 시작했다. 자신이 페리 씨를 만나서 의견을 듣기 전까지는 해리엇을 방문하는 무모한 행동은 하지 않겠다 약속해달라고 간청했다. 에마가 그 말을 웃어넘기고 다시 적당한 화제로 대화의 방향을 돌리려 했음에도 그녀에 대한 도를 넘어선 걱정은 끝이 날 줄을 몰랐다. 에마는 짜증이 났다. 정말로 그가 해리엇이 아니라 그녀를 사랑하고 있다고 주장하려는 것 같았고, 감추려는 기색도 전혀 보이지 않았던 것이다. 그것이 사실이라면 그는 이루 말할 수 없이 비열하고 혐오스럽게 변덕을 부리는 것이었다! 그녀는 화를 내지 않으려고 애쓰느라 진땀을 뺐다. 엘턴 씨는 웨스턴 부인을 돌아보며 거들어달라고 애원했다. "저 좀 도와주시겠습니까? 스미스 양의 질환이 전염성이 아니라는 것이 확실해질 때까지 고더드 부인 댁에 가지 말라고 우드하우스 양을 설득하고 있는데 부인도 한 말씀 거들어주셔야죠? 우드하우스 양이 약속해주시기 전까지는 도무지 마음을 놓을 수가 없어요. 부인이 우드하우스 양을 좀 설득해주십시오."

"우드하우스 양이 다른 사람들을 워낙 세심하게 살피지 않습니까." 엘턴 씨는 계속했다. "정작 자기 자신은 전혀 돌보지 않으면서 말이지요! 저에게 오늘 집에서 쉬면서 감기를 다스리라고 하셨답니다. 그런데 정작 본인은 궤양성 후두염에 걸리지 않도록 조심하겠다는 약속을 해주지 않네요. 이게 공정한가요, 웨스턴 부인? 누가 옳은지 판단을 내려주십시오. 저에게 불만을 표할 권리가 있지 않습니까? 부인이 제게 친절한 지지와 도움을 베풀어주실 거라고 믿습니다."

웨스턴 부인은 깜짝 놀란 듯했다. 자기가 누구보다도 먼저 에마에게 관심을 쏟을 권리를 갖고 있다고 자임하는 듯한 엘턴 씨의 말과 태도에 놀란 모양이었다. 에마는 너무 화가 나고 불쾌해서 그 문제에 대해 대놓고 단 한 마디 대꾸조차 할 수 없었다. 그래서 그저 그를 한 번 쳐다보았을 뿐이지만 그가 자신의 눈길에 정신을 번쩍 차렸을 거라 생각하면서 소파를 떠나 언니 옆으로 자리를 옮겨 앉은 후론 언니에게만 주의를 기울였다.

곧 화제가 다른 데로 옮겨 간 탓에, 엘턴 씨가 그녀의 책망을 어떻게 받아들였는지는 확인할 새가 없었다. 날씨를 살피러 나갔던 존 나이틀리 씨가 방으로 돌아와 모두에게 바깥이 온통 눈으로 뒤덮였고, 여전히 강풍과 함께 눈이 펑펑 내린다고 보고한 것이다. 그는 이야기를 마치며 우드하우스 씨에게 말했다.

"장인어른의 겨울 나들이를 활기차게 여는 서막이 아니고 무엇이겠습니까? 마부와 말들은 난생처음 눈보라를 헤치고 길을 가게 생겼고요."

가엾은 우드하우스 씨는 당황해서 아무 말도 못 했지만, 나머지 사람들은 모두 한 마디씩 거들었다. 놀란 사람들도 있고 놀라지 않은 사람들도 있었으며 질문을 하거나 안심시키려는 말을 하는 사람도 있었다. 웨스턴 부인과 에마는 우드하우스 씨의 기운을 북돋워주고, 또 매몰차게 득의양양해하는 사위에게 신경 쓰지 않게 하려고 온갖 노력을 기울였다.

"장인어른의 결단에 경의를 표합니다." 존 나이틀리 씨가 말했다. "이런 날씨에 집을 나설 생각을 하셨으니 말입니다. 물론 곧 눈이 오리라는 걸 다 아시고도 그런 결정을 하신 거겠죠. 눈이 올 게 틀림없다는 건 다들 알았으니까요. 장인어른의 기백에 경의를 표합니다. 그리고 단언컨대 우리는 아무 탈 없이 집으로 돌아가게 될 겁니다. 앞으로 한두 시간 더 눈이 내린다 한들 길이 막힐 일은 없을 테니까요. 그리고 우리는 두 대의 마차로 갈 거니까, 혹여 한 대가 공유지의 황량한 지대에서 뒤집히는 일이 있더라도 다른 한 대가 옆에 있으니 무슨 걱정이겠습니까. 자정 전에 모두 무사히 하트필드에 도착할 거라고 장담합니다."

이에 웨스턴 씨는 존 나이틀리 씨와는 다른 식으로 의기양양해하며 자기는 언제고 눈이 내릴 것을 알고 있었지만 우드하우스 씨가 불안한 마음에 서둘러 떠날까 봐 일부러 아무 말도 하지 않았다고 고백했다. 그들이 돌아갈 때 길이 막힐 정도로 눈이 내렸다거나 내릴 것 같다는 말은 그저 농담일 뿐이고, 오히려 손님들의 귀가가 너무 순탄할까 봐 걱정이라고 했다. 그는 길이 완전히 막혀서 모두가 랜들스에 머물게 되기를 바랐다. 그리고 순수한 선의에서 모두가 편히 지낼 만한 공간을 마련할 수 있을 거라 믿었고, 아내를 불러 조금만 머리를 쓰면 모두가 묵을 수 있을 거란 자신의 생각에 동의를 구했다. 정작 웨스턴 부인은 남는 방이 두 개밖에 없다는 생각에 어쩔 줄을 몰라 했다.

"어떡하면 좋으냐, 에마? 어떻게 하지?" 우드하우스 씨는 곧장 이렇게 외쳤고, 그 후로도 한동안은 그 말밖에 하지 못했다. 에마는 자기에게 기대려는 아버지에게 아무것도 걱정할 것 없고, 말들도 제임스도 노련한 데다 수많은 친구들과 함께 갈 것이라고 단언했다. 그 말에 우드하우스 씨는 다소 기운을 차렸다.

큰딸이 느낀 불안감 역시 아버지 못지않았다. 아이들을 하트필드에 남겨둔 채 랜들스에 발이 묶일까 봐 두려운 나머지 다른 생각은 조금도 할 수 없을 정도였다. 도로 상태가 담이 큰 사람이라면 아직 지날 만할 테지만 그러려면 지금 당장 나서야 할 거라고 막연히 짐작하면서, 아버지와 에마는 랜들스에 남고, 우리는 설령 눈이 쌓여 길이 막혔다 하더라도 어떻게든 뚫고 가보자고 남편을 열심히 설득했다.

"지금 마차를 부르는 게 좋겠어요, 여보." 그녀가 말했다. "지금 당장 출발하면 갈 수 있을 거예요. 설령 가다가 사고가 난다고 해도 내려서 걸어가면 돼요. 전 아무것도 두렵지 않아요. 절반을 걸어서 가야 한대도 겁나지 않아요. 집에 가자마자 신발을 갈아 신으면 되니까요. 그런다고 제가 감기에 걸릴 일도 없을 거고요."

"과연!" 존 나이틀리 씨가 말했다. "여보, 정말 당신 말대로 된다면 그거야말로 기적일 거요. 안 그래요? 당신은 이 세상 온갖 것들 때문에 감기에 걸리니까. 집까지 걸어서 간다고! 그 신발을 신고 집까지 참 잘도 걸어가겠구려. 말들도 죽어나는 거리인데."

이저벨라는 웨스턴 부인을 돌아보며 자기 의견을 지지해 달라는 뜻을 내비쳤다. 웨스턴 부인은 찬성해줄 수밖에 없었다. 이저벨라는 다음으로 에마에게 갔다. 그러나 에마는 다 함께 간다는 바람을 완전히 포기할 수는 없었다. 그래서 그 문제로 의견을 모으고 있는데, 동생에게 눈이 온다는 말을 듣고서 곧장 방을 나섰던 나이틀리 씨가 다시 돌아와 자기가 직접 밖으로 나가 살펴보니 지금 당장이건 한 시간 후건 그들이 원할 때면 언제든 아무 불편 없이 집으로 돌아갈 수 있을 거라고 말했다. 하이버리 도로를 따라 한참을 가서 시야 너머까지 확인했지만 눈이 반 인치 넘게 쌓인 곳은 아무 데도 없었고, 대부분 땅을 하얗게 덮은 정도가 고작이었으며, 아직 눈발이 약하게 날리고 있지만 구름이 물러가고 있어서 곧 그칠 것 같다고 했다. 마부 두 명과 마주쳤는데 둘 다 걱정할 필요 없다는 그의 생각에 동의했다는 것이다.

이저벨라는 이 소식에 크게 안도했고, 에마 역시 아버지를 생각하며 언니 못지않게 안심했다. 우드하우스 씨는 곧 자기의 예민한 신경이 허락하는 한에서 마음을 가라앉히려고 애썼지만, 랜들스에 머무르는 한 이미 불안해진 마음을 쉬이 가라앉히긴 어려울 터였다. 그는 안전하게 돌아갈 수 있게 된 데 만족했지만, 머물러 있어도 안전하다는 말에는 결코 수긍하지 않았다. 사람들이 앞다투어 온갖 회유와 권유의 말을 늘어놓았지만 나이틀리 씨와 에마는 다음과 같은 몇 마디 말로 상황을 정리했다.

"아버님이 불편해하시겠어. 얼른 가지그래?"

"전 언제든 좋아요, 다른 분들이 괜찮으시면."

"내가 벨을 울릴까?"

"네, 그래주세요."

벨이 울리고 마차들이 대령했다. 몇 분이 더 지났고, 에마는 골치 아픈 친구들 중 하나는 자기 집에 내려주면 정신을 차리고 냉정을 되찾기를, 다른 하나는 이 고달픈 방문이 끝나면서 본연의 성격으로 돌아가 다시 행복해지기를 바랐다.

마차들이 왔다. 언제나처럼 우드하우스 씨가 가장 먼저 마차에 올랐고 나이틀리 씨와 웨스턴 씨가 공손히 그를 부축했다. 그러나 두 사람이 뭐라고 말해도 이미 눈이 내리는 것을 실제로 보고, 또 예상했던 것보다 훨씬 더 어두워진 것을 알아차린 우드하우스 씨의 불안감이 되살아나는 것을 막기엔 역부족이었다. 그는 "집까지 가는 길이 험할까 걱정이고, 가엾은 이저벨라가 힘들어할까 걱정이다. 그런데다 가엾은 에마는 다른 마차로 뒤따라오게 될 테니. 어떻게 하는 것이 최선인지 도무지 모르겠구나. 가급적 뭉쳐서 다니는 게 좋겠다"고 말하는 것이었다. 그래서 제임스에게 다른 마차가 뒤처지지 않도록 가능한 말을 천천히 몰도록 지시했다.

이저벨라가 아버지의 뒤를 이어 마차에 올랐고, 존 나이틀리 씨는 그들과 다른 마차에 타기로 한 것을 잊고 당연하다는 듯 아내를 따라 마차에 올랐다. 그래서 엘턴 씨의 에스코트를 받아 두 번째 마차에 오른 에마는 뒤이어 엘턴 씨가 올라타고 수순인 듯 문이 닫히자 그와 단둘이 가게 되었음을 알게 되었다. 바로 이날 생긴 의구심만 없었어도 그런 상황은 단 한순간이라고 해도 어색하기는커녕 오히려 즐거웠을 것이다. 그에게 해리엇 얘기를 할 수 있을 테니 4분의 3마일 거리가 4분의 1마일로 느껴졌을 것이다. 하지만 지금의 그녀에게는 일어나지 않기를 바라는 일일 뿐이었다. 아무래도 그가 웨스턴 씨의 훌륭한 포도주를 너무 많이 마셔서, 허튼소리를 늘어놓으려 할 게 분명하다는 생각을 떨칠 수가 없었다.

자기라도 똑바로 처신해야 그가 함부로 행동하지 못할 거라는 생각에 에마는 곧장 빈틈없이 차분하고 엄정한 태도로 날씨와 그날 밤에 대한 얘기를 하려고 했다. 그러나 그녀가 입을 열기 무섭게, 그들이 탄 마차가 저택 문을 지나 앞서간 마차를 따라잡기 무섭게, 그는 그녀의 말을 자르고 그녀의 손을 움켜쥐며 자기 말을 들어달라 청하더니 열렬한 사랑의 고백을 늘어놓는 것이었다. 그는 이 소중한 기회를 놓치지 않고, 그녀도 이미 눈치챘을 감정을 분명히 표하니, 혹여 그녀가 자신의 마음을 받아주지 않는다면 희망과 두려움과 사모하는 마음에서 기꺼이 죽을 거라고 했다. 그러나 자신의 뜨거운 애정과 지고한 사랑과 유례없는 열정은 반드시 보답을 받을 것이라고 확신하며, 단도직입적으로 말해 하루 빨리 이런 자신의 마음을 받아들여달라는 것이었다. 정말로 그런 말이었다. 망설이지도 않고, 해명도 하지 않고, 이렇다 하게 망설이는 기색도 없이 엘턴 씨, 해리엇을 사랑하는 이 남자는 에마의 연인임을 자칭하고 있었다. 에마는 그의 말을 막으려 했지만 아무 소용 없었다. 그는 말을 계속하려 했고 기어코 다 털어놓을 기세였다. 에마는 화가 치밀었지만 마음을 추스르고 잘 말해야겠다고 생각했다. 이런 어리석은 행동의 반은 술에 취했기 때문이라고 확신했고, 따라서 시간이 지나면 묻힐 거라 기대했다. 그래서 에마는 취기 반, 제정신 반인 그의 상태에 가장 걸맞은 대응 방식이기를 바라면서 진지함 반, 장난 반으로 대답했다.

"정말 깜짝 놀랐어요, 엘턴 씨. 이런 말씀을 제게 하시면 어떻게 하나요! 정신이 없으신 모양이에요! 저를 제 친구와 혼동하시다니. 스미스 양에게 전하시는 거라면 어떤 말씀이건 기꺼이 전달할게요. 하지만 더는 저에게 그런 말씀 하지 말아주세요. 부탁입니다."

"스미스 양이라고요! 스미스 양에게 전하는 말이라니! 어떻게 그런 말씀을 하실 수 있나요!" 그가 영문을 모르겠다는 듯 과장된 태도를 취하며 확신에 찬 어조로 에마가 한 말을 되풀이하자, 그녀는 서둘러 대답할 수밖에 없었다.

"엘턴 씨, 정말 뜻밖의 행동을 하시는군요! 저로선 이 상황을 설명할 길이 하나뿐이네요. 엘턴 씨는 제정신이 아니에요. 그게 아니라면 저는 물론이고 해리엇에 대해서도 이런 식으로 말씀하실 순 없겠죠. 자신을 추스르시고 더는 아무 말씀 마세요. 저도 잊도록 노력할 테니까요."

그러나 엘턴 씨는 어디까지나 기운을 북돋울 정도로만 마셨을 뿐, 이성을 잃을 정도로 마신 건 아니었다. 그는 자기가 무슨 말을 하는지 분명하게 알고 있었고, 그래서 그녀가 의혹을 품는 것에 크게 상처받았다고 격하게 따지면서, 스미스 양은 그녀의 친구로서 존중한다는 말을 슬쩍 꺼내고는 이 상황에서 왜 스미스 양이 언급되어야 하는지 모르겠다고 토로했다. 그러더니 다시 자신의 열정이라는 주제로 돌아가선 그녀에게 긍정적으로 받아달라 떼쓰듯 조르는 것이었다.

그저 술주정일 거란 애초의 기대가 꺾이자, 에마는 그가 미덥지 못하며 주제넘은 착각을 일삼는 남자라는 생각이 들었다. 그래서 굳이 예의를 차리려는 마음을 접고서 답했다.

"더 이상 의심을 품을 여지조차 없군요. 이렇게까지 노골적으로 나오시니 말이에요. 엘턴 씨, 제가 얼마나 놀랐는지 말로는 다 표현할 수 없을 정도예요. 지난 한 달간 스미스 양에게 어떻게 행동하시는지 제 눈으로 보았고, 그녀에 대해 지대한 관심을 보이시는 것을 하루가 멀다 하고 지켜보았는데, 이런 식으로 제게 말씀하시다니, 이렇게 못 미더운 분일 줄은 정말 생각도 못 했어요! 제 말 똑똑히 들으세요. 전 그런 고백을 받게 되어서 고마운 마음은 전혀, 털끝만큼도 없습니다."

"맙소사!" 엘턴 씨가 소리쳤다. "무슨 말씀을 하시는 겁니까? 스미스 양이라니요! 지금껏 단 한순간도 스미스 양을 마음에 둔 적이 없는데요. 당신 친구라는 것을 빼면 일절 관심도 없었어요. 당신 친구가 아니었다면 그녀가 죽든 말든 아무 상관 안 했을 거라고요. 만약 그분이 다른 생각을 했다면, 혼자 희망을 품다 착각을 한 거니, 저로선 정말 유감입니다. 이루 말할 수 없을 정도로 유감입니다만, 아무리 그래도 스미스 양이라니요! 아! 우드하우스 양! 우드하우스 양 같은 분이 옆에 있는데 어느 누가 스미스 양을 마음에 품겠습니까? 제 명예를 걸고 말씀드리는데 전 미덥지 못한 사람이 결코 아닙니다. 전 오로지 당신만을 마음에 품었습니다. 자신 있게 말씀드리건대 다른 누구에게도 일절 관심을 갖지 않았습니다. 지난 몇 주 동안 제가 했던 모든 말, 모든 행동은 오로지 당신을 사모하는 제 마음을 전하려는 목적 말고는 아무 의미도 없었습니다. 그 점은 당신도 정녕, 진심으로 의심하진 않으실 겁니다. 절대로요! (에둘러 말하려는 의도가 담긴 어조로) 그런 제 마음을 당신이 보고 또 이해했으리라고 믿어 의심치 않습니다!"

이런 말을 듣고서, 에마는 자신의 기분이 어떠한지, 모든 불쾌한 감정들 중에 무엇이 가장 강력힌지 말할 수조차 없었을 것이다. 이런 감정들에 압도된 나머지 곧바로 답을 할 여력조차 없었다. 이어지는 그녀의 침묵에 엘턴 씨는 대단히 고무된 나머지 자신만만해져서 에마의 손을 다시 잡으려 하면서, 기쁨에 넘쳐 외쳤다.

"매혹적인 우드하우스 양! 당신의 흥미로운 침묵을 제가 해석해봐도 될까요. 그러니까 당신의 침묵은 당신이 이미 오래전에 제 마음을 헤아리셨다는 고백이 아닐까요?"

"아뇨, 엘턴 씨."

에마가 큰 소리로 말했다. "그런 고백과는 거리가 멀어요. 오래전에 당신의 마음을 헤아렸다니 가당치 않아요. 전 지금 이 순간까지도 당신의 마음을 헤아리는 데 있어서 이만저만 착각을 한 게 아니었어요. 저로서는 당신이 제게 그런 감정을 품었다는 것에 유감을 금할 수가 없네요. 당신의 어떤 감정도 제 바람과는 하등 상관이 없습니다. 제 친구 해리엇에 대한 당신의 애정, 그 아이를 얻고자 하는 당신의 마음(제게는 그렇게 보였으니까요)이 저에겐 더할 나위 없는 기쁨으로 다가왔고, 당신이 바라는 대로 성공하시길 진심으로 바랐습니다. 하지만 만약 당신이 해리엇 때문에 하트필드에 오는 게 아니란 걸 알았다면, 그렇게 하루가 멀다 하고 찾아오시는 것을 좋지 않게 생각했을 게 분명합니다. 당신이 스미스 양의 마음을 얻으려고 애쓴 적이 전혀 없다는 걸 제가 믿어야 하나요? 그 애를 진지하게 마음에 품은 적이 한 번도 없다고요?"

"전혀요, 우드하우스 양." 그는 이제 모욕감을 느끼며 큰 소리로 말했다. "결단코 없었습니다. 제가 스미스 양을 진지하게 마음에 두다니요! 스미스 양은 물론 훌륭한 아가씨이고, 그녀가 좋은 혼처를 구하게 된다면 당연히 기쁠 겁니다. 그녀가 정말로 잘 살기를 바랍니다. 그리고…… 크게 개의치 않을 남자들도 분명 있겠죠. 각자 자기에게 걸맞은 수준이 있으니까요. 하지만 저는 말이죠, 그 정도로 절박하다고 생각지 않습니다. 대등한 결혼을 할 수 없을 거라 여겨 절망에 빠진 나머지 스미스 양을 배필로 생각할 정도는 아니란 말입니다. 아뇨, 우드하우스 양, 제가 하트필드를 찾은 건 오직 당신을 만나기 위해서였습니다. 그리고 당신이 저를 북돋워주셨으니……."

"북돋웠다고요! 제가 당신을 북돋워줬다니요! 이보세요, 그렇게 생각하셨다면 크게 착각하신 겁니다. 제게 당신은 제 친구를 흠모하는 사람이었어요. 그렇지 않았다면 그저 알고 지내는 지인에 지나지 않았을 거예요. 몹시 유감스럽습니다만 지금이라도 오해를 바로잡게 되어 다행이네요. 계속 같은 행동을 하셨다면 스미스 양이 당신의 의중을 오해했을지도 모르죠. 당신이 그토록 예민하게 반응하는 그 엄청난 신분 차이를, 그 아이는 저 못지않게 의식하지 못할 테니까요. 하지만 지금으로선 실망하는 건 한쪽의 몫이고, 이것도 그리 오래가지 않으리라고 믿어요. 저는 현재로서는 결혼할 생각이 전혀 없어요."

그는 너무나 화가 난 나머지 더는 아무 말도 하지 못했다. 에마의 태도가 매우 결연해서 애원해볼 여지조차 없었다. 그리고 두 사람은 커져가는 분노와 씻을 수 없는 치욕감 속에서 몇 분을 더 함께 있어야 했다. 노심초사하는 우드하우스 씨 때문에 마차가 매우 느린 속도로 가고 있었던 것이다. 치밀어 오르는 분노가 아니었다면 참을 수 없이 어색했을 것이었다. 그러나 그들은 격한 감정에 사로잡혀 당혹감을 느낄 새도 없었다. 마차가 언제 목사관 길로 접어들고 언제 멈춰 섰는지도 알지 못하는 사이에 그들은 어느덧 엘턴 씨의 집 앞에 당도해 있었다. 그는 몇 마디 말을 끝마치기도 전에 마차에서 내렸고, 그제야 에마도 잘 가라는 인사는 해야겠다는 생각이 들었다. 그러자 그는 곧바로 쌀쌀맞고 오만하게 의례적인 인사말을 던졌다. 그녀는 형언할 수 없이 불쾌한 기분으로 마차에 실려 하트필드로 향했다.

하트필드에 도착하자 아버지가 반색하며 달려 나와 그녀를 맞았다. 딸이 목사관에서 집까지 위험천만한 길을 혼자 온다는 생각에 내내 걱정하고 있었던 것이다. 모퉁이를 도는 걸 생각하는 것만으로도 가슴이 철렁하는 판국에, 그런 일을 제임스도 아니고 생면부지의 한낱 흔한 마부에게 맡긴 것이다. 그녀가 돌아오자 비로소 모든 것이 순조롭게 제자리를 찾는 듯했다. 존 나이틀리 씨는 신경질을 부린 것을 부끄러워하며 더없이 친절한 태도로 사람들을 배려했고, 특히 장인어른의 안위에 관심을 기울였다. 그렇다고 장인과 마주앉아 죽을 먹을 정도는 아니었지만, 죽이 건강에 더없이 좋다는 주장에는 이의를 제기할 생각이 전혀 없어 보였다. 그렇게 우드하우스 가족 모두에게 평온하고 안락한 하루가 저물어가고 있었지만, 에마는 예외였다. 그때처럼 마음이 혼란스러웠던 적도 없었을 것이다. 그래서 조용히 그날 일을 곱씹어볼 여유가 생길 때까지, 다정하고 명랑한 태도를 보이기 위해 이만저만한 노력을 기울이지 않으면 안 되었다.

16

하녀가 머리를 말아주고 나간 후, 에마는 자리에 앉아 생각에 잠겼고, 참담한 기분이 되었다. 어떻게 일이 이렇게 엉망으로 꼬일 수 있을까! 모든 게 이토록 달갑지 않은 방향으로만 치닫다니! 해리엇이 받을 충격은 어찌한단 말인가! 그게 가장 가슴 아팠다. 어느 모로 봐도 모든 상황이 다 고통스럽고 치욕스러웠다. 그러나 해리엇의 고통이 얼마나 클지를 생각하면 다른 것들은 대수롭지 않았다. 그리고 자신의 과오로 인해 상처받을 사람이 자기 하나로 끝날 수 있다면, 그녀는 오판으로 실제로 자초한 것보다 더 많은 실수와 과오와 더한 치욕까지도 기꺼이 감수했을 것이다.

"해리엇을 부추겨 그 남자를 좋아하게 하지만 않았다면 어떤 것이든 다 견뎌낼 텐데. 그 남자가 나에 대해 두 배는 더 넘겨짚는다 해도 상관 안 할 텐데. 가엾은 해리엇!"

어쩌자고 그렇게 대책 없이 속아 넘어갔는지! 그는 해리엇을 진지하게 생각한 적이 단 한 번도 없었다고 항변했다. 한 번도! 애써 기억을 되살려보아도 혼란스럽기만 했다. 그런 생각을 한 것도, 멋대로 추측한 것도, 그래서 모든 것을 그쪽 방향으로 맞춘 것도 다 에마였던 것이다. 그러나 엘턴 씨가 애매한 태도를 취하고 오락가락하는 데다 의뭉스럽지 않았다면 그녀가 이렇게까지 착각할 일은 없었을 것이다.

그 초상화! 그가 그 초상화에 얼마나 열을 올렸었나! 그리고 그 셔레이드도! 그 외에도 그런 정황들이 백 가지는 더 있었고, 하나같이 해리엇을 향해 있는 것처럼 보였다. 물론 그 셔레이드엔 '민첩한 기지'란 말이 나오지만, 그다음에 '그 다정한 눈'이 나오지 않았던가. 사실 그 말은 에마와 해리엇 둘 모두에게 들어맞았다. 그건 취향도 진실도 담겨 있지 않은 잡탕에 지나지 않았다. 그렇게 아둔한 헛소리를 어느 누가 꿰뚫어 볼 수 있을까?

최근 들어 그가 필요 이상으로 자신에게 상냥하게 군다는 생각이 자주 들긴 했었다. 하지만 원래 그런 사람이겠거니, 그저 판단이나 식견이나 취향이 부족할 뿐이겠거니 여겼고, 그가 늘 지체 높은 사람들과 어울리며 살아온 것은 아니라 말은 점잖게 해도 진정한 품격은 떨어질 때가 종종 있다는 생각으로 가벼이 넘겼었다. 그래서 그날까지 해리엇의 친구인 자신에게 감사의 뜻으로 표하는 존경이 아닌 다른 감정을 품고 있을 거라고는 한순간도 생각지 못했다.

이 문제에 있어 처음으로 그녀를 일깨워주고, 처음으로 그런 가능성을 제기한 사람은 존 나이틀리 씨였다. 그 형제에게 통찰력이 있음을 부정할 도리는 없었다. 그녀는 나이틀리 씨가 언젠가 엘턴 씨에 대해 주의를 주면서 했던 말, 즉 엘턴 씨는 절대로 무분별한 결혼을 할 사람이 아니라고 했던 말을 떠올렸다. 그리고 엘턴 씨에 대해 그녀 자신이 파악한 것과는 비교가 안 될 만큼 진실되게 꿰뚫어 보고 있었다는 생각이 들어 얼굴이 빨개졌다. 쥐구멍이 있다면 들어가고 싶을 만큼 치욕스러운 일이었다. 그러나 여러 가지 면에서 그녀가 파악하고 믿었던 것과 전혀 딴판으로 오만하고 주제넘은 데다 젠체하며, 자기 잇속을 채우는 데만 혈안이 되어 있을 뿐 다른 사람들의 감정은 거의 헤아리지 않는 사람임을 엘턴 씨 본인이 증명해 보이고 있었다.

상황이 통상적인 경우와는 정반대가 되었으니, 엘턴 씨의 애정 고백을 듣고 나자 그에 대한 에마의 평가가 가차 없이 낮아진 것이다. 고백도 청혼도 그에겐 아무 도움이 되지 못했다. 그녀에게 그의 애정이란 아무것도 아니었으며, 그의 소망에는 모욕감마저 느꼈다. 그는 결혼해서 처가 덕을 보겠다는 희망에 부풀어, 주제넘게도 그녀와 사랑에 빠진 척했다. 하지만 걱정할 만큼 낙심해 괴로워할 리 없으니 안심해도 되겠다는 생각이 들었다. 그의 말이나 태도 어디에서도 진정한 애정은 찾아볼 수 없었다. 한숨과 근사한 말은 넘쳐흘렀지만 진정한 사랑이 깃들어 있는가 하는 점에서 그토록 메마른 표현이나 어조는 지어낼 수도 상상할 수 없었다. 그런 그를 굳이 동정하느라 골치를 썩을 필요는 없었다. 그는 자신의 지위를 높이고 재산을 불리고 싶은 마음뿐이었다. 그리고 하트필드의 우드하우스 양, 3만 파운드의 상속녀*가 생각처럼 호락호락하지 않다면, 분명 2만 파운드나 1만 파운드를 가진 다른 아가씨를 찾아 나설 터였다.

하지만 그녀가 자신을 북돋워줬다고 떠들어대면서, 자기 생각을 그녀도 알아차렸고 관심을 받아들였다고, (한마디로) 자신과 결혼할 생각이 있다고 생각했다니! 가문이나 생각하는 수준에서 자기가 그녀와 동등하다고 생각했다니! 그녀의 친구를 폄하하고, 자기보다 낮은 신분에 대해서는 그렇게나 속속들이 잘 알면서, 그녀에게 구애하며 주제넘은 짓이란 자각도 못 할 만큼 자기보다 높은 신분에 대해선 그토록 무지하다니! 몸서리쳐지게 화가 났다.

재능과 정신적 품격 면에서 자신의 수준이 그녀에 한참 못 미친다는 사실을 깨닫길 바라는 것은 그에게 공정한 처사가 아닐 것이다. 동등한 수준이 아니므로 그것을 깨달을 리 없을 테니까. 하지만 이제라도 그녀가 재산과 지위 면에서 그보다 월등히 높다는 것만큼은 알아야 했다. 우드하우스가가 유서 깊은 어느 가문에서 갈라져 나와 수세대에 걸쳐 하트필드에서 살아온 반면, 엘턴가는 아무것도 아니라는 점을 알아야 했다. 물

---

*3만 파운드는 당시 여성에게 주어지는 상속 재산으로는 어마어마한 액수였다. 오스틴 작품의 등장인물을 통틀어 이만한 재산을 상속받은 여성은 《오만과 편견》의 조지애나 다아시뿐이다. 이런 설정은 우드하우스 씨 슬하의 자식이 이저벨라와 에마 자매뿐이어서 가능했을 것이다. 토지를 소유한 가문은 대부분의 부동산을 장남에게 유증했고 아들이 없는 가문의 경우에는 다른 남자 친척에게 유증하는 것이 일반적이었다. 우드하우스 가문에는 남자 친척의 존재가 전혀 언급되고 있지 않다.

론 하트필드 소유의 영지는 대단히 넓다고는 할 수 없었고, 하이버리의 나머지 전부를 차지한 돈웰 애비 영지에 비하면 한 떼기에 지나지 않는 정도였지만, 다른 자산에서 나오는 수입은 다른 모든 중대한 측면에서 돈웰 애비에 버금갈 만큼 막대했다. 뿐만 아니라 어떻게든 살아보겠다고, 직업과 예의 바른 태도 말고는 이렇다 하게 내세울 것 하나 없이, 그저 사업상 알고 지내는 사람을 믿고 불과 2년 전 옮겨 온 엘턴 씨와 달리, 우드하우스가는 오래전부터 이웃들의 존경을 받고 있었다. 그런 주제에 감히 에마가 자기를 사랑한다고 생각했다니. 그로선 든든한 버팀목이 생긴 것이나 다름없었을 것이다. 점잖은 태도와 교만하기 짝이 없는 머리의 부조화에 다소 화가 났음에도, 에마는 그를 대하는 자신의 행동이 지나치게 사근사근하고 다정했으며, 더없이 예의 바르고 배려심이 넘쳤기 때문에 (그녀의 본심을 눈치채지 못할 경우) 엘턴 씨처럼 관찰력이 보잘것없고 꼼꼼하지도 못한 성격을 가진 사람이라면 그녀가 자기를 좋아한다고 여겼을 법하다고 솔직히 인정하지 않을 수 없었다. 그녀 자신도 그의 감정을 착각한 마당에 자기에 대한 이해가 모자란 그가 그녀의 감정을 착각했다고 해서 놀랄 것이 무엇이겠는가.

최초이자 최악의 실수는 그녀에게 있었다. 두 사람을 하나로 엮어주겠노라 자처하고 나선 것부터가 어리석고 그릇된 일이었다. 무모하기 짝이 없고 오지랖 넓은 행동이었으며, 진지하게 대해야 할 문제를 경박하게 만들고, 단순해야 할 문제를 속임수로 만들어버렸다. 그녀는 거정과 부끄러움을 느끼며 더 이상 그런 일은 하지 않겠다고 결심했다.

"내가 가엾은 해리엇을 부추겨 이 남자에게 애정을 느끼게 만든 거야." 그녀가 말했다. "내가 나서지만 않았어도 해리엇은 꿈에도 그를 생각지 않았을 거야. 그가 그녀를 마음에 두고 있다고 장담하지 않았다면 그녀가 희망을 갖고 그를 마음에 품는 일도 결코 없었을 거야. 엘턴 씨가 소박하고 겸손한 사람이라고 생각했지만, 정작 그런 사람은 다름 아닌 해리엇이었으니까. 아! 마틴 씨의 청혼을 받아들여선 안 된다고 설득하는 데서 그쳤더라면 얼마나 좋았을까. 거기까진 내 생각이 옳았으니까. 그렇게 한 것까지는 좋았지만 거기서 멈추고 나머지는 시간과 운에 맡겼어야 했는데. 그녀에게 좋은 사람들을 소개해주었고, 사귀어볼 가치가 있는 사람들을 만나도록 기회를 주었으니 그 정도로 하고 더는 나서지 말걸. 하지만 이렇게 돼버렸으니 가엾은 해리엇은 한동안 불행한 심정으로 지내야 하겠지. 난 해리엇에게 반쪽짜리 친구였을 뿐이야. 혹여 그녀가 이 일로 그리 크게 낙심하지 않는다 해도, 그녀에게 어느 정도 어울리는 사람은 어디에서도 찾을 수 없을 거야. 윌리엄 콕스? 아! 아니지! 그런 어리고 시건방진 변호사는 나부터 견디기 힘든걸."

여기서 그녀는 생각을 멈추고 얼굴을 붉히며 똑같은 실수를 반복하려는 자신을 나무랐다. 그러고는 아까보다 더 심각하고 더 의기소침해져서 이 일이 어떻게 진행되어왔고 앞으로 어떻게 흘러갈지, 그리고 어떻게 대처해야 할지를 곰곰이 생각하기 시작했다. 해리엇에게 들려주어야 할 고통스런 설명이나 가 없은 해리엇이 겪게 될 온갖 아픔, 그리고 이후 만날 때마다 어색해질 분위기, 그럼에도 계속 친구로 지낼지 아니면 절연하게 될지, 감정을 죽이고, 분노를 감추고, 소문이 나지 않도록 조심하는 등 에마는 한참을 더 심란한 마음으로 궁리했지만 결국 해결된 건 아무것도 없었고 끔찍한 실수를 저질렀다는 확신만 안고서 잠자리에 들었다.

에마처럼 젊고 천성적으로 쾌활한 성격의 사람들은 밤에 잠시 우울한 기분이었다 하더라도, 다음 날이 되면 어김없이 기력을 되찾기 마련이다. 활력 넘치는 청춘과 밝은 아침은 서로 닮은 데가 있어서 힘찬 가동력을 발휘한다. 그리고 뜬눈으로 밤을 지샐 만큼 사무치게 괴롭다면 몰라도 대개는 고통도 누그러지고 희망도 더 밝아져 눈을 뜨게 된다.

에마는 전날 잠자리에 들 때보다 한결 편안한 마음으로 일어났고, 어떻게든 헤쳐나갈 수 있을 거라는 낙관을 품게 되었다.

엘턴 씨가 그녀를 진심으로 사랑할 리 없다는 점, 혹은 그에게 실망을 안겨주었다는 사실에 충격을 느낄 만큼 그에게 딱히 호감이 가는 건 아니라는 점, 해리엇이 예민한 감정을 오래도록 품는 유별난 성격도 아니라는 점, 그리고 당사자 셋 말고는 누구도 이 일에 대해 알 필요 없고 특히 아버지를 불편하게 만들 일 또한 없으리라는 점이 그나마 큰 위로가 되었다.

이런 생각들이 크게 용기를 북돋워주었다. 그리고 눈이 수북이 쌓인 풍경을 보자 더욱 기분이 좋아졌다. 잠시라도 세 사람이 떨어져 있게끔 만드는 것이라면 뭐든 반기고픈 심정이었던 것이다.

날씨야말로 에마에게 가장 호의적이었다. 크리스마스임에도 교회에 갈 수 없었기 때문이다. 딸이 교회를 가겠다고 나서면 우드하우스 씨는 몹시 불안해했을 것이고, 그 덕에 그녀는 불쾌하고 부적절한 생각들을 불러일으키거나 견뎌야 하는 상황을 면할 수 있었다. 땅은 눈으로 뒤덮였고 대기는 눈이 얼었다 녹았다 하며 바뀌기 십상이어서 도저히 밖에 나가 활동할 수 있는 상태가 아니었다. 아침마다 비나 눈이 내렸고, 저녁이 되면 어느 쪽이든 얼어버려서 그녀는 며칠이 지나도록 맘에 걸릴 것 없이 집 안에만 머물러 있을 수 있었다. 해리엇과는 쪽지로만 연락할 수 있었고, 크리스마스 때와 마찬가지로 주일에도 교회에 갈 수 없었다. 그래서 엘턴 씨가 발을 끊은 이유를 애써 찾아낼 필요가 없었다.

실로 모두를 집 안에 틀어박히게 만들 법한 날씨였다. 그녀는 아버지가 이런저런 사람들과 어울릴 때 가장 편안할 거라고 믿고 또 그러시길 바랐지만, 집을 나서는 건 무리라는 판단하에 집에서 혼자 소일하면서도 불평하지 않는 것을 다행스럽게 여겼다. 그리고 날씨와 상관없이 그들을 찾아주는 나이틀리 씨에게 이렇게 말했을 때도 마찬가지였다.

"아! 나이틀리 씨, 왜 가엾은 엘턴 씨처럼 집에 머물러 있지 않는 건가?"

마음이 심란하지만 않았어도 이렇게 며칠씩 집에만 있는 것은 매우 편했을 것이다. 그녀의 형부에겐 이런 호젓한 상태야 말로 안성맞춤인 데다, 그의 기분이 어떤지가 주변 사람들에겐 더없이 중요한 일이었기 때문이다. 그런데다 그는 랜들스에서 신경질을 부리던 것과 정반대로 이후 하트필드에 머무는 동안 한결같이 호의적인 태도를 보였다. 내내 정중하고 자상했으며, 모두에게 유쾌하게 말했다. 그러나 에마는 기분 좋은 분위기를 바라고, 당분간은 불편한 상황을 미뤄도 된다는 생각에 안심하면서도, 언젠가는 해리엇에게 자초지종을 설명해야 한다는 부담감 때문에 완전히 마음 편히 지낼 수가 없었다.

17

존 나이틀리 부부는 하트필드에서 그리 오래 발이 묶이지 않았다. 얼마 안 가 날씨가 좋아져서 떠나야 할 사람들은 떠날 수 있게 된 것이다. 우드하우스 씨는 늘 그러하듯 아이들과 함께 좀 더 머물다 가라고 큰딸을 설득해보았지만 별수 없이 떠나보내야 했다. 남은 일은 가엾은 이저벨라의 처지를 두고 한탄하는 일을 재개하는 것뿐이었다. 그러나 정작 가엾은 이저벨라는 장점만 보고 단점은 전혀 보지 못할 정도로 애지중지하는 아이들과 함께 변함없이, 복잡한 것 없이 바쁘게 살고 있었으니, 그만하면 여자의 참된 행복에 있어서 귀감이 될 만했다.

이저벨라 가족이 떠난 바로 그날 저녁, 우드하우스 씨 앞으로 엘턴 씨가 보낸 전갈이 도착했다. 점잖게 격식을 차린 긴 편지에서 엘턴 씨는 최고의 경의를 표하면서 "다음 날 아침 바스로 가야 해서 하이버리를 떠나게 되었으며, 바스에서는 친구들이 간곡히 청하는 대로 두어 주를 머물 예정입니다. 날씨를 비롯해 업무상의 여러 가지 여건들로 말미암아 우드하우스 씨께 따로 작별 인사를 드리지 못하게 되어 안타까운 마음을 금할 길이 없습니다만, 뭐든 시키실 일이 있으면 기꺼이 따르겠습니다"라고 전하고 있었다.

에마에겐 예상 밖의 희소식이 아닐 수 없었다. 다름 아니라 이즈음 엘턴 씨가 떠나 있는 것만큼 바라는 일도 없었기 때문이다. 그가 용케도 그렇게 처신했다니 감탄스러울 정도였다. 다만 그런 식으로 통보한 것에 대해선 흔쾌히 받아들일 수 없었다. 그는 그녀의 아버지에겐 예를 다하면서도 에마는 매몰차게 빼버림으로써 자신의 분노를 노골적으로 표했다. 에마는 서두의 인사말에서조차 배제되었으니, 이름조차 언급되지 않았던 것이다. 그리고 모든 면에서 변심의 기미가 두드러진 데다 우아하게 감사를 표하는 문장마다 분별없이 이별을 엄숙히 고하고 있어서, 처음에 에마는 아버지의 의심을 피할 도리가 없으리라 생각했다.

하지만 그런 상황은 면할 수 있었다. 아버지는 엘턴 씨가 느닷없이 여행을 떠났다는 사실에 놀란 데다 그가 목적지에 무사히 이르지 못할까 봐 걱정하느라 그 편지에서 이렇다 할 이상한 점을 전혀 알아채지 못했다. 참으로 유용한 전갈이 아닐 수 없었다. 부녀에게 둘만 남은 저녁 시간 내내 생각하고 대화할 새로운 소재를 제공했기 때문이었다. 우드하우스 씨는 계속 불안감을 내비쳤고 에마는 그녀다운 민첩성을 발휘해 열심히 안심시켜드렸다.

이제 그녀는 더 이상 해리엇에게 감추지 않기로 결심했다. 판단해보건대 지금쯤이면 감기의 여파에서 벗어났을 것이 분명했고, 문제의 신사가 돌아오기 전에 이번 일로 인한 번민에서 벗어날 수 있도록 그녀에게 시간을 주어야 했다. 그래서 에마는 바로 다음 날 아침, 비보를 전해야 하는 속죄의 과업을 완수하기 위해 고더드 부인 집을 찾았다. 참으로 가혹한 임무였다. 지금껏 그녀가 꾸준히 심어주었던 그 모든 희망을 자기 손으로 부수어야 했고, 그 신사의 애정의 대상이 되는 바람에 졸지에 불쾌한 사람으로 비쳐지게 되었으며, 지난 여섯 주 동안 이 문제에 관해 했던 모든 생각과 모든 관찰, 모든 확신, 모든 예언이 몽땅 착각이요 착오임을 인정하지 않을 수 없었으니 말이다.

고백을 하는 동안 애초 느꼈었던 수치심이 고스란히 되살아났다. 눈물을 흘리는 해리엇을 보면서 에마는 자신을 절대 용서할 수 없을 것 같은 심정이 되었다.

해리엇은 이 소식을 매우 잘 견뎌냈다. 누구의 탓도 하지 않았고, 자신이 티 없이 순수한 성품에 겸양을 갖춘 사람임을 낱낱이 증명했다. 그 순간만큼은 에마 자신보다 훨씬 그릇이 큰 사람이라는 생각이 들 정도로.

에마는 단순함과 겸양을 최고의 덕목으로 삼고 싶은 심정이었다. 사랑스러운 것들, 애정을 받아 마땅한 것들은 모두 자신이 아닌 해리엇에게 있는 듯했다. 해리엇은 자기가 어떤 불만을 표할 처지라고 생각하지 않았다. 엘턴 씨 같은 사람의 애정을 받는 건 너무도 과분한 일이라고 생각했다. 자신에게는 그럴 자격이 없다고 했다. 그리고 우드하우스 양이 그녀를 친구로서 각별히 아끼고 다정히 대해주어서 그렇지, 누구도 그런 일이 성사되리라고 생각하지 않았을 거라 했다.

그녀는 하염없이 눈물을 흘렸지만 그녀의 슬픈 감정은 꾸밈없이 진솔해서 에마의 눈엔 그 어떤 것도 그보다 더 고귀하진 않을 것 같았다. 에마는 그녀의 말에 귀를 기울였고 그녀를 위로하기 위해 진심과 사려를 다했다. 그때만큼은 해리엇이 자기보다 나은 사람이며, 그런 그녀를 본보기로 삼는 것이 그 어떤 재능과 지성을 쌓는 것보다 에마 자신의 안녕과 행복에 더 도움이 되리라는 진심 어린 확신이 들었다.

단순하고 천진하게 하루를 새로 시작하기엔 너무 늦은 시간이었다. 하지만 에마는 해리엇을 두고 나오면서 겸손하고 신중하게 처신하고, 앞으로 상상에 기대는 행위는 자제하겠다는 이전의 결의들을 빠짐없이 다졌다. 이제 그녀가 아버지의 뜻을 받드는 것 다음으로 삼게 된 의무는 해리엇이 편하게 지낼 수 있도록 노력하고, 또 중매를 서는 것보다 더 좋은 방법을 강구해 자신의 애정을 입증하는 것이었다. 그녀는 해리엇을 하트필드로 불러들였고, 극진한 태도로 변치 않는 친절을 베풀었으며, 그녀의 마음을 사로잡고 즐겁게 해주고, 책과 대화를 통해 그녀의 마음에서 엘턴 씨를 몰아내려고 애썼다.

엘턴 씨를 완전히 잊게 하려면 시간이 필요하다는 것을 에마는 알았다. 그리고 보통 이런 문제에 대해서 자신은 서툰 판사에 불과하며, 특히나 엘턴 씨에게 애정을 품은 해리엇의 심정에 공감을 표하기엔 더더욱 미숙하다는 생각이 들었다. 그러나 모든 희망을 잃어버렸다 해도 해리엇 나이의 아가씨라면 차차 마음의 평정을 찾아 엘턴 씨가 돌아올 즈음엔 셋 다 감정을 무심코 드러내거나 키울 위험 없이 통상 알고 지내는 사이로 다시 만날 수 있을 것 같았다.

해리엇은 엘턴 씨가 더없이 완벽하다고 생각했고, 인물이나 미덕 면에서 그에 필적하는 사람은 어디에도 없다고 단언했다. 에마가 예상했던 것 이상으로 그를 깊이 사랑하고 있음을 보여 준 셈이었다. 그럼에도 에마는 보답받지 못하는 그런 애정에는 맞서 싸우는 것이 당연하고, 또 그럴 수밖에 없다고 여겼기 때문에, 그 감정이 지금과 똑같은 강도로 한없이 계속될 리는 없다고 생각했다.

엘턴 씨가 돌아오면 명백하고도 확실한 방식으로 자기의 무관심을 전달하기 위해 안달할 거라 믿었고, 그런 상황이라면 해리엇도 그를 보거나 추억하는 것에 자신의 행복이 달려 있다고 고집부릴 리 없다고 생각했다.

그들이 같은 곳에서 산다는 것, 확실히 뿌리내리고 살고 있다는 것은 세 사람 각자에게, 모두에게 재앙이었다. 셋 중 어느 누구도 그곳을 떠나거나 교류하는 사람들을 바꿀 수 없었다.

필연코 마주칠 수밖에 없었기 때문에 어떻게든 극복해나가야
했다.

고더드 부인 집에서 친구들의 눈치까지 봐야 한다는 점에서
해리엇의 처지는 더 고약했다. 엘턴 씨는 그 학교 교사들과 상
급 여학생들 모두에게 선망의 대상이었고, 해리엇이 그에 대한
냉정한 평가나 역겨운 진실을 들을 수 있는 곳은 하트필드뿐이
었다. 치유할 길이 있다면 마땅히 상처를 받은 곳에서 찾아야
할 것이다. 그리고 에마는 해리엇이 치유되는 것을 확인하기 전
까지 자신에게 진정한 평화는 찾아오지 않을 거라고 생각했다.

18

프랭크 처칠 씨는 오지 않았다. 예정된 날이 가까웠을 때 사과
편지 한 통이 도착하면서 웨스턴 부인의 우려는 현실이 되었
다. 그는 당분간 시간을 낼 수 없다면서 "매우 안타깝고 아쉽지
만 조만간 랜들스를 방문하기를 고대하고 있다"고 했다.

웨스턴 부인의 실망은 이루 말할 수 없을 정도였다. 사실 아
들을 만나게 되리라고 더 큰 기대를 품고 있던 남편보다도 실
망이 컸다. 낙관적인 기질을 가진 사람은 실제보다 좋은 것을
기대하기 마련이지만, 늘 기대감에 비례하는 실망을 느끼지는
않는 법이다. 그런 이들은 눈앞의 실패를 딛고 날아올라 다시
기대를 품기 시작한다. 웨스턴 씨는 30분가량 놀라고 아쉬움

을 표했다. 하지만 이내 프랭크의 방문이 두세 달 미뤄진다면 오히려 잘된 일일 거라 생각하기 시작했다. 시기상으로도 적절하고 날씨도 더 좋을 것이며, 일찍 올 때보다 훨씬 더 오랫동안 머물 수 있으리라는 것 역시 분명했다.

그는 이런 생각으로 금세 마음의 안정을 되찾았지만, 그보다 걱정이 많은 웨스턴 부인은 앞으로도 변명하고 연기하는 일이 반복될 것이라고 내다보았다. 그리고 남편의 마음이 상할까 걱정하면서, 정작 그녀 자신이 더 심하게 괴로워하고 있었다.

이 무렵 에마는 랜들스 사람들이 실망할 텐데 하고 생각했을 뿐 프랭크 처칠 씨가 오지 않는 것에 대해 마음을 쏟을 여력이 없었다. 지금으로선 그와 안면을 트는 일이 조금도 흥미롭게 다가오지 않았다. 그보다는 차라리 아무 데도 신경 쓰지 않고 조용히 지내고 싶었다. 그래도 평소와 다름없이 행동하는 것이 좋겠다는 생각에 웨스턴 부부와 절친한 친구로서 마땅한 관심을 표했고, 실망한 그들에게 따뜻한 태도로 공감하려 애썼다.

그녀는 나이틀리 씨에게 맨 처음 그 소식을 알리면서, 프랭크를 보내주지 않는 처칠 부부의 행태를 적절하게 (연기를 하는 와중이어서 어쩌면 다소 과하게) 비난했다. 그러고는 더 나아가 그의 방문이 서리의 협소한 사교계에 가져다줄 큰 이점에 대해 자기가 느낀 것 이상의 말들을 늘어놓았다. 새로운 사람을 알게 되는 즐거움이나 그가 오면서 하이버리 전체가 축제 분위기가 될 거라는 등의 얘기였다. 그런 다음 마지막으로 처칠가 사람들 이야기를 다시 꺼냈는데, 그 즉시 자신이 나이틀리 씨의 견해와 반대되는 말을 하고 있음을 알게 되었다. 에마가 자신의 속마음과 반대되는 견해를 옳다고 말하면서 그녀에게 반론을 제기했던 웨스턴 부인의 주장을 내세우고 있었으니, 참으로 재미있는 상황이 아닐 수 없었다.

"물론 그 집안에도 잘못이 있겠지." 나이틀리 씨가 냉정하게 말했다. "하지만 그 친구한테 정말 올 마음이 있었다면 왔을 거라고 봐."

"왜 그런 말씀을 하시는 건지 모르겠네요. 처칠 씨는 간절히 오고 싶어 했는데 그분의 외숙모 내외가 막은 거예요."

"본인이 의지를 확실히 피력했다면 분명 올 수 있었을 텐데. 증거가 없는 이상 나로선 정말로 믿기 힘든 일이야."

"참 이상한 분이시군요! 처칠 씨가 무슨 잘못을 한 것도 아닌데 왜 그를 그렇게 이상한 사람으로 몰아가시는 거죠?"

"자기 친부모도 생각지 않고 그저 본인의 안위만 신경 쓴다고 해서 그를 이상한 사람으로 보는 건 아니야. 같이 사는 사람들을 본보기로 삼다 보니 그렇게 되었겠지. 오만하고 사치스럽고 이기적인 사람들 손에 자란 청년이 마찬가지로 오만하고 사치스럽고 이기적인 사람이 되는 건 바람직하진 않지만 지극히 자연스러운 일이니까. 프랭크 처칠이 자기 아버지를 보길 바랐다면 9월에서 1월 사이에 어떻게든 오려고 했을 거야. 그 친구 몇 살이지? 스물셋이나 넷쯤 됐나? 아무튼 그 나이의 남자한테 그만한 재간도 없다는 게 말이 될까? 말도 안 돼."

"말씀도 생각도 참 쉽게 하시네요. 하긴 당신은 언제나 거리낄 것 없이 살아왔으니 무리도 아니죠. 남에게 의지해 사는 어려움에 대해서 당신은 정말 아무것도 몰라요, 나이틀리 씨. 성마른 사람들 눈치를 보며 사는 게 어떤 건지 모른다고요."

"스물서너 살의 남자에게 그 정도로 생각과 행동의 자유가 없다는 건 이해할 수 없는 일이야. 돈이나 시간이 부족한 것도 아닐 텐데. 오히려 남아돌 지경이라 이 나라의 가장 쓸모없는 유흥지들에서 기꺼이 허비하려 한다는 것을 우리도 알잖아. 프랭크 처칠이 해수욕장 같은 곳에 머물고 있다는 말을 귀가 따갑게 듣고 있으니까. 얼마 전만 해도 웨이머스에 갔었고. 이것만 봐도 그가 얼마든지 처칠 부부를 떠날 수 있다는 것을 알 수 있지."

"네, 가끔은 그럴 수 있겠죠."

"그럴 수 있는 때는 그가 원할 때겠지. 즐거울 거라는 생각이 들 때면 언제나."

"사정을 잘 알지도 못하면서 남의 행동을 함부로 판단하다니 정말 부당해요. 그 가족의 일원이 되어 겪어보지 않았다면 누구도 그들이 겪는 어려움에 대해서 말할 수 없어요. 엔스컴과 처칠 부인의 기질을 알고 난 후에야 비로소 그분의 조카가 뭘 할 수 있을지에 대해 아는 척할 수 있을 거예요. 어떤 경우엔 처칠 씨가 다른 때보다 훨씬 더 많은 걸 할 수 있을지도 몰라요."

"남자가 마음만 먹으면 때와 상관없이 언제든 할 수 있는 것이 딱 한 가지 있어, 에마. 그건 바로 의무를 다하는 일이야. 전

략과 수완이 아니라 힘과 결단력을 통해서. 자기 아버지에게 관심을 표하는 것이 프랭크 처칠의 의무야. 방문하겠다 약속하고 편지를 보낸 걸 보면 그도 알고 있는 거겠지. 그가 정말로 원했다면 할 수 있었을 거야. 분별 있는 사람이라면 처음부터 처칠 부인에게 알기 쉽게, 그리고 단호하게 말했겠지. '단순한 즐거움이라면 무엇이건 외숙모님을 위해 언제라도 포기할 준비가 되어 있습니다. 하지만 지금 당장 가서 제 아버지를 뵈어야겠습니다. 이런 일에 아버지를 존경하는 제 마음을 표하지 않는다면 크게 상심하실 겁니다. 그러니 내일 출발하겠습니다'라고 말이야. 그가 주저 없이 남자다운 결연한 어조로 이렇게 말했다면 절대 반대할 수 없었을걸."

"그래요." 에마는 웃으며 말했다. "하지만 그 사람에게 다시는 돌아올 생각 하지 말라고 했을지도 모르죠. 다른 사람에게 의지하지 않고는 살 수 없는 청년이 언감생심 그런 말을 어떻게 하겠어요? 그게 가능할 거라 생각하는 사람은 당신뿐일걸요, 나이틀리 씨. 하지만 당신과 정반대 상황에 처해 있을 때 꼭 필요한 것이 무엇인지는 모르시잖아요. 프랭크 처칠 씨가 자기를 키워주고 미래에 재산을 물려줄 외삼촌과 외숙모에게 그런 말을 한다고요? 방 한가운데 서서 큰소리를 친다고요? 어떻게 그런 행동을 할 수 있을 거라고 생각하시는 거죠?"

"에마, 장담하는데 분별력을 갖춘 남자라면 얼마든지 할 수 있어. 자기가 옳다는 것을 아니까. 그리고(분별력이 있는 남자라면 당연히 적절한 양식을 갖춰서 하겠지만) 그렇게 본인의 의사를 확실히 밝히는 편이 이리저리 말을 바꾸거나 임기응변으로 넘어가는 것보다 그 친구에게 더 좋을 거야. 그가 의지하는 사람들도 그를 높이 평가할 테고, 그렇게 입지를 넓힐 수 있겠지. 애정은 물론 존경심까지 얻게 될 테니까. 처칠 부부는 그를 신뢰하게 될 거야. 자기 아버지를 깍듯하게 대하는 조카라면 그들에게도 마찬가지일 테니까. 이번에 그가 자기 아버지 댁을 방문해야 한다는 건 본인이나 세상 사람들이 아는 것 못지않게 처칠 부부도 잘 알 거야. 그리고 방문을 미루도록 부당한 힘을 행사하면서, 정작 속으로는 자신들의 변덕에 복종하는 그를 못마땅하게 생각하겠지. 누구나 올바른 행동에 대해선 존경심을 느끼는 법이야. 프랭크 처칠이 도덕적 견지에서, 한결같이 올바르게 처신한다면 처칠 부부의 편협한 정신도 결국 그에게 감화될 거야."

"그렇게 되진 않을걸요. 당신은 편협한 정신을 감화하는 걸 대단히 좋아하시죠. 하지만 그 편협한 정신의 소유자가 실권을 쥔 부자라면, 그들은 그 정신을 부풀리는 경향이 있어서 결국 위대한 정신만큼이나 주체하기 어려워지는 것 같아요. 나이틀리 씨, 만약 당신이 지금 모습 그대로 당장 프랭크 처칠 씨의 상황에 처하게 된다면, 지금껏 당신이 그에게 권한 대로 말하고 행동하실 수 있을 거라고 생각해요. 그리고 그 결과는 상당히 순조로울 것이고요. 처칠 부부는 대꾸 한마디 못 할지도 몰라요. 그렇지만 당신이라면 옛날부터 순종하고 오래도록 몸에 익혀온 습관을 거스를 필요는 없겠지요. 그렇게 살아온 사람에겐 하루아침에 완전히 독립해서 자신에게 감사와 존경을 바라는 그들의 요구를 무시하는 일이 그리 쉽지 않을 거예요. 무엇이 옳은가에 대해 그분도 당신 못지않은 굳건한 분별력을 가지고 있는지 누가 알겠어요? 다만 상황이 여의치 않기 때문에 당신처럼 행동으로 보여줄 수 없는 건지도 모르죠."

"그렇다면 그 친구의 분별력이라는 게 그리 굳건하진 않은 거지. 동등한 정도의 확신을 갖고 있다면 동등한 노력을 이끌어내지 못할 리 없으니까."

"아! 처한 상황도 습관도 다르잖아요! 상냥한 청년이 어린 시절부터 한결같이 우러러봤던 사람들과 정면으로 맞서야 할 때 그 심정이 어떨지 이해하려고 노력해보실 수는 없나요?"

"만약 이 일이 다른 사람들의 뜻에 반해 옳은 일을 하겠다는 결의를 행동으로 옮기는 첫 사례라면 이 상냥한 청년은 유약하기 짝이 없는 친구인 거야. 타산적으로 편의를 추구하지 않고 자신의 의무를 다하는 건 그 또래 청년이라면 마땅히 몸에 배어 있어야 하는 법. 어린아이가 겁을 먹는 건 이해할 수 있지만 청년이라면 안 될 말이야. 이성적으로 판단할 나이가 되었으니 부당한 권위는 맞서서 떨쳐버릴 줄 알아야지. 맨 처음 아버지를 소홀히 대하도록 유도할 때부터 마땅히 거부했어야 했어. 처음부터 도리를 다했다면 지금처럼 곤란한 상황은 없었을 거야."

"프랭크 처칠 씨에 관한 한 우리는 결코 의견을 같이할 수 없겠네요." 에마가 소리쳤다. "하기야 이런 적이 어디 한두 번이던가요? 그가 유약한 청년이란 생각은 전혀 들지 않아요. 절대 그럴 리 없어요. 웨스턴 씨도 자기 아들이라고 해도 어리석은 행동까지 눈감아주실 리 없을 테고요. 당신이 생각하는 완벽한 남성상에 비하면 그가 더 순종적이고 고분고분하고 무른 성격일 수는 있어요. 제 생각에는 분명히 그런 면이 있는 것 같아요. 그리고 그때문에 손해를 볼 때도 가끔 있겠지만, 더 많은 경우엔 득이 될 거라고 봐요."

"그래. 행동을 해야 할 때 꼼짝 않고 앉아 있을 수 있는 이득, 나태한 도락에 지나지 않는 생활을 영위하면서, 그에 대한 변명거리를 찾아내는 데 도가 튼 달인이라고 스스로 뿌듯해할 수 있는 이득 말이지. 자리에 앉아서 공허한 변명과 허언들로 가득한 편지를 쓰는 것으로 집안의 평화를 지키고 부친의 불만을 사전에 차단할 최고의 방안을 찾아냈다고 스스로 뿌듯해하겠지. 난 그런 그의 편지들이 저열하게만 느껴질 뿐이야."

"그렇게 생각하는 사람은 당신뿐이에요. 그의 편지를 받고 다들 흡족해한 것 같으니까요."

"웨스턴 부인은 흡족해한 것 같지 않던데. 그녀처럼 뛰어난 분별력과 예민한 감성의 소유자가 그런 편지에 혹할 리 없지. 어머니의 위치에 있으면서도 모성에 휘둘리지 않는 사람이니까. 웨스턴 부인을 생각해서라도 랜들스에 대한 관심을 두 배는 더 기울여야 할 터인데, 그런 점에서 부인은 두 배로 서운할 거야. 그녀가 지체 높은 집안 출신이었다면 오고도 남았을 거야. 그랬다면 그가 오건 오지 못하건 개의치 않았을 것이고. 당신은 당신 친구가 이런 배려에서 뒤처져 있다는 생각을 못 하는 건가? 웨스턴 부인이 속으로 자주 이런 생각을 했을 거란 생각이 들지 않아? 에마, 당신은 틀렸어. 당신이 그토록 호감을 품고 있는 그 청년은 프랑스식으로 호감을 주는지는 몰라도 영국식으론 영 아니야. 매우 '호감 가는' 데다 태도도 나무랄 데 없이 훌륭하고 상냥한 청년일지 모르지만, 다른 사람들의 감정에 대해 영국인다운 세심함 같은 건 전혀 갖추지 못했어. 진정으로 호감을 살 만한 인물은 아닌 거지.*"

　"그 사람을 안 좋게 보기로 작정하신 것 같군요."

　"내가? 천만에!" 나이틀리 씨가 다소 불쾌한 기색으로 대꾸했다. "작정하고 그를 나쁘게 보려는 게 아니야. 다른 사람들의 경우와 마찬가지로 장점이 있다면 기꺼이 인정할 거야. 하지만 외모에 관한 것 말고는 어떤 장점도 내 귀엔 들리지 않더군. 풍채가 좋고 외모가 수려하고 온화하고 말솜씨가 뛰어다는 게 내가 들은 전부였어."

　"그렇다면 다른 모든 면에서 그에게 호감을 느낄 여지가 전혀 없다 해도 하이버리에서는 보물 같은 존재가 되겠는걸요. 점잖고 호감 가는 멋진 청년을 자주 볼 수 있는 곳이 아니니까요. 그런 우리가 까다롭게 굴며 모든 미덕을 다 갖추라고 요구해선

---

*여기서 나이틀리 씨는 '호감 가는(amiable)'이라는 말로 에마가 프랭크 처칠을 두고 '호감 가는 청년(amiable young man)'이라고 말한 것을 은근히 비꼬고 있다. 당시 이 표현은 '진심에서 우러나는 친절과 관용을 베풀 줄 아는' 정도로 해석되었는데, 이 소설의 시대적 배경인 18세기에 '(속내는 알 수 없지만) 겉보기엔 유쾌한' 성격이라는 현대의 의미가 추가되기 시작했다. 그리고 나이틀리 씨 역시 이 의미로 처칠의 의뭉스러운 성향을 비꼬고 있다.

안 되겠지요. 그가 이곳을 방문할 때 얼마나 화제가 될지 상상이 안 가세요, 나이틀리 씨? 돈웰과 하이버리 교구를 다 뒤져도 그만한 화제는 없을걸요. 유일하게 흥미로운 사람, 유일하게 호기심이 가는 사람. 바로 프랭크 처칠 씨가 그 사람이 될 거예요. 다른 사람은 떠올리지도 언급하지도 않게 될 거예요."

"거기 휩쓸릴 사람들 가운데 나는 제외해주길 바라. 만약 프랭크 처칠이 함께 대화를 나눌 만한 상대라는 생각이 든다면 나는 기꺼이 그와 알고 지낼 거야. 하지만 말만 많고 겉멋 든 인간이라면 시간이든 생각이든 그에게 할애하지 않을 거야."

"제가 생각하는 그분은 상대의 취향에 맞춰 대화할 수 있는 사람, 두루두루 어울릴 의사도 능력도 갖춘 사람이에요. 당신한테는 농사에 관한 이야기를 할 거예요. 저에게는 그림이나 음악 이야기를 할 테고요. 그런 식으로 누구와도 두루 이야기를 나눌 거예요. 식견이 넓어서 어떤 주제로 이야기를 하더라도 예의에 어긋나지 않는 범위 내에서 중론을 따를 수도, 대화를 이끌 수도 있을 거예요. 그리고 어떤 입장을 취하건 유창한 화술을 구사할 거고요. 제가 생각하는 처칠 씨는 이런 사람이에요."

"당신이 말한 것 중 하나라도 사실이라면," 나이틀리 씨가 흥분해서 말했다. "세상에 존재하는 인간 중에서도 가장 참을 수 없는 유형일 거야! 뭐! 고작 스물세 살에 자기 친구들의 왕이며 위인, 노련한 정치꾼이라 모든 사람들의 성격을 꿰뚫어 보고, 사람들의 재능을 자기의 우월함을 과시하는 데 남김없이 이용한다고! 온갖 입에 발린 말을 하고 돌아다니면서, 자기와 비교해서 모든 사람들이 바보처럼 보이도록 만들고! 친애하는 에마, 막상 그런 건방진 애송이를 만나게 되면 당신의 그 훌륭한 분별력이 버텨내지 못할 거야."

"더는 그 사람에 대해서 말하지 않겠어요." 에마가 큰 소리로 말했다. "당신은 모든 것을 나쁜 쪽으로만 생각하는군요. 우리 둘 다 편견이 심해요. 당신은 그를 나쁘게만 보고 난 좋게만 보니, 그가 이곳에 오기 전까지는 우리 견해가 일치할 일은 없겠네요."

"편견! 난 편견 같은 건 없어."

"어쩌죠, 전 대단히 편견이 심한 데다 그 점에 대해 전혀 부끄러워하지도 않으니 말이에요. 웨스턴 부부에 대한 애정이 워낙 깊다 보니 그분들의 아들에 대해서도 작정하고 편을 들게 되네요."

"한 달이 가도 내가 그 사람 생각을 할 일은 절대 없을걸." 나이틀리 씨가 짜증을 내며 말했고, 이에 에마는 그가 왜 이렇게 화를 내는지 알지 못하면서도 얼른 화제를 돌렸다.

자기와 기질이 달라 보인다는 이유만으로 한 청년을 싫어하다니, 에마가 익히 인정해온 너그러운 마음과는 어울리지 않았다. 종종 나이틀리 씨에게 자부심이 과하다고 비난한 적은 있었지만, 에마는 그때문에 그가 다른 사람의 장점을 깎아내릴 수도 있을 거라고는 미처 생각지 못했었다.

제2권

1

어느 날 아침 에마는 해리엇과 함께 산책을 하고 있었다. 에마가 생각하기에 그날 분량의 엘턴 씨 이야기는 이미 채운 터였다. 해리엇을 위로하고 자신의 과오를 뉘우치는 것도 그만하면 충분한 것 같아서, 돌아오는 길에 그 얘기가 또 나오지 않도록 무던히도 애썼다. 그런데 하필이면 이제 안심해도 되겠다고 마음 놓은 순간 기어코 터져 나오고야 말았으니, 그녀가 겨우내 가난한 사람들이 겪는 고통에 대해 얼마간 얘기했을 때, 해리엇이 너무나 애처로운 어조로 "엘턴 씨는 가난한 사람들에게 참 친절하시죠!"라고 말한 것이다. 그 즉시 에마는 다른 조처를 취해야겠다고 생각했다.

마침 그들은 베이츠 모녀의 집 쪽으로 가고 있던 참이었다. 에마는 그들을 방문해 사람들과 어울림으로써 이 곤란한 상황을 모면하기로 마음먹었다. 베이츠 모녀에게 관심을 가질 이유야 늘 차고 넘쳤다. 두 모녀는 사람들이 찾아오는 것을 매우 좋아했고, 에마는 비록 극소수에 지나지 않지만 자신에게 조금이라도 결점이 있다고 생각하는 사람들은 그녀가 베이츠 모녀를 방문하는 일에 소홀한 데다, 그들의 곤궁한 살림에 보탬을 주지 않는다고 보는 것을 알았다.

나이틀리 씨가 이미 수차례 넌지시 비친 데다 본인 역시 마음속으로 자신이 소홀했음을 느끼고 있었지만, 그들을 방문하는 건 정말 달갑지 않은 일, 시간 낭비에다 성가신 여자들에게 시달리며 진을 빼는 일일 뿐이라는 생각이 그보다 앞섰다. 게다가 하루가 멀다 하고 베이츠 모녀를 찾는 하이버리의 이류, 삼류 인생과 얽히게 될 위험을 무릅쓰는 것도 두려운 일이었기에 그녀는 가급적 그들 곁에 얼씬도 하지 않았다. 하지만 이제 그 집을 방문하기로 급작스레 결심했고 해리엇에게 들어가자고 하면서, 가만 생각해보니 지금이라면 제인 페어팩스에게서 편지가 와 있을 위험도 없을 것 같다고 말했다.*

그 집의 주인은 장사꾼이었고, 베이츠 모녀는 응접실이 있는 층에 세들어 살고 있었다. 모녀는 그들에겐 전부인 소박한 크기의 그 집에서 진심을 다해, 심지어는 감사하면서 손님들을 맞았다. 제일 따뜻한 구석자리에 앉아 뜨개질을 하고 있던 조용하고 단정한 노부인은 우드하우스 양에게 자기 자리를 내주

---

*제인의 편지가 주중에 각기 때를 달리해 도착한다는 것을 뜻한다. 베이츠 양을 방문하는 일이 극히 드문 에마가 이를 아는 건 베이츠 모녀가 하트필드를 자주 방문해 자기들이 받은 편지에 대해 이야기하기 때문이다.

려는 수고를 마다하지 않았고, 활달하고 수다스런 부인의 딸은 얼떨떨할 정도로 배려와 친절을 아낌없이 쏟으며 찾아준 것에 고마워하고, 그들의 신발 상태를 걱정하고, 진심을 담아 우드하우스 씨의 안부를 물었다. 또 자기 어머니에 대해 쾌활한 어조로 이야기하면서 찬장에서 달콤한 케이크를 가져오기도 했다. "콜 부인이 방금 전에 다녀가셨어요. 10분만 있다 가려고 하셨는데 정에 못 이겨 한 시간이나 머물다 가셨답니다. 케이크도 한 조각 드셨는데 친절하게도 정말 맛있다는 말씀을 빼놓지 않으시더라고요. 그러니 우드하우스 양과 스미스 양도 저희를 봐서 한 조각씩 드세요."

콜 가족 얘기가 나왔으니 엘턴 씨 이야기가 이어지는 건 당연지사였다. 콜 가족은 엘턴 씨와 가까이 지내는 사이여서 그가 떠난 후에도 소식을 들어 알고 있었다. 에마는 무슨 이야기가 나올지 짐작이 갔다. 그들은 분명 그의 편지를 얘기하고 또 얘기하게 될 것이고, 그가 떠난 지 얼마나 되었고, 얼마나 많은 모임에 참여했으며, 가는 곳마다 얼마나 환대를 받았는지, 의전장의 무도회가 얼마나 붐볐는지를 확인할 터였다. 에마는 매우 잘 참아냈다. 필요하다 싶을 때마다 일일이 관심을 표하고 칭찬의 말을 덧붙였고, 해리엇이 한마디도 하지 않을 수 있게 늘 먼저 말했다.

그 집에 들어설 때부터 이미 각오한 일이었다. 그러나 엘턴 씨 이야기만 잘 넘기고 나면 더 이상 성가신 화제로 시달일 일은 없을 것이며 대개는 하이버리의 부인과 아가씨들, 그들의 카드놀이 모임에 관한 이야기가 오갈 거라 생각했었다. 엘턴 씨에 이어 제인 페어팩스 이야기가 나올 거라고는 예상하지 못했다. 그러나 베이츠 양은 엘턴 씨 이야기를 사실상 급히 마무리하고 곧장 콜 가족 이야기로 건너뛰더니 조카딸의 편지가 왔음을 알렸다.

"아, 그래요! 듣기로는 엘턴 씨가 말이죠……. 틀림없이 춤에 대한 얘기였어요……. 콜 부인 말씀으론 그분이 바스의 무도회에서 춤을 출 때 말예요……. 콜 부인은 참 친절하게도 한동안 우리와 제인 이야기를 하며 시간을 보내셨어요. 들어오자마자 제인 안부부터 물으셨어요. 그 댁에선 제인을 정말로 좋아하거든요. 콜 부인은 제인이 여기 올 때마다 더 잘해주지 못해 안달이랍니다. 이쯤에서 제인은 충분히 그런 대접을 받을 만한 아이라는 말씀을 꼭 드려야겠네요. 부인은 제인 안부를 물으시더니 이렇게 말씀하시더라고요. '최근에는 제인 소식을 듣지 못하셨죠, 아직 편지 올 때가 안 됐으니까.' 그래서 제가 얼른 말씀드렸죠. '실은 받았답니다. 바로 오늘 아침에 제인한테서 편지가 왔거든요' 하고요. 그렇게 놀란 표정은 그때 처음 본 것 같아요. '오늘 왔다고요? 정말인가요?' 콜 부인이 이렇게 말하지 않겠어요? '아니, 그것 참 뜻밖이네요. 제인이 뭐라고 말하던가요?'라고요."

에마는 즉시 예의를 차리며 관심 어린 미소를 짓고는 말했다.

"그렇게 최근에 페어팩스 양의 소식을 들으셨다고요? 정말 잘된 일이네요. 잘 지내고 있겠지요?"

"고마워요. 어쩌면 이리 친절하실까!" 기쁨에 겨운 나머지 깜빡 속아 넘어간 이모는 열심히 편지를 찾으며 대답했다. "아유! 여기 있네요. 어디 멀리 놔두었을 리 없지요. 그럼. 저도 모르게 반짇고리를 위에 올려두는 바람에 못 봤어요. 그래도 손에 들고 있었던 거라 탁자 위에 있을 줄 알았어요. 제가 편지를 콜 부인에게 읽어드렸거든요. 콜 부인이 간 뒤에는 제 어머니에게도 읽어드렸고요. 어머니는 제인에게 온 편지라면 너무도 좋아하셔서 몇 번이나 반복해서 읽어드려도 질리지가 않으신대요. 그래서 가까운 데 있을 줄 알았어요. 여기, 바로 제 반짇고리 밑에 있었던 거죠. 그리고 당신이 이렇게 친절하게도 그애가 뭐라 썼는지 듣고 싶어 하시니까……. 아차, 그 전에 먼저 제인이 부당한 비난을 받지 않도록 이번 편지가 정말 짧다는 점을 말씀드리고 사과드려야겠네요. 보시다시피 겨우 두 장밖에 안 된답니다. 아니, 두 장도 안 되겠네요. 제인은 보통 한면을 꽉꽉 채워 쓴 다음에 편지지를 옆으로 돌려서 다시 쓰거든요. 어머니는 제가 그 애의 편지를 잘 알아보는 걸 보고 곧잘 놀라세요. 그래서 처음 편지를 펼칠 때면 종종 '얘, 헤티야, 이제 바둑판무늬 같은 글자들을 알아보느라 애 좀 먹겠구나'라고 말씀하신답니다. 그렇죠, 어머니? 그러면 저는 '어머니도 읽어줄 사람이 없으면 혼자서 읽으시게 될 거예요. 한 단어도 빼놓지 않고요'라고 답하죠. 어머니도 한 단어 한 단어 곱씹어보면 결국 다 파악하실 거라고 장담해요. 사실 어머니 시력이 예전만은 못하지만 안경을 쓰면 여전히 아주 잘 보시는 편이거든요. 참 다행이죠! 복 빚으신 거라니까요! 이머니는 정말 시력이 좋답니다. 제인은 여기 올 때마다 자주 그런 말을 했어요. '할머니, 어쩜 그렇게 눈이 좋으세요, 그런 걸 다 보시고. 뜨개질도 어쩜 이렇게 촘촘히 잘하셨담! 제 시력도 할머니만큼 오래오래 갔으면 좋겠네요'라고요."

베이츠 양은 속사포처럼 말을 쏟아낸 탓에 잠시 한숨 돌려야 했고, 에마는 매우 공손히 페어팩스 양의 필체가 훌륭하다고 칭찬했다. "정말 친절하시기도 하지." 신이 난 베이츠 양이 대답했다. "안목도 높고 글씨도 정말 예쁘게 쓰는 당신 같은 분이 그렇게 말씀해주시다니. 어느 누가 칭찬을 하더라도 우드하우스 양의 칭찬만큼 저희를 기쁘게 하진 못할 거예요. 어머니는 못 들으세요. 아시다시피 가는귀가 약간 먹었거든요, 우드하우스 양." 그러면서 베이츠 양은 어머니에게 말했다. "우드하우스 양이 제인의 필체에 대해 친절하게 한 말씀 하셨는데 들으셨어요?"

그 덕에 에마는 자기가 한 바보 같은 칭찬의 말을 두 번이나 되풀이해 듣는 호사를 누렸고 선량한 노부인은 그제야 그 말을 이해할 수 있었다. 그러는 동안 그녀는 무례해 보이지 않는 선에서 제인 페어팩스의 편지로부터 도망칠 궁리를 했고, 뭐든 사소한 구실이라도 내세워 그만 자리를 털고 일어나야겠다고 결심한 찰나, 베이츠 양이 돌아보며 말을 건네는 바람에 듣지 않을 수 없었다.

"어머니가 가는귀가 먹긴 했지만 보시다시피 대수롭지 않은 일이에요. 신경 쓸 필요가 전혀 없으니까요. 약간 큰 소리로 말씀드리고, 두세 번 반복해 들려드리면 뭐든 다 알아들으시거든요. 제 목소리에 익숙한 덕도 있지만요. 그래도 참 놀라운 게 어머니는 언제나 제 목소리보다는 제인 목소리를 더 잘 알아들으세요. 제인이 워낙 또박또박 말을 하니까요! 하지만 제인이 지금 어머니를 봐도 2년 전에 봤을 때와 하나도 다르지 않다고 생각할 거예요. 2년은 어머니 연세에선 아주 긴 시간이죠. 정말 제인이 여기 다녀간 지 꼭 2년이 됐네요. 이렇게 오랫동안 그 애를 보지 못한 건 처음이에요. 그리고 콜 부인에게도 했던 말이지만 이렇게 오래 떨어져 있다 보니 이제 그 애를 어떻게 대해야 좋을지도 잘 모르겠어요."

"페어팩스 양이 곧 방문할 예정인가 봐요?"

"아, 네. 다음 주에 와요."

"그렇군요! 정말 기쁘시겠어요."

"그리 말씀해주셔서 감사해요. 정말 친절도 하시지. 네, 다음 주에 와요. 다들 얼마나 놀라는지. 그리고 친절한 말씀들을 한마디씩 해주신답니다. 그 애도 하이버리의 친구들을 만나게 돼서 참 행복할 거예요. 친구들도 마찬가지겠지만요. 그래요, 금요일 아니면 토요일일 거예요. 그 애도 정확히 언제라고 말을 못 하는 게 캠벨 대령이 이틀 중 하루를 마차를 쓰셔야 하거든요. 그 애한테 하루 종일 마차를 내주시다니 얼마나 친절한 분들인지! 말이 나왔으니 말이지만 늘 그렇게 배려해주신답니다. 아, 그래요, 다음 주 금요일 아니면 토요일이에요. 제인이 편지에 그렇게 썼으니까요. 그때문에 그 애가 '규칙'을 깨면서까지 우리에게 편지를 보낸 거랍니다. 우리끼린 '규칙'이라고 말하는데, 보통 때라면 다음 주 화요일이나 수요일은 되어야 편지를 받았을 거거든요."

"네, 저도 그렇게 생각했어요. 오늘은 페어팩스 양의 소식을 들을 기회가 없을 것 같아서 서운했던 참이었거든요."

"어쩜 그리 마음이 고우실까! 그 애가 곧 여길 방문할 거라는 이런 특별한 경우가 아니었으면 우리도 소식을 듣지 못했을 거예요. 어머니가 얼마나 좋아하시는지 몰라요. 그 애가 여기 오면 적어도 석 달을 함께 있을 거거든요. 그 애가 직접 석 달이라고 분명하게 편지에 썼어요. 이따가 제가 읽어드릴게요. 자초지종을 말씀드리면, 캠벨 부부가 아일랜드로 가게 되었거든요. 따님인 딕슨 부인이 그분들에게 얼른 와달라고 졸랐대요. 캠벨 부부는 여름이 되면 갈 생각이었는데 따님이 하루라도 빨리 보고 싶어 한 거죠. 사실 딕슨 부인은 작년 10월에 결혼을 하기 전까진 단 일주일도 부모님과 떨어져 지낸 적이 없었으니 무리도 아니죠. 다른 왕국, 아니지, 그러니까 다른 나라에서 살게 됐으니 얼마나 낯설었겠어요.* 그래서 다급한 마음

---

* 아일랜드는 의회와 법 제도를 갖춘 왕국이었음에도 16세기부터 17세기까지 잉글랜드 군주가 공식 통치자로 군림하였으며 정치적으로 잉글랜드 정부의 철저한 통제를 받았다. 그러나 1798년, 프랑스 혁명에 고무된 아일랜드인들이 봉기를 일으켰고, 이를 계기로 1801년 1월 1일, 합동법에 따라 '대영제국 및 아일랜드 연합 왕국'이 성립되었다. 그러나 아일랜드는 여전히 독립된 국가로 남아 있게 되었고, 이 대목에서 베이츠 양이 왕국을 나라로 정정한 건 이러한 변화가 생긴 지 얼마 되지 않았기 때문이다.

에 어머니에게, 아니 아버지에게 보냈나, 잘 기억이 나지 않네요. 하지만 곧 읽어드릴 편지에서 확인하면 되니까요. 어쨌거나 편지를 보냈는데, 자기 이름 말고도 남편 이름으로도 보내서 얼른 오라고 재촉을 했대요. 더블린까지 부모님을 마중 나와서 딕슨 부부 소유의 아름다운 시골 대저택 발리크레이그로 모셔 갈 거래요. 제인은 그곳이 얼마나 아름다운지 익히 들어서 알고 있었대요. 딕슨 씨에게서 들었겠죠. 달리 들을 만한 사람도 없었을 테니까. 그래도 구애를 하면서 자기가 사는 곳에 대해 이야기하고 싶은 건 자연스러운 일이겠죠? 그런데다 제인은 그들과 자주 산책을 했고요. 그렇게 된 까닭이 있는데 캠벨 대령 부부가 딸에게 딕슨 씨와 단둘이 산책해선 안 된다고 하셔서래요. 전 그런 두 분이 까다롭다고 생각하지 않아요. 아무튼 그래서 딕슨 씨가 캠벨 양에게 아일랜드에 있는 자기 집에 대해 이야기하는 것을 제인도 낱낱이 다 듣게 된 거죠. 제인이 우리에게 보낸 편지에서 딕슨 씨가 그곳 그림 몇 장이랑 또 자기가 직접 그린 풍경화를 보여줬다는 얘길 했던 것 같네요. 딕슨 씨는 정말로 멋지고 근사한 청년일 거예요. 제인은 그분의 이야기를 듣고서 아일랜드에 꼭 가고 싶어 했죠."

이 순간 에마의 머릿속에는 제인 페어팩스와 이 근사하다는 딕슨 씨, 그리고 그녀가 아일랜드에 가지 않는 것과 관련된 기발하고도 생생한 의혹이 스쳤고, 그래서 내심 좀 더 캐내고 싶은 마음에 이렇게 말했다.

"그런데도 페어팩스 양이 두 분을 보러 오겠다고 했으니 참 다행이라고 생각하셨겠어요. 딕슨 부인과의 각별한 우정을 생각하면 조카분이 캠벨 대령 부부와 함께 갈 수밖에 없을 거라고 생각하셨을 테니까요."

"정말 그랬어요, 그렇고말고요. 바로 그때문에 우린 내내 초조해했었답니다. 그도 그럴 것이 그 애랑 한두 달도 아니고 오랫동안 떨어져 있을 거라고 생각하면 우리로선 반가울 리가 없으니까요. 무슨 일이 일어나더라도 돌아올 수도 없을 테고요. 하지만 보셨다시피 모든 게 아주 잘 풀렸어요. 딕슨 부부는 제인더러 캠벨 대령 부부와 함께 와달라고 아주 성화예요. 아니, 올 거라고 굳게 믿고 있어요. 제인 말로는 더없이 친절하고도 집요하게 함께 와달라고 초청을 했다는군요. 곧 편지를 읽어드릴 테니 확인하실 수 있을 거예요. 배려에선 딕슨 씨도 결코 부인 못지않은 것 같아요. 정말 그렇게 근사한 청년이 다 있다니. 그분은 웨이머스에서 제인을 도와준 적이 있어요. 그러니까 다 함께 수상 파티를 했을 때 일인데, 돛 사이에서 알 수 없는 뭔가가 갑자기 빙글빙글 도는 바람에 그 애가 바다에 빠질 뻔했지 뭐예요. 딕슨 씨가 침착하게 그 애의 옷자락을 잡아줬으니 망정이지 그렇지 않았으면 우리 제인은 물고기 밥이 되어버렸을 거예요. (그 생각을 할 때마다 온몸이 떨려요!) 그날 일어난 일을 알게 된 후로 전 딕슨 씨라면 덮어놓고 좋아하게 되었답니다!"

"그런데 페어팩스 양은 친구들이 그렇게 간절히 바라고, 본인 역시 아일랜드에 가고 싶어 했는데도 두 분에게 시간을 할애하는 쪽을 택한 거군요?"

"그래요. 전적으로 그 애 스스로 결정했고 전적으로 그 애가 선택한 일이에요. 그리고 캠벨 대령 부부도 그 애의 결정이 옳다고 생각하세요. 자기들도 그렇게 권했을 거라고요. 실은 요즘 들어 제인의 몸 상태가 예전 같지 않아서 고향의 공기를 쐬는 편이 좋겠다는 게 그분들의 바람이기도 하고요."

"그 말씀을 들으니 걱정스럽네요. 그분들이 현명한 판단을 내리신 거라 생각해요. 하지만 딕슨 씨의 실망이 이만저만이 아니겠어요. 듣자 하니 딕슨 부인의 미모가 그렇게 뛰어난 건 아니라면서요. 그러니까 페어팩스 양에 비하면 전혀 미인이 아니라고요."

"아! 그럼요! 그렇게까지 말씀해주시다니 마음씨도 고우셔라. 하지만 아닌 건 아닌 거죠. 둘의 미모는 비교할 수 있는 수준이 아니랍니다. 캠벨 양은 늘 평범하기 그지없었죠. 그래도 정말 우아하고 사랑스러운 처녀였어요."

"네, 물론 그랬겠죠."

"제인이 심한 감기에 걸린 적이 있었어요, 가엾은 것! 11월 7일이었는데 (제가 곧 읽어드릴게요) 그 후로도 좀처럼 회복이 안 되더라고요. 감기 기운이 그렇게나 오래가다니, 참 질기지 뭐예요. 그래도 그 애는 우리가 걱정할까 봐 말조차 꺼낸 적이 없어요. 정말 그 애답죠! 그렇게까지 남을 배려한다니까요! 하지만 워낙에 낫지 않으니까 친절한 캠벨 부부는 고향에 가서 늘 잘 맞았던 공기를 쐬는 게 좋겠다고 생각한 거죠. 그분들은 제인이 하이버리에서 서너 달 지내면 말끔히 나을 거라고 철석

같이 믿고 있답니다. 그 애 입장에서도 몸이 좋지 않으면 아일랜드로 가는 것보다 여기 오는 것이 훨씬 더 낫다는 건 두말할 필요도 없죠. 우리만큼 그 애를 지극정성으로 간호해줄 사람이 어디 있겠어요?"

"제가 봐도 그만큼 바람직한 결정은 없을 것 같아요."

"그래서 다음 주 금요일이나 토요일에 오게 되었고요, 캠벨 부부는 오는 월요일에 런던을 떠나 홀리헤드*로 갈 거예요. 제인의 편지를 보면 아시겠지만요. 이렇게 갑작스럽게! 이 편지를 받고 제가 얼마나 난리를 피웠는지 짐작하실 수 있을 거예요, 우드하우스 양! 그 애의 병이 걸림돌이 된 셈이죠……. 그렇지만 그 애가 초췌해져서 보기 힘들 정도로 안쓰러운 몰골이 됐을 거라는 건 각오해야 할 테니 걱정이에요. 그와 관련해 제가 겪은 불운한 사건을 말씀드려야겠군요. 제인의 편지를 읽을 때 저는 어머니에게 큰 소리로 읽어드리기에 앞서 저 혼자 읽어보는 것을 철칙으로 삼고 있답니다. 혹여 편지 내용 중에 어머니가 가슴 아파 하실 대목이 있을까 봐서요. 제인이 그렇게 해주길 바라서 늘 그렇게 하고 있죠. 그래서 오늘도 평소 때처럼 조심해가면서 읽기 시작했는데, 글쎄, 그 애의 몸 상태가 좋지 않다는 대목에서 그만 너무나 겁이 난 나머지 '하느님 맙소사! 우리 가엾은 제인이 아프다니!' 하고 불쑥 말해버렸지 뭐예요. 그래서 뚫어져라 절 처다보시던 어머니도 곧장 알아들으

*웨일스의 서쪽 해안 도시. 아일랜드의 더블린을 오가는 우편물과 승객을 수송하는 정기선이 운항되었다.

시곤 덩달아 겁에 질리셨어요. 하지만 계속 읽다 보니 애초에 상상한 것만큼 심각한 상황은 아니라는 걸 알게 되었어요. 그제야 어머니에게 크게 걱정할 일은 아니라고 말씀드렸고, 어머니도 더 이상은 마음 쓰지 않으세요. 하지만 제가 어쩌면 그리 방심하고 있었는지 기가 막힐 노릇이죠. 만약 이곳에 온 뒤에도 제인의 상태가 금세 좋아지지 않으면 페리 씨를 부를 생각이에요. 비용은 생각하지 않을 거예요. 페리 씨야 워낙 배포가 크고 제인을 정말 아끼는 분이시니 왕진비를 드리려 해도 극구 사양하실 게 불 보듯 뻔하지만, 그렇다고 그냥 내버려둘 수는 없는 노릇이잖아요? 그분도 부양해야 할 아내와 가족이 있으니 시간을 허비해선 안 되죠. 자, 제가 지금 제인이 편지에서 어떤 얘길 했는지 암시를 드려쬤죠? 이제 그 애의 편지를 읽어보도록 해요. 제가 지금껏 얘기한 것보다 그 애가 하는 얘기가 훨씬 더 나을 거예요."

"죄송하지만 저흰 이만 일어나봐야 해서요." 에마는 해리엇을 흘끗 쳐다보며 그렇게 말했고, 이내 자리에서 일어났다. "아버지가 기다리고 계시거든요. 처음 여기 발을 들일 때만 해도 5분 이상은 못 있을 거라고 생각했어요. 베이츠 양의 안부를 여쭤보지 않고 지나칠 수는 없었기 때문에 잠시 렀던 거거든요. 하지만 너무나 즐거운 시간을 보내다 보니 그만 이렇게 지체되어버렸네요! 내키진 않지만 이제 두 분께 인사를 드려야겠어요."

더 있다 가라고 어떤 말로 설득해도 그녀를 붙잡을 수는 없었다. 에마는 다시 길을 나섰다. 본의 아니게 억지로 참아야 했고, 실상 제인 페어팩스의 편지를 낱낱이 들여다본 것이나 다름없었지만, 그래도 편지 자체를 피할 수 있었던 것만으로도 그녀는 기뻤다.

2

제인 페어팩스는 베이츠가의 막내딸이 낳은 외동아이로, 부모를 모두 여의었다.

제인 베이츠 양은 보병 연대 소속이었던 페어팩스 중위와 결혼해 한때 명예와 즐거움과 희망과 흥미로 가득한 시절을 보냈다. 그러나 지금 남은 것은 타국에서 전사한 남편과 곧이어 폐병과 비탄 속에서 죽어간 미망인에 대한 울적한 기억, 그리고 이 소녀뿐이었다.

소녀는 하이버리에서 태어났다. 세 살 때 어머니를 여의고 할머니와 이모의 슬하로 들어와 그들의 짐이자 위안이며 귀염둥이가 되었을 때만 해도 그녀는 한평생 그곳에 뿌리를 내린 채, 빠듯한 수입이 허락하는 한도 내에서 간신히 교육을 받고, 자연이 베풀어준 애교 있는 외모와 뛰어난 이해력, 따뜻한 마음씨, 호의적인 친척 이외의 다른 것들로부터 이득을 보거나 개선될 여지 없이 자라날 것으로 보였다.

그러나 아버지의 한 친구가 그녀를 가엾게 여긴 덕에 운명이 바뀌게 되었으니, 그가 바로 캠벨 대령이었다. 대령은 페어팩스를 훌륭한 장교이자 존중받아 마땅한 청년으로 높이 평가했고, 더 나아가 야영지에서 고약한 열병이 돌았을 때 그가 극진히 간호해준 덕에 목숨을 건진 거라고 생각했다. 그는 신세진 사실을 잊은 적이 없었지만, 영국으로 돌아와 실질적으로 보답을 한 건 가엾은 페어팩스가 죽고 나서 몇 년이 지난 후였다. 그는 귀국한 뒤 페어팩스의 아이를 찾아 나섰고 찾은 후엔 극진히 보살폈다. 그는 결혼해서 슬하에 제인 또래의 딸아이를 두고 있었다. 제인은 그 집의 손님이 되었고 오랫동안 머무는 일이 잦아지면서 가족 모두의 사랑을 받게 되었다. 딸이 제인을 매우 좋아한 데다 그 역시 제인의 진정한 벗이 되어주고픈 마음을 갖고 있었기에, 캠벨 대령은 제인이 아홉 살이 되기 전 앞으로 그녀에게 필요한 교육 전반을 책임지겠다고 제안했다. 제안은 받아들여졌고 제인은 그때부터 캠벨 대령 가족의 일원이 되어 그들과 함께 살면서 할머니 댁은 이따금씩만 방문하게 되었다.

대령은 제인이 교사가 될 수 있도록 가르칠 계획이었다. 그녀가 아버지에게서 물려받은 재산은 고작 몇 백 파운드뿐이라 독립은 꿈도 꿀 수 없었다. 그렇다고 그녀를 온전히 부양하는 것은 캠벨 대령의 능력을 넘어서는 일이었다. 월급과 직책 수당 덕에 그의 수입은 꽤 높은 편이었지만 대단한 부자라고는 할 수 없었고 재산은 모두 딸에게 물려주어야 했다. 그러나 제인이 교육을 받으면 훗날 부끄럽지 않을 정도의 생계 수단을 마련할 수 있으리라는 희망을 가졌다.

이상이 제인 페어팩스의 이력이었다. 그녀는 훌륭한 사람들의 손에 맡겨진 덕에 세상의 풍파를 피해 캠벨 부부의 보살핌 속에서 고등교육을 받을 수 있었다. 줄곧 올바른 마음과 넓은 견문을 갖춘 사람들과 살면서 그녀의 감성과 지력은 훈육과 교양이 줄 수 있는 모든 이점을 누리게 되었다. 또 캠벨 대령의 거주지가 런던에 있는 덕에 일급 교사들의 지도를 받을 수 있었고, 이에 사소한 재능까지도 모자람 없이 발휘할 수 있었다. 게다가 그녀의 성품과 재능은 이런 호의가 전혀 아깝지 않을 만큼 뛰어났다. 열아홉 살을 바라볼 무렵, 그렇게 어린 나이에도 아이들을 돌볼 자격이 주어진다면, 제인은 교사라는 직분에 딱 들어맞는 유능함을 갖추게 되었다. 하지만 그녀를 깊이 사랑하는 캠벨 가족으로선 도저히 그녀와 헤어질 수 없었다. 캠벨 부부도 그녀를 내보낼 엄두를 내지 못했고 캠벨 양도 못 견뎌했다. 이별의 날은 미뤄졌다. 제인이 아직 너무 어리다는 이유를 대면 그만이었다. 그래서 제인은 그들 집에 남아 또 하나의 딸로서 우아한 사교계에서 누릴 만한 도락을 즐겼고, 안락한 가정과 흥밋거리가 적절히 섞여 있는 생활을 누렸다. 단지 걸리는 게 있다면 미래에 대한 인식과 함께, 모든 것이 당장이라도 끝날 수도 있다고 정신이 번쩍 들도록 일깨우는 그녀의 예리한 예감이었다.

가족 모두의 애정, 특히 캠벨 양이 보인 열렬한 애정은 미모와 재능 양면에서 제인이 확고히 우월하다는 정황을 감안하면 더 고결한 것이었다. 젊은 처녀의 눈에 제인의 타고난 미모가 보이지 않을 리 없었고, 그 부모가 한층 성숙한 정신력을 알아보지 못할 리 없었다. 그럼에도 그들은 변함없이 서로를 존중하며 함께 살았고, 그러다 캠벨 양이 결혼을 하게 되었다. 혼인 지사에서는 종종 예상을 뒤엎는 운이 작용해 모든 면에서 뛰어난 사람보다 평범한 사람을 더 돋보이게도 하는데, 캠벨 양이 바로 이런 행운을 잡아 부유하고 유쾌한 성격의 딕슨 씨를 소개받자마자 그를 사로잡은 것이었다. 캠벨 양은 그렇게 바람직한 상대를 만나 행복하게 정착한 반면 제인 페어팩스는 여전히 일을 해야 먹고살 수 있는 처지였다.

이는 아주 최근에 일어난 일이었다. 너무 최근의 일이라 친구만큼 운이 좋지 못한 제인은 생계를 잇기 위한 준비를 채 하지 못한 상태였다. 자신의 판단에 따라 일을 시작하기로 정해 놓은 나이가 되었음에도 그러했다. 제인은 스물한 살이 되면 독립하겠다고 이미 오래전에 마음먹은 터였다.* 그녀는 헌신적인 삶의 수련생으로서 불굴의 의지를 갖고, 스물한 살이 되면 희생의 삶에 들어서겠다고, 합리적인 교류와 대등한 교분과 평화와 희망 같은 인생의 모든 즐거움에서 물러나 영원한 고행과 금욕의 길을 걷겠노라 결심했었다.**

캠벨 대령 부부는 그녀의 이런 결심에 심정적으로는 반대하면서도, 양식이 있는 사람들로서 차마 그럴 수가 없었다. 그들

---

*21세가 되면 법적으로 성년임을 인정받았고, 첫 직업을 가지기에 적절한 시기라고 여겼다.
**제인 페어팩스는 수련을 거쳐 수녀가 되겠다는 뜻을 밝히고 있는데, 이는 철저한 금욕과 고행이 요구되며 일체의 사회 활동이나 안위를 기대할 수 없다는 점에서 가정교사보다 훨씬 더 극단적인 선택이라 할 수 있다.

이 살아 있는 한 그녀는 굳이 일을 할 필요가 없었고, 평생토록 그들의 집을 자기 집으로 삼을 수 있을 것이었다. 그들 스스로 편하자고 마음먹었다면 언제까지나 그녀를 붙잡아두려고 했을 것이다. 하지만 그건 이기적인 생각이었고, 결국 닥칠 일이라면 차라리 빨리 치르는 편이 나았다. 아마도 그들은 좀 더 미루고 싶은 마음을 누르고 이젠 그녀가 단념해야 할 편안하고 유유자적한 삶의 모든 즐거움을 맛보지 않도록 하는 게 더 친절하고 현명한 처사였을지 모른다고 생각하기 시작했을 것이다. 그런데도 정이 깊은 그들은 견딜 수 없이 슬픈 이별의 순간을 서둘러 맞지 않아도 될 만한 구실이 있다면 여전히 무엇이든 기꺼이 잡고 싶은 심정이었다. 딸이 결혼한 후 제인은 몸이 제대로 회복되지 않은 상태였다. 평소의 체력을 완전히 회복할 때까지 그들은 그녀가 의무를 이행하러 가는 것을 막아야만 했다. 그 의무는 쇠약한 몸과 불안정한 마음 상태로 할 수 있는 것이 아니었고, 더할 나위 없는 상황이라고 해도 웬만큼 편히 해내려면 완벽한 몸과 마음으로도 충분치 않을 것 같았다.

제인이 그들을 따라 아일랜드로 가지 않은 것에 있어선 그녀가 밝히지 않은 몇 가지 사실을 제외하면 이모에게 설명한 그대로였다. 그들이 집을 비운 동안 하이버리에서 시간을 보내기로 한 것, 완전한 자유의 몸으로 있을 수 있는 마지막 몇 달을 그녀가 매우 소중히 여기는 상냥한 친척들과 보내기로 한 것은 그녀 본인의 선택이었다. 그리고 캠벨 부부는 그들의 동기가 무엇이든, 하나든 두 개든 세 개든 상관없이 그 계획에 곧장 찬성하면서 그녀가 건강을 회복하는 데에는 무엇보다 고향의 공기를 마시며 몇 달간 지내는 것이 좋을 거라 믿는다고 말했다. 그녀가 오리라는 것은 확실했다. 그리고 하이버리는 언제 방문을 기약했는지도 모를 만큼 오래된 '완전히 새로운 인물' 프랭크 처칠 씨를 맞이하는 대신, 2년을 떠나 있어 딱 그만큼만 신선할 뿐인 제인 페어팩스로 한동안 만족해야 할 처지였다.

에마는 달갑지 않았다. 좋아하지도 않는 사람에게 무려 석 달씩이나 예의를 표해야 하다니! 내키지 않아도 애써 챙겨줘야 하고 정작 그만큼의 대접은 받지도 못할 텐데! 왜 제인 페어팩스를 좋아하지 않는가에 대해서는 대답하기가 쉽지 않았다. 일전에 나이틀리 씨는 에마가 제인에게서 평소 자기의 모습이라고 생각하고 싶은, 교양을 갖춘 젊은 여성상을 보기 때문이라고 말한 적이 있었다. 그때는 거세게 반박했지만 이따금 자신의 양심에 비추어볼 때 그런 혐의를 벗어날 수 없다고 자성하기도 했다. 하지만 그녀는 스스로 이렇게 둘러댔다. "난 도저히 제인하고는 터놓고 지낼 수가 없어. 어쩌다 그렇게 된 건지 모르겠지만 제인은 너무 차갑고 의뭉스러운 데가 있어. 상대가 친해지려고 애쓰건 말건 상관없다는 식으로 구는 것 같고 말이야. 그런데다 제인의 이모는 정말 수다스러운 사람이잖아! 다들 제인 얘기만 나오면 큰일이 난 것처럼 난리를 치는 것도 이상해! 그리고 사람들은 늘 우리가 둘도 없는 친구가 될 거라고 생각하는데, 동갑이기만 하면 무조건 서로 좋아하게

된다고 생각하는 건가?" 그녀는 이보다 더 나은 이유를 대지
는 못했다.

　이런 이유를 들어 제인을 싫어하는 건 부당한 처사였고 제
인의 잘못으로 돌린 모든 점들도 실은 상상으로 잔뜩 부풀린
것이었다. 그래서 에마는 오랜 기간 떠나 있었던 제인 페어팩
스와 첫 대면을 할 때마다 그녀에게 못 할 짓을 했다는 생각이
들었다. 그리고 이번에 2년간 떠나 있다 돌아온 그녀를 의례적
으로 찾아간 자리에서* 에마는 하필이면 자신이 2년 내내 깎아
내렸던 제인의 외모와 태도에 그만 반하고 말았다. 제인 페
어팩스는 참으로 우아했다. 놀랄 만큼 우아했다. 그리고 에마
는 우아함을 최고의 가치로 여기는 여자였다. 제인의 키는 보
는 사람마다 훤칠하다고 생각할 만큼, 그러나 누구도 지나치게
크다고 생각하지는 않을 만큼 적당히 컸다. 그녀의 몸매는 특
히나 우아했다. 체격은 뚱뚱하지도 마르지도 않고 딱 적당한
정도였는데, 다만 옅은 병색 때문인지 마른 편에 가까운 듯 보
였다. 에마는 이런 사실을 절감했다. 제인의 얼굴, 제인의 이목
구비 하나하나가 전에 에마가 기억하고 있었던 것보다 더 아름
다웠다. 전형적인 미인이라고는 할 수 없었지만 눈이 즐거워지
는 미모였다. 제인의 눈, 그 짙은 잿빛 눈은 검은 속눈썹, 눈썹
과 함께 예전부터 늘 찬사를 받았지만, 에마가 툭하면 혈색이
나쁘다고 흠잡았던 제인의 피부는 잡티 하나 없이 섬세해서

---

*지인이 오래 떠나 있다가 돌아오면 직접 방문해 인사를 하는 것이 마땅한 예의였다.

가히 활짝 피어 절정에 이른 꽃과 같았다. 모든 아름다움 가운데서도 우아함이 가장 두드러지는 미모였다. 그런 만큼 에마는 나름의 원칙이 있음에도 도의적으로 찬탄하지 않을 수 없었으니, 그런 우아함은 용모 면에서나 정신 면에서나 하이버리에선 좀처럼 드문 것임을 알았기 때문이었다. 그녀의 우아함엔 천박함과는 거리가 먼, 기품 넘치는 미덕이 엿보였다.

요컨대 첫 방문에서 에마는 자리에 앉아 제인 페어팩스를 바라보며 두 가지 만족을 느꼈다. 즐거운 마음에 정의를 행하고 있다는 느낌이 더해져 그녀는 앞으로 더는 제인을 미워하지 않겠다고 결심했다. 비단 제인의 미모만이 아니라 그녀의 과거와 현재의 처지를 생각하면, 그녀의 우아한 덕목들이 어떤 운명에 처할 것인지, 또 그녀가 어떤 환경에서 전락해 장차 어떻게 살아가게 될 것인지를 헤아려보면 오로지 연민과 존중의 감정만 생겨났다. 특히나 이미 소상히 알려져 제인에 대한 관심을 일으키는 그 모든 정황들에 더해, 제인이 딕슨 씨에게 자연스런 연모의 감정을 갖게 되었을 공산이 매우 크다고 가정할 경우 더더욱 그러했다. 그 가정이 맞는다면 제인이 애초 결심했던 희생만큼 애잔하고 영예로운 것도 없을 것이었다. 이제 에마는 제인이 딕슨 씨를 유혹해 아내에게서 마음이 멀어지게 했다거나, 처음 상상했던 대로 점잖지 못한 짓을 저질렀을 거라는 의심을 기꺼이 지울 요량이었다. 제인의 감정이 사랑이라면 그것은 순박하고 일방적이며 보상받을 가능성이 없는 짝사랑이 아닐까. 제인은 자기의 친구와 그의 대화를 들으며 부지

불식간에 비련의 독배를 마셨던 건지도 모른다. 그리고 시고시순한 동기에서, 아일랜드를 방문하지 않기로 정하고 고된 의무의 길에 나서는 것으로 그는 물론 그의 친지들과도 절연할 결심을 했는지도 모른다.

제인을 떠날 때 에마의 마음은 전보다 한결 부드러워지고 너그러워져, 그녀는 집으로 걸어가는 동안 주변을 둘러보면서 하이버리에 그녀에게 독립적인 삶을 열어줄 만한 청년이 단 한 명도 없고, 따라서 자신이 나서서 짝을 찾아줄 수도 없다는 사실에 애통해했다.

이런 감정은 매력적이긴 했어도 오래가지는 못했다. 그녀가 제인 페어팩스를 영원한 친구로 공표하고 관계를 돈독히 하기도 전에, 혹은 나이틀리 씨에게 "제인은 정말로 훌륭한 사람이에요. 아니 훌륭한 것 이상이에요"라고 말하는 것을 뛰어넘어 예전의 편견과 과오를 씻고자 동분서주하기도 전에, 하트필드에서 그녀의 할머니와 이모와 저녁 시간을 함께 보내면서 이 모든 계획들이 수포로 돌아가버리고 만 것이다. 짜증스런 일들이 다시 반복되었다. 제인의 이모는 변함없이 성가셨다. 아니, 조카딸의 능력에 찬탄하는 것으로도 모자라 이제는 건강까지 걱정하느라 전보다 더 성가시게 굴었다. 제인이 그들 모녀에게 선물한 새 모자와 반짇고리를 봐주어야 했을 뿐 아니라 조찬 때 빵과 버터를 얼마나 적게 먹는지, 정찬 때 먹는 양고기 조각도 얼마나 작은지 세세히 설명하는 것을 귀 기울여 들어야만 했다. 게다가 제인의 태도도 거슬렸다. 음악 모임이 열려서 에마는 연주를 해야 했다. 당연히 제인은 감사를 표하고 그녀의 연주를 칭찬했는데, 그것이 에마에게는 솔직한 척, 잘난 척하는 것처럼 비쳐졌고, 기실 자신의 솜씨가 더 뛰어나다는 것을 교묘하게 과시하는 듯 느껴졌다. 그러나 그쯤은 아무것도 아니었으니, 가장 기분 나빴던 건 제인의 차갑기 그지없고 지나치게 신중한 태도였다. 어떤 경우에도 그녀의 솔직한 의견을 들을 수가 없었다. 정중함의 외투를 두른 채 어떤 위험도 감수하지 않기로 작정한 사람처럼 보였다. 그녀는 비위가 거슬릴 만큼, 의심스러울 만큼 신중한 태도를 보였다.

어떠한 경우에도 신중하게 처신했지만, 그중에서도 웨이머스와 딕슨 부부에 대한 이야기가 나올 때면 유독 그 정도가 심했다. 제인은 딕슨 씨의 성격이나 그와의 친분을 어떻게 생각하는지, 캠벨 양과 천생연분이라고 생각하는지 등에 대한 속내를 절대 털어놓지 않겠다고 작정한 것 같았다. 그저 막연하게 칭찬하고 모나지 않는 말만 늘어놓을 뿐이었고, 이렇다 할 묘사를 하거나 특징을 이야기하는 법이 일절 없었다. 그런다고 해서 그녀에게 도움이 될 건 아무것도 없었다. 그녀의 신중함은 아무 쓸모가 없었다. 에마는 그녀의 저의를 읽었고, 애초 짐작한 바로 되돌아가게 되었다. 아무래도 제인은 딕슨 씨를 좋아하는 것 이상으로 무언가 숨기고 싶은 게 있는 모양이었다. 어쩌면 딕슨 씨가 한 친구를 다른 친구와 바꿀 뻔했거나, 아니면 오로지 미래에 차지할 1만2천 파운드 때문에 캠벨 양으로 마음을 정한 건지도 몰랐다.

다른 이야기를 할 때도 그녀의 신중한 태도는 바뀔 줄 몰랐다. 제인과 프랭크 처칠 씨가 같은 시기에 웨이머스에서 머문 적이 있었다. 그래서 서로 얼마간 안면이 있다는 것을 모두가 알고 있음에도 제인은 그가 어떤 사람인지에 관한 정보는 한마디도 내뱉지 않았다. "잘생겼던가요?" "매우 수려한 청년이라는 평가를 받는 건 확실해요." "성격은 싹싹하던가요?" "대체로 그렇다고 말씀들 하시더라고요." "분별력 있는 사람처럼 보이던가요? 식견이 풍부한 청년이었나요?" "해수욕장이나, 일반적인 런던의 교제 범위 안에서는 그런 점들에 대해 꼬집어 말하기가 어려워서요. 태도 정도는 무난하게 판단할 수도 있을 텐데, 그것도 처칠 씨를 안 지 우리보다 훨씬 더 오래된 사람들이나 가능하겠죠. 모두들 그분의 태도를 기분 좋게 여기시는 것 같기는 했어요." 에마는 그녀를 용서할 수 없었다.

3

　에마는 그녀를 용서할 수 없었다. 하지만 그 모임에 함께 있었던 나이틀리 씨는 에마가 제인에게 화가 났다거나 분개했다는 사실은 전혀 알지 못했고, 그저 둘 다 적절한 관심을 보이고 유쾌하게 행동했을 거라고만 생각했기 때문에 다음 날 아침 업무 차 우드하우스 씨를 만나러 다시 하트필드를 찾았을 땐 모든 것에 흡족해했다. 그녀의 아버지가 같은 방에 있지 않았다면 더 직접적으로 말할 수 있었겠지만, 그래도 에마가 알아듣는 데 전혀 지장이 없을 만큼 분명히 말했다. 예전에 그는 제인을 대하는 에마의 태도가 부당하다고 생각했었던 터라 이제 관계가 호전된 것에 더없이 기뻐했다.

"정말 즐거운 저녁이었어." 우드하우스 씨에게 필요한 절차를 설명하고 알겠다는 대답을 들은 후 서류를 치우기 무섭게 나이틀리 씨가 말했다. "특별히 즐거운 시간이었어. 당신과 페어팩스 양 덕분에 정말 좋은 음악을 들었어. 어르신, 자리에 편히 앉아서 저녁 내내 두 숙녀분이 들려주는 음악과 대화를 들으며 즐거운 시간을 보내는 것보다 더한 호강은 없을 겁니다. 페어팩스 양도 분명 저녁 시간을 즐겁게 보냈을 거야, 에마. 당신이 정말 꼼꼼히 챙겨주더군. 페어팩스 양이 그렇게나 많이 연주할 수 있도록 배려해주다니 정말 보기 좋았어. 그녀의 외할머니 댁엔 악기가 없으니 정말 원 없이 연주했을 거야."

"인정해주시다니 기뻐요." 에마가 미소 지으며 말했다. "하지만 제가 하트필드를 찾은 손님들을 대접하는 데 자주 소홀하지는 않았기를 바라요."

"아니, 그럴 리가 있니." 그녀의 말이 끝나자마자 아버지가 말했다. "그렇지 않다는 건 이 아비가 장담하마. 네 절반만큼도 손님들에게 관심과 친절을 보여준 사람은 없단다. 오히려 너무 극진하다면 몰라도. 그래서 말인데 어젯밤에 머핀은 한 번만 돌렸어도 충분하지 않았겠니?"

"아니." 거의 동시에 나이틀리 씨가 말했다. "손님 대접에 소홀했던 적은 많지 않았어. 태도나 다른 사람들의 마음을 헤아리는 데 있어서 부족했던 적도 별로 없었고. 그러니까 내 말을 이해할 거라고 생각하는데."

에마는 '이해하고도 남죠'라는 뜻을 담아 짓궂은 표정을 지었지만 딱 한 마디만 했다. "페어팩스 양은 본심을 표현하지 않죠."

"그 말은 당신에게 늘 했었지. 그런 면이 좀 있다고 말이야. 하지만 당신은 그녀의 내성적인 성격에서 눈감아줄 건 눈감아주게 될 거야. 그것도 실은 그녀가 워낙에 수줍어해서 그런 것뿐이니까. 신중해서 그런 거라면 그땐 당연히 존중해줘야 할 거고."

"나이틀리 씨는 그녀가 수줍은 성격이라고 보시는군요. 전 생각이 다른데요."

"에마." 그가 의자에서 일어나 그녀 가까이 있는 의자로 옮겨 앉으며 말했다. "설마 어제저녁에 즐겁지 않았다고 말하려는 건 아니겠지?"

"아, 설마요. 이런저런 질문들을 하는 저의 인내심이 즐거웠고, 또 그런 노력이 무색하게 알아낸 게 거의 없다는 사실도 재미있었어요."

"실망이군." 그는 그렇게 한 마디만 했다.

"모두에게 즐거운 저녁이었길 바란다." 우드하우스 씨가 특유의 차분한 말투로 말했다. "난 즐거웠거든. 처음엔 벽난로의 화기가 너무 과하다고 느꼈지만 의자를 아주 살짝 뒤로 옮겼더니 그다음부턴 신경 쓰이지 않았단다. 베이츠 양은 늘 그렇듯 말이 참 많고 싹싹하더구나. 말을 좀 빨리 하긴 했지만 말이야. 그래도 참 상냥한 처자야. 베이츠 부인도 다른 면에서 그렇고. 옛 친구들이 참 좋아. 그리고 제인 페어팩스 양은 참으로 빼어난 미모의 아가씨였어. 참 예쁘고 정말로 행실이 올바른 아가씨야. 그 아가씨도 어제저녁에 매우 즐거웠을 거요. 나이틀리 씨, 에마가 함께 있었으니까."

"옳으신 말씀입니다, 어르신. 그리고 에마도요, 페어팩스 양과 함께 있었으니까요."

에마는 그가 염려하는 것을 눈치챘다. 그래서 지금만이라도 그런 감정을 잠재우고 싶은 생각에 누구도 이의를 제기할 수 없을 만큼 신실한 어조로 말했다.

"그녀는 도저히 눈을 뗄 수 없을 정도로 우아한 사람이에요. 전 언제나 그녀를 보면서 감탄한답니다. 그리고 진심으로 그녀에 대해 안타깝게 생각하고 있고요."

나이틀리 씨의 표정은 본인이 드러내고 싶은 것 이상으로 만족스러워 보였다. 그러나 그가 미처 대답할 말을 꺼내기도 전에 베이츠가에 생각이 머물러 있던 우드하우스 씨가 끼어들었다.

"그 집 사람들이 그리 곤궁하게 지내야 하다니 참 안타까워! 정말 안타까운 일이야! 마음이야 자주…… 나서서 해줄 수 있는 게 거의 없긴 하지만…… 그래도 작고 사소하지만 특별한 선물들을 해주고 싶었어. 얼마 전에 새끼 돼지를 한 마리 잡았는데 에마가 허리 고기나 다리 고기를 보내줄까 생각 중이라오. 아주 작고 맛이 좋아. 하트필드의 돼지고기는 어딜 가서도 맛보기 힘드니까. 그래봤자 돼지고기일 뿐이지만. 얘, 에마, 그 집에서도 우리처럼 그걸 그냥 굽는 대신 기름기 하나 없이 잘 튀겨내 스테이크로 만드는 게 아니라면 다리 부위로 보내주는 게 낫지 않겠니. 돼지고기 구이를 어느 누가 제대로 소화해내겠니? 네 생각도 그렇지?"

"아빠. 뒷다리 부위를 통째로 보냈어요. 그렇게 하길 바라실 것 같았거든요. 다릿살은 소금에 절이면 될 거예요. 그렇게 하면 참 맛이 좋잖아요? 그리고 허리 고기는 그 집에서 먹고 싶은 대로 곧바로 양념하면 될 거예요."

"잘했다, 애야. 아주 잘했어. 내가 그 생각은 미처 못 했다만 그게 제일 좋은 방법이지. 그나저나 다리 고기에 소금을 너무 많이 치면 안 될 텐데. 소금을 적당히 친 다음에 우리 집 서를이 하는 것처럼 살이 흐물흐물해질 때까지 푹 삶아서 삶은 순무와 당근 조금, 아니면 파스닙 조금만 곁들여서 아주 조금씩 먹으면 건강에 해롭지 않을 거야."

"에마." 나이틀리 씨가 곧바로 말했다. "당신에게 들려줄 소식이 있어. 당신은 새 소식을 좋아하지. 여기 오는 길에 한 가지 소식을 들었는데 당신이 관심을 가질 만한 일이야."

"소식이라고요! 어머! 그렇고말고요, 새로운 소식이라면 늘 반갑죠. 어떤 소식인가요? 왜 그렇게 미소 지으세요? 어디서 들으신 건데요? 랜들스에서?"

"아니, 랜들스라니, 랜들스는 근처에도 가지 않았어."

그가 그렇게 말한 순간, 문이 활짝 열리더니 베이츠 양과 페어팩스 양이 방 안으로 걸어 들어왔다. 베이츠 양은 감사의 인사와 새로운 소식들을 쏟아내면서 가장 먼저 무엇을 얘기해야 할지 골라내지 못했다. 나이틀리 씨는 이내 자기가 말할 때를 놓쳤고 앞으로 단 한 마디도 할 수 없으리란 걸 알게 되었다.

"아! 나이틀리 씨, 안녕하세요? 친애하는 우드하우스 양. 어찌나 고마운지 말도 잘 안 나오네요. 그렇게 실한 돼지 뒷다리 살을 보내주시다니! 어쩌면 그리 인정이 많으신지! 소식은 들으셨나요? 엘턴 씨가 결혼하신대요!"

에마는 엘턴 씨 생각은 미처 하지도 못하고 있던 터라 놀란 나머지 그만 조그맣게 비명을 질렀고, 그 소리에 자기도 모르게 얼굴을 붉혔다.

"내가 말하려던 소식이야. 당신이 관심을 가질 것 같다고 생각했지." 나이틀리 씨가 엘턴 씨와 에마 사이에 무슨 일이 있었는지 어느 정도 알고 있음을 암시하는 미소를 지으며 말했다.

"아니, 그런데 나이틀리 씨는 어디서 들으셨대요?" 베이츠 양이 큰 소리로 말했다. "도대체 어디서 들으셨나요? 나이틀리 씨? 불과 5분 전에 콜 부인의 쪽지를 받았는데……. 아니지, 5분도 채 안 됐을 거예요. 아무리 길어도 10분은 안 지났을 텐데. 이미 모자와 웃옷을 걸치고 외출 준비를 마쳤었거든요. 돼지고기 때문에 패티에게 다시 할 말이 있어서 내려갔던 참인데. 제인은 복도에 서 있었고요, 맞지, 제인? 어머니께서 소금에 절이는 데 쓸 만큼 큰 냄비가 없어서 어떻게 하냐고 걱정이 많으셨거든요. 그래서 제가 내려가 알아보겠다고 말씀드렸더니 제인이 '제가 대신 내려가볼까요? 이모님은 감기 기운이 있는 것 같고 패티는 부엌을 청소하는 중이라서요' 하고 말하는 거예요. 그래서 제가 '아, 그래주겠니'라고 말했죠. 그런데 바로 그때 전갈이 온 거예요. 호킨스 양이라는 아가씨래요. 제가 아는 건 그게 다예요. 바스의 호킨스 양. 그런데 나이틀리 씨, 나이틀리 씨는 어떤 경로로 그 소식을 아셨어요? 콜 부인이 콜 씨에게서 듣자마자 자리에 앉아 저에게 쪽지를 쓰신 거거든요. 호킨스 양이라는 사람이라고⋯⋯."

"한 시간 반 전에 일 때문에 콜 씨를 만났습니다. 제가 들어갔을 때 그분이 엘턴 씨의 편지를 막 다 읽은 참이었고, 곧바로 제게 건네주더군요."

"어머! 정말이지 이렇게 다들 관심을 가질 만한 소식이 또 있을까 싶네요. 우드하우스 씨, 정말 인정이 많으시군요. 제 어머니께서 따님께 진심 어린 찬사와 존경과 천 번의 감사 말씀을 전해드리라 하세요. 그리고 이렇게까지 신세를 지게 돼서 황송하시다네요."

"우린 하트필드의 돼지고기가 최고라고 생각하니까요." 우드하우스 씨가 말했다. "실제로 최고가 분명하지요. 에마와 나는 기꺼이⋯⋯."

"아! 친절하신 우드하우스 씨, 제 어머니도 말씀하시지만 친구분들은 저희에게 이렇게나 많은 걸 베풀어주세요. 대단한 부자가 아닌데도 바라는 모든 것을 누리는 사람이 있다면 장담하는데 그건 바로 저희예요. '우리의 운명은 아름다운 기업 속에 놓여 있도다'*라는 말은 저희를 의미하는 게 틀림없다고 봐요. 나이틀리 씨, 그러니까 그 편지를 직접 보신 거죠, 그렇다면……."

"용건만 짧게 쓴 편지였어요. 물론 쾌활하고 기뻐서 어쩔 줄 모르는 것 같긴 했습니다만." 그러면서 나이틀리 씨는 에마에게 의미심장한 눈길을 던졌다. "자기가 정말 복 받은 사람이라고 했는데…… 정확한 표현은 잊어버렸지만, 굳이 그런 것까지 기억할 필요는 없으니까요. 말씀하셨듯이 용건은 호킨스 양이란 분과 결혼할 예정이라는 것이었습니다. 어조로 보건대 막 확정된 것 같더군요."

"엘턴 씨가 결혼한다고요!" 겨우 말을 할 수 있게 되었을 때에마가 말했다. "모두 그분의 행복을 기원할 거예요."

"참 젊은 나이에 정착을 하는구먼." 우드하우스 씨가 말했다. "그렇게 서두르지 않는 편이 좋을 텐데. 지금도 충분히 잘 살고 있는 것 같은데 말이야. 하트필드에서는 늘 그를 환영했고."

"우리 모두에게 새 이웃이 생기는 거잖아요, 우드하우스 양!"

---

*베이츠 양은 목사의 딸답게 성서를 자주 인용하는데, 이번에도 《시편》 16편 5, 6절을 인용했으나 원문과는 다소 다르다. 전문은 "여호와는 나의 재산과 내가 마실 잔을 정해주셨으니 나의 몫을 지켜주시나이다. 주께서 내게 주신 땅은 아름다운 곳에 있으므로 나의 기업이 실로 아름답습니다"이다.

베이츠 양이 신이 나서 말했다. "어머니가 얼마나 좋아 하시는지 몰라요! 안주인이 없는 목사관은 안쓰러워서 차마 보기 힘들다고 말씀하시니까요. 정말이지 희소식도 이만한 희소식이 없네요. 제인, 넌 엘턴 씨를 만나본 적이 한 번도 없지! 그분에게 이렇게 호기심을 보이는 것도 무리는 아니구나."

정작 제인은 완전히 압도당할 정도로 대단한 호기심을 보이는 것 같지 않았다. "네, 엘턴 씨는 한 번도 뵌 적이 없네요." 이모가 이런 식으로 동의를 구하자 흠칫해서 제인이 대답했다.

"그분은…… 그분은 키가 크신가요?"

"누가 제대로 대답할 수 있을까요?" 에마가 큰 소리로 말했다. "제 아버지라면 '크다'고 하실 테고, 나이틀리 씨는 '안 크다'고 하실 테고, 베이츠 양과 저는 그냥 '딱 적당한 정도'라고 할 테고요. 페어팩스 양, 여기 좀 더 오래 머물다 보면 엘턴 씨가 하이버리에서 완벽함의 기준이라는 것을 이해하게 될 거예요. 용모나 성격 둘 다에 있어서 말이죠."

"정말 그래요, 우드하우스 양. 있다 보면 제인도 알게 되겠죠. 엘턴 씨는 정말 최고로 멋진 청년이에요. 하지만 얘, 제인, 기억 안 나니? 내가 어제 엘턴 씨는 페리 씨와 키가 똑같다고 말했잖니. 호킨스 양은…… 두말할 것 없이 아주 훌륭한 규수일 거예요. 엘턴 씨는 저의 어머니를 극진히 보살펴주셨어요. 어머니가 잘 들으실 수 있게 목사관 가족석에 앉게 해주셨죠. 제 어머니가 가는귀가 좀 먹었잖아요. 심하진 않지만 어머니가 바로바로 알아듣지는 못하시거든요. 제인 말로는 캠벨 대령님도 살짝 가는귀가 먹었다더군요. 대령님은 목욕, 그러니까 따뜻한 물에 목욕을 하면 좋아질지 모른다고 생각하셨는데 제인 말로는 효과가 오래가진 않았다네요. 캠벨 대령님은 저희에겐 천사나 다름없는 분이에요. 그리고 딕슨 씨는 대단히 매력적인 청년 같더군요. 대령님의 사위다워요. 좋은 분들이 인연을 맺는 건 정말 얼마나 행복한 일인가요. 좋은 분들끼리는 늘 연이 닿기 마련이죠. 안 그런가요. 여기선 엘턴 씨와 호킨스 양이 연을 맺었고, 콜 씨 가족들도 있죠. 얼마나 좋은 분들인가요. 그리고 페리 씨 가족들도요. 페리 씨 내외분보다 더 행복하고 더 훌륭한 부부가 있을까 싶어요. 우드하우스 씨, 제 말은……."
베이츠 양은 우드하우스 씨를 돌아보며 말했다. "하이버리 같은 곳을 찾아보기 힘들다는 뜻이에요. 전 늘 말한답니다. 우린 정말 이웃 복이 많다고요. 우드하우스 씨, 제 어머니께서 가장 좋아하시는 한 가지가 바로 돼지고기랍니다. 허리 부위 살을 구워서……."

"호킨스 양이 누구인지, 어떤 사람인지, 엘턴 씨가 그분과 얼마나 오랫동안 교제했었는지에 대해서 말인데요," 에마가 말했다. "아무것도 알려진 게 없는 것 같은데요. 누구도 그 두 사람이 오랫동안 알고 지냈다는 말은 할 수 없을 거예요. 엘턴 씨가 이곳을 떠난 지는 불과 사 주밖에 안 됐잖아요."

누구도 그에 대해 아는 바가 없었다. 그래서 몇 가지 궁금한 점들을 더한 뒤 에마는 말했다.

"말이 없으시네요, 페어팩스 양. 그래도 이 소식에 관심을 가지시길 바라는 마음이에요. 이런 문제들이라면 최근에 듣고 본 게 정말 많을 테니까요. 캠벨 양 때문에 분명 속속들이 관여하셨을 테고요. 우리로선 당신이 엘턴 씨와 호킨스 양에게 무관심하도록 그냥 내버려둘 수 없어요."

"제가 엘턴 씨를 만나면……," 제인이 대답했다. "당연히 관심을 갖게 되겠죠. 저로선 만나보는 게 먼저예요. 그리고 캠벨 양이 결혼한 건 몇 달 전 일이라서 어땠는지도 가물가물하네요."

"맞아요, 말씀하신 대로 엘턴 씨가 떠난 지 사 주밖에 안 됐죠, 우드하우스 양." 베이츠 양이 말했다. "어제로 딱 사 주가 됐어요. 호킨스 양이라니! 전 늘 이 근방의 아가씨와 맺어질 거라고 생각했었는데 말예요. 그렇다고 제가…… 그러니까 콜부인이 한번은 저에게 살그머니 하신 말씀이 있는데 전 그 즉시 이렇게 대답했답니다. '아뇨, 엘턴 씨는 정말 흠잡을 데 없는 청년이에요. 하지만…….' 요컨대 제가 이런 종류의 일을 알아차리는 데 눈치가 대단히 빠른 편은 못 돼요. 눈치가 빠르다고 우기지도 않고요. 그저 눈앞에 닥쳐야 보게 되죠. 동시에 엘턴 씨가 열렬히 바랐을 거란 사실은 누구도 의심할 수 없을걸요. 우드하우스 양이 제가 계속 떠들게 해주시네요, 친절하셔라. 누구의 기분도 나쁘게 할 생각이 없다는 걸 아시는 거죠. 스미스 양은 어떻게 지내죠? 지금은 몸이 꽤 좋아진 것 같던데. 최근에 존 나이틀리 씨 부인 소식은 들으셨나요? 아, 그 귀여운 아이들 생각이 나네요. 제인, 내가 딕슨 씨를 상상하면서 존 나이틀리 씨를 생각했던 것 아니? 생김새를 두고 말이야. 훤칠한 키에 표정도 그렇고. 또 과묵한 편이고."

"전혀 달라요, 이모. 두 분은 닮은 데가 전혀 없어요."

"거참 이상하네! 하긴 사람을 직접 보지도 않고 생각만으로 어떻게 알겠니. 한 가지 생각이 잡히면 그때부터 일사천리로 그 방향으로만 생각하게 되니. 딕슨 씨는 그러니까 엄밀히 말해서 미남은 아니라는 거지?"

"미남이라고요? 아! 천만에요. 미남하고는 전혀 거리가 멀어요. 아주 평범해요. 제가 평범하게 생겼다고 말씀드렸었잖아요."

"애, 캠벨 양은 딕슨 씨가 못생겼다고 생각하지 않는다고 네가 그랬잖니. 그리고 네가 네 입으로……."

"아, 제 판단은 전혀 중요하지 않아요. 전 제가 존중하는 사람에 대해선 늘 잘생겼다고 생각하니까요. 하지만 제가 그분을 평범하게 생겼다고 말했을 때, 그건 대부분의 사람들이 그리 생각한다는 뜻이었어요."

"아, 제인, 아무래도 이쯤에서 얼른 가봐야겠다. 날씨가 심상치 않은 게 할머니가 걱정하시겠어. 마음 써주셔서 정말 감사해요, 우드하우스 양. 그래도 이제 정말 가봐야겠어요. 정말 이루 말할 수 없이 기분 좋은 소식이었네요. 콜 부인에게 잠시 들러야겠어요. 하지만 3분 이상 있진 말아야지. 제인, 넌 곧장 집으로 가는 게 좋겠다. 혹여 소나기라도 맞으면 안 될 일이지! 그래도 하이버리에 와서 벌써 좋아진 것 같다니까요. 감사드려요, 진심으로 감사드립니다. 고너드 부인 댁에 들를 생각은 하지 말아야겠어요. 부인은 삶은 돼지고기만 좋아하시니. 그래도 우리가 양념한 다리 고기를 맛보면 생각이 달라지실 거야. 안녕히 계세요, 우드하우스 씨. 아! 나이틀리 씨도 오시네요. 어쩜, 이렇게까지! 제인이 피곤해하면 친절하게도 부축을 해주실 분이지요. 엘턴 씨와 호킨스 양이라니! 안녕히 계세요."

아버지와 단둘이 남게 되었을 때, 에마는 잘 알지도 못하는 사람과 서둘러 결혼하는 젊은이들의 행태를 개탄하는 아버지의 이야기에 절반쯤 관심을 기울이고, 나머지 절반은 이 문제에 대해 나름대로 생각해보는 데 할애했다. 엘턴 씨의 상처가 오래가지 않았다는 증거라는 점에서 에마 본인에겐 더없이 유쾌하고 환영할 만한 소식이었다. 그러나 해리엇을 생각하면 안타까웠다. 해리엇이 크게 상심하리라는 건 불 보듯 뻔한데 에마로선 제일 먼저 이 사실을 알려주어 다른 사람한테 느닷없이 듣는 일을 면하게 해주는 것 말고는 할 수 있는 일이 없었다. 그렇지 않아도 해리엇이 찾아올 때가 되었다. 오다가 베이츠 양을 만나게 되면 어쩌나! 비까지 내리기 시작하자, 날씨 때문에 해리엇이 고더드 부인 댁에 있는 시간이 길어지면서 결국 전혀 준비되지 않은 상황에서 이 비보를 전해 듣게 될 것임을 각오하지 않을 수 없었다.

소나기는 거세게 내렸지만 이내 그쳤다. 그리고 비가 그친 지 5분이 지났을 때 해리엇이 들어왔다. 달아오른 얼굴에 흥분한 표정으로 보아 터질 것 같은 가슴을 안고 달려온 것이 틀림없었다. "아! 우드하우스 양! 무슨 일이 일어났는지 아시나요!" 들어오자마자 터져 나온 말은 그녀의 낭패감을 고스란히 드러내고 있었다. 이미 비보로 인한 충격에 휩싸인 마당에 에마는 열심히 들어주는 것 이상의 친절을 베풀 수 없겠구나 싶었다. 그래서 해리엇은 방해받지 않고 할 말을 가열하게 쏟아냈다. "30분쯤 전에 고더드 부인 댁에서 출발했어요. 비가 내릴까 봐 걱정했어요. 당장이라도 억수같이 퍼부을 기세였거든요. 그래도 비가 내리기 전에 하트필드에 도착할 수 있지 않을까 싶어서 가급적 서둘러 걸었어요. 그러다 드레스 재봉을 맡긴 아가씨네 집을 지나치게 돼서 잠깐 들러 어느 정도 완성이 됐나 확인하려 했어요. 아주 잠깐 머물렀던 것 같은데 나서자마자 비가 내리기 시작해서 어떻게 해야 할지 모르겠더라고요. 그래서 곧장 포드 상점까지 전력으로 달려가서 비를 피했죠." 포드 상점은 모직물과 아마포, 방물류를 함께 취급하는 상점으로,* 이 지역에선 규모 면에서 최고인 데다 유행에도 가장 민감한 곳이었다. "그래서 무슨 일이 일어났는지 짐작도 못 한 채 거기 앉아 있었는데, 한 10분 남짓 지났을까, 갑자기 누가 들어오는 거예요. 정말 이상도 하죠! 하긴 그 사람들은 늘 포드 상점에서 샀으니까 놀랄 일도 아니지만요. 누구겠어요! 엘리자베스 마틴과 그 오빠였어요! 맙소사, 우드하우스 양! 생각해보

*모직물 포목상은 모직물을, 리넨 포목상은 리넨과 관련 직물을 팔았고, 방물장수는 의복류를 비롯해 리본 같은 의복 장식품들을 팔았다. 포드 상점은 모든 종류의 직물을 파는 종합 직물 상점이라고 할 수 있다.

세요. 전 기절하는 줄 알았어요. 어떻게 해야 할지 모르겠더라고요. 문 근처에 앉아 있었기 때문에 엘리자베스는 곧바로 절 봤지만, 마틴 씨는 미처 못 보고 우산을 고르느라 정신이 없더군요. 엘리자베스는 분명 저를 봤는데 보자마자 고개를 돌리곤 못 본 척하더라고요. 그러더니 둘 다 가게 저쪽 끝으로 갔어요. 전 그대로 문 근처에 앉아 있었고요! 아! 하느님. 얼마나 비참한 심정이었는지 몰라요! 그때 제 얼굴은 제 드레스 못지않게 하얗게 질려 있었을 거예요. 비 때문에 어디 다른 데로 피할 수도 없었고요. 그래도 거기만 아니라면 세상 어디라도 괜찮을 것 같은 심정이었어요. 아! 우드하우스 양. 그러다 마침내 그분이 이리저리 둘러보다가 저를 본 것 같았어요. 왜냐면 엘리자베스가 물건을 고르다 말고 서로 귓속말을 하기 시작했거든요. 틀림없이 제 이야기를 하고 있었을 거예요. 제 생각엔 오빠가 저에게 말을 걸어보라고 동생을 설득하는 것 같더라고요. (우드하우스 양 생각에도 그가 그랬을 것 같나요?) 그러더니 엘리자베스가 바로 다가오더라고요. 가까이 와서는 어떻게 지내냐고 묻는데 저만 괜찮으면 악수도 할 기세였어요. 태도는 예전과 사뭇 달랐어요. 제 눈엔 그렇게 보였어요. 친절하게 대하려고 애쓰는 것 같아서, 악수도 하고 선 채로 잠깐 이야기도 나눴어요. 하지만 제가 무슨 말을 했는지도 기억이 안 나요. 너무 떨려서 정신이 하나도 없었거든요! 엘리자베스가 요새 통 못 봐서 아쉽다고 말한 건 기억이 나요. 어떻게 이렇게까지 친절할 수 있을까 싶더라고요. 우드하우스 양, 전 정말 이루 말할 수 없이 비참했어요! 그때쯤 비가 서서히 잦아들더군요. 설령 하늘이 무너지는 일이 있어도 그 자리를 벗어나야겠다고 마음먹었어요. 그런데 그때, 누가 생각이나 했을까요! 그 사람도 제 쪽으로 오고 있지 뭐예요! 천천히 다가오는 모습이 자기도 뭘 어떻게 해야 할지 모르는 사람 같았어요! 그렇게 다가와선 말을 걸어서 저도 대답했어요. 그렇게 한동안 죽고 싶은 심정으로 서 있는데, 어떻게 해야 할지 갈피를 못 잡겠더라고요. 그러다가 용기를 내서 비가 그쳤으니 이만 가야겠다고 말했어요. 그렇게 가게를 나서서 채 3야드도 못 갔을 때 그분이 절 따라와선 하트필드로 가는 길이라면 콜 씨네 마구간 쪽으로 돌아가는 게 훨씬 나을 거라고, 지름길은 비 때문에 물에 잠겼을 거라고 그렇게만 말해주더군요. 아! 그가 그 말을 해주지 않았다면 전 물에 빠져 죽었을지도 모르겠단 생각이 들더라고요! 그래서 정말 감사하다고 말했어요. 그 말도 안 할 수는 없으니까요. 마틴 씨는 엘리자베스에게 돌아갔고 저는 마구간을 돌아서 왔어요. 분명히 그렇게 왔을 거예요. 하지만 제가 어디로 왔는지, 무슨 생각을 했는지 거의 기억이 안 나요. 아! 우드하우스 양, 지금껏 말한 일을 피할 수만 있다면 무슨 짓이든 다 할 것 같은 기분이에요. 그래도 있죠, 그분이 그렇게 호방하고 친절하게 대해주시니 기쁘더라고요. 그리고 엘리자베스도요. 아! 우드하우스 양, 제게 말씀 좀 해주세요, 제 마음을 다시 편하게 해주세요."

에마는 진심으로 그러고 싶었다. 그러나 당장은 그럴 여력이 없었다. 잠시 숨을 고르며 생각을 해야 했다. 그녀의 마음

또한 편치 않았다. 그 청년과 여동생의 행동은 진심 어린 감정에서 우러나는 것 같았고, 자신도 모르게 그런 그들에게 안쓰러움을 느꼈던 것이다. 해리엇의 말대로 그들의 행동에선 상처받은 감정과 해리엇을 걱정하는 진심 어린 마음이 묻어났다. 그러나 그들이 선량하고 훌륭한 사람들이라는 것은 전에도 알고 있던 사실이었다. 그렇게 엇나간 인연으로 인한 상처가 이제 와서 달라질 게 있을까? 그런 일로 심란해하는 건 어리석은 짓이었다. 물론 그는 해리엇을 잃게 되어서 아쉬웠을 것이다. 그들 모두가 아쉬워했을 것이다. 사랑 못지않게 야심도 꺾였을 것이다. 그 가족들 모두 해리엇과의 인연으로 신분 상승을 꿈꾸었을 것이다. 게다가 해리엇이 한 말에 무슨 큰 의미가 있을까? 아무것도 아닌 일에 즐거워하고 분별력이라고는 거의 없다시피 한데. 그런 그녀의 칭찬이 무슨 의미가 있겠는가?

에마는 스스로를 다독이고 그런 것쯤은 사소한 일이니 곱씹을 필요 없다고 말하면서 해리엇의 마음을 풀어주려고 애썼다.

"한동안은 괴롭겠지만," 에마가 말했다. "그래도 정말 훌륭하게 대처했어. 이제 다 끝났잖아? 그리고 앞으로 다시는 그런 일 없을 거야. 일어난다 해도 처음 만났을 때와는 다를 거고, 그러니 마음에 둘 필요 없어."

해리엇은 "옳은 말씀이에요"라고 말하고는 "생각하지 않을래요" 하고 덧붙였다. 하지만 그런 후에도 그녀는 그 이야기를 계속 꺼냈고, 다른 이야기는 하지 못했다. 결국 에마는 해리엇의 머릿속에서 마틴 남매를 몰아내기 위해 어쩔 수 없이 그 소식을 꺼내야만 했다. 애초 지극히 신중하게 이야기를 할 생각이었지만, 가엾은 해리엇의 마음에서 현재 엘턴 씨가 차지하는 비중이 그 정도라는 사실에 기뻐해야 할지, 화를 내야 할지, 부끄러워해야 할지, 아니면 그냥 재미있어해야 할지 알 수가 없었다.

그러나 엘턴 씨의 권리는 서서히 회복되었다. 처음 그 소식을 들었을 때는 관심의 정도가 하루나 한 시간 전에 들었다면 느꼈을 감정에 못 미쳤을 테지만, 이내 호기심이 커지기 시작했다. 그리고 첫 대화가 끝나기 전에 해리엇은 이 운 좋은 호킨스 양에 대한 호기심과 경탄, 회한, 고통, 즐거움이 몰고 온 온갖 감각에 사로잡혀 떠들어댔고, 그 덕에 마틴 씨에 관한 일은 그녀의 머릿속에서 적당히 뒷전으로 물러났다.

에마는 마틴 씨와 우연히 만나게 된 것을 오히려 다행으로 여기게 되었다. 처음 받을 충격을 누그러뜨리는 데도 도움이 되었고, 그 여파가 오래가는 것 아닐까 불안해할 염려도 없었다. 지금 해리엇이 사는 곳은 마틴 가족이 일부러 찾지 않는 한 오기 힘든 곳이었고, 지금까지는 용기가 부족해서인지 아니면 겸손이 부족해서인지 몰라도 찾아오는 일이 없었다. 마틴 자매는 해리엇이 오빠의 청혼을 거절한 뒤로 고더드 부인 댁에 발길을 끊었다. 그래서 부득이한 사정이 생기거나 말을 꺼낼 용기가 생겨서 그들이 다시 만나게 되는 일은 열두 달이 지나도 일어나지 않을 것 같았다.

4

흥미로운 상황에 처한 사람들에게 관심이 가는 것은 인간의 본성이라서, 가령 결혼하거나 죽음을 맞게 된 젊은이에 대해서는 좋은 쪽으로 이야기하게 마련이다.

하이버리에서 호킨스 양의 이름이 처음 거론된 지 채 일주일도 지나지 않아, 그녀는 이런저런 이유로 외모와 마음씨가 모두 뛰어난 사람으로 알려지게 되었다. 아름답고 우아하며 대단히 교양 있고 상냥하기가 이루 말할 수 없다는 것이었다. 그래서 엘턴 씨가 행복한 기대를 안고 금의환향해서 장안의 화제로 떠오른 그녀의 미덕을 두루두루 알리려 했지만, 정작 알려줄 만한 것은 그녀의 세례명과 그녀가 주로 연주하는 곡명 말고는 거의 남아 있지 않았다.

엘턴 씨는 참으로 행복한 사내가 되어 돌아왔다. 청혼을 거절당하고 굴욕감에 치를 떨며 떠났던 그였다. 딴에는 계속해서 열렬히 지지를 받은 것 같아 희망이 하늘 높은 줄 모르고 치솟았으나 결국 낙심하고야 말았다. 그리고 하늘이 정해준 인연이라고 생각했던 여성을 잃은 건 물론이요, 그에겐 얼토당토않은 여성의 남편감으로 전락하기까지 했다. 그는 씻을 수 없는 치욕 속에 떠났다가 다른 여성과 약혼해서 돌아왔다. 그녀는 물론 첫 번째 여성보다 더 우월한 사람이었으니, 그와 같은 상황이라면 언제나 얻은 것이 잃은 것보다 더 우월해 보이는 법이다. 그는 유쾌하고 만족스러운 기분으로 돌아와 열심히 돌아다넜고, 우드하우스 양은 전혀 신경 쓰지 않았으며, 스미스 양은 무시했다.

매력적인 오거스타 호킨스 양은 완벽한 미모와 미덕이라는 흔한 장점들과 더불어 독립적인 재산까지 소유하고 있었다. 흔히 1만 파운드로 얘기되곤 하는 수천 파운드의 재산으로, 편의는 물론 얼마간의 품격도 유지할 만한 금액이었다. 멋진 이야기가 아닌가. 엘턴 씨는 자신을 함부로 내던지지 않았고, 1만 파운드 혹은 그에 버금가는 재산을 가진 여자를, 그냥도 아니고 유쾌하리만큼 빨리 얻었다. 처음 소개받은 지 불과 한 시간만에 각별한 관심을 갖게 되었으니 말이다. 엘턴 씨가 콜 부인에게 들려준 이야기에 따르면 둘 사이에 애정이 싹트고 커져가는 과정은 가히 영예로움으로 가득 차 있었다. 우연히 맞닥뜨린 후로 그린 씨네 정찬과 브라운 씨네 파티에 이르기까지 속전속결로 진행되었다. 미소를 짓고 얼굴을 붉히는 일은 더 깊은 의미를 갖게 되었고, 서로를 의식하고 동요하는 일이 곳곳에서 생겨났다. 예의 숙녀는 걸핏하면 감동했고 다정하기 그지없었으니, 이해를 돕기 위해 요점을 말하자면 그가 어떻게 해도 받아들일 태세여서, 엘턴 씨는 허영과 신중함을 동시에 채울 수 있었다.

그로서는 실체와 환상, 즉 재산과 애정이라는 두 마리 토끼를 다 잡은 셈이었으니 행복하지 않다면 오히려 이상할 지경이었다. 입을 열 때마다 본인과 본인의 관심사에 대한 얘기만 했으니, 다들 좋아할 거라 여기고 농담거리가 되는 것도 각오한 것 같았다. 그 자리에 있던 숙녀들에 대한 태도도 사뭇 달라져, 몇 주 전이었으면 조심스럽게 비위를 맞췄을 것을 이제는 사근 사근하고도 격의 없이 대하는 것이었다.

결혼식은 머지않아 치러질 예정이었으니, 다른 사람들 눈치를 볼 일도 없었고 필요한 준비를 하는 것 외에는 기다릴 일도 없었다. 그래서 그가 다시 바스로 떠나자, 사람들은 그가 하이버리로 돌아올 때 신부를 데리고 올 거라고 예상했고, 콜 부인 역시 같은 생각을 하고 있는 눈치였다.

그가 하이버리에 잠시 머무는 동안 에마는 그를 거의 보지 못했다. 하지만 첫 만남은 이것으로 끝났다고 생각해도 무리가 없었고, 또 반감과 허식으로 똘똘 뭉쳐 안하무인이 된 그를 보니 조금도 나아진 게 없다는 생각이 들어 아쉽지는 않았다. 이제 그녀는 그런 사람에게 호감을 느꼈던 자신을 이해할 수 없을 지경이었다. 그리고 그를 볼 때마다 모종의 불쾌한 감정들을 떨치려야 떨칠 수가 없었는데, 도덕적 차원에서 이를 속죄나 교훈, 그녀의 내면에 자양분이 될 굴욕감의 원천으로 삼는다면 몰라도, 다른 일로 다시 그를 만나게 되는 일은 결코 없기를 바랐다. 그녀는 엘턴 씨의 앞날이 순탄하기를 바랐지만 그를 보는 것은 고역이었기에, 그가 20마일쯤 떨어진 곳에서 잘 산다면 더없이 만족스러울 것 같았다.

그러나 그가 하이버리에서 계속 살면서 안길 괴로움은 그의 결혼과 함께 약해질 것이 분명했다. 그가 결혼하면 쓸데없는 걱정 가운데 상당 부분을 미연에 방지할 수 있을 것이고, 어색한 분위기도 다소간 부드러워질 터였다. 엘턴 부인의 존재가 전과 같지 않은 그들의 관계에 그럴싸한 명분을 제공해줄 것이고, 사람들 입에 오르내리는 일 없이 자연스레 멀어질 수 있을 것이었다. 서로 형식적인 예의를 차리는 관계를 다시 시작하는 것과 다름없었다.

그 숙녀에 관해서라면 에마는 거의 관심이 없었다. 엘턴 씨의 배필이 될 만한 사람일 거라는 점에는 추호의 의심도 없었다. 하이버리에 어울릴 만한 교양과 미모를 갖추었겠지만, 해리엇 옆에 있으면 필시 평범해 보일 터였다. 인척 관계에 있어서도 에마는 기가 죽을 일이 없었다. 엘턴 씨는 자신의 권리를 과시하며 해리엇을 무시했지만, 그럼에도 무엇 하나 제대로 이룬 것이 없는 듯 보였다. 이 사안에 대해서라면 사실을 추적할 수 있었다. 그 여자가 어떤 사람인지는 확실치 않았지만 누구인지는 알아낼 방법이 있었다. 그리고 1만 파운드를 제외하면 그 여자가 해리엇보다 나을 건 아무것도 없어 보였다. 그 여자에겐 가문도 혈통도 인척도 전무했다. 호킨스 양은 브리스틀*에 사는 어떤 사람의 두 딸 중 막내였다. 물론 그 사람은 상인이라 불러야 마땅할 것이다. 그러나 상인으로 살면서 모은 재산을 전부 합해봤자 그저 그런 수준이어서, 그가 몸담은 업종

---

* 활발한 해상무역과 훌륭한 항만 시설 덕에 브리스틀은 18세기 영국에서 두 번째로 큰 도시가 되었다. 당시 영국 식민지였던 북아메리카 대륙, 서인도 제도의 설탕, 담배, 노예 교역이 이루어졌으며 식민지를 대상으로 한 영국 상품 교역도 활성화되었다. 이 덕에 브리스틀엔 대규모 상인 커뮤니티가 형성되었고 그들은 엄청난 부를 누렸지만, 신분상으로는 여전히 젠트리(땅을 소유한 신사 계급)에 머물렀다.

의 품격 또한 그저 그런 수준이라고 생각해도 부당한 일은 아닐 터였다. 호킨스 양은 매년 겨울이 되면 바스로 가서 얼마간 지냈었다. 그렇지만 브리스틀이, 브리스틀의 중심부가 그녀의 집이었다. 몇 년 전에 양친을 여의었고, 법조계에 종사하는 삼촌 한 명이 있었는데 법조계에 있다는 사실 이상으로 눈에 띄게 명예로운 일을 한 적은 없었다. 호킨스 양은 그런 삼촌과 함께 살았다. 에마는 그가 다른 변호사 밑에서 단조로운 업무를 겨우겨우 해낼 뿐, 너무 멍청해서 출세도 못 했을 거라고 짐작했다. 그러므로 그 집안에서 그나마 내세울 만한 사람이라고는 맏딸밖에 없는 듯했는데, 그도 그럴 것이 그녀는 브리스틀 부근에 살고 있는, 부유하고 지체 높은 신사와 결혼을 했던 것이다. 마차를 두 대나 소유한 신사를 남편으로 두었으니 대단히 시집을 잘 간 셈이었다.* 여기까지가 그 집안의 이력이자 호킨스 양이 누리는 영광의 전말이었다.

에마가 이 모든 정황을 어떻게 생각하는지 해리엇에게 털어놓을 수만 있다면! 그녀가 해리엇을 부추겨 사랑에 빠지게 만들었건만, 슬프구나! 이제 해리엇은 에마가 어떤 말을 해도 그 사랑에서 쉬이 빠져나올 줄을 몰랐다. 다른 남자로 대체될 수 있을지도 모른다. 틀림없이 그럴 날이 올 것이다. 그건 두말할 필요 없이 확실하다. 하다못해 로버트 마틴으로도 족할 것이다. 그러나 사랑 말고 다른 어떤 것도 그녀를 치유할 수 없을

---

*당시 마차는 매우 값비쌌기 때문에 마차 소유는 부와 지위를 가늠하는 척도가 되었다. 두 대의 마차를 소유하는 건 흔치 않은 경우였다.

것이기에 에마는 두려웠다. 해리엇은 일단 사랑에 빠지면 늘 그 속에 빠져 사는 유형이었다. 그런데 지금, 이렇게 딱한 아가씨가 다 있을까! 엘턴 씨가 다시 나타나면서 해리엇의 상태는 한층 나빠졌다. 그녀는 어디를 가도 엘턴 씨의 모습을 보았다. 에마는 딱 한 번 봤을 뿐인데, 해리엇은 하루가 멀다 하고 두세 번씩 그와 마주치거나 그를 놓치거나 그의 목소리를 듣거나 그의 어깨를 보거나 그를 마음에 품고서 따뜻한 애정의 감정 속에서 소스라치고 또 넘겨짚고 있었다. 게다가 엘턴 씨 이야기는 끊임없이 그녀의 귀에 들려왔다. 하트필드에 머물 때를 제외하면, 그녀는 언제나 엘턴 씨를 흠잡을 데 없는 남자로 여기고 그에 관한 이야기를 최고의 화젯거리로 삼는 사람들 사이에 있었기 때문이다. 그리하여 그의 수입, 하인들, 가구를 비롯해 그의 결혼을 준비하는 과정에서 이미 일어났거나 앞으로 일어날 법한 일들을 시시콜콜 전하는 온갖 말과 추측들이 그녀를 둘러싸고 끊임없이 소용돌이쳤다. 사람들이 그에게 바치는 변함없는 찬사를 들으며 그에 대한 해리엇의 호감은 강렬하게 되살아났고, 미련은 사라질 줄 몰랐다. 그리고 호킨스 양이 얼마나 행복한지 끝도 없이 반복해 듣는 것도 모자라, 엘턴 씨가 얼마나 깊이 사랑에 빠졌는지 알리는 말을 시도 때도 없이 들으며 속이 타들어가는 심정이었다. 집 주변을 산책할 때 풍기는 분위기부터 모자를 쓰는 모양새까지, 머리부터 발끝까지 사랑에 푹 빠졌음을 보여준다나!

마음 편히 즐길 만한 일이었다면, 해리엇에게 상처가 되지 않는 일이었다면, 혹은 스스로를 탓할 필요가 없는 일이었다면, 에마는 해리엇의 마음이 오락가락하는 것을 재미있게 여겼을 것이다. 엘턴 씨가 그녀의 마음을 차지하는가 하면, 마틴 씨가 주도권을 쥘 때도 있었다. 서로를 견제한다는 점에서 두 남자 모두 얼마간 도움이 되었다. 엘턴 씨의 약혼은 마틴 씨와의 우연한 만남으로 동요된 마음을 치유해주었다. 엘턴 씨의 약혼 소식을 들었을 때 느낀 참담함은 며칠 뒤 엘리자베스 마틴이 고더드 부인 댁을 방문하면서 다소나마 뒷전으로 밀려났다. 그때 해리엇은 집에 없었지만 마틴 양은 미리 써둔 쪽지를 남기고 간 터였다. 매우 감동적인 내용으로 다정한 마음이 넘치는 가운데 살짝 서운함을 표하고 있었다. 그래서 엘턴 씨가 나타날 때까지 해리엇은 그 쪽지에 마음을 뺏긴 채 그녀에게 어떻게 보답해야 할지 고민했고, 말로 표할 수 있는 것 이상으로 화답하고 싶어 했다. 그러나 마침내 나타난 엘턴 씨가 그 모든 고민들을 일거에 몰아내버렸고, 그가 머무는 동안 마틴 가족은 잊힌 존재가 되었다. 그가 다시 바스로 떠난 바로 그날, 에마는 그로 인해 생긴 해리엇의 괴로움을 얼마간 덜어주려면 엘리자베스 마틴을 찾아가는 것이 가장 좋겠다고 판단했다.

마틴 양의 방문에 어떻게 답례할지, 어떤 절차가 필요하며 어떻게 해야 뒤탈이 없을지 뾰족한 수가 떠오르지 않아 고민이 되었다. 초대를 받았는데 그 집 어머니와 누이들을 완전히 무시한다면 배은망덕한 처사가 될 것이다. 절대로 그래선 안 된다. 그렇지만 자칫하면 이번 방문으로 그들과 다시 친해지는 위험에 처하게 된다!

에마는 심사숙고 끝에 해리엇이 답방하는 것 이상의 묘안은 없다고 결론 내리게 되었다. 단, 상대에게 눈치가 있다면 그 방문이 어디까지나 형식적인 친분에 지나지 않음을 확실히 알려주어야 할 것이다. 에마는 마차로 해리엇을 데려가서 애비밀에 내려주고, 자기는 조금 더 멀리 돌다가 곧 다시 그녀를 데리러 가기로 했다. 그렇게 함으로써 마틴 가족이 은연중에 해리엇의 마음을 사로잡아 지난 추억을 상기시키지 못하도록 위험을 차단하고, 앞으로 그들에게 어느 정도의 친분을 보여줄 것인지를 확실히 하려는 생각이었다.

이보다 더 나은 묘안은 생각할 수 없었다. 물론 마음속으론 어딘가 켕기는 구석, 겉치레만 했지 뭔가 배은망덕한 구석이 없지 않다는 생각이 들었지만 감행할 수밖에 없었다. 그렇지 않으면 해리엇이 어떻게 되겠는가?

5

해리엇은 그들을 방문하고 싶은 마음이 별로 없었다. 에마가 그녀를 만나러 고더드 부인 댁으로 가기 불과 30분 전 그녀에게 불운이 닥쳤으니, 하필이면 '바스의 화이트 하트,* 필립 엘

*화이트 하트는 바스 지방의 유명 여관으로 오스틴의 다른 작품인 《설득》에서 다수의 인물들이 묵는 장면이 등장하기도 한다.

틴 목사'에게 가는 트렁크 하나가 푸주한의 짐마차에 실리는 바로 그 순간 그곳을 지나치게 된 것이었다. 짐마차는 역마차가 지나는 곳까지 짐을 운반할 예정이었고, 그 결과 해리엇의 세상에선 그 트렁크와 트렁크의 행선지를 제외한 모든 것이 사라져버리고 말았다.

그래도 해리엇은 갔다. 농장에 도착해 사과나무들을 받친 시렁 사이 저택 정문으로 이어지는 넓고 산뜻한 자갈길 끝에서 내렸을 때, 지난가을 그녀를 한없이 즐겁게 해주었던 모든 풍경이 마음을 뒤흔들며 되살아나기 시작했다. 두려우면서도 호기심 어린 표정으로 두리번거리는 해리엇을 보고 에마는 이 방문이 예정했던 15분을 넘지 않도록 하겠다고 마음먹었다. 그녀는 혼자 마차를 타고서, 결혼 후 돈웰에 정착한 옛 하인을 찾아가 얼마간 시간을 보냈다.

15분 후 에마는 정확히 그 집의 흰 대문 앞에 다시 와 있었다. 스미스 양은 그녀의 호출에 지체 없이 나왔고, 그 염려스러운 청년은 따라 나오지 않았다. 그녀는 자갈길을 혼자서 걸어왔고, 마틴 양만이 문간에 나와 격식을 차리며 예의 바른 태도로 배웅했다.

해리엇의 말을 바로 알아듣기란 무리였다. 감정이 북받친 나머지 말을 제대로 할 수 없었던 것이다. 그래도 들리는 말을 조합한 끝에 그들과의 만남이 어땠는지 어떤 괴로움을 가져다주었는지를 알 수 있었다. 해리엇은 마틴 부인과 두 자매만 보았다. 그들은 싸늘하진 않지만 주저하는 태도로 그녀를 맞이했고, 그곳에 머무는 내내 다분히 겉도는 이야기만 했다. 그러다 막바지에 이르러 마틴 부인이 느닷없이 스미스 양이 키가 더 큰 것 같다는 말을 꺼내면서 좀 더 흥미로운 화제가 등장했고 태도도 좀 더 살가워졌다. 바로 그 방에서 지난 9월 해리엇과 두 친구는 키를 쟀다. 그래서 창 옆 징두리널에 연필로 표시하고 메모한 자국이 있었다. 마틴 씨가 한 것이었다. 그들은 모두 그날을, 그 시간을, 그 사람들을, 그 일을 기억하는 듯했고, 똑같이 생각하고 똑같은 아쉬움을 느끼면서 서로에게 깊이 공감했던 때로 되돌아가고 싶은 듯했다. 그리고 다시 막 그때의 모습으로 되돌아가려던 찰나, (에마는 그들 누구보다 해리엇이 제일 살갑고 기꺼웠을 거란 생각을 하지 않을 수 없었다) 마차가 다시 오면서 모든 것이 끝났다. 방문이 이루어진 방식도 그렇게 짧게 끝나버렸다는 것도 그때는 단호하게 느껴졌었다. 고마운 마음으로 여섯 주를 함께 보낸 사람들과 여섯 달도 지나지 않아 다시 만났는데 고작 14분을 내주다니! 그 정황을 머릿속에 낱낱이 그리면서 에마는 그들이 분개한다 해도 지나치지 않으며 해리엇이 괴로워한다 해도 당연하다고 생각하지 않을 수 없었다. 가혹한 처사였다. 마틴가의 지위가 지금보다 높았더라면 에마는 상당히 많은 것을 내주었거나 상당히 많이 참아냈을 것이다. 그런 대접을 해줄 만한 사람들이었으니, 신분만 조금 높았어도 충분했을 것이다. 하지만 현실은 그렇지 않으니 달리 어찌하겠는가? 어림없는 일이었다! 그녀가 후회할 리 없었다. 그들은 헤어져야만 했다. 하지만 그 과정이 여간 고통스러운 것이 아니었다. 이번에는 에마 역시 직잖이 괴로웠다. 그녀는 이내 작은 위안거리가 필요하다고 생각했고, 돌아가는 길에 랜들스에 들르기로 결심했다. 엘턴 씨와 마틴가 사람들은 생각만 해도 진저리가 났다. 랜들스를 방문해 기분을 전환하는 것이 시급했다.

그렇게 계획한 것까지는 좋았다. 그러나 그 집 문 앞에 당도했을 때 그들은 "주인님도 마님도 안 계십니다"라는 말을 들었다. 두 사람 모두 집을 비운 지 꽤 오래됐는데 하인의 말에 따르면 하트필드로 간 게 틀림없었다.

"어떻게 이런 일이 있을 수 있지." 돌아 나오는 길에 에마가 큰 소리로 말했다. "이제 그들과 엇갈리는 일만 남았어. 정말이지 짜증나는 일이야! 이렇게 실망한 적도 없을 거야!" 그녀는 구석 자리에 등을 기대고 앉아 한껏 투덜거리거나 아니면 이성적인 방법으로 불만을 잠재울 생각이었고, 성격이 나쁘지 않은 사람이 흔히 그러하듯 두 과정 모두를 거쳤을 것이다. 그때 마차가 멈춰 서서 그녀는 고개를 들었다. 웨스턴 부부가 그녀에게 말을 걸기 위해 마차를 세우고 서 있었다. 에마는 그들을 보자마자 즐거워졌고, 이내 웨스턴 씨가 다가와 말을 걸자 한층 즐거워졌다.

"잘 있었지? 해리엇 양도 잘 지냈고? 부친과 함께 있다가 오는 길이야. 건강하신 모습을 뵈니 기분이 좋더구나. 프랭크가 내일 와. 오늘 아침에 편지를 받았거든. 내일 정찬 때는 틀림없이 그 애를 보게 될 거야. 오늘은 옥스퍼드에 있고, 내일

오면 꼬박 두 주간 머물 거야. 이렇게 될 줄 알았다니까. 크리스마스에 왔으면 채 사흘도 있지 못했을 거야. 그래서 그 애가 크리스마스에 오지 못한 게 오히려 잘된 일이라고 늘 생각했었지. 이제 날씨도 딱 좋을 때에 그 애를 맞이하게 됐어. 화창하니 비도 안 오는 날들이 계속될 테니까. 우린 그 아이와 참으로 완벽한 시간을 보내게 될 거야. 더도 덜도 말고 우리가 바라는 그대로 됐어."

이런 소식에 담담히 반응하기는 어려웠고, 웨스턴 씨의 행복한 표정에 아무런 영향을 받지 않기란 불가능했으니, 그 아내의 말과 표정만 봐도 확인할 수 있었다. 비록 말수도 더 적고 더 차분했지만 그녀는 남편 못지않은 효과를 발했다. 웨스턴 부인이 프랭크의 방문을 확신한다는 것을 알게 되자 에마도 그렇게 믿게 되었고, 즐거워하는 그들을 보며 진심으로 기뻐했다. 기진맥진해 있던 마음에 활력을 불어넣어주는 기쁜 소식이 아닐 수 없었다. 케케묵은 과거는 다가오는 미래의 신선한 기운에 눌려 가라앉았고, 쏜살같이 스치는 생각 속에서 에마는 엘턴 씨가 더이상 입에 오르내리지 않기를 바랐다.

웨스턴 씨가 엔스컴에서의 일정들을 이야기하면서 그의 아들이 두 주의 기간을 온전히 확보했을 뿐만 아니라 여정과 방식도 자기 뜻대로 정할 수 있게 되었다는 것을 알려주었다. 에마는 귀 기울여 듣고 미소 지으며 축하했다.

"조만간 내가 그 애를 데리고 하트필드로 가마." 그가 이렇게 얘기를 끝맺었다.

남편의 이 말에 웨스턴 부인이 그의 팔을 슬쩍 건드리는 모습이 에마의 눈에 선했다.

"이제 그만 가는 게 좋겠어요, 웨스턴 씨." 웨스턴 부인이 말했다. "우리가 이 아가씨들을 붙잡고 있잖아요."

"그래요, 그래요, 갑시다." 웨스턴 씨는 그렇게 말하고서 다시 에마를 돌아보았다. "그래도 그 애가 출중한 미남일 거라고 너무 크게 기대하지는 마. 아가씨들이 들은 건 내 얘기뿐이잖아. 그렇게 대단한 건 아니니까." 하지만 그 순간 그의 반짝이는 눈은 정반대의 사실에 대한 확신을 담고 있었다.

에마는 아무것도 모르는 양 순진한 표정을 지어 보이면서 그에 걸맞게 담담한 태도로 대답했다.

"내일 4시쯤에 날 생각해줘, 에마." 웨스턴 부인은 떠나면서 에마에게 이렇게 당부했다. 불안감을 담아 그녀에게만 건넨 말이었다.

"4시라니! 그 애는 3시면 올 게 틀림없어요." 웨스턴 씨는 부인의 말을 얼른 정정했다. 그렇게 흡족하기 그지없는 만남은 끝이 났고, 에마의 행복한 기분은 하늘을 찌를 듯했다. 세상이 전혀 다르게 보였다. 제임스와 그의 말들도 전과 달리 그다지 굼뜨지 않게 느껴졌다. 그녀는 산울타리를 보며 딱총나무만큼은 곧 싹을 틔울 거라고 생각했다. 그리고 해리엇에게로 몸을 돌렸을 때 그녀의 얼굴에도 봄에 어울리는 표정, 부드러운 미소가 떠올라 있는 것을 보았다.

"프랭크 처칠 씨가 옥스퍼드 말고 바스도 지나서 오실까요?"

정작 해리엇의 입에서 나온 질문은 그다지 감이 좋지 않았다.

그러나 지리에 눈을 뜨면서 마음의 평정을 한꺼번에 얻을 수는 없는 법. 에마는 때가 되면 둘 다 얻게 되리라고 느꼈다.

그 흥미로운 날의 아침이 밝았고, 웨스턴 부인의 충실한 제자는 4시에 그녀를 생각하기로 한 약속을 10시에도 11시에도 12시에도 잊지 않았다.

'사랑해 마지않는 근심 많은 나의 벗,' 자기 방을 나와 아래층으로 내려가면서 에마는 마음속으로 되뇌었다. '날이면 날마다 세상 모든 사람의 안위를 걱정하면서 정작 자신은 돌보지도 않는군요. 지금도 안절부절못하고 그의 방을 들락날락하면서 모든 준비가 제대로 되었는지 확인하고 있을 당신의 모습이 눈에 선하네요.' 에마가 복도를 지날 때 시계가 12시를 알렸다. '12시네요. 지금부터 네 시간 동안 잊지 않고 당신을 생각할게요. 그리고 내일 이맘때면, 아니면 좀 더 늦은 시간에, 그들 모두가 방문할지도 모른다고 생각하게 되겠지. 틀림없이 그분들이 그를 데리고 올 거야.'

그녀가 응접실 문을 열었을 때 아버지와 함께 있는 두 신사의 모습이 눈에 들어왔다. 웨스턴 씨와 그의 아들이었다. 그들은 불과 몇 분 전에 도착했고, 그녀가 나타났을 때는 웨스턴 씨가 프랭크가 하루 일찍 왔다고 막 설명하고 그녀의 아버지가 매우 깍듯하게 환영하며 축하 인사를 건네고 있던 참이었다. 그래서 그녀도 놀라면서 소개를 주고받고 기쁨을 나누게 되었다.

그토록 오랫동안 사람들의 입에 오르내리며 엄청난 관심의 대상이 되었던 프랭크 처칠이 실제로 그녀의 앞에 있었다. 소개를 받으면서 에마는 그에게 쏟아진 찬사가 그렇게 과장된 것은 아니었다는 생각을 했다. 그는 매우 잘생긴 청년이었다. 키나 태도, 말씨 등 모든 면에서 흠잡을 데 없었고, 생김새가 아버지를 닮아 활력이 넘치고 매우 씩씩했다. 인상은 기민하고 분별 있어 보였다. 에마는 그를 보자마자 좋아하게 될 것 같은 예감이 들었다. 그의 태도엔 본데 있게 자란 사람 특유의 여유가 있었고, 기꺼이 대화를 나누고 싶은 분위기가 풍겨서 에마는 그가 자신과 친해지려는 생각으로 이곳에 왔고, 이내 서로 터놓고 지내게 될 거라는 확신을 갖게 되었다.

프랭크는 전날 저녁 랜들스에 도착했다. 빨리 오고 싶은 마음에 반나절이라도 더 시간을 벌 생각으로 애초의 계획보다 더 일찍 출발하고 더 늦게까지 달려왔다는 말을 듣자 에마는 마음이 흐뭇해졌다.

"내가 어제 말했잖니." 웨스턴 씨가 의기양양해서 큰 소리로 말했다. "프랭크가 정해진 시간보다 앞서 여기 도착할 거라고 말했었지? 옛날에 내가 그렇게 했었거든. 여행을 떠나면 어슬렁어슬렁 다니지를 못하지. 원래 계획했던 것보다 더 빨리 움직여야만 직성이 풀려. 친구들이 내가 언제쯤 오려나 하고 밖을 내다보기도 전에 도착할 때의 기쁨은 일찍 오기 위해 애써야 하는 것보다 훨씬 더 가치가 있거든."

"그렇게 해도 되는 곳에서라면 참으로 즐거운 일이죠." 청년이 말했다. "지금까지는 제가 그렇게 해도 될 거라고 생각할 수 있는 집이 많지 않았지만, '집'으로 오면서는 어떻게 해도 괜찮겠다는 생각이 들더군요."

'집'이라는 말에 청년의 아버지는 새삼 뿌듯한 표정으로 그를 보았다. 에마는 즉시 이 청년이 호감을 살 줄 안다고 생각했고, 이후 그가 한 말을 들으며 그 확신은 더욱 공고해졌다. 그는 랜들스가 정말 마음에 들고 감탄이 절로 나올 만큼 잘 정돈된 저택이라 생각한다고 말하며, 공간이 매우 협소하다는 사실조차 받아들이지 않으려했다. 저택의 입지와 하이버리로 가는 산책로와 하이버리, 더 나아가 하트필드에 대해서도 칭찬을 아끼지 않으면서, 다른 곳이 아닌 바로 이 지역에 언제나 애향심 비슷한 감정을 갖고 있었고, 도저한 호기심에 꼭 와보고 싶었노라고 말했다. 전부터 그 정도로 흠뻑 정이 든다는 것이 가능한 일인가 하는 의구심이 에마의 뇌리를 스치고 지나갔지만, 설령 거짓말을 했다 하더라도 기분 좋은 거짓말, 분위기를 띄우기 위해 꾸며낸 선의의 거짓말이었다. 미리 준비해두었거나 과장하는 듯한 기색은 전혀 없었다. 그는 실로 표정도 말하는 모습도 흔치 않은 기쁨에 빠져 있는 것 같았다.

그들 사이에서는 처음 안면을 트기 시작하는 사람들이 으레 나눌 법한 화제들이 오갔다. 그는 "숙녀분께선 승마를 즐기시나요?" "근사한 승마로가 있나요?" "멋진 산책로는 어떤가요?" "이웃은 많은 편인가요?" "하이버리엔 사교 모임이 많겠지요?" "부근에 참 예쁜 집들이 몇 채 보이던데요." "무도회는요? 무도회도 열리나요?" "모임에선 음악도 즐기시는 편인가요?" 등의 질문을 했다.

질문들에 대한 대답을 듣고 처음의 서먹서먹했던 분위기도 차츰 화기애애해지자, 그는 우드하우스 씨와 웨스턴 씨가 대화를 나누는 틈을 타서 자기 새어머니에 대한 이야기를 꺼냈다. 그는 새어머니에 대해 칭찬을 아끼지 않았고 다정하게 치켜세웠으며, 아버지에게 행복을 안겨주고 자신을 더없이 상냥하게 맞아준 것에 황송해했으니, 호감을 살 줄 아는 사람이라는 점과 함께 에마의 호감을 사는 것을 중요하게 여기고 있다는 점 또한 다시금 입증한 셈이었다. 에마가 보기에 그는 웨스턴 부인이 받아 마땅한 찬사의 말에서 한 마디도 더 보태지 않았지만 기실 그 사안에 대해 아는 것이 거의 없다는 점 역시 의심할 여지가 없었다. 그는 어떤 말을 하면 환영받을지를 아는 사람이었지만 그 이상으로 자신 있게 할 수 있는 말은 없었다.

"아버지의 결혼은 가장 현명한 선택이었습니다." 그는 말했다. "아버지의 벗이라면 한 사람도 빠짐없이 축하해주셨을 겁니다. 그리고 아버지에게 그런 복을 안겨주신 가족 여러분들에게 저는 평생토록 보은하는 마음으로 살겠습니다."

그는 테일러 양의 고결한 품성을 두고 에마에게 감사를 표하려고까지 했지만, 우드하우스 양이 테일러 양의 인격을 수양했다기보다는 테일러 양이 우드하우스 양의 인격을 수양했다고 보는 것이 마땅하다는 사실까지 잊어버린 것 같지는 않았다. 그리고 애먼 이야기는 그만 끝내고 마침내 진짜 하려던 말을 하기로 결심한 듯, 새어머니의 젊음과 아름다움에 놀라움을 표하는 것으로 말을 끝맺었다.

"우아하고 상냥한 태도야 익히 예상했습니다만," 그가 말했다. "모든 정황을 고려해볼 때, 어느 정도 나이가 들고 아주 좋게 말해서 나쁘지 않은 용모일 거라는 정도로 예상했었다고 말씀드려야겠네요. 웨스턴 부인이 이렇게나 젊고 아름다운 여성일 줄은 몰랐습니다."

"설령 당신이 웨스턴 부인에게서 완벽한 점을 끝없이 찾아낸다 해도 전 당연하게 여길 거예요." 에마가 말했다. "설령 부인을 열여덟 살로 보셨다 해도 즐거운 마음으로 귀 기울일 거고요. 하지만 그렇게 말하면 부인은 반박하려 할 거예요. 그러니 당신이 그분을 젊고 아름다운 여성으로 평가했다는 사실이 그분 귀에 들어가지 않도록 조심하세요."

"그 정도의 처신이야 할 줄 안다고 자부합니다만." 그가 대답했다. "그럼요. 염려 마세요. (정중하게 고개 숙여 인사하며) 웨스턴 부인한테 말할 때 누구를 칭찬하면 표현이 과하다는 인상을 주지 않는지 알아두어야겠습니다."

에마는 자신과 그의 만남에 대해 사람들이 품을 만한 기대, 예전부터 그녀의 마음을 강렬하게 지배해왔던 생각을 그도 한 적이 있을지, 그래서 그의 찬사를 동의의 표시로 봐야 할지 아니면 반항의 증거로 봐야 할지 궁금해졌다. 그의 행동 방식을 파악하려면 더 많이 만나봐야 했다. 현재로서 알 수 있는 것은 그의 태도가 마음에 든다는 것뿐이었다.

에마는 웨스턴 씨가 종종 무슨 생각을 하는지 너무도 잘 알았다. 그가 자신들을 예리하게 쳐다보며 흐뭇한 표정을 짓는 것을 여러 번 알아차렸고, 심지어는 쳐다보지 않으려고 애를 쓸 때조차 종종 귀를 쫑긋 세우고 있다고 확신했다.

그녀의 아버지가 이런 생각은 아예 할 줄 모르는 데다 뭔가를 꿰뚫어 보거나 의심하는 능력도 철저히 결여된 사람이라는 점은 더없이 다행스러운 일이었다. 그는 결혼에 찬성하지 않았을 뿐만 아니라 예견할 줄도 모르니 복 받은 셈이었다. 결혼이란 결혼은 다 반대했지만 미리 내다보고 지레 근심할 일도 전혀 없었다. 마치 남녀가 서로 결혼하겠다고 마음먹을 정도로 판단력이 떨어질 리 없다고 생각하는 것 같았다. 실제로 결혼해 그의 예상을 뒤엎을 때까지 말이다. 에마는 아버지의 유용한 무지에 감사했다. 지금 그는 찜찜하게 짚이는 것 하나 없이, 자신의 손님이 뒤통수를 칠 가능성은 조금도 예상하지 못한 채, 친절한 성품을 아낌없이 내보이며 예의 바른 태도로 프랭크 처칠 씨에게 이틀 밤이나 집 밖에서 자느라 얼마나 고생이 많았느냐, 오는 길에 숙박한 곳은 괜찮았느냐 걱정스레 물었고, 사심 없이 순수한 마음으로 그가 감기에 걸리지 않은 것이 확실한지 염려했는데, 하룻밤을 더 지내보기 전까지 그로서는 마음을 놓을 수 없는 일이었다.

이만하면 충분히 머물렀다는 생각이 들자 웨스턴 씨는 자리에서 일어났다. "그만 가야겠습니다. 건초 때문에 크라운 인*에 가서 할 일이 있는 데다 아내가 포드 상점에서 사오라고 한 것도 많아서요. 하지만 다른 사람들까지 일어날 필요는 없습니다." 이 정도 암시만으로도 다 알아들을 만큼 본데 있게 자란 웨스턴 씨의 아들은 지체 없이 따라 일어나 말했다. "아버지께서 일을 보시는 동안 저는 방문할 데가 있습니다. 언제고 해야 할 일이니 지금 해두는 편이 좋겠지요. 영광스럽게도 여러분의 이웃 가운데 한 분과 친분이 있습니다. (에마를 돌아보며) 하이버리 근방에 사는 어느 숙녀분으로, 페어팩스 집안사람이죠. 그 댁을 찾아가는 건 전혀 어렵지 않을 거라고 생각합니다만, 그 댁에서 쓰는 성이 페어팩스는 아닐 것 같네요. 반스나 베이츠라고 말해야 할까요. 그런 성을 쓰는 가족을 혹시 아십니까?"

"알다마다." 그의 아버지가 큰 소리로 말했다. "베이츠 부인 말이구나. 아까 그 집을 지나왔다. 창가에 베이츠 양이 있는 것도 봤고. 그래, 맞아, 네가 페어팩스 양과 안면이 있지. 웨이머스에서 알게 되었다고 했던 기억이 나는구나. 아주 참한 아가씨야. 가봐야지, 당연히."

"꼭 오늘 아침에 갈 필요는 없어요." 청년이 말했다. "다른 날도 괜찮습니다. 하지만 웨이머스에서 알고 지낸 것을 생각하면······."

"아! 오늘 가렴. 오늘 가라니까. 미루지 마. 행하는 것이 옳다면 빨리 할수록 좋은 법이지. 게다가 한 가지 일러줄 게 있다,

---

*하이버리 지역 내 여관으로 웨스턴 씨의 업무는 크라운에서 사육하는 말들이 먹을 건초를 파는 일이었을 것이다. 웨스턴 씨의 영지는 많은 양의 건초를 재배할 수 있을 만큼 넓기에 이런 추측이 가능하다.

프랭크. 여기서는 절대 그 아가씨를 소홀히 대하면 안 돼. 전에 만났을 땐 그 아가씨가 캠벨 가족들과 같이 살던 시절이라 교류하는 모든 사람과 대등한 위치에 있었지만, 여기선 간신히 입에 풀칠하는 나이 든 할머니와 살고 있거든. 일찍 찾아뵙지 않으면 무시하는 걸로 오해받을 거야."

아들은 아버지의 말을 이해한 듯 보였다.

"페어팩스 양이 당신을 안다고 말한 걸 들은 적이 있어요." 에마가 말했다. "정말로 우아한 아가씨죠."

그는 동의했지만 너무 작은 목소리로 "네"라고 대답했기 때문에 에마는 그가 진심으로 동의한 건지 의구심이 들었다. 그러나 제인 페어팩스의 우아함이 그저 흔한 것으로 여겨진다면, 상류 사회에서 말하는 우아함이란 아주 특별한 것이리라.

"이전에 그 아가씨의 태도에서 이렇다 할 인상을 받지 못하셨다면," 에마가 말했다. "오늘은 느끼실 거예요. 페어팩스 양이 얼마나 출중한지 보고 느끼게 되실 거예요. 그녀를 보고 그녀의 말을 들으면……. 아녜요, 어쩌면 그녀가 말하는 걸 전혀 못 들으실 수도 있겠네요. 한시도 입을 다물지 못하는 그녀의 이모 때문에요."

"제인 페어팩스 양을 안다고, 자네가?" 대화에서 늘 뒷북을 치는 우드하우스 씨가 말했다. "장담하네만 정말로 참한 아가씨야. 지금 할머니와 이모를 방문하러 와서 머물고 있는데 그분들 역시 아주 좋은 분들이고. 내가 평생 알고 지낸 사람들이지. 자네를 보면 정말 기뻐하실 거야. 내 장담하지. 하인 한 명을 시켜서 자네에게 길을 안내해주도록 하겠네."

"어르신, 감사합니다만 그러실 것 없습니다. 아버지께서 안내해주실 테니까요."

"하지만 자네 아버지는 그리 멀리 가지 않잖나. 크라운은 길하나만 건너면 되는 곳인걸. 그리고 가는 길에 집들이 너무 많아서 길을 잃기 십상이야. 게다가 길 상태도 엉망이라 보도로만 걸어야 하거든. 우리 마부가 어디서 길을 건너는 게 좋을지자네에게 알려주면 될 거야."

프랭크 처칠 씨는 더없이 진지한 태도로 거듭 사양했다. 그러자 그의 아버지가 아들의 말에 힘을 실어주기 위해 큰 소리로 말했다. "친절한 말씀 감사합니다만 그러실 필요 없습니다. 프랭크도 물웅덩이쯤은 알아볼 줄 압니다. 그리고 베이츠 부인댁이라면 크라운에서 세 번만 건너뛰어도 갈 수 있는 거리 아닙니까."

결국 그들 부자는 가도 좋다는 허락을 받았다. 두 신사 중한 사람은 다정하게 고개를 끄덕이고, 다른 한 사람은 우아하게 허리 숙여 인사한 후 길을 나섰다. 에마는 이런 식으로 첫만남을 갖게 되어서 몹시도 기뻤고, 언제라도 랜들스의 모든사람들이 평안하리라는 확신을 갖고서 그들을 생각할 수 있게되었다.

6

다음 날 아침 프랭크 처칠 씨가 다시 찾아왔다. 웨스턴 부인도 함께 왔는데, 그는 부인과 하이버리 둘 다 진심으로 좋아하게 된 것 같았다. 집에 머물면서 부인의 산책 시간이 될 때까지 이야기를 나누다가 산책하고 싶은 곳을 고르라는 말에 즉시 하이버리로 정한 모양이었다. "어디든 산책하기에 그만일 거라 확신하지만, 그래도 제게 고르라고 하신다면 전 언제나 같은 선택을 할 겁니다. 하이버리, 바람이 선선하게 통하고 상쾌하고 행복이 가득한 하이버리에 전 늘 매료될 겁니다." 웨스턴 부인에게 하이버리는 하트필드를 의미했고, 그녀는 프랭크도 그렇게 여기겠거니 생각했다. 그렇게 둘은 즉시 그곳으로 산책을 나섰다.

에마는 그들의 방문을 미처 예상하지 못했다. 그보다 앞서 자기 아들이 정말 잘생겼다는 말을 듣고 싶어서 들렀던 웨스턴 씨조차 그들의 계획을 전혀 알지 못했던 것이다. 에마는 두 사람이 서로 팔짱을 낀 채 집으로 걸어 올라오는 모습을 보고서 반색하며 놀라워했다. 그렇지 않아도 그를 다시 보고 싶었고, 특히 웨스턴 부인과 함께 있는 모습을 보고 싶던 참이었다. 웨스턴 부인과 함께 있을 때 그가 어떤 태도를 보이느냐에 따라 그에 대한 그녀의 평가도 달라질 것이었다. 만약 소홀한 데가 보인다면 만회할 방법은 절대 없을 것이다. 그러나 그들이 함께 있는 것을 보자마자 에마는 더할 나위 없이 흡족해졌다.

그는 비단 번드르르한 말이나 과장된 찬사로 경의를 표한 것이 아니었다. 부인에 대한 그의 가감 없는 태도만큼 적절하거나 유쾌한 것도 없었다. 그녀와 친분을 쌓고 그녀의 애정을 받고자 하는 마음을 그보다 더 기분 좋게 보여줄 수는 없을 터였다. 그들이 오전* 내내 머문 덕분에 에마에게는 제대로 판단을 내릴 시간적 여유가 주어졌다. 세 사람은 함께 한두 시간 산책을 했다. 처음엔 하트필드의 관목 숲을 한 바퀴 돌았고, 그다음엔 하이버리 시내를 걸었다. 그는 보이는 모든 것에 기뻐했고, 우드하우스 씨가 들어도 흡족해할 만큼 하트필드를 찬미했다. 그리고 좀 더 멀리까지 가보자는 의견이 모이자, 그는 마을 전체를 알고 싶다는 바람을 표하며 에마가 짐작한 것보다 훨씬 더 자주 칭찬과 관심의 대상을 찾아내는 것이었다.

그가 호기심을 보인 것들 중 몇몇은 그의 온후하기 그지없는 감성을 대변해주었다. 그는 아버지가 매우 오랫동안 살았고 할아버지가 소유했던 저택을 보여달라고 간청했다. 그리고 자신의 유모였던 노부인이 여전히 살아 있음을 떠올리고는 그녀가 사는 오두막을 찾기 위해 거리의 이쪽 끝에서 저쪽 끝까지 걷는 수고도 마다하지 않았다. 그가 찾거나 관심을 보이는 대상들 가운데는 딱히 그의 장점을 보여주지 못하는 것도 있었지만, 그 역시 대체로 하이버리 전반을 좋게 보는 그의 마음을 드러냈으니, 일행들에게는 장점이나 다를 바 없었다.

*오전은 낮 시간의 대부분을 의미했다. 아침에는 집에 머무는 게 당시 관습이었기 때문에 에마의 방문객들은 한낮이 되어서야 그녀를 방문했다.

에마는 그를 지켜보면서 지금껏 보여준 감정들로 보건대 그 동안 그가 하이버리에 오지 않은 것이 자의였다고 생각하는 건 부당하며, 그가 연기를 한 것도 아니요 보란 듯이 위선적인 말 들을 늘어놓은 것도 아니니 그에 대한 나이틀리 씨의 평가는 공정하지 않다고 생각했다.

그들이 처음 걸음을 멈춘 곳은 크라운 인으로, 여관으로서 는 으뜸가는 곳이었지만 건물은 보잘것없는 데다 대기중인 역 마 한 쌍도 사실상 여행자들을 위해서라기보다는 이웃의 편의 를 배려한 것에 지나지 않았다.* 그래서 일행은 그가 그곳에 흥 미를 느껴서 한참 지체할 거라는 예상은 전혀 하지 못했다. 그 래도 그들은 그곳을 지나며 딱 보기에도 확장한 티가 나는 큰 방에 얽힌 과거사를 들려주었다. 그 방은 수년 전 무도회장으 로 지어졌는데, 이 마을에 유독 사람들이 많고 춤을 즐기던 시 절엔 이따금씩 무도회에 쓰이기도 했었지만 그런 화려한 날들 은 이미 오래전에 사라져버렸고 이제는 기껏 잘 활용한다 해도 이 지역의 신사나 신사에 준하는 남자들이 결성한 휘스트 클럽 모임 장소로 운용되는 것이 전부였다. 프랭크는 즉각 관심을 보였다. 무도회장으로 쓰였다는 점이 그를 사로잡았다. 그래서

---

*당시 영국에서 여행시에 역마를 이용할 수 있었고, 전역에 걸쳐 열흘가량의 거리를 두고 주요 도로의 역마다 역마소가 마련되어 있었다. 이 거리는 말이 한 번에 쉬거나 먹지 않고 최대한 달릴 수 있는 거리였다. 역마소는 제인 오스틴의 거의 모든 작품에 등장하는데, 개인 마차와 대중교통수단인 '공공 마차' 모두 나오는 것을 알 수 있다. 마차 역시 임대가 가능했으며 정류 지점은 대개 여관(Inn)이었고, 여행자들은 여관 에서 식사 및 숙박을 할 수 있었다. 하이버리는 주요 도로에서 떨어져 있었기 때문에 '크라운 인'은 대개 그 지역 주민들이 사용했다.

그냥 지나치는 대신 열려 있는 두 개의 창문 앞에 서서 몇 분간 안을 들여다보며 몇 명이나 수용 가능한지 가늠해보더니, 그곳이 더는 원래 용도대로 쓰이지 않는 것에 안타까워했다. 그의 눈에 그 방은 나무랄 데가 없어 보여서 일행이 이의를 제기해도 이를 인정하려 하지 않았다. 천만에, 이 정도면 길이도 넓이도 충분하고 근사했다. 수용 인원 모두를 넉넉히 들일 수 있을 것이다. 겨우내 적어도 두 주에 한 번은 무도회가 열려야 마땅했다. 우드하우스 양은 어째서 이 방의 아름다운 옛 시절을 되살리지 않았던 건가? 하이버리에서 못 할 것이 없는 그녀가! 이 지역에는 무도회에 참석할 만한 집안도 별로 없거니와 하이버리 인근을 벗어난 곳에서는 아무도 참석하려 하지 않을 거라는 점을 분명히 했지만 그는 받아들이려 하지 않았다. 그는 지금껏 수없이 보아온 그 아름다운 저택들에서 무도회에 참석할 만한 인원이 조달되지 않는다는 점을 도저히 납득하지 못했다. 구체적인 사실을 제시하고 그 집안들의 위상에 대해 설명해주었지만, 그렇게 뒤섞이면 불편해질 거라는 점을 인정하려 하지 않았고 다음 날 아침 모두가 제자리로 돌아가는 데도 아무런 어려움이 없을 거라 주장했다. 그는 춤에 흠뻑 빠진 젊은이처럼 주장을 굽히지 않았다. 에마는 웨스턴가의 기질이 처칠가의 습성을 이토록 가차 없이 누르는 것을 보고 다소 놀랐다. 그런 그에게선 아버지의 활력과 패기, 활달한 감정과 사교적인 성향이 엿보였지, 엔스컴의 자존심이나 내향적인 성향은 전혀 보이지 않았다. 실상 자존심에 있어선 많이 부족한 건 아닌가 싶었다. 신분이 다른 사람들이 한자리에 모이는 것을 대수롭지 않게 여기는 태도에선 세련되지 못한 정신 수준이 드러나는 듯했다. 그렇지만 그에게는 자신이 가벼이 여기는 해악을 판단할 능력이 없었다. 그저 패기를 마구 뿜어내는 것에 지나지 않았다.

　일행은 마침내 그를 설득해 크라운 인 앞에서 발걸음을 옮겼다. 그리고 베이츠 가족이 살고 있는 집에 다다랐을 무렵, 에마는 전날 그곳을 방문하려 했던 그의 계획을 떠올리고는 그에게 실제로 갔느냐고 물었다.

　"네, 아! 그럼요." 그가 대답했다. "그렇지 않아도 지금 그 이야기를 드리려던 참이었어요. 방문하길 정말 잘했다는 생각이 들 정도였답니다. 세 숙녀분들을 모두 뵀거든요. 당신이 미리 주의를 주셔서 얼마나 고마웠는지 모릅니다. 무방비 상태로 그 수다스러운 이모님을 뵈었더라면 전 그냥 죽은 목숨이었을 거예요. 실은 뜻하지 않게 긴 방문이 되고 말았답니다. 10분 정도 머무는 걸로 충분했을 테고, 또 그렇게 하는 게 적절했을 겁니다. 그래서 아버지께 제가 먼저 집에 가 있을 거라고 말씀드렸거든요. 그런데 도대체 빠져나올 수가 없더군요. 잠시도 말씀을 쉬시는 법이 없었어요. 그리고 정말 깜짝 놀랄 만한 일이 있었는데, 아버지께서 (제가 아무 데도 없는 걸 보시고는) 결국 그 댁까지 찾아오셨을 때 제가 그곳에 거의 45분이나 앉아 있었다는 사실을 알게 되었답니다. 그런 후에야 부인께선 비로소 절 놓아주시더군요."

　"그래서 페어팩스 양을 보시니 어떻던가요?"

"병색이 짙더군요. 심할 정도로요. 젊은 숙녀분에게 병색이 짙어 보인다고 말해도 실례가 안 된다면 말입니다. 그렇지만 용납하기 힘든 표현이 맞겠죠, 웨스턴 부인, 그렇지 않습니까? 숙녀가 병색이 짙다는 건 말이 안 되는 일이니까요. 그리고 솔직히 말해서, 페어팩스 양은 타고난 안색이 백지장 같아서 아파 보이는 경우가 대부분이긴 해요. 안쓰러울 정도로 안색이 안 좋아요."

　에마는 그 말에 동의하지 않고 페어팩스 양의 안색에 대해 열심히 옹호하기 시작했다. "그녀의 안색이 화사하다고는 결코 말할 수 없겠지만 대체로 병색이 완연하다는 말에는 동의할 수가 없네요. 그리고 페어팩스 양은 피부가 부드럽고 섬세해서 그녀의 얼굴에 독특한 우아함을 부여하지요." 그는 극진한 존중을 표하며 귀를 기울였고, 많은 사람들이 그녀와 같은 말을 한다며 인정했다. 그럼에도 건강미가 결여된 건 어떤 것으로도 메울 수 없다고 말했다. 이목구비가 평범해도 안색이 좋으면 아름다워 보이며, 이목구비까지 출중할 경우 그 효과는……. 다행히 그 효과까지 굳이 설명할 필요는 없을 것 같다고 그는 말했다.

　"글쎄요," 에마가 말했다. "취향을 가지고 왈가왈부할 수는 없겠죠. 그래도 안색 빼곤 페어팩스 양의 모든 점을 흠모하시죠?"

　그는 고개를 젓더니 웃음을 터뜨렸다. "저로선 그 안색을 뺀 페어팩스 양을 상상할 수가 없네요."

"웨이머스에서 페어팩스 양을 자주 보셨나요? 같은 모임에서 자주 만나셨나요?"

그때 그들은 포드 상점 가까이 이르렀고, 그가 서둘러 큰 소리로 말했다. "아! 제 아버지 말씀대로라면 바로 이곳이 남녀노소 할 것 없이 매일 들른다는 그 가게군요. 아버지께서 일주일에 엿새는 하이버리에 오시는데 그때마다 포드 상점을 찾을 일이 있다고 하시더군요. 두 분에게 폐가 되지 않는다면 잠깐 들어가시죠. 저도 이 마을과 한 몸이라는 것, 하이버리의 진정한 주민이라는 걸 입증해볼까 합니다. 포드 상점에서 뭐든 하나 사야겠어요. 그러면 저에게도 시민권이 생기겠죠.* 당연히 장갑도 팔겠죠?"

"아! 그럼요, 장갑 말고도 다 있어요. 당신의 애향심에 경의를 표해야겠군요. 하이버리에선 당신을 정말 좋아할 거예요. 당신은 이곳에 오기 전부터 매우 인기 있었답니다. 웨스턴 씨의 아드님으로서요. 하지만 포드 상점에서 반 기니만 내보세요. 그러면 당신 자신의 미덕이 알려지면서 인기를 얻게 될 거예요."

그들은 가게로 들어갔다. 깔끔하게 잘 포장된 '남성용 비버 가죽 장갑'과 '요크산(産) 가죽 장갑' 꾸러미를 끌어내려 카운터 위에 올려놓는 동안 그가 말했다. "그런데 우드하우스 양, 죄송하지만 좀 전에 뭔가 말씀하시던 중이 아니었나요? 제가

---

*당시 상인들은 시민권을 얻기 위해 도제로 일하거나 보상금을 냈다.

애향심을 떨쳐낸 순간에 뭔가 말씀하시던 중이었어요. 다시 들려주시겠습니까. 공적인 명성이 제아무리 높아진다 한들 사적인 삶의 행복을 잃는다면 아무 소용이 없을 테니까요."

"저는 다만 웨이머스에서 페어팩스 양과 그녀의 지인들을 잘 알고 지내셨는지 물어봤을 뿐이에요."

"이제야 당신의 질문을 이해하겠군요. 그런데 참 공정치 못한 질문이라고 말씀드려야겠네요. 친분의 정도를 결정하는 건 언제나 숙녀분의 권리니까요. 페어팩스 양 쪽에서 이미 설명을 하셨겠지요. 전 그분이 허락하는 것 이상의 친분을 주장하는 우를 범하진 않겠습니다."

"정말이지! 당신도 페어팩스 양 못지않게 신중하게 대답하시는군요. 그녀가 얘기를 전혀 안 한 건 아니지만 온갖 추측에 기대지 않으면 안 될 만큼 지나치게 말을 삼가는 데다 누구에 대해서건 어떤 정보도 주려 하지 않으니, 그냥 원하시는 대로 그녀와의 사이를 밝히셔도 된다고 생각하는데요."

"정말 그래도 될까요? 그렇다면 진실을 말씀드리죠. 저로선 그보다 더 반가운 일도 없을 테니까요. 웨이머스에 있을 때 페어팩스 양을 자주 만났어요. 캠벨 가족은 런던에 있을 때부터 얼마간 알고 지낸 사이였고요. 그리고 웨이머스에서 우린 같은 부류와 어울리는 일이 허다했습니다. 캠벨 대령은 정말로 호인이시고 캠벨 부인도 친절하고 상냥한 분이세요. 전 그 가족 모두를 좋아한답니다."

"그렇다면 페어팩스 양이 처한 상황도 아신다고 봐도 되겠지요. 그녀가 앞으로 어떻게 살게 될지 말이에요?"

"네……. (다소 주저하면서) 알고 있다고 생각합니다."

"민감한 주제를 건드리고 있구나, 에마." 웨스턴 부인이 미소 지으며 말했다. "나도 함께 있다는 걸 명심해야지. 프랭크 처칠 씨 입장에선 네가 페어팩스 양이 처한 상황을 이야기할 때 뭐라 답해야 할지 몰라 곤란할 거야. 내가 좀 떨어져 있어야겠다."

"정말이지 자꾸만 잊어버리네요." 에마가 말했다. "부인을 제 친구, 가장 소중한 친구로서만 기억하지 다른 건 자꾸 잊어버리게 돼요."

그는 그런 심정을 십분 이해하고 존중한다는 표정이었다.

장갑을 사서 다 함께 다시 가게를 나섰을 때 프랭크 처칠이 말했다. "우리가 이야기하던 젊은 숙녀분의 연주를 들어본 적이 있습니까?"

"들어본 적이 있냐고요!" 에마가 그의 말을 되풀이했다. "페어팩스 양이 뼛속까지 하이버리 사람이라는 걸 잊으셨군요. 우리가 피아노를 치기 시작한 후로 매해 그녀의 연주를 들었답니다. 페어팩스 양의 연주 솜씨는 황홀할 정도예요."

"그렇게 생각하세요? 제대로 평가할 줄 아는 분의 고견을 듣고 싶었거든요. 제가 봐도 연주를 잘하긴 해요. 그러니까 취향이 뛰어난 것 같다고나 할까요. 하지만 저는 피아노 연주에 대해선 아무것도 모르거든요. 음악을 매우 좋아하긴 합니다만 다른 사람의 연주를 평가할 만한 안목은 물론 권리도 갖고 있지 않으니 말이죠. 페어팩스 양의 연주에 쏟아지는 찬사야 익히 들었지요. 연주 솜씨가 뛰어나다고 평가받았다는 증거가 하나 떠오르는군요. 음악에 대한 조예가 매우 깊은 어느 신사분이 있었는데, 다른 여성을 사랑해서 그녀와 약혼까지 하고 결혼을 눈앞에 두고 있었죠. 그런 분이 지금 우리가 이야기하는 그 여성분이 대신 연주해준다면 자기 약혼녀에게 연주해달라는 말을 절대 하지 않는 거예요. 그분의 연주를 들을 수 있는데 굳이 다른 연주를 들을 필요가 있느냐는 거죠. 음악적 조예가 깊은 분이 그러셨다면 대단한 증거가 아닐까 싶었어요."

"대단한 증거가 되고말고요!" 에마가 몹시 재미있어하며 말했다. "딕슨 씨라면 정말로 음악에 조예가 깊죠, 그렇죠? 그분들에 관한 이야기라면 페어팩스 양에게서 반년 동안 찔끔찔끔 듣느니 당신에게서 반 시간 동안 듣는 게 훨씬 낫겠어요."

"네, 딕슨 씨와 캠벨 양이 맞습니다. 그리고 전 그만하면 확실한 증거라고 생각해요."

"그럼요. 확실한 증거죠. 제가 만약 캠벨 양이었다면 결코 유쾌할 리가 없겠다 싶을 정도로 엄청나게 강력한 증거예요. 제 남자가 사랑보다 음악에 더 즐거워하고 눈보다 귀를 더 중시한다면, 제 감정보다 아름다운 소리에 더 예민한 감각을 가지고 있다면 용서할 수 없을 거예요. 그나저나 캠벨 양은 어떻게 받아들이던가요?"

"아시다시피 상대는 캠벨 양의 각별한 친구니까요."

"참 대단한 위로가 되겠군요!" 에마가 웃으며 말했다. "각별한 친구보다는 차라리 전혀 모르는 사람이 나을 것 같은데요. 모르는 사람이라면 그런 일이 다시 일어날 일은 없을 테니까요. 하지만 늘 곁에 있는 각별한 친구가 모든 면에서 자신보다 더 뛰어나다니, 이 얼마나 비참한 일인가요! 가엾은 딕슨 부인! 그나마 아일랜드에 가서 정착했으니 다행이네요."

"맞는 말이에요. 캠벨 양한테는 아주 반가운 상황이라고는 할 수 없었죠. 하지만 본인은 크게 개의치 않는 것처럼 보이던데요."

"다행한 일이네요. 아니면 점입가경인가. 어느 쪽인지 모르겠어요. 하지만 그녀가 심성이 고와서건 아둔해서건, 우정에 기우는 편이어서건 감정이 무뎌서건 상관없이, 그 상황을 의식할 수밖에 없는 사람이 한 명 있는 것 같네요. 페어팩스 양 본인 말이에요. 분명 자기가 그렇게 두드러지는 것이 예의에 벗어나는 데다 위험한 일이라고 느꼈을 거예요."

"그 문제라면 저는 딱히 그렇게……."

"아! 제가 당신이나 다른 누가 페어팩스 양의 당시 심정을 설명해주길 기대한다고 생각하지는 마세요. 그런 건 본인 말고는 어느 누구도 알 수 없는 거니까요. 그래도 그녀가 딕슨 씨가 신청하는 족족 연주를 했다면 누구나 자기 나름의 짐작은 할 수 있겠죠."

"그들은 일체의 사심 없이 서로를 배려하는 듯 보였어요." 그는 다소 급하게 말을 꺼내다가 그런 자신을 억누르며 덧붙였다. "그렇지만 저로서는 그들이 실제로 어떤 사이인지, 이면의 진실이 무엇인지는 말할 수 없겠죠. 제가 말할 수 있는 건 겉으로 보기엔 걸리는 것이 없어 보였다는 정도예요. 하지만 당신이라면 어렸을 적부터 페어팩스 양과 알고 지냈으니 그녀의 성격에 대해서도 저보다 더 진실에 가까운 판단을 할 수 있겠죠. 또 심각한 상황에 처할 때 어떻게 처신하는지에 대해서도요."

"어린 시절부터 알고 지낸 건 틀림없는 사실이에요. 어린 시절도 성년기도 함께 겪었으니까요. 그러니 우리가 친할 거라고, 그녀가 친지들을 방문할 때마다 가깝게 어울렸을 거라고 생각하는 것도 무리는 아니죠. 하지만 정작 우리는 한 번도 친했던 적이 없어요. 어쩌다 그렇게 된 건지는 저도 잘 모르겠어요. 그녀의 이모고 할머니고 할 것 없이 다들 그녀라면 무조건 치켜세우고 칭찬하는 걸 못마땅하게 여겼던 제 못된 성격이 얼마간 일조한 건지도 몰라요. 그러다가 그녀가 말을 삼가는 것을 보고……. 전 그렇게 철두철미하게 말을 삼가는 사람은 도무지 좋아할 수가 없더군요."

"맞아요, 그만큼 거부감을 주는 성격도 없을 거예요." 그가 말했다. "분명 크게 도움이 될 때도 많겠죠. 하지만 보고 있으면 기분이 좋아지는 것과는 거리가 멀어요. 말을 삼가면 안전하긴 하지만 매력은 없어요. 누구도 말없는 사람을 사랑하지는 않아요."

"스스로 그런 성격에서 벗어나지 않는 한은 그럴 거예요. 벗어나기만 한다면야 매력이 배가될 수도 있겠죠. 하지만 전 지금까지와 달리 친구나 유쾌한 벗이 한 명도 없다면 모를까, 그렇게 말을 삼가는 성격을 꾹 참고 친해지려고 노력하진 않을 거예요. 페어팩스 양과 제가 친해지는 건 상상도 할 수 없는 일이에요. 저에게 그녀를 험담할 근거는 아무것도 없어요. 단 하나도요. 다만 그녀처럼 항상 말과 행동을 극도로 가리고 누구에 대해서든 명확한 의견을 내놓기를 그토록 두려워한다면 뭔가 감춰야 할 게 있어서 그런가 보다 하는 의심을 사기 마련이지요."

그는 그녀의 말에 전적으로 동의했다. 그렇게 한참을 함께 걸으며 생각을 공유하고 나니 그와 꽤 친해진 것 같은 느낌이 들어서 에마는 그를 이제 겨우 두 번 만났다는 사실이 믿어지지 않을 정도였다. 그는 그녀가 예상했던 것과는 다소 달랐다. 생각하는 방식에 있어서 때가 덜 묻은 편이었고, 부잣집 망나니같이 굴지도 않았다. 그러니 그녀가 예상한 것보다 나은 사람이었다. 생각은 더 온건했고 심성도 더 따뜻했다. 그녀는 특히 엘턴 씨의 집에 대한 그의 생각에 강한 인상을 받았다. 그는 교회뿐만 아니라 집 안에도 들어가보고 싶어 했고 두 여자가 있는 대로 흠을 잡았는데도 그다지 흔들리지 않았다. 아니, 그는 그 집이 형편없다는 생각은 결코 들지 않는다고, 그런 집에 산다고 동정을 살 정도는 아니라고 말했다. 사랑하는 여인과 함께 사는 남자라면 동정을 살 이유가 있을 리 없다는 것이었다. 모든 면에서 진정한 안위를 누릴 공간은 충분할 거라고 했다. 그보다 더 크길 바라는 남자가 있다면 그야말로 멍청이라면서.

웨스턴 부인이 웃음을 터뜨리더니 그가 지금 무슨 말을 한 건지 스스로도 모른다고 말했다. 지금껏 대저택에서만 살아 그 규모에 얼마나 많은 이점과 편의가 따르는지를 한 번도 생각해본 적 없는 그가 작은 집에서 부득이하게 맞닥뜨리게 될 궁핍함을 어떻게 알겠냐는 것이었다. 하지만 에마는 그가 자신이 하는 말의 의미를 잘 알고 있고, 훌륭한 동기에서 일찍 정착해 결혼하고 싶어 하는 매우 사랑할 만한 성향을 보여주었다고 생각했다. 하녀장의 방이 따로 있지 않아서, 혹은 집사의 찬방이 보잘것없어서 집안의 평화가 침식당할 수 있다는 것을 그는 모를 수도 있었다. 그러나 자신이 엔스컴에서 행복해질 수 없을 거라 여기며 사랑하는 사람이 생기면 언제든 재산의 상당 부분을 기꺼이 포기하고 일찍 정착하겠노라 굳게 마음먹고 있음은 의심할 여지가 없었다.

7

에마는 프랭크 처칠에 대해 상당한 호감을 갖게 되었지만, 다음 날 그가 고작 머리를 자르러 런던까지 갔다는 소식을 듣자 마음이 살짝 흔들렸다. 조찬을 하다가 갑자기 변덕이 난 건지 마차를 불러 떠났는데, 정찬 때까지 돌아오겠다고 했지만 머리를 자르는 것 말고 달리 중요한 목적은 없는 듯 보였다. 그런 일로 16마일을 오간다 한들 무슨 해가 되랴마는, 어쩐지 허식에 치우친 어리석은 태도 같아서 그녀로선 납득하기가 힘들었다. 그런 태도는 합리적인 계획이나 절제된 소비와 어울리지 않을뿐더러, 어제 그에게서 발견했다고 믿었던 이타적인 인간미와는 더더욱 어울리지 않았다. 허영, 사치, 색다른 것에 대한 탐닉, 좋건 나쁘건 무조건 저지르고 보는 걷잡을 수 없는 기질, 아버지와 웨스턴 부인이 좋아할지에 대한 무신경함, 자신의 행동이 어떻게 비칠지에 대한 무심함까지, 이 모든 비판을 면할 도리가 없게 되었다. 그의 아버지는 아들을 멋쟁이라 부르며 재미있는 일 정도로 생각하고 말았지만, 웨스턴 부인은 "어느 정도 변덕스러워야 젊은이다운 거겠죠"라고 말하며 가급적 그 이야기를 빨리 넘겨버리려는 것으로 보아 영 탐탁지 않은 기색이었다.

이 작은 오점을 빼면, 에마는 그가 이곳에 방문한 후로 자신의 벗에게 좋은 인상만 주었음을 깨달았다. 웨스턴 부인은 그가 얼마나 배려 깊고 유쾌한 말벗인지, 그의 성품에서 좋은 점을 얼마나 많이 보았는지 기꺼이 말해주고 싶어 했다. 그는 천성이 대단히 개방적인 데다 쾌활하기 그지없고 활력 넘치는 사람인 듯했다. 그의 사고방식에서 그릇된 점이라고는 찾아볼 수 없었고 단연 올바른 쪽이 훨씬 더 많았다. 그는 외삼촌에 대해 이야기할 때 애정 어린 존경심을 표했고 또 그에 대해 말하길 좋아했는데, 외삼촌이 자기 뜻대로 살 수만 있었다면 세상에서 가장 멋진 남자가 됐을 거라고 했다. 외숙모에 대해서는 비록 애정을 갖기란 불가능했지만 자신에게 친절을 베푸는 것에 감사했고 언제나 존경을 담아 이야기하려고 노력하는 듯했다. 이런 모든 태도가 참으로 믿음직스러웠고, 머리를 자르겠다며 변덕을 부린 저 유감스러운 사건만 아니라면 그녀의 상상이 그에게 수여한 고귀한 영예에 필적하지 못한다고 볼 근거는 아무것도 없었다. 그 영예란 그녀와 진정 사랑에 빠지는 수준까지는 아니더라도 최소한 그 상태에 근접하는 것이었지만, 어디까지나 그녀가 무관심한 탓에 (결혼하지 않겠다는 그녀의 결의는 여전히 유효했으므로) 유보 상태에 있었다. 요컨대 그 영예란 둘 모두를 잘 알고 있는 사람들에게 그녀의 배필로 여겨지는 것을 의미했다.

웨스턴 씨 쪽에서도 이런 평가에 가볍게 볼 수 없을 장점을 한 가지 더해주었다. 그는 에마에게 프랭크가 그녀를 엄청나게 칭찬했으며 그녀가 정말 아름답고 매력적인 여성이라 생각한다고 말해주었다. 이렇듯 전반적으로는 장점이 많은 사람이기에, 그녀는 그를 가혹하게 평가해선 안 되겠다고 생각하게 되었다. 웨스턴 부인도 말했듯 "어느 정도 변덕스러워야 젊은이다운" 것일 테니까.

프랭크가 서리 지방에서 새로 알게 된 사람들 중에는 그에 대해 그리 후하게 평가하지 않는 사람이 한 명 있었다. 돈웰과 하이버리 교구에서 그는 대체로 매우 공정한 평가를 받는 편이었다. 그렇게 잘생긴 청년이 잘 웃고 인사도 잘하니 다소 지나친 면이 있더라도 관대하게 눈감아주는 편이었다. 하지만 인사나 미소 앞에서도 비판력이 무뎌지지 않는 정신의 소유자가 한 명 있었으니 다름 아닌 나이틀리 씨였다. 그는 하트필드에 왔다가 그 이야기를 전해 듣고서 잠시 아무 말도 하지 않았다. 그러나 에마는 그가 이내 들고 있던 신문 너머로 혼잣말을 하는 것을 들었다. "흠! 짐작했던 대로 경박하고 어리석은 친구로군." 그녀는 한마디 해줄까 했지만 흘끗 살펴보니 그녀의 화를 돋우려는 게 아니라 자신의 감정을 가라앉히려고 한 말에 불과하다는 확신이 들어서 그냥 넘어갔다.

별로 달갑지 않은 소식을 듣고 오긴 했지만, 다른 면에서 볼 때 그날 아침 웨스턴 부부의 방문은 특히나 시의적절했다. 웨스턴 부부가 하트필드에 머무는 동안 에마가 그들의 조언을 구할 만한 일이 일어났기 때문이었다. 더욱 운이 좋았던 건, 그들이 에마가 바랐던 그대로 조언을 해준 것이었다.

그 일이란 다음과 같았다. 콜 씨 가족은 하이버리에 정착한 지 꽤 오래되었는데, 매우 좋은 사람들이라 붙임성 있고 너그러우며 겸손했다. 그러나 한편으로는 출신이 보잘것없는 장사치 집안이라 기껏해야 점잖은 중간 계층에 지나지 않았다. 처음 이 지역에 들어왔을 때 그들은 수입에 맞춰 조용히 살며 협소한 교분을 유지했고 그런 일에 돈을 많이 들이지도 않았었다. 그런데 지난 한두 해 사이 런던에 있는 건물에서 큰 이윤을 낸 덕에 그들의 자산은 상당한 수준으로 불어났으니, 전체적으로 행운이 그들에게 미소를 지은 셈이었다. 부를 누리게 되자 자연히 눈도 높아졌다. 그들은 더 큰 집을 원하게 되었고 더 많은 친구들을 사귀고 싶어 했다. 그래서 살던 집을 증축하고 하인 수를 늘리는 등 모든 면에서 지출을 늘렸다. 그러다 보니 이제 재산과 생활 수준에서 그들을 능가하는 집안은 하트필드만 남게 되었다. 사교 모임을 좋아하는 데다 정찬실도 새로 마련했는지라 그들은 자신들의 정찬에 정기적으로 참석할 사람들을 불러 모으려 했고, 이미 독신 남성들을 주축으로 몇 차례 파티를 연 터였다. 에마는 그들이 돈웰이나 하트필드, 랜들스 같은 최상류층 집안사람들은 초대할 엄두조차 내지 못할 거라고 생각했다. 설령 초대받는다 해도 추호도 가고 싶은 마음이 없었다. 익히 알려진 아버지의 습관 때문에 자신이 초대를 거절한 이유가 바라는 만큼 이해되지 못할 것 같아 안타까울 정도였다.* 콜 집안은 나름대로 존중받을 만했지만, 그보다 높은 집안들을 초대하면서 자기들 마음대로 관계를 설정할 수는 없다는 사실을 깨달아야 했다. 이 교훈을 깨닫게 해줄 사람이 자기밖에 없다는 사실에 그녀는 두려움을 금할 수가 없었다. 나이틀리 씨에게는 기대를 하지 않는 편이 나았고, 웨스턴 씨의 경우에는 아예 꿈도 못 꿀 일이었다.

에마는 몇 주 전부터 그들이 주제넘게도 초청을 해올 경우 어떻게 할 것인지 마음속으로 정해둔 터였으나, 정작 그런 모욕을 당하게 되자 전혀 다른 반응을 보였다. 돈웰과 랜들스는 이미 그 초청을 받아들였지만 그녀와 아버지는 초청장을 받지 못했다. 웨스턴 부인이 "너에게 실례가 될까 봐 안 보내는 모양

---

*에마는 콜 집안의 열등한 신분 때문이 아니라 외출을 거리는 부친의 곁을 지키기 위해 초청을 거절하는 것으로 자신의 의도가 곡해될 수 있음을 우려하고 있다.

이야. 내가 정찬 모임에 참석하지 않는다는 걸 그들도 아는 거지"라고 설명했지만 그것만으로는 충분치 않았다. 그녀는 자신이 거절하는 능력을 행사하길 바랐음을 깨달았다. 나중에는 자신이 가장 아끼는 사람들로 구성된 모임이 그 집에서 열린다는 생각이 자꾸만 떠오르면서, 만약 초대를 받았다면 기꺼이 응하고 싶어졌을지도 모르겠다는 생각이 드는 것이었다. 해리엇도 베이츠가도 그날 저녁 그 집에 갈 것이었다. 전날 그들은 하이버리 부근을 산책하면서 그 이야기를 했고, 프랭크 처칠은 에마가 참석하지 않는다는 사실에 진심으로 애석해했다. 저녁 모임의 마무리는 춤이 아닐까요? 그는 그런 질문도 했었다. 정말 그럴지도 모른다는 생각에 그녀는 더욱 속이 타는 기분이었고, 자기 혼자만 고독한 위세 속에 남겨진다는 건 설령 경의의 표시로 초청하지 않은 것이라 해도 초라한 위안에 지나지 않았다.

그런데 그 초청장이 도착했으니, 마침 웨스턴 부부가 하트필드를 방문해 있을 때여서 에마는 그들의 존재가 새삼 참으로 반가웠다. 초청장을 읽으면서 그녀가 처음 한 말은 "물론 거절해야지"였지만, 곧이어 웨스턴 부부에게 어떻게 하면 좋겠느냐고 조언을 구했고, 그들 역시 지체 없이 참석하라는 말로 그녀를 설득할 수 있었다.

그녀는 모든 사항을 고려해볼 때 자기가 그 모임에 갈 생각이 아주 없는 건 아님을 인정했다. 콜 부부는 참으로 예의 바르게 초대 의사를 표했는데, 그 표현 방식에는 진정한 관심과 그녀 아버지에 대한 배려가 넘쳐났다. "진즉에 모실 수 있는 영광을 베풀어주십사 간청하려 했으나, 런던에서 병풍이 도착하길 기다리느라 늦어졌습니다. 병풍은 우드하우스 씨를 위해 외풍을 막으려 함이었으니 모쪼록 저희와 한자리에 머무는 영광을 좀 더 흔쾌히 베풀어주시기를 희망하는 바입니다."

그녀는 그리 어렵지 않게 참석하는 쪽으로 마음을 굳혔다. 그리고 아버지의 심기를 거스르지 않고 참석할 방법을 함께 모색한 끝에 고더드 부인이나 베이츠 부인이 기꺼이 아버지의 말벗이 되어드릴 거라는 데 의견을 모았다. 이제 우드하우스 씨에게 딸이 곧 다가올 정찬 모임에 참석해야 해서 그와 저녁 시간을 함께할 수 없게 되었으니 너그러이 이해해달라고 말하는 일만이 남았다. 시간도 너무 늦은 데다 사람들도 많으니 에마는 아버지가 함께 갈 엄두를 내지 않길 바랐다. 과연 아버지는 금세 포기했다.

"정찬 방문은 별로 좋아하질 않아서." 그가 말했다. "좋아했던 적이 한 번도 없어. 에마도 더는 좋아하지 않고. 우리 둘 다 밤늦게까지 밖에 나가 있는 걸 좋아하지 않아. 콜 씨 내외가 이런 모임을 열었다니 아쉽군. 오는 여름 오후에 우리 집에 와서 함께 차를 마시고 산책을 함께 하는 편이 훨씬 더 좋았을 텐데. 우리는 하루 일정을 무리하지 않는 선에서 잘 짜놓으니, 저녁 이슬을 맞으며 집에 돌아가는 일은 없을 텐데 말이야. 누구도 여름에 저녁 이슬을 맞는 일은 없기를 바라는 게 내 심정이야. 그래도 그 사람들이 우리 에마를 간절히 초대하고 싶어 하고, 자네들 둘과 나이틀리 씨가 거기서 그 아이를 돌봐줄 수 있을 테니 나로선 반대할 이유가 없어. 닐씨만 괜찮다면 말이지. 습하거나 추워서도 안 되고 바람도 불면 안 돼." 그러더니 다정하게 책망하는 표정으로 웨스턴 부인을 돌아보며 말했다. "아! 테일러 양, 자네가 결혼하지 않았다면 나랑 집에 같이 있었을 텐데 말이야."

"자, 자, 어르신!" 웨스턴 씨가 큰 소리로 말했다. "제가 테일러 양을 데려가버렸으니 이제 저에게 지워진 의무는 그녀의 빈자리를 채워드리는 것이겠죠. 그럴 수만 있다면 말입니다. 원하시면 지금 당장 고더드 부인 댁에 들르겠습니다."

그러나 무슨 일이든 그 자리에서 당장 결정하는 건 우드하우스 씨를 진정시키기는커녕 오히려 더 동요케 하는 일이었다. 숙녀들은 그의 마음을 가라앉히는 법을 더 잘 알고 있었다. 그들은 웨스턴 씨가 더 이상 아무 말 하지 못하도록 하고 모든 걸 찬찬히 정리했다.

그 덕에 우드하우스 씨는 금세 진정되어 평소 때처럼 말할 수 있게 되었다. "고더드 부인을 만날 생각을 하니 참 좋구나. 내가 고더드 부인을 정말 존경하지 않니. 에마가 쪽지를 써서 부인을 초대하렴. 제임스가 전달하면 될 거야. 하지만 먼저 콜 부인에게 답장을 써야겠지."

"얘야, 최대한 정중하게 내 사과를 전해다오. 내가 몸이 병약해서 아무 데도 갈 수 없는 상태라 애써 초대까지 해주었는데도 거절할 수밖에 없게 되었다고 말이야. 물론 첫머리엔 인사말부터 써야겠지. 너야 뭐든 야무지게 잘하는 아이니 내가 이래라저래라 말할 필요도 없겠지만, 그래도 화요일에 마차를 쓸 거라고 제임스에게 일러두는 건 잊지 마라. 네가 제임스가 모는 마차를 타는 한 난 아무 걱정 안 한다. 새로 진입로가 생긴 이후로 한 번도 그쪽으로 간 적은 없지만, 그래도 제임스가 무사히 데려다줄 거라고 믿어 의심치 않는단다. 그리고 콜 씨 댁에 도착하면 제임스에게 몇 시에 다시 데리러 오면 되는지 꼭 말해줘야 한다. 이른 시간으로 정해서 말해줘야 해. 너무 늦게까지 있으면 안 돼. 차를 마시고 나면 많이 피곤할 거야."

"하지만 제가 피곤함을 느끼기도 전에 돌아오길 바라시는 건 아니죠, 아빠?"

"아! 그럴 리가 있니! 그렇지만 애야, 금세 피곤해질 거다. 수많은 사람들이 한꺼번에 떠들어댈 것 아니냐. 시끄러워서 힘들 거야."

"하지만 어르신," 웨스턴 씨가 말했다. "에마가 일찍 돌아가면 모임은 그대로 끝나버릴 텐데요."

"그런다 한들 큰일이 나는 것도 아니지 않나." 우드하우스 씨가 말했다. "무릇 모임이란 일찍 끝날수록 좋은 법이네."

"하지만 콜 부부가 어떻게 받아들일지도 생각하셔야죠. 에마가 차를 마시자마자 일어나면 그들을 무시하는 처사가 될 수도 있습니다. 콜 가족은 선량한 사람들이고 자기들의 권리를 그리 대단하게 여기지 않죠. 하지만 누구든 서둘러 자리를 뜨는 건 존중하는 태도라고 할 수 없습니다. 그리고 우드하우스 양이 그런 태도를 보인다면 다른 누가 그런 것보다도 더 크게 와 닿을 겁니다. 설마 콜 부부가 실망해 마음이 상하는 걸 바라시는 건 아니겠죠. 절대 그러실 리 없다는 것을 잘 압니다, 어르신. 콜 가족은 누구보다도 우호적이고 선량할뿐더러 지난 10년간 어르신의 이웃으로 지낸 사람들이니까요."

"물론 그런 일은 절대 있어선 안 되지. 웨스턴 씨, 상기시켜 줘서 정말로 고맙네. 혹시라도 그 사람들이 나로 인해 마음 상한다면 미안한 마음을 금할 길이 없을 거야. 그들이 얼마나 좋은 사람들인지는 내 잘 알지. 페리 씨가 말하길 콜 씨는 맥아주에 손도 대지 않는다더군. 콜 씨를 보면 설마 하는 생각이 들겠지만, 사실 담즙 이상을 앓고 있거든. 증세가 이만저만 심각한 게 아닌 모양이야. 아니, 그 사람들 마음을 상하게 할 생각은 추호도 없어. 에마야, 우리가 이 점을 미처 생각하지 못했구나. 콜 부부에게 상처를 주느니 네가 힘들더라도 좀 더 오래 머무는 편이 낫지. 좀 피곤하더라도 크게 괘념치 않겠지. 너도 알다시피 친구들 사이에 있으면 넌 완벽하게 안전할 테니까."

"아, 그럼요, 아빠. 제 걱정은 전혀 안 해요. 웨스턴 부인만 곁에 있어준다면 늦게까지 있어도 정말 괜찮아요. 다만 아빠가 염려될 뿐이죠. 아빠가 주무시지 않고 절 기다리시지나 않을까 하는 게 유일한 걱정이에요. 고더드 부인과 함께 계시는 동안엔 마음 편히 지내실 테니 크게 염려하지 않아요. 아시다시피 부인은 피켓*을 좋아하시잖아요. 부인이 가신 뒤에 아빠 혼

*두 사람이 하는 카드놀이.

자서 기다리시느라 평소의 취침 시간을 놓치실까 봐 걱정이죠. 그 생각만으로도 전 내내 좌불안석일 거예요. 그러니 제가 돌아오기를 기다리지 않겠다고 약속해주세요.”

우드하우스 씨는 딸도 몇 가지 사항을 약속하는 조건으로 그러마고 했다. 그 약속이란 집에 돌아왔을 때 추우면 반드시 몸을 충분히 녹일 것과 허기질 경우 요기를 할 것, 하녀를 시켜 그녀가 귀가할 때까지 기다리게 할 것, 그리고 서플과 집사에게 집 안이 평소와 다름없이 안전한지 살펴보게 하는 것이었다.

8

프랭크 처칠이 돌아왔다. 그때문에 웨스턴 씨의 정찬이 늦어졌다 한들 하트필드에선 그 사실을 알지 못했다. 웨스턴 부인은 그가 우드하우스 씨의 호감을 사길 간절히 바랐기 때문에 감출 수 있는 결점이라면 무엇이든 감추려 했던 것이다.

그는 머리를 자른 채 돌아왔고 그런 자신을 스스럼없이 농담거리로 삼았지만, 자기 행동을 부끄러워하는 기색은 전혀 보이지 않았다. 얼떨떨한 얼굴을 감추려고 머리를 더 기를 이유도 없고 기분 전환에 돈을 쓰지 않을 이유도 없다는 것이었다. 그는 기가 죽기는커녕 전과 다름없이 활달했다. 그래서 그를 본 에마는 자신에게 이렇게 훈계했다.

‘꼭 그런 건지는 잘 모르겠지만 어리석은 행동도 양식 있는 사람이 태연히 히면 더는 이리석지 않은 것이 되지. 악행은 늘 악행이지만 어리석은 행위가 늘 어리석은 행위는 아닌 거야. 누가 그런 행동을 하느냐에 따라 달라지니까. 나이틀리 씨, 그 사람은 경박하고 어리석은 청년이 아니에요. 혹 그렇다면 이런 식으로 행동하지 않았을걸요. 자기가 한 행동을 자랑스러워하거나 부끄러워했을 거예요. 멋쟁이 행세를 하며 허세를 떨거나, 정신이 나약한 나머지 자신의 허영을 변호할 수 없어서 차라리 회피를 하거나 했겠죠. 하지만 아니에요. 전 그가 경박하거나 어리석지 않다고 확신해요.'

화요일이 되자 그를 다시, 지금까지보다 더 오래 볼 수 있으리라는 기대감이 부풀어 올랐다. 그의 전반적인 태도를 판단하고, 자신을 대하는 그의 태도의 의미를 가늠하고, 자신이 어느 선에서 빨리 냉담한 태도를 취해야 할지도 따져보고, 그들이 함께 있는 걸 처음 보게 될 사람들이 무슨 말을 할지 상상해볼 수 있게 되었다.

그녀는 즐거운 시간을 보낼 작정이었다. 다만 콜 씨 집에서 그 시간을 보낸다는 점은 걸렸다. 엘턴 씨에게서 콜 씨와 정찬을 함께 들려는 기색을 엿보았을 때, 그에게 호의적이던 시기였음에도 그건 그의 어떤 결함보다 더 그녀를 심란하게 했었기 때문이다.

고더드 부인뿐만 아니라 베이츠 부인까지 올 수 있게 된 덕에 아버지의 편의에 있어서는 마음이 든든했다. 집을 나서기 전 그녀에게 주어진 마지막 의무는 정찬을 마친 후 모여 앉은 그들에게 즐거운 마음으로 경의를 표하는 것이었다. 그래서 아버지가 애정을 담아 그녀의 드레스를 칭찬하는 동안 에마는 두 숙녀에게 큼직한 조각 케이크와 잔에 가득 채운 포도주를 대접했다. 그녀 딴엔 그렇게라도 해서 식사 중에 건강염려증이 지나친 아버지의 눈치를 보느라 어쩔 수 없이 적게 먹었을지도 모를 그들에게 재량껏 보상을 하고 싶었기 때문이다. 애초 두 숙녀를 위해 성찬을 마련해놓았던 그녀였지만, 그들이 마음껏 먹었는지 미처 확인하지 못한 것이 못내 아쉬웠다.

그녀는 다른 마차를 따라 콜 씨 댁 문 앞에 도착했는데, 그것이 나이틀리 씨의 마차인 것을 보고 반가운 마음이 들었다. 나이틀리 씨는 마차용 말들을 키우지 않았고, 여윳돈도 별로 없는 편이었으며,* 무척이나 건강하고 활력이 넘치는 데다 독립심이 강해서 에마가 보기엔 지나치게 많이 걸어 다녔고 돈웰 애비의 소유주에게 어울릴 만큼 마차를 자주 이용하지 않았다. 그는 멈춰 서서 그녀의 손을 잡아 마차에서 내리도록 도와주었고, 이에 가슴이 훈훈해진 그녀는 내친김에 그를 인정해주는 말을 꺼낼 수 있었다.

"이렇게 오셔야 당신답죠." 그녀가 말했다. "신사라면 말이에요. 만나서 정말 반가워요."

---

*나이틀리 씨 같은 부유한 지주들은 재산의 대부분을 소유한 토지에 할애해 이윤을 극대화하려 했고, 그로 인해 개인적인 지출은 상대적으로 제한될 수밖에 없었다. 따라서 개인 마차를 소유하는 건 쉽지 않은 일이었다. 나이틀리처럼 마차를 소유하고 있더라도 당시의 열악한 도로 사정 때문에 보수 및 수리를 해야 하는 경우가 허다했고, 하인들에게 빌려주어 일을 하게 하는 경우도 많았다.

그는 고맙다면서 말했다. "이렇게 동시에 도착하다니 참 다행이군! 응접실에서 처음 마주쳤다면 내가 평소보다 더 신사적이란 생각은 했을 리 없을 테니까. 내 표정이나 태도만 보고선 내가 어떻게 왔는지 알지 못했을 거야."

"아뇨, 알았을 거예요. 당연히 알았을걸요. 자기 신분에 못 미치는 방식으로 온 사람들은 늘 이를 의식하거나 공연히 부산스러운 데가 있거든요. 나이틀리 씨는 시치미를 뚝 떼고 있지만, 당신에게선 일종의 뱃심이나 가장한 무관심의 형태로 드러난답니다. 그런 상황에서 당신을 만나게 되면 매번 알아차렸어요. 그런데 지금 당신은 굳이 애쓸 필요가 전혀 없거든요. 부끄러워하는 것처럼 보일까 봐 걱정하지도 않고, 누구보다 키가 커 보이려고 애쓰지도 않잖아요. 전 이제야 더없이 행복한 마음으로 당신과 입장할 수 있겠네요."

"헛소리쟁이 아가씨!" 그는 그렇게 대답했지만 화가 난 기색은 조금도 없었다.

에마는 나이틀리 씨에게 만족했듯 파티에 참석한 다른 모든 사람들에 대해서도 만족했다. 융숭한 환대를 받으니 당연히 기분이 좋을 수밖에 없었고, 더는 바랄 게 없을 만큼 귀빈 대접을 받았으니 말이다. 웨스턴 부부가 도착했을 때, 그녀는 남편과 아내 모두에게서 각별히 다정한 사랑과 열렬한 찬탄의 시선을 받았다. 그의 아들은 쾌활하고 열렬한 태도로 다가와서 그녀를 남다르게 생각하고 있음을 드러냈고, 정찬 때는 바로 옆에 앉았으니 빈틈없이 움직이지 않았다면 불가능했을 거라고 그녀는 굳게 믿었다.

파티는 꽤나 성대했다. 콜 부부가 자랑스레 지인으로 소개할 수 있는, 적당히 어련무던한 한 시골 가족과 하이버리의 변호사인 콕스 씨의 친척까지 와 있었다. 그보다 지위가 낮은 여자들은 베이츠 양, 페어팩스 양, 스미스 양과 함께 저녁에 올 예정이었다. 그러나 정찬 때 이미 사람들이 너무 많아져서 어떤 화제건 다 함께 대화를 나누기는 어려웠다. 정치와 엘턴 씨 이야기가 주로 오가는 동안 에마는 주변을 의식하지 않고 옆에 앉은 사람의 유쾌한 분위기에만 관심을 쏟을 수 있었다. 그런 그녀가 멀찍이 들려오는 말에 절로 귀가 쫑긋해진 건 제인 페어팩스의 이름이 나왔기 때문이었다. 콜 부인이 페어팩스 양에 관해 뭔가 이야기를 하는 듯한데 굉장히 흥미롭겠다 싶었다. 귀를 기울이던 에마는 이건 들어야겠다는 생각이 들었다. 에마에게서 참으로 소중한 면모라 할 수 있는 상상력에 쏠쏠히 재미난 소재가 공급된 것이다. 콜 부인은 베이츠 양에게 들렀다 온 이야기를 하고 있었다. 방에 들어선 순간 피아노 한 대가 눈에 들어와 놀랐는데, 그랜드 피아노는 아니지만 대형 스퀘어 피아노로 참으로 근사한 악기였다는 것이다. 에마가 놀라움을 표하고 질문을 던지고 축하 인사를 건네고 베이츠 양이 설명한 끝에 알아낸 이야기의 골자는, 문제의 피아노가 그 전날 브로드우드 악기점에서 배달되어 왔으며, 이모와 조카딸은 전혀 예상치 못했던 일이라 엄청나게 놀랐다는 것이었다. 베이츠 양의 설명에 따르면 처음엔 제인 본인도 누가 주문했는지 영문을 알지 못해 어리둥절했지만, 이제 그들은 그럴 만한 사람은 단 한 명밖에 없다고 조금도 주저 없이 생각하게 되었다는 것이다. 물론 그는 캠벨 대령이었다.

"달리 생각할 수가 있나요." 콜 부인이 덧붙였다. "전 오히려 의심할 만한 상황인가 싶어서 놀랐는걸요. 그런데 말예요, 제인이 아주 최근에 그분들께 편지를 받았는데 거기에 대해선 한 마디도 안 했나 보더라고요. 사정이야 제인이 제일 잘 알겠지만 그 얘기를 편지에 적지 않았다고 해서 선물을 할 뜻도 없었던 거라고 생각할 이유는 없는 것 같아요. 어쩌면 놀래주려고 그런 건지도 모르고요."

콜 부인의 말에 많은 사람들이 동의했다. 저마다 이구동성으로 캠벨 대령이 피아노를 선물한 게 틀림없다고 확신했고 그런 선물을 했다는 사실에 하나같이 기뻐했다. 한 마디씩 보태려는 사람들이 많아서, 에마는 자기 나름의 생각을 하면서도 콜 부인의 말에 귀 기울일 수 있었다.

"이렇게 흐뭇한 미담이 또 있을까요! 그토록 심금을 울리는 연주를 하는 제인 페어팩스에게 피아노 한 대 없다는 사실이 늘 가슴 아팠거든요. 멋진 악기들을 가지고 있으면서도 아예 방치하는 집이 수두룩하다는 걸 생각하면 더더욱 안타까운 일이죠. 두말할 것 없이 우리가 한 방 먹은 셈이에요. 바로 어제 저는 콜 씨한테 말했답니다. 응접실에 새로 들인 피아노를 보니 부끄러워진다고요. 저는 음계도 전혀 구분 못 하고, 우리 어린 딸들은 이제 막 배우기 시작했지만 연주를 제대로 하게 될지도 의문이에요. 그런데 가엾은 페어팩스 양은 음악의 여신이나 다름없는데도 변변한 악기는커녕 궁상맞은 옛날 스피넷*조차 없으니 혼자 즐길 수도 없죠. 어제 콜 씨에게 이 얘기를 했는데, 그이도 맞장구치더라고요. 다만 그이는 음악을 워낙에 좋아해서 사지 않을 수가 없었던 건데, 가끔이나마 우리보다 더 잘 활용해줄 좋은 이웃이 있지 않을까 하는 마음도 있었답니다. 실은 그래서 이 악기를 산 거거든요. 그렇지 않다면 우리 부부는 부끄러워해야 마땅해요. 오늘 저녁에 우드하우스 양께서 시험 삼아 연주해주셨으면 하는데 설마 거절하진 않으시겠죠?"

우드하우스 양은 예의 바르게 승낙했고, 콜 부인의 얘기에 더 매여 있을 필요가 없겠다는 생각에 프랭크 처칠을 돌아보았다.

"그 미소의 의미는 뭐죠?" 그녀가 말했다.

"아무것도 아닌데요, 당신은요?"

"제가요! 저야 캠벨 대령이 그리 부유하고 인심 후한 분이라 생각하니 기분 좋아져서 그런 거겠죠. 근사한 선물이니까요."

"정말 그래요."

"왜 진작 안 하셨는지 모르겠어요."

"페어팩스 양이 이렇게 오래 떠나 있었던 적이 없어서겠죠."

"아니면 캠벨가에 있는 피아노를 주셨어도 됐을 텐데요. 이젠 건드리는 사람 하나 없이 닫혀 있을 테니까요."

*하프시코드와 함께 피아노의 전신으로 알려진 스피넷은 18세기 영국에서 흔히 사용되던 악기였다. 하프시코드보다 두세 배 저렴해서 당시 중산층의 가정용 건반 악기로 널리 쓰였다.

"그건 그랜드 피아노예요. 베이츠 부인 댁에 두기에는 너무 크다고 생각하신 걸지도 모르죠."

"어떻게 말씀하시든 당신 자유지만, 표정을 보니 당신도 분명 이 문제에 대해 저와 비슷한 생각을 갖고 계신 듯한데요."

"글쎄요. 그보다는 당신이 저를 과분할 정도로 후하게 신뢰하는 것 같군요. 전 당신이 미소 짓기에 따라서 미소 지은 것이고, 십중팔구 당신이 의심하면 따라서 의심할 겁니다. 하지만 현재로선 문제될 게 있나 싶네요. 캠벨 대령이 아니라면 누가 그랬겠습니까?"

"딕슨 부인은 어떨까요?"

"딕슨 부인이라고요! 과연 그럴 만하네요. 딕슨 부인은 미처 생각하지 못했어요. 그녀도 부친 못지않게 피아노가 선물로 제격임을 잘 알 테니까요. 그리고 선물한 방식, 그러니까 누가 보냈는지 모르게 깜짝 선물을 한 걸 보면 장년의 남자보다는 젊은 여성의 계획에 더 가까워 보이고요. 역시 딕슨 부인이 맞을 거예요. 당신이 의심하면 곧 저도 의심하게 될 거라고 말씀드렸죠?"

"그렇다면 이참에 더 나아가 딕슨 씨도 의심해보셔야 하지 않을까요."

"딕슨 씨라, 매우 그럴 듯합니다. 그래요, 그렇게 말씀하시니 곧바로 딕슨 부부가 함께 선물한 게 틀림없다는 생각이 드네요. 며칠 전에 딕슨 씨가 페어팩스 양의 연주를 열렬히 찬미한다는 얘길 나눴었죠."

"맞아요. 그리고 그에 관해 해주신 말씀 덕에 전부터 마음에 품고 있었던 생각을 확인할 수 있었답니다. 딕슨 씨나 딕슨 부인의 선한 의도를 뒤집어보려는 의도는 없어요. 하지만 딕슨 씨가 페어팩스 양의 친구에게 청혼을 한 후 불운하게도 페어팩스 양을 사랑하게 되었다거나, 아니면 페어팩스 양 쪽에서 그를 어느 정도 좋아한다는 사실을 알게 되었거나, 하는 의혹을 지우려야 지울 수가 없네요. 추측을 스무 가지나 해도 단 하나도 맞추지 못할 수도 있겠지만, 페어팩스 양이 캠벨 가족과 함께 아일랜드로 가는 대신 하이버리에 오기로 결심한 데에는 특별한 이유가 있을 거라고 확신해요. 여기 오면 궁핍과 고행의 삶을 견뎌야 하지만 아일랜드에 간다면 즐거운 일뿐이었을 거예요. 고향 공기를 마신다는 구실은 제가 보기엔 그냥 변명에 불과해요. 여름이었다면 그러려니 했을 거예요. 하지만 1월, 2월, 3월에 고향 공기를 마신다고 좋아질 사람이 누가 있을까요? 무릇 허약한 체질엔 따뜻한 난롯불과 마차가 훨씬 더 효험이 있는 법이잖아요. 페어팩스 양에겐 두말할 필요도 없다고 보고요. 제가 의심하는 모든 걸 다 믿어달라는 얘기는 아니에요. 당신이야 그렇게 하겠다고 당당히 공언하셨지만. 저는 다만 의심이 가는 점들을 솔직하게 말할 뿐이에요."

"그렇지만 정말로 대단히 그럴 듯하게 들리는데요. 딕슨 씨가 당시 약혼녀보다 페어팩스 양의 연주를 더 좋아했다는 건 제가 단언할 수 있습니다."

"그런데다 그분은 페어팩스 양의 목숨을 구했죠. 그 얘긴 들으셨나요? 어느 수상 파티에서 페어팩스 양이 우연히 갑판 너머로 떨어질 뻔한 걸 딕슨 씨가 붙잡았다더군요."

"그랬어요. 저도 거기 있었습니다. 참석한 일행 중에 섞여 있었거든요."

"정말요? 어머나! 하지만 아무것도 모르고 계셨던 거군요. 그런 생각은 처음 하신 것처럼 보이니 말예요. 만약 제가 그 자리에 있었다면 전 뭔가 심상치 않다는 걸 눈치챘을 거예요."

"틀림없이 그러셨을 거예요. 하지만 제 눈에는 그저 페어팩스 양이 배에서 떨어질 뻔한 것을 딕슨 씨가 붙잡아주었다는 그 상황만 보였어요. 워낙에 순식간에 벌어진 일이라서요. 이어진 충격과 공포는 너무도 커서 한참 동안 가시지를 않았지만 (그렇게 반 시간이 지나고 나서야 겨우 안정을 되찾을 수 있었지요) 거기 있던 모든 사람들이 다 그랬기 때문에 특별히 더 불안해하는 기미 같은 건 관찰할 겨를이 없었어요. 그렇다고 당신이 있었대도 눈치채지 못했을 거라는 의미는 아니에요."

대화는 거기서 중단되었다. 다음 음식이 나오기까지 기다리는 시간이 다소 길어지면서* 그들도 그 어색한 분위기에 젖어, 다른 사람들처럼 형식적이고 의례적으로 행동할 수밖에 없었던 것이다. 하지만 다시 식탁 위에 음식이 가득 차려지고 구석의 접시 하나까지 제자리를 찾게 되어 모두들 음식을 들며 편안한 분위기로 돌아갔을 때 에마가 말했다.

*두 코스는 상등한 편이었으나 두 번째 코스에 달콤한 요리들이 더 많았고, 별도의 디저트 코스가 딸려 나왔다.

"제게는 피아노가 온 것이 결정적이었어요. 좀 더 알고 싶었는데 이 일로 충분한 확신을 얻었거든요. 조만간 딕슨 부부의 선물이라는 얘길 듣게 될 거라고 장담해요."

"그리고 딕슨 부부가 금시초문이라고 완강히 부인하면 캠벨 부부의 선물이라고 결론을 내려야 할 테고요."

"아뇨, 캠벨 부부는 아니라고 확신해요. 페어팩스 양은 캠벨 부부가 보낸 게 아니라는 걸 알아요. 그렇지 않았다면 처음부터 그렇게 짐작했을걸요. 그들이 선물한 거라고 확신했다면 어리둥절할 일도 없었겠죠. 제 말에 납득 못 하셨을지 모르지만 전 이 일의 주동자가 딕슨 씨라고 확신하고 있어요."

"제가 납득을 못 했다고 생각하신다면 정말 서운한데요. 제 판단은 당신이 추론하는 방향대로 따라가고 있으니까요. 처음에는 당신이 캠벨 대령의 선물이라고 믿는 줄 알았어요. 저는 그게 어디까지나 부성애에 가까운 친절이라고 봤고, 그래서 지극히 자연스러운 일이라고 생각했습니다. 하지만 당신이 딕슨 부인이라고 말하자, 여성 특유의 다정한 우정의 표시로 보는 것이 더 이치에 맞는다는 생각이 들더군요. 그런데 지금은 사랑의 선물이 아닌 다른 것으로는 보이질 않네요."

이 사안에 대해 더 밀어붙일 필요는 없었다. 그는 정말로 그렇게 믿는 것 같았고, 진심으로 그렇게 생각하는 것 같은 표정을 지었다. 그녀는 더 이상 그 얘기를 하지 않았고 다른 화제들이 이어졌다. 그렇게 정찬이 끝났다. 디저트가 이어지고 아이들이 들어왔다. 사람들은 통상적인 대화를 주고받으며 그 아이들에게 말을 걸고 칭찬하기도 했다. 재기 넘치는 얘기나 말도 안 되는 어리석은 얘기도 있었지만 대개는 이도저도 아닌 일상적인 소견, 따분하게 반복되는 이야기들, 해묵은 소식과 의미심장한 농담들이 오갔다.

숙녀들이 응접실로 자리를 옮긴 지 얼마 되지 않아서 다른 부류의 숙녀들이 도착했다. 에마는 그녀의 특별한 어린 친구가 들어오는 것을 보았다. 그 친구에게서 환호할 만한 품격과 우아함을 찾아볼 수 없을지언정 한창때의 아름다움과 천진한 태도는 사랑하지 않을 수가 없었고, 무엇보다 실연의 상처에 괴로워하면서도 갖가지 즐거운 일들을 도모해 이겨낼 수 있게 해주는 그녀의 가볍고 명랑하며 무덤덤한 성격을 에마는 진심으로 좋아했다. 그 아이가 저기 앉아 있다. 그 아이가 최근에 얼마나 많은 눈물을 흘렸는지 짐작할 사람이 누가 있을까? 사람들과 어울리고, 아름답게 차려입고, 아름답게 차려입은 다른 사람들의 모습을 구경하는 것, 자리에 앉아 미소를 짓고 예쁜 모습으로 말없이 있는 것만으로도 이 시간을 행복하게 누리기에 모자람이 없었다. 제인 페어팩스가 더 예뻐 보이고 더 품격있게 행동했지만, 에마는 그녀가 해리엇과 감정을 바꿀 수만 있다면 기꺼이 그렇게 하지 않았을까 하고 생각했다. 친구의 남편이 자기를 사랑한다는 것을 알게 되는 위험한 쾌감을 포기하고 차라리 사랑을 해서(그렇다, 엘턴 씨 같은 사람을 헛되이 사랑하기라도 해서) 치욕을 맛보는 쪽을 기꺼이 택하지 않았을까 싶었다.

파티의 규모가 워낙 큰지라 에마는 굳이 제인에게 다가갈 필요가 없었다. 피아노 이야기도 꺼내고 싶지 않았다. 그에 얽힌 비밀을 너무 많이 알아버린 것 같아서 호기심이나 관심을 보이는 게 옳지 못하다는 생각이 들었고, 그래서 일부러 거리를 유지했다. 그러나 다른 사람들이 이내 그 이야기를 꺼냈고, 축하 인사를 하자 이를 의식한 나머지 제인의 얼굴이 붉어지는 것이 에마 눈에 보였다. "저의 훌륭한 친구 캠벨 대령"이란 이름이 언급될 때 죄의식으로 붉어지는 얼굴을.

마음이 따뜻하고 음악을 좋아하는 웨스턴 부인이 이 화제에 각별한 관심을 보였는데, 에마는 그 이야기를 좀처럼 접을 줄 모르는 그녀를 보며 실소를 금치 못했다. 그녀는 피아노의 음색과 건반의 탄주감, 페달 등등에 관해 물어볼 것도 많고 말할 것도 많아서, 정작 이 아름다운 주인공의 얼굴에 어떻게든 그 이야기는 피하고 싶은 마음이 훤히 드러날 정도인데도 전혀 눈치채지 못하고 있었다.

몇몇 신사가 그녀들에게 합류했는데 제일 처음 다가선 신사는 프랭크 처칠이었다. 가장 먼저 다가온 이 최고의 미남은 베이츠 양과 그녀의 조카를 지나치며 예를 표한 후 그대로 우드하우스 양이 앉아 있는 반대편 무리로 갔다. 그러고는 그녀 옆자리가 날 때까지 앉으려 하지 않았다. 에마는 파티에 모인 사람들이 다들 무슨 생각을 할지 짐작할 수 있었다. 그의 목표는 그녀였고, 그것을 눈치채지 못할 사람은 없었다. 그녀는 그를 스미스 양에게 소개했고, 나중에 짬이 났을 때 그들이 서로를 어떻게 생각하는지 들을 수 있었다. "그렇게 사랑스러운 얼굴은 본 적이 없습니다. 천진난만한 모습을 보니 기분이 좋더군요." 프랭크는 해리엇에 관해 이렇게 말했다. 해리엇은 어땠을까? "이렇게 말하면 처칠 씨에겐 과찬이 되겠지만, 제 생각엔 엘턴 씨와 좀 닮은 데가 있는 것 같아요." 에마는 화가 치밀어 올랐지만 꾹 참고 그녀에게서 말없이 돌아섰다.

처음으로 페어팩스 양 쪽을 쳐다보았을 때 에마와 그 신사는 이심전심의 미소를 나누었다. 하지만 말은 꺼내지 않는 것이 현명한 처사일 것이었다. 프랭크는 에마에게 식당에서 나오고 싶은 것을 참느라 혼났다고, 오랫동안 앉아 있는 것을 싫어해서 자리를 옮길 수 있으면 누구보다도 먼저 일어난다고 말했다. 그가 자리를 뜰 때 그의 아버지, 나이틀리 씨, 콕스 씨, 그리고 콜 씨는 교구 문제로 한창 이야기를 하고 있었고, 그가 함께 앉아 있는 동안은 화기애애한 분위기였으며, 또 그분들이 대체로 신사답고 분별력이 있다는 것을 알 수 있었다고 했다. 그가 하이버리에 대해 전반적으로 후하게 평가하고, 그와 마음 맞는 가족들이 넘쳐날 정도로 많다고 생각하니, 에마로서는 자신이 그동안 이곳을 지나치게 얕잡아 본 건 아닌가 하는 생각이 들었다. 그녀는 그에게 요크셔의 사교계는 어떤지, 엔스컴 주변에 이웃은 얼마나 많은지 등의 질문을 했다. 그리고 그의 답변을 통해서 엔스컴에 관한 한 행사 같은 건 거의 열리지 않음을 알게 되었다. 그들은 지체 높은 명문가들을 방문하는데 그들 중 가까운 곳에 사는 집안은 전무했고, 방문 날짜가 정해지고 초청을 수락했을 때조차 처칠 부인의 건강이나 기분이 좋지 않아서 못 가게 될 가능성이 반반이라고 했다. 그리고 새로 알게 된 사람의 집은 방문하지 않는 것이 원칙이며, 그가 따로 약속이 생겨서 혼자 떠난다거나 지인을 하룻밤 묵고 가게 하는 것도 여간해선 쉽지 않고 때로는 유창한 언변을 동원해야 할 때도 있다고 했다.

에마는 자신의 뜻과 상관없이 집에 눌러앉아 있어야 하는 이 청년에게 엔스컴이 마음에 들 리 없고, 제일 좋은 모습만 본 하이버리가 괜찮아 보이는 것도 당연하겠다고 납득했다. 그가 엔스컴에서 중요한 인물이라는 것은 누가 봐도 알 수 있었다. 가령 외삼촌은 손 하나 까딱 못 하는 일에 그가 나서서 외숙모를 설득한 사실은 본인이 나서서 떠벌리지 않아도 절로 알려졌다. 에마가 웃으면서 이 점을 언급하자, 그는 시간만 충분하다면 (한두 가지 예외는 있겠지만) 얼마든지 외숙모를 설득할 수 있을 거라 믿는다고 털어놓았다. 그런 후 자신이 설득할 수 없는 것 중 한 가지를 언급했다. 그는 외국으로 나가보고 싶은 마음이 간절했고, 여행을 허락받으려고 온 힘을 다해 설득했으나 외숙모는 콧등으로도 듣지 않았다고 했다. 이는 작년에 있었던 일로, 이제 그는 그런 희망 같은 건 더 이상 품지 않게 될 것 같다고 했다.

에마는 그가 설득할 수 없는 또 다른 사안, 그러나 언급하지 않은 사안은 착한 아들 노릇을 하는 게 아닐까 하고 생각했다.

"끔찍한 사실 하나를 새로 발견했습니다." 잠시 뜸을 들이던 그가 말했다. "내일이면 여기 온 지 일주일이 됩니다. 방문 일정의 반이 지나갔어요. 시간이 이렇게 빨리 흐를 줄은 정말 몰랐어요. 내일이면 일주일이라니! 이제 막 즐겁게 지내볼까 하는 참인데. 이제 새어머니나 다른 분들과 좀 친해지나 싶었는데! 생각하고 싶지도 않아요."

"이제 얼마 남지 않은 일정에서 꼬박 하루를 머리 자르는 걸로 소일한 것도 후회하실 차례겠네요."

"아뇨." 그가 미소 지으며 말했다. "그건 후회를 하고 안 하고의 문제도 안 된답니다. 전 단정하지 않은 모습으로 친구들을 만나는 걸 싫어하거든요."

다른 신사들도 모두 방에 들어오자 에마는 어쩔 수 없이 몇 분간 그와 떨어져서 콜 씨의 이야기를 들어야 했다. 콜 씨가 가고 난 후 다시 프랭크 처칠 쪽을 돌아보니 그는 방 반대쪽에 앉아 있는 페어팩스 양을 뚫어져라 보고 있었다.

"무슨 일이 있나요?" 에마가 물었다.

그는 깜짝 놀랐다. "덕분에 정신을 차렸네요, 고마워요." 그가 대답했다. "안 그랬으면 제가 후안무치한 짓을 저지르고 있다는 사실을 깨닫지 못했을 거예요. 도대체 페어팩스 양은 어쩌면 저렇게 머리를 이상하게 하고 온 걸까요? 어찌나 이상한지 눈을 떼려야 뗄 수 없을 지경이네요. 저렇게 기괴한 꼴은 생전 처음 봐요! 머리를 만 것 하고는! 자기 딴엔 괜찮다고 생각했겠죠. 저런 머리를 한 사람은 한 명도 안 보이는데요! 아무래도 가서 아일랜드에서 유행하는 스타일이냐고 물어볼까 봐요. 그래볼까요? 네, 그럴게요. 정말로 그럴 거라니까요. 페어팩스 양이 어떻게 반응하는지 한번 보세요. 얼굴을 붉히는지 아닌지."

그는 말이 끝나기 무섭게 자리를 떴고 에마는 그가 페어팩스 양 앞에 서서 이야기하는 것을 보았다. 그러나 그 젊은 숙녀가 그의 말을 어떻게 받아들였는지는 에마로선 전혀 알 수가 없었다. 그도 그럴 것이 그가 사려 깊지 못하게도 그녀와 페어팩스 양 사이 정중앙에 섰기 때문이었다.

그가 자기 의자로 돌아오기 전에 웨스턴 부인이 그 자리에 앉았다.

"성대한 파티에서 누릴 수 있는 호사란 바로 이런 거겠지." 그녀가 말했다. "아무한테나 다가갈 수 있고 또 아무 말이나 해도 되니까. 에마, 너랑 얘기하고 싶어 죽는 줄 알았어. 나도 너처럼 새롭게 알게 된 사실들도 있고 계획도 짰거든. 시들해지기 전에 말하지 않으면 안 되겠더라고. 너, 베이츠 양과 조카가 여기 오게 된 연유를 아니?"

"연유라니……. 초대받아서 온 거잖아요, 아닌가요?"

"아! 물론이지. 하지만 어떻게 여기 온 건지 아니? 뭘 타고 왔을 것 같아?"

"뭘 타긴요, 걸어왔겠죠. 그 사람들한테 달리 방법이 있었겠어요?"

"맞아. 그런데 좀 전에 문득 드는 생각이 제인 페어팩스가 걸어서 집에 가는 건 너무 슬플 것 같은 거야. 야심한 밤에, 요샌 밤에 춥잖아. 그래서 제인을 봤더니 지금이야 몰라보게 근사해 보여도 따뜻한 데 있다가 나가면 십중팔구 감기에 걸리겠다는 생각이 들더라고. 가엾은 제인! 그 생각만 해도 견디기가 힘들더구나. 그래서 웨스턴 씨가 방에 들어오자마자 붙들고 마차를 태워주자고 말했어. 그분이 내 바람을 얼마나 빨리 들어주었을지 말하지 않아도 알겠지? 그이의 동의도 얻었으니 곧장 베이츠 양한테 가서 우리가 마차를 쓰기 전에 먼저 쓰시라고 말했어. 그렇게 말하면 마음 편히 쓰실 것 같아서. 그런데 참 선량한 사람이지! 얼마나 고마워했는지 몰라. 너도 알겠지만. '저처럼 운이 좋은 사람이 있을까요!'라면서. 하지만 거듭 거듭 고맙다고 말하더니 '하지만 폐를 끼치지 않아도 될 것 같아요. 올 때 나이틀리 씨 마차를 타고 왔는데 갈 때도 태워주실 거예요'라는 거야. 정말 깜짝 놀랐어. 물론 아주 기뻤지. 하지만 놀라기도 많이 놀랐어. 그렇게 친절하게 마음을 써주다니. 그냥 마음을 써주는 정도가 아니라 그렇게까지 배려를 하다니! 그 정도까지 생각해주는 남자는 흔치 않거든. 아무튼 요점은 나이틀리 씨의 평소 행태로 보건대 마차로 여기에 온 건 어디까지나 그 사람의 편의를 도모해서라는 생각이 강하게 들어. 혼자서 올 거라면 말 한 쌍을 끌고 오진 않았을 거야. 오직 그들을 도와주기 위한 구실이었다는 거지."

"그랬을 거예요." 에마가 말했다. "틀림없이 그랬을 거예요. 그런 일을 할 사람은 나이틀리 씨밖에 없어요. 그분은 어떤 일을 하더라도 진정한 선의에서, 유용하고 인정 많고 너그럽게 하니까요. 여자들에게 곰살궂게 대하는 성격은 아니지만 정말 인정이 많은 분이죠. 제인 페어팩스가 몸이 허약하다는 사실을 감안할 때 이번 일은 그에겐 인정을 베풀어야 할 일로 여겨졌을 거예요. 그리고 남몰래 친절을 베푸는 사람을 말하라면 전 주저 없이 나이틀리 씨를 꼽을 거고요. 그분이 오늘 마차를 가져왔다는 건 저도 알아요. 같은 때에 도착했거든요. 그래서 제가 그걸 두고 놀려댔는데, 나이틀리 씨는 그 얘긴 입 밖에도 내지 않더군요."

"어쩌면." 웨스턴 부인이 미소 지으며 말했다. "넌 나와 달리 이 일을 단순하고 사심이 섞이지 않은 선행이라고 생각하는구나. 사실 베이츠 양의 말을 듣는 동안 한 가지 의혹이 뇌리에 꽂혔는데 도저히 그 생각을 떨쳐버릴 수가 없었거든. 곱씹어볼수록 더 그럴싸하다는 생각이 들어. 요점을 말하자면, 나는 나이틀리 씨와 제인 페어팩스의 중매를 들면 어떨까 생각했어. 넌 어떻게 생각하니?"

"나이틀리 씨와 제인 페어팩스라고요!" 에마가 소리를 질렀다. "웨스턴 부인, 어쩌면 그런 생각을 다 하실 수 있어요? 나이틀리 씨라뇨! 나이틀리 씨는 절대 결혼하면 안 돼요! 어린 헨리가 돈웰에서 내쳐지는 꼴을 보고 싶으신 건 아니겠죠? 아! 안 돼요, 안 돼요, 헨리가 돈웰의 주인이 돼야 해요. 전 나이틀리 씨의 결혼에 절대 찬성할 수 없어요. 그리고 절대 그럴 리 없다고 장담해요. 그런 생각을 하시다니 정말 놀랍네요."

"애, 에마, 어떻게 그런 생각을 하게 됐는지는 이미 말했잖니. 난 두 사람이 결혼하기를 바라는 게 아니야. 사랑스러운 헨리에게 해악을 가하고 싶은 것도 아니고. 그저 정황을 보이하니 그런 생각이 들었던 거야. 그리고 나이틀리 씨가 진심으로 결혼하길 원한다면 헨리 때문에, 그런 문제에 대해선 아무것도 모르는 여섯 살짜리 아이 때문에 그분의 결혼을 막을 수는 없을 텐데?"

"아뇨, 할 거예요. 전 헨리가 밀려나는 건 절대 못 봐요. 나이틀리 씨가 결혼을 하다니! 안 돼요, 그런 생각은 한 번도 해본 적 없고, 지금도 받아들일 수 없어요. 그리고 제인 페어팩스라니! 하고많은 여자 중에!"

"이런, 제인이야말로 나이틀리 씨가 늘 첫손으로 꼽던 사람이었잖아. 너도 잘 알면서."

"하지만 둘의 결혼은 신중하지 못한 처사예요!"

"난 신중한지 아닌지를 이야기하는 게 아니야. 그냥 그럴 가능성이 높다는 거지."

"가능성이라면 전혀 없다고 보는데요. 지금 말씀하신 것보다 더 나은 근거를 대시면 몰라도요. 마차를 태워준 이유는 그분의 온후한 기질, 그분의 인간미만으로 충분히 설명이 된다고 봐요. 그분이 베이츠가 사람들을 얼마나 존중하는지 아시잖아요. 제인 페어팩스 때문이 아니더라도 말예요. 그들 일이라면 언제나 발 벗고 나서서 아낌없이 돌봤고요. 웨스턴 부인, 중매는 서지 마세요. 그런 일엔 어설프기만 하시면서. 제인 페어팩스가 돈웰 애비의 안주인이 된다니! 아, 안 돼, 말도 안 돼요. 어떻게 생각해봐도 불쾌하기만 해요. 나이틀리 씨를 위해서라도 그런 미친 짓은 막을 거예요.”

“신중한 처사는 아닐지도 모르지만 미친 건 아니지. 가진 재산에 차이가 있고, 나이 차이도 좀 난다고 볼 수 있겠지만 그것 말곤 다 어울리는 것 같은데.”

“하지만 나이틀리 씨는 결혼할 생각이 없는 사람인데요? 장담하는데 결혼의 결 자도 생각 안 하고 있을 거예요. 그런 생각을 그분 머릿속에 주입시키지 마세요. 그가 왜 결혼을 해야 하나요? 혼자서도 얼마든지 행복한데요. 자기 농장도 있고 양도 있고 도서관도 있고 관리할 교구도 있는데요. 그런데다 조카들을 끔찍이도 예뻐하죠. 빈 시간을 채우기 위해서든, 허전한 마음을 채우기 위해서든, 그분에게는 결혼할 이유가 없어요.”

“얘, 에마, 그가 그런 생각이라면 그렇게 되겠지. 하지만 만약 그가 진심으로 제인 페어팩스를 사랑…….”

“말도 안 돼요! 나이틀리 씨는 제인 페어팩스에 대해선 관심조차 없다고요. 사랑이라 말할 만한 감정이 아니라는 걸 전 알아요. 그는 제인에게, 또 그 가족에게 기꺼이 도움을 주고 싶어해요. 하지만…….”

“글쎄,” 웨스턴 부인이 웃으며 말했다. “어쩌면 그가 그들에게 베풀 수 있는 최고의 선행은 제인에게 그만큼 훌륭한 가정을 주는 걸지도 모르지.”

“그녀에게 좋은 일이라면 그에겐 그만큼 해악이 될 게 틀림없어요. 남부끄럽고 격이 떨어지는 인척 관계에 얽매이는 거라고요. 그가 베이츠 양과 한 식구가 되면 견뎌낼 수 있을 것 같이요? 틈만 나면 돈웰에 와서 제인과 결혼해준 은혜가 하늘 같다며 하루 종일 인사치례를 할 텐데요? '어쩌면 이렇게 친절하고 자상하실 수 있나요!'라고요. 정작 나이틀리 씨는 그 전부터 쭉 친절하기 그지없는 이웃이었는데! 그러다가 말을 끝내기도 전에 모친의 낡은 페티코트 얘기로 냉큼 넘어가겠죠. '그게 그러니까 못 봐줄 만큼 낡은 페티코트라는 게 아니거든요. 왜냐면 앞으로도 꽤 오래 입을 수 있으니까요. 우리 집 페티코트는 하나같이 아주 튼튼하니 얼마나 다행인지요.'"

"에마! 부끄럽지도 않니! 그렇게 흉내 내면 못 써. 너 때문에 나까지 본의 아니게 웃게 되잖니. 내가 장담하는데 나이틀리 씨는 베이츠 양을 그다지 성가시게 여기지 않을 거야. 사소한 일로 짜증내는 사람이 아니니까. 베이츠 양이 아무리 쉴 새 없이 떠들어대도 정작 그가 할 말이 있을 땐 힘주어 말만 해도 그녀의 목소리는 묻혀버리고 말 테니까. 진짜 문제는 그가 그 결혼으로 나쁜 인척에게 얽매이게 되느냐가 아니라, 그 결혼을 바라느냐 아니냐. 난 그가 바란다고 생각해. 직접 들었는데, 제인 페어팩스를 얼마나 칭찬했는지 몰라. 너도 들었을 것 아니니! 그녀에게 보이는 관심이나 건강에 대한 염려, 그녀의 전망이 밝지 않은 것에 속상해하는 것도! 열을 올리면서 그런 이야기들을 하는 걸 내 귀로 똑똑히 들었어. 그녀의 피아노 연주와 목소리는 또 얼마나 칭찬을 하던지! 그녀의 목소리라면 평생 들어도 질리지 않을 거라고 말하는 것도 들었어. 아참! 생각한 게 하나 더 있었는데 깜빡 잊을 뻔했네. 누군가 보낸 그 피아노 말이지, 우린 다들 캠벨가에서 보내온 게 틀림없다고 생각하고 있지만, 혹시 나이틀리 씨가 보낸 걸 수도 있지 않을까? 그 사람일 거라는 생각을 좀처럼 지우기가 힘드네. 그러면 설령 사랑하지 않는대도 그러고도 남을 사람이니까."

"그렇다면 그것만으론 그가 사랑에 빠져 있다고 말할 수 없겠네요. 하지만 전 아무리 생각해도 나이틀리 씨가 그런 일을 했을 것 같지 않아요. 나이틀리 씨는 어떤 일이든 비밀리에 하는 성격이 아니니까."

"제인에게 악기 하나 없다며 안타까워하는 걸 몇 번이나 들었는데? 자연스러운 수준 이상으로 자주 말한다는 생각이 들었어."

"좋아요. 그래도 나이틀리 씨에게 그런 선물을 할 생각이 있었다면, 제인에게 말했을 거예요."

"배려하느라 말을 아꼈을 수도 있어, 에마. 나는 분명 그가 피아노를 선물한 거라고 생각해. 정찬 중에 콜 부인이 그 애길 꺼냈을 때는 유독 아무 말 없더라고."

"웨스턴 부인, 어떤 생각이 떠올랐다고 해서 그 방향으로 치달으시면 어떡해요. 저에겐 그러지 말라고 여러 번 꾸짖으시고선. 제 눈엔 애정의 조짐이 전혀 안 보이는데요. 피아노와 관련해선 아무것도 믿을 수가 없고요. 그리고 증거가 없는 한 나이틀리 씨가 제인 페어팩스와 결혼할 생각이 있다고는 도저히 믿을 수 없어요."

둘은 이렇게 얼마간 더 논쟁을 벌였다. 에마가 친구의 마음을 좀 더 움직였는데 이는 웨스턴 부인이 늘 양보해주는 입장이었기 때문이다. 그러다 방 안 분위기가 살짝 부산스러워지면서 다과 시간이 끝났음을 알렸고, 이어 연주 시간이 되었다. 바로 그 순간 콜 씨가 우드하우스 양에게 다가와 피아노 연주를 듣는 영광을 베풀어주십사 청했다. 그때까지 에마는 웨스턴 부인과의 대화에 열중하느라 프랭크 처칠은 미처 살펴볼 겨를이 없었다. 그러다 그가 페어팩스 양 옆에 앉아 있는 것을 알게 되었는데, 그도 콜 씨에 이어서 연주를 해달라고 간곡히 요청했다. 에마는 매사에 선두에 서는 것이 구미에 맞았기에 매우 깍듯한 태도로 수락했다.

그녀는 자기 실력의 한계를 누구보다도 잘 알고 있는지라, 잘할 수 있는 수준 이상을 시도하는 법이 없었다. 에마는 다들 좋아할 법한 소곡들을 취향과 풍미를 살려 연주할 줄 알았고 연주하면서 노래하는 것도 잘했다. 그녀가 노래하고 있을 때 놀랍게도 누군가가 중간에 합세해 그녀를 기쁘게 했으니, 다름 아닌 프랭크 처칠이었다. 그는 나지막하지만 정확하게 노래를 부르고 있었다. 노래가 끝나자 그는 정중하게 사과했고, 그런 다음 으레 있을 법한 말들이 오갔다. 이렇게 감미로운 목소리를 갖고 있다니, 게다가 곡도 완벽하게 이해하다니 너무한 것 아니냐는 질책에 그는 정중히 부인하고는 자기는 음악에는 문외한이며 노래할 목소리도 아니라고 힘주어 단언하는 것이었다. 그들은 다시 한 번 같이 노래했고, 그런 후 에마는 페어팩스 양에게 자리를 양보했다. 에마는 페어팩스 양이 노래나 연주 양쪽 면에서 자기보다 월등히 뛰어나다는 사실을 스스로도 인정하지 않을 수 없었다.

에마는 복잡한 심정이 되어 피아노 주변에 모여든 사람들과 살짝 떨어진 자리에 앉아 그녀의 연주를 경청했다. 프랭크 처칠이 또 한 번 노래를 불렀다. 웨이머스에서 한두 번 같이 노래를 부른 적이 있었던 것 같았다. 그러나 그녀의 연주에 푹 빠져 있는 사람들 가운데서 나이틀리 씨를 본 순간, 에마의 마음은 그쪽으로 반쯤 기울었고, 웨스턴 부인이 제기한 의혹에 대한 생각이 꼬리에 꼬리를 무는 바람에 이중창의 아름다운 선율은 이따금씩만 끼어들 뿐 그녀에게서 멀어져버렸다. 나이틀리 씨의 결혼을 반대하는 마음은 잦아들 줄을 몰랐다. 그녀가 보기에 그 결혼은 재앙일 뿐이었다. 존 나이틀리 씨는 크게 실망할 것이고, 결과적으로 이저벨라에게도 영향을 끼칠 것이다. 아이들에게는 실질적으로 큰 손해를 입힐 테니, 그들 모두에게 치욕스럽기 그지없는 변화이자 물적 손실이 될 것이다. 아버지가 누리던 일상적 안락함은 크게 줄어들 것이고, 에마 본인은 제인 페어팩스가 돈웰 애비에 들어앉는다는 생각만으로도 견딜 수가 없었다. 나이틀리 부인이라는 여자에게 그들 모두가 굽히고 들어가야 한다니! 안 돼. 나이틀리 씨는 절대로 결혼해선 안 된다. 어린 헨리가 앞으로도 돈웰의 상속자여야 한다.

잠시 후 나이틀리 씨가 뒤를 돌아보더니 다가와서 그녀 옆에 앉았다. 그들은 처음엔 연주에 대해서만 이야기를 했다. 그의 칭찬은 확실히 꽤 열렬한 데가 있었다. 그러나 에마는 웨스턴 부인의 이야길 듣지 않았다면 그 말에 그리 신경 쓰지 않았을 거라고 생각했다. 그래도 시험해볼 겸, 그녀는 그가 친절하게도 베이츠 양과 그 조카를 태워준 일에 대해 이야기하기 시작했다. 그리고 그는 그 얘기를 가급적 짧게 끝내고 싶은 것처럼 답했지만, 에마는 그가 자신의 선행에 대해 길게 이야기하길 꺼려서일 뿐이라고 믿었다.

"종종 마음에 걸려요." 에마가 말했다. "그럴 때 선뜻 우리 마차를 쓸 엄두를 내지 못하는 게요. 제가 그러길 바라지 않아서가 아니에요, 아시겠지만 아버지는 제임스에게 그런 일을 시키는 걸 생각조차 못 하시는 분이니까요."

"불가능한 일이지, 전혀 불가능한 일이고말고." 그가 대답했다. "하지만 당신 마음이 그렇지 않다는 건 나도 잘 알지." 그러면서 그렇게 확신할 수 있어 기쁘다는 듯 미소를 지었기 때문에, 그녀는 내친김에 한 단계 더 나아갔다.

"캠벨가에서 보내준 선물 말예요." 그녀가 말했다. "피아노라니 정말 친절하지 않나요?"

"그래." 그가 그렇게 대답하더니 전혀 당황하는 기색 없이 말했다. "하지만 미리 알려주었더라면 더 좋았을 거야. 깜짝 선물이라니, 바보 같은 짓이지. 그런다고 기쁨이 더 커지는 것도 아니고 오히려 불편한 일만 늘어나는 경우가 많으니까. 캠벨 대령이라면 좀 더 현명하게 판단할 거라고 생각했었는데."

바로 그 순간, 에마는 나이틀리 씨가 그 피아노와 아무런 상관이 없다고 맹세라도 할 수 있을 것 같았다. 그렇지만 그가 각별한 애정을 품고 있지 않은 게 확실한지, 실상 특별히 좋아하는 마음 같은 건 없는 건지는 여전히 얼마간의 의혹으로 남아 있었다. 제인의 두 번째 노래가 끝나갈 즈음 그녀의 목소리는 몹시도 쉬어 있었다.

"이제 그만하지." 노래가 끝났을 때 그는 큰 소리로 혼잣말을 했다. "하룻저녁에 부를 만큼은 불렀어. 이제 그만 부르지."

그러나 또 한 번 불러달라는 간청이 이어졌다. "한 번 더 불러주세요. 페어팩스 양을 피곤하게 할 생각은 추호도 없어요. 딱 한 번만 더 불러달라는 겁니다." 그러자 프랭크 처칠이 말했다. "이 정도는 힘들이지 않고 부를 수 있겠죠. 초반부가 아주 짧아서요. 이 곡에서 힘을 줘야 할 땐 그다음 대목부터예요."

나이틀리 씨는 화를 냈다.

"저 친구," 그는 분개해서 말했다. "자기 목소리를 과시할 생각만 하는군. 그래선 안 되지." 그러더니 마침 곁을 지나가던 베이츠 양을 붙잡고 말했다. "베이츠 양, 조카딸이 목이 쉬도록 노래를 부르는데 가만히 계시면 되겠습니까? 가서 만류하세요. 사람들이 이렇게 배려가 없어서야."

베이츠 양은 정말로 제인이 걱정된 나머지 미처 고맙다는 말을 할 겨를도 없이 곧장 가서 더는 노래하지 못하도록 했다. 이로써 그날 저녁의 연주회는 막을 내렸다. 그럴 수밖에 없는 것이, 연주를 할 수 있는 숙녀가 우드하우스 양과 페어팩스 양뿐이었기 때문이다. 그러나 이내 (5분도 채 되지 않아서) 춤을 추자는 말이 나왔다. 어디서 누가 제안한 건지는 알 수 없었지만 콜 부부가 완전히 흥이 나선 모든 것을 신속히 지우자 춤을 출 만한 공간이 마련되었다. 컨트리댄스*가 장기인 웨스턴 부인이 피아노 앞에 앉아 절로 흥이 나는 왈츠를 연주하기 시작했다. 그러자 프랭크 처칠이 더없이 어울리는 정중한 태도로 에마에게 다가와 춤을 신청하고 이내 그녀의 손을 잡아 선두로 이끌었다.

다른 젊은이들이 짝을 이루어 서기를 기다리는 동안, 에마는 자신의 목소리와 취향에 보내는 찬사를 들으면서도 틈틈이 주변을 둘러보았고, 특히 나이틀리 씨가 뭘 하는지 살펴보았다. 이것이 시험이 될 것이다. 그는 좀처럼 춤을 추지 않는 사람이었다. 그런 그가 지금 발 빠르게 제인 페어팩스에게 춤을 신청한다면 그건 어떤 전조가 될 수도 있었다. 당장은 그런 낌새가 전혀 보이지 않았다. 아무렴. 그는 콜 부인과 이야기를 하며 무심하게 지켜볼 뿐이었다. 누군가 제인에게 춤을 신청했는데도 그는 여전히 콜 부인과 이야기를 하고 있었다.

에마는 더 이상 헨리의 미래를 걱정하지 않았다. 그 아이의 이익은 아직 안전했다. 그녀는 발랄하고 즐겁게 춤을 이끌어나갔다. 춤을 추는 건 다섯 쌍뿐이었지만 무도회가 좀처럼 없는 데다 급조되어서인지 매우 즐거웠고 에마는 프랭크가 자신과 대단히 잘 맞는 파트너임을 알게 되었다. 둘은 보기 좋은 한 쌍

*당시 가장 인기 있었던 춤으로 파트너끼리 서로 마주 보는 형태의 2열 종대로 구성해 한 차례 춤을 추고 나면 한 번에 한 명, 혹은 모두가 위치를 바꿔서 춤을 재개했다. 웨스턴 부인처럼 연장자 여성들의 경우 춤곡 연주를 맡기도 했다.

이었다.

아쉽게도 춤은 두 번만 허용되었다. 밤이 깊어지고 있었던 데다 베이츠 양이 어머니 생각에 집에 가고 싶어 안달복달했기 때문이었다. 그들은 다시 춤을 재개하게 해달라고 몇 번 부탁을 해보다가 결국 단념하고서 웨스턴 부인에게 감사를 표한 후 아쉬운 표정으로 끝을 냈다.

"차라리 잘된 건지도 몰라요." 프랭크 처칠이 에마를 마차 앞까지 데려다주면서 말했다. "안 그랬다면 페어팩스 양에게 춤을 신청해야 했을 테니까요. 당신과 춤추고 난 후 맥이 다 풀린 그녀의 춤을 마주하는 건 영 내키지 않는 일이었을 거예요."

9

에마는 자신의 격을 낮추면서까지 콜 씨 집에 간 것을 후회하지 않았다. 다음 날 생각해보니 즐겁게 기억할 만한 것들이 많았다. 집 안에 은거하지 못해 품위를 잃었는지는 몰라도 대신 인기라는 호사를 아낌없이 누리는 것으로 보상받았다. 분명한 건 그녀가 콜 부부를 기쁘게 해주고(행복을 누릴 자격이 있는 존경할 만한 사람들이었다!) 좀처럼 사라지지 않을 이름을 남기고 왔다는 것이었다.

완벽한 행복이란 추억 속에서조차 쉽게 찾을 수 없는 법. 그런 점에서 에마는 두 가지가 다소 마음에 걸렸다. 제인 페어팩스에게 품고 있는 의혹을 프랭크 처칠에게 빌설한 깃은 여자끼리의 의리를 저버린 일이 아닌가 싶었다. 옳은 처사는 아니었지만 너무나 확고한 생각이어서 속으로만 품고 있을 수가 없었고, 또 그녀가 말하는 족족 그가 동의한 것이 그녀의 통찰력에 대한 칭찬으로 다가와서 입을 다물고 있어야 하는지 확신이 잘 서지 않았던 것이다.

두 번째로 후회되는 일 역시 제인 페어팩스와 관련이 있었다. 그리고 여기엔 의심의 여지가 조금도 없었다. 그녀는 자신의 피아노 연주와 노래 실력이 떨어지는 것이 진심으로, 뼈저리게 후회스러웠다. 어린 시절 게을리했던 것이 너무나 한탄스러워, 피아노 앞에 앉아 한 시간 반 동안 열심히 연습했다.

그러다 해리엇이 들어와서 연습은 중단되었다. 해리엇의 칭찬으로 만족할 수 있는 일이었다면 곧바로 위로를 받았을 것이다.

"아! 저도 당신이나 페어팩스 양처럼 연주를 잘할 수 있다면 얼마나 좋을까요!"

"나를 제인과 같은 수준으로 보면 안 돼, 해리엇. 내 연주와 그녀의 연주는 램프와 햇빛만큼이나 차이가 나니까."

"어머! 무슨 그런 말씀을…… 전 우드하우스 양이 그분보다 더 잘 치신다고 생각해요. 그분 못지않게 잘 치시는 것 같아요. 전 당신 연주를 듣는 게 훨씬 더 좋아요. 어젯밤에 다들 우드하우스 양의 연주가 얼마나 좋았는지 말하던데요."

"음악에 대해 조금이라도 아는 사람이라면 우리 둘의 차이를 느꼈을 거야. 솔직히 말하자면, 해리엇, 내 연주는 칭찬받기 딱 좋을 정도지만, 제인 페어팩스의 연주는 그 수준을 훌쩍 뛰어넘었어."

"글쎄요, 전 당신이 그분 못지않게 잘 치신다고 생각할래요. 혹은 차이가 있다 해도 누구도 알아차릴 수 없을 만큼 사소한 차이라고 생각할래요. 콜 씨가 우드하우스 양의 안목이 정말 높다고 말했어요. 그리고 프랭크 처칠 씨도 당신의 안목을 입에 침이 마르게 칭찬하시던걸요. 그러면서 자기는 연주 실력보다 안목을 훨씬 더 중요하게 생각하신단 말씀도 하셨어요."

"아! 하지만 제인 페어팩스는 실력과 안목 둘 다 가지고 있는걸, 해리엇!"

"정말이에요? 제가 보기에 그분은 실력은 있어도 안목이 높은지는 잘 모르겠던데요. 누구도 그런 말은 안 했어요. 그리고 전 이탈리아 가곡이 싫어요. 무슨 말인지 한 마디도 못 알아듣겠어요. 게다가 페어팩스 양의 연주 실력이 그렇게나 대단하다고 해도, 실은 마땅히 그래야 하는 것 아닌가요? 앞으로 가르쳐야 할 사람이니까요. 어젯밤에 콕스가 따님들이 그녀가 어느 좋은 가문에 들어가게 될지 궁금해하더라고요. 우드하우스 양은 그 집 따님들을 어떻게 보셨어요?"

"평소하고 똑같지 뭐. 격이 떨어져도 한참 떨어져."

"그런데 그 아가씨들이 저에게 해준 말이 있는데요." 해리엇이 다소 주저하며 말했다. "중요한 얘긴 아니에요."

에마는 혹여 엘턴 씨 이야기가 나오는 건 아닐까 걱정하면서도 무슨 얘길 들었냐고 묻지 않을 수 없었다.

"그 아가씨들이…… 그러니까 지난주 토요일에 마틴 씨랑 정찬을 들었다고 하더라고요."

"아!"

"마틴 씨가 일 때문에 그 아가씨들 아버지를 방문했는데 그분이 마틴 씨에게 정찬을 들고 가라고 했대요."

"그래!"

"그 아가씨들, 마틴 씨 이야기를 정말 많이 하더라고요. 특히나 앤 콕스가요. 무슨 의도로 그러는 건진 몰라도 저한테 내년 여름에 다시 와서 머물지 않겠냐고 했어요."

"돼먹지 못하게 캐물으려는 거지, 뭐. 그러지 않으면 앤 콕스가 아니지."

"그날 정찬을 들 때 보니 마틴 씨가 정말로 상냥한 사람처럼 보이더래요. 정찬 때 자기 옆에 앉았었다고도 하고. 내시 양은 콕스가의 두 딸 모두 그와 결혼하라고 하면 얼마든지 할 거래요."

"그러고도 남을 거야. 내가 보기엔 하이버리에서 제일 저속한 여자들이거든."

해리엇은 포드 상점에 갈 일이 있었다. 에마는 만일에 대비해 그녀와 함께 가는 게 좋겠다고 생각했다. 마틴 가족과 또다시 마주치게 될지도 모르는데, 지금 해리엇의 상태로는 위험했다.

해리엇은 보는 족족 마음에 들어 하고 귀가 얇아서 물건을 사는 데 정말로 오랜 시간이 걸렸다. 그녀가 모슬린 앞에서 마음을 못 정하고 있을 때, 에마는 시간을 때울 겸 문 앞으로 갔다. 그곳은 하이버리에서 가장 번화한 거리였지만 오가는 사람들에게서 기대할 만한 건 많지 않았다. 바쁜 걸음으로 지나가는 페리 씨, 사무실 문을 열고 들어가는 윌리엄 콕스 씨, 운동을 끝내고 돌아오는 콜 씨의 마차용 말들, 고집 센 나귀를 타고 하릴없이 오가는 우편배달 소년 정도가 가장 활기찬 존재들이었다. 다음으로 쟁반을 든 푸주한, 가게에서 산 물건이 가득 든 바구니를 들고 집으로 향하는 말쑥한 노부인, 더러운 뼈다귀를 두고 싸우는 잡종 개 두 마리, 그리고 빵집의 작은 내닫이 창 앞의 생강빵을 쳐다보며 꾸물거리는 아이들에 눈길이 머물렀을 때, 그녀는 이 정도면 불평할 것 없다고 여기며 제법 즐길 수 있었다. 계속 문 앞에 서서 볼 만큼 재미있었다. 마음이 활기차고 느긋한 사람은 볼만한 게 없어도 견딜 수 있고, 보는 모든 것에서 해답을 얻는 법이다.

그녀는 랜들스 거리를 내려다보았다. 시야가 넓어지면서 두 사람이 나타났다. 웨스턴 부인과 그녀의 의붓아들이었다. 그들은 하이버리로 걸어 들어가고 있었다. 하트필드로 가고 있음은 의심할 여지가 없었다. 그러나 그들은 먼저 베이츠 부인 댁 앞에서 멈춰 섰다. 그 집은 포드 상점보다 랜들스 쪽으로 좀 더 가까이 있었다. 노크를 하려는 순간 그들의 시선이 에마와 마주쳤고, 두 사람은 즉시 길을 건너 그녀 앞으로 왔다. 어제 파티에서 즐거운 시간을 보내서인지 지금 이렇게 만난 것이 새삼 더 반가웠다. 웨스턴 부인이 새 피아노 소리를 들어보려고 베이츠 부인 댁에 가는 길이라고 알려주었다.

"여기 있는 내 말벗이 말하기로는," 그녀가 말했다. "내가 어젯밤 베이츠 양한테 오늘 아침에 방문하겠다고 철석같이 약속했다나. 난 금시초문인데. 내가 날짜를 정했는지도 기억이 안 나는데 이 친구 말로는 그랬다는 거야. 그래서 지금 가는 중이지."

"그리고 새어머니께서 그곳에 머무시는 동안 한 가지 양해를 구해도 될지 여쭙고 싶은데요." 프랭크 처칠이 말했다. "저는 여기 두 아가씨와 함께 있다가 하트필드로 가서 마저 기다려도 될까요. 집으로 가실 거면요."

웨스턴 부인은 실망했다.

"나와 같이 갈 줄 알았는데. 가면 그분들이 정말 좋아하실 거야."

"저를요! 전 방해만 될걸요. 하지만…… 여기서도 방해가 될지 모르겠네요. 우드하우스 양 표정을 보니 저랑 같이 있는 게 그리 달갑지 않으신 것 같아요. 제 외숙모는 물건을 살 때면 늘 절 쫓아버리신답니다. 저 때문에 성가셔 죽겠다나요. 그런데 우드하우스 양도 똑같은 말씀을 하실 듯한 표정이네요. 전 어쩌죠?"

"전 제 볼일을 보러 여기 온 게 아니에요." 에마가 말했다. "친구를 기다리고 있는 것뿐이에요. 이제 곧 끝날 것 같아요. 그러면 집에 갈 거고요. 하지만 처칠 씨는 웨스턴 부인과 같이 가서 피아노 소리를 들으시는 게 나을 것 같네요."

"흠…… 그리 권하신다면……. 그런데 (미소를 지으며) 캠벨 대령이 혹여 서투른 친구에게 시켰다면 피아노 소리는 그저 그럴 게 분명한데, 그럴 경우 전 어떻게 해야 하나요? 전 웨스턴 부인에게 아무 도움이 안 될 거예요. 혼자서도 아주 잘해내실 겁니다. 불쾌한 사실도 부인 입에서 나오면 기분 좋게 들리겠지만, 세상에 저만큼 예의 바른 거짓말에 어설픈 사람도 없을 겁니다."

"도저히 믿어지지 않는데요." 에마가 대답했다. "필요하다면 누구 못지않게 본심을 잘 숨기실 거라고 제가 장담하죠. 하지만 그 피아노 소리가 그저 그럴까 봐 미리 걱정하실 필요가 있나요. 오히려 반대일걸요. 어젯밤에 페어팩스 양이 한 말을 제가 제대로 이해한 거라면요."

"나랑 같이 가." 웨스턴 부인이 말했다. "정말 가기 싫은 게 아니라면. 오래 걸리지 않을 거야. 그런 후에 하트필드로 가고. 두 아가씨를 따라서 가는 거지. 네가 꼭 같이 가줬으면 해. 그러면 큰 관심을 받고 있다고 느끼실 거야! 난 이제껏 너도 가고 싶어 한다고 생각했는데."

그는 더 이상 가지 않겠다는 말을 할 수 없었고 하트필드가 보상이 되길 바라며 웨스턴 부인과 함께 베이츠 부인 집으로 되돌아갔다. 에마가 그들이 들어가는 것을 지켜보다가 해리엇에게 가보니 그녀는 마침 한 매대에 관심을 보이고 있었다. 에마는 어떻게든 해리엇의 마음을 돌리려고 민무늬 모슬린 천을 사고 싶다면 무늬가 있는 건 봐도 소용이 없고, 파란색 리본은 아무리 예뻐도 그녀의 노란색 패턴에는 전혀 어울리지 않는다고 설득했다. 마침내 무엇을 살지는 물론 소포를 보낼 주소까지 다 결정했다.

"고더드 부인 댁으로 보내드릴까요, 아가씨?" 포드 부인이 말했다. "네, 아뇨, 네, 고더드 부인 댁으로 보내주세요. 다만 제 패턴 가운이 하트필드에 있어서요. 아니다. 괜찮으시면 하트필드로 보내주시겠어요. 잠깐, 고더드 부인이 보고 싶어 하실 텐데⋯⋯. 그렇다면 제가 언제고 패턴을 들고 댁으로 가면 되겠죠. 하지만 리본은 당장 필요할 텐데. 그렇다면 하트필드로 보내는 게 좋겠네요. 리본만이라도. 그걸 두 개로 나눠 보내주실 수 있을까요, 포드 부인?"

"그럴 만한 일이 아니야, 해리엇. 포드 부인이 소포를 두 개 만드느라 힘드실 거야."

"정말 그렇겠군요."

"전혀 힘들 것 없답니다, 아가씨." 포드 부인이 살갑게 말했다.

"아! 하지만 그냥 하나로 받는 게 훨씬 낫겠네요. 그렇다면 고더드 부인 댁으로 다 보내주세요. 아, 아니야, 제 생각은요, 우드하우스 양, 우선 하트필드로 보내놨다가 밤에 집으로 가져가도 될 것 같은데요. 어떻게 생각하세요?"

"그 문제라면 눈 깜빡하는 시간도 쓰기 아깝지. 하트필드로 보내주시겠어요, 포드 부인?"

"그렇군요, 그게 제일 좋겠어요." 해리엇이 꽤 만족해서 말했다. "고더드 부인 댁으로 보내는 건 저도 내키지 않았을 테니까요."

가게 밖에서 몇몇 사람들의 목소리가 점점 가까이 들려왔다. 아니, 한 사람의 목소리가 들려오고 숙녀 두 명이 다가왔다. 웨스턴 부인과 베이츠 양이 문간에서 그들을 맞이했다.

"친애하는 우드하우스 양." 베이츠 양이 말했다. "잠시 우리 집에 들러 새 피아노 소리가 어떤지 품평을 해주십사 간청하려고 이렇게 급히 달려왔답니다. 스미스 양도 함께요. 잘 있었어요, 스미스 양? 그래요, 난 아주 잘 지낸답니다. 고마워요. 웨스턴 부인께도 같이 오셔서 제 간청에 힘을 실어주십사 부탁드렸지요."

"베이츠 부인과 페어팩스 양도 다 잘……."

"잘 있고말고요. 정말 고마워요. 어머니도 정정하게 잘 계시고 제인은 어젯밤에 그러고도 감기도 걸리지 않았어요. 우드하우스 씨는 잘 계신가요? 건강하시다는 말씀을 들으니 이렇게 기쁠 수가 없네요. 웨스턴 부인이 아가씨가 여기 있다고 말씀해주셔서요. 어머나! 그렇다면 당장 건너가봐야지. 우드하우스 양이라면 내가 한달음에 달려가 들어가게 해주세요 라고 해도 선뜻 들어주실 테니까, 이러면서요. 어머니께서도 우드하우스 양을 보시면 이만저만 기뻐하시는 게 아니랍니다. 이렇게 훌륭한 분들이 함께 계시니 거절하시지 않을 거고요. 이 말에 프랭크 처칠 씨가 '아, 그렇게 하시죠. 우드하우스 양이 악기에 대해 품평해주신다면 믿을 만할 겁니다'라고 하시더라고요. 그래서 제가 '두 분 중 한 분이 저와 함께 가주신다면 좀 더 쉽게 허락을 받아낼 수 있을 거예요'라고 말했고요. 그러니까 처칠 씨가 '아, 잠깐만요, 이것 좀 해드리고요' 하시더니, 아, 믿으실 수 있겠어요, 우드하우스 양? 그분이 말로 설명할 수 없을 만큼 자상한 태도로 제 어머니 안경의 리벳을 조이시는 거예요. 그렇지 않아도 오늘 아침에 리벳이 빠져나왔거든요. 어쩜 그리 자상하실까! 그래서 어머니가 안경을 못 쓰고 계셨어요. 리벳이 빠졌으니 쓰지를 못하시는 거죠. 그나저나 다들 안경은 두 개씩은 갖고 있어야 해요. 그래야 하고말고요. 제인도 그렇게 말했어요. 만사 제쳐놓고 그것부터 존 손더스 가게로 가져갈 생각이었는데 오전 내내 다른 일이 생겨서 짬이 나야 말이지요. 그래서 제일 먼저 그 일부터 한다는 게 다른 일부터 하게 되고, 이런 상황을 다 아시겠지만 뭐가 뭔지 모르겠어요. 한번은 패티가 와선 부엌 굴뚝을 청소해야겠다네요. 그래서 제가 '아, 패티, 나쁜 소식일랑 내게 말하지 말아줘. 여기 네 마님의 안경 리벳도 빠져버렸거든'이라고 말했죠. 그런 후 월리스 부인이 아들 편으로 보내온 구운 사과가 도착했지 뭐예요. 월리스 가족은 어쩜 그렇게 깍듯하고 자상하게 저희를 대해주시는지, 그것도 한결같이 말이에요. 월리스 부인이 무례하게 굴 때도 있고 정말 교양 없이 대답한다는 얘기가 간간이 들려오던데, 저희에겐 언제나 가슴 벅찰 정도로 한없는 아량을 베풀어주시네요. 우리가 귀한 고객이라 그럴 리는 없잖아요? 아시다시피 저희가 빵을 사먹으면 얼마나 사먹겠어요? 달랑 세 명만 사는 집에서. 그나마도 지금 제인이 와 있어서 그런 건데, 얘가 또 먹을 건 입에도 안 대네요. 조찬이랍시고 먹는데 기절초풍할 뻔했어요. 다들 보시면 저처럼 기함하실걸요. 그 애가 이렇게 안 먹는 걸 행여 어머니가 아시게 될까 봐 조심하고 있답니다. 그래서 이 말도 했다가 저 말도 했다가 그러면서 어물쩍 넘어가고 있어요. 하지만 그런 애도 정오가 되면 배가 고파지는데* 구운 사과만큼 그 애가 좋아하는 것도 없거든요. 구운 사과가 건강에 얼마나 좋은가요. 그래서 일전에 기회가 생겨서 페리 씨에게 여쭤봤지요. 거리에서 우연히 만난 김에요. 그 전까지 구운 사과의 효능을 의심했다는 뜻은 아니에요. 우드하우스 씨께서 구운 사과가 좋다고 말씀하시는 걸 참 자주 들었거든요. 그분은 과일은 구워 먹을 때만 몸에 좋다고 생각하시는 것 같아요. 하지만 저희는 틈만 나면 사과 경단을 만들어 먹어서요. 패티는 사과 경단 만드는 솜씨가 일품이랍니다. 그건 그렇고 웨스턴 부인, 부인이 숙녀분들이 저희 청을 받아들이게 말씀 좀 해주셨으면 해요."

에마는 "베이츠 부인과 그 밖의 분들을 뵙게 되어 매우 기쁘다"고 말했고, 마침내 그들은 가게를 나섰다. 그 전에 베이츠 양이 또다시 입을 열었지만 일행을 지체시킬 정도는 아니었다.

"안녕하세요, 포드 부인? 죄송해요. 미처 못 뵀네요. 런던에서 예쁜 리본들을 잔뜩 들여오셨다고 들었어요. 제인이 어제 집에 와선 좋아하더라고요. 고마워요, 장갑은 아주 잘 맞아요.

---

*이들은 아침 느지막이 조찬을 먹고, 하루가 끝나갈 무렵에 정찬을 들었다. 그리고 그사이에 점심은 먹지 않았다.

손목 부분이 좀 크긴 한데 제인이 줄여줄 거예요."

그러더니 다들 거리로 나섰을 때 다시 입을 열었다. "내가 무슨 얘길 하고 있었지?"

에마는 그녀가 줄줄이 쏟아낸 이야깃거리들 중에서 과연 무엇을 골라잡을지 궁금해졌다.

"무슨 얘길 하고 있었던 건지 도저히 생각이 안 나네. 아! 어머니 안경 얘기였죠. 처칠 씨는 어쩌면 그리 마음 씀씀이가 넓으신지! 그분이 이러시는 거예요. '아! 제가 이 리벳을 조일 수 있을 것 같은데요. 이런 일이라면 사족을 못 쓸 정도로 좋아하거든요.' 이런 말씀을 하신 것만 봐도 얼마나……. 정말 이 말은 꼭 하고 넘어가야겠어요. 그간 그분에 관한 이야기를 많이 들었고 그만큼 기대도 많이 했었는데, 실제로 뵈니 그 모든 것을 다 뛰어넘는 분이시더라고요. 진심으로 축하드려요, 웨스턴 부인. 제 성심을 다해서 드리는 말씀이에요. 처칠 씨는 어떤 부모라도 마다하지 않을 그런……. '아! 제가 이 리벳을 조일 수 있을 것 같은데요. 이런 일이라면 사족을 못 쓸 정도로 좋아하거든요'라니. 그분의 그런 태도는 죽어도 잊지 못할 거예요. 제가 찬장에서 구운 사과를 내와서 손님들에게 한번 드셔보시라고 권해드렸더니 대뜸 이러시는 거예요. '아! 구운 사과를 능가할 과일이 세상에 어디 있을까요? 그런데다 집에서 직접 구운 사과가 이렇게 먹음직스럽게 생긴 건 생전 처음 보는데요.' 그렇게 말씀하시다니, 짐작하시겠지만 정말 어쩌면……. 그리고 말씀하시는 태도로 보건대 그냥 호의로 그러신 게 아니더라고요. 정말로 맛있는 사과니까요. 윌리스 부인이 정말 제대로 구우셨더라고요. 두 번 이상 굽지 못한 게 좀 걸리긴 하지만요. 우드하우스 씨께 세 번 굽겠다고 약속드렸거든요.* 하지만 우드하우스 양은 배려심이 넘치시니까 우드하우스 씨께는 말씀 안 하시겠죠? 두말하면 잔소리지만 사과 자체가 구워 먹기 제일 좋은 품종이고요. 돈웰에서 온 건데 나이틀리 씨가 넘치도록 보내주신답니다. 매해 한 자루씩 보내주시죠. 그리고 보관했다가 먹는 사과로는 나이틀리 씨 댁 사과만큼 좋은 게 없을 거예요. 그 댁 사과나무 중에서 한 그루…… 아니, 두 그루가 틀림없어요. 제 어머니 말씀으론 당신 젊으셨을 때 그 댁 과수원은 늘 유명했다더군요. 그렇지만 일전에 제가 얼마나 놀랐는지 몰라요. 어느 날 아침 나이틀리 씨가 찾아오셨을 때, 마침 제인이 그분이 보내주신 사과를 먹고 있었거든요. 그런 김에 사과 이야기를 하면서 그 아이가 참 맛있게 먹고 있다고 말씀드렸더니, 그분이 혹시 사과가 다 떨어진 건 아니냐고 물으시더라고요. '틀림없이 다 떨어졌을 겁니다'라고 말씀하시더니 '한 자루 더 보내드리지요. 저 혼자서는 다 먹을 수 없을 만큼 많이 있으니까요. 윌리엄 라킨스** 말을 듣고 올해는 예년보다 사과를 더 많이 저장해두었어요. 상하기 전에 좀 더 보내드리

---

*당시에는 생과일을 먹으면 소화가 잘 되지 않아 건강에 해롭다고 믿는 사람들이 많았다. 그런 이유로 사과를 구워 먹는 경우가 많았고, 특히 건강염려증이 있는 우드하우스 씨의 경우는 여러 차례 구워야 좋다고 믿고 있다.
**윌리엄 라킨스는 나이틀리 씨의 재산 관리인으로, 소작인을 감독하고 농장 유지에 필요한 업무를 지시하고 재무를 관리한다.

겠습니다'라고 말씀하셨어요. 그래서 제가 안 그러셔도 된다고 극구 말렸어요. 저희 집 사과가 다 떨어졌느냐고 물으신다면 아직 충분히 남아 있다고는 말씀 못 드리겠다, 실은 여섯 개밖에 남지 않았지만 그건 전부 제인이 먹게 남겨둘 거다, 그리고 이미 엄청나게 많이 보내주셨는데 이렇게 또 보내주시겠다고 말씀하시니 황송해서 몸 둘 바를 모르겠다, 라고 했어요. 제인도 똑같이 말했고요. 나이틀리 씨가 댁으로 돌아가신 뒤에 그 애가 제게 막 뭐라고 하는 바람에 그만 싸울 뻔했답니다. 아니, 싸운다고 말하면 안 되겠네요. 제인과 전 단 한 번도 싸운 적이 없으니까요. 그래도 제가 사과가 거의 다 떨어졌다고 말한 것 때문에 그 애가 얼마나 속상해했는지 몰라요. 아직 많이 남아 있다고 말했어야 했다는 거예요. 그래서 그 애한테 말했답니다. '아유! 애, 나도 어떻게든 그렇게 말하려고 했어.' 그런데 바로 그날 저녁에 윌리엄 라킨스가 커다란 광주리에 지금 먹고 있는 것과 똑같은 사과를 적어도 한 부셸*은 되게 가득 담아 가지고 온 거예요, 글쎄. 전 너무 황송한 마음에 내려가서 윌리엄 라킨스에게, 다들 짐작하셨겠지만, 격의 없이 다 이야기했답니다. 라킨스가 어디 보통 오래 알고 지낸 사이인가요! 전 그 친구를 보면 늘 반가운 마음이 들어요. 하지만 나중에 패티한테 들은 얘긴데, 윌리엄 말로는 자기 주인이 갖고 있는 그 사과 품종은 그게 전부였대요. 그걸 몽땅 가져왔으니, 자기 주인한테

---

*야드파운드법에 따른 무게의 단위로 곡물이나 과실 따위의 무게를 잴 때 쓴다. 영국에서 1부셸은 약 28킬로그램에 해당된다.

는 굽거나 졸일 사과가 한 개도 남지 않았다고요. 정작 윌리엄은 별로 신경을 쓰지 않았어요. 그만큼 주인께서 사과를 많이 파셨다는 뜻이라 여기고 마냥 좋아했대요. 다 아시겠지만 윌리엄한테 자기 주인이 이윤을 내는 것만큼 중요한 일이 또 어디 있겠어요? 하지만 윌리엄 말이 호지스 부인은 사과를 다 보내는 것을 영 못마땅하게 생각했대요. 자기 주인이 올봄에 더는 애플 타르트를 못 드시게 됐으니 마음이 얼마나 안 좋았겠어요? 윌리엄이 패티에게 이 이야길 하면서 부인에게 신경 쓰지 말라고, 그리고 저희에겐 일절 아무 말 말라고 했대요. 호지스 부인이 가끔 괴팍해질 때가 있다면서요. 그리고 사과가 많이 팔렸으면 됐지 누구 입에 들어가는 게 뭐 그리 대수냐고 말했다네요. 패티한테서 그 얘길 들었을 때 전 정말 너무나 놀란 나머지 쓰러질 것만 같았어요! 하늘이 무너진다 해도 나이틀리 씨는 일절 모르시게 하려고요! 그분은 정말 어쩌면……. 전 제인은 모르길 바랐어요. 하지만 입이 방정이지, 저도 모르게 그만 말이 나와버렸어요."

패티가 문을 열어주었을 때 베이츠 양의 얘기도 막 끝이 났다. 방문객들은 그쯤에서 으레 나올 그녀의 이야기엔 관심을 기울이지 않고 2층으로 올라갔고, 다만 산만한 투로 그들을 배려하는 그녀의 말이 들려왔다.

"부디 조심하세요, 웨스턴 부인. 돌아서면 계단이 또 하나 나오거든요. 조심하세요, 우드하우스 양, 저희 집 계단이 좀 어두워요. 불편할 정도로 어둡고 좁아서 원. 스미스 양, 조심해서 올라와요. 우드하우스 양, 이를 어쩌나, 발을 부딪치신 것 맞죠? 굽은 곳 계단 조심하세요."

10

그들이 들어갔을 때 응접실의 풍경은 정적 그 자체였다. 평소 소일거리를 할 수 없게 된 베이츠 부인은 난롯가 한쪽에서 졸고 있었고, 프랭크 처칠은 그 옆 탁자에 서서 그녀의 안경을 고치느라 골몰해 있었고, 제인 페어팩스는 그들을 등지고 서서 피아노에 넋이 빠져 있었다.

그러나 바쁜 와중에도 이 청년은 에마를 다시 보자 더없이 환한 표정을 지어 보였다.

"이렇게 기쁠 데가 있나요." 그가 다소 나지막한 목소리로 말했다. "제가 계산한 것보다 적어도 10분이나 빨리 와주시다니. 보시다시피 전 쓸 만한 인간이 되려고 노력 중입니다. 어떠세요, 제가 잘해낼 것 같은가요?"

"뭐!" 웨스턴 부인이 말했다. "아직도 못 끝낸 거야? 그런 속도라면 은 세공사로 밥 벌어먹고 살긴 힘들겠는데?"

"짬짬이 쉬면서 하느라 그렇답니다." 그가 대답했다. "페어팩스 양을 도와서 피아노를 제대로 놓았거든요. 한쪽으로 기울어지더라고요. 바닥이 고르지 않아서 그런 거죠. 우리가 종이를 괴어놓았는데 보이시죠? 이렇게 말씀 듣고 와주시다니 다

358

들 무척 친절하시네요. 황급히 댁으로 돌아가셨을까 봐 좀 걱정하던 참이었거든요."

그는 에마를 자기 옆에 앉히더니 고심해서 가장 잘 구워진 사과를 골라주고 자기가 하는 일을 돕게 하거나 조언을 구하기도 했다. 마침내 제인 페어팩스가 다시 피아노를 연주하려고 의자에 앉았다. 에마가 짐작하기에 곧바로 치지 못하는 건 긴장해서 그런 듯했다. 선물받은 지 얼마 안 된 피아노를 막상 치려니 감격에 겨운 모양이었다. 정신을 수습해야만 연주할 힘이 날 것이다. 에마는 그런 심정의 근원이 무엇이건 연민의 감정을 느끼지 않을 수 없었고, 다시는 옆에 앉은 남자에게 그런 이야기를 발설하는 짓은 하지 않겠다고 마음먹었다.

마침내 제인이 연주를 시작했고, 처음 몇 소절은 힘이 제대로 실리지 않았지만 차츰 악기의 성능이 발휘되어 최고조에 이르렀다. 웨스턴 부인은 전날에도 즐거워했지만, 이번에도 변함없이 즐거워했다. 에마는 부인의 칭찬에 여념 없이 동의했다. 그리고 모든 면에서 온당히 판단하건대, 피아노는 최고 수준이라고 해도 좋을 만했다.

"캠벨 대령이 어떤 사람을 시켜서 보냈는지 모르지만 제대로 골랐네요." 프랭크 처칠이 에마에게 미소 지으면서 말했다. "웨이머스에서 캠벨 대령의 안목은 정평이 나 있더군요. 그리고 부드러운 고음부를 그 댁 분들이 특별히 높이 평가할 거라고 봐요. 페어팩스 양, 대령님이 그 친구에게 아주 세세히 지시하셨거나, 아니면 직접 브로드우드 상점에 편지를 보내시지 않으셨을까요? 어떻게 생각하시죠?"

제인은 돌아보지 않았다. 들을 상황이 아니었다. 그 순간 웨스턴 부인도 그녀에게 말을 하고 있던 중이었다.

"왜 그러세요." 에마가 속삭였다. "저는 그냥 되는 대로 추측해서 말씀드린 거였어요. 저분을 괴롭히지 말아요."

그는 미소 지으며 고개를 설레설레 저었는데, 마치 의혹도 자비도 거의 없는 사람처럼 보였다. 그러더니 이내 다시 말을 꺼내는 것이었다.

"이번 일로 당신이 즐거워할 거라 생각하며 아일랜드에 계신 친구분들이 얼마나 기뻐할까요, 페어팩스 양. 자주 당신을 생각하면서, 언제쯤, 정확히 어느 날에 이 악기가 당신 손에 들어갈지 궁금해할 게 분명해요. 깜짝 선물 계획이 바로 지금 여기까지 진척되었다는 것을 아실까요? 이런 결과가 그분이 직접 지시한 것일까요, 아니면 그분은 대략적으로만 일러주었을 뿐 시간은 확실히 정하지 않아서 상황과 편의에 따라 달라질 수도 있었던 걸까요? 어떻게 생각하시죠?"

그는 잠시 말을 멈췄다. 그녀로선 듣지 않을 수 없었고, 대답을 피할 도리도 없었다.

"제가 캠벨 대령님에게서 편지를 받기 전까지는 어떤 경우라고 딱히 말씀드릴 수가 없을 것 같네요." 그녀는 애써 차분한 목소리로 말했다. "그래봤자 다 추측에 지나지 않을 테니까요."

"추측이라⋯⋯. 그래요, 추측은 맞을 때도 있고 틀릴 때도

360

있죠. 이 리벳을 얼마나 빨리 조일 수 있을지 알 수 있으면 좋으련만. 우드하우스 양, 일에 골몰한 채로 말을 하게 되면 죄다 헛소리만 나온답니다. 댁의 진짜 일꾼들은 입을 다물고 일을 할 거란 생각이 드는군요. 하지만 우리 신사 일꾼들은 한마디라도 귀에 들어오는 족족……. 페어팩스 양이 추측에 대해 한 말씀 하셨죠. 자, 이제 됐습니다. 부인, (베이츠 부인에게) 안경을 돌려드리게 되니 제가 다 기쁘네요. 한동안 문제없을 겁니다."

베이츠 모녀가 진심으로 고마움을 표시했고, 그는 베이츠 양에게서 조금이라도 벗어나볼까 하는 마음에 피아노로 다가가서 아직 그 앞에 앉아 있는 페어팩스 양에게 좀 더 연주해달라고 부탁했다.

"폐가 되지 않는다면," 그가 말했다. "어젯밤 춤출 때의 왈츠곡들을 연주해주시면 대단히 고맙겠습니다. 그 순간으로 다시 돌아가고 싶군요. 당신은 저만큼 그 시간을 즐기시진 않았겠죠. 내내 피곤해 보이시던데요. 저희가 더는 춤을 못 추게 됐을 때 다행이다 싶으셨겠지만, 전 30분만 더 출 수 있었다면 모든 걸 다 내주었을 겁니다. 제가 줄 수 있는 모든 것을요."

페어팩스 양이 연주를 했다.

"날 행복하게 해주었던 선율을 다시 듣게 되다니 이렇게 기쁜 일이! 제 기억이 분명하다면, 웨이머스에서도 이 곡에 맞춰서 춤을 췄었죠."

페어팩스 양이 고개를 들어 잠깐 그를 보더니 얼굴이 온통 새빨개져서는 다른 곡을 연주했다. 그는 피아노 근처 의자에 놓여 있던 악보들을 집어 들더니 에마를 보고 말했다.

"이 음악들은 한 번도 들어본 적이 없는 건데. 혹시 아시나요? 크라머*예요. 그리고 여기 보니 아일랜드에서 새로 발표된 곡들의 악보도 있어요. 그분들이 보내신 거라고 생각해도 무방하겠죠. 이건 모두 악보와 함께 온 거니까요. 캠벨 대령은 정말 사려 깊은 분이시네요. 그렇지 않습니까? 이곳에 악보가 하나도 없으리란 걸 아신 거죠. 이런 데까지 세세히 신경 써주신 걸 특히 높이 사고 싶어요. 진심에서 우러나온 것임을 알 수 있으니까요. 허둥지둥 챙기느라 빼먹은 것은 하나도 없네요. 진정한 애정이 없다면 절대 이렇게까지는 못 할 겁니다."

에마는 그가 이렇게까지 신랄하게 말하지 않았으면 하면서도 한편으론 즐거운 걸 어쩔 수가 없었다. 문득 제인 페어팩스를 흘끗 보니 그녀의 입가엔 아직 미소가 어려 있었다. 프랭크 처칠의 말을 의식해 얼굴이 온통 새빨간 데다, 뭔가 남몰래 짜릿한 미소를 지었던 기색이 역력한 것을 본 에마는 즐거움을 느낀 자신을 덜 탓하게 되었고, 제인에 대한 가책의 무게도 가벼워지는 걸 느꼈다. 이 사랑스럽고 고결하고 완벽한 제인 페어팩스가 아무래도 점잖지 못한 감정을 품고 있는 것 같았다.

그가 악보를 전부 들고 그녀에게 와서, 둘은 함께 훑어보았다. 에마는 그 틈을 타서 속삭였다.

---

*요한 밥티스트 크라머는 독일 출신의 유명 피아니스트이자 작곡가로, 1781년 런던으로 이주해 이후 유럽 전역을 무대로 활동했다. 당시 악보 가게에서 그의 악보를 쉽게 구입할 수 있었다.

"너무 노골적으로 말씀하셔서 페어팩스 양이 다 알아듣잖아요."

"그러길 바라요. 알아들었으면 좋겠어요. 제 말의 의미에 대해서라면 전 일말의 부끄러움도 없습니다."

"하지만 사실 전 좀 부끄러운걸요. 그런 생각은 아예 하지 않는 게 좋았을 텐데."

"전 당신이 그런 생각을 떠올리고 제게 말씀해주셔서 정말 반가운데요. 이제야 저 숙녀분의 기묘한 표정과 태도를 이해할 열쇠를 쥐게 되었으니까요. 부끄러움은 저분이나 느끼게 놔두세요. 만약 그녀한테 잘못한 게 있다면 수치심을 느껴야 마땅하죠."

"아주 안 느끼는 것 같진 않은데요, 제가 보기엔?"

"제 눈엔 별로 그런 것 같지 않은데요. 지금 〈로빈 어데어〉*를 연주하고 있군요. 그 남자분이 가장 좋아하는 곡이랍니다."

얼마 후, 베이츠 양이 창가를 지나다가 멀리서 나이틀리 씨가 말을 타고 가는 것을 발견했다.

"나이틀리 씨네! 아무래도 말을 걸어봐야겠어요. 감사를 드려야 하니까요. 창문은 열지 않을게요. 다들 감기 걸리시면 안 되니까. 제 어머니 방으로 가면 되겠죠? 지금 여기 누가 와 있는지 아시면 반드시 오실 거예요. 모두 한자리에 모이게 되다니 이렇게 기쁠 수가! 이 작은 방에 더없는 영광이에요!"

*아일랜드의 연가. 한 여인이 로빈과 함께했던 지난날을 추억하고, 차가워진 그의 태도에 애통해하며 사랑을 노래하는 곡이다.

그녀는 쉴 새 없이 입을 놀리며 옆방으로 건너갔고, 여닫이 창을 열기 무섭게 나이틀리 씨를 불러 그의 주의를 끌었다. 다른 사람들은 마치 같은 방에 있기라도 한 것처럼 그 둘의 대화를 토씨 하나 빼놓지 않고 똑똑히 들을 수 있었다.

"안녕하세요? 어떻게 지내세요? 아주 잘 지낸답니다. 감사드려요. 어젯밤에 마차로 집까지 데려다주셔서 얼마나 고마웠는지 모른답니다. 제시간에 도착했어요. 어머니께서 딱 그 시간에 저희를 맞이하셨죠. 들어오세요. 들어오세요. 마침 친구 분들도 와 계시답니다."

베이츠 양이 이렇게 말을 쏟아내기 시작했고, 나이틀리 씨는 자기 차례가 왔을 때 뜻을 제대로 전달하기로 작정한 건지 단호하고도 당당한 어조로 말했다.

"조카분은 어떻습니까, 베이츠 양? 모든 분의 안부를 여쭙고 싶습니다만, 특히 조카분이 걱정돼서요. 페어팩스 양은 괜찮습니까? 어젯밤에 감기라도 걸린 건 아닌지 걱정이네요. 오늘 좀 어떤가요? 페어팩스 양 안부를 전해주시지요."

곧바로 대답하지 않으면 다른 어떤 이야기도 들어주지 않을 것 같은 그의 태도에 베이츠 양은 어쩔 수 없이 굽힐 수밖에 없었다. 듣고 있던 사람들은 재미있어했다. 웨스턴 부인은 에마에게 의미심장한 일별을 던졌지만 에마는 회의적인 의견을 꺾지 않고 고개를 설레설레 저었다.

"정말 감사합니다. 마차를 태워주셔서 얼마나 감사한지 몰라요."

베이츠 양이 다시 시작하자 그가 말을 잘랐다.

"킹스턴에 가는 길이었습니다. 뭐 필요하신 것 있나요?"

"아! 이런, 킹스턴에 가시는 길이라고요? 콜 부인이 일전에 킹스턴에서 살 게 있다고 하시던데."

"콜 부인은 하인을 보내면 되죠. 베이츠 양은 필요하신 것 없나요?"

"아뇨, 없어요, 감사합니다. 좀 들어오지 그러세요. 여기 누가 있는지 아세요? 우드하우스 양과 스미스 양이 있답니다. 새 피아노 소리를 들으려고 친히 이렇게 오셨지요. 크라운 인에 말을 잠시 매놓으시고 들어오시죠."

"그러면 5분 정도만 있겠습니다." 그가 숙고하며 말했다.

"그리고 웨스턴 부인과 프랭크 처칠 씨도 계세요! 얼마나 즐거운 일인가요. 이렇게 많은 친구분들이 와 계시니!"

"아닙니다. 지금은 안 되겠네요. 말씀은 고맙습니다만 2분도 못 있을 것 같아요. 가능한 빨리 킹스턴에 가야만 해서요."

"어머! 들어오시라니까요. 나이틀리 씨를 보면 다들 반가워하실 거예요."

"아뇨, 아뇨, 이미 방이 꽉 찼을 텐데요. 전 다른 날 와서 피아노 소리를 들어보겠습니다."

"아, 이렇게 아쉬울 데가! 아! 나이틀리 씨, 어젯밤엔 정말 즐거웠어요. 정말 말할 수 없이 유쾌한 시간을 보냈네요. 그런 무도회를 보신 적이 있나요? 정말 멋지지 않았나요? 우드하우스 양과 처칠 씨의 춤은…… 전 그렇게 멋진 춤은 한 번도 본

저이 없어요."

"아! 정말 멋졌지요. 이렇게 말씀드려야겠죠. 우드하우스 양과 처칠 씨가 지금 오가는 얘길 낱낱이 듣고 있을 테니까요. 그리고 (목소리를 한층 더 돋우며) 왜 페어팩스 양 이야기는 하지 않으시는지 모르겠네요. 페어팩스 양도 춤 솜씨가 대단하다고 생각하니까요. 그리고 웨스턴 부인도 컨트리댄스 음악이라면 두말할 필요 없이 잉글랜드 최고의 연주자입니다. 자, 친구들이 이 말에 조금이라도 고마워한다면 보답으로 베이츠 양과 저에 대해서 적잖이 큰 소리로 말씀들 하시겠죠. 그렇지만 들을 시간이 없군요."

"아유! 나이틀리 씨, 잠깐만요! 중요한 말씀을 드릴 게 있어요. 정말 놀랐지 뭐예요! 제인이나 저나 사과 얘기를 듣고 기함할 뻔했어요!"

"뭐가 잘못됐습니까?"

"저장고의 사과를 남김없이 저희에게 보내주셨으니 그렇죠. 사과가 아직 많이 남아 있다고 말씀하셔놓고선 정작 한 알도 남아 있지 않다니요. 저희가 얼마나 놀랐는지 아세요? 호지스 부인이 화를 낼 만해요. 윌리엄 라킨스가 이야기해줬어요. 왜 그러셨어요. 정말 왜 그러셨어요. 아! 가버리셨네. 감사 인사라면 조금도 못 견디시는 양반이니. 그래도 난 좀 더 버티실 줄 알았는데. 하지만 그 말을 하지 않는 건 도리가 아니지……. 자, (방으로 돌아오며) 뜻대로 안 됐네요. 나이틀리 씨는 들르실 시간이 없다고 하세요. 킹스턴에 가시는 길이라네요. 뭐 필요한 것 있냐고 물으셨는데…….."

"네." 제인이 말했다. "저희도 그분이 친절하게 물어봐주시는 걸 들었어요, 하나도 빼놓지 않고요."

"아! 그렇구나, 얘, 문이 열려 있었고 창문도 열려 있었으니, 아무래도 못 들을 리 없다는 생각은 했어. 그런데다 나이틀리 씨도 큰 소리로 말씀하셨고. 분명히 다 들었을 거야. '킹스턴에 가는 길이었습니다. 뭐 필요하신 것 있나요?'라고 그분이 말씀하셨지. 그래서 난 그냥 딱 한 마디만……. 이런! 우드하우스 양, 꼭 가셔야 하나요? 지금 막 들어오신 것 같은데……. 정말 감사합니다."

에마는 정말로 집에 가야겠다는 생각이 들었다. 이것만으로도 방문 시간을 지나치게 오래 끌었다. 그리고 시계를 보니 오전도 거의 다 지나가버려서, 웨스턴 부인과 그의 동행 또한 작별 인사를 하고서 두 아가씨를 하트필드 대문 앞까지만 데려다주고 랜들스로 돌아가야 했다.

11

평생 춤을 추지 않고 사는 게 불가능하진 않을 것이다. 몇 개월 동안 종류를 막론해 어떤 무도회도 가지 않고도 심신에 아무 지장이 없었던 젊은이들의 사례도 전해진 바 있지만, 일단 한 번 춤을 추게 되면…… 빠른 움직임이 주는 희열을 조금이라도 맛보게 되면, 어지간히 몸이 무겁지 않은 이상 계속 추고 싶어지는 법이다.

프랭크 처칠은 하이버리에서 한 번 춤을 춘 이후 또 한 번 추게 되기를 고대했다. 그래서 우드하우스 씨가 어느 날 저녁 설득에 응해 딸과 함께 랜들스에서 시간을 보내게 됐을 때, 두 젊은이는 마지막 30분 동안 그 계획을 짰다. 프랭크가 먼저 제안을 했고, 열과 성을 다해 계획을 밀어붙였다. 반면에 숙녀는 그들이 겪게 될 어려움을 누구보다 잘 판단했기 때문에, 수용 여건과 모양새 때문에 걱정이 태산이었다. 그럼에도 그녀는 프랭크 처칠 씨와 우드하우스 양의 근사한 춤을 모두에게 다시 한 번 보여주고 싶은 마음이 컸으니, 춤에 있어선 제인 페어팩스와 비교해도 얼굴을 붉힐 일이 없을 터였고, 허영이 심술 맞게 부채질하지 않더라도 춤을 추는 것 자체가 좋았기 때문이었다. 그래서 그를 도와 그들이 있는 방의 크기를 발걸음으로 재서 몇 사람이나 수용할 수 있을지 알아보았고, 그다음으로 다른 응접실의 크기도 재보았다. 이미 웨스턴 씨가 두 방이 똑같은 크기라고 말했음에도, 그들 딴엔 한쪽이 조금이라도 더 크길 바라는 마음에서였다.

콜가에서 시작된 무도회의 대미를 이곳에서 장식하되, 그때 왔던 사람들을 그대로 초대하고, 그때 연주했던 악단 역시 그대로 쓰자는 그의 첫 번째 제안과 요청에 다들 지체 없이 찬성했다. 웨스턴 씨는 뛸 듯이 기뻐하며 환영했고, 웨스턴 부인은 손님들이 원 없이 춤을 출 수 있도록 얼마든지 연주해주겠다고 약속했다. 이어서 정확히 누가 올 수 있을지 일일이 세어보고 춤을 추는 커플마다 필요한 공간을 분배하며 즐거운 시간을 보냈다.

"당신과 스미스 양, 페어팩스 양, 이렇게 셋하고, 콕스가의 따님 둘, 더해서 다섯." 이런 계산이 몇 번이나 되풀이되었다. "그리고 나이틀리 씨 말고도 길버트가 신사분 둘, 콕스가 아드님, 제 아버지, 그리고 제가 있죠. 그래요, 이 정도면 얼마든지 즐거운 파티가 될 거예요. 당신과 스미스 양, 페어팩스 양, 이렇게 셋에, 콕스가 따님 둘을 합쳐서 다섯, 이렇게 다섯 쌍이라면 공간은 넉넉할 거예요."

그러나 이내 한쪽에서 다른 이야기가 들렸다.

"정말로 다섯 쌍이 춤을 출 만큼 공간이 나올까요? 전혀 그래 보이지 않아서요."

그러자 또 다른 쪽에서 말했다.

"어차피 다섯 쌍이 다 출 만큼 넉넉한 공간은 아니에요. 심각하게 생각하면 다섯 쌍은 아무것도 아니거든요. 다섯 쌍만 초대하는 걸론 안 되겠어요. 지금 생각에야 괜찮을 것 같지만."

누군가가 길버트 양이 오빠 집을 방문할 예정이라 그 집 사람들도 다 초대해야 한다고 말했다. 다른 사람은 그날 저녁 누군가 신청했으면 길버트 부인도 춤을 췄을 거라고 했다. 콕스가 둘째 아들 이야기도 한마디 나왔고, 웨스턴 씨가 사촌 중 한 집안의 이름을 대며 반드시 초대해야 한다고 말하는 것도 모자라 아주 오래전부터 알고 지낸 지인 이름까지 거론하며 절대로 빼놓아선 안 된다고 말하자 결국 열 쌍은 춤을 추게 될 것이 확실해졌고, 이 사람들을 모두 들일 만한 방법이 있는지를 놓고 매우 흥미로운 고민에 빠졌다.

두 방의 문은 서로 마주하고 있었다. "두 방을 다 쓰면 복도를 가로질러 춤을 출 수 있지 않을까요?" 가장 좋은 방법이 나온 듯싶었지만, 여전히 다른 사람들은 더 나은 방법이 나오길 바랐다. 복도를 가로지르며 추면 불편할 거라고 했다. 웨스턴 부인은 그러면 석식을 어디서 하냐고 걱정했고, 우드하우스 씨는 건강을 이유로 열을 내며 반대했다. 아니나 다를까, 그의 불만이 엄청나서 그 이야기를 더는 할 수 없었다.

"아! 안 돼!" 우드하우스 씨가 말했다. "그건 너무도 경솔한 짓이야. 에마를 생각하니 도저히 안 되겠어! 에마는 건강하지가 않아. 고약한 감기에 걸릴 게 분명해. 가엾은 해리엇도 마찬가지지. 다 마찬가지야. 웨스턴 부인, 자넨 아예 몸져눕고 말거야. 그런 황당무계한 얘긴 꺼내지도 못하게 해주게. 부탁이니 그런 얘긴 못 하게 해줘. (목소리를 낮추더니) 정말 생각이 있는 건지 없는 건지. 제 아버지에겐 말하지 말고. 아무래도 저 청년은 싹수가 틀린 것 같아. 오늘 저녁엔 틈만 나면 문을 열고는, 그것도 모자라 내내 열어놓고 있으니 경솔하기 짝이 없어. 외풍 같은 건 안중에도 없는 게지. 자네가 저 청년에게서 등을 돌리게 만들려고 이런 말 하는 건 아니야. 하지만 아무래도 싹수가 틀려먹었다고!"

우드하우스 씨의 비난에 웨스턴 부인은 안타까운 심정이 되었다. 파장이 커질 것을 알기에 그녀는 자신의 모든 언변을 동원해 그의 비난을 잠재우려 애썼다. 그래서 모든 방문을 닫았고, 복도를 활용하려는 계획도 포기한 후, 그 방에서만 춤을 춘다는 애초의 계획으로 되돌아갔다. 그리고 프랭크 처칠은 아낌없이 베풀 기세여서 불과 15분 전만 해도 다섯 쌍이 춤추기엔 공간이 턱없이 모자란다고 하더니 이젠 열 쌍도 족히 출 수 있을 거라는 말로 설득하려 들었다.

"공간을 너무 크게 분할했어요." 그가 말했다. "불필요한 공간까지 허용했으니까요. 열 쌍이 온대도 충분할 거예요."

에마가 이의를 제기했다. "비좁을 거예요. 발 들일 틈도 없을걸요. 몸을 돌릴 수도 없는 공간에서 춤을 추는 게 말이 되나요?"

"정말 그렇군요." 그가 심각하게 대답했다. "말이 안 되고말고요." 그런데도 그는 넓이를 재보더니 같은 결론을 내렸다.

"그럭저럭 열 쌍이 춤을 출 수는 있겠는데요?"

"아뇨, 아뇨." 그녀가 말했다. "터무니없는 말씀을 하시네요. 바짝 붙어서 춤을 추게 된다면 정말 불쾌할 거예요. 복작대는 틈바구니에서 춤을 추는 것만큼 즐거움과 거리가 먼 것도 없을걸! 작은 방 안에서 온갖 사람들이 복작대다니요!"

"부인할 방법이 없네요." 그가 대답했다. "그 말씀에 전적으로 동의합니다. 작은 방 안에서 온갖 사람들이 복작대겠죠. 우드하우스 양, 당신은 몇 마디 말로 상황을 묘사하는 능력이 출중하군요. 절묘해요, 정말 절묘해요! 하지만 기왕 이렇게까지 얘기가 된 마당에, 이 문제를 그냥 포기해버리고 싶지 않은데 어쩌죠. 포기하면 제 아버지께 실망을 안겨드리게 될 테니까요. 요컨대 (어쩌죠) 전 아직도 열 쌍은 충분히 춤을 출 수 있을 거라는 생각이 드니 말입니다."

에마는 숙녀를 대하는 그의 정중한 태도에 다소 아집이 섞여 있음을, 그리고 그녀와 춤을 추는 즐거움을 포기하느니 차라리 그녀에게 반대하는 쪽을 택하리라는 것을 알아차렸다. 그래도 그녀는 그 말에 담긴 칭찬만 받아들이고 나머지는 모두 용서해주었다. 그녀가 그와 결혼하겠다는 일말의 생각이 있었다면야 잠시 유보하고 그녀를 특별히 여기는 그의 마음과 그의 기질적 특성을 파악하는 편이 좋았겠지만, 그냥 친구로 지내려는 마당에 그 정도면 기꺼이 받아줄 만했다.

다음 날 정오 전에 그는 하트필드를 방문했다. 그리고 어제의 계획은 진행 중이라는 확신에 찬 미소를 만면에 드러내며 방으로 들어왔다. 곧이어 에마는 그가 계획을 더욱 보강했음을 알리기 위해 찾아왔다는 걸 알게 되었다.

"자, 우드하우스 양." 방에 들어서기 무섭게 그가 말했다. "제 아버지의 방이 작다고 해서 춤을 추고 싶다는 생각이 다 날아가버린 건 아니길 바랍니다. 그 문제를 해결할 새로운 방안을 이렇게 가지고 왔으니까요. 제 아버지께서 생각하신 건데, 당신만 좋다면 곧장 실행에 옮기려 합니다. 바라건대 저에게 처음 두 곡의 춤을 함께 추는 영광을 베풀어주시지 않으렵니까? 랜들스가 아니라, 크라운 인에서 열릴 작은 무도회에서 말입니다."

"크라운요!"

"그렇습니다. 당신과 우드하우스 씨가 반대하지 않으신다면 요. 저는 반대하실 수 없으리라 믿습니다. 제 아버지도 당신의 친구분들이라면 친히 그곳에 왕림하실 거라고 기대하신답니다. 랜들스 이상의 편한 접대를 약속드린다고 하세요. 물론 랜들스 못지않은 훈훈한 환대를 받게 되실 거고요. 아버지가 친히 내신 제안입니다. 새어머니께서도 우드하우스 양만 괜찮으시다면 얼마든지 찬성하신답니다. 우리 모두가 같은 생각이에요. 아! 과연 당신이 옳았어요! 열 쌍이면 랜들스에선 두 방 다 비좁았을 거예요! 끔찍하군요! 어제 얘기하는 내내 당신이 옳다는 건 알고 있었습니다. 하지만 어떻게 해서든 확실히 해둬야 한다는 생각에 급급한 나머지 생각을 굽힐 수가 없었답니다. 이만하면 잘 바꾼 것 아닌가요? 당신도 동의하시지요? 동의하시길 바랍니다만."

"누구도 이의를 제기할 수 없는 계획 같은데요. 웨스턴 부부가 괜찮으시다면 말이죠. 훌륭한 계획이라고 생각해요. 그리고 제 경우에만 국한해 말씀드리면, 정말 너무나 즐거울 거예요. 이보다 더 좋은 대안은 없을 것 같은데요. 아빠, 정말 훌륭한 대안이라고 생각하지 않으세요?"

그녀가 몇 번이고 반복해 설명한 후에야 그녀의 아버지는 비로소 제대로 이해했고, 그런 후에도 새롭게, 더 자세히 설명한 후에야 받아들일 수 있었다.

"아니, 내 생각엔 개선은커녕 아주 나쁜 계획이야. 전의 계획보다 훨씬 더 나빠졌구나. 여관방은 늘 축축하고 위험하니까. 환기를 제대로 시키길 하나, 살 만한 곳이라고 할 수가 있나. 굳이 춤을 춰야겠다면 랜들스에서 추는 게 낫지. 내 평생 크라운 인의 방엔 발을 들인 적조차 없어. 거기 주인 얼굴도 모르고. 아주 안 좋은 계획이야. 크라운에 가면 다른 데선 상상도 못 할 지독한 감기에 걸릴 거야."

"그렇지 않아도 말씀드리려던 참이었습니다, 어르신." 프랭크 처칠이 말했다. "이렇게 장소가 바뀔 경우 가장 큰 장점은 감기에 걸릴 위험이 거의 없다는 거니까요. 랜들스보다 크라운에서 하는 게 훨씬 더 안전합니다! 페리 씨라면 장소를 변경하는 것을 유감으로 생각하실지 모르지만, 다른 사람은 모두 그와 반대로 생각할 겁니다."

"자네 말이지." 우드하우스 씨가 살짝 흥분해서 말했다. "페리 씨를 그런 부류의 사람으로 본다면 단단히 착각하고 있는 걸세. 페리 씨는 우리 가족 중 누구라도 아플까 봐 노심초사하는 사람이니까. 자네 아버지 집보다 크라운이 더 안전하다고 생각하다니 이해할 수가 없군."

"다른 이유는 없습니다. 크라운의 방이 더 크기 때문입니다, 어르신. 절대로 창문을 열 필요가 없을 겁니다. 저녁 내내 단 한 번도요. 그리고 창문을 열고 찬바람을 쐬어 열이 오른 몸을 식히려는 건 위험천만한 습관입니다. (어르신도 잘 아시겠지만) 몸이 축나고 마니까요."

"창문을 연다고! 하지만 처칠 씨, 랜들스에서도 창문을 열 생각을 하는 사람은 단 한 명도 없을 거야. 누가 그런 경솔한 짓을 할 수 있겠나! 내 평생 그런 얘긴 한 번도 들어본 적이 없네. 창문을 연 채 춤을 추다니! 자네 부친이나 웨스턴 부인, 가엾은 테일러 양이 그런 고생을 해가면서 참을 리 없잖나!"

"아! 어르신, 그럼에도 생각 없는 젊은이가 어쩌다 커튼 뒤로 들어가 창문을 열어놓아도 누구 하나 모를 때가 있답니다. 그런 경우가 종종 있었다는 말을 들어서 압니다."

"자네, 정말로 들은 게 맞나? 이럴 수가! 그런 건 꿈에도 생각해본 적이 없는데. 하지만 나야 세상과 연을 끊고 사는 사람이라 이런저런 이야기를 듣고 깜짝 놀랄 때가 자주 있다네. 그렇다면 얘기가 달라지지. 그리고 우리가 그 문제에 대해 이야기를 나눠보면……. 하지만 이런 일은 신중에 신중을 거듭해 생각해봐야 해. 우리 함께 이야기를 나누면서 어떻게 하는 게 좋을지 알아보는 게 어떻겠나."

"하지만 어르신, 안타깝게도 제가 여기 있을 수 있는 시간은 정해져 있어서 말이지요."

"아!" 에마가 끼어들었다. "조목조목 이야기할 시간은 충분할 거예요. 전혀 서두를 필요 없어요. 크라운에서 할 수 있다면 말이죠, 아빠, 말들에겐 무척 편할 거예요. 집 마구간과 아주 가까우니까요."

"그렇겠구나, 애야. 그건 큰 장점이구나. 제임스가 불평을 한다는 뜻은 아니지만, 할 수 있을 때 말들이 쉴 수 있게 해주는 게 마땅하지. 거기서 빙을 철저히 환기시킨다고 확신할 수 있다면야……. 그런데 스토크스 부인은 믿을 만한 사람인가? 그럴 것 같지가 않아서. 내가 그 사람은 알지 못해서 말이야. 얼굴도 본 적이 없으니."

"그 점에 대해서라면 제가 다 보장할 수 있습니다, 어르신. 웨스턴 부인이 주관할 거거든요. 웨스턴 부인이 모든 걸 다 지휘할 겁니다."

"어때요, 아빠? 이제 확실히 안심이 되시죠? 우리 웨스턴 부인으로 말하자면 조심성 그 자체잖아요? 오래전에 제가 홍역에 걸렸을 때 페리 씨가 했던 말 기억나지 않으세요? '테일러 양이 에마 양 옷을 두툼하게 입혀준다면 일절 걱정하실 것 없습니다, 어르신'이라고 했잖아요. 그 말이 부인에 대한 엄청난 칭찬이라고 저에게 얼마나 많이 말씀하셨나요?"

"아, 그럼, 그렇고말고. 페리 씨가 정말로 그렇게 말했지. 그때 네가 홍역 때문에 얼마나 고생했니. 그러니까 페리 씨가 극진히 보살펴주지 않았다면 아주 큰일 날 뻔했지. 그가 일주일에 나흘을 와줬지. 그는 처음부터 아주 가벼운 홍역이라고 했어. 그래서 얼마나 마음이 놓였던지. 하지만 홍역이란 게 얼마나 무시무시한 병이니. 우리 가엾은 이저벨라의 아이들도 홍역에 걸리면 언제든 페리 씨한테 갔으면 좋겠구나."

"아버지와 새어머니는 지금 크라운에 계세요." 프랭크 처칠이 말했다. "거기서 무도회를 열어도 될지 점검하려고요. 두 분은 거기 계시도록 하고 전 하트필드로 왔습니다. 당신이 어떻게 생각하시는지 얼른 듣고 싶은 마음에서요. 그리고 거기 가셔서 직접 보시고 판단해주십사 하는 마음도 있고요. 제가 당신을 거기까지 모시고 갈 수 있게 허락해주신다면, 제 부모님도 정말 좋아하실 거예요. 당신이 없으면 어떤 일도 제대로 할 수가 없으니까요."

에마는 그런 의논 자리에 자기를 불러주어 무척이나 기뻤다. 그리고 아버지가 그녀가 다녀오는 동안 그 문제에 대해 생각해보겠다고 하자, 두 젊은이는 지체 없이 크라운으로 향했다. 미리 가 있던 웨스턴 부부가 에마를 반겨 맞았고 그녀가 찬성하는 것에 기뻐했다. 그렇게 각자 나름대로 바쁘기 그지없이 즐겁게 시간을 보냈는데 웨스턴 부인은 약간 고민을 한 반면 남편은 모든 것이 흠잡을 데 없다고 생각했다.

"에마." 웨스턴 부인이 말했다. "여기 벽지가 예상한 것보다 상태가 훨씬 더 안 좋은데. 봐! 여기저기 손도 못 댈 정도로 지저분하네. 그리고 징두리널도 누런 게 상상하던 것과 달리 폐가에나 어울리겠다."

"여보, 너무 까다롭게 구는 거 아니오?" 웨스턴 씨가 말했다. "그런 게 뭐가 그리 중요하다고 그래요? 촛불 아래선 아무것도 안 보일 텐데. 촛불 빛으로 보면 랜들스 못지않게 깨끗할 거예요. 클럽 모임 때문에 밤에 만날 때 우리 눈엔 전혀 안 보이니까."

이 대목에서 두 숙녀는 의미심장한 시선을 교환했을 법하다. '남자들은 뭐가 더럽고 더럽지 않은지 전혀 몰라'라는 뜻에서. 그리고 신사들 역시 각자 '여자들은 말도 안 되는 것에 연연하고 쓸데없는 걱정을 사서 한다니까'라고 생각했을 법하다.

하지만 신사들도 무시할 수 없는 문제 하나가 대두되었으니, 석식을 먹을 방이 바로 문제였다. 무도회장이 만들어지던 시절에 석식은 신경 쓸 필요가 없었고, 방 옆에 작은 카드놀이 방이 하나 딸려 있는 게 전부였다. 어떻게 해야 할까? 카드놀이 방은 이번에도 카드놀이로 쓰는 게 좋을 것 같았다. 아니면 여기 모인 네 명이 편의상 카드놀이를 빼는 걸로 결정해도 되겠지만, 그래도 편하게 석식을 먹기엔 너무 협소한 게 아닐까? 식사가 목적이라면 훨씬 더 큰 방으로 정할 수도 있겠지만 문제는 그 방이 건물 반대편에 있어서 길고 거추장스러운 복도를 지나가지 않으면 안 된다는 것이었다. 이 점이 문제였다. 웨스턴 부인은 행여 젊은이들이 복도를 지나가면서 찬바람을 쐴까 봐 걱정이었고, 에마도 그랬지만 신사들 역시 석식 때 궁상맞게 북적댈 것을 생각하니 도저히 견딜 수 없을 것 같았다.

웨스턴 부인이 정식 식사는 포기하고 그 작은 방에 그냥 샌드위치 같은 걸 차려내자고 제안했다. 그러나 다들 말도 안 된다며 딱 잘라 반대했다. 앉아서 석식을 먹을 수도 없는 개인 무도회란 신사 숙녀가 누릴 권리를 파렴치하게 빼앗는 행위라고 하는 통에 웨스턴 부인은 그런 말은 다신 입에도 담을 수 없었다. 그러자 그녀는 또 다른 방편을 생각하며 마뜩찮은 그 방을 들여다보았다.

"그렇게까지 작은 방 같진 않은데. 사람들이 그리 많이 오진 않을 거잖아."

그와 동시에 웨스턴 씨가 넓은 보폭으로 복도를 기운차게 걸어가며 큰 소리로 말했다.

"여보, 당신은 이 복도가 한없이 길다고 말하지만, 이 정도면 아무것도 아닌데? 그게 아니라 해도 계단에 외풍도 불지 않고."

"오실 손님들이 전반적으로 마음에 들어 할 수 있게 합의를 볼 방법이 있으면 좋겠네요. 대체적으로 다들 즐거워하실 만한 방도를 구하는 것이 목표가 되지 않으면 안 돼요……. 그 방도가 뭔지 알 수만 있다면."

"그래요. 지당하신 말씀이에요." 프랭크가 외쳤다. "지당하고말고요. 이웃분들 의견을 구하고 싶으신 거죠. 그러실 만해요. 손님들 중에 중요한 분이 어떻게 생각하실지 확인하면 될 텐데 말이에요. 가령 콜 부부는 어떨까요. 댁이 여기서 멀지도 않으니 제가 다녀올까요? 아니면 베이츠 양은요? 그 댁이 훨씬 더 가깝죠. 베이츠 양도 누구 못지않게 사람들의 기호를 잘 아실 것 같아서요. 아무래도 좀 더 많은 분들과 상의할 필요가 있을 것 같네요. 제가 가서 베이츠 양에게 봐주십사 부탁해볼까요?"

"음, 네가 그러고 싶다면야." 웨스턴 부인이 다소 주저하며 말했다. "베이츠 양이 얼마라도 도움이 될 거란 생각이면."

"그런 목적이라면 베이츠 양에게서 아무것도 얻어내지 못할 거예요." 에마가 말했다. "그분은 마냥 기뻐하고 마냥 고마워하겠지만, 아무 의견도 내놓지 않을 테니까요. 당신의 질문을 듣지도 않을 거예요. 베이츠 양에게 상의를 해봤자 아무 소득도 없을 거예요."

"대신 재미는 있겠죠. 그분이 얼마나 재미있는 분인가요! 전 베이츠 양의 이야기를 듣는 게 그렇게 재미나더라고요. 그렇다고 그 댁 가족분을 모두 모시고 올 건 아니고요, 아시겠지만."

이때 웨스턴 씨가 끼어들더니 그 제안을 듣고서 주저 없이 찬성했다.

"아, 그렇게 하려무나, 프랭크. 가서 베이츠 양을 모시고 와. 그리고 이 문제를 얼른 매듭짓자고. 베이츠 양도 이 계획을 좋아할 거야. 내가 장담하지. 그런데다 난관을 헤쳐나가는 법을 알려주는 덴 그녀만 한 사람도 없을 거야. 베이츠 양을 데려와. 우리가 너무 까다롭게 구는 것 같아. 그녀는 행복의 길을 안내하는 불변의 교훈이고말고. 그렇지만 그 댁의 두 분을 다 모셔오렴. 두 분 다 초대하는 거야."

"두 분 다라뇨! 노부인이 오실 수 있을까요……."

"노부인이라니! 아니, 젊은 숙녀분을 말하는 거야. 당연하지. 프랭크, 조카딸은 빼고 이모만 불러오면 널 지독한 얼간이로 봐주마."

"아! 죄송합니다, 아버지. 바로 눈치를 채지 못했네요. 아버지가 원하신다면야 두 분 다 어떻게든 설득해보겠습니다." 그 말을 끝으로 그는 달려 나갔다.

아담한 체구에 단정하고 기운차게 움직이는 이모와 그녀의 우아한 조카딸이 나타나기 한참 전에, 웨스턴 부인은 상냥한 성격의 여성이자 훌륭한 아내답게 그 복도를 다시 한 번 점검했고, 생각했던 것보다는 훨씬 상태가 좋다는 것을 알게 되었다. 문제가 되는 점들은 정말로 사소하기 그지없는 것이었고, 덕분에 결정을 못 해 곤란했던 상황도 종료되었다. 그 외의 것들은 적어도 머릿속에서는 아무런 어려움 없이 넘어갈 수 있었다. 탁자와 의자를 배치하는 것에서부터 조명과 음악, 차와 석식을 결정하는 소소한 문제들은 저절로 해결되거나 웨스턴 부인과 스토크스 부인 둘이서 언제고 결정하면 되는 사소한 일로 여겨졌다. 초대한 사람들은 한 명도 빠짐없이 올 것이다. 프랭크는 이미 엔스컴 쪽에 두 주에 며칠 더해 머물고자 한다는 편지를 보내놓은 터였는데, 그쪽에서 안 된다고 하진 않을 것 같았다. 이로서 즐거운 무도회를 앞두게 되었다.

도착한 베이츠 양은 누구보다 다정다감한 태도로 그럴 거라고 맞장구쳤다. 상의를 할 만한 사람으론 적합하지 않았지만, (훨씬 더 안전한 역할인) 맞장구쳐줄 사람으로서는 과연 환영할 만한 인물이었다. 그녀가 두루뭉술하면서도 세심하게, 열렬하면서도 진득하게 찬동하자 당연히 반가울 수밖에 없었다. 그렇게 30분 동안 여러 방을 오가는 사이, 누구는 제안을 하고 누구는 주의 깊게 들었고, 모두가 다가올 그날에 대한 행복한 기대로 들떴다. 에마는 그날 저녁의 주인공과 처음 두 곡의 춤을 같이 추겠다는 약속을 분명히 하면서, 자기 부인에게 "저 애가 춤 신청을 했어요, 여보. 그래야지. 그럴 줄 알았다니까!"라고 속사이는 웨스턴 씨의 목소리를 엿들었다. 그 후 그들은 모임을 파했다.

12

무도회 계획에서 딱 한 가지 걸리는 게 있어 에마는 완전히 마음을 놓을 수가 없었다. 프랭크 처칠이 애초 서리에 머물도록 정해진 기간 안에 날짜를 잡아야 한다는 게 그녀의 생각이었다. 웨스턴 씨는 걱정할 것 없다고 장담했지만 그녀는 처칠가에서 조카가 애초 정한 두 주에서 단 하루도 더 머물지 못하게 할 거란 생각을 떨칠 수가 없었다. 그러나 그건 실현 불가능한 일이었다. 준비를 하는 데 시간이 소요될 것이고, 셋째 주가 될 때까지 아무것도 제대로 갖춰지지 않을 것이다. 그러니 그들은 며칠 동안 불확실한 상태(에마가 보기에 모든 계획이 물거품이 될 수도 있는 위험 속)에서 계획을 세우고 진척시키며 잘되기를 바라는 수밖에 없었다.

그러나 엔스컴은 자비로웠다. 나온 말이 자비롭지 않더라도 현실적으로는 그랬다. 좀 더 있다 가겠다는 프랭크의 말을 못마땅하게 받아들인 건 분명해 보였지만, 그렇다고 반대를 하진 않았다. 만사가 순탄하게 풀렸다. 그리고 세상사가 그렇듯, 한 가지 걱정이 사라지면 또 다른 걱정이 들어서는 법이라, 무도회 문제에서 한시름 돌리게 된 에마는 이번엔 나이틀리 씨가 약이 오를 정도로 이 사안에 무관심한 것 때문에 초조해졌다. 그가 춤을 추지 않기 때문인지, 아니면 그와 상의도 없이 계획을 세웠기 때문인지는 알 수 없었지만 그는 아예 신경을 끄기로 작정한 것처럼 보였고, 지금도 일절 흥미를 보이지 않으며, 나중에라도 즐거워하지 않겠다고 단단히 결심한 것 같았다. 에마가 자진해서 이야기해봤지만 돌아온 건 긍정적인 답변이라기보다 기실 비아냥에 가까웠다.

"참 잘됐네. 웨스턴 부부가 몇 시간의 시끄러운 여흥을 위해 이 모든 고생을 사서 할 의향이 있다면야 나로선 반대할 여지가 없지만, 날 위한 여흥을 고르진 못할 거야. 아! 그래, 당연히 나도 가야지. 내가 반대할 도리가 있을까? 가급적 졸지 않도록 노력하겠지만, 그냥 집에 있으면서 윌리엄 라킨스의 주간 재무 보고서나 살펴보는 게 더 좋겠는데. 그편이 훨씬 더 좋을 거란 말밖에 할 수 없군. 춤추는 걸 구경하는 게 즐겁다고! 제발 난 빼줬으면 해. 난 눈길조차 주지 않아. 그런 사람이 있다면 진심으로 누군지 알고 싶군. 훌륭한 춤이란 미덕과 마찬가지로 춤추는 것 자체를 낙으로 삼아야지. 정작 옆에 선 사람들의 속마음은 대개 완전히 딴판이지."

에마는 이 말이 자길 겨냥했다고 생각했고 그래서 화가 치밀어 올랐다. 그렇지만 그가 그렇게까지 무관심하거나 화를 내는 건 제인 페어팩스를 존중하는 태도에도 어긋나는 것이었다. 그가 무도회를 비난한 건 페어팩스 양의 감정에 이끌려서가 아니었다. 왜냐하면 그녀는 무도회 계획을 듣자 놀랄 정도로 기뻐했기 때문이다. 그녀는 생기를 띠며 숨김없는 태도로 기꺼이 이렇게 말했다.

"아! 우드하우스 양, 그 무도회가 아무 탈 없이 무사히 열리기를 바랄게요. 무산되면 얼마나 실망스럽겠어요! 제 본심을 말씀드리면 저는 너무도 즐거운 마음으로 그날이 오길 고대하고 있답니다."

그러니 그가 윌리엄 라킨스와 있는 게 더 낫겠다고 한 건 제인 페어팩스 때문이 아니었다. 그럴 리가! 에마는 웨스턴 부인의 추측이 완전히 틀렸음을 점점 더 확신하게 되었다. 그는 페어팩스 양에게 더할 나위 없이 친절하고 온정적인 애정을 갖고 있었지만 사랑하는 건 결코 아니었다.

이럴 수가! 얼마 안 가서 나이틀리 씨와 말싸움을 할 여유조차 없어졌다. 이틀 동안 문제없을 거라 안심하며 즐거워했던 것이 무색하게도 사흘째가 되자마자 모든 것이 수포로 돌아가고 말았다. 조카더러 당장 돌아오라는 처칠 씨의 편지가 당도한 것이다. 처칠 부인의 건강이 좋지 않다고 했다. 위독한 상태라 그가 있어야만 한다고 했다. 처칠 부인은 (남편 말에 따르면) 이틀 전에 직접 조카에게 편지를 쓸 때에도 통증이 매우 극심한 상태였지만, 평소와 마찬가지로 남에게 걱정 끼치는 것을 싫어하는 데다, 자기 자신은 전혀 생각지 않는 본성 때문에 그 사실을 언급하지 않았다. 그러나 이제는 대수롭지 않게 넘길 수 있는 수준을 넘어설 정도로 위독했기 때문에 지체 없이 엔스컴으로 오라고 부탁할 수밖에 없게 된 것이다.

편지의 내용이 웨스턴 부인의 쪽지를 통해 에마에게로 즉시 전달되었다. 그가 가는 일은 불가피했다. 그것도 몇 시간 내로 가지 않으면 안 되었지만, 외숙모를 진심으로 걱정하는 마음 같은 건 없었기 때문에 반감이 이만저만이 아니었다. 그는 외숙모의 병을 잘 알았다. 자기의 편의대로 생겼다 없어지는 병이었다.

웨스턴 부인은 "촌각을 다투는 일이라 조찬을 들고 하이버리에 가서 그에게 호감을 보여준 벗들에게 작별 인사를 할 것이며, 곧 하트필드로 갈 것 같다"고 덧붙였다.

이 불운한 소식과 함께 에마는 조찬을 마무리할 수밖에 없었다. 쪽지를 읽고 나자 한탄과 탄식만 터져 나올 뿐, 아무 일도 손에 잡히지 않았다. 무도회는 허사가 되고 그 청년도 떠나버리다니, 그의 심정은 과연 어떨지! 너무 상심해서 말도 안 나올 지경이리라! 계획대로 되었다면 얼마나 즐거운 저녁 시간이 되었겠는가! 모두 얼마나 행복했겠는가! 무엇보다 그녀와 그녀의 파트너가 제일 행복했을 텐데! '내가 이렇게 될 거라고 그랬잖니' 하고 생각하는 것이 유일한 위안이었다.

그녀의 아버지는 전혀 다른 심정이었다. 그는 주로 처칠 부인의 병세에 관심을 기울였고, 어떤 치료를 받고 있는지 궁금해했다. 그리고 무도회에 대해서라면 에마가 실망한 건 충격적이지만 다들 집에 있는 편이 더 안전할 거라고 생각했다.

에마가 방문객을 맞이할 채비를 마치고서 얼마 후에 그가 도착했다. 혹여 그의 성급함을 조금이라도 책망할 마음이 있었디 해도 그가 슬픈 표정과 기운이 나 빠신 모습으로 나타난 것을 보고선 완전히 사라졌을 것이다. 그는 떠나야 하는 현실에 차마 말도 못 하는 상태였다. 실의에 빠진 기색이 역력했다. 처음 몇 분 동안은 멍하니 생각에 잠겨 있었고, 마침내 기운을 차리고서도 간신히 한 마디만 했다.

"이 세상에 이별만큼 끔찍한 일도 없을 겁니다."

"하지만 다시 오실 거잖아요." 에마가 말했다. "이번만 랜들스를 방문하시는 건 아닐 테니까요."

"아! (고개를 흔들면서) 언제 돌아올 수 있을지 알 수 없단 말입니다! 여기 오기 위해 열과 성을 다할 겁니다! 이곳에 오는 건 저의 모든 생각과 관심의 목표가 될 겁니다! 그리고 만약 제 외삼촌 내외분이 올봄에 런던에 가실 경우…… 하지만 걱정되는군요. 작년 봄엔 꿈쩍도 안 하셨던 분들이니까요. 봄마다 런던을 방문하는 일이 영영 없을까 봐 걱정됩니다."

"불행히도 우리의 무도회는 포기해야겠군요."

"아! 무도회! 무엇 때문에 곧바로 하지 않은 걸까요? 왜 그 즐거움을 당장 손에 넣지 않은 걸까요? 준비하느라, 어리석게 준비를 하느라 행복이 산산조각 난 적이 한두 번이 아니건만. 어째서! 당신이 이렇게 될 거라고 말했었죠. 아! 우드하우스 양, 당신 말은 왜 늘 옳은 겁니까?"

"사실 이번의 경우는 제가 옳았다는 것이 말할 수 없이 유감이네요. 현명한 것보다는 즐거운 게 더 나았을 테니까요."

"제가 다시 올 수 있다면 그때 무도회를 열면 됩니다. 아버지께서도 기대하고 계시니까요. 약속 잊으시면 안 됩니다."

에마는 상냥한 표정을 지었다.

"지난 두 주간은 얼마나 근사했나요!" 그가 계속해서 말했다. "하루하루가 그 전날보다 더 소중하고 즐거웠어요. 하루하루 지날수록 전 다른 곳은 견뎌내지 못할 만큼 길이 들어버렸어요. 하이버리에서 계속 사시는 분들은 얼마나 행복할까요!"

"저희를 그렇게나 후하게 평가해주시다니." 에마가 웃으며 말했다. "그 김에 하나 물어보죠. 맨 처음 여기 오시는 걸 주저하지 않으셨나요? 우리가 당신이 예상한 것보다는 그래도 나은 편이 아니었나요? 그랬을 거라고 전 확신해요. 분명히 우리를 좋아하게 될 거란 기대는 안 하셨던 거죠. 하이버리를 좋게 생각했다면 오는 데 이렇게 오래 걸리진 않았을 거예요."

그는 다소 켕기는 듯 웃더니 그런 감정은 없었다고 했다. 하지만 에마는 그랬을 거라고 확신했다.

"오늘 아침에 바로 떠나셔야 하죠?"

"네, 제 아버지가 여기 오실 겁니다. 함께 집으로 돌아가서 곧장 떠나야 합니다. 당장이라도 나타나실 것 같아서 마음이 조마조마하네요."

"당신의 친구 페어팩스 양과 베이츠 양을 위해 단 5분도 내주실 수 없을 정도인가요? 이렇게 안타까울 수가! 베이츠 양의 강력하고, 시시비비 따지기 좋아하는 마음이 당신의 마음 또한 북돋워줬을지도 모르는데요."

"네, 이미 다녀왔습니다. 그 집 문 앞을 지나치는데 인사를 드리는 게 좋겠다는 생각이 들더군요. 그래야 마땅하니까요. 3분만 있으려고 들어갔다가 베이츠 양이 안 계셔서 더 있게 됐어요. 어쩔 수 없지만 오실 때까지 기다려야겠다고 생각했죠. 비웃자고 들면 비웃을 수 있고 아닐 수도 있지만, 등한시하고 싶어지는 분은 아니니까요. 그러니 찾아뵙는 게 더 나았어요."

그는 주저하더니 자리에서 일어나 창가로 걸어갔다.

"요컨대," 그가 말했다. "어쩌면 말이지요, 우드하우스 양……당신이 의심하지 않았을 거란 생각은 들지 않지만……."

그는 마치 그녀의 생각을 읽으려는 것 같은 눈길로 그녀를 바라보았다. 에마는 뭐라 말해야 할지 알 수 없었다. 뭔가 대단히 심각한 일의 전조처럼 느껴져서 피하고 싶은 마음이었다. 그래서 가급적 그 상황을 유보하려는 마음에 내키지 않지만 침착하게 말했다.

"아주 잘하셨어요. 당신이 그 댁을 방문하는 건 마땅한 일이지요, 마침……."

그는 말이 없었다. 에마는 그가 자신을 보고 있을 게 분명하다는 생각이 들었다. 어쩌면 그녀가 한 말을 반추하며 이해해보려고 애쓰고 있는지도 몰랐다. 한숨을 내쉬는 소리가 들렸다. 그의 입장에선 그렇게 한숨을 쉴 만했다. 그녀가 그에게 용기를 심어줄 거라는 생각은 할 수 없을 것이다. 어색한순간이 지나가고 잠시 후 그는 다시 자리에 앉았다. 그리고 전보다는 결연한 태도로 말했다.

"남은 시간 내내 하트필드에서 지낼 수 있겠다고 생각하니 기분이 남다르더군요. 하트필드를 아끼는 제 마음은 비할 데 없이 뜨겁습니다."

그는 다시 말을 멈추고 일어났는데 사뭇 당황한 것 같았다. 에마를 사랑하는 마음이 그녀가 생각한 것 이상이었다. 그녀의 아버지가 나타나지 않았다면 어떻게 됐을지 아무도 모를 일이었다. 뒤이어 바로 우드하우스 씨가 나타났고 그는 애써 노력한 끝에 자신을 추스를 수 있었다.

몇 분 지나지 않아 시련은 끝이 났다. 해야 할 일이 있으면 늘 빈틈없이 해내며, 미심쩍은 일을 내다볼 줄도 모르고 부득이한 악재를 질질 끄는 것도 참지 못하는 웨스턴 씨가 "이제 갈 시간이야"라고 말하자, 청년은 한숨을 내쉬고는 하는 수 없이 동의하고 떠날 수밖에 없었다.

"여러분 모두의 소식을 전해 듣게 될 겁니다." 그가 말했다. "저에겐 어떤 것보다 위안이 될 거예요. 여러분의 모든 근황을 남김 없이 듣게 될 겁니다. 웨스턴 부인에게서 편지로 알려주시겠다는 약속을 받아냈거든요. 부인께선 친절하게도 약속해 주셨습니다. 아! 곁에 없는 분들의 안부가 애가 타도록 궁금할 때 한 여성분의 편지가 안겨주는 축복이라니! 부인께서 제게 모든 소식을 전해주시겠죠. 부인의 편지를 받을 때마다 저는 이 소중한 하이버리에 있게 될 겁니다."

정이 넘치는 악수와 "안녕히 계세요"라는 간절한 인사를 끝으로 말을 맺기 무섭게 프랭크 처칠의 등 뒤로 문이 닫혔다. 짧기만 한 이별의 통보와 이별 전의 만남을 뒤로하고 그는 떠나버렸다. 에마는 헤어지는 것이 몹시도 안타까웠고, 그의 부재가 그들의 작은 사교 모임에 얼마나 큰 손실이 될지 예견할 수 있었기 때문에 너무도 안타까운 나머지 이별의 여파가 더욱 크게 느껴졌다.

그것은 슬픈 변화였다. 프랭크가 온 후 그들은 거의 하루도 빠짐없이 만났었다. 그가 랜들스에 머문 덕에 지난 두 주는 참으로 활력 넘치게 보냈다. 형용하기 힘들 정도로 활력이 넘쳤었다. 그를 만난다는 기대감으로 시작했던 아침, 그의 관심과 왕성한 원기와 태도! 그렇게나 행복에 넘친 두 주를 보냈으니, 다시 예전의 하트필드의 일상으로 돌아가는 건 당연하지만 쓸쓸했다. 게다가 그는 그녀에게 사랑한다는 말을 할 뻔했고, 그로서 자신의 모든 장점들의 극치를 보여주기까지 했다. 그 사랑이 얼마나 강렬한지, 혹은 얼마나 오래 갈지는 다른 문제였다. 지금의 그는 그녀를 정말로 열렬히 찬미하고 있었고, 그녀에게 남다른 호감을 품고 있음은 의심의 여지가 없었다. 그리고 이런 확신에 다른 모든 정황이 합세한 끝에, 예전에 결심한 것과 딴판으로 그녀 역시 어느 정도는 그를 사랑하고 있는 게 분명하다는 생각이 들었다.

"확실해." 그녀는 말했다. "이렇게 멍하고 나른하고 바보 같은 기분! 자리에 앉아서 뭔가에 몰두할 기분도 안 나고, 이 집의 모든 게 따분하고 김빠진 것처럼 느껴지다니! 난 분명히 사랑에 빠진 거야. 그렇지 않다면, 적어도 몇 주 동안 그렇지 않다면 난 정말 이 세상에서 제일 이상한 인간일 거야. 이런! 어떤 사람에게 해가 될 일이 또 다른 사람에겐 득이 되는 법이지. 프랭크 처칠 때문이 아니더라도 무도회가 무산된 것에 아쉬워할 친구들이 많겠지만, 나이틀리 씨는 기뻐하겠지. 바란다면 이제 그가 아끼는 윌리엄 라킨스와 저녁 시간을 보낼 수 있게 됐으니 말이야."

정작 나이틀리 씨는 의기양양하게 즐거워하는 기색은 일절 보이지 않았다. 자신의 입장상 유감이라는 말은 못 하겠다고, 설령 말은 그렇게 해도 쾌활한 표정 때문에 다 들통날 거라고, 그래도 다른 사람들이 실망할 걸 생각하니 유감이라고 더없이 진솔하게 말했고, 이어서 적잖이 친절한 말투로 덧붙였다.

"에마, 당신은 춤을 출 기회가 거의 없다시피 한데 참 운이 없군. 정말 운이 없어!"

에마가 제인 페어팩스를 만나서 그녀가 이 슬픈 변화에 얼마나 낙담하고 있을지 판단할 수 있었던 건 그로부터 며칠이 지나서였다. 하지만 정작 그녀는 어찌나 침착한지 밉살스러울 정도였다. 그러나 원체 허약한 몸이 더 안 좋아져서 심한 두통을 앓던 터였고, 그녀의 이모 말로는 예정대로 무도회가 열렸다 한들 참석하지 못했을 정도였다. 그러니 아량을 베풀자면 그녀가 생뚱맞게 냉담한 반응을 보인 것도 몸이 아파 피로한 탓이라고 볼 수 있었다.

13

에마는 사랑에 빠진 자신의 상태를 계속 만끽했다. 그녀는 그것이 사랑의 감정임을 추호도 의심하지 않았지만 다만 어느 정도로 사랑하는가에 대해서는 생각이 달라져 있었다. 처음엔 정말 많이 사랑한다고 느꼈지만 시간이 지나자 그냥 조금 사랑하는 정도라고 생각하게 된 것이다. 사람들이 프랭크 처칠 이야기를 하면 더없이 반가워하며 들었고, 그 점 때문에 웨스턴 부부를 만나는 일이 전보다 더 즐거워졌다. 틈만 나면 그를 생각하게 되었고, 그가 어떻게 지내는지, 기분은 어떤지, 그의 외숙모는 어떤 상태인지, 올봄에 다시 랜들스를 방문할 가능성은 얼마나 되는지 알고 싶은 마음에 매우 초조하게 그의 편지를 기다렸다. 그러나 한편으론 그런 자신의 상태가 불행하게 느껴지지 않는 데다, 평소와 달리 소일거리를 할 마음이 들지 않았던 것도 그와 작별한 첫날 아침에만 그랬을 뿐이었다. 그녀는 여전히 바쁘고 즐거웠다. 그리고 그에 대해선 유쾌한 사람인 만큼 결함도 있는 사람이라고 생각할 수 있었다. 그렇지만 자나 깨나 그를 생각했고, 자리에 앉아 그림을 그리거나 일을 하면서 둘의 사랑이 무르익다가 끝나기까지의 과정을 즐거운 마음으로 수도 없이 그려봤었다. 재미있는 대화를 상상하고 우아한 편지들을 꾸며보기를 수도 없이 해봤지만, 그 상상은 언제나 그녀가 그의 고백을 거절하는 것으로 끝났다. 그들의 사랑은 언제나 우정으로 잦아들게 되어 있었다. 이별은 다정하고도 매혹적이겠지만, 이별해야 한다는 것엔 변함이 없었다. 이런 점을 의식하게 되면서 그녀는 자기의 사랑이 대단히 깊을 리 없다는 것을 알게 되었다. 어떤 일이 있어도 아버지를 떠나지 않을 것이고, 절대 결혼하지 않을 것이라고 이미 확고히 결심하긴 했지만, 사랑의 감정이 강렬하다면 지금의 감정에서 예견할 수 있는 것 이상으로 심란해야 마땅할 것이다.

"생각해보면 난 '희생'이란 말도 일절 쓰지 않잖아?" 그녀는 말했다. "내 영민한 답변, 세심한 거절의 말 어디에도 희생을 한다는 암시는 없어. 내 행복을 위해 그가 반드시 있어야 할 존재라고 생각하지 않는 거지. 그런 생각이 들수록 더 좋은 거야. 지금 느끼는 것 이상으로 느껴야 한다고 나 자신을 독촉하지 않을 거야. 이 정도면 충분히 사랑하고 있는 거야. 이보다 더 나가면 오히려 싫을 거야."

그가 자신에게 느낄 감정을 가늠해보면서 그녀는 대체로 똑같은 만족을 느꼈다.

"그가 날 무척 사랑한다는 건 의심할 여지가 없어. 모든 면에서 티가 나니까. 정말 이만저만 사랑에 빠진 게 아니야! 그가 돌아왔을 때도 그 사랑이 변함없다면 내 쪽에서 더 부추기는 일이 없도록 정신 똑바로 차려야겠어. 내 마음을 이렇게 정한 마당에, 그렇게 하지 않으면 난 정말 파렴치한이 될 거야. 그렇다고 그이 쪽에서 내가 지금껏 자기를 부추겼다고 생각할 수는 없을 거야. 아니, 행여 그가 나 역시 같은 정도로 사랑한다고 믿었다면 그렇게까지 참담해했을 리 없어. 내가 부추겼다고 생각한다면 헤어질 때의 그의 표정과 말은 달랐을 거야. 그래도 정신 똑바로 차려야지. 하지만 그때도 그의 감정이 지금과 마찬가지라고 가정할 때 그래야 한다는 거지, 그러기를 바라선 안 되는지도 몰라. 그가 그런 부류의 남자라는 생각은 안 들거든. 착실한 남자로도 진득한 남자로도 보이지 않으니까. 그의 감정은 뜨거운 편이지만 오래가지 않을 거란 생각이 들어. 요컨대, 모든 면에서 볼 때 내 행복이 전적으로 이 문제에 달려 있지 않아서 다행이야. 시간이 좀 지나면 난 다시 잘 지내게 될 거야. 그런 후엔 끝이 나서 좋을 거고. 누구나 살면서 한 번은 사랑에 빠진다고 하던데, 난 수월하게 빠져나갔다고 생각하게 될 거야."

웨스턴 부인에게 보낸 프랭크의 편지가 도착했을 때, 에마는 찬찬히 잘 읽어보았다. 처음엔 편지를 읽는 자신이 그토록 즐거워하며 감동받는 것에 고개를 설레설레 저었고, 자신의 감정이 이토록 강렬한데도 얕봤었다는 생각이 들었다. 그는 길고 유려하게 쓴 편지에서 돌아가는 길과 자신의 심정을 세세히 전했고, 자연스럽고 존중할 만한 온갖 애정과 감사하는 마음, 존경심을 표했으며, 그를 매료시킨 야외의 풍경과 지방의 모습을 활력 넘치면서도 정확하게 묘사했다. 더 이상 의뭉스러운 미사여구를 통해 사과하거나 우려를 표하는 일도 없었다. 그의 언어에는 웨스턴 부인에 대한 진심 어린 감정이 묻어났고, 하이버리에서 엔스컴으로의 변화와 두 지역에서 처음 사교 생활을 시작할 때 느낀 고마움의 온도 차가 얼마나 컸는지가 낱낱이 드러났는데, 예의를 차리느라 자제하지 않았다면 훨씬 더 많은 이야기가 나왔을 터였다. 에마 자신의 이름이 적혀 있는 것을 보는 매력도 부족하지 않았다. 우드하우스 양이란 이름은 한 번 이상 언급되었고, 그녀의 취향에 대해 찬사를 보내거나 그녀가 한 말을 상기하는 등 기분 좋게 이어졌다. 그리고 그녀의 이름이 마지막으로 언급된 대목에서 여성에게 듣기 좋은 언어의 화관을 씌운 건 아니었지만, 그럼에도 그녀는 자기가 그에게 미치는 영향을 감지할 수 있었고, 또 그때까지 전달된 것 이상의 더할 나위 없는 찬사를 알아차릴 수 있었다. 편지지 맨 아래 귀퉁이에 빼곡히 적힌 말이 그러했다. "아시겠지만, 화요일에 우드하우스 양의 아름답고 작은 친구분에게 작별 인사를 고할 시간이 없었습니다. 저 대신 사과의 말과 함께 작별 인사를 전해주시기 바랍니다." 에마는 이 대목이 오로지 자기만을 위한 것임을 확신해 마지않았다. 해리엇을 기억한 건 어디까지나 그녀가 자신의 친구이기 때문이었다. 엔스컴의 상황과 전망은 예상한 것보다 좋지도 나쁘지도 않았다. 처칠 부인은 회복세에 들어섰지만, 그가 다시 랜들스를 찾는 날을 정하는 건 상상도 할 수 없는 상태였다.

그 편지가 실질적인 면에서 그녀를 만족스럽게 하고 들뜨게 만든 건 사실이지만, 편지지를 다시 접어 웨스턴 부인에게 건넬 때 에마는 거기서 느낀 열정이 딱히 더 오래가진 않는 것을 깨달았다. 그녀는 여전히 그 편지를 쓴 사람 없이도 잘 살 수 있을 것이고, 그 역시 그녀 없이 사는 법을 배워야 할 거라고 생각했다. 그녀의 의지는 변함이 없었다. 거절하겠다는 결심은 그 후 그가 위안을 얻고 행복해질 수 있게 하기 위한 한 가지 계획을 추가하면서 더 흥미로워졌다. 그가 해리엇을 기억하고 "아름다운 작은 친구분"이라고 표현한 것을 보며 그가 자신에 이어 해리엇을 애정의 대상으로 삼을 수도 있지 않을까 하고 생각하게 된 것이다. 불가능한 일일까? 천만에. 해리엇이 사리 판단을 하는 데 있어서 그에게 훨씬 못 미치는 건 명백했지만, 그럼에도 그는 그녀의 사랑스러운 얼굴과 따뜻하고 소박한 태도에 크게 감동한 것이다. 그리고 입지나 인맥 등 희망을 품어볼 수 있는 가능성이 전부 그녀에게 유리했다. 해리엇에게는 가히 유리하고 행복한 인연이 될 것이다.

"이런 생각을 너무 곱씹지는 말자." 그녀는 말했다. "생각하면 안 돼. 이런 추측에 빠지는 건 위험하다는 걸 알잖니. 하지만 더 이상한 일들도 일어났었는걸. 그리고 서로를 아끼는 우리의 마음이 식을 때, 그들의 사랑이 사심 없이 진실한 우리의 우정을 지켜줄 거야. 그렇게 말하니 벌써부터 고대하게 되는 관계네."

그런 생각은 하지 않는 편이 현명할 테지만 그래도 해리엇을 위로해줄 만한 게 마련되어 있다는 것은 좋은 일이었다. 그 점에서 불행이 임박해 있었기 때문이었다. 엘턴 씨의 약혼 소식에 뒤이어 프랭크의 출현이 하이버리 사람들의 대화에 오르내렸듯, 눈앞의 관심사가 애초의 관심사를 압도하듯, 프랭크 처칠이 떠나자 이번엔 엘턴 씨에 대한 관심이 떨쳐버릴 수 없

을 정도로 커진 것이다. 그의 결혼 날짜가 정해졌다. 얼마 안
가 그가 이곳에 올 것이었다. 그의 아내 되는 사람과 함께. 엔
스컴에서 온 첫 번째 편지에 대해 족히 이야기할 틈도 없이 '엘
턴 씨와 그의 신부'가 모든 사람들의 입에 오르내렸고, 프랭크
처칠은 잊힌 존재가 되었다. 에마는 그 소리만 들어도 지긋지
긋한 심정이었다. 지난 삼 주 동안 엘턴 씨에게서 벗어날 수 있
어 행복했었다. 그리고 비록 그녀의 기대 심리가 크긴 했어도,
해리엇도 최근 들어 더욱 꿋꿋해지고 있었다. 적어도 웨스턴
부인의 무도회를 앞두고 있을 때만큼은 다른 일에 대해 어지간
히 무심한 편이었었다. 그러나 실제로 닥쳐오는 새 마차와 딸
랑거리는 종소리 등에 맞설 수 있을 만큼의 평정 상태에는 아
직 도달하지 못한 것이 분명했다.

　가엾은 해리엇이 초조해하는 통에 에마는 설득하고 달래고
관심을 기울이는 등 갖은 애를 써야 했다. 에마는 해리엇을 위
해선 아무리 애를 써도 모자란다고 생각했고, 해리엇에겐 모든
기지와 인내를 요구할 자격이 있다고 보았다. 전혀 달라지지 않
는 사람을 계속 설득하는 일은 몹시도 힘에 부쳤다. 해리엇은
에마의 말에 늘 동의했지만 정작 둘의 견해 차는 좁아질 줄을
몰랐다. 그녀는 에마의 말을 고분고분 듣고서 "정말 맞는 말씀
이에요. 우드하우스 양이 말씀하신 그대로예요. 그 사람들은 생
각할 가치가 없어요. 이제 그 사람들 생각은 더 이상 하지 않을
게요"라고 말했지만, 화제를 바꿔봤자 아무 소용 없었다. 30분
만 지나면 그녀는 전과 다름없이 엘턴 부부를 생각하며 노심초

시했다. 결국 에미는 다른 근거를 들어 그녀를 공략했다.

"네가 이렇게 엘턴 씨의 결혼 생각에만 빠져 불행해하는 건 내게 가할 수 있는 가장 강도 높은 비난이야, 해리엇. 내가 저지른 실수를 이보다 더 책망할 수는 없을 거야. 다 내 잘못이라는 것 나도 알아. 분명히 말하는데 절대로 잊지 않았어. 나 자신이 현혹된 걸 넘어서 너까지 현혹되게 만들었으니 이만저만 형편없는 짓을 저지른 게 아니야. 평생토록, 이 일을 생각할 때마다 괴로울 거야. 내가 혹여 잊어버릴 거라는 생각은 하지 말아줘."

해리엇은 이 말에 너무나 동요된 나머지 몇 마디의 간절한 탄식만 간신히 내뱉었다. 에마는 계속해서 말했다.

"그렇다고 날 위해서 기운을 내달라고 말하는 건 아니야, 해리엇. 날 위해서 엘턴 씨 생각이나 이야기를 하지 말라는 게 아니야. 너 자신을 위해서 그렇게 했으면 좋겠다는 거지. 내 마음이 편해지는 것보다 더 중요한 것을 위해서 그랬으면 좋겠어. 내면의 극기하는 습관, 너의 의무가 무엇인지 생각하고, 예절에 대해 관심을 갖고, 다른 사람들의 의심을 피하는 노력, 건강과 신뢰를 지키고 마음의 평화를 회복하는 것을 위해서 말이야. 이런 것들을 동기로 삼길 바라며 그동안 널 다그쳤던 거야. 아주 중요한 덕목들인데 네가 절감하고 실천하질 못하니까 나로선 안타까울 수밖에. 내 괴로움을 끝내는 건 다분히 부차적인 문제야. 난 더 큰 괴로움에 빠진 너를 너 스스로가 구원하길 바라. 가끔 나는 해리엇 네가 마땅히 할 도리가 무엇인지, 아니

면 어떻게 하는 것이 나를 친절하게 대하는 건지를 잊지 않을
거라는 생각을 했던 것도 같아."

이렇게 애정에 호소하는 전략은 다른 어떤 것보다도 큰 효
과를 발휘했다. 진심으로 사랑해 마지않는 우드하우스 양에게
감사하고 배려하는 마음이 부족했다는 생각이 들자, 그녀는 한
동안 견딜 수 없을 정도로 괴로워했고, 격한 슬픔의 감정이 잦
아든 후에도 강렬한 울림으로 남아 있어서 옳게 행동해야겠다
는 마음을 갖게 했고, 실제 행동으로 옮길 때도 버틸 수 있는
힘을 주었다.

"우드하우스 양, 제 평생 최고의 친구가 되어주신 당신에게
감사하는 마음이 부족했다고요! 저에게 당신만 한 존재는 단
한 명도 없어요! 당신만큼 제가 사랑하는 사람은 단 한 명도 없
는걸요! 아! 우드하우스 양, 그동안 제가 참 배은망덕하게 굴
었네요!"

이런 말에 표정과 태도가 보여줄 수 있는 모든 것이 더해져
에마는 해리엇을 이렇게까지 사랑한 적도 없고, 그녀의 애정이
이만큼 소중했던 적도 없다고 느꼈다.

"다정한 마음처럼 매력적인 건 없어." 나중에 에마는 혼잣
말을 했다. "어떤 것도 그에 비할 건 없어. 따뜻하고 다정한 마
음에 정이 넘치는 솔직한 태도까지 더해지면 세상에서 가장 똑
똑한 머리보다도 매력적일 거야. 정말 그럴 거야. 내 아버지
가 두루두루 사랑을 받는 것도 다정한 마음 덕이지. 이저벨라
언니가 그렇게 인기 있는 것도 마찬가지고. 나에게 그런 매력

은 없지만, 대신 그 마음을 높이 사고 존중할 줄은 알잖아? 그런 품성이 불러일으키는 모든 매력과 행복에서 해리엇이 나보다 한 수 위야. 사랑스러운 해리엇! 세상에서 으뜸가는 지능과 선견지명과 판단 능력을 갖춘 여자가 온대도 난 절대 해리엇과 바꾸지 않을 거야. 아! 그렇게 볼 때 제인 페어팩스는 얼음처럼 차갑기도 하지! 해리엇이 백 배는 더 훌륭한 사람이야. 한 명의 아내로서, 분별력 있는 남자의 반려자로서 그런 품성은 가치를 따질 수 없을 정도지. 이름은 언급하지 않겠지만, 에마 대신 해리엇을 택하는 남자는 행복할 거야!"

14

하이버리 사람들이 엘턴 부인을 처음 본 건 교회에서였다. 신도석의 새 신부에게 향하는 호기심을 채우겠답시고 예배를 소홀히 할 수는 없었기에 그녀가 정말로 빼어난 미인인지, 아니면 그냥 예쁘장한 편인지, 그도 아니면 전혀 예쁘지 않은지 결론을 내리기 위해서는 곧 있을 정식 방문 일정까지 기다리는 수밖에 없었다.

　에마는 호기심보다는 자존심과 예의 차원에서 엘턴 부인에게 맨 마지막으로 인사하는 일은 없도록 하겠다고 결심했다. 그리고 하기 싫은 일은 빨리 해치울수록 더 낫다는 생각에 해리엇을 데리고 가기로 했다.

목사관에 들어서면서, 석 달 전 구두끈을 묶겠다는 쓸데없는 꼼수를 부리며 들어간 바로 그 방에 다시 들어가면서 에마는 지난 일을 떠올리지 않을 수 없었다. 부아가 치밀어 오르는 생각들이 천 가지도 넘게 떠올랐다. 칭찬, 셔레이드, 그리고 끔찍한 실수들. 가엾은 해리엇도 그런 생각을 떠올리지 않을 리 없었다. 그럼에도 해리엇은 다소 낯빛이 창백해지고 말이 없었을 뿐, 참으로 훌륭하게 처신했다. 그들의 방문은 당연하게도 짧았다. 어찌나 황망하던지 한순간이라도 빨리 나가자는 생각뿐이어서, 에마는 엘턴 부인에 대한 확고한 의견을 정할 만큼 집중할 수가 없었고, "우아한 옷차림에 매우 발랄한 사람"이라는 하나 마나 한 평가 이상은 내리지 못했다.

그녀는 엘턴 부인이 그리 마음에 들지 않았다. 섣불리 흠을 잡을 마음을 없었지만 기품이 전혀 없다는 생각은 들었다. 느긋해 보였지만 기품은 없었다. 젊은 여성, 생면부지의 새 신부치고는 지나치게 태평스러운 사람이라고 확신에 가까운 생각이 들었다. 외모는 그럭저럭 괜찮았다. 한마디로 못생긴 얼굴은 아니었다. 그렇지만 이목구비나 태도, 목소리 등 어디에서도 기품이 느껴지지 않았다. 적어도 머지않아 그렇게 여겨지리라고 에마는 생각했다.

엘턴 씨로 말하자면, 보이는 태도는 그다지……. 아니, 에마는 그의 태도에 대해 섣불리 재치 있는 말을 하지 않을 작정이었다. 혼인 축하 방문을 받는 건 언제나 어색하게 느껴지는 의례이고, 신랑 입장에서 그런 절차를 무난히 치르려면 머리부터 발끝까지 세련미를 갖추지 않으면 안 된다. 신부 쪽 사정은 그보다 나은 편이어서 아름다운 옷의 힘을 빌릴 수도 있고, 수줍어하는 특권을 누릴 수 있지만, 신랑은 직관적인 분별 말고는 기댈 데가 없었다. 그리고 딱한 엘턴 씨가 그와 이제 막 결혼한 여자, 그가 애초에 결혼하고 싶었던 여자, 그리고 그와 결혼할 거라는 기대를 받았던 여자와 동시에 같은 방에 있게 된 이 특이하고도 불운한 상황에 처한 것을 생각하면, 그가 총명한 데는 전혀 없는 데다, 더없이 가식적이며, 실상 태평한 것과는 거리가 멀어 보였다 해도 그럴 수밖에 없으리라고 인정해주는 것이 도리였다.

"있잖아요, 우드하우스 양." 목사관을 나선 후, 친구가 말을 꺼내기를 기다려도 아무 반응이 없자 해리엇이 말했다. "있잖아요, 우드하우스 양, (가만히 한숨을 내쉬며) 엘턴 부인을 어떻게 보셨어요? 참 매력적이지 않나요?"

에마는 살짝 주저하며 대답했다.

"아! 그래. 참, 참 유쾌한 여성이더라."

"아름다운, 정말 아름다운 분이란 생각이 들어요."

"옷을 참 잘 입었더라, 정말. 눈에 확 띌 정도로 고상한 드레스였어."

"엘턴 씨가 사랑에 빠진 것도 당연하다는 생각이 들어요."

"아! 그래, 놀랄 일이 뭐 있겠니? 재산도 많고 적시에 그의 눈에 든 거지."

"제가 보기에는," 해리엇이 다시 한숨을 내쉬며 말했다. "제가 보기에 부인도 남편을 아주 많이 좋아했을 게 분명해요."

"그랬을 수도 있지. 하지만 모든 남자들이 자길 제일 많이 사랑해주는 여자와 결혼하게 되는 건 아니야. 어쩌면 호킨스 양은 가정을 꾸리길 원했고, 엘턴 씨가 자신이 선택할 수 있는 가장 나은 상대라고 생각한 건지도 몰라."

"그래요." 해리엇이 진지하게 말했다. "그분으로선 당연했겠지요. 어느 누구에게든 그보다 더 나은 상대가 있겠어요. 전 진심으로 그들의 행복을 기원하겠어요. 그리고 이제 저는 말이죠, 우드하우스 양, 그들을 다시 보게 돼도 개의치 않을 거예요. 엘턴 씨는 여전히 훌륭한 분이지만 결혼을 하셨고, 아시겠지만, 그러니 상황이 전혀 달라요. 그래요, 우드하우스 양, 정말이지 걱정하실 필요 없어요. 이제 저는 비참한 심정에 시달리는 일 없이 가만히 앉아 그분을 사모할 수 있게 됐으니까요. 그분이 자신을 함부로 내던진 게 아니라는 것을 알아서 얼마나 마음이 놓이는지 몰라요! 신부 되시는 분은 매력적인 아가씨 같아서 그분에게 딱 어울리네요. 얼마나 행복할까요! 엘턴 씨가 신부를 '오거스타'라고 부르시던데요. 얼마나 근사해요!"

답방을 받았을 때 에마는 엘턴 부인에 대한 의견을 정할 수 있었다. 그때는 좀 더 많이 보고 더 바르게 판단할 수 있었기 때문이다. 마침 해리엇이 하트필드에 없었던 때였고, 그녀의 아버지는 엘턴 씨와 마주하고 있는 덕에 에마는 15분 동안 그녀와 단둘이 대화를 나누며 차분하게 살펴볼 수 있었다. 그리고 15분이라는 시간만으로도 엘턴 부인이 허영 덩어리에 자기

만족이 도를 넘어섰으며, 제 잘난 맛에 사는 사람임을 확신할 수 있었다. 남들과 달라 보이고 싶은 마음에 대단히 우월한 척 하지만, 태도에는 교양을 제대로 쌓지 못한 표가 났고, 건방지고 조심성이 없었다. 사고방식 또한 한 부류의 사람들, 한 가지 생활 유형에서 비롯된 것으로, 어리석다고까지는 할 수 없어도 무지했으니, 그녀와의 관계가 엘턴 씨에게 아무런 도움이 되지 않으리라는 건 자명한 일이었다.

해리엇이 더 나은 배필이었을 것이다. 그녀가 현명하거나 세련되지 못할지언정 그런 사람들을 남편에게 소개해주었을 것이다. 그러나 호킨스 양은 안이한 자만심이 몸에 밴 것으로 미루어보건대 자신이 속한 부류에서 최고였던 모양이었다. 브리스틀 부근에 사는 부유한 형부가 가장 자랑할 만한 인척이었고, 그 형부의 자랑거리는 자기 집과 마차들이었다.

자리에 앉고 나서 그녀가 처음 꺼낸 화제는 "제 형부 서클링 씨의 거처" 메이플 그로브였다. 하트필드를 메이플 그로브와 비교한 것이다. 하트필드의 정원은 작지만 산뜻하고 예쁘고, 저택도 현대적이고 튼튼하다고 했다. 엘턴 부인은 방의 크기와 현관을 비롯해 자기 눈에 보이고 상상할 수 있는 모든 것에 큰 감명을 받은 듯했다. "어쩌면 메이플 그로브와 이렇게나 닮을 수 있을까요! 얼마나 비슷한지 놀랄 지경이에요. 이 방도 제 언니가 제일 좋아하는 모닝룸과 모양이며 크기가 똑 닮았네요." 그러면서 엘턴 씨의 동의를 구했다. "정말 깜짝 놀랄 정도로 닮지 않았어요? 꼭 메이플 그로브에 와 있는 것 같다니까요."

"그리고 층계도 말예요. 들어오면서 봤는데 층계도 정말 빼다 박은 것 같더군요. 집 안에 놓인 위치도 똑같고요. 진짜 감탄이 절로 나오더라고요! 우드하우스 양, 솔직히 말해서 제가 죽고 못 살 정도로 좋아하는 메이플 그로브를 떠올리는 일이 얼마나 즐거운지 몰라요. 거기서 몇 달간 살면서 정말 얼마나 행복했는지 모른답니다! (감회에 젖은 나머지 살며시 한숨을 내쉬며) 매력적인 곳임에 틀림없죠. 그곳을 보는 사람은 하나같이 그 아름다움에 반하니까요. 하지만 저에겐 말이죠, 아예 집과 같은 곳이었어요. 우드하우스 양, 원래 살던 곳을 떠나 다른 곳에 정착한 저 같은 사람이 자기가 떠나온 곳과 조금이라도 비슷한 곳을 만나면 얼마나 기쁠지 이해하시게 될 거예요. 전 늘 말하죠, 이런 게 결혼의 폐해라고요."

에마는 가급적 짧게 답변했지만 자기가 떠드는 게 유일한 관심사인 엘턴 부인에겐 오히려 고마운 일이었다.

"정말이지 메이플 그로브와 판박이라니까요! 저택만 그런 게 아니라 안뜰도, 제가 보기엔 빼다 박았어요. 메이플 그로브의 월계수도 여기처럼 풍성하고 똑같이, 그러니까 잔디밭을 가로질러 서 있거든요. 그리고 언뜻 봤지만 근사하게 생긴 커다란 나무가 있고 벤치가 빙 둘러진 걸 봤거든요. 그걸 봤을 때도 딱 메이플 그로브가 생각나지 뭐예요! 제 형부와 언니가 여길 보면 정말 좋아할 거예요. 집에 넓은 정원이 있는 사람들은 똑같은 곳을 보면 늘 좋아하기 마련이니까요."

에마는 이런 감정이 과연 진실한 건지 의심스러웠다. 넓은 정원이 있는 집에서 사는 사람들은 다른 사람 집에 넓은 정원이 있건 말건 거의 신경 쓰지 않는다는 것이 그녀의 생각이기 때문이었다. 그래도 그렇게 뿌리 깊은 편견은 지적하면 오히려 실수하는 것이라서 그녀는 이렇게만 대답했다.

"이 지역을 좀 더 둘러보시면 하트필드를 과대평가했다고 생각하시게 될 거예요. 서리 주는 어디나 아름다우니까요."

"아! 그럼요, 그 점이야 저도 잘 알고 있어요. 잉글랜드의 정원 아닌가요. 아시겠지만. 서리를 잉글랜드의 정원이라고 하죠?"

"네, 하지만 그런 영예로운 칭호에 편승해서 권리를 주장해선 안 되죠. 잉글랜드의 정원이라 불리는 곳은 서리 말고도 많이 있으니까요."

"아뇨, 전 다르게 생각해요." 엘턴 부인이 참으로 자족적인 미소를 지으며 대답했다. "서리 말고 다른 곳이 그렇게 불리는 건 한 번도 못 들어봤으니까요."

에마는 아무 말도 하지 않았다.

"제 형부와 언니가 봄에, 안 되면 늦어도 여름에 꼭 오겠다고 약속했어요." 엘턴 부인은 계속해서 말했다. "그때 함께 이 지역 탐사에 나설 거예요. 형부와 언니가 와 있는 동안 아주 많은 곳을 돌아다닐 거랍니다. 그분들은 바로슈랜도*를 타고 올 거라서 넷이 얼마든지 탈 수 있을 거예요. 그러니 우리 마차는

*앞뒤 포장을 따로 개폐할 수 있는 대형 사륜마차.

쓸 필요가 없을 거고, 눈부시게 아름다운 다른 지역들을 구경할 수 있겠죠. 1년 중 그맘때 설마 이륜마차를 타고 오겠어요? 실은, 그때가 되면 그분들에게 바로슈랜도를 타고 오라고 분명히 말할 거랍니다. 그 편이 훨씬 더 나을 테니까요. 이렇게 아름다운 곳에 오게 되면 말이죠, 최대한 많이 보고 싶은 게 당연하지 않나요, 우드하우스 양? 그리고 서클링 씨는 탐사라면 사족을 못 쓰는 양반이거든요. 작년 여름에 바로슈랜도를 처음 사자마자 다 함께 킹스 웨스턴까지 두 번 갔었는데 얼마나 재미있었는지 몰라요. 여기도 여름철마다 그런 파티가 많이 열리지요, 우드하우스 양?"

"아뇨, 이 근방에는 없어요. 이곳은 부인께서 말하는 그런 종류의 파티를 열 만큼 눈부시게 아름다운 곳들과 다소 멀리 떨어져 있거든요. 그리고 이곳 사람들은 매우 과묵한 부류라서 즐겁게 시간을 보낼 계획을 짜는 것보다는 집에 있는 걸 더 좋아하는 것 같아요."

"아! 진정한 안락을 구하려면 집에 있는 것만 한 게 없죠. 저만큼 가정에 헌신적인 사람도 없답니다. 메이플 그로브에선 그런 점 때문에 소문이 자자했을 정도죠. 셀리나가 브리스틀로 가면서 이런 말을 한 게 한두 번이 아니에요. '난 도저히 얘를 집 밖으로 끌어낼 도리가 없네. 말벗 하나 없이 혼자 바로슈랜도에 처박혀 있을 생각을 하니 진저리가 나지만 어쩌겠어? 혼자 가는 수밖에. 하지만 오거스타 좋을 대로 하게 내버려두면 정원 울타리 밖으론 한 걸음도 안 나갈 게 분명해'라고 말이죠.

몇 번이나 그렇게 말했는지 몰라요. 그렇다고 제가 철저한 은둔 생활을 옹호하는 건 절대 아니고요. 오히려 사람들과 전혀 교류하지 않은 채 세상과 인연을 끊고 사는 건 진짜 안 좋다고 생각하는 사람이에요. 과하지도 모자라지도 않게, 적당한 선에서 어울려 지내는 게 훨씬 더 현명하다고 생각하죠. 하지만 우드하우스 양이 처한 상황은 얼마든지 이해해요. (우드하우스 씨 쪽을 쳐다보며) 아버지의 건강 상태 때문이죠? 아버지께서 바스에 가보시면 어떨까요? 꼭 가셔야 해요. 바스를 추천해드려도 괜찮겠죠? 우드하우스 씨의 건강에 좋을 거라고 제가 장담할게요."

"아버지께선 이미 한 번 이상 다녀오셨답니다. 하지만 아무런 도움이 안 됐어요. 그리고 짐작하건대 아직 모르시겠지만, 페리 씨란 분께서 이제 와 거기 간다 한들 특별히 더 도움이 된다고는 생각지 않으시기도 하고요."

"아! 이렇게 안타까울 데가 있나. 우드하우스 양, 온천물이 잘 맞으면 통증 완화에 얼마나 좋은지 몰라요. 제가 바스에 갔을 때 그런 경우를 한두 번 본 게 아니거든요! 그런데다 바스에 가면 기분이 얼마나 좋아지는데요. 틀림없이 우드하우스 씨도 기분이 좋아지실 거예요. 제가 알기로는 가끔 침울해지실 때가 있다면서요. 또 우드하우스 양에게도 권할 만하다는 점에 대해선 구구절절이 말할 필요도 없겠죠. 젊은 사람들에게 바스가 얼마나 좋은지는 다들 잘 알고 있으니까요. 지금껏 한곳에만 칩거하고 사셨으니 매력적인 첫걸음이 될 거예요. 그리고 그곳에서 최상류층에 속하는 분들을 당장 소개해드릴 수도 있어요. 제가 딱 한 줄만 써서 보내면 적잖은 분들과 친해지실 거예요. 파트리지 부인이라고 저와 아주 친한 분이 있는데, 그분이 잘 챙겨줄 거예요. 그리고 공적인 만남을 가질 때 그 부인만큼 같이 가기 좋은 사람도 없어요."

에마가 결례를 범하지 않고 참을 수 있는 한도는 거기까지였다. 소개를 받기 위해 엘턴 부인에게 신세를 진다고? 엘턴 부인의 친구라는 사람의 비호 아래 공적인 만남을 가진다고? 필시 저급하고 드센 과부일 테고, 하숙을 쳐서 입에 풀칠하는 신세일 텐데! 하트필드의 우드하우스 양의 품위가 실로 땅에 떨어졌구나!

그렇지만 에마는 엘턴 부인을 향한 비난의 말들은 가슴에 꾹 눌러 담은 채 다만 냉랭하게 말했다. "그럼에도 저희가 바스에 가는 건 불가능한 일이에요. 설령 간다고 해도 제 아버지보다는 저에게 더 좋을 것 같군요." 그런 후, 더 이상의 모욕과 분노를 피하기 위해 곧장 화제를 바꾸었다.

"음악을 좋아하시는지는 묻지 않을게요, 엘턴 부인. 이런 경우, 숙녀분 본인보다 그 성격이 먼저 알려지기 마련이니까요. 그리고 하이버리에선 이미 오래전부터 당신의 연주 실력이 매우 뛰어나다고 알고 있었고요."

"아뇨! 전혀요. 그렇게들 보셨다면 결단코 아니라고 말씀드려야겠네요. 연주 실력이 뛰어나긴요! 전혀 그렇지 않아요. 어디서 들으셨는지 모르지만 아주 편파적인 얘기군요. 음악 없이는 못 살 징도로 좋아하긴 해요. 얼정적으로 좋아하죠. 친구들도 제 안목이 아주 형편없는 건 아니라고 해요. 하지만 그게 다예요. 그냥 드리는 말씀이 아니라, 제 연주 실력은 평범하기 짝이 없어요. 우드하우스 양이야말로 정말 잘 치신다는 걸 제가 잘 알고 있죠. 정말이지, 결혼해서 살게 된 이곳 분들이 음악에 조예가 대단히 깊으시다는 말을 듣고 제가 얼마나 큰 만족과 위안과 기쁨을 얻었는지 꼭 말씀드리고 싶네요. 전 음악 없이는 한시도 살 수 없는 사람이니까요. 제게 음악은 생필품이랍니다. 그리고 메이플 그로브에서도 그랬지만 바스에서도 음악에 조예가 깊은 사람들과 늘 어울려온 터라 음악이 없다면 아주 심각한 희생을 치르는 꼴이 되었을 거예요. 우리 E 씨가 결혼 후 함께 살 집에 대해 말하면서, 집이 외진 곳에 있어서 마음에 들지 않을지 모르겠다, 그런데다 누추하기까지 하다고 걱정했을 때 제가 솔직히 한 말이 있어요. 그이야 제가 어떤 집에서 살았는지 아니까 걱정을 안 할 수가 없었겠죠? 어쨌거나 그이가 그런 식으로 이야기를 하기에 제가 솔직하게 이제까지 살았던 세상은 포기할 수 있다고 말했어요. 파티니 무도회니 연극이니 하는 것들을 포기하는 건 전혀 두렵지 않다, 다행히 타고난 재주가 많아서 그런 것들이 없어도 괜찮다, 없이도 아주 잘 살 수 있다, 타고난 재주가 하나도 없는 사람이라면 문제가 달라지겠지만 전 제 재주 덕에 매우 독립적이라고요. 또 말하길, 제가 전에 지냈었던 것보다 더 작은 방이야 조금도 신경 쓰지 않을 것이다, 그런 종류의 희생이라면 얼마든지 감수할 수 있을 거라고 생각하고 싶다고 말했어요. 확실히, 메이플 그로 브에선 별의별 호사를 다 누리며 살았지만, 저의 행복에 마차 두 대와 넓은 방들이 꼭 필요한 건 아니라는 말로 그이를 안심 시켜줬지요. '하지만'이라고 단서를 달면서요. '솔직히 말해서 음악 모임 같은 게 없으면 살 자신이 없어요. 다른 조건은 달지 않겠어요. 하지만 음악이 없다면 제 인생은 텅 비어버릴 거예 요'라고 말했죠."

"우리가 생각하기에," 에마가 미소 지으며 말했다. "엘턴 씨 가 주저하지 않고 하이버리엔 대단한 음악 모임이 있을 거라고 말씀하셨을 것 같은데요. 바라건대 남편분이 그렇게 말할 수밖 에 없는 처지였음을 감안하시고, 설령 사실과 다르더라도 너그 러이 이해해주세요."

"그럴 리가 있나요. 그 점에 대해선 전혀 의심하지 않아요. 그런 분들과 함께하게 돼서 기뻐요. 다 함께 작지만 훈훈한 음 악회를 열 수 있길 바라요. 우드하우스 양, 당신과 제가 음악 모임을 만들어서 이 댁 혹은 저희 집에서 매주 정기적으로 모 임을 가져야 한다고 생각하는데요. 좋은 계획 아닌가요? 당신 과 내가 노력하면 금세 회원들이 늘어날 거예요. 저에겐 그런 종류의 모임이 특히 매력적으로 다가오는 것 같아요. 계속 연 습할 동기를 부여해줄 테니까요. 아시겠지만, 결혼한 여자에게 흔히 하는 부정적인 이야기가 있잖아요. 너무 쉽게 음악을 포 기한다든가 하는."

"하지만 부인께선 음악을 사랑하는 마음이 대단하시니 그럴 위험은 전혀 없지 않을까요?"

"마음이야 그러지 않기를 바라지만 제 지인들을 보면 정말이지, 몸이 다 떨릴 지경이거든요. 셀리나는 음악이라면 완전히 포기해버려서 악기는 건드리지도 않아요. 예전엔 정말 잘 쳤는데 말이죠. 그리고 제프리스 부인(처녀 적 이름은 클라라 파트리지였답니다)도 그렇고, 이제 버드 부인과 제임스 쿠퍼 부인이 된 밀먼가의 두 딸도 마찬가지라고 말씀드릴 수 있겠네요. 이런 사례를 더 들 수도 있어요. 정말이지 이 정도면 간담이 서늘해질 만하지 않나요? 전엔 셀리나에게 무척 화가 났는데 요즘 들어서는 결혼한 여자가 신경 쓸 일이 한두 가지가 아니라는 사실이 이해되기 시작했어요. 오늘 아침만 해도 저희 집 가정부랑 이야기하느라 30분은 족히 갇혀 있었네요."

"하지만 그런 일들은 얼마 안 가서 다 규칙적인 일상이 되니까……."

"글쎄요." 엘턴 부인이 웃으며 말했다. "두고 봐야겠죠?"

음악에서 손을 떼겠다는 결심이 그토록 확고한 것에 에마는 더 이상 할 말이 없어서 한동안 잠자코 있었다. 그러자 엘턴 부인이 또 다른 화제를 꺼냈다.

"저희 내외가 랜들스를 방문했었답니다. 마침 두 분 다 계시더라고요. 참으로 유쾌한 분들 같았어요. 정말로 그분들을 좋아하게 되었답니다. 웨스턴 부인은 참 훌륭하신 분 같더라고요. 벌써 제가 가장 좋아하는 분이 되었다고 말씀드려야겠네요. 어쩜 그렇게 선량해 보이던지. 어딘가 모성적이고 상냥한 데가 있어서 보자마자 마음이 끌리더라고요. 그런데 우드하우스 양의 가정교사였다면서요?"

에마는 너무 놀라 답변을 하지 못했지만 엘턴 부인은 그렇다는 대답을 들을 새도 없이 계속 떠들어댔다.

"이미 알고 있는 사실이었지만, 귀부인 못지않은 모습에 아주 깜짝 놀랐지 뭐예요. 정말 양갓집 규수가 따로 없더군요."

"웨스턴 부인의 태도는 언제 보아도 타의 추종을 불허할 정도로 훌륭했습니다." 에마가 말했다. "교양 있고 소박하고 또 기품이 넘쳐서 젊은 여성이라면 누구나 주저 없이 귀감으로 삼을 만하죠."

"그런데 우리가 방문해 있는 동안 누가 왔는지 아세요?"

에마는 어떻게 대응해야 할지 몰라서 난감했다. 그녀의 어투로 짐작하건대 꽤나 오래 알고 지낸 사람인 것 같았지만, 무슨 수로 알아맞힌단 말인가?

"나이틀리예요!" 엘턴 부인이 말했다. "나이틀리라니까요! 운이 좋았지 뭐예요! 일전에 그가 우리 집에 왔을 땐 안타깝게도 제가 집을 배워서 보질 못했거든요. 물론 우리 E 씨의 각별한 친구라서 엄청 궁금했지요. 남편이 툭하면 '내 친구 나이틀리'라고 말하니까 직접 보고 싶은 마음에 미칠 것만 같았거든요. 그리고 저의 '카로 스포소'*를 공정히 평가해서 말하건대, 그이는 자기 친구에 대해 전혀 부끄러워할 필요가 없다고 봐요. 나이

---

*이탈리아어로 '사랑하는 나의 남편'을 뜻한다. 오스틴은 엘턴 부인의 과시적인 성격을 드러내기 위해 이 표현을 썼다.

틀리는 나무랄 데 없는 신사니까요. 전 그가 참 마음에 들어요. 단호히 말하건대, 아주 제대로 된 신사 같아요."

다행히도 돌아갈 시간이 되어서 그들은 집을 나섰고 에마는 비로소 한숨 돌릴 수 있었다. 그리고 에마 입에서는 곧바로 이런 말이 터져 나왔다.

"도저히 참아줄 수 없는 여자잖아! 내가 짐작했던 것보다 더 형편없어. 한순간도 참아줄 수가 없어! 나이틀리라니! 듣고서도 믿을 수가 없네. 나이틀리라니! 그를 생전 처음 봤으면서 나이틀리라고 부르다니! 신사라는 걸 알 수 있었다니 퍽이나! 건방지고 천박해선, 우리 E씨는 뭐고, 카로 스포소는 또 뭐며, 타고난 재주가 또 어떻다고? 무례하게 허세를 부리는 태도며, 근본 없이 자란 주제에 꾸며대는 꼴하고는. 무슨 수로 나이틀리 씨가 신사임을 알아봤다는 건지! 그가 이런 칭찬을 돌려주며 그 여자도 숙녀라고 생각할 리 없어. 정말 믿을 수가 없어! 이것도 모자라선 나랑 같이 음악 모임을 결성하잔 말까지 하다니! 누가 보면 우리가 자매처럼 친한 친구인 줄 알겠네! 그리고 웨스턴 부인까지! 날 키워준 사람이 숙녀라서 놀랐다고! 갈수록 가관이구나. 저런 여자는 정말 생전 처음이야. 내 예상 같은 건 우습게 뛰어넘는군. 어떻게 비교해봐도 해리엇에게 모욕이야. 아! 프랭크 처칠 씨가 여기 있었다면 그 여자에게 뭐라고 말했을까? 엄청 화를 내면서도 아주 즐거워했겠지! 어머! 나 좀 봐. 곧바로 그이 생각을 하고 있네. 언제 어디서나 그 사람 생각부터 하는구나! 문득 정신을 차려보면 이러고 있네? 프랭크 처칠 씨를 마음속으로 꼬박꼬박 챙기고 있다니!"

그녀의 머릿속에서 이런 생각들이 일사천리로 흘러갔고, 엘턴 씨 내외가 부산스레 떠난 후 그녀의 아버지가 정신을 추스르고 비로소 말을 할 수 있게 될 즈음, 그녀는 그럭저럭 아버지에게 신경을 쓸 수 있게 되었다.

"글쎄다, 애야." 아버지는 신중하게 말을 꺼냈다. "너나 나나 이번에 처음 만났다는 점을 생각하면, 아주 예쁜 부인 같더구나. 그리고 내가 보기에 널 만나서 아주 즐거워하는 것 같더라. 말을 너무 빨리 하는 건 아닌지. 그렇게 빨리 말하니까 귀가 아플 지경이었어. 하지만 그것도 다 내가 까다로워서겠지. 내가 워낙에 귀에 익숙하지 않은 목소리를 싫어하잖니. 너나 가엾은 테일러 양처럼 말하는 사람이 또 어디 있을까. 그래도 아주 자상하고 행동거지가 예쁜 숙녀인 것 같다. 엘턴 씨에게도 정말 좋은 아내가 되어주리란 건 의심할 여지가 없고. 그래도 그 친구는 결혼하지 않는 게 더 나았다고 생각하지만. 이런 경사를 맞이해 그 부부를 찾아가지 못한 사정에 대해선 가급적 잘 해명했단다. 여름철에 방문할 수 있기를 바란다고 말하긴 했는데 그래도 그 전에 가야겠지. 새 신부를 방문하지 않는 건 아주 나태한 처사니까. 아! 이것만 봐도 내가 얼마나 처량한 환자인지 알 만하지 않니! 하지만 목사관으로 접어드는 모퉁이 길이 영 마음에 들지 않으니 어쩌면 좋을지."

"틀림없이 아빠의 사과를 받아들였을 거예요. 아빠가 어떤 분인지 엘턴 씨가 모르지도 않고요."

"그래. 하지만 젊은 숙녀는, 게다가 신부인데, 사정이 허락하면 경의를 표했어야 마땅하건만. 이런 결례가 다 있나."

"하지만 아빠, 아빠는 결혼을 찬성하시지 않잖아요. 그런데 무엇 때문에 신부에게 경의를 표하지 못해서 그토록 안절부절 못하시는 거예요? 아빠 입장에선 칭찬하실 일도 아니고요. 그 사람들을 그렇게까지 귀히 여기시면 결국 결혼을 하라고 권하는 게 되어버리는데요."

"아니다, 얘야, 난 누구에게도 결혼하라고 권한 적이 없어. 하지만 숙녀에게만은 아낌없이 경의를 표하고 싶은 마음이 늘 있단다. 특히 새 신부에게는 결코 예를 소홀히 해선 안 된단다. 신부에겐 더 많은 것을 베풀어야 마땅한 법. 신부란, 얘야, 너도 알겠지만 다른 누구보다 가장 먼저 챙겨줘야 하는 존재란다. 다른 사람들이 어떤 부류건 간에 상관없이 말이야."

"글쎄요, 아빠, 그 말씀이 결혼하라고 권하는 게 아니라면, 저로선 다른 어떤 말이 그런 건지 모르겠는데요. 그리고 가엾은 젊은 숙녀들의 허영심을 부채질하는 그런 행동에 찬성하실 줄은 미처 몰랐어요."

"얘야, 내 말을 곡해하고 있구나. 이건 어디까지나 일반적인 예우와 교양의 문제이지, 결혼을 권장하는 것과는 아무 상관이 없어."

에마는 그쯤에서 꼬리를 내렸다. 아버지의 신경이 점점 날카로워지고 있는 데다, 그녀의 말뜻을 이해하지 못했기 때문이었다. 그녀는 다시 엘턴 부인의 무례한 언행을 생각했고, 그 후로도 오래, 아주 오래도록 그 생각을 떨칠 수가 없었다.

15

그 뒤로도 에마가 엘턴 부인에게서 새로운 면모를 발견해 그녀에 대한 나쁜 감정을 접게 되는 일은 일어나지 않았다. 그녀의 관찰은 상당히 정확했다. 두 번째로 만나 이야기를 나눴을 때 엘턴 부인이 보여준 면모는 이후 어느 때 만나더라도 변하는 법이 없었으니, 젠체하고 주제넘은 데다 후안무치하며 무식했고 또 본데가 없었다. 약간의 미모와 재능은 있었지만, 양식이라곤 도통 없어서 자기가 세상의 이치를 훤히 꿰뚫어 보고 있으니 이 시골 동네에 활력을 불어넣고 또 좋은 방향으로 이끌수 있을 거라 생각하고 있었다. 뿐만 아니라 그녀는 자신이 호킨스 양으로 불리던 시절 사교계의 으뜸이었고, 그것을 능가하는 건 오직 엘턴 부인이라는 지위뿐이라고 생각했다.

엘턴 씨라고 해서 부인과 조금이라도 다르게 생각한다고 볼 근거는 전혀 없었다. 아내가 만족스러운 정도를 넘어서 자랑스러운 듯 보였으니 말이다. 그는 그렇게 대단한, 심지어는 우드하우스 양도 넘볼 수 없을 만한 여자를 하이버리로 데려온 자신이 자못 대견한 모양이었다. 그리고 그녀가 새로 알게 된 사람들의 대부분은 칭찬에 후하거나, 아니면 판단하는 습관이 몸에 배지 않아서 베이츠 양의 호의적인 평가를 따른 건지, 그도 아니면 신부 본인이 자부한 대로 정말로 똑똑하고 싹싹한 게 당연하다고 여긴 건지 모르지만 아무튼 적잖이 만족해했다. 그러니 엘턴 부인에 대한 찬사가 입에서 입으로 전해진 건 당연했고, 우드하우스 양도 굳이 나서서 방해하는 일 없이 애초 그 찬사에 일조해 했던 말을 기꺼이 고수하면서 "참으로 명랑하고 우아하게 옷을 입는다"고 말하며 자신의 품위를 지켰다.

한 가지 면에서 엘턴 부인에 대한 인상은 처음보다 훨씬 더 나빠졌으니, 에마에 대한 그녀의 감정이 변한 것이었다. 필시 친하게 지내자고 제안했는데 에마 쪽에서 시들하게 대응하자 화가 나서 제안을 철회하고는 차츰 냉랭하게 대하며 거리를 두는 것 같았다. 그런 결과에 대해선 반가운 마음이었지만, 애초 발단이 된 악감정 때문에 날이 갈수록 에마의 반감은 커져갈 수밖에 없었다. 해리엇을 대하는 그녀의 태도도, 엘턴 씨의 태도도 불쾌했다. 그들은 비웃고 깔보고 있었다. 에마는 그런 그들의 태도가 해리엇의 상처를 더 빨리 낫게 해줄 거라는 희망을 가졌지만, 어떤 감정이 그렇게 행동하도록 자극했는지를 생각하니 에마와 해리엇 둘 다 극심한 자괴감이 드는 것이었다. 가엾은 해리엇의 애정이 그들 부부 사이에서 허물없는 대화의 제물이 되었을 것이며, 에마에 대해선 가장 불리하게, 엘턴 씨에겐 가장 위로가 되는 방식으로 왜곡해 이야기했으리라는 것은 불을 보듯 뻔한 일이었다. 당연하지만 그녀는 엘턴 부부가 일심동체로 싫어한 대상이었다. 애깃거리가 떨어져 대화가 막힐 때면 어김없이 우드하우스 양을 헐뜯으면 되었다. 그러나 에마에게 대놓고 무례를 저지르며 적의를 드러낼 엄두는 나지 않아서, 대신 해리엇에게 경멸을 표출하는 것으로 욕구를 풀었다.

엘턴 부인은 제인 페어팩스를 처음 본 순간부터 대단히 좋아하게 되었다. 처음부터 그랬으니 단순히 이쪽 숙녀와 신경전을 벌이는 와중에 저쪽 숙녀에게 호감을 느낀 것이라고 볼 수는 없었다. 그녀는 자연스럽고 온당하게 칭찬하는 데서 만족하지 못하고, 상대가 부탁하거나 애원하지도 않았고 특별히 허락해준 것도 아닌데 먼저 나서서 도와주고 친구가 되고 싶어 했다. 에마에 대한 신뢰를 잃기 전, 엘턴 부인과 세 번쯤 만났을 때, 에마는 페어팩스 양에 대해 가히 기사 뺨치는 의협심을 발휘하려는 그녀의 이야기를 낱낱이 듣게 되었다.

"제인 페어팩스는 진짜 매력적이더군요, 우드하우스 양. 난 정말이지 제인 페어팩스라면 열광하게 된답니다. 아름답고 흥미로운 데가 있는 아가씨예요. 어쩜 그렇게 온순하고 숙녀다운지…… 그 뛰어난 재능은 말할 것도 없고요! 내가 보기에 정말 대단한 재능을 타고난 아가씨예요. 주저하지 않고 탁월한 연주 실력을 갖추었다고 말할래요. 내가 음악이라면 알 만큼 아는 사람이라 그 점은 명확히 말할 수 있어요. 아! 어쩌면 그리 매력적인 처자가 다 있을까 몰라! 이렇게 열광하는 내가 웃기면 웃어도 돼요. 내가 요새 들어서 진짜 입만 열면 제인 페어팩스 얘기만 한다니까요. 그런데다 그 여자 처지를 생각하면 얼마나 가슴이 아파요! 우드하우스 양, 우리가 분발해서 그 아가씨를 도울 만한 일을 도모해야 해요. 그 아가씨를 남들 보란 듯 내세

위줘야 한다고요. 그런 재능을 아무도 모르게 썩혀버리는 일은 있어선 안 돼요. 당신도 분명히 들어보셨겠지만 이런 매력적인 시구가 있죠.

얼마나 많은 꽃들이 봐주는 이 하나 없이
발그레한 두 뺨을 가지고 태어나
그 향기를 부질없이 사막의 대기에 퍼뜨리는가.*

예쁜 제인 페어팩스가 이 시구를 몸소 입증하게 되는 불상사는 우리가 막아야 해요."

"설마 그런 일이 있을 거란 생각은 안 드는군요." 에마가 차분하게 대답했다. "그리고 부인도 페어팩스 양의 사정을 더 알게 되고, 캠벨 대령 부부와 어떤 분위기의 집에서 살아왔는지를 알게 된다면 그녀의 재능이 알려지지 않았다고는 생각지 않게 될 거예요."

"어머! 하지만 우드하우스 양, 그 아가씨는 이런 벽지에서 세상에 알려지지 않은 채 있으니, 버림받은 거나 마찬가지인데요! 캠벨가에서 그 어떤 혜택을 누리고 살았건 지금은 다 끝장난 게 눈에 훤히 보이는데요! 그리고 본인도 느끼고 있다는 게 내 생각이에요. 아니, 그렇다고 장담해요. 그 아가씨는 정말 수

*17세기 영국 시인 토머스 그레이의 《어느 시골 교회 묘지에서 쓴 비가》에서 인용한 것이나 '그 아름다움을 사막의 풍광에 허비하는구나'라는 마지막 행을 잘못 인용하고 있다.

줍음을 많이 타고 말도 없죠. 본인도 격려받고 싶은 기색이 역력해요. 그래서 그 아가씨가 더 좋아져요. 그런 점이 내겐 장점으로 비친다는 말을 해야겠군요. 난 수줍은 사람이라면 대놓고 옹호할 정도예요. 그리고 수줍어하는 사람은 보기가 어려운 편이에요. 신분이 조금이라도 낮은 사람이 수줍어하는 걸 보게 되면 얼마나 호감이 가는지 몰라요. 아! 제인 페어팩스는 정말 보면 기분이 좋아지는 성격이고, 내가 얼마나 관심을 갖고 있는지 말로 다 표현하지 못할 정도예요."

"관심이 지대하시네요. 하지만 부인이든, 페어팩스 양을 부인보다 더 오래 알고 지내온 이곳 사람들 중 누구든 그녀에게 달리 어떤 관심을 보여줄 수 있을지……."

"친애하는 우드하우스 양, 행동할 용기를 내는 사람은 정말 많은 것들을 이루어낸답니다. 당신과 나는 걱정할 필요가 없어요. 우리가 모범을 보이면 많은 사람들이 능력껏 따라올 거예요. 모두가 우리 같은 위치에 있는 건 아니겠지만요. 우리에겐 그 아가씨를 데려오고 집까지 데려다줄 마차가 있죠. 또 제인 페어팩스가 언제 군식구로 낀다 해도 전혀 불편하지 않을 수준으로 살고 있어요. 만약 라이트가 제인 페어팩스 외에 다른 사람들을 더 초대한 걸 후회할 정도로 정찬을 내온다면 난 정말 불쾌할 거예요. 나로선 상상조차 할 수 없는 일이에요. 내가 지금껏 살아왔던 수준을 생각하면 그런 생각을 할 리가 없죠. 가계를 관리하면서 내가 부딪치게 되는 제일 큰 위험이라고 한다면 아마도 그와 정반대일 거예요. 그러니까, 손이 너무 커서 비용에 대해서 하등 신경을 쓰지 않는 것 말이죠. 아무래도 내가 메이플 그로브를 본보기로 삼으면서 적절히 하지 않고 만용을 부리는 건지도 몰라요. 왜냐하면 수입 면에서 우리 형부 서클링 씨와는 비교도 안 되니까요. 하지만 제인 페어팩스에게만은 관심을 기울이기로 결심했어요. 틈날 때마다 그 아가씨를 집으로 초대할 거고요, 내가 아는 모든 곳에 소개해줄 거고요, 음악 모임을 열어서 그녀의 재능을 끌어낼 거고요, 또, 괜찮은 일자리가 없나 늘 수소문하고 다닐 거예요. 내 인맥은 엄청나게 넓으니 분명 머지않아 그녀에게 알맞은 자리가 있다는 소식을 듣게 될 거예요. 당연한 얘기지만, 언니 부부가 여길 방문하면 특별히 소개해줄 거고요. 장담하는데 그들도 페어팩스를 정말 좋아할 거예요. 그리고 페어팩스가 언니 부부와 조금이라도 안면을 트게 되면 두려움 같은 건 금세 사라질걸요. 태도가 워낙에 호의적인 분들이거든요. 그분들이 와 있을 때 정말 자주 불러야겠어요. 그리고 이곳을 답사할 때 가끔이나마 바로슈랜도에 그녀 자리를 내줄까 싶어요."

'가엾은 제인 페어팩스!' 에마는 생각했다. '이런 취급을 받을 것까지는 없는데. 딕슨 씨 일로 잘못을 저질렀는지는 몰라도 이렇게까지 벌 받을 이유는 없는데! 엘턴 부인의 친절과 보호의 대상이 되다니! 제인 페어팩스, 제인 페어팩스라고? 말도 안 돼! 이 여자가 감히 에마 우드하우스, 에마 우드하우스라고 떠들면서 돌아다니는 상상은 하고 싶지 않아! 하지만 이 여자의 방종한 혓바닥은 멈출 줄을 모르는 것 같으니 참!'

에마는 오직 자기에게만 들려준, 역겹게도 "친애하는 우드 하우스 양"이란 말로 장식한 그런 허장성세는 더 들을 필요가 없었다. 얼마 안 가 엘턴 부인의 태도가 돌변한 덕분에 평화를 누릴 수 있게 된 것이다. 그래서 억지로 엘턴 부인의 막역한 친구 노릇을 할 일은 없었고, 엘턴 부인의 지침에 따라 제인 페어팩스의 적극적인 후견인이 되는 것도 면할 수 있었으며, 그녀가 무슨 생각을 하고 어떤 계획을 꾀하고 있고 어떤 일을 했는지는 다른 사람을 통해서 대략적으로 듣게 되었다.

에마는 얼마간 흥미롭게 지켜보았다. 엘턴 부인이 제인에게 관심을 기울이자 베이츠 양은 일체의 가식 없이 소박하게, 그러면서도 열렬하게 고마움을 표했다. 엘턴 부인은 베이츠 양이 중히 여기는 사람들 가운데 한 명이 되었고, 더없이 친절하고 상냥하고 애교 있는 여성으로 부인 스스로가 원했던 만큼 교양 있고 정중한 사람으로 여겨졌다. 에마가 다만 놀란 건 제인 페어팩스가 그런 관심을 받아들이고 엘턴 부인을 감내하는 것처럼 보였다는 점이다. 그녀가 엘턴 부부와 산책을 하고 엘턴 부부와 식사를 하고 엘턴 부부와 하루를 보냈다는 이야기가 들려왔다! 깜짝 놀랄 일이었다! 페어팩스 양의 취향이나 자존심이 목사관에서 제공할 만한 교분과 우정을 감내할 수 있을 거라고는 도저히 생각할 수 없었기 때문이다.

"수수께끼 같은 여자야, 정말 수수께끼 같아." 에마는 말했다. "온갖 궁핍을 견디며 여기서 몇 달이 넘도록 지내다니! 그것도 모자라 이제는 엘턴 부인의 주목을 받고 그 여자와 대화히는 치욕을 견디기로 하다니. 진실하고 자애로운 애정으로 늘 자기를 사랑해주는, 훨씬 더 훌륭한 친구들에게 돌아갈 수도 있는데도 마다하고 말이야."

제인은 공식적으론 석 달간 하이버리에 머물겠다고 말했었다. 캠벨 부부가 석 달 동안 아일랜드에 가 있었기 때문이다. 그러나 지금 그 부부는 적어도 하지 무렵까지 있겠다고 딸과 약속한 후, 제인에게도 그곳에 와서 함께 지내자는 초대장을 보낸 터였다. (지금까지의 모든 이야기의 출처인) 베이츠 양 말로는 딕슨 부인이 거절하기 어려울 정도로 간곡한 편지를 보내왔다고 했다. 제인이 오겠다고만 하면 하인들을 보내주고 친구들의 도움을 얻어 여행에 어떠한 어려움도 없도록 모든 수단과 방법을 강구하겠다고 했다는데도 제인은 한사코 거절했다는 것이다!

"뭔가 다른 목적이 있는 거야. 보기보다 더 강력한 목적이 있어서 이런 초청까지 거절하게 된 게 분명해." 에마의 결론은 그러했다. "캠벨 부부나 제인 스스로가 가한 모종의 속죄를 하고 있는 게 틀림없어. 무슨 이유에서인지 모르지만 대단한 두려움, 대단한 경계심, 대단한 결의가 있는 거야. 그래서 딕슨 부부와 결단코 함께 있지 않으려는 거야. 누군가 그런 결정을 내려줬을 거야. 그렇다 한들 엘턴 부부가 함께하려는 것까지 받아줄 이유는 없잖아? 이건 별개의 수수께끼란 말이야."

엘턴 부인에 대한 자신의 생각을 익히 알고 있는 웨스턴 부인에게 이 문제에 대한 의문을 표하자, 웨스턴 부인은 제인을 변호하며 이렇게 말했다.

"에마, 페어팩스 양이 목사관에서 대단히 즐거운 시간을 보낸다고 볼 만한 근거가 있을까. 그편이 늘 집에 있는 것보다 나을걸. 이모인 베이츠 양은 참 좋은 사람이지만, 늘 옆에 있으면 정말 피곤해지지. 페어팩스 양이 드나드는 곳을 놓고 그녀의 취향을 비판하기 전에 그녀가 어떤 상태에서 벗어나는지 봐야만 해."

"옳은 말씀입니다, 웨스턴 부인." 나이틀리 씨가 힘주어 말했다. "페어팩스 양은 우리 못지않게 엘턴 부인을 올바로 판단할 수 있는 사람입니다. 만약 그녀가 친하게 지낼 사람을 직접 선택할 수 있었다면 엘턴 부인을 선택하진 않았을 겁니다. 하지만 (에마를 향해 질책이 담긴 미소를 지으며) 그녀는 누구에게도 받지 못한 관심을 엘턴 부인에게서 받고 있죠."

에마는 웨스턴 부인이 자기를 힐끗 쳐다보는 것을 느꼈다. 하지만 에마 본인도 나이틀리 씨가 이렇게까지 열을 올리는 데 놀란 터였다. 에마는 살짝 얼굴을 붉히며 곧바로 대답했다.

"페어팩스 양의 입장에서 엘턴 부인 같은 사람의 관심을 받는 건 기쁘기보다는 넌더리가 날 거라고 생각했었는데요. 엘턴 부인의 초대를 받는 건 전혀 유쾌하지 않을 거라고요."

"무리도 아니지." 웨스턴 부인이 말했다. "만약 페어팩스 양이 엘턴 부인의 배려를 받아들이길 간곡히 청하는 이모 때문에 마지못해 끌려갔다 해도 말이야. 페어팩스 양에게 다소 변화가 있었으면 하는 생각이 있었다 한들, 실상 딱하게도 베이츠 양에게 등 떠밀렸을 공산이 아주 키. 그래서 페어팩스 양이 판단하기엔 도가 지나치다 싶을 정도로 엘턴 부인과 막역한 사이인 것처럼 보이게 됐을 거야."

두 숙녀는 나이틀리 씨의 말을 듣고자 했으나, 그는 몇 분 동안 잠자코 있다가 입을 열었다.

"또 다른 점도 고려해봐야 합니다. 페어팩스 양에게 직접 말할 때와 다른 사람들에게 그녀의 이야기를 할 때 엘턴 부인의 태도가 달라진다는 점 말입니다. 우리 모두 그, 그녀라는 대명사와 당신이라는 대명사의 차이점을 알고 있어요. 우리는 누군가와 만나 사적인 대화를 나눌 때 통상적인 예의를 넘어서는 어떤 것의 영향을 받게 되죠. 다시 말해 보다 일찍 주입되는 어떤 것의 영향력 말입니다. 한 시간 전부터 불쾌한 전조를 역력히 느꼈다 한들 우리는 그걸 드러내놓고 말하진 못합니다. 그러면 모든 게 다른 느낌으로 다가올 테니까요. 이런 심리가 일반적인 원칙으로 영향을 끼친다는 것 말고도, 페어팩스 양이 월등한 정신과 태도로 엘턴 부인을 압도하리라고 확신해도 좋을 겁니다. 엘턴 부인이 페어팩스 양을 만날 때, 응당 해야 할 만큼 존중하리라는 점도요. 그 부인은 이제까지 제인 페어팩스 양 같은 여성은 한 번도 만나보지 못했을 테니까요. 그러니 부인이 세상에 둘도 없을 정도로 허영심에 차 있다 해도 페어팩스 양에 비해 자기가 상대적으로 뒤떨어진다는 점을 인정할 수밖에 없을 겁니다. 설령 자각을 못 할지언정 행동에서 드러날 겁니다."

"나이틀리 씨가 제인 페어팩스를 얼마나 높이 평가하시는지 알아요." 에마가 말했다. 어린 헨리에게 생각이 미치자 불안하고 걱정스러운 마음에 그 말 외에는 달리 말하기가 망설여졌다.

"그래." 그가 대답했다. "내가 그 아가씨를 높이 평가한다는 건 세상 모두가 알 거야."

"그래도 말이죠." 에마는 이렇게 서둘러 말을 꺼내며 장난기 어린 표정을 짓다가 이내 멈추었다. 하지만 최악의 사실이라 해도 어차피 알게 될 거라면 빨리 아는 편이 더 나은 법이었다. 그래서 그녀는 황급히 말을 이었다. "그래도 말이죠, 어느 정도로 높이 평가하는지 당신 스스로도 잘 모를 수 있지 않을까요? 언제고 설마 이 정도였나 싶어 놀라실 수도 있지 않을까요?"

나이틀리 씨는 두꺼운 가죽 각반의 아래쪽 단추들을 열심히 채우고 있었는데, 그러느라 다른 것엔 미처 신경을 쓰지 못한 건지 아니면 다른 이유 때문인지 달아오른 얼굴로 대답했다.

"아! 그런 생각이 든 모양이지? 유감이지만 당신보다 더 먼저 생각한 사람이 있어. 콜 씨가 이미 여섯 주 전에 내게 넌지시 말했으니까."

그는 말을 멈췄다. 에마는 웨스턴 부인이 자기 발을 지그시 밟는 것을 느꼈고, 자신도 어떻게 생각해야 할지 알 수가 없었다. 잠시 후 그가 말했다.

"장담하는데 그런 일은 절대로 일어나지 않을 거야. 페어팩스 양은 내가 청한다고 해도 받아들이지 않을 테고. 그리고 자신하는데 내가 그녀에게 그런 말을 할 일도 절대 없을 거야."

에마는 이지끼지 붙어서 친구의 발을 꼭 밟아준 다음 즐거운 나머지 큰 소리로 말했다.

"당신은 허영심이 없는 분이에요, 나이틀리 씨, 그건 제가 보장할 수 있어요."

정작 그는 그녀의 말이 들리지 않는 듯했다. 생각에 잠겨 있었기 때문이었다. 그리고 이내 별로 유쾌하지 않은 투로 말했다.

"그러니까 그간 당신은 날 제인 페어팩스와 결혼시키기로 마음먹은 건가?"

"그럴 리가 있나요. 제가 함부로 중매에 나선다고 그간 절 얼마나 꾸짖으셨는데요. 그런데도 제가 당신을 상대로 그렇게 제멋대로 상상할 리가 있나요? 방금 제가 말한 건 아무 의미도 없어요. 심각한 의미 없이 그런 얘기를 다 하잖아요. 무슨! 맹세코 당신이 제인 페어팩스는 물론 제인 아무개하고 결혼하길 바라는 마음은 전혀 없어요. 결혼하시면 이렇게 편히 오셔서 자리를 함께하실 수도 없을 테니까요."

나이틀리 씨는 다시 생각에 잠겼다. 그리고 그 생각의 결과를 말해주었다. "아니, 에마, 내가 페어팩스 양을 이 정도로 높이 평가했나 하고 스스로 놀랄 날은 오지 않을 거야. 그녀를 그런 식으로 생각한 적은 단 한 번도 없다고 확실히 말할 수 있어." 그런 다음 이내 덧붙였다. "제인 페어팩스는 아주 매력적인 아가씨야. 하지만 가령 제인 페어팩스가 완벽한 여성이라 해도 결점이 하나도 없지는 않겠지. 남자가 아내에게 바라는 솔직한 기질을 갖고 있진 않으니까."

제인에게 결점이 있다는 말을 들은 에마는 당연히 기쁠 수밖에 없었다. "그럼," 그녀가 말했다. "콜 씨의 의견을 단번에 일축하셨겠네요?"

"그래, 단번에. 그가 나지막하게 그런 뜻을 비치기에 착각이라고 말해줬지. 그는 내게 사과한 후 더는 아무 말 하지 않았어. 콜 씨는 자신이 이웃들보다 더 현명하거나 눈치 있기를 바라진 않으니까."

"그 점에서 콜 씨는 엘턴 부인과는 완전히 딴판이네요! 엘턴 부인은 누구보다 현명하고 눈치 빠른 사람이 되고 싶어 하거든요. 그 부인이 콜 부부에 대해선 뭐라고 했을지 궁금해지네요. 그들을 뭐라고 부를까요? 제아무리 그녀라 한들 그들을 지칭할 명칭을 찾아낼 도리가 있겠어요? 한 가족이라도 되는 양 스스럼없는 태도로 저속하게 칭할 명칭이어야 할 테니까요. 당신을 어떻게 부르는지 아세요? 나이틀리래요. 그런 마당에 콜 부부는 어떻게 부를지 궁금하네요. 그리고 제인 페어팩스가 부인의 배려를 받아들이고 함께 다니는 걸 승낙한다 해도 전 놀라선 안 된다는 거죠? 웨스턴 부인, 부인의 주장이 제겐 가장 와닿네요. 페어팩스 양이 우월한 정신으로 엘턴 부인을 제압했다는 말을 믿는 것보다는 베이츠 양에게서 벗어나고픈 유혹 때문이라는 말에 훨씬 더 공감이 되니까요. 저로선 엘턴 부인이 생각이나 말, 행동 면에서 스스로의 부족함을 인정하리라고는 도저히 믿을 수 없거든요. 그녀가 제멋대로 정한 예의범절의 미흡한 규칙을 잊고 자제하게 될 상황이 있을 것 같지도 않고요.

자길 찾아온 손님들을 칭찬하고 격려하고 도와주겠다는 말로 끊임없이 모욕하게 될 것만 상상이 되는걸요. 페어팩스 양에게 종신직을 마련해주겠다고 나서는 것부터 바로슈랜도를 타고 답사 여행을 하는 즐거운 모임에 그녀를 끼워주겠다고 제안하는 것까지, 자기의 의도가 얼마나 격조 높은지 잠시도 쉬지 않고 구구절절 떠들어댈 것만 상상이 된다고요."

"제인 페어팩스도 감정이 있는 사람이야." 나이틀리 씨가 말했다. "난 그녀에게 감수성이 부족하다고 생각지 않아. 내가 보기에 그녀는 감수성이 예민해. 기질적으로 인내하고 참고 자제하는 능력이 뛰어난 사람이야. 다만 솔직히 터놓고 말하는 게 부족할 뿐이지. 그녀는 속내를 잘 털어놓지 않는데, 내 생각엔 그런 경향이 전보다 더 심해진 것 같아. 그런데 난 솔직한 기질을 더없이 좋아하는 사람이지. 아니, 콜 씨가 내게 애정을 느끼는 것 같다고 암시하기 전까지만 해도 이런 생각은 한 번도 해본 적이 없어. 제인 페어팩스를 만나서 대화를 나누면 늘 감탄하게 되고 즐거워지지만 그 이상의 생각은 한 적이 없어."

"자, 웨스턴 부인." 나이틀리 씨가 떠난 후 에마는 의기양양하게 말했다. "나이틀리 씨와 제인 페어팩스의 결혼에 대해서 이제 뭐라고 말씀하실 작정인가요?"

"이런, 어쩌면 좋으니, 에마. 나이틀리 씨는 온 힘을 다해 그녀를 사랑하지 않는다고 생각하고 있으니 말이야. 나로선 그가 결국 사랑하게 된다고 해도 놀랍지 않을 것 같아. 그런다고 날 때리진 말아줘."

430

16

하이버리와 그 인근 지역에 사는 사람들 중에 엘턴 씨 집을 한 번이라도 방문한 적이 있는 사람은 누구나 그의 결혼에 예를 갖추고자 했다. 그래서 엘턴 부부를 위한 정찬 모임, 저녁 모임이 열렸고, 초대장들이 속속 날아들면서 엘턴 부인은 이래서야 약속 없는 날이 하루도 없겠다며 즐거운 비명을 질렀다.

"어떤지 알겠네요." 엘턴 부인이 말했다. "내가 여러분과 함께 어떻게 살아가게 될지 알겠어요. 정말 기가 차게 흥청망청 살게 되겠죠. 우리 부부가 정말 대단한 인기를 누리는 모양이군요. 이런 게 시골 생활이라면 감당 안 된다고 엄살 부릴 것도 없겠어요. 다음 주 월요일부터 토요일까지 약속이 안 잡힌 날이 단 하루도 없다니까요! 나처럼 재주 없는 여자도 뭘로 소일해야 할지 몰라 쩔쩔맬 필요가 없겠는걸요."

그녀에게 응하기 곤란한 초대란 없었다. 바스 시절의 습관 덕에 그녀에게 저녁 모임은 숨 쉬는 것만큼이나 자연스러운 일이었고 메이플 그로브 시절엔 정찬 모임에 취미를 붙이게 되었다. 응접실이 두 개가 모자라거나, 루트 케이크*가 형편없이 나온다거나, 하이버리 카드 모임에 얼음이 없다는 점엔 다소 충격을 받긴 했다. 베이츠 양, 페리 부인, 고더드 부인을 비롯한 사람들은 세상 물정에 상당히 뒤떨어진 편이었지만, 그녀가 나

---

*영국의 야회용 케이크.

서서 모든 일을 어떻게 처리하는지 몸소 보여줄 참이었다. 봄이 지나가기 전에 그녀는 그들의 예우에 화답하되 비교도 안 되게 근사한 파티를 열고, 진정한 격식에 맞추어 카드 탁자마다 별도의 양초와 포장을 뜯지 않은 새 카드를 여러 벌 놓아둘 생각이었다. 뿐만 아니라 애초 집에서 부리는 수 이상의 집사들을 고용해 적당한 시간에 정확히, 적당한 순서대로 다과를 돌릴 생각이었다.

한편 에마는 하트필드에서 엘턴 부부를 위한 정찬 모임을 베풀어야 마음이 편할 것 같았다. 다른 사람들보다 대접이 못할 경우 불쾌한 의심을 사고 딱하게도 원한을 품고 있다는 오해까지 살 터였다. 정찬 모임을 하지 않으면 안 된다. 에마가 이 계획을 이야기한지 10분이 됐을 때 우드하우스 씨는 내키지 않는 마음을 접었고, 다만 늘 그랬듯 자기는 정찬 탁자의 끝에 앉지 않겠다는 조건을 달았기 때문에, 대신 그 자리에 앉을 사람을 정하는 어려운 문제가 남았지만, 그것 역시 늘 있는 일이었다.

초대할 손님들은 별로 생각할 필요가 없었다. 엘턴 부부 외에도 웨스턴 부부와 나이틀리 씨가 올 것이다. 거기까지는 당연한 일이었다. 그리고 가엾은 해리엇을 여덟 번째 손님으로 초대하는 것 역시 불가피한 일에 가까웠다. 그러나 그녀를 초대하는 마음이 다른 사람들의 경우와 같을 수 없었으니, 해리엇이 고사해도 되겠냐고 애원했을 때 여러모로 각별히 반가울 수밖에 없었다. "할 수만 있다면 그분과 자리를 함께하는 것만큼은 피하고 싶어요. 아직 그분과 그 매력적이고 행복한 아내 분이 함께 있는 것을 편한 마음으로 볼 준비가 안 되어서요. 우드하우스 양만 괜찮으시면 전 그냥 집에 있을게요." 만약에 그렇게 청해도 된다고 생각했다면 더 바랄 나위 없을 만한 대답이었다. 에마는 어린 친구의 결연한 의지에 기분이 좋았다. 해리엇에게 사람들과 어울리기를 포기하고 집에 있겠다는 건 결연히 의지를 다져야 하는 일임을 에마는 알았기 때문이다. 그덕에 이제 에마는 진정 여덟 번째 손님으로 초대하고 싶었던 사람을 부를 수 있게 되었으니, 다름 아닌 제인 페어팩스였다. 지난번에 웨스턴 부인과 나이틀리 씨와 대화를 나눈 후, 그렇지 않아도 자주 마음에 걸리던 제인 페어팩스가 더더욱 신경 쓰였던 터였다. 나이틀리 씨의 말이 머릿속을 떠나지 않았다. 그는 제인 페어팩스가 누구에게도 받지 못한 관심을 엘턴 부인에게서 받고 있다고 말했었다.

"정말 그래." 에마는 말했다. "적어도 나와 관련해볼 때 맞는 말이야. 사실 날 겨냥해서 그런 말을 한 거나 마찬가지지. 참 부끄러운 일이야. 우린 동갑이고 어렸을 적부터 늘 알고 지냈으니 지금보다는 더 친하게 지냈어야 마땅한데. 이제 그 친구는 날 조금도 좋아하지 않을 거야. 정말 너무 오랫동안 그녀를 무시했지만 이제라도 더 관심을 보여야겠어."

초대한 모든 사람들이 수락했다. 모두 그날 약속이 없었고 초대를 받은 것에 기뻐했다. 그렇지만 이 정찬 모임을 준비하는 과정은 다 끝난 게 아니었으니 상황이 다소 불운하게 꼬이고 말았다. 존 니이틀리 씨의 큰아들 둘이 봄철에 할아버지와 이모를 보러 와서 몇 주간 머물기로 했는데, 이제 그들의 아빠가 아이들을 데리고 와서 하트필드에서 꼬박 하루를 머물겠다고 한 것이다. 그런데 그날이 바로 모임이 열리는 날이었던 것이다. 그는 업무상의 약속 때문에 일자를 미룰 수 없었지만, 우드하우스 부녀는 둘 다 이렇게 되어 곤란해졌다. 우드하우스 씨는 정찬 탁자에서 자신의 예민한 신경 상태로 버틸 수 있는 인원이 여덟 명까지라고 생각했는데 덜컥 아홉 명이 되게 생긴 것이다. 에마로선 이 아홉 번째 손님이 하트필드에서 마흔여덟 시간을 있겠다고 그런 정찬 모임에 참석해야 한다는 것에 몹시 성을 낼 거란 생각에 걱정이 되었다.

그녀는 사위가 오면서 손님이 아홉 명으로 늘겠지만 그는 말수가 매우 적으니 더 시끄러워져봤자 별 차이가 없을 거라고 아버지를 안심시켰다. 그러나 정작 자기 마음은 가다듬기가 힘들었다. 침울한 표정으로 마지못해 대화를 나누는 형부와 마주하고 앉게 됐으니 그의 형이 그 자리에 앉길 바랐던 그녀로선 실상 애석한 일이 아닐 수 없었다.

정황은 에마보다 우드하우스 씨에게 더 유리하게 흘러갔다. 존 니이틀리 씨는 왔지만 웨스턴 씨가 예기치 못한 일로 시내에 가게 되어 모임 당일 참석할 수 없게 된 것이다. 저녁 때 합류할 수도 있지만 정찬 때는 어림도 없었다. 우드하우스 씨는 한숨 돌리게 되었다. 그런 아버지를 보면서, 또 어린 조카들이 도착하고 자기가 처한 비운의 상황을 전해 들은 형부가 달관한 듯 침착하게 받아들이는 것을 보면서 에마의 속을 제일 많이 썩였던 문제도 사라졌다.

그날이 되었고, 사람들은 제시간에 맞춰 모였으며 존 나이틀리 씨는 사람들을 기분 좋게 대하기로 일찌감치 작정한 것 같았다. 정찬을 기다리는 동안 그는 자기 형을 이끌고 창가로 가는 대신, 페어팩스 양과 대화를 나누었다. 레이스와 진주로 한껏 꾸민 엘턴 부인에 대해선 나중에 이저벨라에게 알려줄 수 있을 정도만 관찰하면 된다는 생각에 말없이 바라보기만 했다. 페어팩스 양은 오래전부터 알고 있던 데다 조용한 아가씨라서 이야기를 나눌 만했다. 그는 조찬 전에 두 아들과 산책을 하고 돌아오면서 그녀와 마주쳤는데, 때마침 비가 내리기 시작했다. 그걸 화제 삼아 예의 바르게 희망하는 바를 말하는 것이 마땅하다는 생각에 그는 말했다.

"오늘 아침에 더 멀리는 나가지 않았기를 바랍니다, 페어팩스 양. 안 그랬다면 분명히 비에 젖었을 겁니다. 나와 우리 아이들도 간신히 제시간에 집에 도착했거든요. 곧장 돌아갔기를 바랍니다."

"우체국까지만 갔다가 빗줄기가 굵어지기 전에 집에 도착했어요." 제인 페어팩스가 말했다. "제 일과거든요. 여기 있을 때는 늘 직접 편지를 가지러 가요. 그래야 번거롭지 않고 그 덕에 외출도 할 수 있고요. 조찬 전에 산책을 하는 게 제 건강에도 좋으니까요."

"비를 맞으며 걷는 건 아니겠죠."

"네. 하지만 제가 막 집을 나섰을 땐 비가 전혀 내리지 않았어요."

존 나이틀리 씨는 미소를 지으며 말했다.

"다시 말해서 산책을 하지 않으면 안 되었단 말이군요. 반갑게도 당신과 마주쳤을 때 당신은 집에서 6야드도 채 못 벗어난 상태였는데, 우리 헨리와 존이 빗방울을 세지 못할 정도로 비가 내린지 한참 된 때였죠. 살면서 한때는 우체국에 굉장히 매료되기 마련이죠. 페어팩스 양도 내 나이가 되면 편지란 게 비를 맞으면서까지 챙길 것이 못 된다고 생각하게 될 겁니다."

그녀는 살짝 얼굴을 붉히더니 이렇게 대답했다.

"저로선 나이틀리 씨처럼 소중하기 그지없는 사람들에 둘러싸여 살게 될 거라고 꿈도 못 꾸겠지요. 그러니 단순히 나이를 더 먹는다고 편지에 대해 무심해질 것 같지 않아요."

"무심하다고요! 아! 아니에요. 페어팩스 양이 무심해질 거라는 생각은 전혀 하지 않았습니다. 편지란 무심해질 수 있는 물건이 아니죠. 일반적으로 볼 때 명명백백한 저주니까요."

"업무상의 편지를 말씀하시는 거죠. 전 우정의 편지를 말하고 있는 거랍니다."

"업무상의 편지보다 우정의 편지가 더 나쁘다는 생각을 참 자주했는데 말입니다." 그가 냉정한 어조로 말했다. "아시다시피 업무상 주고받는 편지는 돈을 가져다주지만 우정은 그런 일이 거의 없죠."

"아! 지금 그 말씀이 진담은 아니겠죠. 존 나이틀리 씨가 어떤 분인지 제가 너무나 잘 아는데요. 우정이 얼마나 소중한지 누구보다도 잘 아시는 분이라고 장담할 수 있어요. 편지를 중히 여기는 저와 달리 나이틀리 씨는 대수롭지 않게 여긴다는 건 쉽게 이해가 가네요. 하지만 나이틀리 씨의 나이가 저보다 열 살 더 많기 때문에 그런 차이가 나는 건 아니에요. 나이 때문이 아니라 상황 때문인 거죠. 나이틀리 씨는 소중한 분들과 늘 함께 있지만, 저는 아마도 앞으로 다신 그럴 날이 오지 않을 거예요. 그래서 우체국은 제가 애정이란 감정에서 헤어 나오기 전까지는, 설령 오늘보다 더 궂은 날씨에도 절 밖으로 끌어낼 매력을 발할 거예요."

"내가 시간이 흐르면, 한 해 한 해가 지나면서 변할 거라고 말한 건," 존 나이틀리가 말했다. "시간이 흐르면서 상황도 함께 변하기 마련이라는 점을 암시하고 싶기 때문이죠. 시간과 상황은 함께 가기 마련이라고 생각하니까요. 시간이 흐르면서 일상의 행동반경 안에 있지 않은 대상들에 대한 애정은 차츰 식기 마련이에요. 그렇다고 페어팩스 양도 그렇게 변할 거라고 본 건 아닙니다. 오랜 친구로서 이런 바람을 가진다 해도 받아주겠지요, 페어팩스 양? 10년 후엔 당신에게도 나만큼이나 애정을 쏟을 대상들이 많아질 거라고 말입니다."

격려에서 나온 그 말이 불쾌한 감정을 불러일으킬 리 만무했다. "고맙습니다"라고 답하는 걸로 웃어넘기려는 듯 보였지만, 붉어진 얼굴과 떨리는 입술, 눈에 고인 눈물은 웃음을 뛰어넘는 감동을 받았음을 보여주고 있었다. 이제 그녀는 우드하우스 씨에게 관심을 돌려야 했다. 이런 파티에서 자기의 습관에 따라 손님들에게 돌아가면서, 숙녀들에겐 특별히 신경 써서 인사를 하던 그는 이제 마지막으로 그녀에게 다가와 온유하게 예를 갖추어 말했다.

"오늘 아침에 비를 맞았다는 말을 들었는데, 이리 애석할 데가 다 있을까, 페어팩스 양. 젊은 숙녀들은 자기 몸을 아껴야만 하는 법이지. 젊은 숙녀들은 연약한 화초나 마찬가지인 존재인데. 자기 건강과 안색은 알아서 관리해야지. 어디, 양말은 갈아 신었겠지?"

"네, 어르신. 갈아 신었어요. 이렇게나 친절하게 마음 써주셔서 깊이 감사드립니다."

"페어팩스 양, 젊은 숙녀들은 반드시 보살핌을 받아야 해. 자네의 훌륭하신 할머니와 이모도 무탈하시길 바라고. 두 분다 내 아주 오랜 친구들이지. 내 몸이 건강해야 이웃 노릇을 지금보다는 더 잘할 텐데 말이야. 페어팩스 양이 와줘서 정말 면목이 서네. 딸도 나도 둘 다 자네의 미덕을 아주 잘 알고 있고, 이렇게 하트필드에 와준 걸 보니 얼마나 흡족한지 이루 말할 수 없을 정도야."

따뜻한 마음씨에 정중한 태도의 노인은 이 말을 끝으로 자리에 앉았고, 자신은 맡은 소임을 다해 아름다운 숙녀들 모두를 환대했다는 생각에 느긋해했다.

그 즈음 비를 맞으며 산책한 이야기가 엘턴 부인에게까지 전해지면서 바야흐로 제인에 대한 그녀의 일장 연설이 펼쳐졌다.

"맙소사, 제인, 내가 무슨 얘길 듣고 있는 거지? 비를 맞으며 우체국에 갔다니! 절대로 있어선 안 되는 일이야. 이 딱한 아가씨야, 어쩌자고 그런 짓을 저지른 거야? 내가 곁에서 널 보살펴주지 않으니 이렇게 티가 나네."

제인은 가공할 인내심을 발휘해 자기는 감기에 걸리지 않았다고 말했다.

"아니! 나한텐 그런 말 해도 소용없어. 넌 정말 딱한 아가씨야, 어쩌면 자기 자신을 그렇게 돌볼 줄 모르는 거니? 우체국을 갔다고, 말도 안 돼! 웨스턴 부인, 다른 데서 이런 얘길 한 번이라도 들으신 적이 있나요? 부인과 내가 결단코 권위를 발휘할 때예요."

"정말로 저도 충고하고 싶은 마음이 드네요." 웨스턴 부인이 친절하고도 설득력 있게 말했다. "페어팩스 양, 그런 모험을 하다니 안 될 말이에요. 그렇지 않아도 독감에 걸리기 쉬운 사람이니 각별히 조심해야지요. 특히나 1년 중 이맘때는요. 봄이야말로 보통 때보다 더 주의해야 할 때라고 난 늘 생각해요. 감기에 또 걸리는 것보다야 편지가 한두 시간 정도, 아니 반나절 정도 늦어지는 게 나을 것 같은데. 감기에 걸린 것 같진 않아요? 그래요, 페어팩스 양이 누구보다도 사리를 잘 아는 사람임을 내가 잘 알지. 다신 그러지 않겠다는 표정을 하는군요."

"아! 다신 그러지 않고말고요." 엘턴 부인이 열성으로 끼어들었다. "어디 우리가 또 그러도록 내버려둘까 봐?" 그러고는 의미를 실어 고개를 끄덕였다. "뭔가 조치를 취해야만 해요,

임, 취해야 하고말고. 아무래도 내가 우리 E 씨에게 말해야겠어. 아침마다 우리 집 편지를 가지러 가는 사람이 있는데, (하인 중 한 명인데 이름을 까먹었네) 아무튼 E 씨한테 말해서 네편지들도 갖다 주도록 하라고 일러둘게. 그렇게 하면 힘든 일을 미연에 방지할 수 있을 거야. 그리고 나의 소중한 제인, 진심으로 생각해서 말하는 거니까 우리에게서 그런 대접을 받는 것을 조금도 망설여선 안 돼."

"정말 친절하세요." 제인이 말했다. "하지만 전 이른 아침의 산책을 포기할 수 없어요. 가급적 바깥 활동을 많이 하라는 충고를 받았기 때문에 어디로든 걸어야 하는데 우체국이 그런 곳이지요. 그리고 그냥 드리는 말씀이 아니라 이전까지만 해도 아침에 날씨가 안 좋은 적은 거의 없었어요."

"얘, 제인. 이제 그 얘긴 한마디도 꺼내지 마. 이미 결정된 사안이니까, 다시 말해서, (과시하듯 웃으면서) 내가 나의 남편이자 주인이신 분의 허락 없이 한 가지라도 결정할 수 있는 게 있다면 그렇다는 소리야. 있죠, 웨스턴 부인, 부인과 난 자기 의사를 표현할 때 조심해야만 하잖아요. 하지만 제인, 난 내 멋대로 내 영향력이 완전히 사라져버린 건 아니라고 생각하거든. 그렇기 때문에 절대 극복할 수 없는 문제에 부딪친 게 아니라면 이 문제는 결정된 걸로 봐야 해."

"죄송합니다만," 제인이 진지하게 말했다. "저로서는 부인의 하인에게 쓸데없이 폐를 끼치는 그런 조처엔 절대로 동의할 수가 없습니다. 우체국에 가는 일이 즐겁지 않았다면 제가 여기 없었을 때 늘 그랬던 것처럼 할머니 댁 하인에게 시켰을 거예요."

"아! 이 친구야. 패티가 얼마나 할 일이 많은데 그런 소리를 해! 그리고 우리 집 하인들을 부리는 건 오히려 친절을 베푸는 거라고."

제인은 지지 않겠다는 표정을 하고 있었지만, 대답 대신 다시 존 나이틀리 씨에게 말하기 시작했다.

"우체국은 멋진 곳이에요! 규칙적이면서 신속하게 일을 처리하는 걸 보면 그런 생각이 들어요! 업무량이 많은데도 그렇게 탁월하게 처리해내는 걸 생각하면 정말 놀라워요!"

"정말 나무랄 데 없이 잘 통제된 곳이라 할 수 있죠."

"부주의하거나 실수를 하는 경우가 거의 없죠. 왕국 곳곳을 쉴 새 없이 오가는 수천 통의 편지들 중에서 단 한 통도 잘못 배달되는 일이 없죠. 실제로 분실되는 경우도 만 통의 한 통도 안 될 거예요! 필체도 천차만별이고, 악필도 심심치 않을 텐데 그걸 일일이 다 해독한다고 생각하면 놀라움은 배가되고요."

"우체국 직원들은 습관을 통해 전문가가 되니까요. 애초에 눈과 손이 어느 정도 빠른 사람들인 건 확실할 테고, 그게 반복되다 보니 더 발전했겠죠. 여기서 설명이 더 필요하다면……." 그가 미소 지으며 덧붙였다. "그들은 봉급을 받고 그 일을 하는 거죠. 그것이 그들의 뛰어난 능력을 이해하는 열쇠겠지요. 사람들이 돈을 지불하니 마땅히 좋은 대우를 받아야 하고요."

다양한 필체에 대한 이야기를 나눈 후, 통상적인 의견들이 오갔다.

"전에 들은 주장인데," 존 나이틀리 씨가 말했다. "가족끼리 필체가 같은 경우가 많다는군요. 같은 선생한테 배웠다면야 당연한 일인데, 그게 이유라면 그러한 유사성은 주로 여성들에게 해당되지 않을까 하는 생각이 들어요. 왜냐하면 남자 아이들은 어릴 때 이후로는 거의 교육을 받지 않고 여건에 따라 되는 대로 맡겨지니까요. 제 생각에 이저벨라와 에마는 필체가 거의 똑같아요. 둘의 필체를 구분할 수 없을 때가 많아요."

"그래." 그의 형이 주저하며 말했다. "무슨 말인지 알겠는데, 그래도 에마의 필체가 힘이 넘치지."

"이저벨라와 에마는 둘 다 아주 예쁘게 글씨를 쓰지." 우드하우스 씨가 말했다. "늘 그랬어. 그리고 가엾은 웨스턴 부인의 글씨도 참 예뻤고."

그러면서 그는 미소가 깃든 한숨을 내쉬며 웨스턴 부인을 바라보았다.

"전 신사분의 필체는 제대로 본 적이 없지만……." 에마는 그렇게 말을 꺼내면서 동시에 웨스턴 부인을 바라보았지만, 부인이 다른 사람에게 주의를 기울이고 있는 것을 알고 말을 삼켰다. 그 막간을 이용해 생각을 해보았다. '자, 이제 어떻게 그 사람 이야기를 꺼낸다? 이 사람들 앞에서 그이 이름을 입에 올리면 적절치 못한 행동이 되려나? 굳이 에둘러 말해야 할까? '당신의 요크셔 친구', '당신과 편지를 주고받는 요크셔의 그분'이라고 할까. 내게 사사로운 마음이 깊다면 그렇게 말할 것 같아. 천만에, 난 일말의 고민 없이 그의 이름을 말할 수 있어. 확실히 날이 갈수록 좋아지고 있잖아? 자, 그냥 말해버리자.'

웨스턴 부인이 말을 끝내자 에마가 다시 입을 열었다. "프랭크 처칠 씨의 필체는 제가 본 신사분의 것 중에 가장 뛰어나더 군요."

"내가 보기엔 그렇게 감탄스럽지는 않던데." 나이틀리 씨가 말했다. "글자가 너무 작고 좀 더 힘이 있어야 해. 여성의 필체 같더군."

두 여성 모두 이 말에 수긍하지 않았다. 그래서 그 비방에 맞서 처칠을 옹호했다. "그럴 리가요. 절대로 힘이 부족하지 않아요. 글자가 크진 않지만 아주 분명하고 확실히 힘이 있어요. 웨스턴 부인, 혹시 지금 보여주실 편지 안 갖고 계신가요?" 없다고 했다. 부인은 최근에 그의 편지를 받았지만 이미 답장을 했기 때문에 치워버렸다고 했다.

"다른 방에 있으면," 에마가 말했다. "제 책상이 있다면 견본을 하나 보여드릴 수 있을 텐데. 그이가 쓴 쪽지가 한 장 있거든요. 웨스턴 부인, 기억 안 나세요? 일전에 그이를 시켜서 편지를 쓰게 하셨었죠?"

"시켰단 말은 그 아이 표현이고……"

"네, 네, 제가 그 쪽지를 갖고 있답니다. 그리고 정찬을 마치고 보여드리면 나이틀리 씨도 저희 말을 수긍하실 거예요."

"아! 프랭크 처칠 씨처럼 여성에게 잘하는 청년이 우드하우스 양 같은 아름다운 숙녀에게 쓰는 편지라면야 당연히 최선을

디 헤 잘 썼겠지요." 나이틀리 씨가 건성으로 말했다.

정찬이 차려졌다. 누가 말하기도 전에 이미 준비를 마친 엘턴 부인은 우드하우스 씨가 다가가 그녀를 에스코트해 정찬 식탁까지 안내를 해도 되겠느냐고 요청하기 전에 말을 꺼내고 있었다.

"제가 먼저 가야 하나요? 늘 앞장서야 하니 정말 몸 둘 바를 모르겠네요."

제인이 자기에게 온 편지를 가져오게 될까 봐 불안해하는 모습을 에마는 놓치지 않았다. 모든 것을 보고 들은 마당에 제인이 오늘 아침 비를 맞아가면서까지 우체국에 가서 소득이 있었는지도 궁금해졌다. 소득이 있었을 거라고 그녀는 짐작했다. 누군가 정말 소중한 사람의 소식을 들으리라는 확실한 기대가 없다면 그렇게 굳은 결의로 집을 나섰을 리 없고, 그러니 헛걸음이 되진 않았을 것이다. 그러고 보니 평소보다 더 행복해 보이는 것이 안색도 기운도 달떠 있다는 생각이 들었다.

에마로선 아일랜드에서 보내는 우편물이 얼마나 신속히 오는지 경비는 얼마인지 한두 가지 물어볼 만했다. 실제로 그렇게 물어볼 뻔했지만 꾹 참았다. 행여 제인 페어팩스의 마음에 상처가 될 말은 한마디도 하지 말자고 굳게 다짐했다. 그래서 두 여성은 각자의 아름답고 우아한 모습에 참으로 잘 어울리는 선한 태도로 팔짱을 끼고 다른 숙녀들을 따라 방을 나섰다.

17

숙녀들이 정찬을 마친 후 다시 응접실로 갔을 때, 에마는 그들이 두 무리로 확연히 나뉘는 것을 막을 수 없음을 알았다. 엘턴 부인이 제인 페어팩스를 독차지하고 에마는 무시하면서 끈덕질 만큼 독단과 그릇된 행동을 일삼은 것이다. 그래서 그녀와 웨스턴 부인으로선 둘이서 이야기를 하거나 함께 침묵하는 것으로 일관할 수밖에 없었다. 엘턴 부인 때문에 달리 어찌할 도리가 없었다. 제인이 제지해봐도 그녀는 이내 다시 말을 꺼냈다. 둘 사이에 많은 이야기가 오갔고, 주로 엘턴 부인 쪽에서 속삭였지만, 그들이 주로 뭘 화제로 삼고 있는지는 듣지 않으려야 듣지 않을 수 없었다. 우체국, 감기, 편지 가져오는 일, 우정에 대한 이야기가 한참 오갔다. 그런 후 제인에게는 적어도 똑같이 불쾌한 성격의 이야기가 이어졌으니, 엘턴 부인이 제인에게 적당한 일자리 소식을 들은 건 없냐고 묻고선 자기가 나서서 알선한 일자리들을 이야기한 것이다.

"곧 4월인데!" 엘턴 부인이 말했다. "너를 어쩌면 좋을까 생각하니 걱정이 태산이야. 금세 6월이라고."

"하지만 전 6월이건 다른 달이건 정한 적이 없어요. 대충 여름 정도로 생각하고 있을 뿐인데요."

"그렇긴 해도 어디 일자리가 있다는 얘기도 전혀 못 들은 거야?"

"알아보지도 않았어요. 아직은 그러고 싶지 않아서요."

"어머! 제인, 아무리 일찍 시작해도 이르지 않아. 딱 마음에
드는 자리를 손에 넣는 게 얼마나 힘든 일인지 모르는구나."

"모른다고요!" 제인은 그렇게 말하며 고개를 설레설레 저었
다. "친애하는 엘턴 부인, 그 문제로 저만큼 생각을 많이 한 사
람이 누가 있을까요?"

"하지만 넌 나만큼 세상 경험이 많지 않잖아. 최고의 자리에
얼마나 많은 후보들이 얼마나 많이 몰려드는지 네가 알아? 내가
메이플 그로브 인근에서 그런 사람들을 얼마나 많이 봤다고. 서
클링 씨의 사촌인 브래그 부인 집에 지원한 사람들이 셀 수 없을
정도로 많았다니까. 다들 그 부인 댁에 들어가려고 안달을 했어.
그 부인이 최상류층 사람들과 어울리니까. 교실에 양초가 있었
으니 말 다 했지! 얼마나 좋은 자리인지 상상이 가지? 이 왕국을
통틀어서 그 집에 네가 가게 되면 난 정말 여한이 없겠어."

"캠벨 대령 부부가 하지쯤 런던에 돌아오실 거예요." 제인
이 말했다. "전 그분들과 한동안 지내게 될 거고요. 그분들이
그러길 바라실 게 틀림없어요. 그런 후에 제 거취를 정할 마음
이 생길 것 같네요. 하지만 당분간은 부인이 알아보고 다니시
게 하는 폐를 끼치고 싶지 않아요."

"폐라니! 그래, 네가 왜 망설이는지 알겠다. 넌 내게 폐를 끼
치는 게 싫은 거지. 하지만 확실히 말해둘게, 나의 소중한 제
인. 캠벨 부부라고 해도 나만큼 네게 관심을 가질 수는 없을 거
야. 내일이나 모레 파트리지 부인에게 편지를 보내서 괜찮은
일자리가 있는지 알아보라고 단단히 일러둬야겠어."

446

"고맙습니다만, 부인께 그 문제는 언급하지 않으셨으면 좋겠는데요. 때가 가까워질 때까지 누구에게도 폐를 끼치고 싶지 않아요."

"그래도, 애, 이미 때가 가까워오고 있는데? 벌써 4월이지, 이 일을 제대로 성사시키려면 6월, 아니 7월도 금방일 거야. 어쩌면 이렇게 세상 물정을 모를까, 재미있기까지 하구나! 네게 어울리고 네 친구들도 권할 만한 그런 자리는 매일 나는 게 아니고, 당장 갈 수 있는 것도 아니야. 정말, 정말, 지금 당장 알아보기 시작해야 한다고."

"죄송하지만 부인, 저로선 그러고 싶은 생각이 전혀 없어요. 제 자신도 전혀 알아보고 있지 않은데 제 친구들이 대신 알아봐준다면 정말 미안할 거예요. 언제 알아볼지 때를 확실히 정하게 되면 전 오래도록 일자리를 얻지 못하는 일은 결코 없을 거예요. 의뢰를 하면 금방 알아봐주는 사무소들이 런던에 있으니까요. 인간의 육신이 아니라 인간의 지성을 거래하는 사무소들이죠."

"어머, 애, 인간의 육신이라니! 사람을 정말 놀라게 하는구나, 너. 노예 매매를 비꼬아 하는 말이라면, 내가 장담하는데 서클링 씨는 언제나 노예제도 폐지를 지지하는 쪽이었어."

"제 말뜻은 그런 게 아니라, 전 노예 매매를 생각한 게 아니었어요." 제인이 대답했다. "분명히 말씀드리지만 제가 생각하고 있었던 건 어디까지나 가정교사 매매였어요. 같은 매매라도 죄책감의 차이가 아주 크죠. 하지만 희생자의 비참함이라는 문제에서 어느 쪽이 더 큰지는 모르겠네요. 제가 말하려던 건 광고 사무실들이 있고, 신청만 하면 이내 괜찮은 자리를 구할 수 있다는 거예요."

"괜찮은 자리라고!" 엘턴 부인이 그녀의 말을 그대로 받아 말했다. "그래, 스스로를 낮추는 너에겐 그 자리도 괜찮겠지. 난 네가 얼마나 겸손한 사람인지 알고 있어. 하지만 네가 상류사회의 어떤 부류와도 어울리지 않고, 우아한 생활을 할 만한 능력도 없는 집안의 격이 떨어지는 흔하디흔한 자리에 가게 된다면 네 친구들이 어떻게 납득할 수 있겠니?"

"정말 친절하시군요. 하지만 전 그런 모든 것들에 관심이 없어요. 부잣집에 가는 걸 목표로 삼진 않을 거예요. 그러면 치욕감만 더 커질 것 같아요. 비교하면 더 괴로울 거예요. 신사분의 가족이 제가 거는 유일한 조건이에요."

"난 널 알아, 알고말고. 너는 어떤 일도 마다하지 않고 수락할 거야. 하지만 나는 좀 더 까다롭게 굴어야겠어. 마음 좋으신 캠벨 부부도 나와 같은 생각일 거라고 확신해. 너 정도로 우월한 재능이면 최상류층 집안에 들어가야 마땅하지. 음악적 재능만으로도 네가 원하는 대로 조건을 제시할 수 있을 것이고, 원하는 만큼의 방을 쓸 수 있을 것이고, 네가 바라는 만큼 그쪽 가족들과 어울릴 자격이 있어. 그러니까, 나도 잘 모르지만, 네가 하프를 연주할 줄 안다면 지금 말한 모든 것을 다 누릴 수 있을 거라고 확신해. 그런데 넌 또 연주 실력만큼이나 노래 실력도 좋잖니. 그래, 하프를 연주할 줄 몰라도 네가 고르는 대로 조건을 제시할 수 있을 거라고 나는 믿어 의심치 않아. 그리고 네가 즐겁게, 영예롭게, 또 안락하게 정착을 해야만 캠벨 부부나 나나 한숨 돌릴 거야."

"그런 일자리의 즐거움, 영예, 안락은 하나로 봐도 되겠지요." 제인이 말했다. "확실히 셋 모두 동등하니까요. 하지만 지금으로선 저를 위해서 어떤 애도 쓰지 마시기를 바라는 마음이에요. 정말 얼마나 감사드리는지 몰라요, 엘턴 부인. 절 가여워하는 모든 분에게 감사드리지만, 여름까지는 아무 일도 성사되지 않기를 진심으로 바라고 있어요. 앞으로 두세 달 동안은 지금 있는 여기에 이 상태 그대로 머물 거예요."

"나도 분명히 말하지만 나 역시 정말 진심이거든?" 엘턴 부인이 유쾌하게 대답했다. "정말 완벽한 자리를 놓쳐버리는 일이 없도록 나도 늘 정신 바짝 차리고 지켜볼 거고, 내 친구들을 시켜서도 그렇게 하겠다고 결심했으니까."

엘턴 부인은 이런 식으로 일사천리로 떠들어댔고 우드하우스 씨가 방으로 들어온 후에야 비로소 입을 다물었다. 그러나 그녀의 허영심은 이내 목표물을 바꿨고, 에마의 귀에 그녀가 제인에게 방금 전처럼 속삭이는 말이 들렸다.

"저기 내 멋쟁이 영감님이 오시네! 다른 남자들보다 앞서 오신 것만 봐도 여성들을 배려하는 마음이 얼마나 깊으신지 알 수 있지! 참 멋진 분이라니까. 난 정말 저분이 한없이 좋아. 색다른 구식 태도가 참 근사하게 느껴지거든. 격의 없는 현대식 태도는 내 취향엔 너무 부담스러워. 그런데 이 선량한 노신사

우드히우스 씨가 정찬 때 나에게 얼마나 배려심 넘치는 말씀을 많이 해주시던지, 너도 들었어야 했는데. 우리 카로 스포소가 봤으면 대단히 질투할 거란 생각이 들더라고. 그나저나 노신사께서 내가 마음에 든 모양이야. 내 드레스에 주목하셨거든. 이 드레스 어때? 셀리나가 골라줬어. 난 예쁘다고 생각하는데 장식이 과한 건 아닌지 몰라. 난 과한 장식은 생각만 해도 진저리가 날 정도로 싫거든. 화려한 장식은 소름 끼칠 정도로 싫어. 지금이야 사람들이 내게 기대하는 게 있으니까 장신구 몇 개를 달 수밖에 없지만. 너도 알겠지만, 신부는 신부답게 보여야만 하는 건 맞는데 하지만 내 본래 취향은 오로지 수수한 거야. 수수한 스타일의 드레스가 화려한 드레스보다 백만 배는 더 낫지. 하지만 나 같은 사람이 몇이나 되겠어? 수수한 드레스의 가치를 아는 사람이 정말 없어. 그저 남에게 보여주고 화려한 게 전부지. 이런 장식을 내 흰색과 은색이 섞인 포플린에 달아볼까 생각하는데. 네 생각엔 잘 어울릴 것 같니?"

　손님들이 모두 응접실에 막 모였을 때 웨스턴 씨가 들어왔다. 늦은 정찬에 맞춰 돌아왔다가 식사를 마친 후 곧장 하트필드로 걸어온 것이었다. 판단력이 좋은 사람들은 그가 올 줄 익히 예상하고 있었기 때문에 놀라지 않았지만 그럼에도 무척이나 기뻐했다. 우드하우스 씨는 조금 전에 그를 봤다면 유감스러워했겠지만, 지금 봤기 때문에 마찬가지로 반가워했다. 존 나이틀리만이 놀랐으나 아무 말 하지 않았다. 런던에서 업무를 보며 하루를 보내고 집으로 돌아와 조용히 저녁을 보냈을 법한 사람이 다시 집을 나와 반 마일을 걸어 다른 사람 집에 와선 잘 시간이 될 때까지 사람들과 어울리고, 예의 바르게 처신하며, 시끌벅적한 가운데 하루를 마무리하려 하는 것이 그로선 이만 저만 놀라운 일이 아니었기 때문이다. 아침 8시부터 동분서주했으니 꿈쩍 않고 가만히 있을 법하고, 오랫동안 말을 했으니 아무 말도 안 할 법하며, 여러 사람과 있었으니 혼자 있을 법하건만! 자기 집 난롯가에 고즈넉이 혼자 있을 수 있는데도 굳이 진눈깨비 내리는 추운 4월 밤에 집을 박차고 나오다니! 손가락 한 번 까딱하는 걸로 즉시 자기 아내를 데려갈 수 있다면야 그럴 만했지만, 그는 파티를 끝내려는 게 아니라 더 연장하러 온 것이었다. 존 나이틀리는 놀라서 그런 그를 쳐다보다가 이내 어깨를 으쓱하곤 말했다. "아무리 저 사람 성격이라도 이렇게까지 할 줄은 몰랐네."

한편 웨스턴 씨는 자기가 분노를 일으킨 건 전혀 눈치채지 못한 채 평소와 다름없이 즐겁고 명랑하게, 집이 아닌 다른 곳에서 하루를 보낸 터라 말을 가장 많이 할 권리를 마음껏 누리면서 다른 사람들과 유쾌하게 어울리고 있었다. 그리고 저녁 식사가 어땠느냐고 묻는 아내를 안심시키고 그녀가 하인들에게 꼼꼼하게 지시한 대로 되었음을 알려준 후, 그가 들은 공적인 소식들을 두루두루 이야기해주었다. 그런 다음 집안 이야기로 넘어갔는데, 주로 웨스턴 부인에게 한 이야기였지만, 방 안의 다른 모든 사람이 듣더라도 매우 흥미로워할 거라고 확신해 마지않았다. 그도 그럴 것이 프랭크가 그녀에게 보낸 편지를 내민 것이었다. 그는 오는 길에 허락도 받지 않고 편지를 뜯어 본 터였다.

"읽어봐요, 읽어봐요." 그가 말했다. "보면 기쁠 거요. 몇 줄 안 되니 읽는 데 오래 걸리지도 않아요. 에마에게 읽어줘요."

두 숙녀가 함께 읽는 동안 그는 앉아서 미소를 지으며 내내 말을 걸었다. 나직하지만 모두가 들을 수 있는 목소리로.

"그래, 그 아이가 온다지. 희소식이지. 자, 당신이 뭐라 말할지 궁금하군. 내가 늘 말했잖소. 그 아이가 곧 올 거라고. 앤, 여보, 그렇게 말해도 당신은 내 말을 안 믿었지? 다음 주에 런던에 온다는군. 아무리 늦어도 그때는 온다는 거요. 그 아이 외숙모는 뭐든 할 일이 생기면 악마처럼 조급증에 안달을 한다니까. 십중팔구 내일이나 토요일에 런던에 도착할 거요. 몸이 아프다는 건, 당연하지만 아무것도 아니고. 그래도 우리가 다시, 그것도 가까운 곳에서 프랭크를 볼 수 있게 됐으니 얼마나 잘된 일이오? 런던에 오면 꽤 오랫동안 머문다고 하니, 그중 반은 그 아이와 함께 지낼 수 있을 거야. 딱 내가 바란 대로지. 자, 얼마나 좋은 소식이오, 그렇지? 아직 다 안 읽은 거야? 에마는 다 읽은 건가? 이제 치워둬요. 치워둬. 이 얘긴 다른 때에 차차 이야기하기로 합시다. 지금은 말고. 다른 분들에겐 적당히 예를 갖춰 정황만 언급해둘게요."

웨스턴 부인은 이 소식에 더없이 편안한 마음으로 기뻐했다. 그녀의 표정과 말투에서 그 감정을 감추려는 기색은 찾아볼 수 없었다. 그녀는 행복했고, 자기가 행복하다는 것을 알았으며, 마땅히 행복해해야 한다는 것을 알고 있었다. 그녀의 축하 인사는 활력이 넘치고 거리낌이 없었다. 그러나 에마는 그렇게 술술 말이 나오지 않았다. 자신의 감정의 경중을 가려보며 스스로 생각해도 무시할 수 없을 정도로 동요되는 이유를 깨닫느라 다소 정신이 팔려 있었던 것이다.

웨스턴 씨는 그러나 너무 들뜬 나머지 예리하게 관찰할 여력이 없었고, 할 말이 하도 많아서 다른 사람들 이야기를 들어줄 여유도 없다. 그래서 그녀가 말한 것으로도 그저 족해서 이내 그 자리를 떴고, 다른 친구들에게 이미 그 방 안 사람들이 다 들은 이야기를 새삼 또 이야기하며 즐겁게 해주려고 했다.

모두가 당연히 기뻐할 거라고 생각했으니 망정이지 그렇지 않았다면 우드하우스 씨나 나이틀리 씨가 딱히 즐거워하지 않을 것 같다는 생각이 들었을 것이다. 그들은 웨스턴 부인과 에마 다음으로 즐겁게 해줘야 할 사람들이었다. 그는 그들에게 이야기한 후 페어팩스 양에게 갔지만 정작 그녀는 존 나이틀리 씨와 한창 대화에 열중하고 있어서 선뜻 방해를 할 수 없었다. 마침 가까이 있는 엘턴 부인이 별다른 용건이 없어 보여서 부득이하게 그녀에게 그 이야기를 꺼낼 수밖에 없었다.

18

"머지않아 부인께 제 아들을 소개하는 기쁨을 누릴 수 있길 바랍니다." 웨스틴 씨가 말했다.

엘턴 부인은 웨스턴 씨의 그런 바람이 자신을 각별하게 여기는 증거라고 기꺼이 생각하고선 매우 우아하게 미소 지었다.

"프랭크 처칠이란 이름은 들어보셨겠죠." 그가 계속 말했다. "제 아들이라는 사실도 아시겠죠. 제 성을 이어받진 않았지만."

"아! 그럼요, 아드님과 알게 된다면 정말 행복할 거예요. 엘턴 씨도 즉시 방문할 거라고 확신합니다. 그리고 목사관에서 그를 만나게 된다면 저희 부부는 정말 기쁠 거예요."

"정말 친절하시군요. 프랭크는 틀림없이 기뻐서 어쩔 줄 몰라 할 겁니다. 늦어도 다음 주에는 런던에 올 거예요. 오늘 편지에서 그 소식을 들었어요. 오늘 아침 오는 길에 편지를 받았는데, 아들의 필체인 걸 알아보고 무례하게도 뜯어보았답니다. 저한테 온 것도 아니고 아내에게 온 것이었는데 말이지요. 그 아이는 제 아내에게 주로 편지를 보내지, 저에겐 보내는 법이 거의 없거든요."

"그러니까 부인 앞으로 온 편지를 무작정 열어보셨다는 거죠! 어머, 웨스틴 씨, (가식적으로 웃으면서) 이건 그냥 넘어가선 안 될 일인데요. 정녕 위험하기 짝이 없는 선례가 되었어요! 이웃들이 혹여 따라 하지 못하도록 신경 써주세요. 정말, 이런 일을 예상해야 한다면, 우리 기혼 여성들은 분발하지 않으면 안 되겠네요! 아! 웨스틴 씨, 그러실 줄은 정말 몰랐어요!"

"네, 우리 남자들은 볼썽사나운 족속이죠. 그러니 스스로를 지킬 줄 아셔야 합니다, 엘턴 부인. 이 편지, 우리에게 소식을 알리려고 서둘러 쓴 짧은 편지죠. 아무튼 이 편지에서 프랭크 일행은 처칠 부인 때문에 모두 런던으로 곧장 올 거라고 하네요. 겨울 내내 처칠 부인의 몸 상태가 좋지 않았던 터라 엔스컴이 부인에게 너무 추운 게 아닌가 생각돼서 급히 남쪽으로 옮기는 거랍니다."

"그렇군요! 요크셔에서 오는 모양이지요. 엔스컴이 요크셔에 있지 않나요?"

"네, 그러니 그들은 런던에서 190마일 떨어진 곳에 있는 거죠. 상당히 먼 길을 와야 할 겁니다."

"네, 정말 멀군요. 메이플 그로브에서 런던까지 거리보다 65마일이나 더 멀어요. 그렇지만 웨스턴 씨, 부자들에게 거리가 뭐 그리 대수인가요? 제 형부 서클링 씨가 동에 번쩍 서에 번쩍 하는 걸 보시면 놀라실걸요. 제가 말씀드려도 못 믿으실 것 같은데, 형부와 브래그 씨는 사륜마차를 타고 일주일에 한 번은 런던을 오가신답니다."

"엔스컴에서 런던까지 오는 게 고역인 건 맞습니다." 웨스턴 씨가 말했다. "우리도 잘 알다시피 처칠 부인이 한 주 동안 소파에만 누워 있었기 때문입니다. 프랭크가 마지막으로 보낸 편지에서 하소연하기로는, 부인은 너무 쇠약해진 나머지 그 아이와 남편이 양쪽에서 부축해주지 않으면 온실까지 가지도 못했다는군요. 이 사실만 봐도 부인이 얼마나 쇠약해졌는지 알 수 있죠. 그런데도 지금 부인은 런던에 오고 싶은 마음에 초조해진 나머지 오는 길에 숙박은 딱 이틀만 하겠다고 했다는군요. 프랭크가 편지에 쓴 대로라면 그래요. 정말이지, 섬세한 숙녀들은 체질도 남다른 모양이죠, 엘턴 부인. 그건 인정하셔야 합니다."

"아뇨, 설마요. 전 아무것도 인정하지 못하겠는데요. 전 언제나 우리 여성 편이니까요. 진담입니다. 미리 경고드리는데, 그 점에서 제가 가공할 적수임을 아시게 될 거예요. 전 언제나 여성 편을 든답니다. 분명히 말씀드리는데 셀리나가 여관에서 숙박하는 걸 어떻게 생각하는지 아신다면, 처칠 부인이 여관만은 피할 셈으로 가공할 힘을 발휘하는 것에도 놀라지 않으실 거예요. 셀리나는 여관은 소름 끼치게 싫다고 말하거든요. 그리고 저도 언니의 그런 까탈에 얼마간 동화된 것 같아요. 언니는 여행할 때 늘 자기 이불을 챙겨 다니거든요. 탁월한 예방책이죠. 처칠 부인도 그러시나요?"

"믿으셔도 좋습니다만, 처칠 부인은 여느 훌륭한 숙녀가 하는 건 하나도 빠짐없이 다 한답니다. 처칠 부인은 이 나라의 참된 숙녀로 둘째가라면 서러워할 분이니까요."

엘턴 부인이 열을 올리며 그의 말을 가로막았다.

"어머! 웨스턴 씨, 제 말을 오해하지 마세요. 셀리나는 훌륭한 숙녀와는 전혀 거리가 멀거든요. 그런 식으로 넘겨짚으시면 안 돼요."

"그런가요? 그렇다면 그분은 처칠 부인에겐 모범이 못 되겠군요. 처칠 부인처럼 훌륭한 숙녀가 과연 지상에 존재했을까 싶거든요."

456

엘턴 부인은 그렇게 열을 올리며 부인한 게 잘못이었다는 생각이 들기 시작했다. 자기 언니가 훌륭한 숙녀가 아니라고 믿게 할 생각은 전혀 없었다. 그런 척하며 말한 건데 진담처럼 들리지 않았을 수도 있겠다 싶어서 이제라도 그 말을 가장 효과적으로 철회할 궁리를 하는데 웨스턴 씨가 다시 말하기 시작했다.

"눈치채셨을지 모르겠지만, 전 처칠 부인에 대해서 그리 호의적으로 생각지 않습니다. 하지만 이건 우리끼리 얘기로 하지요. 그래도 부인이 프랭크를 대단히 총애하니 나쁘게 이야기하고 싶지는 않네요. 건강도 좋지 않은 지금으로선 더더욱 그런 마음입니다. 하지만 실상 그 부인은 늘 몸이 좋지 않다고 말을 해왔죠. 제가 모든 사람에게 이런 말을 하는 건 아니지만 말이죠, 엘턴 부인, 전 처칠 부인이 정말 아프다고는 생각하지 않습니다."

"부인이 정말 아프다면 바스에 가시는 게 어떨까요, 웨스턴 씨? 바스나 아니면 크리프턴이라도요?"

"어느 날 자기에게 엔스컴이 너무 춥다는 생각이 든 거겠지만, 실은 엔스컴이 싫증났을 거라는 게 제 생각입니다. 거기서 꼼짝 않고 지낸 기간이 다른 어느 때보다 길어지니 슬슬 변화가 있었으면 좋겠다 싶은 거겠죠. 엔스컴은 벽촌이에요. 아름다운 곳이지만 아주 외진 곳이죠."

"그래요, 메이플 그로브도 그렇거든요. 메이플 그로브만큼 길에서 멀리 떨어진 곳도 없을 거예요. 어딜 봐도 까마득하게 넓은 농장뿐이거든요! 모든 것으로부터 단절된 것 같은 게 세상에서 제일 외진 곳 같아요. 그리고 처칠 부인은 셀리나처럼 건강하고 활력이 넘치지 않으니 그런 침거 생활을 즐길 수도 없겠죠. 혹은 시골에서 생활하는 데 필요한 성숙한 내면을 갖추지 못한 건지도 모르고요. 제가 입버릇처럼 하는 말이, 여자는 내적으로 성숙하면 할수록 좋다는 거예요. 제가 사람들과의 교분에 연연하지 않고도 충분히 혼자 지낼 수 있는 것을 매우 고맙게 생각하고요."

"프랭크는 2월에 와서 두 주 동안 지냈었죠."

"그랬다고 들은 기억이 나네요. 다시 오시면 하이버리 사교계가 충원된 것도 아시게 되겠지요. 제 입으로 제가 와서 충원된 거라고 말해도 된다면요. 하지만 저란 사람이 있다는 것조차 못 들으셨을 수도 있겠네요."

그냥 듣고 넘길 수 없을 만큼 노골적으로 칭찬을 해달라는 뜻이어서, 웨스턴 씨는 대단한 호의를 발휘해 즉시 큰 소리로 말했다.

"친애하는 부인! 부인 말고 그런 게 가능하다고 생각할 사람은 아무도 없을 겁니다. 부인에 관한 이야기를 못 들었을 리가 있나요! 웨스턴 부인이 최근에 보낸 편지에서 엘턴 부인에 관한 이야기만 늘어놨을 텐데요."

의무를 다했으니 그는 이제 자기 아들 이야기로 되돌아갈 수 있었다.

"프랭크가 떠났을 때, 그 애를 언제 다시 볼 수 있을지 기약할 수 없었답니다. 그래서 오늘 이 소식이 두 배는 더 반갑습니다. 정말 전혀 기대하지 못했으니까요. 자초지종을 말씀드리면, 전 한결같이 그 아이가 곧 돌아올 거라고 굳게 믿고 있었고, 좋은 일이 일어날 거라고 확신하고 있었지만, 누구도 제 말을 믿지 않았습니다. 프랭크도 아내도 지독하리만큼 절망적이었거든요. '무슨 수로 프랭크가 다시 돌아올 명분을 찾겠어요? 그 아이의 외삼촌과 외숙모가 그 앨 보내줄 리 없잖아요?' 기타 등등. 하지만 전 우리에게 좋은 일이 일어날 것만 같은 예감이 늘 있었어요. 그런데 아니나 다를까 이렇게 됐잖습니까? 이 나이 되도록 살아오면서 제 눈으로 확인한 바, 어느 달에 만사가 잘 안 풀리는가 싶어도 다음 달엔 틀림없이 나아지더군요."

"정말 맞는 말씀이에요, 웨스턴 씨. 토씨 하나 틀린 게 없는 말씀이에요. 제가 구애를 받던 시절, 지금 이 자리에도 있는 어느 신사분에게 늘 했던 말이 바로 그 말이었어요. 일이 제대로 풀리지 않고, 생각한 만큼 신속하게 진행되지 않으면 그분은 극도로 낙심하면서 이런 속도로 나가다가 우린 5월에도 히멘의 샛노란 예복*을 못 입게 될 게 틀림없다고 탄식하셨죠. 아아! 그런 침울한 생각은 몰아내고 좀 더 기분 좋게 관망하게 하려고 제가 얼마나 애를 썼는지 몰라요! 마차, 저희가 마차 때문에 실망했었거든요. 어느 날 아침, 그이가 완전히 낙심해서 절 찾아왔던 기억이 나네요."

그녀가 갑자기 터져 나온 가벼운 기침 때문에 말을 멈추자, 웨스턴 씨가 때를 놓치지 않고 즉시 말을 이었다.

---

*히멘은 그리스 신화에서 결혼을 주관하는 신이며, 노란 옷은 결혼 예복을 의미한다.

"5월이라고 말씀하셨죠. 5월은 처칠 부인이 엔스컴보다 더 따뜻한 곳, 단도직입적으로 말해 런던으로 가서 지내라는 지시를 받은, 아니면 본인이 지시한 바로 그 달이랍니다. 그 덕에 우린 프랭크가 봄철 내내 자주 찾아올 거라고 즐거운 마음으로 기대하고 있는 것이죠. 봄철이라면 누구나 마땅히 고를 만한 계절이 아닌가요. 낮 시간도 사계절 중에서 제일 긴 편이고, 날씨는 온화하고 쾌적해서 늘 나가고 싶어지고 더운 날도 전혀 없으니 밖에 있기 안성맞춤이니까요. 전에 그 아이가 왔을 때 우린 최선을 다했지만 하루가 멀다 하고 비가 내리고 축축해서 음산한 날씨가 계속됐었죠. 아시다시피 2월은 늘 그러니까요. 그래서 우린 애초 계획했던 것의 반도 즐기지 못했어요. 그런데 이제 제철을 만난 거죠. 이번에야말로 여한 없이 즐길 수 있을 거예요. 그리고 모르겠네요, 엘턴 부인, 우리가 만날 수 있을지 없을지 모르는 상황, 그 아이가 오늘이나 내일, 아니 지금 당장이라도 올지 몰라 줄곧 기대를 품게 되는 심정이 그 아이가 실제로 집에 있을 때보다도 더 큰 행복을 느끼게 해주는지도 모릅니다. 제 생각은 그래요. 그런 마음 상태야말로 가장 큰 활력과 기쁨을 부여해주는 것 같아요. 제 아들이 부인 마음에 들었으면 좋겠습니다만, 그렇다고 천재를 기대하시면 안 됩니다. 훌륭한 청년이라는 말은 두루 듣고 있습니다만 엄청난 인재를 기대하진 마세요. 아내가 그 애를 과하게 편애하는데, 짐작하시겠지만 저로선 그저 고마울 수밖에요. 아내는 그 아이만 한 인물이 없다고 생각하거든요."

"걱정 마세요, 웨스턴 씨. 아드님이 제 마음에 쏙 들 거라고 확신하고 있으니까요. 프랭크 처칠 씨를 칭찬하는 말씀들을 얼마나 많이 들었는지 몰라요. 하지만 동시에, 저는 언제나 스스로 판단하지 다른 사람들의 생각을 맹목적으로 따르는 경우는 결코 없다는 점도 말씀드리는 게 좋을 것 같네요. 미리 말씀드리지만 제가 본 그대로 아드님을 판단할 거예요. 전 아첨꾼은 아니니까요."

웨스턴 씨는 골똘히 생각에 잠겨 있다가 이내 말했다.

"제가 가엾은 처칠 부인에 대해 너무 매몰차게 말한 건 아니길 바랍니다. 부인이 아픈 게 맞는다면 그녀를 부당하게 취급한 것을 뉘우쳐야 마땅할 겁니다. 그러나 그녀의 성격에서 드러나는 몇 가지 점들 때문에 저로선 생각만큼 인내심을 발휘해 말하기가 힘듭니다. 모르시진 않겠지요, 엘턴 부인, 그 집안과 저의 관계도 그렇고, 제가 그 집 사람들에게 어떤 대우를 받았는지도요. 우리끼리 이야기인데, 거기서 불거진 모든 문제는 그 부인에게 잘못이 있습니다. 처칠 부인은 선동가예요. 그 사람이 아니었다면 프랭크의 모친이 그렇게 홀대받는 일은 결코 없었을 겁니다. 처칠 씨는 자존심이 있는 사람이지만 자기 아내의 자존심에 비하면 아무것도 아닙니다. 그의 자존심은 과묵하고 게으르고 그럭저럭 신사다운 데가 있어서, 누구한테 해를 끼칠 일은 없고, 그저 자기 자신에게만 다소 무기력하고 성가신 사람일 뿐이죠. 하지만 그 부인의 자존심은 오만과 무례함 그 자체예요! 그리고 더 참기 힘든 건 그런 그 사람에게 정작 비젓힌 가문이나 혈통 같은 건 없디는 것입니다. 처칠 씨와 결혼했을 당시 부인은 어느 신사의 딸이라는 것 말고는 근본도 없는 사람이었습니다. 그런데 처칠가 사람이 되면서 어찌나 콧대가 높아지고 말도 안 되는 위세를 부리던지 처칠가의 어느 누구도 못 따라갈 정도였답니다. 그렇지만 그 사람의 본질은 벼락부자에 지나지 않는다고 분명히 말씀드릴 수 있어요.”

　“아! 생각만 해도 정말 짜증이 나는데요! 전 벼락부자라면 겁부터 나는 사람이거든요. 메이플 그로브에 살면서 그런 부류를 뼛속까지 혐오하게 되었어요. 그 동네에 거만하기가 하늘을 찌를 것 같은 한 가족이 사는데 제 언니 부부가 꽤 시달렸거든요! 처칠 부인에 대해 설명하시는 걸 들으니 곧바로 그 가족이 생각나더라고요. 터프먼이란 이름의 집안으로 메이플 그로브에 정착한 건 아주 최근의 일이었어요. 저속한 친인척들이 한둘이 아닌데도 정말 이루 말할 수 없을 정도로 거만한 데다 그 동네의 유서 깊은 집안들과 똑같은 대우를 받고 싶어 하더라고요. 웨스트 힐에서 산 지 기껏해야 1년 반밖에 안 된 사람들이 말이에요. 그런데다 어떻게 재산을 모았는지 아는 사람도 한 명 없었고. 버밍엄 출신이었는데 웨스턴 씨도 아시다시피 전도가 유망한 곳이라고는 말하기 힘들잖아요? 버밍엄 출신이라고 하면 기대할 게 별로 없지요.* 제가 늘 하는 이야기인데 버밍엄이란 이름부터 어딘지 불길한 데가 있는 것 같아요. 그 이상으

---

*당시 버밍엄은 상업과 공업이 발달한 도시였다.

로 터프먼 가문에 관해 명확히 알려진 건 없어요. 의심이 가는 건 정말 많지만요. 그런데도 그들의 태도엔 자기들 집안이 제 형부 서클링 씨하고 겨뤄도 밀릴 게 없다고 생각하는 기색이 역력했어요. 형부는 어쩌다 보니 그들과 가장 가까운 이웃이 됐을 뿐인데. 정말 고약한 상황이었죠. 서클링 씨가 메이플 그로브에서 산 지 11년째고, 제가 장담하지만 적어도 그분 부친 때부터 그곳에서 살았고, 부친이 돌아가시기 전에 저택을 구입하신 게 틀림없거든요."

차를 돌리면서 그들의 대화는 중단되었고, 웨스턴 씨는 하고 싶은 말을 다 한 후라 그 틈에 자리를 떴다.

차를 마신 후 웨스턴 부부와 엘턴 씨는 우드하우스 씨와 자리를 잡고 앉아 카드를 돌렸다. 남은 다섯 명은 그들끼리 시간을 보내야 했는데 에마는 서로 잘 어울릴 수 있을 거라는 생각이 들지 않았다. 나이틀리 씨는 대화를 나누고 싶은 생각이 별로 없어 보였고, 엘턴 부인은 주목받고 싶어 했지만 누구도 응해줄 마음이 없는 듯했다. 그리고 에마는 이런저런 걱정이 앞서서 그냥 아무 말 없이 있었으면 했다.

존 나이틀리 씨는 의외로 형보다 말을 더 많이 했다. 다음 날 일찍 떠나야 하는 그는 에마에게 먼저 운을 뗐다.

"에마, 우리 두 아들에 대해선 더 보탤 말이 없을 것 같은데. 당신 언니의 편지를 받았겠지. 우리는 거기에 소상히 다 적혀 있을 거라고 믿어. 우리 둘 다 부탁할 게 있지만 내 쪽이 훨씬 더 간단한데, 부탁의 성격은 다를 수 있을 것 같군. 내가 부탁하고 싶은 건 이렇게 말하면 족할 것 같아. 아이들이 해달라는 대로 다 해주지 말고 약도 먹이지 말아달라는 것."

"형부와 언니 두 분 모두를 만족시켜드리고 싶어요." 에마가 말했다. "전 조카들이 행복하게 지낼 수 있도록 최선을 다할 거거든요. 이저벨라 언니는 그걸로 충분할 거예요. 그리고 행복하게 지내려면 멋대로 하게 내버려두지 않고 약을 먹이는 것은 금해야만 하고요."

"그리고 애들이 성가시게 굴면 다시 집으로 보내."

"십중팔구 그렇게 되겠군요. 아니, 정말로 그렇게 생각하시는 거예요?"

"애들이 시끄럽게 굴어서 장인어른께 폐를 끼칠 수도 있고, 처제도 요즘처럼 방문 약속이 계속 늘어난다면 애들이 거추장스럽게 느껴질지 모르니까. 내가 그 정도 생각도 못 할 사람처럼 보이나?"

"늘어나기긴요!"

"확실히 늘어났지. 지난 반년 동안 처제의 생활이 크게 달라졌다는 건 본인도 알 것 아냐?"

"달라지다니요! 전혀 달라지지 않았어요."

"사람들과 어울리는 일이 전에 없이 많아졌다는 건 의심할 여지가 없지. 지금만 봐도 그렇지 않아? 난 여기 딱 하루만 있으려고 왔는데 처제는 정찬 모임을 열고 있잖아! 예전에 이런 적이, 아니 이와 비슷한 적이라도 있었어? 이웃이 늘어나니 더 어울리게 되는 거지. 얼마 전에도 이저벨라에게 보낸 편지에 전엔 없었던 즐거운 일들을 썼었지. 콜가의 정찬 모임도 그렇고, 크라운의 무도회도 그렇고. 랜들스, 랜들스만으로도 처제의 소일거리가 크게 변했지."

"그래." 그의 형이 재빨리 말했다. "랜들스 사람들이 그 차이를 불러왔지."

"정말 그래. 그리고 앞으로도 랜들스의 영향력이 줄어들 일은 없을 것 같으니, 에마, 나로선 헨리와 존이 거치적거릴 수도 있을 거란 생각을 할 만하지. 그런 일이 있으면 다른 건 필요 없으니 애들을 집으로 보내주면 돼."

"아니!" 나이틀리 씨가 외쳤다. "그런 결론을 낼 것까지 있나. 아이들은 돈웰로 보내면 되지. 나야 한가하니까."

"정말 이렇게까지 절 즐겁게 해주실 필요는 없는데요!" 에마가 큰 소리로 말했다. "저의 헤아릴 수 없이 많은 약속 중에 당신이 함께하지 않는 경우가 얼마나 되는지 알고 싶군요. 그리고 제가 어린 조카들을 돌볼 시간이 없을 수도 있다고 생각하시는 근거도 궁금하고요. 제가 약속한 놀라운 만남들이라니, 뭘 가지고 그런 말씀을 하시는 거죠? 콜 씨네서 정찬 한 번 든 것, 그리고 얘기만 오갔지 정작 열린 적도 없는 무도회 말씀이세요? (존 나이틀리 씨에게 고개를 끄덕이며) 형부는 여기 오신 걸로 이렇게 많은 친구들을 한꺼번에 만난 행운에 너무도 기쁜 나머지 그냥 넘어갈 수 없으셨을 거라고 이해하겠어요. (나이틀리 씨를 돌아보며) 하지만 제가 두 시간 넘게 하트필드를 비우는 일이 극히, 지극히 드문 걸 아시는 분이 무슨 근거로 제가 연이어 흥청망청 지낼 거라 미리 단정하시는 건지 모르겠네요. 그리고 사랑하는 조카들에 관해선 이렇게 말씀드려야겠군요. 에마 이모가 조카들에게 내줄 시간이 없어서 나이틀리 삼촌 댁으로 간다 해도 이곳에서보다 더 잘 지내진 못할 거라고요. 왜냐면 이모가 한 시간 집을 비울 때 삼촌은 다섯 시간을 비우니까요. 그리고 집에 있더라도 삼촌은 혼자 책을 읽거나 장부를 정리하느라 바쁘다고요."

나이틀리 씨는 웃음을 참고 있는 것 같았고, 마침 엘턴 부인이 말을 건 덕분에 다행히도 웃음을 삼킬 수 있었다.

제3권

1

프랭크 처칠의 소식을 듣고서 에마가 동요한 이유를 스스로 납
득하는 데는 아주 잠깐 숙고해보는 것으로 충분했다. 곰곰이
생각한 지 얼마 되지 않아서 그녀가 걱정하거나 당혹해한 것은
자기 자신 때문이 아니라 그때문이라는 확신이 들었던 것이다.
그에게 품은 그녀의 애정은 결국 잠잠해져 정말 아무것도 아닌
게 되어버렸다. 그 점은 더 생각할 필요도 없었다. 하지만 둘
중에서 의심할 여지 없이 언제나 더 많이 사랑했던 쪽이던 그
가 떠날 때와 다름없이 열렬한 사랑의 감정을 품은 채 돌아온
다면 이만저만 곤란한 일이 아닐 것이다. 두 달 동안 떨어져 지
냈음에도 그의 감정이 식지 않았다면 그녀는 위험하고 힘든 상
황과 마주할 테니 말이다. 그를 위해서도 에마 자신을 위해서
도 신중할 필요가 있었다. 그녀는 또다시 애정 문제로 얽힐 생
각은 없었고, 그녀 쪽에서 그의 사랑을 부추기는 어떤 행동도

삼가야 마땅했다.

　그녀는 그가 명명백백하게 사랑을 선언하는 것만큼은 막을 수 있기를 바랐다. 현재 그들의 친분을 생각하면 그것이야말로 더없이 고통스러운 결말이 될 테니까! 그럼에도 그녀는 어쩔 수 없이 뭔가 결정적인 사건이 터질 것 같은 예감이 들었다. 이 봄에 어떤 위기, 어떤 사건이 일어나 차분하고 평온한 지금의 상태를 휘저어놓을 것만 같았다.

　웨스턴 씨가 예견했던 것보다는 다소 오래 걸리긴 했어도, 그리 오래지 않아서 에마는 프랭크 처칠의 심정에 대해 나름의 가설을 세울 수 있게 되었다. 엔스컴 사람들이 상상한 것만큼 빨리 런던으로 옮겨 온 건 아니었지만, 그는 오자마자 곧바로 하이버리를 찾았다. 두 시간 동안 있을 생각으로 말을 달려왔는데, 아직 그보다 오래는 있을 수 없었다. 하지만 랜들스에서 곧장 하트필드로 찾아왔기 때문에 에마는 예의 민첩한 관찰력을 총동원해 그가 어떤 감정 상태인지, 그리고 자신은 어떻게 처신해야 하는지 재빨리 결정할 수 있었다. 그들은 그야말로 허물없이 서로를 반겼다. 그가 그녀를 만나 얼마나 기뻐하는지는 설명할 필요도 없었다. 그렇지만 그가 이전처럼 그녀를 좋아하는지, 그때만큼이나 다정한지에 대해서는 이내 의구심이 들었다. 엠마는 그를 예의주시했다. 그의 사랑이 전만큼은 아닌 것이 분명했다. 서로 떨어져 지낸 시간, 짐작하건대 그녀의 무심함이 이렇게 자연스럽기 그지없으며 또 대단히 바람직한 효과를 낳은 것이었다.

그는 사뭇 기분이 들떠 있었다. 전과 다름없이 기꺼이 이야기하고 웃었으며 전에 방문했던 일에 대해 말하고, 그때 있었던 일들을 떠올리는 것이 즐거운 모양이었다. 흥분하는 기색도 없지 않았다. 전에 비해 무심해진 것 같다고 파악한 건 그가 차분해진 것 때문이 아니었다. 그는 차분하지 않았다. 누가 봐도 기분이 들떠 있었고, 안절부절못하는 것처럼 보였다. 태도는 활기찼지만 정작 자신은 왜 그리 활기가 넘치는지 납득을 못하고 있었다. 그러나 이 문제에 대해 그녀가 확신할 수 있었던 건 그가 고작 15분 만에 다른 옛 친구를 만나야 한다며 자리를 털고 일어나 황급히 하이버리로 갔기 때문이었다.

"길을 가다가 우연히 오랫동안 알고 지냈던 분들을 봤는데 몇 마디 말도 못 나누고 자리를 떴습니다. 제가 자만에 겨워 이런 생각을 하는 건지도 모르지만 찾아뵙지 않으면 그분들이 실망하실 것 같아요. 하트필드에 더 오래 있고 싶은 마음은 간절하지만 빨리 가봐야 할 것 같습니다."

에마는 그의 사랑이 다소 식은 게 분명하다고 생각했지만, 그럼에도 그가 동요하는 기색을 내비치고 그렇게 서둘러 자리를 뜨는 것을 보면 그 감정에서 깨끗이 벗어난 것 같지는 않았다. 혹여 그녀에게 다시 감정이 생길까 두렵고 또 그녀와 오랫동안 함께 있을 자신이 없어서 신중히 결단을 내린 끝에 그렇게 행동하는 것 같다는 쪽으로 생각이 기울었다.

열흘 동안 프랭크 처칠이 하이버리를 찾은 건 이때뿐이었다. 그는 찾아뵙고 싶다, 찾아오겠다는 말을 자주 했지만 늘 다른 일이 생겼나. 그의 외숙모는 프랭크가 잠시라도 자리를 비우는 것을 참지 못했다. 그가 랜들스의 웨스턴 부부에게 해명한 바로는 그랬다. 만약 그가 절실하게 오려고 한 게 사실이라면, 처칠 부인이 런던으로 온 것은 부인의 질환이라 할 수 있는 외고집이나 신경과민엔 전혀 도움이 되지 않았다고 봐야 했다. 부인이 실제로 병을 앓고 있다는 것은 틀림없었다. 그도 그렇게 믿어 의심치 않는다고 랜들스에 말한 바였다. 근거 없는 추측에 기댄 부분이 많을 수도 있겠지만, 돌이켜볼 때 부인이 반년 전보다 더 쇠약해진 게 틀림없다고 말했었다. 그는 그녀가 치료나 약물조차 소용없을 정도로 악화되었다거나, 아니면 적어도 몇 년 내로 세상을 떠날 거라고 확신하진 않았다. 그렇지만 그의 아버지가 품고 있는 온갖 의심에 설복되어 부인이 이런저런 통증 때문에 우는소리를 하는 것이 단순히 상상에 지나지 않는다거나 소싯적과 다름없이 정정하다고 말하는 일은 없었다.

결국 얼마 안 가서 런던이 부인에게 맞지 않는다는 것이 밝혀졌다. 부인은 그 도시의 소음을 참지 못했다. 그녀의 신경은 잦아들 줄 모르는 짜증과 괴로움에 혹사당했고 열흘을 채운 후 부인의 조카가 랜들스의 부모님에게 계획이 변경되었음을 알리는 편지를 보냈다. 그들은 곧바로 리치먼드로 갈 작정이었다. 누군가 처칠 부인에게 그곳의 한 저명한 의사에게 치료를 받아보라고 권고했고, 그렇지 않더라도 부인 본인도 그곳을 마음에 들어하고 있던 터였다. 그래서 인기가 많은 곳에 가구가 딸린 집을 계약하게 되었고, 이런 변화를 통해 얻는 것이 많으리란 기대를 품었다.

에마는 프랭크가 일이 이렇게 결정된 바에 대해 더없이 신이 나서 편지에 썼고, 앞으로 두 달(그들은 5월부터 6월까지 그 집을 임대했다) 동안 친애하는 친구들이 많이 사는 동네 가까이서 머물게 된 행운에 감사해 마지않았다는 말을 전해 들었다. 그리고 이제는 자기가 바라는 대로 얼마든지 자주 만날 수 있을 거라고 자신만만하게 장담하더라는 이야기도 들었다.

웨스턴 씨가 일이 이렇게 순탄히 풀리게 될 거라는 소식을 어떻게 해석할지, 에마는 알았다. 그것이 주는 행복감은 전적으로 에마로 인한 것이라는 게 그의 생각이었다. 그녀는 그게 아니길 바랐다. 두 달이면 시험해보기에 충분했다.

웨스턴 씨가 행복해한다는 사실은 분명했다. 그는 정말로 기뻐했다. 정확히 그가 바랐을 법한 상황이었다. 이제는 정말로 프랭크와 한 동네에 있을 수 있었다. 9마일 떨어져 있지만 젊은이라면 문제될 것 없었다. 말을 타면 한 시간 내에 올 수 있었다. 프랭크는 늘 올 것이다. 그런 점에서 리치먼드와 런던은 그를 늘 보는 것과 전혀 보지 못하는 것만큼이나 대단한 차이가 있었다. 16마일, 아니, 18마일(맨체스터 거리까지는 꼬박 18마일이 걸리니까)은 엄청난 장애물이다. 설령 어쩌다 한 번 간신히 빠져나온다 하더라도 오가는 데만 꼬박 하루가 걸릴 것이다. 그가 런던에 왔다고 해서 즐거울 일은 전혀 없었다. 엔스컴에 있는 것과 별다르지 않을 것이다. 하지만 리치먼드는 쉽게 왕래할 만한 거리였다. 그보다 더 가까운 곳이 있다 해도 이편이 더 나았다!

리치먼드로 가게 되면서 확실히 좋아진 것이 한 가지 있다면 바로 크라운의 무도회였다. 그 전까지도 잊고 있었던 건 아니지만 날짜를 정해봤자 부질없다는 생각이 먼저 들었던 것이다. 하지만 이제는 결정할 수 있었다. 다시 모든 걸 준비하기 시작했고, 처칠가 사람들이 리치먼드로 가기가 무섭게 프랭크가 편지를 보내왔는데 외숙모가 장소를 옮긴 것만으로도 벌써 훨씬 안정된 것 같으니 언제든 꼬박 하루를 함께 보낼 수 있을 거라고 했다. 이에 그들은 가급적 빠른 시일 내에 무도회를 열겠다는 생각을 하기에 이르렀다.

웨스턴 씨의 무도회는 현실이 되었다. 불과 며칠만 지나면 하이버리의 젊은이들에게 행복이 찾아들 것이었다.

우드하우스 씨는 체념하고 있었다. 그나마 이런 계절에 열리니 망정이지 그렇지 않았다면 노심초사했을 것이다. 베이츠 부인이 그날 저녁에 하트필드에 오기로 약속해주었고, 제임스에게도 미리 일러두었으니, 에마가 무도회에 가 있는 동안 설마 어린 헨리나 존에게 무슨 일이 일어나진 않을 거라고 쾌히 희망하는 그였다.

2

무도회를 무산시키는 불상사는 일어나지 않았다. 그날이 점차 가까워지더니 마침내 그날이 왔다. 그리고 불안한 눈으로 아침 나절을 지켜본 끝에, 정찬을 들기 전 프랭크 처칠이 의기양양한 모습으로 랜들스에 도착하면서 만사가 순탄해졌다.

그때까지도 그와 에마는 두 번째의 만남을 가질 수 없었다. 그 만남은 크라운의 무도회장에서 이루어질 것이었다. 하지만 사람들이 북적대는 가운데서 데면데면하게 만나는 것보다는 나은 상황에서였으니, 웨스턴 씨가 자신의 일행이 무도회장에 도착하는 대로 그녀도 바로 와주길 간곡히 청한 것이다. 그는 다른 사람들이 오기 전에 무도회장과 다른 방의 모양새가 적당하고 안락하게 갖춰졌는지 그녀의 의견을 듣고 싶어 했다. 에마로선 그 청을 거절할 수 없었고, 그런 김에 잠깐이나마 조용히 이 청년과 마주할 수 있게 될 것이었다. 그래서 그녀는 해리엇을 데리고 마차에 올랐고 랜들스 일행이 도착한 직후, 딱 좋은 시간대에 맞춰 크라운에 당도했다.

프랭크 처칠은 기다리고 있었던 모양이었다. 말은 많이 하지 않았지만 눈빛으론 오늘 저녁을 즐겁게 보내겠다는 뜻을 내비치고 있었다. 그들은 다 함께 집 안을 걸어 다니며 모든 것이 제대로 갖춰졌는지를 살폈다. 그리고 몇 분 지나지 않아 또 다른 마차가 도착하면서 새로운 사람들이 합류했는데, 처음 그 소리를 듣고서 에마는 대단히 놀랐다. "이렇게 이른 시간에 오다니 말도 안 돼." 이런 말이 입 밖으로 나올 뻔했지만 이내 그들이 오래 친하게 지내온 집안으로, 그녀와 마찬가지로 특별한 요청에 따라 웨스턴 씨가 판단을 내리는 데 도움을 주려고 온 것임을 알게 되었다. 그러고도 사촌들이 탄 또 다른 마차가 속속 도착했는데, 그들 역시 웨스턴 씨가 간곡히 청해서 같은 용무로 이른 시간에 온 것이어서, 이처럼 시찰을 목적으로 앞서 온 사람들이 무도회에 참석할 인원의 절반은 될 것 같았다.

에마는 웨스턴 씨가 그녀의 안목에만 기대고자 한 게 아님을 간파했고, 두루두루 막역하게 지내는 친구들이 대단히 많은 사람과 친하게 지내는 것이 허영심의 척도에서 보자면 으뜸가게 좋은 건 아니라는 생각이 들었다. 그녀는 그의 호방한 태도를 좋아했지만, 그 호방한 태도를 살짝 자제했다면 더욱 품격 있는 남자가 되었을 것이다. 두루두루 인자한 성품으로 대하되, 두루두루 친분을 맺지 않는 것이 남자로서의 마땅한 도리였으며, 그런 남자라면 그녀도 좋아할 수 있을 터였다.

그렇게 모인 모두가 다시 함께 돌아다니며 살펴보고 칭찬을 했다. 그런 후 더는 할 일이 없자, 불가에 반원형으로 둘러 모였고, 다른 화제가 나올 때까지 각자의 어투로 5월이긴 해도 저녁이 되면 불가에 있는 게 참 좋다는 뜻의 말들을 주고받았다.

에마는 이 추밀원*의 위원수가 더 늘어나진 않은 것이 웨스턴 씨의 잘못이 아님을 알게 되었다. 오면서 베이츠 부인 집에 들러 같이 마차를 타고 가자고 제안했으나 엘턴 부부가 이모와 조카를 데리러 오기로 했다는 것이었다.

프랭크는 에마 옆에 서 있었지만 틈만 나면 자리를 뜨는 것

*국왕의 자문 기관.

이 안절부절못하고 마음이 편치 않은 기색을 드러냈다. 그는 주변을 둘러보고 문 쪽으로 가려고 했고, 다른 마차가 오는지 귀를 쫑긋 세우고 있었으며, 무도회가 시작되길 초조히 기다리고 있거나, 그게 아니라면 그녀 옆에 서 있지 않으려는 것 같았다.

그러다 엘턴 부인 이야기가 나왔다. "금방 올 겁니다." 그가 말했다. "전 정말로 엘턴 부인을 만나 뵙길 고대하고 있거든요. 그분에 대해 온갖 이야기를 다 들었답니다. 얼마 안 있으면 오실 것 같은데."

마차 소리가 들렸다. 그는 즉시 자리를 떴다. 그러나 이내 돌아와선 말했다.

"제가 그분과 일면식도 없다는 걸 깜빡했네요. 엘턴 씨고 엘턴 부인이고 한 번도 만난 적이 없거든요. 제가 먼저 나설 자린 아니네요."

엘턴 부부가 나타났고, 미소와 적절한 인사가 오갔다.

"베이츠 양과 페어팩스 양은 안 오신건가요!" 웨스턴 씨가 두리번거리며 말했다. "그분들을 데리고 오시는 걸로 알고 있었는데요."

실수였지만 대수로운 건 아니었다. 곧 그들을 데리러 마차가 떠났다. 에마는 엘턴 부인에 대한 프랭크의 첫인상이 어떨지 궁금했다. 그녀 딴엔 우아하다고 생각해 차려입은 드레스나 우아한 미소를 어떻게 받아들일지 정말로 궁금했다. 그는 소개가 끝난 후 곧바로 부인을 자기식으로 평가할 방편으로, 참으로 적절한 예의를 갖추어 부인을 상대했다.

몇 분 안 되어 아까 보냈던 마차가 돌아왔다. 누군가 비가 온다고 말했다. "우산이 있는지 보고 오겠습니다. 아버지." 프랭크가 그의 아버지에게 말했다. "베이츠 양을 잊어선 안 되지요." 그리고 그는 자리를 떴다. 웨스턴 씨도 그 뒤를 따라가려는데 엘턴 부인이 그를 붙들어 세우고선, 자기가 그의 아들을 얼마나 좋게 봤는지 말하기 시작했다.

"정말이지 대단히 훌륭한 아드님을 두셨네요, 웨스턴 씨. 기억하시겠지만 제 나름대로 아드님을 평가하겠다고 솔직히 말씀드렸었죠. 그런데 아드님이 이루 말할 수 없을 정도로 마음에 든다고 말씀드리게 돼서 기뻐요. 이 말은 믿으셔도 돼요. 전 사탕발림 같은 건 절대 안 하는 사람이니까요. 아주 잘생긴 청년이네요. 게다가 태도 또한 제가 좋아하고 인정하는 그대로고요. 진정한 신사라고 할 만해요. 자만심이나 겉멋 같은 건 일절 없고요. 제가 겉멋 든 사람들을 얼마나 싫어하는지 아셔야 해요. 정말 소름 끼치게 싫어하거든요. 메이플 그로브에서는 그런 사람들을 용납하는 법이 없어요. 서클링 씨도 저도 그런 사람들을 절대로 참아내질 못했어요. 가끔씩은 가차 없이 비판도 했답니다! 셀리나는 성격이 너무 무른 게 탈이라, 저희보다는 그런 사람들을 훨씬 더 잘 견뎠고요."

부인이 이렇게 프랭크에 대해 말을 늘어놓고 있으니, 웨스턴 씨는 관심을 딴 데 돌릴 겨를이 없었다. 그렇지만 그녀가 메이플 그로브 이야기를 꺼냈을 때 방금 도착한 숙녀들에게 인사를 해야 한다는 생각을 떠올리고선, 기쁜 미소를 지으며 서둘러 자리를 떴다.

엘턴 부인은 이제 웨스턴 부인을 돌아보았다. "우리 마차가 베이츠 양과 제인을 태우고 온 게 틀림없어요. 우리 집 마부와 말들은 정말 쏜살같거든요! 세상에서 제일 빠를 거라고 자부해요. 친구에게 마차를 보내주는 건 정말 가슴 뿌듯한 일이네요! 부인께서도 친절하게 제안하신 것을 알고 있어요. 하지만 다음부턴 그러실 필요가 전혀 없을 거예요. 제가 그분들을 늘 챙길 테니 걱정 마세요."

베이츠 양과 페어팩스 양이 두 신사의 에스코트를 받으며 방으로 들어섰다. 그리고 엘턴 부인은 그들을 맞이하는 일이 웨스턴 부인 못지않게 자신의 의무라고 생각한 모양이었다. 그녀의 몸짓이나 움직임의 의미는 에마처럼 지켜보는 사람은 알아볼 만했지만, 부인과 다른 사람들이 하는 말은 모두 베이츠 양이 끝도 없이 떠들어대는 말의 홍수 속에 금세 파묻히고 말았다. 이미 방에 들어서기 전부터 떠들고 있었던 그녀는 진즉에 불가에 모여 있던 무리에 합류한 후에도 한참 동안 입을 다물 줄 몰랐다. 문이 열리면서 그녀의 목소리가 들렸다.

"이렇게 고마울 데가 다 있나요! 비는 전혀 안 와요. 온다 해도 신경 쓸 정도는 아니지요. 전 신경쓰지 않아요. 신발이 아주 두껍거든요. 그리고 제인 말로는, 이런! (방 안으로 들어서기 무섭게) 이런! 정말 눈이 다 부시네요! 감탄이 절로 나오는걸요! 그냥 드리는 말씀이 아니라, 정말 근사하게 꾸며놓으셨어요. 어딜 봐도 소홀한 데가 없어요. 이럴 거라고는 상상도 못

했어요. 조명도 정말 환하고. 제인, 제인, 봐! 이런 거 본 적 있어? 아! 웨스턴 씨, 알라딘의 램프라도 가지신 건가요? 선량한 스토크스 부인이 온다 해도 이게 자기 방이라곤 생각 못 하실 거예요. 들어오면서 부인을 뵀거든요. '아, 스토크스 부인.' 제가 이렇게 말을 꺼냈지만 더 말을 건넬 시간이 안 났어요." 그때 웨스턴 부인이 그녀를 맞이했다. "아주 잘 지내요. 감사합니다, 부인. 부인도 평안하시길 바라요. 잘 계시다니 참 기쁘네요. 두통으로 고생하시는 건 아닌지 걱정이 태산 같았거든요! 부인께서 오가시는 걸 본 게 한두 번이 아니고, 골칫거리가 한두 개가 아니라는 것도 알고 있었으니까요. 괜찮으시다니 정말로 기뻐요. 아! 엘턴 부인, 마차를 보내주셔서 정말 어떻게 감사드려야 할지 모르겠네요! 딱 필요할 때 와주었답니다. 제인과 내가 막 채비를 마친 터여서 말들이 기다릴 일은 없었어요. 정말로 편하게 탔답니다. 아참! 그럴 수 있었던 게 다 웨스턴 씨 덕분이라는 걸 제가 모를 리 있나요. 엘턴 부인이 참으로 친절하게도 제인에게 쪽지를 보내주셔서 웨스턴 씨의 제안은 저희 쪽에서 고사를 했죠. 하루에 두 번이나 그런 친절한 제안을 받다니! 이렇게 훌륭하신 이웃분들이 다 있을까요. 제가 어머니한테도 말했답니다. '어머니, 제가요……' 아, 네, 감사합니다. 어머니도 아주 건강히 잘 계세요. 우드하우스 씨 댁에 가 계신답니다. 가시는 길에 숄을 챙겨 드렸어요. 요새 저녁이 좀 쌀쌀하니까요. 새로 얻은 큰 숄이에요. 딕슨 부인이 결혼 선물로 보내주셨지요. 웨이머스에서 딕슨 부인이 직접 골라 산 거래요. 제인 말로는 숄이 세 개나 더 있어서 한동안 고르느라 애를 먹었다고 하더군요. 캠벨 대령은 올리브색을 더 좋아하셨고요. 이런, 제인, 정말로 발이 젖이 않은 게 확실해? 젖었대도 한두 방울 묻은 거겠지만, 그래도 저는 걱정이 돼서 말이죠. 하지만 프랭크 처칠 씨가 얼마나 극진히 살펴주셨는지……. 그리고 신발을 닦을 매트도 있고요. 아무튼, 처칠 씨의 극진한 정성은 결코 잊을 수 없을 거예요. 아! 프랭크 처칠 씨, 그때 손봐주신 이후로 제 어머니의 안경은 한 번도 말썽을 부린 적이 없다는 말을 꼭 해야겠네요. 리벳이 한 번도 안 빠졌어요. 어머니가 처칠 씨가 마음씨가 곱다는 말씀을 자주 하신답니다. 너도 들었지, 제인? 우리가 프랭크 처칠 씨 얘기를 많이 하잖니? 어머! 우드하우스 양도 계셨네. 우드하우스 양, 잘 지내세요? 저야 아주 잘 지내지요, 감사해요. 이렇게 모이게 되다니 꼭 동화의 나라에 온 것 같네요! 어쩜 이렇게 모습이 달라 보이는지! 그래도 칭찬은 삼가야지. (은근한 눈빛으로 에마를 쳐다보며) 그럼 결례가 될 테니까요. 하지만 빈말이 아니라요, 우드하우스 양, 오늘 모습이, 우리 제인의 머리는 어떤가요? 판단을 좀 해주세요. 제인이 직접 꾸몄거든요. 애가 머리를 얼마나 잘 만지는지 정말 놀라워요! 런던의 미용사가 온데도 애만큼은 못할 거예요. 어머! 저분은 휴즈 박사 맞으시죠? 휴즈 부인도 오셨네요. 가서 감사 인사를 드려야겠어요. 안녕하세요. 안녕하세요. 잘 지낸답니다. 감사해요. 정말 즐거운 파티죠, 그렇죠? 리처드 씨는 어디 계시나요? 아! 저기 계시네. 방해하지 마세요.

이린 숙녀들이랑 얘기하시는 게 훨씬 좋을 테니까요. 안녕하세요, 리처드 씨? 일전에 말을 타시고 읍내를 지나가는 걸 봤어요. 오트웨이 부인! 어쩌면, 오트웨이 씨랑 오트웨이 양, 캐럴라인 양까지 다 계시네. 친구분들이 이렇게나 많이 오시다니! 그리고 조지 씨와 아서 씨도! 안녕하세요? 안녕하세요? 아주 잘 지낸답니다. 정말 신세를 많이 졌습니다. 더 바랄 게 없을 정도로 잘 지내고 있어요. 방금 또 마차 소리가 들리지 않았나요? 이번엔 누가 오셨으려나? 아무래도 훌륭하신 콜 부부일 것 같은데요. 이렇게 친구분 가운데 서 있으니 얼마나 기분이 좋은지 모르겠어요! 그리고 이렇게 멋진 난로도요! 땀이 다 날 지경이네. 저는 커피는 사양할게요, 감사합니다. 커피는 전혀 마시지 않거든요. 괜찮으면 차를 좀 마실 수 있을까요? 좀 이따가요. 서두르실 것 없고요. 어머! 벌써 주시다니! 어쩌면 뭐 하나 훌륭하지 않은 게 없네요!"

프랭크 처칠이 에마 옆자리로 돌아왔다. 그리고 베이츠 양이 입을 다물자마자 등 뒤 조금 떨어져 서 있는 엘턴 부인과 페어팩스 양의 대화가 들려와 에마는 어쩔 수 없이 듣게 되었다. 프랭크 처칠은 생각에 잠겨 있었는데 그도 엿듣고 있는지 어쩐지는 알 수가 없었다. 제인이 자기의 드레스와 자태에 쏟아진 온갖 찬사에 차분하고도 예절 바르게 감사를 표하고 나자, 엘턴 부인은 자기 역시 똑같은 찬사를 받고자 하는 기색을 노골적으로 드러냈다. 그래서 다음과 같이 말했다. "내 드레스는 어떤 것 같아? 이 장식은 어때? 라이트가 내 머리를 손질했는데 잘한 것 같아?" 그 밖에도 이와 비슷한 질문들을 수도 없이 했고, 제인은 참을성 있게 일일이 정중한 태도로 대답을 해주었다. 그러자 엘턴 부인이 말했다.

"누구도 나만큼 옷에 대해 생각을 많이 하진 않을 거야. 하지만 모두가 나를 바라보고 있는 이런 경우, 그리고 내게 경애를 표하기 위해 이 무도회를 연 게 틀림없는 웨스턴 부부에게 찬사가 돌아가게 하려면 다른 사람들보다 뒤떨어져 보여선 안 돼지. 보니까 이 방에서 나 말고는 진주를 단 사람이 보이지가 않네. 듣자하니 프랭크 처칠이 뛰어난 춤꾼이라면서? 그와 내가 스타일이 맞는지 두고 봐야겠어. 프랭크 처칠은 확실히 멋진 청년이야. 그가 정말 마음에 들어."

그 순간 프랭크가 박력 넘치는 태도로 이야기를 꺼내는 것에, 에마는 그가 부인이 자기 칭찬하는 말을 듣고 더는 듣고 싶지 않은 마음에 그러는 거라는 생각을 할 수밖에 없었다. 두 숙녀의 목소리는 잠시 묻혔지만 얼마 후 다시 엘턴 부인의 목소리가 튀어나왔다. 엘턴 씨가 막 그들에게 오자 엘턴 부인이 큰 소리로 말했다.

"어머! 마침내 우릴 찾아내셨군요. 그렇죠? 이렇게 외진 곳에 있었는데. 그렇지 않아도 지금 막 제인에게 말하던 참이었거든요. 아무래도 당신이 우리가 궁금해서 안달일 거 같다고요."

"제인이라니!" 프랭크 처칠이 놀라움과 불쾌한 감정을 담아 그 말을 되풀이했다. "함부로 말하는군요. 그런데도 페어팩스 양은 받아주는 것 같네요."

"엘턴 부인은 마음에 드세요?" 에마가 속삭였다.

"그럴 리가요."

"감사할 줄 모르시는 분이군요."

"감사할 줄 모른다고요? 무슨 뜻이지요?" 그러나 찌푸린 표정은 이내 미소로 바뀌었다. "아뇨. 말씀하지 마세요. 무슨 뜻으로 그런 말씀을 하신 건지 알고 싶지 않거든요. 아버지는 어디 계시죠? 춤은 언제부터 추나요?"

에마는 그의 말을 이해할 수가 없었다. 그의 기분이 어떤지 종잡을 수가 없었다. 그는 아버지를 찾으러 자리를 떴다가 부모님 모두와 함께 곧바로 돌아왔다. 그가 찾았을 때 두 사람은 뭔가 혼란스러워 보였고 곧바로 에마에게 털어놓고 싶어 했다. 웨스턴 부인은 문득 엘턴 부인이 자기가 춤을 선도하게 될 거라고 기대하고 있을 테니, 그렇게 요청해야 한다는 생각이 들었다고 했다. 그래서 애초 에마에게 그 영예를 주고 싶었던 두 부부의 바람은 좌절될 수밖에 없었다. 에마는 이 슬픈 사실을 들으면서 굳세게 버텼다.

"부인의 파트너는 또 어떻게 하지?" 웨스턴 씨가 말했다. "부인은 프랭크가 청해야 한다고 생각할 텐데."

그 말이 떨어지기 무섭게 프랭크는 에마를 돌아보더니 예전의 약속을 상기시키며 자기는 이미 선약이 되어 있다고 큰소리쳤다. 그의 아버지는 더할 나위 없이 좋은 선택이라고 말하는 것 같은 표정을 지었다. 이제 웨스턴 부인은 웨스턴 씨가 엘턴 부인과 춤추기를 바랐고, 다른 사람들도 그녀를 도와 그를 설득해야 할 것 같았다. 이내 그렇게 하는 것으로 결정이 났다. 웨스턴 씨와 엘턴 부인이 선두에 나섰고, 프랭크 처칠 씨와 우드하우스 양이 그 뒤를 따랐다. 에마는 언제나 이 무도회가 자신을 위한 행사라고 생각해왔지만, 어쩔 수 없이 엘턴 부인 다음에 두 번째로 서게 되었다. 그녀의 심정은 이럴 거면 결혼을 해버릴까 싶을 정도였다.

엘턴 부인이 자신의 허영심을 완전히 충족할 수 있는 혜택을 누렸음은 의심할 여지가 없었다. 첫 춤을 프랭크 처칠과 추고자 했으나, 다른 사람과 추게 되었다고 해서 손해 본 건 없었다. 웨스턴 씨라면 그의 아들보다 윗사람이었다. 에마는 이런 사소한 마찰을 겪긴 했어도 사람들이 춤을 추려고 제법 길게 줄지어 선 것을 보자 기분이 좋아졌고, 앞으로 오랫동안 흔치 않을 축제가 펼쳐지리란 생각에 즐거워 미소를 지었다. 하지만 나이틀리 씨가 춤을 추지 않는 것엔 마음이 상하는 그녀였다. 그는 저만치 구경꾼들 사이에 서 있었다. 그는 거기 있을 게 아니라 춤을 추어야 했다. 남편들, 아버지들, 휘스트 게임을 할 수 있는 판이 마련될 때까지만 춤에 관심이 있는 척하는 남자들과 스스로 한통속이 되어선 안 될 일이었다. 그러기에 그는 너무 젊어 보였다! 만약 그가 그곳이 아닌 다른 곳에 서 있었다면 지금처럼 그의 타고난 장점이 두드러져 보이진 않았을는지도 모른다. 훤칠하고, 탄탄하고, 꼿꼿한 자세의 그가 뚱뚱한 체구에 어깨가 굽은 나이 많은 남자들 사이에 있으니 모두의 시선을 끌 게 틀림없다고 에마는 생각했다. 젊은 사람이라고 해도 그녀의 파트너를 제외하면 거기 있는 남자들 중에 그에게 비견할 만한 인물은 한 명도 없었다. 그때 그가 몇 걸음 가까이 나섰는데 고작 몇 걸음 걸은 것만으로도 그가 춤추겠다고 마음만 먹으면 정말로 신사다운 태도로, 정말로 자연스럽고도 우아하게 춤을 췄을 것임을 쉽게 알 수 있었다. 그는 그녀와 눈을 마주칠 때마다 억지로 미소를 지었지만 대개는 침울해 보였다. 그녀는 그가 무도회장을, 그리고 프랭크 처칠을 지금보다는 더 좋아하게 되기를 바랐다. 그는 자주 그녀를 관찰하는 것 같았다. 자기가 춤추는 모습에 주목하고 있다고 우쭐해선 안 되겠지만, 혹여 그녀의 행동에서 흠을 잡으려는 것이라면 그녀로선 꿀릴 것이 없었다. 그녀와 파트너 사이에 장난삼은 애정 행각 같은 건 일절 없었으니 말이다. 그들은 연인보다는 쾌활하고 허물없는 친구 사이에 가까워 보였다. 프랭크 처칠이 전만큼 그녀를 생각하고 있지 않다는 건 확실했다.

무도회는 즐거운 분위기에서 계속되었다. 웨스턴 부인의 근심 어린 배려와 끊임없는 관심 덕이었다. 모두가 즐거워 보였고, 즐거운 무도회였다는 칭찬은 무도회가 끝난 후가 아니라면 어지간해선 나오지 않는 법이건만, 이번에는 시작하면서부터 지금껏 계속해서 들려왔다. 통상 있는 모임에 비할 때 이번 무도회에서 매우 중대한, 기록할 만한 사건들이 더 많이 일어난 건 아니었다. 하지만 에마 생각에는 매우 중요한 한 가지 사건이 있었으니, 석식이 시작되기 전 마지막으로 두 번 추는 차례가 되었을 때 누구도 해리엇의 파트너가 되어주지 않던 것이다. 그녀는 자리에 앉아 있는 유일한 숙녀였다. 지금껏 춤추는 사람들의 숫자가 똑같았기 때문에 갑자기 한 사람만 파트너가 비는 일이 어떻게 있을 수 있는지 알 수 없는 노릇이었다! 그러나 엘턴 씨가 어슬렁거리며 돌아다니는 것을 보고 에마의 궁금증은 이내 풀렸다. 그의 입장에선 피할 수만 있다면 해리엇과 춤을 추는 것은 피하고 싶을 것이다. 그가 신청할 리 없다고 에마는 확신했다. 그러니 언제고 카드놀이 방으로 내뺄 거라고 예상하고 있었다.

하지만 그의 계획은 도망치는 게 아니었다. 그는 사람들이 모여 앉아 있는 곳으로 다가와 몇몇에게 말을 걸었다. 그러고는 그들 앞에서 여보란 듯 왔다 갔다 하는 것이 자긴 춤 생각이 없고 한동안 그렇게 한가롭게 있을 예정이라고 말하는 것 같았다. 가끔이긴 하지만 스미스 양 바로 앞으로 가거나, 그녀 옆에 있는 사람들에게 말을 걸기도 했다. 에마는 그 광경을 보았다. 아직 춤을 시작하지 않고 있었고, 맨 뒤에서 앞쪽으로 가는 중이었기 때문에 주변을 둘러볼 여유가 있었던 데다, 고개만 살짝 돌려도 모든 것을 다 볼 수 있었다. 하지만 춤을 출 사람들이 맞춰 선 줄의 중반까지 가면서 앉아 있는 사람들 무리를 등지게 되자 더는 마음 놓고 볼 수가 없었다. 그러나 엘턴 씨가 아주 가까이 있었고, 이내 웨스턴 부인과 나눈 대화가 토씨하나 빼놓지 않고 들려왔다. 그래서 그녀 바로 위에 서 있던 그의 아내도 그 대화를 들은 것은 물론 의미심장한 눈짓으로 그를 격려하고 있다는 것도 알아차리게 되었다. 그때 상냥하고 다정한 웨스턴 부인이 자리에서 일어나 그에게 다가가 이렇게 말했고, "춤추시겠어요, 엘턴 씨?" 지체 없이 돌아온 엘턴 씨의 대답은 이러했다. "기꺼이 추겠습니다. 웨스턴 부인, 저와 함께 춰주신다면요."

"저요? 아! 아뇨, 저보다 더 멋진 파트너를 구해드릴까 하고요. 전 춤을 못 추거든요."

"길버트 부인께서 추시겠다면." 그가 말했다. "저야 대단히 기쁘겠습니다. 저도 이제 나이를 먹고 결혼도 했으니 춤을 추는 시절도 끝났다고 스스로 생각은 하고 있습니다만, 길버트 부인 같은 오랜 벗과 나란히 서게 된다면 언제나 큰 즐거움이 될 것입니다."

"길버트 부인은 춤출 생각이 없으시네요. 하지만 젊은 숙녀 한 분이 계세요. 이분이 춤을 춘다면 전 대단히 기쁘게 지켜보겠습니다. 스미스 양 말이지요."

"스미스 양이요? 아! 미처 보질 못했네요. 이렇게까지 배려해주셔서 대단히 감사합니다. 제가 나이 든 기혼자만 아니라면 좋을 텐데. 그런데다 춤을 추는 것도 이미 접은 터라서요, 웨스턴 부인. 이거 실례했습니다. 다른 분부를 내리신다면 뭐든 기쁘게 응하겠습니다만, 춤을 추는 시절은 이미 끝났습니다."

웨스턴 부인은 더 이상 말하지 않았다. 그리고 에마는 해리엇이 얼마나 놀랐을지, 그리고 얼마나 치욕스러운 감정을 안고 자리로 돌아가야 할지 상상할 수 있었다. 이것이 엘턴 씨라는 사람의 본색이었다! 친절하고 배려심 넘치며 점잖은 엘턴 씨. 그녀는 잠깐 주변을 둘러보았다. 그는 조금 떨어져 서 있던 나이틀리 씨에게 다가가서 차분히 대화를 나눌 셈이었고, 그러면서 자기 아내와는 고소해 어쩔 줄 몰라 하는 미소를 주고받았다.

에마는 다시는 보지 않을 작정이었다. 마음이 불타오르는 듯해서, 자기 얼굴도 그 못지않게 달아오른 건 아닐까 걱정스러웠다.

바로 그때 그녀의 눈에 더없이 행복한 광경이 들어왔다. 나이틀리 씨가 해리엇을 이끌고 춤을 추고자 맞춰 선 사람들 가까이로 오고 있었던 것이다! 에마가 그 순간만큼 놀란 적은 단 한 번도 없었고, 그렇게 기뻤던 적도 거의 없었다. 해리엇은 물론 자기 자신을 위해서도 한없이 신이 나고 고마운 마음이 들어서, 그에게 고맙다는 말을 꼭 하고 싶었다. 멀찍이 떨어져 있어서 말을 할 순 없었지만 그와 다시 눈이 마주쳤을 때 에마는 표정으로 많은 감정을 전했다.

그의 춤은, 그녀의 생각대로, 깜짝 놀랄 만큼 근사했다. 해리엇이 그 전에 그렇게 잔혹한 취급을 받지 않았다면, 그리고 완벽한 기쁨과 영예에 찬 대접을 받았다는 환희에 찬 감정을 그 행복한 얼굴로 고스란히 드러내지 않았다면 지나치게 운이 좋다 할 정도였다. 그 영예는 그녀에게 와서 빛을 발했으니, 그녀는 어느 때보다 더 높이 도약했고 대열의 한가운데로 미끄러지듯 움직였으며 그러는 내내 미소를 짓고 있었다.

엘턴 씨는 이미 카드놀이 방으로 내뺐는데 그 모습이 (에마가 확신하건데) 정말 바보 같았다. 그가 날이 갈수록 아내를 닮아가긴 해도, 그녀처럼 무정한 성격은 아닌 모양이라는 생각이 들었다. 엘턴 부인은 파트너에게 들릴 만한 소리로 자기의 감정을 얼마간 피력했다.

"나이틀리가 불쌍한 스미스 양에게 동정을 베풀었군요! 정말 선량하지 뭐예요."

석식 때를 알리자 사람들이 움직이기 시작했다. 그리고 그때부터 베이츠 양이 이야기하는 소리가 들리더니 식탁에 앉아 스푼을 들 때까지 한시도 쉬지 않고 떠들어댔다.

"제인, 제인, 우리 제인, 어디 있니? 네 티펫*받아. 웨스턴 부인이 티펫을 두르라고 간곡히 말씀하시잖니. 그래도 복도에 외풍이 들지 몰라서 걱정된다고 말씀하셔. 하나도 빼놓지 않고 다 챙겼지만. 문 하나는 못질까지 해서 고정해놓았고, 매트도 잔뜩 깔아놨으니까. 얘, 제인, 티펫 꼭 걸쳐야 해. 처칠 씨! 아! 정말 이렇게 고마울 데가! 이렇게 단단히 여며주시다니. 정말 흡족하네요! 그리고 춤을 어쩌면 그리 근사하게 추실까. 그래, 얘, 아까도 말했지만, 집으로 달려가서 할머니를 부축해 잠자리까지 모셔다드리고 다시 돌아왔단다. 날 찾는 사람은 아무도 없었을 거야. 내가 말했지만, 한마디 말도 없이 갔던 거거든. 할머니는 아주 잘 계셔. 우드하우스 씨와 즐거운 저녁 시간을 보내시고, 원 없이 이야기도 나누셨고, 백개먼**도 하셨

*어깨에 걸치는 옷으로, 흔히 끝에 모피를 두른 망토 형태이다.
**서양식 주사위 놀이.

대. 아래층에서 차와 함께 비스킷과 구운 사과를 드신 후에 집으로 가셨지. 주사위를 던지시다가 몇 번 대단히 운이 좋으셨다더구나. 그리고 너에 대해 이것저것 많이 물어보시더라. 즐거운 시간을 보내고 있는지, 파트너는 누군지. 내가 말했지. '아! 제인보다 앞서서 말씀드리지 않을게요. 나올 때 보니 조지 오트웨이 씨랑 추고 있던걸요. 내일 아침에 그 애가 직접 할머니에게 말씀드리고 싶을 거예요. 첫 번째 파트너는 엘턴 씨였고요. 그다음엔 누가 그 애에게 춤을 신청할지 모르겠어요. 윌리엄 콕스 씨가 아닐까 싶네요.' 아, 이렇게 고마울 데가 다 있을까요, 다른 분을 도와주셔도 될 것 같은데요. 전 혼자서도 잘 걸을 수 있으니까요. 정말 이렇게까지 친절하게 대해주셔서 몸 둘 바를 모르겠네요. 제인이 한쪽 팔을 부축해주고 있는데 다른 팔을 친히 부축해주시다니! 잠깐만요! 잠깐만요! 조금만 물러설게요. 엘턴 부인이 가고 계시니까요. 어쩌면 저렇게 우아할까! 레이스가 정말 아름답죠! 자, 이제 부인을 따라가기로 해요. 정말 오늘 저녁의 여왕이시네! 자, 이제 복도에 왔네요. 계단이 두 개야, 제인, 계단이 두 개라는 걸 명심해. 아! 아니네, 한 개 뿐이네. 흠, 틀림없이 두 개라고 생각했는데. 참 이상도 하지! 분명히 두 개라고 알고 있었는데 한 개뿐이잖아. 이렇게 안락하면서도 근사한 덴 처음 와보네. 어딜 봐도 촛불이 켜져 있고 말이야. 할머니 이야기를 하던 중이었지, 제인, 살짝 실망스러운 일은 있었어. 구운 사과와 비스킷은 그 나름대로 정말 맛있었어. 그런데 맨 처음에 스위트 브레드*와 아스파라거스를 넣은 절묘한 프리카세**가 나왔는데, 마음 좋으신 우드하우스 씨가 아스파라거스가 제대로 삶아지지 않았다고 생각하셔서 전부 물리셨대. 그런데 할머니가 스위트 브레드랑 아스파라거스를 세상 어떤 것보다 더 좋아하시잖니. 그러니 할머니로선 좀 실망스러우셨겠지. 하지만 우리는 그 얘긴 누구한테도 하지 않기로 했어. 친애하는 우드하우스 양 귀에 이 얘기가 들어가기라도 하면 몹시 걱정할 테니까! 와! 정말 눈이 다 부시네! 너무너무 놀라워! 이럴 거라고는 전혀 생각지 못했어요! 이토록 우아하고 이토록 풍요롭다니! 정말 이런 광경은 생전 처음 봐요. 자, 우린 어디에 앉으면 좋을까? 어디 앉아야 하나? 어디든, 제인이 외풍을 맞으면 안 돼. 내가 어디 앉을지는 전혀 중요하지 않아. 아! 이쪽에 앉는 게 좋을까요? 암요, 그래야지요, 처칠 씨. 하지만 너무 과분한 자리 같네요. 그래도 처칠 씨가 권하시니까 따라야죠. 이 집에서 처칠 씨가 권하시는데 틀릴 리 있나요. 애, 제인, 우리가 여기서 먹은 요리의 반이라도 제대로 기억해서 할머니에게 전달할 수 있을까? 수프도! 어쩌면! 이렇게 빨리 먹으면 안 되는데, 음식 냄새가 이렇게 환상적이니 얼른 먹지 않을 수가 없겠네."

에마는 석식을 마치기 전까지 나이틀리 씨에게 말을 걸 기

---

*송아지의 췌장 요리.
**닭이나 송아지 고기를 잘게 썰어 삶은 것에 그 국물을 끼얹은 요리.

회를 만들지 못했다. 그러나 그들 모두가 다시 무도회장으로 돌아갔을 때, 그녀는 그가 가까이 오지 않을 수 없는 눈빛을 보냈고 또 고마운 마음을 표했다. 그는 엘턴 씨의 행태를 가차 없이 비판하면서 용서할 수 없는 무례한 처사라고 말했고, 엘턴 부인의 표정에 대해서도 응분의 비난을 가했다.

"그 부부의 속셈은 해리엇을 상처 입히는 것 말고도 더 있었지." 그가 말했다. "에마, 어쩌다 그 사람들의 적이 된 거지?"

그는 미소를 지으면서도 예리하게 쳐다보았고, 그녀가 아무 대답도 하지 않자 이렇게 덧붙였다. "엘턴 씨는 그렇다 쳐도 부인이 당신에게 화를 내선 안 된다고 생각하는데. 내가 이렇게 짐작해도 당신은 물론 아무 말 않겠지. 하지만 털어놓지그래, 에마, 엘턴 씨가 해리엇과 결혼하길 진심으로 바랐다고."

"그랬었죠." 에마가 대답했다. "그래서 그 사람들은 절 용서하지 못하는 거고요."

나이틀리 씨는 고개를 설레설레 저으면서도 관대한 미소를 짓고 있었고, 이렇게만 말했다.

"당신을 나무라지는 않을게. 스스로 돌아보는 시간을 가질 수 있도록."

"제가 얼마나 우쭐해하는 사람인지 아시면서도 절 믿으시겠다는 거예요? 제 허영에 찬 성품이 한 번이라도 제가 잘못했다고 말한 적이 있었나요?"

"당신의 허영에 찬 성품이 아니라, 당신의 진중한 성품을 믿겠다는 거야. 허영은 당신을 과실로 이끌지만, 당신의 진중함이 본인에게 그 점을 지적해준다고 니는 확신하니까."

"엘턴 씨에 대해선 제가 완전히 잘못 봤다는 걸 인정하겠어요. 그에겐 소인배적인 면이 있었는데, 당신은 그걸 간파했고 전 못 했지요. 그런데다 그 사람이 해리엇을 사랑한다고 믿어 의심치 않았고요. 이상한 실수를 계속한 거죠!"

"그렇게까지 선뜻 인정했으니 그 보답으로 이렇게 말해줘야겠는걸. 당신이 그에게 골라준 사람이 그가 직접 고른 사람보다 더 낫다고 말이야. 해리엇 스미스는 엘턴 부인이 도저히 따라올 수 없는 훌륭한 자질을 갖추고 있어. 젠체하지 않고 한결같고 꾸밈이 없는 아가씨지. 분별과 안목을 갖춘 남자라면 누구나 엘턴 부인 같은 여성보다 그녀를 훨씬 더 좋아할 거야. 해리엇은 내가 예상했던 것보다 더 대화가 잘 통하는 사람이란 걸 알았어."

에마는 한없이 고마웠다. 그때 웨스턴 씨가 모두에게 다시 춤을 추자고 떠들며 다니는 통에 그들의 대화는 중단되었다.

"자, 우드하우스 양, 오트웨이 양, 페어팩스 양, 얼른 와요. 다들 뭘 하고 있는 거죠? 이리 와, 에마, 친구들에게 모범을 보여야지. 다들 이렇게 게을러서야! 다들 자고 있잖아!"

"전 준비됐어요." 에마가 말했다. "언제든 신청만 하세요."

"누구랑 춤을 출 거지?" 나이틀리 씨가 물었다.

그녀는 잠시 주저하다가 대답했다. "당신하고요. 신청하신다면."

"나와 춤을 추시겠습니까?" 그가 이렇게 말하며 손을 내밀었다.

"당연하죠. 춤출 줄 안다는 걸 몸소 보여주셨고, 아시겠지만 당신과 내가 진짜 남매 사이도 아닌데 함께 춘다고 부적절한 일도 아닐 테니까요."

"남매라니! 말도 안 되지."

3

짧게나마 나이틀리 씨와 대화를 나눈 것이 에마에겐 큰 즐거움을 안겨주었다. 다음 날 아침 잔디밭을 거닐면서 전날 밤의 무도회를 돌이켜볼 때 즐거워지는 기억의 하나였다. 엘턴 부부에 대해 둘 다 제대로 파악하고 있고, 그 남편과 아내에 대한 서로의 견해도 완전히 일치한다는 것에 그녀는 그리 기쁠 수가 없었다. 그리고 그가 해리엇을 칭찬하고 그녀를 지지해준 것이 특히 기분 좋았다. 뻔뻔한 엘턴 부부 때문에 잠깐이긴 했지만 남은 저녁 시간을 망쳐버릴지도 모른다는 위기감이 들었는데, 오히려 가장 만족스러운 계기가 되었다. 그런 김에 에마는 한 가지 더 행복한 결말을 고대했는데, 다름 아닌 해리엇의 하릴없는 마음이 치유되는 것이었다. 무도회장을 나서기 전에 해리엇이 그 이야길 하는 태도에서 에마는 굳센 희망을 갖게 되었다. 해리엇은 마치 갑자기 눈이 뜨인 듯, 엘턴 씨가 자기가 믿어왔던 것과 달리 우월한 존재가 아님을 보게 된 것 같았다. 열병은 잦아들있고, 에마는 모욕적인 취급을 받고 맥박이 빨라지는 사태를 또 다시 두려워할 필요가 없었다. 엘턴 부부가 악감정을 품고 노골적으로 무시하겠지만 해리엇은 그런 것에 더욱 단련될 필요가 있다고 에마는 믿었다. 해리엇은 분별력을 얻었고, 프랭크 처칠은 지나치게 사랑에 빠진 것이 아니며, 나이틀리 씨는 그녀와 싸울 생각이 없다니, 올 여름에 그녀는 얼마나 행복하겠는가!

그날 아침에 그녀는 프랭크 처칠을 만나지 못할 터였다. 그가 낮에는 집에 가봐야 해서 안타깝지만 하트필드에 들를 시간이 없다고 말했었다. 그녀는 아쉬워하지 않았다.

이 문제들을 모두 정리하고, 숙고하고, 또 빠짐없이 바로잡은 에마가 개운한 기분으로 두 어린 조카들과 그들의 할아버지가 해달라는 걸 들어줄 셈으로 막 집으로 향할 때, 거대한 철문이 열리더니 그녀로선 함께 있을 거라고는 상상도 하지 못했던 두 사람이 들어섰다. 다름 아닌 프랭크 처칠과 그의 팔에 기대고 있는 해리엇이었다. 해리엇이 틀림없었다! 바로 그 순간, 에마는 뭔가 심상치 않은 일이 일어났음을 알아차렸다. 해리엇은 백지장 같은 얼굴로 잔뜩 겁을 집어먹고 있었고, 그는 그런 그녀의 기운을 북돋워주려고 애쓰고 있었다. 철문과 정문까지는 채 20야드가 못 되는 거리여서 그들 셋 모두 이내 집 안으로 들어갔고, 그러기 무섭게 해리엇은 의자에 무너지듯 주저앉아 그대로 실신했다.

쓰러진 숙녀는 기운을 차려야 하고, 질문에는 대답이 따라야 하며, 놀라운 일엔 설명이 따라야 하는 법. 이런 일이 일어나면 매우 흥미롭긴 하지만 그로 인한 긴장감은 오래 끌어선 안 된다. 몇 분 만에 에마는 사건의 전모를 알게 되었다.

해리엇은 고더드 부인 댁에서 기숙하는 학생으로 전날의 무도회에도 참석했던 비커턴 양과 함께 산책을 나섰다가 어느 길로 들어서게 되었다. 그 길은 리치먼드 거리였고, 사람들이 많이 오가는 길이라 안전해 보였지만, 결국 느닷없는 공포로 그들을 내몰고야 말았으니, 하이버리를 벗어나 반 마일쯤 갔을 때 갑자기 길이 꺾이더니 양편에 늘어선 느릅나무들이 어두운 그늘을 드리우면서 외진 길이 상당히 길게 이어졌다. 젊은 아가씨들이 그 길로 얼마간 더 들어섰을 때, 그리 멀지 않은 곳의 길가로 좀 더 넓게 펼쳐진 잔디밭에 집시* 무리가 있는 것이 갑자기 눈에 들어왔다. 망을 보던 한 아이가 그들에게 다가와서 구걸을 하자, 비커턴 양은 몹시 겁에 질려서는 귀가 찢어져라 비명을 질러대더니 해리엇에게 따라오라고 소리치면서 가파른 둔덕을 달려 올라갔다. 그녀는 꼭대기의 성긴 산울타리를 뚫고 온 힘을 다해 지름길을 타고 다시 하이버리로 가버렸다. 그러나 가엾은 해리엇은 뒤따라갈 수가 없었다. 무도회에서 춤을 춘 후 발에 쥐가 나는 바람에 꽤나 고생을 했었는데, 둔덕을

---

*영국에서는 적어도 16세기부터 집시가 존재했고, 기록에 따르면 그 수가 약 1만 8천 명에 달했다. 그들은 이리저리 떠돌면서 대체로 잡다한 수공예나 매매 행위로 생계를 유지했지만, 구걸을 하는 경우도 적지 않았다. 이 때문에 당시 영국인들 사이에서 집시에 대한 반감과 두려움이 상당히 큰 편이었다.

올라기려고 발을 떼기 무섭게 또다시 쥐가 나는 바람에 한 발짝도 뗄 수 없게 된 것이었다. 결국 그런 상태에서 더없이 겁에 질린 채 그 자리에 가만히 있을 수밖에 없었다.

이 아가씨들이 좀 더 용기를 냈더라면 떠돌이들이 다르게 행동했을지 알 수 없는 일이다. 그러나 그런 행동은 공격하라고 도발하는 것과 다름없어서 상대편에서 그냥 놔두고 볼 리 없었다. 순식간에 해리엇은 다부진 여자와 덩치 큰 사내애를 위시한 여섯 아이들의 습격을 받았다. 다들 소란스럽게 굴었고, 말본새가 딱히 그렇진 않았어도 표정만큼은 험악했다. 이에 한층 더 겁이 난 해리엇은 곧바로 돈을 주겠다고 약속한 후 지갑을 꺼내 1실링을 건네주며 더 달라거나, 자기를 해코지하지 말아달라고 사정했다. 그런 후 느리게나마 걸을 힘이 나서 그 자리를 뜨려는데, 겁을 먹은 그녀의 모습과 그녀의 지갑에 피가 끓은 집시들이 그녀를 쫓아왔고, 아니 숫제 포위하다시피 해선, 하나같이 돈을 더 달라고 요구했다.

이런 지경에 처한 그녀를 마침 프랭크 처칠이 발견한 것이었다. 그녀는 벌벌 떨며 이렇게 저렇게 구슬려보려고 애쓰고 있었고, 그들은 고래고래 소리 지르며 적반하장으로 굴고 있었다. 천운이었는지 예정보다 늦게 하이버리를 나선 덕에 이 위급한 순간을 놓치지 않고 그녀를 도와줄 수 있었다. 아침 공기가 쾌청해서 걷고 싶은 마음이 들었던 그는 자기 말들은 하이버리에서 1, 2마일을 더 가면 나오는 다른 길목에서 기다리게 했고, 그 전날 밤 베이츠 양에게 가위를 빌렸다가 깜빡 잊고 돌려주지 못했기 때문에 그 집에 들러 몇 분 동안 앉아 있었다. 그래서 애초 예정한 것보다 늦어지게 되었고, 걸어갔기 때문에 집시 패거리 중 누구도 그가 가까이 올 때까지 미처 보지 못했다. 그 여자와 사내애는 바야흐로 해리엇에게 가한 공포를 고스란히 돌려받게 되었다. 그는 그들을 혼비백산하게 만들었다. 해리엇은 필사적으로 그에게 매달렸고, 말을 할 여력도 없는 와중에 간신히 하트필드까지 가선 기운을 잃고 말았다. 그녀를 하트필드로 데려가는 건 그의 생각이었다. 그로선 다른 데는 생각할 수도 없었다.

이것이 그 사건의 전모였다. 그가 한 이야기와 또 해리엇이 다시 정신을 수습하고 말을 할 수 있게 되었을 때 해준 이야기로는 그러했다. 그는 해리엇이 정신을 차리는 것까지 보고 바로 자리를 떴다. 몇 번을 지체하는 바람에 더는 시간이 없었기 때문이었다. 에마는 고더드 부인에게 해리엇이 무사하다는 것을 알리고, 또 이런 무리가 나이틀리 씨가 사는 인근에 있다는 것도 알리겠노라 약속했다. 그는 에마가 자신과 친구를 위해 할 수 있는 모든 감사의 표현을 모두 동원한 인사말을 뒤로하고 떠났다.

잘생긴 청년과 사랑스러운 아가씨가 그런 상황에 내몰려 그런 모험을 겪다니, 아무리 마음이 모질고 정신이 흔들림이 없는 사람이라 할지라도 모종의 생각을 떠올리지 않을 도리가 없을 것이다. 적어도 에마 생각은 그러했다. 어떤 언어학자가, 어떤 문법학자가, 아니 심지어는 어떤 수학자가 그녀가 본 것을 보고, 두 사람이 함께 나타나는 것을 목격하고, 그들이 겪은 일을 듣고서 그들이 서로에게 각별히 관심을 갖게 될 계기라는 생각을 하지 않을까? 그러니 에마처럼 상상력이 풍부한 사람이라면 넘겨짚고 앞을 내다보느라 몸이 달아오르는 게 당연하지 않은가. 특히나 마음속으로는 이미 그런 기대감을 쌓아올린 상태라면 말이다.

정말이지 대단한 일이 일어난 것이다. 그녀가 기억하기론 그곳의 어떤 아가씨에게도 일어난 적이 없는 일이었다. 그런 식으로 우연히 위험과 맞닥뜨린 일은 단 한 번도 없었다. 그런데 지금 다른 누구도 아닌 '그녀'에게 그런 일이 일어났고, 바로 그때, 다른 누구도 아닌 '그'가 우연히 지나가다가 그녀를 구한 것이다! 이건 정말이지 일대 사건이라 할 만했다! 그리고 현재 두 사람의 마음 상태를 알고 있는 그녀에겐 이 사건이 더더욱 의미심장하게 다가왔다. 그는 에마에게 품은 연정의 감정을 극복하길 바라고 있었고, 해리엇은 엘턴 씨에게 대책 없이 빠져 있던 감정을 막 추스르는 중이었다. 모든 것이 맞물려서 더없이 중요한 결론에 도달할 것만 같았다. 이 사건을 계기로 두 사람이 서로에게 강렬히 끌리게 될 수도 있었다.

해리엇이 아직 인사불성인 몇 분 동안 프랭크 처칠은 에마와 이야기를 나누면서 해리엇이 겁에 질려 천진하게도 그의 팔에 죽자사자 매달려 있었다며 재미있어하고 또 즐거워했다. 그리고 해리엇이 설명을 한 후에 마지막으로 비커턴 양이 가증스러운 실수를 한 것에 열을 올리며 분노를 표했다. 그렇다 한들 억지로 추진시키거나 괜히 도와주려 하지 말고 그저 모든 것이 알아서 제 길을 찾도록 할 일이다. 에마는 단 한 걸음도 나서지 않을 것이며, 어떤 암시도 하지 않을 작정이었다. 천만에, 간섭이라면 이미 할 만큼 한 그녀였다. 계획을 세우는 것, 어디까지나 소극적으로 계획을 세우는 건 전혀 해가 되지 않을 것이다. 그 계획이란 다만 희망을 가져보는 것으로, 그 이상은 절대로 나서지 않을 것이다.

에마가 첫 번째로 결심한 건 그녀의 아버지가 이 일을 알게 되어선 안 된다는 것이었다. 아버지에겐 근심과 불안만 안겨주는 일일 터였다. 하지만 숨기기란 불가능함을 이내 깨달았다. 30분도 되기 전에 하이버리 전역에 알려진 것이다. 그것은 제일 말이 많은 젊은이들과 하층민이 관심을 가질 사건이었기 때문에 그 지역의 모든 젊은이들과 하인들은 얼마 안 가 그 무시무시한 소식을 접하고선 즐거워했다. 전날 밤의 무도회는 집시들 때문에 잊힌 것 같았다. 가엾은 우드하우스 씨는 앉아 있는데도 부들부들 떨었고, 에마가 예상한 대로 다시는 관목 숲 너머로 가지 않겠다고 약속하기 전까지는 한시도 마음을 놓지 못할 것 같았다. 그래도 스미스 양은 물론 (우드하우스 씨가 안부 인사 받길 좋아하는 걸 잘 아는 이웃들이) 그와, 우드하우스 양의 안위를 걱정하는 문의가 그날 하루 종일 끊이지 않은 것이 그에겐 다소 위안이 되었다. 그는 즐거워하며 자기들 모두 괜찮다는 답신을 보냈지만 이는 사실과는 다소 거리가 멀었다. 그녀는 아주 건강했고 해리엇도 딱히 다르지 않았지만, 에마는 구태여 간섭할 생각은 없었다. 그녀는 그런 사람의 자식이라고 하기엔 불행할 정도로 건강해서 몸이 찌뿌드드한 것조차 알지 못했으니, 아버지가 그녀를 위한 질병들을 발명해내지 않는 한, 그녀가 안부 인사에 등장할 일은 결코 없었다.

집시들은 법의 처벌을 기다리는 일 없이 황급히 달아났다. 하이버리의 젊은 숙녀들은 무서워할 겨를도 없이 다시 안전하게 산책을 하게 될 것이며, 이 모든 사태는 얼마 안 가서 대수롭지 않은 문제로 잦아들었지만 에마와 그녀의 조카들에겐 그렇지 못했다. 그녀의 상상 속에서 이 사건은 요지부동 제자리를 지켰고, 헨리와 존은 해리엇과 집시들 이야기를 해달라고 매일 졸라댔다. 그리고 에마가 원래 해준 이야기에서 조금이라도 벗어나면 끈덕질 정도로 바로잡는 것이었다.

4

이 활극이 있은 지 며칠 지나지 않은 어느 날 아침, 해리엇이 작은 꾸러미를 들고 에마를 찾아왔다. 주저하면서 그녀가 꺼낸 이야기는 이러했다.

"우드하우스 양, 바쁘시지 않다면 드리고 싶은 말씀이 있어서요. 일종의 고백인데, 하고 나면 다 끝난 일이 될 거예요."

에마는 상당히 놀랐지만 말해달라고 했다. 해리엇의 태도는 그녀가 한 말 못지않게 심각해 보여서 에마는 각오를 했다.

"제 의무면서, 제 생각에는 분명히 소망이기도 해요." 그녀는 말을 이었다. "이 문제에 대해선 당신에게 숨기는 일이 없어야 한다는 것이요. 한 가지 면에서 제가 다행히도 많이 달라졌기 때문에 그 사실을 말씀드려서 우드하우스 양의 마음을 편히 해드리는 게 마땅하겠죠. 전 필요한 것 이상으로 말하고 싶지는 않아요. 제가 전에 그렇게까지 하릴없이 빠져들었던 게 얼마나 부끄러운지 몰라요. 이 말이 뭘 의미하는지 아시겠죠."

"그래." 에마가 말했다. "그런 것 같아."

"어쩌면 그리도 오랫동안 헛바람이 들어 있었던 걸까요!" 해리엇이 격렬하게 외쳤다. "미쳤었나 봐요! 지금 보니 그분은 하나도 특출한 데가 없는데. 이젠 그분을 만나게 되건 아니건 상관하지 않아요. 마주치지 않는 쪽이 더 낫겠다고 생각은 하지만요. 그리고 그분과 마주치느니 아무리 먼 거리라도 돌아서 가겠어요. 그 부인도 전혀 부럽지 않아요. 전엔 안 그랬지만 이젠 그분을 존경하지도, 부러워하지도 않게 됐어요. 여전히 그분이 대단히 매력적이라는 말이야 하겠지만, 정말 마음보가 사납고 불쾌한 분이에요. 그날 밤 그분의 표정을 결코 잊을 수 없을 거예요! 하지만 확실히 말씀드리는 건데요, 우드하우스 양, 전 그분에게 아무런 악감정도 없어요. 그럴 리가요. 그분들 둘이서 영원히 행복하게 살라지요. 그런다고 제가 단 한순간이라도 상심할 일은 없을 거예요. 제가 진실을 말하고 있음을 우드하우스 양도 믿으실 수 있도록 이제부터 이걸 없애버리려 해요. 오래전에 없애버렸어야 했는데…… 절대로 간직해선 안 되었었는데……. 저도 너무나 잘 알고 있었지만…… (얼굴을 붉히며 말하기를) 아무튼 이제라도 이걸 완전히 없애버릴 거예요. 꼭 우드하우스 양 앞에서 없애고 싶어요. 제가 얼마나 이성적으로 처신하게 되었는지 확인하실 수 있게요. 이 꾸러미에 뭐가 들었는지 모르시겠어요?" 그러더니 해리엇은 겸연쩍은 표정이 되었다.

"짐작도 안 가는걸. 그가 네게 선물을 한 적이 있었니?"

"아뇨. 선물이라고 할 수도 없는 거예요. 하지만 제 딴엔 정말로 소중히 간직하고 있었던 것들이에요."

그녀는 그 꾸러미를 내밀었고, 에마는 그 위에 '가장 소중한 보물'이라고 쓴 걸 읽고 사뭇 호기심이 발동하는 것을 느꼈다. 해리엇은 꾸러미를 풀었고, 에마는 초조하게 지켜보았다. 은색 종이들이 가득 든 가운데 예쁘고 앙증맞은 턴브리지* 상자가 놓여 있었다. 해리엇이 상자를 열었다. 상자 안에는 부드럽기 그지없는 목화솜이 둘러져 있었지만 솜 말고 에마의 눈에 들어온 건 작은 반창고 조각뿐이었다.

"자," 해리엇이 말했다. "분명히 기억나실 거예요."

"아니, 정말 모르겠는데."

"세상에! 바로 이 방에서 반창고 때문에 일어난 일을 우드하우스 양이 잊으시리라곤 꿈에도 생각지 못했어요. 우리가 마지막으로 여기서 만난 날 중에 하루였는데요! 제가 인후염에 걸

---

*영국 켄트의 턴브리지 웰스 지방에서 제작한 장식품으로 색이 다른 나뭇조각들을 무늬처럼 이어붙이고 여러 문양과 풍경을 아로새겨 넣은 나무상자.

리기 바로 며칠 전이었어요. 그분이 우드하우스의 펜나이프에 손가락을 베었고, 그래서 반창고를 붙이라고 하셨던 거 기억 안 나세요? 그런데 우드하우스 양에겐 반창고가 없었고 때마침 제가 갖고 있는 걸 아시고선 저더러 그분에게 드리라 하셨 잖아요. 그래서 제가 갖고 있던 반창고를 꺼내 그분에게 한 조각 잘라드렸고요. 그런데 그게 너무 크고 그분이 벤 상처는 더 작아서 쓰고 남은 걸 한동안 만지작거리다가 저에게 다시 돌려 주셨죠. 그때의 허황된 마음에 전 그걸 보물처럼 간직하지 않을 수 없었어요. 그래서 그건 절대 쓰지 않으려고 따로 보관해 두고 이따금씩 들여다보며 각별한 즐거움으로 삼았었어요."

"세상에나, 해리엇!" 에마는 한 손을 얼굴에 댄 채 번쩍 뛰어오르면서 소리쳤다. "참기 힘들 만큼 나 자신이 부끄러워지는구나. 기억하느냐고? 그래, 이제야 다 기억나. 네가 이 기념품을 간직한 것만 빼고 전부 다……. 지금까지 난 아무것도 모르고 있었어. 하지만 손가락을 베었던 것, 그래서 내가 반창고를 붙이라고 했던 것, 또 나에겐 없다고 말했던 건! 아, 내 죄를 어쩌지? 내 죄를 어떻게 하면 좋을까! 말은 그렇게 했지만 실은 내 호주머니 속에 아주 많이 있었거든! 천지분간도 못 하면서 내 딴엔 꾀를 낸답시고 그럴 때가 많아! 내가 이 일로 남은 평생 부끄러워 얼굴도 못 들고 다닌다 해도 싸. 아, 이런 (다시 자리에 앉으며) 계속해, 또 다른 건 없고?"

"정말로 반창고를 갖고 계셨다고요? 전 짐작조차 못 했었는데, 너무나 천연덕스럽게 행동하셔서."

"그래서 넌 정말로 그 사람 때문에 이 반창고 조각을 간직했던 거고!" 부끄러운 마음을 추스르며, 에마는 놀랍기도 하고 재미있기도 한 심정이 되어 말했다. 그러면서 속으로 이렇게 덧붙였다. '맙소사! 혹여 나도 프랭크 처칠이 만지작거린 반창고 조각을 목화솜에 싸서 간직하게 될 날이 오려나? 죽었다 깨어나도 난 못 해.'

"여기," 해리엇이 다시 상자를 돌아보며 말하기 시작했다. "여기 그보다 훨씬 더 소중한 게 있어요. 제 말은 지금까지는 더 소중했다는 뜻이에요. 왜냐면 이건 실제로 한때 그분의 것이었기 때문이고, 그런 점에서 반창고와는 전혀 달라요."

에마는 더 귀중하다는 보물을 보고 싶은 마음이 굴뚝같았다. 그것은 연필심도 없이 끄트머리만 남은 오래된 몽당연필이었다.

"이건 진짜 그분 것이었어요." 해리엇이 말했다. "그날 아침 기억나지 않으세요? 아니, 못 하실 거예요. 아무튼 어느 날 아침이었어요, 정확히 며칠이었는지는 기억이 안 나네요. 아마 '그날 저녁' 이전의 화요일이나 수요일이었을 텐데, 그분이 자기 수첩에 메모를 하실 일이 있었어요. 가문비나무 술에 관한 내용이었죠. 나이틀리 씨가 그분에게 가문비나무 술 담그는 법에 대해 말씀하셨고, 그분은 그걸 적어두고자 했죠. 그런데 막상 연필을 꺼내셨을 때 심이 거의 없었고 그분이 깎았을 땐 하나도 남지 않게 되어서 우드하우스 양이 다른 연필을 그분에게 빌려드렸어요. 그리고 이건 무용지물이 되어 탁자에 버려져 있었죠. 하지만 전 계속 그 연필을 주시하다가 용기를 내서 챙겼고, 그 후 그 연필은 한시도 제 곁을 떠난 적이 없었어요."

"기억나." 에마가 외쳤다. "선명하게 기억나. 가문비술 얘길 하니까…… 아! 그래, 나이틀리 씨와 내가 둘 다 그 술을 좋아한다고 말했지, 그랬더니 엘턴 씨도 좋아하기로 마음먹은 것 같았어. 뚜렷하게 기억나. 잠깐, 그때 나이틀리 씨가 바로 여기서 있었지, 맞지? 바로 여기 서 있었던 것 같은데."

"아! 그건 모르겠어요. 기억이 나지 않네요. 정말 기묘한 일이네요, 그건 기억이 안 나다니. 엘턴 씨가 여기 앉아 계셨던 건 기억이 나요. 지금 제가 앉아 있는 바로 이 자리에."

"아무튼, 계속해."

"아! 그게 다예요. 더는 보여드릴 것도, 말씀드릴 것도 없어요. 이제 이것들을 전부 다 불 속에 던져버리겠다는 말 말고는. 그리고 제가 그렇게 하는 걸 우드하우스 양이 봐주셨으면 해요."

"우리 가엾은 해리엇! 정말로 이런 것들을 보물처럼 간직하면서 행복해했단 말이니?"

"그러게요, 저 같은 바보가 또 있을까요! 지금 생각하니 부끄러워 견딜 수가 없네요. 이걸 태워버리는 것만큼이나 수월하게 잊을 수 있으면 좋으련만. 제가 정말 잘못한 거잖아요, 그분이 결혼하신 후에도 기념품을 간직하고 있다니. 저도 잘못이라는 건 알았어요. 하지만 이것들을 내버릴 결심이 서지 않았어요."

"그래도, 해리엇, 반창고까지 굳이 태울 필요가 있을까? 오래전 몽당연필에 대해서라면 아무 말 않겠는데, 반창고라면 쓸

데가 있을 것 같아서."

"태우는 편이 더 행복할 거예요." 해리엇이 대답했다. "보기
만 해도 불쾌해지니까요. 전부 다 없애버리지 않으면 안 돼요.
자, 태웁니다. 이제 끝났어요, 하느님 감사합니다! 엘턴 씨와도
끝났어요."

'그럼 언제쯤에야 처칠 씨와 시작되는 걸까?' 에마는 생각했
다.

얼마 지나지 않아서 에마는 그 연분이 이미 시작된 거라 믿
게 될 근거를 찾아냈으니, 그 집시가 해리엇에게 운세를 말해
준 건 아니지만 인연을 점지해준 거*라는 기대를 품을 수밖에
없었다. 그 놀라운 사건이 일어난 지 두 주쯤 지나서 그들이 서
로의 사정에 대해 충분히, 그것도 우연치 않게 이야기를 나누
었다. 에마는 그 순간만 해도 그 문제에 대해선 생각하고 있지
않았기 때문에 그렇게 얻게 된 정보가 더욱 소중하게 여겨졌
다. 그도 그럴 것이 해리엇과 시시콜콜하게 대화를 하다가 그
저 "자, 해리엇, 네가 언제 결혼하건 난 네가 이건 이렇게 저건
이렇게 했으면 좋겠어"라고 말한 게 전부였다. 그리고 더는 마
음에 담아두지 않고 있었는데 1분 정도 아무 말도 오가지 않았
나 싶을 때 해리엇이 더없이 진지한 어조로 "전 절대로 결혼하
지 않을 거예요"라고 말하는 것이었다.

그제야 고개를 든 에마는 즉각 상황을 파악했고, 무심히 넘

---

*당시 집시, 특히 여성 집시들의 주요 수입원은 점을 쳐주는 것이었다.

겨버릴까 말까 잠깐 동안 마음속으로 고민한 끝에 말했다.

"절대 결혼하지 않겠다고! 새로 결심한 모양이네."

"그렇지만 절대 변하지 않을 결심이에요."

잠시 또 망설인 끝에 에마는 말했다. "혹여 그렇게 결심하게 된 계기가…… 엘턴 씨에게 경의를 표하기 위해서 그런 건 아니길 바라."

"엘턴 씨라니요!" 해리엇이 발끈하며 큰 소리로 말했다. "아! 말도 안 돼요." 그 말과 함께 에마는 '엘턴 씨는 꿈도 못 꿀 만큼 훌륭한 분이세요!'라는 말만 간신히 알아들었다.

그런 후 에마는 더 오랫동안 심사숙고했다. 여기서 이대로 멈추는 게 나을까? 그냥 넘겨버리고 아무것도 눈치채지 못한 척해야 할까? 그러면 해리엇은 그녀가 냉담하거나 화가 난 거라고 생각할지 모른다. 그렇다고 그녀가 묵묵부답으로 일관하면 해리엇이 지나치게 많은 이야기를 하게 부추기는 게 될지도 모른다. 정작 그녀는 전처럼 솔직하게 이야기를 나누거나, 틈만 나면 희망과 기회에 대해 터놓고 의논하는 건 다시는 하지 않겠다고 굳게 결심한 터였다. 그래서 말하고자 하는 것, 알고자 하는 것은 남김없이 그 자리에서 말하고 알아내는 편이 더 현명하다고 생각했다. 언제나 투명한 태도가 최선이므로. 그녀는 이런 부탁을 받을 경우 어느 선까지 갈 것인지 이미 정해 놓았기 때문에 자신이 머릿속에서 정한 타당한 원칙을 얼른 밝혀두는 게 두 사람 모두에게 더 나은 처사일 터였다. 결심이 선 에마는 이렇게 말했다.

"해리엇, 네 말을 못 알아듣는 척하진 않을게. 절대로 결혼하지 않겠다는 너의 결심, 아니 그러고 싶다는 네 바람은 아마도 네가 마음에 품은 사람이 너보다 어마어마하게 높은 신분이라 널 염두에 두는 일은 없을 거라는 생각에서 나온 거지. 그렇지 않니?"

"아! 우드하우스 양, 제가 언감생심 그런 생각을 했을 리 있나요. 전 그 정도로 정신 나간 사람은 아니에요. 하지만 멀리서나마 그분을 연모하게 돼서 행복해요. 그리고 이 세상 그 누구보다 탁월하신 그분의 성품을 생각하면, 고마운 마음, 경이로운 마음, 숭배하는 마음이 생겨요. 그야 당연한 것 아닌가요, 더군다나 저 같은 사람으로선."

"네가 그러는 건 내게 전혀 놀라운 일이 아니야, 해리엇. 그분이 네게 그리 큰 도움을 주셨으니 그런 연모의 감정이 드는 것도 당연하지."

"도움요! 아! 그건 어떤 말로도 표현할 수 없는 구원이었어요! 그때의 기억을 떠올리면, 그때 제가 느꼈던 그 모든 감정, 그분이 달려오시던 것을 본 순간, 그분의 고상한 표정, 그리고 그전까지 제가 처해 있던 야비한 상황을 떠올리면. 그랬었는데 그렇게 달라지다니! 순식간에 그렇게 달라지다니! 완전한 불행에서 완전한 행복으로 바뀌다니!"

"매우 자연스러운 일이야. 자연스럽고 또 영예로운 일이지. 그래, 영예로운 일이라고 생각해. 그렇게 온당하게 또 고마워하며 마음을 정한 거니까. 하지만 나로선 네가 그렇게 마음을 정했으니 운도 따라줄 거라고 장담할 수는 없겠구나. 너에게 그 감정에 네 모든 걸 다 바치라는 말은 못 하겠어, 해리엇. 그래서 보답을 받게 될 거라는 약속도 결코 할 수가 없고. 네가 뭘 할지 잘 생각해봐. 할 수 있을 때 네 감정을 억제하는 게 가장 현명한 길이 아닐까? 어쨌거나 그 감정에 휩쓸리는 일은 없도록 해. 그분도 널 좋아한다는 확신이 들지 않는다면. 그분을 잘 지켜봐. 그분의 행동거지에 따라 네 감정을 다스리도록 해. 내가 지금 이렇게 너에게 당부하는 건, 앞으로 두 번 다시 그 문제를 거론하지 않으려고 그러는 거야. 난 일체 간섭하지 않기로 결심했어. 지금부터 난 이 일에 대해 아무것도 모르는 거야. 우리 입에서 어떤 이름도 나와선 안 돼. 우린 이미 큰 잘못을 저질렀으니 이제부터라도 신중해야 해. 그는 물론 너보다 신분이 높고, 그것 말고도 대단히 심각한 종류의 반대와 장애에 부딪칠 거야. 그렇지만, 해리엇, 이보다 더 놀라운 일도 일어난 적이 있었고, 이보다 더 신분의 격차가 큰 혼사도 이루어진 적이 있어. 그래도 조심하는 게 좋아. 네가 너무 낙관하진 않았으면 좋겠어. 어떻게 끝나건, 네가 생각의 수준을 끌어올려 그분에게 향한 건 네 안목이 훌륭하다는 걸 나타내는 지표라고 봐도 돼. 나는 그걸 언제나 소중히 여길 거고."

해리엇은 말없이 에마의 손에 입을 맞추며 유순히 감사의 뜻을 표했다. 에마는 그녀의 친구에게 이런 연모의 감정이 생긴 게 결코 나쁜 일이 아니라고 믿어 의심치 않았다. 이 감정은 그녀의 마음을 고양시켜 세련되게 해줄 것이다. 그래서 그녀의 입지가 허락할 위험을 면하게 해줄 것이다.

<h1 style="text-align:center">5</h1>

이렇게 계획을 세우고 희망을 품고 못 본 체하는 가운데 하트
필드에 6월이 찾아왔다. 하이버리의 6월은 대개 별다른 변화가
없는 편이었다. 엘턴 부부는 아직도 서클링 부부의 방문과 그
들의 바로슈랜도를 이용하는 문제로 이야기하고 있었다. 제인
페어팩스는 여전히 그녀의 할머니 집에 머물고 있었다. 캠벨
부부가 아일랜드에서 돌아오는 날짜가 또 한 번 연기되어 하지
가 아닌 8월로 정해졌으니, 엘턴 부인이 도와주겠답시고 그녀
의 본의와 상관없이 괜찮은 일자리를 주선해서 쫓기듯이 가는
불상사만 막을 수 있어도 그녀는 앞으로 꼬박 두 달을 더 머물
것 같았다.

   나이틀리 씨는 그 자신 말고는 아무도 알지 못할 이유로 애
초부터 프랭크 처칠을 싫어했고, 날이 갈수록 더 싫어하는 게
눈에 보였다. 프랭크 처칠이 에마를 쫓아다니는 데 뭔가 표리
부동한 구석이 있다고 의심하기 시작한 것이다. 에마가 그의
목표라는 것은 반박의 여지가 없어 보였다. 매사에 그 점이 엿
보였다. 그가 내보이는 관심, 그의 아버지의 암시와 새어머니
의 신중한 침묵이 모두 일치했다. 말, 행동, 판단, 경솔함, 이
모든 것이 똑같은 이야기를 전했다. 그러나 그 많은 사람들이

그를 에마의 배필로 여기고, 에마 자신은 그를 해리엇에게 양보하고 있을 때, 나이틀리 씨만은 그가 제인 페어팩스를 농락하려 한다고 의심하기 시작했다. 나이틀리 씨로서는 이해할 수 없는 일이었지만 그들 사이엔 뭔가 통하는 것 같은 조짐들이 엿보였다. 적어도 그에겐 그렇게 보였다. 남자 쪽에서 마음에 품은 조짐들이 있었고, 일단 알아차리고 나니 상상에 기댔다가 착각을 한 에마의 전례는 어떻게든 피하고 싶은 심정에도 불구하고, 전혀 무의미한 일이라고 치부할 수는 없게 되었다. 맨 처음 이런 의혹을 품게 됐던 때, 에마는 그 자리에 없었다. 그는 엘턴 부부의 집에서 랜들스의 가족들과 제인과 함께 정찬을 들고 있었다. 그러다 프랭크 처칠이 제인 페어팩스를 바라보는 시선을 한 번, 아니 그보다 더 많이 감지했는데, 우드하우스 양을 연모하는 사람에겐 어울리지 않는 눈빛이었다. 이후 또 한 번 그들과 시간을 보내게 되었을 때, 그는 부득이하게 전에 봤던 것을 떠올렸고, 다시 한 번 눈여겨보게 되었다. 쿠퍼와 황혼녘 그의 집 난로*처럼 '내가 본 것은 나 자신이 만들어낸 것'이 아닌 한, 프랭크 처칠과 제인 사이에 은밀한 호감이, 뭔가 암묵적 합의 같은 것이 있다는 의심이 강하게 들어서였다.

어느 날 정찬을 마친 그는 자주 그랬듯 하트필드에서 저녁 시간을 보내려고 길을 나섰다. 에마와 해리엇이 산책을 나가려는 길이어서 그도 같이 걸었고, 돌아오는 길에 더 많은 사람들

*18세기 영국 시인 윌리엄 쿠퍼가 1784년 발표한 시 〈임무〉에서 인용한 것으로 꿈속에서 본 것을 실재와 혼동하는 내용이다.

과 마주쳤다. 그들도 역시, 비가 올 것 같은 날씨어서 일찍 산책을 해두는 게 좋겠다고 판단해 길을 나선 터였다. 그렇게 웨스턴 부부와 그들의 아들은 베이츠 양과 그녀의 조카를 우연히 만나게 되었다고 했다. 모두가 함께 걸었고 하드필드의 정문에 이르렀을 때, 지금 아버지를 방문하면 반가워할 것임을 너무도 잘 아는 에마가 다 함께 집 안에 들어가 아버지와 차를 마시자고 말했다. 랜들스 가족은 즉시 좋다고 했고, 베이츠 양은 듣는 사람이 없어도 줄기차게 한참을 떠든 후 친애하는 우드하우스 양이 고맙게도 이렇게 초대해주었으니 응해도 되겠다고 말했다.

그들이 뜰 안으로 들어서려는데 마침 페리 씨가 말을 타고 지나가게 되었다. 그는 자기 말에 대해 이야기를 했다.

그런 후 프랭크 처칠이 웨스턴 부인에게 물었다. "그나저나 페리 씨가 마차를 마련하신다고 하신 건 어떻게 되었나요?"

웨스턴 부인은 놀란 표정을 지으며 말했다. "그분이 그런 계획을 세웠는지조차 알지 못했는데."

"아뇨, 전 어머니한테서 들었는걸요. 석 달 전에 저에게 편지로 알려주셨어요."

"내가? 그럴 리가!"

"정말이에요. 똑똑히 기억하고 있는데요. 조만간 분명히 그렇게 될 거라고 말씀하셨어요. 페리 부인이 누군가에게 말하며 그렇게 된 것에 정말 기뻐했다고요. 부인 생각엔 궂은 날씨에 남편이 돌아다니는 게 건강에 아주 안 좋다고 설득한 끝에 이루어진 일이라고요. 이젠 틀림없이 기억하시겠죠?"

"장담하는데 그 이야긴 지금 처음 듣는구나."

"처음이라고요! 정말로요! 금시초문이란 말씀이시죠? 이럴수가! 어떻게 이럴 수가 있죠? 아무래도 제가 꿈을 꾼 것 같네요. 전 틀림없이 그렇다고 믿고 있었건만. 스미스 양, 걸음걸이를 보니 매우 피곤한 모양이에요. 당장 집 안으로 들어가고 싶으실 거예요."

"이게 다 무슨 소리지? 대체 무슨 이야기냐?" 웨스턴 씨가큰 소리로 말했다. "페리와 마차라니? 페리가 마차를 마련한단말이냐, 프랭크? 그럴 여유가 된다니 다행이구나. 페리한테서직접 들은 거니?"

"아뇨, 아버지." 그의 아들이 웃으면서 말했다. "누구한테서도 들은 게 아닌 모양이에요. 참 이상하죠! 전 어머니가 오래전, 제가 엔스컴에 있을 때 보내신 편지에서 이 얘길 구체적으로 말씀하셨다고 믿고 있었거든요. 하지만 어머니는 그런 말은일절 들은 적이 없다고 하시니 제가 꿈을 꾼 게 분명해요. 전정말 꿈을 많이 꾸니까요. 여길 떠나 있는 동안 제 꿈에 하이버리 사람들이 전부 다 등장했었어요. 각별했던 친구들 꿈을 다꾸고 나서 페리 씨 부부의 꿈을 꾸기 시작했던 거겠죠."

"정말 이상하구나." 그의 아버지가 말했다. "엔스컴에서 어지간해선 떠올릴 것 같지 않은 사람들에 대해 그리 정연하고조리 있는 꿈을 꾸다니. 페리가 마차를 마련한다고! 그리고 그의 부인이 남편이 건강을 해칠까 봐 마차를 마련하자고 설득했단 말이지. 언제고 일어날 일은 틀림없다고 생각하지만 너무 이른 감은 있구나. 꿈이란 게 정말 일어날 법하게 느껴질 때가 가끔 있는 법이지! 또 어떤 때는 터무니없는 것들만 잔뜩 나오고 말이야! 흠, 프랭크, 네 꿈은 네가 하이버리에 있지 않을 때도 늘 이곳을 생각한다는 걸 보여주는 게 분명해. 에마, 너도 꿈이라면 많이 꾸지 않니?"

에마는 이 말을 듣지 못했다. 아버지에게 손님들이 온다는 걸 알리려는 마음에 그들보다 앞서 갔기 때문에 웨스턴 씨의 말이 들리지 않는 곳에 떨어져 있었던 것이다.

"저, 솔직히 말씀드리면 말이죠," 2분 동안 말을 꺼내려고 헛되이 애쓰고 있던 베이츠 양이 큰 소리로 말했다. "저도 이 일에 대해 말해야 한다면, 의심할 바 없이 프랭크 처칠 씨는…… 그렇다고 프랭크 처칠 씨가 그 꿈을 꾸지 않았다고 말씀드리려는 건 아니고요, 저 역시 가끔 정말로 해괴망측한 꿈을 꾸거든요. 하지만 누군가 제게 묻는다면, 작년 봄에 그런 계획이 있긴 있었다고 말씀드려야 할 것 같네요. 그게, 페리 부인이 제 어머니에게 직접 말했었고, 콜 부부도 저희들과 마찬가지로 그 문제에 대해 알고 있었어요. 하지만 그걸 비밀에 부치느라 누구도 알지 못했고, 마차를 마련하겠다고 생각한 것도 사흘이 채 못 갔어요. 페리 부인은 남편에게 마차가 있으면 하는 마음이 간절했는데, 어느 날 아침 정말 신이 나서 저의 어머니를 찾아왔답니다. 남편을 용케 설득했다고 생각해서였죠. 제인, 우리가 집에 갔을 때 할머니가 해주신 이야기 기억하니? 우리가 어디서 산책을 하다 간 건지 기억이 안 나네요. 필시 랜들스였을 거예요. 맞아요, 랜들스로 산책을 갔던 것 같아요. 페리 부인은 늘 제 어머니에 대한 마음이 각별했었어요. 사실 안 그런 분이 계실까 싶지만, 아무튼 부인은 그런 이유로 제 어머니만 알고 있으라고 한 말이었지요. 물론 어머니가 우리에게 말하는 건 반대하지 않았고요. 그래도 그 이상 말이 새어 나가선 안 되었기 때문에, 그날부터 지금까지 전 제가 아는 누구에게도 그 얘긴 일절 안 했어요. 하지만 어쩌다 넌지시 얘기를 비친 것조차 하지 않았다고는 확실히 말씀 못 드리겠네요. 가끔이지만 저도 모르는 사이에 말이 툭 튀어올 때가 있거든요. 아시다시피 제가 말이 많잖아요. 좀 수다스러운 편이지요. 그래서 이따금씩 해선 안 될 말이 튀어나오는 때가 있어요. 그런 점에서 제인하곤 다르죠. 제인 좀 닮으면 좋으련만. 제인만큼은 그 어떤 하찮은 얘기도 전혀 누설한 적이 없다고 제가 장담하지요. 그런데 얘가 어디 갔지? 아! 바로 뒤에 있구나. 페리 부인이 찾아왔던 게 생생히 기억나요. 정말 놀라운 꿈이네요!"

그들은 홀로 들어서고 있었다. 나이틀리 씨가 베이츠 양보다 먼저 제인을 흘끗 쳐다보았다. 프랭크 처칠이 당혹스러운 표정을 애써 감추거나 웃어넘기려 한다고 생각한 그는 부지불식간에 제인을 쳐다보게 되었던 것이다. 그러나 베이츠 양의 말대로 그녀는 뒤에 있었고, 숄을 정리하느라 정신이 없었다. 웨스턴 씨가 안으로 들어갔고, 두 신사는 문간에 서서 그녀가 지나가길 기다렸다. 나이틀리 씨는 프랭크 처칠이 그녀와 어떻게든 눈을 마주치러 한다는 생각이 들었다. 그녀를 보느라 어 념이 없는 것 같았다. 설령 그렇다 해도 소용없는 것이, 제인은 두 신사 사이를 지나쳐 홀로 들어가면서 누구도 쳐다보지 않았다.

그 꿈에 대해선 더 이상의 의견이나 설명을 할 시간이 없었다. 꿈은 꿈인 걸로 접어야 했고, 나이틀리 씨는 커다란 현대식 원형 탁자에 자리 잡고 앉아야 했다. 그 탁자는 에마가 하트필드로 들여온 것으로, 그녀가 아니었다면 누구도 아버지에게 지난 40년 간 그의 두 끼 식사를 한가득 차려 올렸던 자그마한 펨브로크 탁자* 대신 그 탁자에 앉아서 식사를 하도록 설득할 수 없었을 것이다. 유쾌한 분위기에서 차가 오갔고 누구도 서둘러 자리를 파할 생각이 없어 보였다.

"우드하우스 양." 프랭크 처칠이 앉은 채로 손을 뻗어 뒤쪽의 탁자를 만져보더니 말했다. "조카들이 알파벳 상자를 치워버린 건가요? 여기 있었는데 어디 간 걸까요? 오늘처럼 찌푸린 날씨의 저녁엔 여름이 아니라 겨울이라고 생각해야 할 것 같은데요. 일전에 그 글자 상자로 참 재미난 아침을 보냈었잖아요. 또 한 번 퀴즈를 내드리고 싶은데."

에마가 그 제안에 반색해 상자를 내놓자 탁자 위는 여기저기 놓인 알파벳들로 가득 찼다. 그러나 두 사람 말고 그 게임을 하고 싶은 사람은 아무도 없는 것 같았다. 그들은 재빠르게 단어

---

*양쪽 면을 접어서 작게 할 수 있는 탁자.

들을 만들어 서로에게나, 퀴즈를 풀려는 모두에게 내주었다. 게임이 말없이 이루어진다는 점에서 특히 우드하우스 씨에게 잘 맞았다. 웨스턴 씨가 가끔씩 소개했었던 더 활기찬 게임은 그에 겐 힘에 부쳤었기 때문이다. 지금 그는 자리에 앉아서 '가엾은 어린 것들'이 떠난 일을 여린 감상에 젖어 한탄하거나, 그의 앞으로 굴러 온 글자를 집어 들고선 에마의 글씨가 얼마나 예쁜지 애정을 듬뿍 담아 칭찬하며 행복한 시간을 보내고 있었다.

프랭크 처칠이 페어팩스 양 앞에 단어 하나를 놓았다. 그녀는 알게 모르게 탁자 주변을 흘끗 보더니 퀴즈를 풀기 시작했다. 프랭크는 에마 옆에 있었고, 제인은 그들 반대편에 있었다. 그리고 나이틀리 씨는 그들 모두가 한눈에 들어오는 자리에 있었는데, 가급적 관찰하는 것처럼 보이지 않으면서 가능한 많은 것을 보려함이었다. 제인은 단어를 알아내고 살포시 미소를 지으며 옆으로 밀쳐놓았다. 만약 곧바로 다른 글자들과 뒤섞어 안 보이게 하려고 했다면, 탁자 위를 봤어야지 건너편을 바라봐선 안 되었을 것이다. 그도 그럴 것이 글자들이 제대로 섞이지 않았던 것이다. 그런데 새 단어가 나올 때마다 맞히려고 열을 올려도 정작 한 개도 맞히지 못하던 해리엇이 곧바로 그 글자들을 가지고 문제를 풀기 시작했다. 그녀는 나이틀리 씨 옆에 서 있었고, 그를 돌아보며 도와달라고 했다. 문제의 단어는 '실수'였다. 그리고 해리엇이 신이 나서 답을 선포했을 때 제인이 뺨을 붉혔고, 그 바람에 그 단어에 숨은 의미가 드러나고 말았다. 나이틀리 씨는 그 단어와 예의 꿈 이야기에 연관이 있을 거라고 생각했지만, 어쩌다 그런 연관성이 생긴 건지는 도저히 파악할 수가 없었다. 그가 아끼는 그 아가씨의 섬세한 마음씨, 그 분별력이 어쩌면 이렇게까지 흐리멍덩해질 수 있는 것일까? 뭔가 결정적으로 연루된 사정이 있는 것 같아 걱정이 되었다. 매번 정직하지 못하고 이율배반적인 속임수에 부딪히는 기분이었다. 이 글자들은 여성의 비위를 맞추어 속이려는 수단에 지나지 않았다. 이 게임은 프랭크 처칠이 더욱 교활한 게임을 감추려고 선택한 애들 장난일 뿐이었다.

참을 수 없는 분노를 느끼며 나이틀리 씨는 프랭크 처칠을 계속 주시했다. 경각심과 불신의 마음을 품고, 아무것도 모른 채 그와 함께하는 두 사람을 지켜보았다. 프랭크가 짧은 단어를 구성해선 음흉하면서도 점잔 빼는 태도로 에마에게 내주었다. 에마는 금세 알아차렸고, 너무나 재미있어했지만 짐짓 질책하는 척하는 게 좋겠다고 판단한 건지 "말도 안 돼요! 부끄러운 줄 아세요!"라고 말했다. 그러자 프랭크 처칠이 제인 쪽을 흘끗 쳐다보면서 "그럼 이분에게 드려야겠네요. 그렇게 할까요?"라고 말했고, 이에 에마가 웃음을 터뜨리더니 열을 올리며 "안 돼요, 안 돼요, 그러시면 안 돼요, 설마 정말 그러시는 건 아니죠?"라고 반대하는 말이 그의 귀에 똑똑히 들렸다.

그러나 그는 자기 말대로 했다. 여성에게 사근사근한 이 청년, 사랑하지만 무감하고, 호감을 사려하면서 정작 공손하지 않은 그가 곧장 페어팩스 양에게 그 단어를 건네면서 유달리 진지하고 정중한 어조로 알아맞혀보라고 말했다. 어떤 단어인지 부쩍 호기심이 인 나이틀리 씨는 한순간도 놓치지 않고 그쪽으로 눈길을 준 끝에 금세 '딕슨'임을 보게 되었다. 제인 페어팩스도 그와 같은 때 알아차린 모양이었고, '딕슨'이라고 배열된 글자들의 숨은 의미, 그 안에 담긴 더 깊은 뜻을 틀림없이 더 잘 파악한 것 같았다. 그녀는 불쾌한 기색이 역력했다. 고개를 들어 모두가 자기를 주시하고 있는 걸 확인한 그녀는 이제껏 나이틀리 씨가 본 중에 제일 심하게 얼굴을 붉히며 "고유명사도 되는지 몰랐군요"라고만 말하더니, 이젠 화까지 내면서 그 글자들을 밀어내버렸고 더 이상 단어를 내줘도 참여하지 않겠다고 결심한 것 같은 표정을 지었다. 그러고선 자길 공격한 사람들에게서 이모에게로 고개를 돌렸다.

"그러게, 정말 그러네, 애야." 조카는 아무 말 하지 않았지만 베이츠 양은 그렇게 말했다. "나도 그렇게 말하려던 참이었어. 이제 정말 가봐야 할 시간이야. 저녁 시간도 다 돼서 할머니가 우릴 찾으실 거야. 어르신, 이렇게 배려해주셔서 정말로 감사합니다. 이제 그만 일어나야겠어요."

제인이 재빨리 움직이는 것을 보니 그녀의 이모가 예상한 대로 떠날 준비를 한 게 틀림없었다. 그녀는 지체 없이 자리에서 일어나 탁자를 뜨려고 했다. 그러나 다른 사람들 역시 자리를 뜨는 중이어서 바로 나가진 못했다. 그 와중에 나이틀리 씨는, 애가 탄 사람의 손이 또 한 번 글자들을 모아 그녀 쪽으로 밀자 그녀가 그것을 보지도 않고 단호히 쓸어버리는 것을 보았다. 그런 후 그녀가 자기 숄을 찾자, 프랭크 처칠도 그 숄을 함께 찾았다. 날이 어두워져가고 있었고 방 안은 혼잡했다. 그래서 나이틀리 씨는 두 사람이 어떻게 헤어졌는지는 확인하지 못했다.

그는 모두가 떠난 뒤에도 하트필드에 남아 있었고, 방금 자기 눈으로 본 것들을 생각하느라 여념이 없었다. 양초마다 불이 켜져 더 잘 볼 수 있게 되자, 그는 친구로서 마땅히, 그렇다, 염려하는 친구로서 마땅히, 에마에게 이 문제를 넌지시 내비치면서 몇 가지 질문을 했다. 그녀가 그런 위험에 처해 있는데 지켜주려는 노력도 하지 않고 보고만 있을 수는 없었다. 그것은 그의 의무였다.

"궁금한 게 있는데, 에마." 그가 말했다. "당신과 페어팩스 양에게 마지막 문제로 낸 단어가 무엇 때문에 그토록 재미있고, 날카롭게 정곡을 찌른 건지 물어봐도 될까? 나도 그 단어를 봤는데, 그게 왜 한 사람에겐 못 견디게 재미있고, 다른 사람에겐 못 견디게 괴로울 수 있는지 궁금하거든."

에마는 어찌할 바를 몰랐다. 그에게 사실대로 설명하는 건 차마 할 수 없었다. 그녀가 품은 의혹이 가신 건 결코 아니었지만, 그렇다고 다른 사람에게 그런 이야기를 알려준 건 정말로 부끄러운 일이었기 때문이다. "아!" 그녀는 당황한 기색을 역력히 드러내며 큰 소리로 말했다. "아무 의미도 없어요. 그냥 우리끼리 농담한 게 다예요."

"농담이라고." 그가 근엄한 어조로 대답했다. "당신과 처칠 씨 사이에서만 농담인 것 같던데."

그는 그녀가 다시 말을 꺼내길 바랐지만 그런 일은 없었다. 그녀는 말만 안 할 수 있다면 어떤 일도 마다하지 않을 생각이었다. 그는 의심을 품은 채 한동안 앉아 있었다. 온갖 불길한 생각들이 그의 마음을 스쳤다. 간섭, 무익한 간섭. 에마의 어쩔 줄 몰라 하는 태도, 친한 사이임을 인정하는 그 태도는 그녀가 마음을 내주었음을 표명하는 듯했다. 그렇다 한들 그는 말할 작정이었다. 그녀의 평안이 위협받는 걸 내버려두느니 그녀가 언짢아하더라도 간섭하는 것, 그녀의 평안과 관련된 문제임에도 모르쇠로 일관했다는 기억을 떠올리게 되느니, 어떤 불편도 마다하지 않고 부딪치는 것, 이것이 그녀에 대한 그의 도리였다.

"에마," 그는 마침내 진심 어린 호의를 담아 입을 열었다. "당신은 지금 우리가 이야기하고 있는 그 신사와 숙녀가 서로 어느 정도까지 친한지 정확히 안다고 생각하나?"

"프랭크 처칠 씨랑 페어팩스 양을 말씀하시는 거예요? 아! 그럼요, 알고말고요. 왜 그런 걸 의심하세요?"

"혹시 한 번이라도 그가 그녀를, 아니면 그녀가 그를 연모한다는 생각을 한 적은 없어?"

"절대로요! 그럴 리가요!" 그녀는 노골적인 열망을 담아 소리쳤다. "절대로, 한순간도, 그런 생각을 한 적은 없었어요. 어쩌다 그런 생각까지 하시게 된 거예요?"

"최근 들어 두 사람 사이에 애정의 조짐이 보인다는 생각을 했거든. 다른 사람들 앞에서 드러내려 하지 않는 그런 표정이 담긴 눈빛이리고 해야 하나."

"어쩌면! 이토록 절 즐겁게 해주실까. 당신도 상상의 나래를 한껏 펼치실 수 있다는 걸 알게 되어 기쁘군요. 하지만 그 상상은 틀렸어요. 처음 시도하신 상상에 제재를 가해서 송구스럽기 그지없지만 정말 그건 아니에요. 그들 사이에 연모의 감정 같은 건 없어요, 제가 장담하죠. 그리고 당신이 심상치 않게 본 모습들도 좀 유별난 상황에서, 전혀 다른 성격의 감정에서 비롯된 거고요. 정확하게 설명하는 건 불가능해요. 별의별 터무니없는 일들이 잔뜩 끼어 있거든요. 그래도 말을 해서 이해할 수 있는 부분, 의미가 통하는 부분이 있다면 그건 그들 사이만큼 애정이나 찬미의 감정과 거리가 먼 경우는 세상 어딜 가도 찾아볼 수 없다는 거예요. 다시 말하면 제가 여자에 대해선 그렇게 추정하고, 남자에 대해선 그렇게 보증할 수 있다는 뜻이지요. 그 신사에 관해서라면 그녀에게 전혀 관심이 없다고 책임지고 말씀드릴 수 있어요."

나이틀리 씨는 그녀의 확신에 찬 말에는 마음이 흔들렸고, 만족스러워하는 태도엔 입을 다물었다. 그녀는 기분이 들떠 있었고, 그래서 좀 더 대화를 나누면서 그가 의심하게 된 특별한 계기와, 그가 본 모든 표정에 대한 해석과, 그녀에겐 참으로 재미있는 정황들이 어디서 어떻게 펼쳐진 건지 듣고 싶었을 것이다. 그러나 그의 심정은 그녀의 들뜬 기분에 맞춰줄 수가 없었다. 자기가 어떻게 해도 소용없을 것임을 알게 된 그는 속이 타서 이야기를 할 기분이 아니었다. 심정이 이런데, 추위에 속수

무책인 우드하우스 씨의 습관으로 거의 1년 내내 저녁 때마다 피우는 난롯불 때문에 열불이 치밀어 오르는 일이 없도록 그는 이내 서둘러 자리를 떴고, 걸어서 냉랭하고 고적한 돈웰 애비의 집으로 돌아갔다.

6

하이버리 사람들은 일찍부터 서클링 부부가 곧 방문할 거라고 기대했었다. 그러나 가을이 되어도 그들이 오지 못할 수도 있다는 말을 듣고서 몹시도 당혹스러운 심정을 추슬러야만 했다. 당분간 그에 필적할 비중의 새로운 사건이 일어나 그들의 지적 소양을 풍요롭게 해줄 일은 전혀 없었다. 매일 이런저런 소식들을 주고받을 때 그들의 관심은 다시금 서클링 부부의 방문 소식과 함께 이야기됐던 다른 소문들로 국한되고 말았는데, 가령 단 하루도 건강 상태가 안정될 기미가 없는 것 같다는 처칠 부인에 관한 최근 소식이나, 아기가 태어날 날이 다가오면서 모든 이웃의 기쁨이 더 커진 만큼 본인의 기쁨도 더 커지리라고 기대하는 웨스턴 부인의 근황이 그러했다.

엘턴 부인은 실망이 컸다. 한껏 즐거운 시간을 보내며 과시할 날이 연기되어버린 것이다. 그녀가 나서서 소개하고 권하려던 것도 모두 유보되었을 뿐만 아니라 낱낱이 계획했던 파티도 말만 무성할 뿐이었다. 처음 생각은 그랬지만 좀 더 곰곰이 살

퍼보면서 그녀는 모든 것을 더 미룰 필요는 없다는 확신에 이르렀다. 서클링 부부가 오지 않는다고 해서 박스힐에 소풍을 가지 못할 건 뭔가? 그 부부가 가을에 오면 그때 또 가면 되는 것을. 그래서 박스힐에 가기로 정했다. 그런 모임이 있을 거라는 건 다들 오래전부터 알고 있었던 데다 또 다른 모임을 모색하기까지 했다. 에마는 박스힐에 가본 적이 한 번도 없었다. 모두가 입을 모아 가볼 만하다고 하는 곳을 보고 싶은 마음에 그녀는 웨스턴 씨와 날씨가 좋은 아침 시간을 정해서 마차로 가보기로 약속했다. 두세 명의 친구만 더 합류시키기로 하고 조용하고 소박하고 또 우아하게 다녀오기로 했다. 엘턴 부부와 서클링 부부처럼 부산을 떨며 준비하고 격식을 차린 음식을 먹고 마시는 소풍 행렬과는 전혀 격이 다른 모임이 될 것이었다.

이 점에 대해서는 웨스턴 씨와 뜻이 참으로 잘 맞았었기 때문에, 웨스턴 씨가 엘턴 부인에게 언니 부부가 오지 못하게 되었으니 두 번의 파티를 하나로 합쳐 이번에 같이 가는 걸로 하자고 제안했고 엘턴 부인도 기꺼이 그러마고 응했으니, 그녀가 반대만 하지 않으면 그렇게 할 거라는 말을 들었을 때 에마는 놀랍고 다소 불쾌한 심정이 되었다. 그녀가 반대한다면 그건 오로지 엘턴 부인을 정말로 싫어하기 때문인데, 그 사실은 웨스턴 씨도 익히 알고 있는 터라 다시 얘기를 꺼내봤자 좋을 일이 없었다. 그래도 이야기를 하면 결국 그를 원망할 수밖에 없고, 그러면 그의 아내가 괴로워할 것이다. 그래서 에마는 다른 때였으면 극구 피했을 계획에 따르는 수밖에는 별도리가 없었다. 그 계획 때문에 그녀는 엘턴 부인의 파티에 참석했다고 입에 오르내리는 치욕까지 감수해야 할 것이다! 상한 감정을 안고 겉으로는 순순히 응했지만, 대책 없이 호의를 남발하는 웨스턴 씨의 성품을 들키지 않게 신랄하게 비판하느라 속병이 날 지경이었다.

"내 결정을 따라줘서 기쁘구나." 웨스턴 씨가 마냥 기분이 좋아서 말했다. "그럴 줄 알았어. 이런 계획은 사람이 많아야 하거든. 사람이 많을수록 좋아. 많으면 그것만으로도 재미가 있으니까. 어쨌거나 엘턴 부인도 좋은 사람이잖니. 그 사람만 빼놓을 순 없지."

에마는 그렇지 않다는 말을 하진 않았지만 속으론 전혀 동의하지 않았다.

때는 바야흐로 6월 중순이었고 날씨는 화창했다. 엘턴 부인은 얼른 날짜를 정하고 웨스턴 씨와 비둘기 파이와 양고기 냉육에 대해 결정하려고 안달이었는데, 그때 하필이면 마차를 끄는 말이 다리를 다치면서 슬프게도 모든 게 불확실해지고 말았다. 말이 다시 일어나려면 몇 주가 걸릴 수도, 단 며칠이 될 수도 있었다. 무작정 준비를 할 수도 없는 노릇이었으니 우울하게도 지지부진을 면치 못하고 있었다. 엘턴 부인의 수완도 이런 난관을 헤쳐나가기엔 역부족이었다.

"정말 부아가 치밀어 오르네요, 나이틀리 씨!" 그녀가 외쳤다. "소풍 가기에 이렇게 좋은 날씨인데! 이렇게 미뤄질 수밖에 없는 실망스러운 일이 일어나다니 정말 속상해요. 이제 어떻게 하죠? 이런 식으로 가다간 1년이 훌쩍 가버릴 테고 아무 것도 한 일이 없게 될 거예요. 작년엔 이맘 때보다 더 이른 때 우린 메이플 그로브에서 킹스 웨스턴까지 소풍을 가서 정말 즐거운 시간을 보냈거든요."

"돈웰로 소풍을 오셔도 좋겠네요." 나이틀리 씨가 대답했다. "말이 없어도 올 수 있으니까요. 오세요, 그리고 저희 농장에서 키운 딸기를 좀 드시지요. 한창 익어가고 있거든요."

나이틀리 씨는 별 생각 없이 이렇게 제안했는지 모르지만, 엘턴 부인이 선뜻 기쁘게 받아들이는 바람에 이후로는 진지하게 일을 진척시킬 수밖에 없었다. 태도보다는 "어머! 제일 마음에 드는 계획인데요"라고 한 말에서 의도가 더 분명히 드러났던 것이다. 돈웰은 딸기밭으로 유명했기 때문에 초대를 할 구실이 될 듯했다. 하지만 사실 구실도 필요가 없었다. 양배추밭이었대도 어디든 가고 싶어 좀이 쑤셨던 그 숙녀는 단번에 혹했을 것이다. 그래서 그에게 가겠다는 약속을, 그가 의심하는 것도 아닌데, 하고 또 했고 그의 초대를 받은 것이 그와 친해진 증거이며 특별한 찬사라고 제멋대로 생각하며 뛸 듯이 기뻐했다.

"제 말을 믿으셔도 돼요." 그녀가 말했다. "정말로 갈 거예요. 날짜만 말씀해주시면 갈게요. 제인 페어팩스를 데려가도 되겠죠?"

"당장은 정할 수 없을 것 같네요." 나이틀리 씨가 말했다. "먼저 부인이 만나셨으면 하는 분들에게 말씀드려본 후에 가능할 것 같습니다."

"어머! 그건 다 저에게 맡겨주세요. 백지 위임장만 제게 주시면 돼요. 아시다시피 제가 '숙녀 의장'*이니까요. 그건 제 파티에요. 제가 친구들을 데려갈게요."

"엘턴 씨를 데려오시기 바랍니다." 그가 말했다. "그 밖의 초대 건으로 부인께 폐를 끼치는 일은 없을 겁니다."

"어머! 아주 비밀스러운 표정을 지으시네요. 하지만 생각해 보세요. 제게 그 권한을 위임하시는 문제로 걱정하실 것 없어요. 전 남편감을 찾으려고 혈안이 된 철부지 아가씨가 아니랍니다. 기혼 여성이니까 전권을 줘도 탈이 없을 거예요. 그건 제 파티잖아요. 저에게 다 맡기세요. 제가 나이틀리 씨의 손님들을 초대하죠."

"아뇨." 그가 차분하게 대답했다. "자기가 바라는 사람들을 돈웰에 초청할 수 있도록 제가 허락할 기혼 여성이 있다면 단 한 사람뿐입니다. 그 사람은 바로……."

"웨스턴 부인이겠죠." 자존심이 좀 상한 엘턴 부인이 말을 잘랐다.

"아뇨, 나이틀리 부인입니다. 그 사람이 존재할 때까지, 그런 문제는 제가 직접 처리할 겁니다."

"아! 정말 별나기도 하셔라!" 그녀보다 더 선호하는 사람이 있는 건 아님에 안심한 그녀가 큰 소리로 말했다. "익살꾼**시군요, 그렇다면 내키는 대로 말씀하시든가요. 정말 익살꾼이

*친목회 같은 자발적인 사교 모임에서 의장 노릇을 하는 숙녀.

셔. 그럼, 전 제인을 데리고 가겠어요. 제인과 제인의 이모랑 같이. 나머지는 선생님께 맡길게요. 하트필드 가족을 만나도 전혀 이의 없으니 주저하실 것 없어요. 그 가족분들을 좋아하시는 걸 아니까요."

"제가 그분들을 설득할 수 있다면 틀림없이 만나시게 될 겁니다. 그리고 베이츠 양 댁에는 제가 집으로 가는 길에 들를 생각입니다."

"뭣하러 그렇게까지 수고를 하시나요. 제가 제인을 매일 만나는데요. 하지만 좋으실 대로 하세요. 오전 모임이 되겠군요, 그렇죠, 나이틀리. 아주 소박한 파티 말이에요. 전 커다란 보닛을 쓰고 작은 바구니를 팔에 끼고 오겠어요. 여기, 이 분홍색 리본이 달린 바구니가 어떨까 하는데요. 이게 제일 단순하게 생겼거든요. 그리고 제인도 이런 걸 들고 올 거고요. 격식을 차리거나 이목을 집중시킬 만큼 대단히 차릴 건 없어요. 집시들의 파티 같을 테니까. 우린 선생님 댁의 정원을 거닐고 직접 딸기도 따고 나무 밑에 앉을 거예요. 그러니 다른 걸 더 제공하실 생각이라면 뭐든 바깥에 차려주셔야 하겠죠. 그늘 밑에 탁자를 펼치고요. 모든 게 가급적 자연스럽고 소박해야 할 거예요. 이게 선생님의 생각이시죠?"

"그렇진 않습니다. 제가 생각하는 소박하고 자연스러운 파티라면 정찬실에 탁자가 놓여야 할 겁니다. 신사 숙녀의 본성

**엘턴 부인이 하고 싶은 말은 '제멋대로'이거나 '별나다'는 것이나 적합한 단어를 쓰지 못하고 있다.

과 소박함은 하인들이 시중을 들고, 편의 시설이 갖추어진 방 안에서 식사를 대접할 때 가장 잘 지켜진다는 게 제 생각입니다. 정원에서 딸기를 먹다가 싫증이 나면 집 안에서 차가운 고기요리를 먹으면 됩니다."

"흠, 좋으실 대로 하세요. 다만 상다리가 부러지게 차리진 말아주세요. 그나저나, 저나 아니면 제 가정부의 의견이 선생님께 조금이라도 도움이 될까요? 기탄없이 말씀해주세요, 나이틀리. 제가 호지스 부인에게 일러두거나 뭐든 감독하길 바라신다면……."

"그런 바람은 추호도 없습니다만, 감사합니다."

"흠, 하지만 곤란한 일이 생기기라도 하면 어쩌시려고요. 제 가정부가 이만저만 똑똑한 게 아니거든요."

"제가 보증하건대, 제 가정부 역시 그 못지않게 똑똑해서 누가 도와준다 해도 받아들이지 않을 겁니다."

"다들 당나귀가* 한 마리씩 있었으면 좋겠는데요. 제인과 베이츠 양과 제가 당나귀를 타고 가면 딱일 텐데요. 그리고 우리 카로 스포소가 옆에서 걸어가고 말이죠. 아무래도 그이에게 말해서 당나귀를 한 마리 사라고 해야겠어요. 시골 생활을 하려면 당나귀가 필수품인 것 같거든요. 아무리 소일할 재간이 많은 여자라고 해도 허구한 날 집에만 틀어박혀 있을 순 없는 노릇이잖아요. 그런데 먼 길을 산책하다 보면, 아시겠지만 여름

---

*당시 숙녀들은 종종 당나귀를 타거나 당나귀가 끄는 경마차를 탔다.

엔 먼지가 일고 겨울엔 진창투성이죠."

"돈웰에서 하이버리까지 그런 길은 없습니다. 길에 진창 같은 건 전혀 없고 요새는 완전히 말라 있으니까요. 하지만 원하시면 당나귀를 타고 오세요. 콜 부인에게 빌리실 수 있을 겁니다. 모든 게 가급적 부인의 취향에 맞기를 바랍니다."

"그럴 거라고 믿어요. 과연, 제 평가가 맞는군요. 내 훌륭하신 친구. 유독 인정머리 없고 퉁명스러운 태도를 보여주시지만 그 밑엔 누구보다 따뜻한 마음씨가 숨겨져 있는 걸 전 알아요. 제가 E 씨에게도 말하지만, 당신은 골수까지 익살꾼이라니까요. 그래요, 제 말을 믿으세요, 나이틀리, 이 모든 계획이 절 배려하는 당신의 마음에서 나왔다는 걸 아주 잘 알고 있어요. 절 기쁘게 해주시려고 바로 이런 계획을 세우게 되신 거죠."

나이틀리 씨가 그늘 밑에 탁자를 펼치지 않으려고 한 데에는 또 다른 이유가 있었다. 그는 우드하우스 씨는 물론, 에마도 이 파티에 오도록 설득하고자 했다. 그런데 누구건 야외에 앉아 식사를 할 경우 우드하우스 씨의 기분이 상하리라는 건 불 보듯 뻔한 일이었다. 우드하우스 씨에게 아침의 마차 산책이니, 돈웰에서 한두 시간 보내시라느니 하는 허울 좋은 핑계로 꼬드겨 그가 끔찍해하는 상황에 빠뜨려선 안 될 일이었다.

그는 신의를 지키며 우드하우스 씨를 초청했다. 진저리 칠 일을 숨겼다가 노신사가 쉽게 믿은 자신을 탓할 일 같은 건 없었다. 그가 돈웰을 찾지 않은 지도 2년째였다. "날씨가 아주 화창하다면야, 나도 에마와 해리엇과 함께 문제없이 갈 수 있겠지. 그리고 웨스턴 부인과 가만히 앉아 있는 동안, 아가씨들은 정원을 거닐면 될 테고. 요새 같은 때 정원에 습기가 차 있을 리는 없을 거야. 그것도 한낮이니까. 그 고택을 다시 보고 싶어 견딜 수가 없구나. 그리고 엘턴 부부와 그들의 이웃들을 보면 정말 기쁠 거야. 날씨가 아주 맑고 에마와 해리엇과 함께 간다면야 반대할 이유가 있겠니. 나이틀리 씨가 우릴 초대한 건 정말 잘한 일이야. 정말 친절하고 양식 있는 행동이지. 밖에서 정찬을 드는 것보다 이게 훨씬 더 영리해. 난 밖에서 정찬을 드는 걸 좋아하지 않아."

다행히도 나이틀리 씨의 초대를 받은 사람들은 모두 곧바로 수락했다. 어딜 가나 환영하며 초청을 받아들였고, 엘턴 부인과 마찬가지로, 다들 이 계획을 그들에 대한 특별한 경의의 표시로 받아들이는 것 같았다. 에마와 해리엇은 그 소풍을 대단히 기대하고 있다고 말했다. 그리고 웨스턴 씨는, 부탁하지 않았는데도 프랭크가 갈 수 있다면 함께 참석하겠다고 약속했다. 그건 하지 않아도 되었을 승낙과 감사의 표시였지만 나이틀리 씨는 프랭크 처칠이 오면 기쁠 거란 말을 하지 않을 수 없었다. 이에 웨스턴 씨는 갖은 언술을 동원한 편지를 곧바로 보내 그가 반드시 오도록 하겠다고 약속했다.

그러는 동안 다리를 다친 말이 신속히 회복되어서 다시금 박스힐 파티를 행복하게 도모할 수 있게 되었다. 그리고 마침내 돈웰 소풍의 날짜가 정해졌고, 바로 그다음 날 박스힐에 가기로 했다. 날씨가 더없이 안성맞춤인 듯 여겨져서였다.

하지를 앞둔 어느 날 정오에 눈부신 태양 아래 우드하우스 씨가 야외 파티에 참석하기 위해 한쪽 창문을 닫아둔 자기 집 마차에 무사히 올랐다. 그리고 돈웰에서 가장 안락한 곳으로, 그를 위해 아침 내내 불을 피워둔 방에 흡족하게 자리를 잡은 그는 꽤 느긋한 태도로 파티가 계획대로 성사되었음을 기쁘게 이야기했고 또 모두에게 얼른 와서 앉으라고, 너무 더운 데 있지 말라고 조언했다. 웨스턴 부인은 걸어서 왔는데, 피곤하다는 핑계로 그와 함께 실내에서 내내 앉아 있으려고 그런 모양이었다. 그녀는 다른 사람들이 권유를 받거나 재촉을 받아도 안에 남아 있으면서 우드하우스 씨의 이야기를 경청하고 공감해주었다.

에마는 돈웰에 온 지 까마득하게 오래됐기 때문에 아버지가 편히 있는 걸 확인하자마자 아버지를 놔두고 밖으로 나와 주변을 둘러보았다. 그녀와 그녀 가족에겐 언제나 큰 관심사임에 틀림없는 저택과 영지를 좀 더 상세히 살펴보고 더 정확하게 파악하여 기억을 새롭게 하고 또 정정하고 싶은 마음이 컸다.

저택의 규모와 양식미, 바람과 맞서지 않도록 고른 낮은 지대에 적절히 어울리도록 자리 잡은 특유의 모양새, 전망엔 무관심했던 옛날*에 지어졌기에 저택에선 거의 보이지 않는 개울이 적시는 목초지까지 쭉 뻗어 있는 광대한 정원, 그리고 유

---

*18세기에는 저택의 전망이 매우 중요했지만, 16, 17세기까지만 해도 그렇지 않았다. 오히려 침입을 막기 위해 눈에 띄지 않는 '낮은' 지대에, '바람과 맞서지 않도록' 짓는 것이 중요했기 때문에 돈웰 역시 그렇게 지어졌으며, 집에서 개울이 보이지 않아도 상관하지 않은 듯하다.

행이나 무절제에 휘둘려 뿌리째 파내버리지 않은 덕에 줄지어 무성한 군락을 이룬 수림과 가로수 길을 보면서 그녀는 현재와 미래의 소유자와 인척 관계이기에 더욱 당당한, 솔직한 자부심과 자기만족을 느꼈다.

돈웰은 하트필드보다 컸고 그곳과는 달리 드넓은 영지를 차지한 채 무질서하고 불규칙적으로 뻗어나가는 형태였다. 수많은 안락한 방들과 한두 개의 근사한 방들이 있었다. 마땅히 갖춰야 할 것을 모두 갖추었고 옛 모습을 그대로 간직한 저택이었다. 오점 없는 혈통과 지력을 갖춘 진정 훌륭한 가문이 살아온 저택으로, 에마의 경외감은 나날이 커져갔다. 존 나이틀리의 기질에 다소 결함이 있긴 했어도 이저벨라는 나무랄 데 없는 집안과 인연을 맺었다. 그녀의 혼사로 인해 얼굴을 붉히게 될 사람이나 이름이나 장소는 전혀 생기지 않았으니 말이다. 그렇게 생각하니 기분이 좋아져서 에마는 이리저리 거닐면서 그 기분을 만끽하다가 마침내 다른 사람들처럼 딸기밭으로 갔다. 곧 리치먼드에서 올 예정인 프랭크 처칠만 빼고 다들 모여 있었다. 커다란 보닛과 바구니까지, 행복의 도구를 빈틈없이 갖춘 엘턴 부인은 냉큼 선두에 나서서 딸기를 따고 받는 일이나 딸기 이야기를 나누는 일을 지휘했다. 지금은 딸기, 오직 딸기만 생각했고 또 딸기 이야기만 했다. "영국 최고의 과일. 누구나 좋아하는 사시사철의 건강 과일이죠. 이 딸기들은 가장 비옥한 밭에서 난 최상품이에요. 직접 딸기를 따니 즐겁죠? 딸기를 진정으로 즐기는 유일한 길이니까요. 두말할 것 없이 아침에 따는 게 제일 좋아요. 절대 지치는 법이 없거든요. 모든 종자가 좋지만 오보에 종자는 타의 추종을 불허할 정도로 좋아요. 비교가 안 될 정도죠. 나머지 종자들은 먹을 게 못 돼요. 오보에 종자는 희귀종…… 칠리 종자를 더 좋아해요. 풍미는 화이트우드가 최고…… 런던의 딸기값…… 브리스틀 근방엔 흔하고…… 메이플 그로브…… 경작…… 밭을 갈아엎을 때, 정원사들마다 생각이 천차만별이라, 일반적인 규칙도 없어요. 정원사들은 자기 방식에서 절대 벗어나려 하지 않죠. 맛있는 과일…… 향이 너무 강해 많이 먹을 수가 없어요. 체리만 못하죠. 까치밥 나무가 더 상큼하죠. 딸기 따는 건 다 좋은데 단 하나 몸을 수그려야 한다는 거예요. 이글이글 타는 태양도, 힘들어 죽을 것 같아요. 더는 못 버티겠네. 아무래도 그늘에 가서 앉아야겠어.”

그렇게 반 시간 동안 대화가 오갔는데, 웨스턴 부인이 밖으로 나와 의붓아들을 걱정하며 그가 왔느냐고 물었을 때 딱 한 번 중단되었다. 그녀는 아들이 말을 타고 오다가 어떻게 되는 건 아닐까 좀 불안해했다.

그럭저럭 그늘 구실을 할 만한 곳에 의자들이 놓여 있는 게 보였다. 이제 에마는 엘턴 부인과 제인 페어팩스가 하는 이야기를 싫어도 들을 수밖에 없었다. 일자리, 더없이 바람직한 일자리에 대한 이야기가 오갔다. 엘턴 부인은 그날 아침 그에 관한 통고를 받고 뛸 듯이 기뻐했다. 서클링 부인네도, 브래그 부인네도 아니었지만, 교양이나 가세로 볼 때 두 집안 버금간다고 할 수 있었다. 바로 그래그 부인의 사촌이며, 서클링 부인과 안면이 있는 사람으로, 메이플 그로브에서도 이름이 알려진 숙녀의 집이었다. 애교 있고 매력적이고 월등한 최상류층의 숙녀로 신분, 인맥, 계층 할 것 없이 모든 면에서 뛰어났다. 그래서 엘턴 부인은 저돌적으로 이 제안을 당장 받아들이게 하려고 했다. 그녀는 열광과 에너지와 승리감에 완전히 도취되어선 자기 친구의 거절을 전혀 받아들이지 않았다. 페어팩스 양이 이전에 부인이 몰아세웠을 때 내세웠던 명분을 다시 상기시키며 자긴 당분간 어떤 일도 하지 않을 것이라고 말했는데도, 고집불통으로 자신이 다음 날 아침 우편으로 승낙한다는 편지를 보내게 해달라고 했다. 제인은 이런 걸 어떻게 다 참아내는 건지, 에마는 깜짝 놀랐다. 아닌게 아니라 제인도 신경이 곤두선 표정으로 날을 세워 말을 했고, 결국 평소의 그녀답지 않은 결단력을 발휘해 자리를 옮기자는 제안까지 했다. "산책을 하는 게 어떨까요? 나이틀리 씨께서 정원을 구경시켜주시겠어요? 모든 정원을요. 빠짐없이 다 보고 싶거든요." 페어팩스 양은 친구의 집요함을 더는 참을 수 없었던 모양이었다.

더운 날이었다. 그래서 한동안 산발적으로 정원을 거닐다가 두세 명씩 짝을 이루어 이리저리 흩어지게 되었고 부지불식간에 차례대로 넓게 펼쳐진 짧은 참피나무 가로수 길의 싱그러운 그늘 아래로 모여들었다. 나무들은 강에서부터 일정한 거리를 유지하며 정원 너머까지 뻗어 있어서, 이 즐기기 좋은 영지의 마지막 정경이 되었다. 길을 따라가봤자 아무것도 없었다.

드높은 기둥들이 서 있는 낮은 돌벽 너머로 보이는 경관이 전부였다. 이 돌기둥들은 집에 다다르는 길목을 보여줄 셈으로 세워진 것 같았으나, 정작 집이 존재했던 적은 없었다. 그런 식으로 마무리한 사람의 안목에 대한 논란의 여지는 있겠지만 그 자체로도 매혹적인 산책로였고, 그 산책로의 끝을 알리는 경관은 기가 막히게 예뻤다. 돈웰 애비는 상당히 가파른 기슭의 발치 가까이 서 있었는데, 경내를 넘어서면 점차로 더 가팔라졌고, 그로부터 반 마일 더 가면 꽤나 험준하고 장엄한 강둑이 울창한 숲을 두른 채 나타났다. 그리고 이 강둑 맨 아래쪽, 풍수가 좋아 바람을 면할 수 있는 곳에 애비밀 농장이 자리 잡고 있어서 앞으로는 목초지가 펼쳐져 있고 강줄기가 그 가까이로 아름답게 굽이져 흘렀다.

아름다운, 눈과 마음이 모두 호강하는 경치였다. 영국의 신록, 영국의 경작지, 영국의 안락한 생활상이 눈부신 태양 아래 거치적거리는 것 하나 없이 펼쳐져 있었다.

이 산책로에서 에마와 웨스턴 씨는 일행 모두가 모여 있는 것을 보았다. 그리고 나이틀리 씨와 해리엇이 무리와 떨어져 이 경관이 펼쳐진 곳을 향해 말없이 걸어가고 있는 것이 에마의 눈에 들어왔다. 나이틀리 씨와 해리엇이라니! 그들 둘이 사담을 나누는 건 기묘한 광경이었지만 에마는 흡족하게 바라보았다. 한때 해리엇이라면 말벗은커녕 예의를 표하지도 않고 고개를 돌렸던 그였건만, 지금 그들은 유쾌하게 대화를 나누고 있는 것 같았다. 그리고 에마 역시 해리엇이 애비밀 농장과 어울리는 곳에 서 있는 걸 보면 불만스러워 할 때가 있었지만, 지금은 아무것도 걱정하지 않았다. 농장의 번영을 보여주는 화려한 부대시설들과 비옥한 방목장, 널리 흩어져 있는 가축들, 꽃이 만발한 과수원과 더불어 엷게 피어오르는 연기 기둥을 본다 해도 탈이 날 것 같진 않아서였다. 에마는 돌벽에 서 있는 그들에게 다가갔고, 그들이 경치를 구경하는 것보다 대화를 나누느라 더 열중해 있다는 걸 알아차렸다. 그는 해리엇에게 농경 방식 따위에 관한 자신의 견식을 나눠주고 있었다. 그리고 에마에게 미소를 건네는 것이 '이것이 내 관심사야. 이런 분야라면, 로버트 마틴 얘길 꺼내려 한다는 의심을 살 필요 없이 말할 권리가 있겠지'라고 말하는 것 같았다. 그녀는 그를 의심하지 않았다. 그건 너무도 오래전 이야기였다. 로버트 마틴은 더는 해리엇을 마음에 품고 있지 않을 것이다. 그들은 산책로를 따라 몇 번 돌았다. 그늘에 있으니 마음까지 시원해지는 것 같아서, 그날 하루 중 그때가 에마에겐 제일 유쾌한 시간으로 여겨졌다.

그런 후 일행은 집으로 향했다. 모두 집 안으로 들어가 식사를 해야 했고 그래서 다들 자리 잡고 앉아 부지런히 식사를 했다. 여전히 프랭크 처칠은 오지 않았다. 웨스턴 부인은 내다보고 또 내다보았지만 부질없었다. 그의 아버지는 전혀 마음에 걸릴 것 없다며 노심초사하는 아내를 보며 웃었지만, 그녀는 의붓아들이 그의 검은 암말을 탔을까 봐 두려운 마음을 금할 길이 없었다. 일말의 망설임 없이 반드시 오겠다던 그였다.

"외숙모 상대가 아주 많이 니이져서 오는 데 전혀 문제가 없을 겁니다." 정작 처칠 부인의 상태는 많은 사람들이 말해줬듯, 언제 어떻게 될지 미지수였기 때문에 그녀의 조카가 당연히 가능하다고 확신한들 얼마든지 상황은 달라질 수 있었다. 이에 웨스턴 부인은 결국 그가 아직까지 오지 못 하는 건 처칠 부인의 상태가 갑자기 악화됐기 때문이라고 믿게 되었다. 아니 그렇게 말하기에 이르렀다. 이런 이야기가 오가는 동안 에마는 해리엇을 쳐다보았다. 해리엇은 매우 성숙하게 처신했고, 동요하는 법이 없었다.

차가운 음식으로 차려진 식사가 끝나고, 일행은 아직 구경하지 못한 돈웰의 오래된 연못을 구경하러 다시 한 번 밖으로 나갔다. 다음 날 벨 예정인 클로버 밭까지 갈 수도 있었고, 가지 않더라도 더운 데 있다가 다시 시원한 곳으로 가서 즐기기는 할 것이었다. 우드하우스 씨의 경우, 강의 습기가 올라오지 않을 거라는 생각에서 정원의 가장 높은 지대를 잠깐 거닌 터라 더 이상 나갈 생각이 없었다. 그리고 그의 딸은 아버지와 함께 남아 있기로 결심했고, 웨스턴 부인은 산책을 하면서 기분전환을 하는 게 좋겠다는 남편의 간곡한 권고를 따랐다.

나이틀리 씨는 우드하우스 씨가 즐거운 시간을 보낼 수 있도록 각고의 노력을 기울였다. 오랜 벗이 아침 시간을 즐겁게 보낼 수 있도록 판화 책, 메달, 카메오, 산호, 조개껍데기들이 들어 있는 서랍들, 진열장에 든 가문의 모든 수집품*들을 마련해놓았다. 그 친절한 마음 씀씀이는 뜨거운 화답을 받았다. 우드하우스 씨는 좋아서 어쩔 줄을 몰랐다. 웨스턴 부인이 그것들을 전부 보여주자, 이제 그는 에마에게 마찬가지로 보여주고 싶어 했다. 감식안이 전혀 없긴 했지만 다행히 어린애 수준이라고 할 정도는 아니어서 그는 느긋하고 진득하게 또 꼼꼼히 음미했다. 그러나 두 번째 완상에 들어가기 전에, 에마는 저택의 입구와 부지를 자유롭게 구경할 생각으로 홀에 들어섰다. 그런데 들어가기 무섭게 제인 페어팩스가 들어섰다. 정원에서 황급히 들어온 그녀는 도망쳐 온 것 같은 표정을 짓고 있었다. 우드하우스 양과 마주칠 거란 예상을 못 했기 때문에 처음엔 소스라치게 놀랐지만 사실 우드하우스 양이야말로 그녀가 찾고 있던 사람이었다.

"좀 도와줄래요?" 페어팩스 양이 말했다. "절 찾는 분이 계시면, 제가 집으로 갔다고 말해줄 수 있나요? 지금 바로 가려고요. 이모님은 얼마나 늦었는지, 얼마나 오랫동안 집을 비웠는지 잘 모르고 계시지만, 그래도 찾으실 게 분명하니 당장 가야겠어요. 누구에게도 간다는 말을 못 했어요. 그래봤자 폐만 끼치고 걱정을 안겨드릴 테니까요. 몇몇 분은 연못가로 가셨고 몇몇 분은 참피나무 산책로로 가셨어요. 다들 되돌아오시기 전까진 내가 떠난 걸 모르실 거예요. 그러니 아시게 되면 먼저 갔다고 말해주시겠어요?"

*르네상스 이후 유럽의 부자들 사이에서는 예술 작품부터 수공예품, 조개껍데기 따위의 자연물을 수집하는 것이 유행했다. 이런 수집품들로 가득 찬 공간을 '경이의 방'이라고도 불렀는데, 수집품들은 집안에서 대대로 전해지고 관리되었다.

"물론이죠, 바라는 대로 힐게요. 그런데 설마 혼자서 하이버 리까지 걸어갈 생각은 아니죠?"*

"걸어갈 건데요. 큰일이야 있겠어요? 난 빨리 걷는 편이에 요. 20분이면 집에 도착할 거예요."

"하지만 너무 멀어요. 혼자서 걸어가기엔 정말 너무 먼데. 아버지 하인을 불러 모셔다드리라고 할게요. 내가 마차를 부르 죠. 5분이면 올 거예요."

"고마워요, 고마워요. 하지만 절대 그럴 필요 없어요. 걸어 가는 게 더 나아요. 그리고 혼자 걸어가는 걸 두려워해서 되나 요! 머지않아 다른 사람들을 보호해줘야 할 사람인데."

그녀가 굉장히 흥분해서 말했기 때문에 에마도 덩달아 안달 이 나서 대답했다. "그런 이유로 지금 위험하게 바깥바람을 쐰 다는 건 말도 안 돼요. 마차를 불러야겠어요. 땡볕도 위험할 수 있다고요. 이미 이렇게 지쳐 있으면서."

"그래요," 그녀가 대답했다. "지쳐 있어요. 하지만 지금 내 지친 기분은 빨리 걸으면 상쾌해질 거예요. 우드하우스 양, 당 신도 나도 때로 마음이 지친다는 게 어떤 건지 알고 있잖아요. 지금 내 마음은, 기진맥진한 상태예요. 당신이 날 가장 잘 배려 해줄 수 있는 방법은 내 뜻대로 하게 해주는 것과, 사람들이 물 으면 먼저 갔다고 말해주는 것뿐이에요."

에마는 더는 제지할 말을 찾지 못했다. 눈으로 모든 걸 확인

---

*당시 숙녀가 혼자서 걸어 다니는 건 예법에 다소 어긋난 것으로 간주되었다.

했던 것이다. 그래서 그녀의 감정에 이입되어 그녀가 지체 없이 집을 떠날 수 있도록 거들어주고 친구로서의 열과 성이 담긴 눈으로 그녀가 무사히 빠져나가는 것을 지켜봐주었다. 떠나면서 바라본 페어팩스 양의 눈엔 고마움의 감정이 담겨 있었고 "아, 우드하우스 양, 가끔은 혼자 있는 게 참 편하지 않나요!"라는 말로 작별의 인사를 대신했다. 그것은 혹사당한 속마음이 불거진 것 같기도 하고, 그러면서도 자기를 아껴주는 사람들까지 배려하는 부단한 인고의 마음을 대변하는 듯도 했다.

"집이면 집, 이모면 이모, 무엇 하나 그녀를 가만 놔두질 않는구나." 홀로 되돌아오면서 에마는 혼잣말을 했다. "당신이 진심으로 가엾어. 당신이 그 끔찍한 것들에 상처받은 감정을 드러내면 드러낼수록 난 당신이 더 좋아질 거야."

제인이 떠난 지 채 15분이 안 되었고, 아버지와 성 마르코 성당 그림을 불과 몇 장 봤을까 싶은 순간, 프랭크 처칠이 방에 들어섰다. 에마는 그의 생각을 하긴커녕, 아예 잊고 있었지만 그를 보게 되니 무척 반가웠다. 웨스턴 부인이 한시름 돌릴 테니 말이다. 검정색 암말 탓이 아니었다. 처칠 부인 때문일 거라 말한 사람들이 옳았다. 부인의 병이 잠깐 악화되는 바람에 발이 묶였던 것이다. 부인의 신경발작이 몇 시간 계속되면서 올 생각은 아예 포기하고 있었던 그는 꽤 늦은 시간이 되어서야 출발할 수 있었는데, 무더운 속에서 말을 달려야 하는 데다 아무리 서두른들 이렇게 늦어질 것임을 진즉에 알았다면 올 생각은 꿈에도 하지 않았을 거라고 했다. 지독하게 더운 날이었다.

그는 그렇게 더운 날은 처음이었고, 그냥 집에 있을 걸 하는 후회마저 들었다고 했다. 더위만큼 그를 힘들게 하는 건 없었다. 추위나 다른 날씨라면 얼마든지 견딜 수 있지만 더위는 정말 참을 수 없다고 했다. 그런 말을 하며 우드하우스 씨를 위해 피웠으나 이젠 꺼져가는 불가에서 가급적 멀리 떨어진 곳에 자리 잡고 앉은 그의 표정은 청승맞아 보였다.

"가만히 앉아 계시면 금방 시원해질 거예요." 에마가 말했다.

"시원해지면 곧바로 돌아가야 할 겁니다. 전 자리를 비우면 안 된다고, 제가 떠날 때 누누이 강조하시더군요! 이제 곧 다들 돌아가시겠네요. 파티가 끝나가고 있으니까요. 오는 길에 한 분을 만났어요. 이런 날씨에 미친 거지! 정말 미친 거지!"

에마는 유심히 듣고 쳐다보고서 프랭크 처칠의 상태가 속이 뒤집힌다란 말이 딱 제격일 거란 생각부터 들었다. 날이 더우면 짜증을 부리는 사람이 있기 마련이다. 그도 그런 체질인 모양이었다. 그렇게 돌발적으로 괴로울 땐 먹고 마시는 게 도움이 될 때가 많다는 걸 아는 에마는 그에게 다과를 들라고 권했다. 정찬실에 가면 음식이 얼마든지 있을 것이라며 그녀는 인정 많게도 문까지 가리켜주었다.

"아뇨. 먹지 않을래요. 배고프지 않거든요. 오히려 더 더워지기만 할 거예요." 그러나 2분이 지나자 그는 마음을 바꿔서 가문비나무 술에 대해 중얼거리며 정찬실로 갔다. 에마는 아버지에게 관심을 돌리며 속으로 말했다.

'저 사람에 대한 사랑을 진작 끝낸 게 다행이네. 아침 날씨가 덥다고 금세 평정을 잃는 남자는 좋아할 수 없을 것 같아. 해리 엇이야 착하고 무난한 성격이라 신경 쓰지 않겠지만.'

그는 오랫동안 태평하게 식사를 즐긴 후 전과는 사뭇 달라진 모습으로 돌아왔다. 더위도 다 가신 터였고, 그답게 사근사근한 태도로 의자를 그들 가까이 끌어당겨선 그들의 소일거리에 관심을 보일 수 있게 되었다. 그리고 전혀 과하지 않은 태도로 너무 늦게 온 것에 유감을 표했다. 기분이 아주 좋은 건 아니었지만 좋아지려고 애써 노력하는 것 같았다. 최소한 자못 유쾌한 태도로 실없는 농을 떨었다. 그들은 스위스 풍경을 보는 중이었다.

"외숙모님이 괜찮아지시는 대로 외국에 갈 생각입니다." 그가 말했다. "이런 나라들을 둘러봐야 마음이 편해질 것 같거든요. 감상할 만한 스케치나 기행문이나, 제가 쓴 시를 가끔씩 보내드리지요.* 절 알릴 일을 할 거예요."

"그러셔도 좋겠네요. 하지만 스위스의 스케치는 안 될걸요. 스위스는 절대 가실 것 같지 않은데요. 외삼촌, 외숙모께서 당신이 외국에 나가는 걸 허락하실 리 없으니까요."

"함께 가자고 권유해볼 수는 있겠죠. 외숙모님에게 따뜻한 날씨가 처방으로 주어질 수도 있고요. 전 우리 모두가 외국에 나갈 거라고 기대가 매우 커요. 오늘 아침, 제가 곧 외국에 나

---

*당시 영국 귀족 청년들은 '대여행'이라는 이름으로 유럽 등지를 여행하는 것을 교육의 마지막 과정으로 삼았다. 이때 그림 수업을 받고 여행지를 스케치하거나 기행문을 써서 여행 경험을 알리는 경우가 흔했다.

가게 될 기라는 강한 예감을 받았어요. 전 여행을 해야 해요. 허송세월하는 데 지쳤어요. 변화가 필요해요. 진심으로 하는 말이에요, 우드하우스 양. 당신의 통찰력 있는 눈이 무얼 보건 상관없습니다. 전 영국에 진력이 나요. 할 수 있다면 내일이라도 당장 떠날 겁니다."

"유복한 나머지 도락에 빠지는 것도 싫증이 나신 거군요. 사서 고생할 일을 얼마간 모색해서 여기 있는 것에 만족해하실 순 없나요?"

"유복한 나머지 도락에 빠지는 것도 싫증이 난 거라고요! 큰 착각을 하고 계시군요. 전 제 자신이 유복하거나 도락을 탐닉한다고 생각하지 않습니다. 실질적인 문제엔 어느 것도 개입할 수 없는 처지니까요. 제가 운이 좋은 사람이라고는 전혀 생각하지 않아요."

"그래도 아까 들어오셨을 때만큼 처량하진 않으시네요. 가서 음식을 좀 더 드세요. 그럼 아주 좋아지실 거예요. 냉육도 한 조각 더 드시고 마데이라*와 물도 더 드시면 기분이 우리들과 거의 비슷하게 맞춰질 것 같은데요."

"아뇨, 가만히 있을 겁니다. 여기 당신 옆에 앉아 있어야지요. 당신이 내 최고의 치료제니까."

"우린 내일 박스힐에 갈 거예요. 같이 가요. 스위스는 아니지만 변화에 목말라하는 젊은이에게 얼마간 도움이 될 거예요.

*당시 포르투갈 소유의 마데이라 군도산 포도주. 당시 영국과 포르투갈은 활발한 교역 관계에 있어서 마데이라 포도주가 큰 인기를 끌었었다.

여기 계시면서 함께 가실 거죠?"

"아뇨, 안 갈 겁니다. 저녁에 선선해지면 집으로 가야 해요."

"하지만 내일 아침 선선할 때 다시 오셔도 되잖아요?"

"아뇨. 그럴 만큼 구미가 당기지 않아요. 가게 되면 언짢기만 할 겁니다."

"그러면 리치먼드에 계세요."

"거기 있으면 더더욱 언짢아질걸요. 당신들 모두가 나 없이 거기 갔다는 생각을 하면 견디지 못할 거예요."

"곤란하시겠지만 본인 스스로 결정하시지 않으면 안 되겠네요. 어느 정도까지 언짢을 것인지를 정하세요. 더는 부담스럽게 권하지 않을게요."

나머지 일행이 돌아오고 있었고, 금세 다 모이게 되었다. 프랭크 처칠을 보고 몇몇은 정말로 반가워했고 몇몇은 매우 차분하게 받아들였다. 그러나 페어팩스 양이 먼저 갔음을 설명하자 다들 걱정하며 심난해했다. 그렇지만 다들 돌아갈 시간이어서 그쯤해서 마무리를 했고, 다음 날 계획을 최종적으로 간단히 결정한 후 작별을 고했다. 프랭크 처칠은 점점 더 빠지고 싶지 않은 쪽으로 마음이 기울어서 결국 에마에게 이렇게 말했다.

"흠, 제가 남아서 파티에 함께 가는 게 당신이 바라시는 거라면 따르겠습니다." 그녀는 미소 지으며 수락했다. 리치먼드에서 그를 호출하지 않는 한 그는 다음 날 저녁까지 그곳에 머물 것이다.

7

박스힐에 가는 날은 매우 화창했다. 그리고 주선하고 조정하고 시간을 엄수하는 등의 다른 모든 외적 상황도 파티에 즐거움을 더해주었다. 웨스턴 부인이 총괄해서 하트필드와 목사관 사이에서 무탈히 조율한 덕에 다들 적절한 시간에 모일 수 있었다. 에마는 해리엇과 함께 갔고 베이츠 양과 그녀의 조카가 엘턴 부부와 함께 갔다. 신사들은 말을 타고 갔다. 웨스턴 부인은 우드하우스 씨와 남았다. 일행이 박스힐에 도착했을 때 부족한 건 아무것도 없었다. 즐거운 시간을 보내리라는 기대감에 부풀어 7마일을 여행했고, 처음 도착해선 모두가 환성을 질렀다. 그렇지만 그날 하루의 대부분 뭔가 미진했다. 침체되어 신이 나지 않는 데다, 겉도는 분위기가 끝까지 이어졌다. 따로따로 행동하는 경향이 심했다. 엘턴 부부는 자기들끼리 따로 걸었고. 나이틀리 씨는 베이츠 양과 제인을 보살폈고, 에마와 해리엇은 프랭크 처칠과 다녔다. 웨스턴 씨가 모두가 함께 어울리도록 애써봤지만 소용이 없었다. 처음엔 어쩌다 보니 그렇게 개별적으로 행동하게 된 것 같았지만 실질적으로 달라진 건 전혀 없었다. 엘턴 부부가 모두와 어울리지 않으려 한 건 아니었고, 한껏 유쾌하게 굴었지만, 하지만 언덕에서 보낸 두 시간 동안 서로 거리를 두기로 원칙을 세우기라도 한 건지 멋진 전망도 시원한 음식도, 웨스턴 씨의 쾌활한 성격도 하나로 어우러지는 분위기를 만들기엔 역부족이었다.

처음에 에마는 너무도 따분해했다. 프랭크 처칠이 이렇게 말이 없고 무감각한 건 처음이었다. 그는 들을 만한 이야긴 전혀 안 했고 눈엔 초점이 없었으며, 감탄을 해도 흐리멍덩한 데다 들어도 정작 그녀가 무슨 이야기를 하는지 이해하질 못했다. 그가 그렇게 따분한데 해리엇이 따분한 게 놀랄 일은 아니었지만 에마로선 둘 다 참아주기가 힘들었다.

　　그들이 모두 자리를 잡고 앉자 좀 나아졌다. 에마의 취향에서 볼 때 프랭크 처칠이 말이 많아지고 명랑하게 굴면서, 다른 누구보다 그녀에게 관심을 기울이게 된 것이 훨씬 더 좋았다. 그는 다른 사람들이 눈치를 챌 정도로 유독 그녀에게만 관심을 쏟았다. 그녀를 즐겁게 해주고 그녀의 기분에 유쾌하게 맞춰주는 것 말고 다른 아무것도 신경 쓰지 않았다. 그리고 에마는 활기를 띠게 되니 기쁘고, 비위를 맞춰준 것도 싫을 리 없어서 마찬가지로 명랑하고 격의 없이 굴었고, 더없이 다정한 태도로 그를 부추겼고, 자기에게 잘 보이려는 그를 받아주었다. 그들이 처음 안면을 트면서 제일 생기발랄하게 지냈던 때도 이 정도는 아니었지만, 그녀 딴엔 지금 그런 행동을 하는 건 아무 의미가 없다고 판단했던 것이다. 정작 그걸 본 거의 모든 사람들 눈엔 남녀가 새롱거린다는 말 외에는 달리 표현할 수 없을 행동으로 비쳐졌을 게 틀림없었다. '프랭크 처칠 씨와 우드하우스 씨가 서로 새롱거리는 게 도를 넘어섰다'라고 토씨 하나 틀리지 않게 입에 오르내린다 하더라도 당연할 정도로 굴고 있었고, 급기야 한 숙녀는 메이플 그로브로, 또 다른 숙녀는 아일랜드로 보내는 편지에서 그렇게 써 보냈다. 그렇다고 에마가 정말로 즐거워서 분별없이 명랑하게 군 건 아니었다. 오히려 기대했던 것보다 즐겁지가 않아서 그런 쪽에 가까웠다. 그녀는 실망스러워서 웃음을 터뜨린 것이었고, 그가 자기에게 관심을 보이는 것이 좋았고, 그 발로가 우정이건, 연모건, 아니면 불장난이건 신중한 판단 끝에 나온 것이라고 생각했지만, 그렇다고 해서 다시 마음을 줄 생각은 전혀 없었다. 그녀에게 그는 여전히 친구로 정해져 있었다.

"정말 이렇게 고마울 데가 다 있을까요." 그가 말했다. "오늘 오라고 말씀해주시다니! 당신이 아니었다면 전 이 파티에서 행복을 누릴 기회를 놓쳐버렸을 겁니다. 한사코 돌아가버리겠다고 작정하고 있었으니까요."

"그래요, 대단히 짜증을 내셨죠. 너무 늦게 오는 바람에 제일 좋은 딸기를 먹지 못하게 된 때문이 아니라면 뭣 때문에 그런지 전 정말 모르겠더군요. 난 당신이 생각하는 것보다 더 마음이 고운 친구예요. 하지만 당신은 겸손했어요. 여기 오라고 명령해달라고 손이 발이 되도록 빌었으니까요."

"내가 짜증을 부렸다고 말하지 말아요. 난 너무 지쳐 있었어요. 더위 때문에 정신이 없었으니까요."

"오늘은 더 더운걸요?"

"전 잘 모르겠는데요. 오늘은 정말 날아갈 것처럼 편해요."

"제약을 받고 있으니 날아갈 것 같은 거예요."

"당신이 제약한단 말인가요? 맞아요."

"그런 대답을 들으려 했는지 모르겠지만 전 자제를 의미한 거였어요. 당신은 어제, 어쩐 일인지 자제력이 무너져 자신을 통제할 수 없을 정도로 빗나가 있었죠. 하지만 오늘 당신은 다시 전으로 되돌아왔어요. 그리고 제가 늘 당신 옆에 있을 순 없으니 제가 아닌 당신 스스로 그 기질에 제약을 가하는 것이 가장 좋다고 믿어요."

"결국 똑같은 얘기예요. 전 동기가 없으면 자제할 수가 없어요. 당신이 제게 명령해줘요. 말로 하건 안 하건. 그리고 저와 늘 함께 있는 것도 가능해요. 늘 나와 함께 있잖아요."

"어제 3시부터였죠. 저의 영구불변한 영향력이 그보다 일찍 시작 했을 리 없으니까요. 그렇지 않았다면 당신이 그 정도로 비위를 거슬려할 일은 없었을 거예요."

"어제 3시요! 그건 당신이 정한 날짜고요. 전 2월에 당신을 처음 봤다고 생각했는데요."

"여성에게 듣기 좋은 말씀만 골라 하시는 덴 정말 당해낼 재간이 없네요. 하지만 (목소리를 낮추며) 우리 말곤 아무도 말을 않고 있는데, 일곱 분 즐겁게 해드리겠다고 헛소리를 한다는 건 좀 지나치지 않나요."

"전 부끄러워 할 말은 하지 않습니다." 그가 기운차고 뻔뻔하게 대답했다. "제가 당신을 처음 본 건 2월입니다. 박스힐에 오른 모든 사람들이 들으려면 들으라지요. 제 목소리가 미클엄에서 도킹까지* 쩌렁쩌렁 울려 퍼지라지요. 제가 당신을 처음 본 건 2월입니다. (그러고는 속삭이기를) 이 친구들 정말 둔감하군요. 어떻게 해야 이분들 흥을 돋울 수 있을까요? 어떤 헛소리건 다 통할 겁니다. 입을 열게 만들어야죠. 신사 숙녀 여러분, (어디서건 우리들의 의장 노릇을 하시는) 우드하우스 양이 제게 명하시니 지금 여러분이 무슨 생각을 하시는지 궁금하시다 합니다."

몇몇이 웃으며 기분 좋게 대답했다. 베이츠 양이 한참 떠들어 댔고 엘턴 부인은 우드하우스 양이 의장 노릇을 한다는 발상에 화가 치밀어 올랐다. 나이틀리 씨의 대답이 가장 돋보였다.

"우드하우스 양은 정말로 우리가 무슨 생각을 하고 있는지 듣고 싶은 건가요?"

"어머! 아뇨, 아뇨." 에마는 가급적 태평해 보이려고 웃으면서 큰 소리로 말했다. "세상에 그럴 리가 있나요. 지금 이 자리에서 그런 공격을 받는 것만큼은 극구 피하고 싶어요. 여러분이 생각하시는 것 말고 다른 어떤 얘기도 좋아요. 모두라고 말씀드리진 않을래요. 한두 분의 생각은 (웨스턴 씨와 해리엇을 흘끗 보면서) 듣게 된다 해도 두렵진 않을 테지만요."

"이런 걸 물어볼 특권이 내게 있다는 생각은 한 번도 한 적이 없어요." 엘턴 부인이 힘주어 말했다. "그래도 어쩌면 파티의 샤프롱으로서…… 난 어떤 사교계 모임에서도…… 소풍 때도…… 젊은 숙녀들이…… 기혼 여성들……."

그녀가 이렇게 중얼거린 건 주로 남편을 향한 것이어서 그

---

*미클엄과 도킹은 둘 다 박스힐에서 가장 가까운 도시이다.

도 중얼거리며 대답했다.

"맞아요, 여보, 정말 그렇지. 더도 덜도 말고 정말 그래요. 나로선 들어본 일이 없는…… 하지만 몇몇 숙녀들은 아무 말이나 하니까. 그냥 농담으로 넘겨버리는 게 나아요. 당신을 어떻게 대해야 하는지는 다들 아시니까요."

"효과 없겠는데요?" 프랭크가 에마에게 속삭였다. "다들 기분이 상하신 것 같아요. 그러니 제가 더 공략해봐야겠어요. 신사 숙녀 여러분, 우드하우스 양의 명을 받아 제가 말씀드리니 여러분 모두가 지금 어떤 생각을 하고 계시는지 정확히 알 권리를 포기하시겠답니다. 다만 여러분 나름대로, 대체적으로 아주 즐거운 이야기를 해달라 요청하십니다. 여기 일곱 분이 계십니다. 저를 제외하고 말이지요. (의장님께서 전 이미 아주 즐거운 이야기를 해주어 흡족하다고 말씀하십니다.) 여러분 각자 산문이건 운문이건 직접 지으신 얘기건 남이 한 얘기건 한 가지씩 재치 있는 이야기를 해주시길 명하십니다. 아니면 적당히 재치 있는 이야기 두 가지를 들려주시거나, 그것도 아니면 정말로 지리멸렬한 이야기 세 가지를 들려주시기 바랍니다. 의장님께선 그 모든 이야기에 기운차게 웃어주시겠답니다."

"어머! 그거 잘됐네요!" 베이츠 양이 외쳤다. "그렇다면 나도 걱정할 건 없을 테니 말이에요. '정말로 지리멸렬한 이야기 세 가지'라면 딱 저를 위한 거니까요. 제가 입만 열면 곧바로 지리멸렬한 이야기 세 가지가 나올 게 분명하니까요, 안 그런가요? (더없이 선량한 표정으로 둘러보며 모두의 동의를 구했다.) 그럴 거라고 나들 생각하지 않으세요?"

에마는 참을 수가 없었다. "아, 베이츠 양, 쉽지 않으실 거예요. 죄송합니다만, 이야기 수가 제한되어 있으니까요. 한 번에 세 가지밖에 할 수 없거든요."

베이츠 양은 그녀의 예의를 가장한 태도에 속아서 곧바로 그 말뜻을 이해하지는 못 했다. 그러다 갑자기 깨닫고 난 후에도 화를 내진 못했다. 비록 살짝 붉어진 얼굴은 상처받은 심정을 드러냈지만.

"아! 그런…… 그렇겠지요, 물론. 그래요, 무슨 말씀을 하시는지 알겠어요. (나이틀리 씨를 돌아보며) 그러니 앞으로 입단속을 해야겠어요. 나란 사람이 얼마나 싫었을까요. 안 그러면 우드하우스 양이 오랜 친구에게 저런 말을 하시진 않았을 텐데요."

"계획이 마음에 드는데!" 웨스턴 씨가 외쳤다. "찬성합니다. 찬성. 나도 최선을 다해 임하지. 수수께끼를 내볼까 하는데. 수수께끼에 대한 평가는 어떻게 돼지?"

"낮아요, 아버지, 죄송하지만 아주 낮답니다." 그의 아들이 말했다. "하지만 너그러이 봐드리지요. 처음 나서셨으니 특별히 봐드려서요."

"안 돼요, 안 돼요." 에마가 말했다. "평가가 낮다니요. 웨스턴 씨가 내시는 수수께끼라면 이분과 옆 분 둘 다 절대 못 맞히실 거예요. 자, 웨스턴 씨, 어서 내주세요."

"내가 봐도 대단히 재치 있다고는 말할 수 없구나." 웨스턴 씨가 말했다. "있는 그대로의 사실이라서 말이야, 어쨌거나 내 보도록 하지. '완벽함'을 의미하는 알파벳 두 글자는 무엇일까요?"

"두 글자라고요! 완벽함을 표현하는 두 글자! 정말 모르겠는데요."

"아! 넌 짐작도 못 할 거야. (에마를 쳐다보며) 너도, 짐작 못 할걸. 답을 말해주지. M과 A야. 엠-아. 알겠니?"*

알아들었고 고마워하는 반응이 동시에 나왔다. 재기는 찾아 보기 힘든 이야기였을지 모르지만 에마는 덕분에 많이 웃고 즐길 수 있었다. 프랭크와 해리엇도 그랬다. 나머지 사람들은 그만큼 재미있진 않은 모양이었다. 몇몇은 멍한 표정이었고 나이틀리 씨는 침울한 표정으로 말했다.

"이 정도면 어떤 재치를 바라는지 알겠군요. 그리고 웨스턴 씨가 참 훌륭하게 잘 하셨고요. 하지만 그 덕에 다른 사람들을 녹초로 만드신 게 분명해요. 완벽함 같은 문제를 이렇게 빨리 내시면 안 되죠."

"어머! 전 그렇다면 사양하지 않으면 안 되겠네요." 엘턴 부인이 말했다. "전 할 수 없는 데다 이런 건 좋아하지도 않거든요. 일전에 누가 제 이름으로 아크로스틱 퍼즐**을 만들어 보낸 적이 있는데 저로선 마냥 기분이 좋진 않더군요. 누가 보냈

---

*선의의 순간(Moment of Good)과 능력(Ability)이 일치할 때 미덕은 완벽해진다고 한 프랜시스 허치슨의 〈미(美)와 미덕의 기원에 대한 질문들〉에서 따온 수수께끼.
**각 행의 첫 글자를 아래로 연결하면 특정한 어구가 되게 쓴 시나 글.

는지 알아냈죠. 몸서리쳐지게 싫은 건방진 애송이였어요! (남편에게 고개를 끄덕여 보이며) 제가 누굴 말하고 있는지 아시겠지요. 이런 건 크리스마스 때 벽난로에 모여 앉아 있을 때라면 모를까, 여름에 시골로 소풍을 나와 있을 때는 전혀 생뚱맞다고 생각해요. 우드하우스 양에겐 양해를 구해야겠네요. 전 모두를 즐겁게 해줄 만큼 재치 있는 사람이 못돼서 말이지요. 재치가 있는 척하지도 않고요. 나름대로 쾌활한 면은 많지만 언제 입을 열고 언제 입을 닫을지는 제 스스로 판단할 수 있도록 해주셔야만 해요. 저흰 건너뛰시도록 부탁드릴게요, 처칠 씨. E 씨, 나이틀리 씨, 제인, 저는 건너뛰세요. 우린 할 만한 재치 있는 이야기가 전혀 없거든요. 우리 중 한 명도요."

"네, 네, 전 건너뛰시지요." 그녀의 남편이 의식적으로 비아냥대는 투로 덧붙였다. "우드하우스 양은 물론 어떤 젊은 숙녀분이라 해도 즐겁게 해드릴 이야기가 없어서 말이지요. 나이든 기혼 남자란 아무짝에도 쓸모가 없군요. 우리 산책할까요, 오거스타?"

"하고말고요. 한군데서 이렇게 오랫동안 있으니 정말 지루하군요. 자, 제인, 내 다른 쪽 팔을 잡아." 그러나 제인이 사양하자, 그들 부부는 걸어서 자리를 떴다. "행복한 부부네요!" 그들이 들을 수 없는 정도로 멀어지자마자 프랭크 처칠이 말했다. "천생연분이 따로 없죠! 정말 운이 좋아요. 공공장소에서만 만나다가 결혼했는데도 서로밖에 모르니 말이에요. 바스에서 몇 주 만난 게 다인 것 같던데요. 별난 행운이네요! 그렇지 않나요? 버스나, 그 밖의 다른 공공장소에서 한 사람의 성격을 제대로 파악할 길이 있을까요? 절대 없죠. 아무것도 알 수가 없어요. 한 여성을 제대로 파악하려면 그 사람의 집에서, 그 사람의 가족과 함께 있으면서 평소 그대로의 모습을 봐야만 비로소 올바른 판단을 내릴 수 있어요. 그렇지 않는 한 그냥 짐작과 운에 기댈 수밖에 없고, 대개 불운으로 끝나게 되죠. 잠깐 알고 지낸 사람과 결혼을 했다가 한평생 비탄 속에서 산 남자가 얼마나 많습니까?"

친하게 어울리는 사람이 아니면 한사코 입을 여는 법이 없던 페어팩스 양이 지금 입을 열었다.

"확실히, 그런 일이 일어날 때가 있죠." 기침을 하는 바람에 그녀는 말을 멈췄다. 프랭크 처칠은 잘 들으려고 그녀 쪽으로 몸을 돌렸다.

"말씀하시지요." 그가 침울한 어조로 말했다. 그녀는 목소리를 되찾았다.

"전 다만, 그런 불운한 상황은 남자 여자를 가리지 않고 찾아올 때가 있긴 해도 매우 빈번하게 찾아온다고는 할 수 없다는 말씀을 드리려했어요. 조급하고 무분별한 애정이 생겨날 수도 있겠죠. 하지만 대개는 그 후 바로 잡을 시간이 있어요. (자신의 행복을 늘 운에 내맡기는) 어디까지나 나약하고 우유부단한 성격의 사람들이나 불운한 인연 때문에 평생 자유를 저당잡히고 억압당하게 된다는 말로 이해해주시면 좋겠어요."

그는 대답하지 않았다. 다만 그녀를 바라보다가 알아들었다는 뜻으로 고개를 숙였다. 그러더니 이내 활기찬 어조로 말했다.

"그런데 말입니다. 전 제 자신의 판단을 신뢰하지 않는 편이라 언제 결혼하건, 누군가 저 대신 제 배필을 골라주셨음 하거든요. (에마를 돌아보며) 저 대신 제 아내를 골라주시겠습니까? 당신께서 정해주신다면 누가 됐건 저도 좋아하게 될 거라고 믿습니다. 아시다시피 (아버지에게 미소를 지으며) 가족 한 분을 주셨으니까요. 한 분 골라서 교육해주시지요."

"그리고 나처럼 만들라고요?"

"좋지요. 그러실 수 있다면."

"좋아요. 그 임무를 맡겠어요. 매력적인 아내를 구해드리지요."

"그녀는 아주 생기발랄하고, 눈은 담갈색이어야 해요. 그렇지 않으면 전 관심 없어요. 전 2년 정도 외유를 할 계획입니다. 제가 돌아오면 아내를 맞이하러 당신에게 가겠습니다. 명심하세요."

에마가 만에 하나 잊을 리 없었다. 그것은 모든 좋아하는 감정과 연결되어 있는 임무였다. 해리엇이 그가 묘사한 대로 될 수 있을까? 담갈색 눈동자는 빼고, 2년만 있으면 그가 원하는 그대로의 모습이 될 것이다. 어쩌면 지금 이 순간 그가 해리엇을 마음에 품고 있을 수도 있다. 누가 아나? 교육 운운한 것이 그 사실을 암시한 것 같기도 했다.

"저, 이모." 제인이 그녀의 이모에게 말했다. "엘턴 부인을 따라가볼까요?"

"네가 그러고 싶다면, 얘야. 가고말고. 난 언제든 갈 수 있어. 아까 같이 갈까 했었는데 지금 가도 괜찮을 거야. 금방 따라잡을 수 있을 거야. 저기 있네. 아니, 다른 사람이구나. 아일랜드 마차*로 온 부인들 중 한 명이야. 엘턴 부인과는 전혀 안 닮았네. 흠, 아무래도……."

그들은 자리를 떴고, 30초 만에 나이틀리 씨도 그 뒤를 따라갔다. 웨스턴 씨와 그의 아들, 에마와 해리엇만 남았다. 이제 그 청년은 가히 불쾌할 정도로 기운이 솟았다. 에마까지도 결국 입에 발린 말과 흥겹게 떠드는 것에 지쳤고, 다른 누구라도 좋으니 함께 말없이 산책을 하거나, 간섭받지 않고 혼자 앉아 아래편의 아름다운 경치를 차분히 감상하고 싶었다. 마차가 준비되었다는 말을 하려고 그들을 찾아 나선 하인들을 보니 반가운 심정이었다. 심지어는 사람들을 모으고 떠날 준비를 하느라 부산을 떠는 것도 엘턴 부인이 자기 마차부터 떠날 수 있도록 안달하는 모습도, 즐거웠는지 심히 수상쩍은 이날 하루의 놀이를 끝내고 조용히 집으로 돌아갈 수 있다는 생각에 기쁘게 감내할 수 있었다. 전혀 어울리지 않는 사람들이 이렇게나 많이 함께 움직이는 계획에 두 번 다시 혹하는 일이 없기를 바랐다.

마차를 기다리는데, 어느 새 나이틀리 씨가 옆에 와 있었다. 그는 가까이 아무도 없는지 확인하려는 듯 주위를 둘러본 후에야 입을 열었다.

*아일랜드에서 많이 사용되었던, 저렴하고 많은 사람들이 한꺼번에 탈 수 있는 마차.

"에마, 이제껏 그랬지만 이번에도 한마디 하지 않을 수 없군. 허락해줬다기보다는 참아준 거겠지만 이번에도 그 특권을 쓰지 않으면 안 되겠어. 당신의 잘못된 행태를 보고서 항의하지 않을 수가 없어서야. 도대체 어쩌자고 베이츠 양에게 그렇게 모질게 군 거지? 부인 같은 성격, 나이, 처지의 사람에게 어떻게 재담이랍시고 그런 무례를 저지를 수 있느냐고! 에마, 설마 당신이 그럴 수 있을 거라곤 생각도 하지 못했어."

돌이켜 생각해본 에마는 얼굴을 붉히며 미안한 마음이 들었지만 웃어넘기려고 했다.

"그렇긴 하지만, 도저히 말하지 않고 견딜 수가 있어야죠. 누구라도 저와 마찬가지였을 거예요. 그렇게 심한 말을 한 것도 아니었고요. 제가 한 말의 뜻도 이해 못 했을걸요?"

"장담하는데 알아들었어. 당신 말의 의미를 다 알아들었다고. 그 후에 그 얘길 꺼냈으니까. 그분이 말하는 걸 당신도 들었으면 좋았을 텐데. 솔직하면서도 한없는 아량을 베풀었으니까. 자길 상대하는 게 넌더리가 났을 텐데도 당신 아버지와 함께 자기에게 한결같은 관심을 베풀 수 있는 당신의 인내심에 경의를 표한다고 말했을 때 당신도 그걸 들었어야 해."

"아!" 에마가 외쳤다. "세상에 둘도 없을 만큼 선량한 분이란 건 알아요. 하지만 그분에겐 유감스럽게도 좋은 면과 우스운 면이 뒤섞여 있다는 건 당신도 인정하셔야 해요."

"맞아." 그가 말했다. "인정해. 만약 부인이 잘산다면 그녀의 우스운 면이 선량한 면을 압도할 때가 있다는 걸 나도 얼마든지 감안하겠어. 부인이 부자라면, 악의 없이 생뚱맞은 짓을 하더라도 내버려둘 거고 멋대로 구는 당신 태도 때문에 당신과 싸우지도 않을 거야. 부인이 당신과 처지가 같았다면……. 더 할 것 없이, 에마, 실제로는 얼마나 다른지 생각해봐. 부인은 가난해. 태어났을 땐 남부러울 것 없었던 가세가 점점 기울었지. 노년이 되면 필경 더 곤궁해질 거야. 그런 분이니 당연히 온정을 베풀었어야지. 정말 못된 짓을 한 거야, 정말로! 당신을 갓난아기 때부터 보아온 분이고, 그분의 주목을 받는 것이 영예였던 시절부터 당신이 자라는 걸 지켜본 분인데, 당신이 오늘 멋대로 굴다가 일순 자만심에 빠져선 그분을 웃음거리로 만들고 굴욕을 줬어. 그것도 자기 조카가 보는 앞에서, 다른 사람들 앞에서 말이야. 그들 태반이 (분명히 그중 몇몇은) 당신이 그분에게 보인 태도를 그대로 따라하게 될 거야. 이런 말 듣는 게 좋을 리 없을 거야, 에마. 내게도 좋은 것과는 전혀 거리가 먼 일이야. 하지만 난 할 수 있을 때 당신에게 진실을 말해야 해, 아니 말할 거야, 깊은 신의에서 우러나는 충고로 나 자신에게 당신의 친구라는 사실을 입증하려 해. 당신도 언젠가는 이런 나를 지금보다 더 온당하게 평가해주리라 믿으면서.”

그들은 이야기를 하면서 마차 쪽으로 갔다. 마차는 대기하고 있었다. 그녀가 다시 말을 꺼내기 전에 그가 그녀의 손을 잡아 마차에 태워주었다. 그녀가 얼굴을 돌리고 아무 말 하지 못하는 심정을 그는 곡해했다. 그녀는 다만 스스로에 대한 분노와 수치심, 그리고 수심에 차 있었고, 그래서 말을 할 수 없었던 것이다. 마차로 들어갔을 땐 그런 감정의 무게에 눌려 의자에 파묻히다시피 했다. 그 후, 작별 인사도 하지 않고 가타부타 말도 않은 채 실쭉한 기색을 노골적으로 드러내고 헤어진 것을 자책하며 달라진 모습을 보여주려 간절한 마음으로 손을 들어 말을 걸려 밖을 내다보았을 땐 이미 너무 늦은 후였다. 그는 돌아선 뒤였고 말들이 달리기 시작했다. 그녀는 계속 뒤를 돌아보았으나 허사였다. 눈 깜짝할 사이에 믿어지지 않는 속도로 그녀가 탄 마차는 언덕을 따라 중턱까지 내려갔고, 모든 것은 아득히 멀어지고 말았다. 그녀는 형용할 수 없을 정도로 화가 났다. 도저히 감출 수 없을 지경이었다. 살면서 그 어떤 경우에도 이렇게 흥분되고 수치스럽고 한탄스러운 적은 한 번도 없었다. 이렇게 큰 충격을 받긴 처음이었다. 그가 단언한 바가 진실이라는 건 부인할 여지가 없었다. 그녀도 속으론 그렇게 느끼고 있었다. 그녀는 베이츠 양을 어쩌면 그리 가혹하게, 그렇게 매정하게 대했을까? 어쩌자고 소중한 사람한테서 그런 비난을 살 정도로 자신을 깎아내리는 짓을 한 걸까? 그런데다 그에게 고맙다고도, 그의 말이 옳다고도, 하다 못해 으레 하는 예의의 말조차 없이 그를 떠나보낼 수 있었을까?

　시간이 지나도 그녀의 마음은 가라앉을 줄 몰랐다. 생각하면 생각할수록 더 심란해졌다. 이렇게 우울한 건 처음이었다. 그나마 말할 필요가 없어서 다행이었다. 마차엔 해리엇이 있었지만 그녀도 기분이 좋아 보이지 않았고, 녹초가 돼 있어서 아무 말 없이 가고 싶어 했다. 집으로 가는 거의 내내 눈물이 에마의 뺨

을 타고 흘러내렸다. 좀처럼 눈물을 흘리는 일이 없던 그녀이건
만 굳이 참으려 하지 않고 흐르는 눈물을 내버려두었다.

8

박스힐 소풍에서의 불상사가 저녁 내내 에마의 마음을 떠나지
않았다. 같이 갔던 나머지 사람들이 어떻게 생각했을지 그녀
는 알 수 없었다. 각자의 집에서, 나름의 방식으로 돌이켜볼 때
즐거울 수도 있었다. 그러나 그녀가 보기에 그날 아침은 살면
서 가장 헛되이 보낸 시간이었고, 그 순간에도 온당한 만족감
은 거의 느끼지 못했으며, 돌이켜 생각할 때 더욱 혐오스러웠
다. 저녁 내내 아버지와 백개먼 놀이를 하며 보낸 건 행복했다.
여기에 진정한 즐거움이 있었다. 스물네 시간 중 가장 아름다
운 시간들을 아버지의 안락을 위해 포기하는 것이었으며, 아버
지의 애정과 넘치는 신뢰를 받기엔 과분했지만, 자신의 이러저
러한 행동이 여과 없이 모진 질책의 대상이 될 일도 없었기 때
문이다. 그녀는 자기가 매정한 딸이 아니길 바랐다. 누구도 자
기에게 '네 아버지에게 어쩌면 그렇게 모질게 대할 수 있는 거
지?' '내가 할 수 있을 때 너에게 진실을 말해야만 하겠어'라
고 말하지 않게 되길 바랐다. 베이츠 양에게 다신 그래서는 안
돼. 절대, 절대 안 돼! 이후에 관심을 쏟는 것으로 과거의 실책
을 무효로 할 수 있다면 용서받게 될 거라고 희망을 가져도 괜

찮을 것이다. 너는 전에도 부주의할 때가 많았지. 그녀의 의식이 그리 말해주었다. 부주의했다면 실제로 그랬다기보다는 생각으로 그랬을 공산이 크다. 깔보고 무례하게 굴었을 것이다. 하지만 앞으로는 절대 그러지 않을 것이다. 진심에서 우러나는 열의를 다해 반성하며 바로 다음 날 아침 베이츠 양을 방문할 것이며, 그로서 그녀 쪽에서 정기적으로 방문하고, 동등한 위치에서 따뜻한 마음으로 친분을 쌓아가는 출발점이 될 것이다.

다음 날이 되었을 때도 그녀의 결심은 변하지 않았고, 다른 일이 생겨 못 가는 일이 없도록 아침 일찍 집을 나섰다. 그러면서 가는 길에 나이틀리 씨를 만나거나, 아니면 그녀가 베이츠 양을 방문해 있는 동안 그가 집으로 올지 모르겠다는 생각이 들었다. 그녀는 전혀 거리낄 것이 없었다. 그녀는 마땅히, 진심으로 참회하고 있으므로 그 모습을 그가 본다고 해도 부끄럽지 않았다. 가면서 그녀는 돈웰 쪽을 바라보았지만 그는 만나지 못했다.

"다들 집에 계세요." 예전엔 이 말을 듣고 좋아한 적이 한 번도 없었던 그녀였다. 복도로 들어설 때도, 계단을 오를 때에도, 그녀 쪽에서 온정을 베풀거나 그걸 빌미로 나중에 놀려먹을 생각을 했을지언정, 기쁨을 주고 싶다는 생각 같은 건 하지 않았던 그녀였다.

그녀가 다가설 때 정신없이 움직이고 말하는 등, 작은 소동이 일었다. 베이츠 양의 목소리가 들렸고, 뭔가 황급히 할 게 있는 모양이었다. 하녀가 깜짝 놀라 어줍은 표정으로 조금만 기다려주시면 감사하겠다고 말하고는 그 말이 무색하게 곧바로 그녀를 안으로 안내했다. 이모와 조카딸은 둘 다 옆방으로 피해 있었다. 그 와중에 잠깐이긴 해도 분명히 제인을 알아보았는데, 정말로 아파 보였다. 그리고 그들 뒤로 문이 닫히기 전에 베이츠 양의 목소리가 들렸다. "응, 걱정 마, 네가 누워 있다고 말해줄게. 몸져누울 만큼 아픈 건 맞으니까."

불쌍한 베이츠 부인. 여느 때와 마찬가지로 예의 바르고 겸손한 그녀는 이게 다 무슨 일인지 잘 모르는 것 같은 표정이었다.

"어쩌지, 제인이 몸이 아주 안 좋네." 베이츠 부인이 말했다. "그런데 통 모를 일이야, 다들 아무 문제 없다고 말하니. 곧 딸이 올 게야, 우드하우스 양. 의자 좀 찾아 앉지그래. 헤티가 나가지 않았음 좋으련만. 내가 거동을 잘 못해서…… 의자 찾았나, 아가씨? 앉은 자리는 괜찮고? 딸애가 금방 올 게야."

에마는 진심으로 그러길 바랐다. 베이츠 양이 그녀를 피하는 건 아닐까 일순 두려운 마음이 들었다. 하지만 베이츠 양은 금방 왔다. "대단히 기쁘고 고맙다"고 말했지만, 에마의 양심은 그녀가 예전처럼 쾌활하게 말을 쏟아내지 않는다고 했다. 표정과 태도도 전만큼 편한 것 같지 않았다. 그래서 매우 친근한 태도로 페어팩스 양의 안부를 물으며 그것으로 예전의 정을 되살리는 데 도움이 되길 바랐다. 그 말이 즉각 효력을 발휘한 듯했다.

"아! 우드하우스 양, 정말 친절하셔라! 들으셨으리라 생각은 했는데 이렇게 와주셔서 저희에게 기쁨을 주시네요. 사실

나에겐 그렇게 기쁘다곤 할 수 없을 것 같지만 (눈을 깜빡여 눈물 방울이 떨어지지 않게 하며) 저 아이와 헤어진다는 게 우리에겐 정말 견디기 힘든 일이라서요. 이렇게 오랫동안 같이 있었는데, 그런데다 지금 제인이 무시무시한 두통에 시달리고 있답니다. 아침 내내 편지를 쓰느라……. 아주 긴 편지를 썼거든요. 짐작하겠지만 캠벨 대령과 딕슨 부인에게 썼죠. '얘, 제인.' 내가 그애에게 말했어요. '그러다 눈이 멀겠다'라고. 편지를 쓰는 내내 애가 어찌나 눈물을 철철 흘리던지. 놀랄 게 뭐가 있나. 놀랄 게 뭐가 있어. 엄청난 변화니까. 제인에겐 엄청난 행운이긴 하지, 그런 일자리가 들어왔으니까. 처음 일자리를 구한 아가씨가 그런 행운을 얻은 적은 없을 거예요. 그런 엄청난 행운을 얻었는데도 우리가 고마워할 줄 모른다고 생각진 말아줘요, 우드하우스 양. (또다시 눈물이 떨어지지 않도록 눈을 깜빡이며) 그래도, 불쌍한 것! 그 애가 두통 때문에 얼마나 시달리는지 봐야 알 거예요. 사람이 몸이 너무 아프면 아무리 큰 축복을 받는데도 제대로 느끼지 못하는 법이거든요. 제인은 지금 너무도 의기소침해 있어요. 그 앨 보면 누구도 그 애가 좋은 일자리를 구해서 기쁘고 행복해한다고는 생각할 수 없을 거예요. 그러니 여기까지 나오지 못해도 이해해주세요. 그럴 수가 없거든요. 자기 방에 들어가 있어요. 내가 침대에 눕게 했어요. 내가 '얘, 제인. 넌 침대에 누워 있다고 내가 말해줄게'라고 말했어요. 그런데 그 애가 말을 안 듣네요. 방 안에서 왔다 갔다 하고 있어요. 그래도 그 애 말로는 이제 편지를 다 썼으니 앞으로 괜찮아질 거라네요. 만나지 못한 걸 정말 미안해할 거예요, 우드하우스 양, 하지만 아가씨는 너그러이 양해해주겠죠. 그나저나 계속 문간에 세워뒀네. 이렇게 부끄러울 데가 있나. 좀 정신이 없었거든요. 어찌 된 건지 문 두드리는 소리가 안 들리더라고요. 그래서 아가씨가 계단에 올 때까지 누가 오는지도 몰랐어요. 그것도 모르고 난 '콜 부인일 거야'라고 말했지 뭐예요. '분명해. 이렇게 이른 시간에 달리 누가 오겠어'라고요. 그랬더니 제인이 '언제고 감수해야 할 일이니 지금이라고 해도 괜찮아요'라고 말했어요. 그런데 그때 패티가 들어와선 아가씨라고 말을 한 거예요. 내가 '아! 우드하우스 양이라고. 넌 아가씨를 만나보고 싶겠구나?'라고 말했더니 그 애가 '누가 와도 만날 수 없어요'라면서 자리에서 일어나 나가려는 거예요. 그래서 이렇게 아가씨를 여기 붙잡아 세워두고 있었네요. 정말 한없이 미안하고 부끄럽네요. 난 제인에게 '가겠다면 그래야지, 애야. 침대에 누워 있다고 말해줄게'라고 말했답니다."

에마는 진심으로 걱정이 되었다. 제인에 대한 그녀의 마음이 더 다정해진지도 오래된 터였고, 지금 그녀가 이렇게 고생한다는 말을 들으니 예전에 속 좁게 의심했던 건 눈 녹듯 다 사라지고 연민만 남았다. 그리고 그때 자신의 감정이 타당하지도 너그럽지도 못했음을 떠올리니 제인이 콜 부인이나 다른 지긋한 친구는 만나겠다고 자연스럽게 결심을 해도, 자기를 만나는 건 견딜 수 없어한다는 것도 인정할 수밖에 없었다. 그녀는 자신이 느낀 대로, 진중한 후회와 우려를 담아서, 베이츠 양에게 들은 정황이 실제로 결징된 바, 페이팩스 양에게 가급적 유리하고 편안한 자리이길 바란다고 신실하게 말했다. "모두에게 가혹한 시련이 될 것 같네요. 전 캠벨 대령이 돌아오시기 전까지는 미뤄진 줄만 알고 있었거든요."

"어쩌면 이리도 친절한지!" 베이츠 양이 대답했다. "하긴 당신은 늘 친절했죠."

'늘'이라는 말에 쥐구멍에 들어가고 싶은 심정이 된 에마는 무시무시한 감사의 말만이라도 모면할 생각으로 곧장 이렇게 물었다.

"어디인지 여쭤봐도 되나요? 페어팩스 양이 가게 될 곳이?"

"스몰리지 부인이란 분의 댁이랍니다. 매력적인 부인이고, 최상류층이라고 하네요. 어린 딸 셋을 봐주는 일인데, 살가운 아이들이라 하더군요. 그만큼 안락한 자리는 절대 구할 수 없을 거예요. 서클링 부인의 가족이나 브래그 부인 댁이라면 몰라도. 하지만 스몰리지 부인은 그 두 사람과 친하고 이웃에 사신다고 해요. 메이플 그로브에서 불과 4마일 떨어져 있거든요. 그러니 제인은 메이플 그로브에서 고작 4마일 떨어진 곳에서 살게 되는 거죠."

"엘턴 부인이 페어팩스 양에게 소개를 해준 모양이군요."

"네, 우리 심성 고운 엘턴 부인이요. 정말 그렇게 끈덕지고, 진정한 친구도 없을 거예요. 고사를 해도 소용이 없어요. 제인이 '싫어요'라고 말해도 끄떡 안 했으니까요. 제인이 처음 그 제안을 듣고선 (그저께였어요, 우리가 돈웰에 간 그날 아침이요) 아무튼 제인이 처음 그 얘길 들었을 땐 제안을 받아들이지 않을 생각이 확고했었거든요. 우드하우스 양도 말한 그 이유 때문이죠. 말씀하신 대로 그 애는 캠벨 대령이 오시기 전까진 어떤 결정도 하지 않겠다고 마음 먹은 데다, 당분간 어떤 말을 해도 계약하지 않겠다고, 그렇게 그 애가 엘턴 부인에게 말을 하고 또 했는데, 어떻게 그렇게 마음을 바꾸게 된 건지 나로선 도통 모르겠네요! 하지만 심성 고운 엘턴 부인은, 단 한 번도 판단이 틀렸던 적이 없으니까, 나보다 더 멀리 본 거겠지요. 세상 누구도 그분처럼 그렇게 친절한 마음으로 버티면서 제인의 대답을 곧이곧대로 듣지 않을 순 없었을 거예요. 어제도 부인은 제인이 바란 대로 고사하는 편지 같은 건 쓰지 않겠다고 자신만만하게 말했거든요. 그러면서 기다리겠노라고 했죠. 그랬더니, 정말 어쩜 좋아, 어제저녁에 모든 게 결정되고 제인이 가게 된 거예요. 내가 얼마나 놀랐는지! 그 애가 그럴 거라곤 꿈에도 생각 못 했거든요. 제인이 엘턴 부인을 한구석으로 데려가선 곧바로 말했대요. 스몰리지 부인 댁 일자리의 유리한 점을 곰곰이 생각해봤고, 제안을 받아들이는 걸로 결심을 굳혔다고요."

"어제저녁에 엘턴 부인 댁에 계셨던 거예요?"

"네. 우리 전부요. 엘턴 부인이 오라고 했어요. 그 언덕에서 우리가 나이틀리 씨랑 산책을 하는 동안 그렇게 결정이 된 거래요. 부인이 말했거든요. '여러분 모두 우리 집에서 저녁을 보내셔야 해요'라고요. '반드시 여러분 모두 오시게 할 거예요'라면서요."

"나이틀리 씨도 가셨겠네요, 그렇죠?"

"아뇨, 나이틀리 씨는 안 가셨어요. 처음부터 거절하셨거든
요. 난 그래도 오실 줄 알았는데. 왜냐하면 엘턴 부인이 나이틀
리 씨에게 절대 눠주지 않겠다고 공언을 했으니까요. 그런데도
안 가셨죠. 하지만 우리 어머니, 제인, 그리고 난 다 같이 부인
댁에 갔어요. 그리고 아주 즐거운 저녁 시간을 보냈죠. 그렇게
마음씨 좋은 친구들은, 우드하우스 양도 잘 알겠지만, 함께 하
면 늘 즐겁잖아요. 아침의 파티 때문에 다들 좀 지치긴 했었어
도. 알다시피 노는 것도 피곤한 일이니까. 그렇다고 소풍 때 여
한 없이 즐거워한 사람이 있는지는 잘 모르겠지만. 그래도 내
기억 속에선 언제나 즐거웠던 파티가 될 거예요. 날 끼워준 친
절한 친구들에게 무한히 고마운 감정을 안고서."

"제 생각에 페어팩스 양은, 이모님께선 눈치 못채셨을지 모
르지만, 하루 종일 마음을 정하고 있었을 것 같네요."

"정말 그랬을 거예요."

"언제가 됐든, 그녀에게도 그녀의 모든 친구들에게도 반갑
지 않은 일임에 틀림없어요. 그래도 전 그녀가 가게 될 자리가
모든 면에서 고되지 않기를 바라요. 그러니까 그 가족분들의
성격과 태도에 있어서요."

"고마워요, 우드하우스 양. 그래요, 정말로 그 자리는 그 애
가 행복해질 수 있는 세상 모든 것이 있는 자리예요. 엘턴 부인
의 지인 가운데서 서클링 댁과 브래그 댁 말고, 그렇게 모든 게

갖춰져 있고 품격이 넘치는 육아실도 없다더군요. 스몰리지 부인의 성격도 정말로 유쾌하다고 하고! 생활 양식도 메이플 그로브에 필적하는 데다, 자제들은, 서클링 댁과 브래그 댁의 자제들을 빼면 그렇게 귀티 나는 애들도 없다고 하고요. 제인은 대단히 존중 받으면서 친절한 대접을 받을 거예요! 앞으론 즐거운 일과 즐거운 생활만 있겠지요. 그리고 월급도! 우드하우스 양 앞에서 그 애 월급이 얼만지를 밝힐 수는 없겠네요."* 우드하우스 양이야 큰 액수에 익숙하겠지만, 그렇다 한들 제인처럼 젊은 아이가 그 정도로 많은 돈을 받을 거라곤 믿기 힘들걸요."

"아! 베이츠 양." 에마가 외쳤다. "만약 다른 아이들이 어렸을 적의 저와 같다면, 제가 들어본 월급의 다섯 배를 받는다 해도 막대한 희생을 치른 액수라고 생각할 거예요."

"어쩜 그렇게 고결한 생각을 다 하는지!"

"그러면 페어팩스 양은 언제 떠나게 되는 건가요?"

"금방, 아주 금방 가게 생겼어요. 그게 제일 가슴 아픈 일이죠. 두 주 안에 가야 해요. 스몰리지 부인이 아주 급하다고 해서. 우리 불쌍한 어머니는 제인 없이 어떻게 살지 모르겠다고 하셔요. 그러면 난 어머니가 그 생각을 하시지 못하게 하려고 어머니, 그 생각은 이제 하지 말아요, 라고 말하죠."

"친구들은 모두 그녀가 떠나는 것을 슬퍼할 거예요. 대령 부

*당시 가정교사의 월급은 악명이 높을 정도로 낮았다.

부 역시 자기들이 돌아오기 전에 페어팩스 양이 일자리를 구했다는 걸 알면 섭섭해하지 않을까요?"

"맞아요. 제인도 분명히 그럴 거라고 말하니까요. 하지만 이런 일자리를 거절하는 건 그 애 생각에도 당치 않으니까요. 그 애가 엘턴 부인에게 한 말을 처음 내게 해줬을 때 얼마나 놀랐는지 몰라요. 그리고 숨 돌릴 새도 없이 곧바로 엘턴 부인이 와서 내게 축하 인사를 했을 때도! 차 마시기 전이었는데, 아니지, 차 마시기 전일 리가 없지, 막 카드놀이를 하려던 참이었으니까. 그래도 차 마시기 전이었던 것 같아, 그때 내가 뭔가 생각하던 게 기억이 나거든. 아! 아니다, 이제야 기억이 나네, 이제 알았어요. 차를 마시기 전에 무슨 일이 있었는데, 그건 아니에요. 엘턴 씨가 차를 들기 전에 손님 때문에 방 밖으로 나갔거든요. 존 앱디 노인의 아들이 엘턴 씨와 얘길 나누고 싶다고 찾아왔었어요. 가엾은 앱디 노인, 난 그분을 정말 존경해요, 내 아버지 밑에서 27년 동안 서기로 일했거든요. 그런데 그 불쌍한 노인이 요새 자리보전하는 신세예요, 관절마다 류머티즘 통풍이 들어선 이만저만 아픈 게 아니거든요. 아무래도 오늘이라도 찾아뵈어야겠네. 제인도 같이 갈 거예요, 외출을 한다면 반드시. 아무튼 가엾은 존의 아들이 찾아 와서 엘턴 씨에게 교구 구제 자금*에 대해 이야기를 하고 싶댔어요. 알겠지만, 그 아들이야 넉넉하게 잘 살고 있지요. 크라운 인에서 여관 감독 일을

---

*빈민 구제 사업은 당시 교회의 주요 업무 중 하나였다.

하면서, 말구종 등 별의별 일을 다 하거든요. 그래도 보조를 받지 않으면 아버지를 모시고 살 수가 없는 형편이라서요. 아무튼 이야기를 끝내고 엘턴 씨가 돌아와서 우리에게 말구종 존과 한 얘길 해주었는데, 그때 프랭크 처칠이 리치먼드에 가려고 랜들스로 이륜마차를 불렀다는 얘기가 나왔어요. 그 일이 차를 마시기 전에 있었어요. 차를 마신 다음에 제인이 엘턴 부인에게 말을 했고요."

베이츠 양은 에마가 그런 이야긴 처음 듣는다고 말할 짬도 내주지 않았지만, 프랭크 처칠 씨의 일을 에마가 전혀 모를 리 없다고 생각한 건지 하나도 빼놓지 않고 다 얘기해준 덕에 전혀 문제되지 않았다.

엘턴 씨가 말구종에게 그 일에 관해 듣고 알게 된 것은 말구종 자신이 알고 있는 것과 랜들스의 하인들이 알고 있는 것을 합친 것으로 박스힐 소풍에서 돌아오기 직전에 리치먼드에서 보낸 전갈이 도착했는데 (전혀 예상치 못했던 건 아니고 처칠 씨가 조카에게 몇 줄 적어 보낸 것으로) 처칠 부인의 상태가 어지간한 편이니, 일정을 미루지 말고 다음 날 아침 일찍 와주기 바란다는 내용이었다. 그러나 프랭크 처칠 씨는 기다리지 않고 곧바로 집에 가겠다고 결심했고 자기 말이 감기에 걸린 것 같아서 톰을 시켜 곧장 크라운 인의 이륜마차를 불렀다. 말구종이 밖에 서 있으면서 마차가 지나가는 것을 보게 되었는데 톰이 꽤 빠른 속도를 유지하며 말을 몰고 가더라는 것이었다.

내용 어디에도 놀라거나 흥미를 느낄 구석은 없었고, 에마는 그 전부터 염두에 두고 있었던 문제와 상관이 있는 대목에만 관심이 갔다. 이 세상에서 처칠 부인과 제인 페어팩스가 각각 누리는 입지가 극명하게 대조되어 다가왔다. 전자는 전권을 쥐고 있는 반면 후자에겐 아무것도 없었다. 여자의 이토록 다른 운명에 대한 생각에 잠겨 앉아 있느라 자기가 시선을 어디 두고 있는지도 의식하지 못하고 있던 에마는 베이츠 양의 말에 퍼뜩 정신을 차렸다.

"그래요, 무슨 생각을 하는지 알겠어요, 피아노죠? 저 피아노를 어떻게 한다, 싶은 거죠? 정말 그래요. 우리 가엾은 제인도 좀 전까지 그 이야기를 하고 있었어요. '너도 가야 해'라고 말하면서요. 그리고 또 이렇게 말했죠. '너와 난 이제 헤어져야 해. 넌 여기서 더는 볼 일이 없거든. 그래도 여기 놔둬주세요'라고요. '캠벨 대령님이 돌아오실 때까지 그냥 여기 놔둬주세요. 제가 나중에 그분에게 얘기를 할게요. 제 대신 결정해주실 거예요. 제가 이 모든 곤경에서 벗어나도록 도와주실 분이에요'라고요. 그런데 오늘까지도 그 애는 피아노가 대령님의 선물인지 그 따님의 선물인지 알지 못하는 게 분명해요."

이제 에마는 피아노 생각을 할 수밖에 없었고, 그로 인해 예전에 변덕스럽고 부당한 짐작을 품었던 것이 생각나 찜찜해졌다. 이만하면 충분히 오랫동안 앉아 있었다는 생각에 진심에서 우러난 덕담을 모나지 않게 거듭 전달한 후 그 집을 나섰다.

9

집으로 돌아오는 동안 수심에 잠긴 에마의 생각을 방해하는 건 아무것도 없었다. 그러나 응접실에 들어섰을 때 그녀는 정신을 차리지 않으면 안 될 사람들이 와 있음을 알았다. 그녀가 나가 있는 동안 나이틀리 씨와 해리엇이 찾아와 아버지와 함께 있었던 것이다. 나이틀리 씨는 즉시 자리에서 일어나더니 확실히 평소보다 진지한 태도로 말했다.

"보고 갈 생각으로 지금껏 있었는데, 남은 시간이 없어서 곧바로 가지 않으면 안 되겠네. 런던에 가서 존과 이저벨라의 집에서 며칠 지낼 거야. 그들에게 보내거나 전할 말 있어? '사랑한다'는 말은 말고. 그런 말은 온전히 전달되지 못할 테니까."

"없는데요. 그런데 갑작스레 계획하신 건가요?"

"그래, 그런 편이지. 그래도 생각한 지는 좀 됐어."

그가 평소 때와 사뭇 다른 것에 에마는 그가 아직 자길 용서하지 않았음을 확신했다. 하지만 시간이 지나면 그들은 다시 친구가 될 수밖에 없음을 그도 알게 될 거라고 생각했다. 그가 떠날 것처럼 자리에서 일어났으면서도 정작 떠나지 않고 있자 그녀의 아버지가 묻기 시작했다.

"얘야, 무사히 잘 다녀온 거지? 그래, 내 소중한 오랜 친구와 그분의 따님은 어떻게 지내고 있는 것 같던? 네가 그렇게 찾아줬으니 정말로 고마워했을 거야. 우리 에마가 베이츠 부인 모녀를 방문했었네, 나이틀리 씨, 아까도 말했었지만. 에마는 그들을 정말 잘 챙겨드리지!"

이 당치않은 칭찬에 에마의 얼굴이 빨개졌다. 그래서 많은 의미를 담은 미소와 도리질을 하며 나이틀리 씨를 바라보았다. 그 순간, 그녀에게 좋은 인상을 받은 듯, 그의 눈으로 그녀의 눈에 담긴 진실을 알아보고 그녀의 감정에 깃든 모든 선량한 뜻을 포착하고 존중하게 된 듯 경애로 타오르는 눈빛으로 그녀를 쳐다보았다. 그녀는 몸이 달아오를 정도로 흐뭇했고, 바로 다음 순간 더더욱 기분이 좋았다. 그가 단순히 친한 사이에선 나오기 힘든 미묘한 행동을 보였기 때문이었으니, 그녀의 손을 잡은 것이었다. 그녀 쪽에서 먼저 내밀었는지 기억이 나지 않았지만 아무래도 그랬던 거 같았다. 그런데 그가 그녀의 손을 잡고선 지그시 힘을 주더니 틀림없이 자기 입술에 가져다 대려 했는데 그 순간 무슨 생각이 든 건지 돌연 놓아버렸다. 그가 왜 망설인 건지, 그녀의 손이 입술에 닿을 찰나에 왜 마음이 바뀐 건지, 그녀는 알 수 없었다. 다만 멈추지 않는 게 더 좋았을 거란 생각이 들었다. 그러나 그 행동에 담긴 의도는 명백해 보였다. 그리고 여간해선 여자들에게 넉살을 부리는 일이 없는 편이어서든, 다른 이유가 있어서든 그런 행동이 그에게 더없이 어울린다는 생각이 들었다. 꾸밈이 없으면서도 무척이나 당당해서 참으로 그다웠던 것이다. 시도로 끝낸 그 행동을 떠올릴 때마다 에마는 더없이 흐뭇한 기분이 되었다. 그것은 정말로 막역한 사이임을 나타내는 행동이었다. 그는 곧장 자리를 떴고, 이내 사라져버렸다. 결정을 못 내리거나 꾸물거리는 법 없이 언제나 민첩하게 행동하는 그였지만 이번엔 어쩐지 평소보다도 더 갑작스레 떠난 것 같았다.

에마는 베이츠 양을 방문한 걸 후회하진 않았지만, 10분이라도 더 빨리 나올 걸 하는 아쉬움은 들었다. 나이틀리 씨와 함께 제인 페어팩스의 근황에 대해 이야기를 했다면 정말 즐거웠을 텐데. 그렇다고 그가 브런즈윅 스퀘어로 간 걸 아쉬워하진 않을 작정이었다. 그가 방문하면 그곳에서 얼마나 좋아할지 알기 때문이었다. 그래도 더 좋은 때를 골라 방문할 수도 있었을 것이고, 또 좀 더 일찍 알려줬으면 마음이 더 홀가분했을 것 같았다. 그렇다 한들 그들은 어디까지나 친구로서 헤어졌다. 그녀가 그의 표정이나 하려다 만 행동에 담긴 의미를 달리 해석할 여지는 없었다. 그는 그녀에게 하마터면 잃을 뻔 했던 선의를 온전히 되찾았음을 알려주기 위해 그렇게 했을 뿐이다. 알고 보니 그는 30분이나 거기 있었다고 한다. 좀 더 일찍 오지 못 한 게 통탄스러울 지경이었다!

나이틀리 씨가 런던으로 떠난 것, 그렇게 급작스레, 그것도 말을 타고 간 것에 아버지가 얼마나 못마땅해하실지 잘 아는 그녀는 아버지가 생각을 돌릴 수 있기를 바라는 마음에서 제인 페어팩스 양의 소식을 전해주었다. 과연, 그녀가 기대한 만큼의 효력을 발휘했으니 아버지의 심난한 생각을 제지하면서도, 심기를 건드리지 않는 선에서 관심을 갖게 해준 것이다. 그는 제인 페어팩스가 가정교사로 떠나는 문제에 대해선 이미 오래전에 마음을 굳힌 터여서 즐거운 마음으로 이야기를 할 수 있었지만, 나이틀리 씨가 런던에 가는 건 진혀 예기치 못헸기에 타격이 컸다.

"정말 기쁘구나, 정말이야, 얘야, 그 아가씨가 그렇게 편안한 일자리를 얻게 되었다니. 엘턴 부인은 정말 마음씨가 착하고 기분 좋은 사람이네. 그런 사람의 지인이니 마찬가지로 정도를 지키는 사람들일 거야. 가는 곳이 비가 내리지 않는 곳이고, 거기 사람들이 그 아가씨의 건강을 잘 챙겨주면 좋겠구나. 그걸 최우선 원칙으로 삼아야 해. 불쌍한 테일러 양이 우리와 살 때 내가 그랬던 것처럼 말이다. 그렇단다, 얘야, 페어팩스 양은 그 부인에게 우리 테일러 양 같은 존재가 될 거야. 다만 한 가지 면에서만 더 나았으면 좋겠구나. 오랫동안 자기 집처럼 살던 곳을 갑자기 떠나야 하는 일은 없어야 할 텐데."

다음 날, 리치먼드에서 날아온 소식이 만사를 제쳐놓게 했다. 랜들스에 도착한 속달우편은 다름 아닌 처칠 부인의 부고였던 것이다! 부인의 조카가 황급히 돌아간 이유가 딱히 그녀 때문은 아니었지만, 부인은 그가 도착한 후 서른여섯 시간 만에 세상을 떠나고 말았다. 그녀의 전반적인 상태에 근거해 예감했던 것과는 전혀 성격이 다른 급작스러운 발작과 그에 이어진 짧은 사투가 그녀를 거둬가고 말았다. 위대한 처칠 부인은 이제 이 세상 사람이 아니었다.

이런 경우 으레 느낄 법한 감정이 찾아왔다. 모두 얼마간 침통해하며 슬퍼했다. 그리고 고인에 대한 애잔한 마음과, 남겨진 친구들에 대한 걱정을 표했고, 적정한 때가 되자 고인이 어디에 묻힐지 궁금해했다. 골드스미스는 아름다운 여인이 어리석은 행동으로 치달을 때 죽는 것 말고는 다른 수가 없다고 말했다.* 그런데 여인이 불쾌한 존재로 치달을 때도 오명을 지울 방법으로 똑같이 죽음을 권하는 바다. 생전에 적어도 25년 동안 미움을 받았던 처칠 부인을 바야흐로 세상은 온정 어린 눈으로 바라보고 있었다. 특히 한 가지 점에선 완전히 복권되었으니, 그 전엔 누구도 그녀가 심각한 질환을 앓고 있다는 걸 믿지 않았었는데, 죽음이 온갖 변덕과 상상으로 만들어낸 질병들에 기대 이기적으로 굴었다는 혐의에서 사면해준 것이다.

"가엾은 처칠 부인! 병 때문에 온갖 고생을 했던 게 분명해요. 짐작할 수도 없을 만큼 아팠을 거예요. 그리고 병이 길어지면 성격도 변하기 마련이죠. 이런 비보가 다 있을까요. 정말 충격이 크네요. 생전에 많은 잘못을 했다 해도 부인이 세상을 떠났으니 앞으로 처칠 씨는 어떻게 되는 걸까요? 상실감이 이루 말할 수 없이 크겠어요. 절대로 극복하지 못할 거예요." 웨스턴 씨마저도 고개를 설레설레 저으며 엄숙한 표정으로 "아! 가엾은 여인. 이럴 줄 누가 생각이나 했을까요!"라고 말했고, 최대한 근사한 상복을 입겠다고 결심했다. 상복 치맛자락을 넓게 펼쳐 앉은 그의 아내는 한숨을 내쉬며 이 일을 도덕적인 관점에서, 동정과 분별을 가지고 진실하고 절도 있게 반추했다. 부인의 죽음이 프랭크에게 어떤 영향을 미칠 것인가 하는 것이

---

*18세기 소설가 올리버 골드스미스의 소설 《웨이크필드의 목사》에서 인용한 것.

두 사람 모두에게 맨 처음 든 생각이었고, 에마도 그 못지않게 일찍부터 그 점을 곰곰이 생각하고 있었다. 처칠 부인의 성격과 처칠 씨의 슬픔. 경외와 연민의 마음으로 이를 일별한 후 에마는 가벼워진 마음으로 프랭크에게 이 사건이 어떤 영향을 끼칠지, 어느 정도의 수혜가 될지, 얼마나 자유로워질지를 생각해보았다. 그리고 곧바로 일어날 법한 좋은 일들을 모두 떠올렸다. 이제, 해리엇 스미스에 대한 애정을 방해할 건 아무것도 없을 것이다. 아내에게서 벗어난 처칠 씨를 두려워하는 사람은 아무도 없었다. 느긋한 성격에 다른 사람이 하자는 대로 잘 따르는 그는 조카가 설득하면 뭐든 할 것이다. 이제 남은 바람은 그 조카가 애정 관계를 맺는 것이었지만, 에마는 성사되기를 바라는 마음이 간절했어도 그 사랑이 이미 시작됐다고 보는 건 시기상조임을 알았다.

이번에 해리엇은 대단한 자제력을 발휘해 흠잡을 데 없이 훌륭하게 처신했다. 전보다 더 찬란한 희망을 품었다 하더라도 어떤 감정도 드러내지 않았다. 에마는 그녀의 성격이 더욱 강인해졌음을 입증하는 것이라는 생각에 기뻤고, 그런 마음 상태를 혹여 혼란케 하는 건 아닐까 싶어 어떠한 암시도 삼갔다. 그래서 그들은 삼가는 태도로 처칠 부인의 죽음을 이야기했다.

프랭크가 랜들스에 보낸 짧막한 편지들을 통해 그들의 상태와 향후 계획에서 시급하고 중요한 내용을 모두 알 수 있었다. 처칠 씨는 예상했던 것보다 더 잘 견디고 있었고, 요크셔로 돌아가 장례를 치른 후 제일 먼저 윈저로 가서 아주 오랜 친구의 집을 방문할 예정이었다. 지난 10년 동안 한 번 꼭 찾아 가마 약속했던 친구라고 했다. 당분간 해리엇을 위해서 할 수 있는 건 아무것도 없었다. 에마로선 앞으로 잘되기를 빌어주는 수밖에 없었다.

　그보다 더 급한 용건은 제인 페어팩스에게 관심을 보이는 것이었다. 해리엇의 앞날은 열린 반면 제인의 앞날은 닫히고 있었고, 일자리까지 정해진 마당이니 그녀에게 친절을 보이고 싶은 하이버리 사람이 있다면 누구를 막론하고 더는 지체할 시간이 없었다. 그리고 에마에겐 그녀를 만나는 것이 첫 번째 소망이 되어 있었다. 페어팩스 양을 냉랭하게 대했던 지난날만큼 후회스러운 것도 없다시피 했고, 지난 여러 달 동안 그렇게 무시했던 사람이 이제는 그녀가 각별한 존중심이나 연민을 아낌없이 표현하고 싶은 대상이 되어 있었다. 그녀에게 도움이 되고 싶었다. 그녀와의 우정을 소중히 여긴다는 뜻을 전하고 싶었고, 관심을 갖고 있고 중요한 사람으로 여기고 있음을 입증하고 싶었다. 그래서 그녀를 설득해 하트필드에서 하루를 지내게 하겠다고 결심했다. 에마는 이를 촉구하는 쪽지를 써서 보냈다. 초청은 거절되었다. 구두로 '페어팩스 양은 몸이 좋지 않아 편지를 쓸 수 없었습니다'란 전갈과 함께. 같은 날 아침 하트필드를 찾은 페리 씨가 페어팩스 양이 위중한 것 같아서 그녀가 청하지 않았는데도 굳이 찾아가보니, 심각한 두통과 신경성 열병도 살짝 앓고 있어서 그가 생각하기에 예정된 날짜에 스몰리지 부인 댁으로 갈 수 없을 것 같다고 했다. 현재 페어팩스 양은 건강이 완전히 망가져 식욕도 거의 없는 상태였고, 누가 봐도 놀랄 정도의 증상이나 가족들이 늘 우려하는 폐질환 증세가 나타난 건 아니지만 걱정스럽다고 했다. 버틸 수 있는 이상으로 버텨온 모양이고, 비록 인정하려 하지 않겠지만 그녀 본인도 자신의 상태를 알고 있을 것 같다는 것이었다. 기력도 완전히 바닥이 나 있다. 페시 씨는 현재 머무는 집이 신경쇠약엔 도움이 되지 않을 거라고 말할 수밖에 없는 것이, 늘 방 한구석에만 틀어박혀 있었던 데다 그녀의 사람 좋은 이모도, 비록 그에겐 아주 오랜 친구임에도, 그런 상태의 환자에게 최상의 동반자가 아님을 어쩔 수 없이 인정한다고 했다. 그녀가 얼마나 열심히 보살피고 관심을 기울이는지는 두말할 여지가 없었지만, 사실 과유불급이어서 페어팩스 양에겐 득보다 실이 더 많을까 봐 걱정이 이만저만이 아니라는 것이었다. 에마는 진중한 태도로 그의 말을 새겨들었고, 그럴수록 마음이 더 아파서 어떤 식으로든 도움을 주기 위해 애타게 방법을 찾았다. 설령 한두 시간에 지나지 않더라도, 그녀를 이모에게서 벗어나게 해주고 바람을 쐬고 경치도 구경하면서 조용하고 이성적인 대화를 나누면 도움이 되지 않을까 싶었다. 그래서 다음 날 아침 에마는 다시 한 번 쪽지를 썼다. 그녀 딴엔 가장 다정한 언어를 동원해 제인이 시간을 정해주면 어느 때고 마차를 타고 방문하고 싶다고 했다. 페리 씨가 그런 운동이 자신의 환자에게 도움이 될 거라고 단언한 것도 언급했다. 답변은 짤막한 문장의 쪽지뿐이었다.

"페어팩스 양이 안부와 고마운 마음을 표합니다만, 어떠한 운동도 지금은 무리입니다."

에마는 쪽지를 보내면서 그보다는 나은 답변을 기대했었다. 그러나 그런 표현을 가지고 비난할 수 없는 것이, 떨리고 고르지 못한 필체가 그녀의 병세를 너무도 확연히 보여주었기 때문에 만나려 하지도 않고 도움을 받지도 않으려는 마음을 어떻게 해야 돌릴 수 있는지만 생각했다. 그래서 답변과 상관없이, 마차를 불러서 베이츠 양의 집으로 가서, 제인을 설득하고자 했다. 그러나 소용이 없었다. 베이츠 양이 마차 문 앞으로 와서 한없이 고마워하면서, 바람을 쐬는 게 정말로 도움이 될 거라는 생각에 진심으로 동의했고, 에마가 전한 대로 해보려고 온갖 노력을 했음에도 전혀 소용이 없었다. 베이츠 양은 아무런 소득 없이 돌아올 수밖에 없었다. 제인은 어떤 설득에도 요지부동이었다. 밖으로 나가자는 말이 그녀를 더 힘들게 만든 것 같았다. 에마는 자기가 직접 만나서 이야기를 해봤으면 싶었지만 그런 바람을 내비치기도 전에 베이츠 양이 무슨 일이 있어도 우드하우스 양을 집 안에 들이지 않기로 조카와 약속했다는 점을 분명히 했다. "정말 사실대로 말하는 건데, 우리 가엾은 제인은 어느 누구도 만날 수 없는 상태예요. 누가 온대도요. 사실 엘턴 부인이라면 거절하는 게 어렵겠죠. 그리고 콜 부인은 너무도 완강히 따지셨죠. 페리 부인은 막을 수 없을 만큼 말씀이 많으셔서……. 하지만 제인은 그분들 말고는 누구도 만나지 않을 거예요."

에마는 때와 장소를 막론하고 막무가내로 밀고 들어가는 엘턴 부인, 페리 부인, 콜 부인과 동류로 취급되고 싶지 않았다. 뿐만 아니라 자기 자신에게 특별 대우를 받을 권리가 있다는 생각은 할 수도 없었다. 그래서 페어팩스 양의 의사대로 따르기로 하되, 딱 하나, 베이츠 양에게 조카딸의 식욕과 식단에 대해 물어보며 어떻게든 도움을 줄 수 있을까 간절히 바란다고 말했다. 이 문제가 나오자 가엾은 베이츠 양은 더없이 슬퍼하며 얼마든지 터놓고 이야기하려 했다. 제인은 거의 아무것도 입에 대지 않는다. 페리 씨가 영양식을 권했지만 (세상 어디에서도 만나볼 수 없을 고마운 이웃들이) 온갖 성의를 다해서 만들어준 음식도 거부한다는 것이었다.

에마는 집에 돌아오자마자 가정부를 불러서 식품 저장고마다 살펴보도록 했고, 상등품의 칡가루를 지극정성으로 쓴 쪽지와 함께 신속히 베이츠 양에게 보냈다. 30분 만에 칡가루는 베이츠 양의 답장과 함께 되돌아왔다. 거기엔 이루 말할 수 없을 만큼 감사히 생각하지만, "되돌려보내지 않으면 제인의 마음이 편치 않을 겁니다. 제인은 칡가루를 잘 못 먹는 데다 무엇보다도 자기는 필요한 게 아무것도 없다는 말을 전해달라고 합니다"라고 쓰여 있었다.

나중에 에마는 제인 페어팩스가 어떤 운동도 감당할 수 없다는 핑계로 자기와 마차를 타고 외출하는 것을 단호히 거절했던 바로 그날 오후, 하이버리에서 얼마간 떨어진 목초지를 배회하더라는 이야기를 듣고서, 모든 것을 통틀어보건대 제인이 그녀에게선 어떤 친절도 받지 않기로 결심한 게 분명하다는 것을 알게 되었다. 애석한 일이었다. 애석하기 그지없는 일이었다. 이렇게 노여워하는 속마음, 모순된 행동, 기복이 심한 체력이 더욱 가련하게 여겨지는 그녀의 상태 때문에 에마의 마음은 찢어질 듯 아팠다. 그리고 자신의 올바른 감정을 신뢰하지 않고 친구로 삼을 가치가 없다고 생각하는 것에 야속한 마음이 들었다. 그래도 에마는 자신의 의도가 선하다는 것을 알고 있고, 나이틀리 씨가 제인 페어팩스를 도우려고 만방의 노력을 기울인 것을 알게 되고, 심지어는 그녀의 마음속을 들여다볼 수 있었다면 이번에는 자기를 질책할 일이 전혀 없을 거라는 점에서 위안을 얻었다.

10

처칠 부인이 세상을 떠난 지 열흘쯤 지난 어느 날 아침, 에마는 "머물 시간이 5분도 채 안 되는데, 특별히 할 말이 있다"는 웨스턴 씨의 전갈을 듣고 아래층으로 내려갔다. 그는 응접실 문간에서 그녀를 보더니 평소와 다름없는 어조로 인사말을 건네자마자 아버지가 듣지 못하게 갑자기 목소리를 낮추고는 말했다.

"오늘 오전 중에 아무 때나 랜들스로 와줄 수 있겠니? 가급적 그렇게 해줬으면 한다. 아내가 만나고 싶어 해. 꼭 만나야겠대."

"어디 편찮으신 거예요?"

"아니, 아니, 그럴 리가. 그냥 약간 심란해하고 있어. 마차를 불러서 직접 오려고 했다가, 단둘이서 만나야하는데, 너도 알겠지만, (턱 끝으로 아버지 쪽을 가리키며) 흠! 올 수 있겠니?"

"당연하죠. 원하시면 지금 당장 갈게요. 이렇게 부탁하시는데 어떻게 거절할 수 있겠어요? 그런데 대체 무슨 일일까요? 정말 편찮으신 건 아니고요?"

"내 말을 믿어. 하지만 더는 묻지 말아다오. 때가 되면 다 알게 될 거야. 도저히 말로 설명할 수가 없는 일이라서 그래! 하지만 조용! 조용!"

에마는 무슨 일인지 도무지 알 수가 없었다. 그의 표정으로 보아 정말로 중대한 일이 일어난 것 같았지만 그녀의 친구가 아무 탈 없다는 말만 듣고 불안해하지 않으려고 애썼고, 아버지가 눈치채지 못하도록 산책을 다녀오겠다고 말한 후 곧바로 웨스턴 씨와 함께 집을 나서 랜들스로 발걸음을 재촉했다.

"자," 그들이 대문을 나선 지 한참 되었을 때 에마가 말을 꺼냈다. "웨스턴 씨, 이제 무슨 일이 일어난 건지 말씀해주세요."

"안 돼, 안 돼." 그가 침통한 어조로 말했다. "내겐 묻지 마. 아내에게 모든 걸 일임하겠다고 약속했거든. 터놓고 이야기하려면 나보다 그 사람이 나을 거야. 초조해하지 마라, 에마. 금방 알게 될 테니까.""터놓고 얘기하다뇨." 에마는 겁에 질려 우뚝 멈춰 서서 외쳤다. "맙소사! 웨스턴 씨, 지금 당장 말씀해주세요. 브런즈윅 스퀘어에 무슨 일이 있는 거죠! 그런 거군요.

말씀해주세요. 지금 당장 무슨 일인지 말씀해달라고요."

"아냐, 그건 착각이야."

"웨스턴 씨는 저에게 장난치실 분이 아니에요. 브런즈윅 스퀘어에 저의 소중한 친지들이 얼마나 많은지 생각해보세요. 어느 분이죠? 모든 성스러운 것에 대고 저에게 숨김없이 이야기하겠다고 맹세해주세요."

"내 말 믿어, 에마……."

"믿으라고요! 왜 명예를 걸지 않으시죠? 웨스턴 씨의 명예를 걸고 그들 누구와도 무관한 일이라고 말씀하지 못하는 이유가 뭐죠? 아, 이를 어쩌지? 거기 있는 가족 누구하고도 하등 상관 없는 일이라면 제게 터놓고 말씀하셔야 할 일이란 게 대체 뭔가요?"

"내 말 믿으라고 했지." 그가 더없이 진중한 태도로 말했다. "그런 게 아니야. 나이틀리라는 이름을 가진 이 세상 누구와도 전혀 상관없는 일이야."

에마는 다시 용기를 내서 걷기 시작했다.

"내가 잘못했구나." 그가 말을 이었다. "너에게 터놓고 할 이야기라고 말하다니. 그런 표현은 쓰지 말았어야 했는데. 실은 너하고는 관계가 없어. 나와 관계가 있는 일이지. 그러니까, 우리 바람은 그래. 흠! 간단히 말해주마, 에마. 그렇게까지 불안해할 이유는 전혀 없는 일이야. 불쾌한 일이 아니라는 말은 못 하겠지만, 하지만 상황이 지금보다 더 나빠질 수도 있겠지. 좀 더 빨리 가면 금세 랜들스에 도착하겠네."

에마는 기다릴 수밖에 없겠다는 생각이 들었지만 더는 힘들게 느껴지지 않았다. 그래서 더 이상 묻지 않고 상상에 기댔고, 얼마 안 가 돈과 관계된 문제나, 그 가족의 정황상 최근에 불거진 불쾌한 사정, 아니면 최근에 리치먼드에서 일어난 사건의 파장이 불러왔을 법한 상황으로 생각이 모아졌다. 그녀의 상상은 걷잡을 수 없이 뻗어나갔다. 혹여 사생아가 여섯 명이나 돼서 가엾은 프랭크가 내쳐진 건 아닐까! 이는 전혀 바람직하지 못하지만 그녀에게 고뇌를 안겨줄 일은 아니었다. 그저 상상의 나래를 펼치는 호기심을 불러일으킬 뿐.

"저기 말을 타고 가는 신사분은 누구신가요?" 함께 걸어가면서 그녀가 물었다. 웨스턴 씨가 비밀을 지킬 수 있도록 도와주려고 물었을 뿐, 별다른 생각이 있어서는 아니었다.

"모르겠는데. 오트웨이 형제 중 한 명 같아. 프랭크는 아니야. 프랭크는 아니지, 확실해. 넌 그 애를 보지 못할 거야. 지금쯤 윈저까지 반은 갔을 테니까."

"그렇다면 좀 전까지 아드님과 계셨던 거예요?"

"아! 그럼. 몰랐니? 자, 자, 신경 쓸 건 없어."

한동안 그는 말이 없었다. 그러다가 훨씬 더 조심스럽고 침착한 어조로 덧붙였다.

"그래, 프랭크가 오늘 아침에 왔었어. 그냥 인사차 들렀던 거야."

서두른 덕에 그들은 금방 랜들스에 도착했다. "자, 여보." 방으로 들어가면서 웨스턴 씨가 말했다. "에마를 데려왔어요. 그러니 이제 좀 괜찮아졌으면 좋겠구려. 단둘이 있도록 난 나가 있겠소. 미루어봤자 소용없겠지. 멀리 있진 않을 테니 필요하면 언제든 불러요." 그러면서 방을 나서기 전에 나지막한 어조로 덧붙이는 말을 에마는 똑똑히 들었다. "난 약속한 대로 했어요. 에마는 아무것도 몰라."

웨스턴 부인은 몹시 아파 보이는 데다 더없이 혼란스러워하는 기색이어서 에마의 불안감은 더 커졌다. 단둘이 남게 되었을 때 에마는 간절하게 말했다.

"왜 그러세요, 굉장히 안 좋은 일이 일어난 건가요? 무슨 일인지 얼른 얘기해주세요. 여기까지 걸어오는 내내 얼마나 마음 졸였는지 몰라요. 우리 두 사람 다 마음 졸이는 건 딱 질색이잖아요. 제가 더 이상 불안해하지 않게 해주세요. 고민이 있으시면, 일단 무조건 털어놓는 게 편할 거예요."

"정말 모르겠어?" 웨스턴 부인이 떨리는 목소리로 말했다. "에마, 정말 무슨 이야기가 나올지 짐작 못 하겠다는 거야?"

"프랭크 처칠 씨에 관한 거라는 짐작은 하고 있어요."

"맞아. 그 애와 관련된 거야. 지금 바로 이야기해줄게. (고개를 들지 않겠다고 작정한 건지 바느질을 다시 시작하면서) 그 애가 바로 오늘 아침 여기 왔었어. 정말 터무니없는 용건으로. 우리가 얼마나 놀랐는지 말로는 표현할 수 없을 정도였어. 웨스턴 씨에게 할 말이 있어서 온 거였고, 그건 애정 문제를 알리려고……." 웨스턴 부인은 말을 멈추고 숨을 들이켰다. 에마는 처음에 자기를 말하는 건가 싶었다가 다음엔 해리엇을 생각했다.

"실은, 애정 문제 이상이었어." 웨스턴 부인이 다시 말을 이었다. "약혼을 했대. 진짜 약혼을 했다는 거야. 네가 뭐라고 할까, 에마. 다른 사람들은 뭐라고 할까. 프랭크 처칠과 페어팩스 양이 약혼을 했다는 걸 알게 되면. 그것도 아주 오래전에 약혼한 사이라는 것을 알면!"

에마는 놀란 나머지 펄쩍 뛰어올랐고 두려움마저 느끼며 외쳤다.

"제인 페어팩스라고요! 말도 안 돼요! 지금 농담하시는 거죠? 진담 아니시죠?"

"놀라는 것도 당연해." 여전히 시선을 피하면서 웨스턴 부인은 에마가 마음을 추스를 시간을 가질 수 있도록 열심히 말을 이었다. "놀라는 것도 당연하지. 하지만 사실인걸. 그 두 사람은 10월부터 엄연한 약혼 관계였대. 웨이머스에서 약혼한 후 아무에게도 말하지 않았다더구나. 당사자 둘 말고는 아무도 아는 사람이 없었대. 캠벨 부부도, 페어팩스 양의 가족도, 그 애의 가족도 모두. 정말 놀라워. 그것이 사실이라고 추호도 의심하지 않게 된 지금도 나로선 거의 믿어지지 않는 일이야. 정말 믿어지지 않아. 그 애를 안다고 생각했는데."

에마는 그녀의 말이 거의 귀에 들어오지 않았다. 그녀의 마음은 두 가지 생각으로 나뉘었으니, 예전에 페어팩스 양에 관해 그와 나눴던 대화와 가엾은 해리엇에 관한 생각이었다. 한동안 그녀는 소리 높여 정말이냐고 거듭 묻기만 할 뿐이었다.

"글쎄요." 마침내 마음을 추스르려 애쓰면서 에마가 말했다. "이 상황은 적어도 반나절 동안 생각해봐야 제대로 이해를 할 수 있을 것 같은데요. 그나저나 뭐라고요! 10월에 제인과 약혼한 사이였다고요? 둘 다 하이버리에 오기 전이잖아요?"

"10월에 약혼을 했어. 비밀 약혼이었고. 난 상처받았어, 에마, 정말 크게 상처받았어. 그 애 아버지도 나만큼이나 상처받았고. 그 애가 한 어떤 행동들은 우리로선 도저히 용서가 안 돼."

에마는 잠시 고민하다가 대답했다. "못 알아듣는 척하진 않을게요. 제 선에서 드릴 수 있는 최선의 위로는, 그 사람이 저에게 보여준 관심 때문에 우려하시는 그런 결과는 전혀 없었으니 안심하시란 거예요."

웨스턴 부인은 고개를 들었고, 믿기 힘들다는 표정을 지었지만, 에마의 얼굴은 방금 한 말 만큼이나 안정되어 보였다.

"지금 전 전혀 관심이 없다고 이렇게 큰소리치는 걸 좀 더 수월하게 믿으실 수 있도록 해드려야겠군요." 에마가 말을 이었다. "더 자세히 말씀드릴게요. 처음 그 사람과 알고 지내면서 그를 좋아했었던 때가 있었어요. 그를 사랑하게 되었으면 좋겠다는 마음이 대단히 컸었던 적이 있었다고 할게요. 그런 마음이 어떻게 사라졌는지는 저도 잘 모르겠어요. 다행히 사라졌어요. 얼마 전부터 전 정말로, 적어도 석 달 동안 그에 대해선 아무 관심이 없었어요. 제 말 믿으셔도 돼요, 웨스턴 부인, 이건 가감 없는 진실이니까요."

웨스턴 부인은 기쁨의 눈물을 흘리며 에마에게 입을 맞췄고, 말을 할 수 있게 되자 그녀가 이렇게 확실히 말해준 것에 이 세상 어떤 것보다 안심이 되었다고 했다.

"웨스턴 씨도 나 못지않게 한시름 놓으실 거야." 웨스턴 부인이 말했다. "이 문제 때문에 우리 부부 둘 다 너무 괴로웠거든. 너희 두 사람이 서로 좋아하게 되는 게 우리의 각별한 소망이었어. 소망대로 됐다고 믿었었지. 그러니 네 생각을 하며 우리가 어떤 심정이었을지 생각해봐."

"웨스턴 부인에게도 저 자신에게도 고맙고 놀라운 일인 건 분명하지만, 그렇다고 해서 그 사람이 면죄받을 수 있는 건 아니에요, 웨스턴 부인. 전 그가 대단히 잘못했다고 말할 수밖에 없어요. 애정과 신뢰를 약속한 몸이면서 도대체 무슨 권리로 아무 일도 없었던 것처럼 행동한 걸까요? 실제로는 한 여자와 약혼한 몸이면서 도대체 무슨 권리로 다른 여자의 마음을 사려고, 분명히 그랬죠, 부단한 애정을 표하려고 애쓴 걸까요? 자신의 행동이 어떤 악영향을 끼칠지 어떻게 알고요? 그런 행동이 내가 자길 사랑하게 만드는 게 아니라 그가 어떻게 장담하죠? 정말 잘못했어요. 정말, 대단히 잘못했어요."

"그 애가 한 말로 미루어보건대, 에마, 내 생각에는……."

"그리고 '그 여자'는 어떻게 그런 행태를 봐줄 수 있었던 거죠! 자기 앞에서 그 남자가 다른 여자에게 관심을, 한 번도 아니고 계속 표하는데도 원망은커녕 침착하게 지켜보다니……. 그런 경지의 차분함은 저로선 이해할 수도 없고 존중할 수도 없어요."

"그들 사이에 오해가 있었어, 에마, 그 애가 아주 분명히 말하더구나. 길게 설명할 시간은 없었어. 여기 15분밖에 못 있었고, 흥분한 나머지 그 15분조차 제대로 쓰지 못했지. 그래도 오해가 있었다는 말은 단호하게 하더구나. 지금 이 위기도 실은 그런 오해 때문에 생긴 것 같았어. 그리고 그 오해는 그 애의 부적절한 처신 때문에 생겼을 가능성이 아주 크고."

"부적절하다고요! 아! 웨스턴 부인. 어쩌면 비판을 하셔도 그렇게 후덕하게 하시죠? 부적절한 정도를 훨씬, 훨씬 더 많이 벗어난 행동이에요! 이 일로 그는 곤두박질쳤어요. 그에 대한 저의 평가가 곤두박질쳤단 말씀이에요. 남자로서 지켜야 할 도리를 완전히 저버린 거라고요! 인생을 살아가면서, 사내라면 응당 발휘해야 할 강직한 성실성, 엄정하게 진실과 원칙을 고수하고, 술수와 편협함을 경멸하는 태도를 전혀 갖추지 못했잖아요!"

"아냐, 에마, 이제 그 애 편을 들지 않으면 안 되겠구나. 이번 경우에 그가 잘못하긴 했지만, 그 애를 정말 오래 본 사람으로서 난 그 애가 많은, 정말로 많은 미덕을 갖추었다고 보장할 수 있어. 그리고……."

"말도 안 돼요!" 그녀의 말은 안중에도 없는 에마가 외쳤다. "스몰리지 부인 일은요! 제인은 진짜 가정교사로 떠나려던 참이었잖아요! 그렇게 지독히도 야비하게 굴다니 어쩌려고 그랬던 거죠? 제인이 계약을 하는데도 뻔히 보고만 있다니…… 심지어 그런 조처를 취할 생각을 하는데도 가만히 보고만 있다니요!"

"프랭크는 전혀 몰랐어, 에마. 이 점에 관한 한 난 그 애가 아무 죄가 없다고 말할 수 있어. 그건 제인 혼자 결정한 거고, 그 애에겐 말도 하지 않았대. 설령 말을 했대도 정말 그럴 거란 생각이 들 정도로 진지하게 말한 건 아니었어. 프랭크 말로는 어제까지도 그녀의 계획에 대해선 전혀 몰랐다고 해. 느닷없이 알게 된 거지. 잘은 모르지만 편지나 전갈을 보낸 것 같아. 그래서 그녀가 진행하고 있는 일이 뭔지 알게 됐고, 이런 계획을 세우고 있는 걸 알고는 곧바로 떨쳐 일어나선 외삼촌에게 다 털어놓은 거야. 그가 친절을 베풀어주길 기대하면서. 간단히 말해서 너무나 오랫동안 숨겨오느라 괴로웠던 걸 끝내기로 한 거지."

에마는 조금 더 귀를 기울이기 시작했다.

"그 애가 곧 연락을 할 거야." 웨스턴 부인은 계속 말했다. "헤어지면서 나한테 곧바로 편지를 보내겠다고 했어. 말하는 태도가 지금 말할 수 없는 많은 얘기들을 구체적으로 할 거라고 약속하는 것처럼 보이더라. 그러니 기다려보자, 편지가 올 때까지. 정상 참작할 여지가 많아질지 아니? 지금은 이해할 수 없는 많은 것들을 이해하고 또 용서하게 될지 말이야. 우리 너무 모질게 굴지 말자. 섣불리 그 애를 매도하지 말아야지. 인내심을 가지는 거야. 난 그 애를 사랑으로 대할 의무가 있어. 한 가지 점에서, 한 가지 중대한 점에서 마음이 놓이니 모든 것이 잘 풀리기를 진심으로 바라고 그럴 거라고 믿고 싶어. 두 사람 다 그렇게 비밀을 지키고 감추느라 맘고생이 정말 심했을 게 분명해."

"맘고생을 했다 해도," 에마는 냉랭하게 대답했다. "딱히 그에게 해가 됐을 것 같지는 않네요. 그나저나 처칠 씨는 이 일을 어떻게 받아들이셨나요?"

"단연 조카 편을 들어줬지. 아무런 거리낌 없이 찬성하셨다는구나. 고작 일주일 동안 그 집안에 일어난 일을 생각해봐! 가없은 처칠 부인이 살아 계시는 동안, 희망도, 기회도, 가능성도 생각할 수 없었을 거야. 하지만 부인의 유해가 가족묘에 안치되자마자 부인의 남편은 생전의 그녀가 요구했을 것과 정반대로 행동하게 된 거지. 얼마나 다행이니! 부당한 권세가 무덤에서 살아남지는 못하니까 말이야. 그는 설득할 필요가 거의 없을 정도로 기꺼이 찬성해주셨대."

'아!' 에마는 생각했다. '그분은 해리엇이라고 해도 그렇게 해주셨을 거야.'

"어젯밤에 이렇게 결정이 됐고, 프랭크는 오늘 아침 동이 트는 대로 출발했어. 하이버리에도 갔고, 베이츠 양 댁에도 들렀겠지. 그런 다음 이리로 온 거야. 하지만 황급히 외삼촌에게 가야 했어. 외삼촌에겐 지금 어느 때보다도 그 애가 필요한 시점이니까. 그래서 아까도 말했듯이 여기서 15분밖엔 못 있었어. 정말 얼마나 흥분해 있던지, 말도 못 할 정도였어. 어느 정도였냐면 지금까지 내가 본 그 애가 맞는지 싶을 정도로 달라 보이더라고. 그때까지 겪은 걸 차치하더라도, 그 전까지 제인이 몸 상태가 그렇게 악화된 걸 전혀 모르고 있었으니 그로 인한 충격도 있었을 테고. 온몸으로 심란해하는 게 눈에 보이더라니까."

"두 사람이 자기들 관계를 철두철미하게 비밀에 부쳤다는 걸 정말로 믿으시는 거예요? 캠벨 부부나 딕슨 부부 중 어느 쪽도 그들의 약혼 관계를 몰랐대요?"

덕슨의 이름을 입에 올리면서 에마는 얼굴을 붉히지 않을 수 없었다.

"아무도, 단 한 명도 몰랐대. 두 사람 말고는 누구에게도 알리지 않았다고 단언하던데?"

"그렇군요." 에마가 말했다. "차차 받아들이게 되겠죠. 그리고 두 사람이 행복하길 진심으로 바라지만, 일을 그런 식으로 처리한 게 치졸하기 그지없다는 생각은 앞으로도 변함없을 거예요. 위선과 기만을 도구로 쓴 염탐과 배반이 아니면 뭐겠어요? 호방하고 소박한 사람의 탈을 쓰고 우리와 어울리면서 뒤에선 아무도 모르게 자기들만의 잣대로 우릴 판단한 거잖아요! 그런데 우린 겨울이 가고 봄이 다 가도록 우롱당하는 것도 알지 못한 채 그들도 우리처럼 진실과 명예의 지반을 딛고 있다고 마냥 좋아하고 있었던 거예요. 정작 그 두 사람은 우리들 사이를 오가면서, 우리가 그 둘에게 전할 생각은 없었던 감정과 말을 비교하고 옳으니 그르니 떠들어댔을 텐데. 그런 와중에 그들 귀에 별로 달갑지 않은 얘기를 들었다 하더라도 기꺼이 감수해야 할 거예요!"

"그 점에 대해서라면 난 마음이 아주 편한데?" 웨스턴 부인이 대답했다. "두 사람 중 누구한테도 들으면 기분 나쁠 이야긴 한 적이 없거든."

"운이 좋으시네요. 실수라면 우리 친구 중 한 명이 그 아가씨와 사랑에 빠진 것 같다고 생각하신 것 딱 하나인데 그마저도 저만 들었으니까요."

"맞아. 하지만 페어팩스 양에 대해서라면 난 언제나 흠잡을데 없이 좋은 사람이라고 생각했기 때문에 혹여 실수를 했다하더라도 나쁘게 말했을 리 없지. 그리고 프랭크에 대해 나쁘게 말한 거라면 난 걱정할 게 전혀 없고."

그 순간, 창가에서 조금 떨어진 곳에 웨스턴 씨가 나타났다. 그들을 지켜보고 있었던 게 분명했다. 그의 아내는 들어오라는 눈길을 보냈고, 그가 돌아 들어오는 사이 덧붙여 말했다. "자, 사랑하는 에마, 간절히 부탁하는데 부디 저이가 마음 놓고 이혼사에 만족할 수 있도록 말과 표정에 최대한 신경 써주렴. 우리 둘 다 최선을 다해보자꾸나. 그리고 제인 입장에선 거의 모든 게 잘됐다고 할 수 있지 않니? 그녀와 맺는 연이 성에 찰 만하다고는 할 수 없지만 처칠 씨가 괘념치 않는데 우리가 나설이유가 있을까? 그리고 그 애, 그러니까 프랭크에겐 아주 운좋은 인연이 될지도 몰라. 그렇게 절도 있는 성격에 훌륭한 판단력을 갖춘 아가씨를 만났으니까 말이야. 난 그녀의 그런 점을 늘 높이 평가해왔고, 비록 이번 일로 정도를 크게 벗어나긴 했지만 그 생각에는 변함이 없어. 아니, 그녀의 처지를 생각하면 그런 실수조차 얼마든지 감안해줄 수 있지 않을까?"

"얼마든지요!" 에마가 감정에 복받쳐 외쳤다. "여자가 자기자신 말고는 안중에 없다 해도 기꺼이 용서받는 경우가 있다면 바로 페어팩스 양일 거예요. 그런 처지라면, '세상은 그들의 것이 아니니, 세상의 법 또한 그러하다'*는 말을 해도 될 걸요."

웨스턴 씨가 들어서자 그녀는 미소 띤 얼굴로 소리쳤다.

"어쩌면 그렇게 감쪽같은 속임수로 절 놀리실 수 있죠, 정말! 아무래도 제 호기심을 농락하시면서 어림짐작도 잘하는 저의 장기를 시험해보실 생각으로 그러셨던 것 같네요? 하지만 웨스턴 씨 때문에 전 겁이 나 죽는 줄 알았다고요. 전 아저씨가 재산을, 적어도 절반쯤 날리셨나 보다고 생각했거든요. 그런데 이게 뭔가요, 들어보니 위로해드릴 일이 아니라 축하할 일이잖아요. 진심으로 축하드려요, 웨스턴 씨, 영국에서 가장 아름답고 교양 있는 아가씨를 며느리로 맞으시게 되었네요."

웨스턴 씨는 아내와 한두 차례 시선을 교환한 끝에, 에마의 말이 증명한 대로 모든 것이 잘 풀렸음을 확실히 알 수 있었고, 그 덕에 이내 행복한 기분이 되어 태도와 목소리 또한 평소의 활달함을 되찾았다. 그는 에마의 손을 잡고 감사의 뜻을 담아 기운차게 흔들면서 그 사안에 대해 이야기하기 시작했는데, 태도로 짐작하건대 시간이 지나고 설득을 잘 하면 그도 두 사람의 약혼이 그리 비보는 아니라고 생각하게 될 것 같았다. 에마와 웨스턴 부인은 그들의 경솔한 행태를 참작할 만하거나, 반감을 잠재울 만한 말만 했다. 웨스턴 씨는 그녀들과 처음부터 끝까지 다시 그 이야기를 했고, 그런 후 걸어서 하트필드까지 에마를 데려다주면서 또 한 번 이야기를 한 끝에 그 일을 더없이 흡족하게 여기게 되었다. 어쩌면 프랭크가 가장 잘한 일이

*셰익스피어의 《로미오와 줄리엣》에 나오는 로미오의 대사.

598

란 생각까지 하는지도 몰랐다.

11

"해리엇, 가엾은 해리엇!" 그 말엔 도저히 지워버릴 수 없는 고
통스러운 생각이 담겨 있었다. 그 생각 때문에 에마는 이번 일
이 진정으로 불행하게 여겨졌다. 프랭크 처칠은 그녀에게 정말
로 부도덕한, 여러 면에서 정말로 부도덕한 짓을 저질렀지만
정작 그녀가 그렇게 분노한 건 그의 행동 때문이라기보다는 그
녀 자신의 행동 때문이었다. 그때문에 해리엇에게 상처를 주는
곤경에 처했으니, 그의 죄질이 더없이 무겁게 느껴지는 것이었
다. 가엾은 해리엇! 두 번이나 그녀의 오해와 감언이설에 우롱
당하다니. 나이틀리 씨가 일전에 "에마, 너는 해리엇 스미스에
게 친구였던 적이 없어"라고 말했을 때 그는 예언을 한 것이나
다름없었다. 해리엇에게 해만 끼친 것 같은 생각에 그녀는 두
려웠다. 물론 지난번과 달리 이번엔 그녀만 아니었다면 이 불
상사를 초래할 일은 없었을 거라고, 그녀만 아니었다면 해리엇
이 그런 생각을 품을 일도 없었을 거라고 통감할 필요는 없었
다. 그녀가 그 문제에 관해 어떤 암시를 하기 전에 해리엇 쪽에
서 이미 프랭크 처칠을 찬미하고 연모하고 있음을 인정했으니
까. 그럼에도 자중하게 할 수도 있었을 것을 오히려 부추겼다
는 사실이 그녀에겐 씻지 못할 자책으로 남았다. 해리엇이 그

런 감정 속에서 허우적대며 더 깊이 빠져드는 것을 막을 수 있었을 것이다. 에마의 말을 잘 따르는 해리엇이니 얼마든지 가능했을 것이다. 그런데 이제 와서 막았어야 했다고 뼈저리게 후회하고 있다니. 지금껏 박약한 근거만 믿고 해리엇의 행복을 위태롭게 했다는 생각이 들었다. 상식이 있다면 해리엇에게 절대로 그를 마음에 담아서는 안 된다고, 그가 그녀를 좋아할 가능성은 5백 분의 1도 안 될 거라고 말해줬어야 했을 것이다. "그런데 내 사전에 상식은 없는 모양이야." 에마는 덧붙여 말했다.

그녀는 자신에게 몹시 화가 났다. 프랭크 처칠에게라도 화를 낼 수 있으니 망정이지, 안 그랬다면 정말 끔찍했을 것이다. 제인 페어팩스에 대해서라면 적어도 지금껏 그녀를 걱정했던 마음을 얼마간 덜 수 있었다. 해리엇만으로도 머리가 깨질 것 같았다. 제인에 대해선 더 이상 애석해할 필요가 없을 것이다. 그녀가 고민하고 건강을 해치게 된 건 당연히 똑같은 원인 때문이었으니 똑같이 치유되고 있을 것이다. 무시당하고 불운했던 시절은 끝났다. 곧 건강해지고 행복해질 것이며 또 풍족해질 것이다. 에마는 이제야 그녀가 자신의 배려를 외면한 이유를 알 것 같았다. 이 깨달음과 함께 수많은 사소한 일들이 분명해졌다. 의심할 여지 없이 질투 때문이었다. 제인의 눈에 그녀는 경쟁자였을 것이다. 그러니 그녀가 도우려하거나 관심을 보이는 족족 퇴짜를 놓은 것도 당연했다. 하트필드의 마차를 타고 바람을 쐬는 건 고문이었을 것이고, 하트필드 식품저장고에서 보낸 칡가루는 독극물이었음에 틀림없다. 에마는 그녀의 심정을 십분 이해했다. 비뚤어지고 이기적인 분노의 감정에서 벗어난 그녀의 마음은 제인 페어팩스가 신분 상승과 행복을 얻게 된 것이 분에 넘치는 것이 아님을 인정하게 되었다. 그러나 가없은 해리엇을 생각하면 아무것도 할 수 없을 정도로 마음이 무거웠다. 다른 사람에게 동정심을 할애할 여유가 없었다. 에마는 슬픔과 두려움 속에서 이렇게 두 번째로 낙심하는 것이 첫 번째보다 더 고통스러우리라 생각했다. 두 번째 대상이 첫 번째보다 훨씬 더 훌륭한 사람이라는 점에서 당연히 그럴 것이고, 그녀의 마음에 분명히 더 강렬한 영향을 줘서 삼가고 자제하도록 만든 점을 생각할 때도 그럴 것이다. 그럼에도 에마는 이 고통스러운 진실을 전달하지 않으면 안 되었다. 그것도 가급적 빨리 알려줘야 했다. 웨스턴 씨가 헤어지면서 한 말 중엔 이 일을 비밀에 부쳐달라는 요구도 있었다. "당분간은 이와 관련된 모든 일을 철저히 비밀에 부쳐야 해. 처칠 씨가 특히 강조한 바이기도 해, 바로 얼마 전에 사별한 부인에 대한 존중의 표시로서. 그리고 다들 그렇게 하는 게 마땅한 예법이라고 인정했고." 에마는 그러마고 약속했지만 해리엇만은 예외가 될 수밖에 없었다. 에마에겐 이게 더 중요한 의무였다.

속이 타들어가는 와중에도 에마는 웨스턴 부인이 좀 전에 그녀에게 했던 그대로, 그녀도 해리엇에게 괴롭고도 민감한 이야기를 해야 할 상황이 놓이자 우습다는 생각을 하지 않을 수 없었다. 웨스턴 부인이 노심초사하며 그녀에게 전한 소식을 이제는 그녀가 노심초사하며 다른 사람에게 전할 차례였다. 해리엇의 발소리와 목소리를 듣는 에마의 심장은 세차게 뛰었다. 아까 그녀가 랜들스에 다 갈 즈음 가엾은 웨스턴 부인도 그랬겠구나 싶었다. 모든 걸 터놓은 후의 결과도 그와 똑같을 수 있을까! 불행히도 그럴 가망은 전혀 없었다.

"세상에, 우드하우스 양!" 해리엇이 다급히 방으로 들어오며 외쳤다. "이렇게나 괴이한 소식이 다 있을까요?"

"무슨 소식을 말하는 건데?" 에마가 대답했다. 해리엇의 표정이나 목소리로는 실제로 어떤 암시를 받은 건지 전혀 짐작할 수가 없었다.

"제인 페어팩스 소식 말예요. 정말 이렇게 이상한 얘길 들어보신 적 있으세요? 아! 혹시라도 제게 털어놓으실 게 걱정되신다면 그러실 필요 없어요, 웨스턴 씨한테서 직접 들었거든요. 좀 전에 만나 뵈었어요. 제게 절대 비밀로 해야 한다고 말씀하시더라고요. 그래서 우드하우스 양 말고는 누구에게도 말해선 안 되겠다고 생각하는데, 웨스턴 씨가 이미 알고 있다고 하시던데요."

"웨스턴 씨가 뭐라고 하셨는데." 여전히 어안이 벙벙한 채 에마가 말했다.

"아! 전부 다 말씀해주셨어요. 제인 페어팩스와 프랭크 처칠 씨가 결혼할 예정이고, 이미 오래전부터 약혼한 사이였다고요. 정말 이상하지 않아요!"

정말이지 이상하기 짝이 없었다. 해리엇의 행동이 너무도 이상해서 에마는 어떻게 이해해야 할지 종잡을 수가 없었다. 사람이 완전히 달라진 건가 싶을 정도였다. 진상을 알게 되었는데도 흥분하지도, 실망하지도, 심지어 이렇다 할 관심도 보이지 않는 것 같았다. 에마는 거의 아무 말도 못 하고 그녀를 쳐다보았다.

"혹시 알고 계셨어요?" 해리엇이 외쳤다. "그분이 그녀를 사랑한다는 걸요? 하긴 우드하우스 양이라면 그러셨을 수도 있겠네요. (말하면서 얼굴을 붉히며) 모든 사람의 마음속을 꿰뚫어 보시는 분이니까요. 하지만 어느 누구도……."

"솔직히 말해서," 에마가 말했다. "내게 정말 그런 재능이 있기나 한지 의심스러워. 진심으로 내게 묻는 거야, 해리엇? 내가 대놓고 말하진 않았어도 암묵적이나마 네게 감정에 충실하라고 부추기던 바로 그때 그가 다른 여자에게 마음을 준 걸 알고 있었느냐고? 바로 한 시간 전까지만 해도 나는 프랭크 처칠이 제인 페어팩스에게 조금이라도 관심이 있을 거라곤 짐작조차 못 했어. 만약 짐작 했었다면 네게도 주의를 줬을 거야."

"저요!" 해리엇이 얼굴을 붉히며 깜짝 놀라 소리쳤다. "왜 제게 주의를 주신다는 거죠? 제가 프랭크 처칠 씨를 좋아한다고 생각하시는 건 아니지요?"

"네가 이 문제에 대해 그렇게 단호한 어조로 말하는 걸 보니 기쁘구나." 에마가 미소 지으며 말했다. "하지만 언젠가 …… 그것도 그리 오래되지 않은 때에, 그 사람을 정말 좋아한다고 생각할 만한 얘길 했었잖아?"

"그분을요? 절대, 절대로요, 우드하우스 양, 어쩌면 그렇게까지 절 오해하셨어요?" 해리엇이 괴로운 나머지 고개를 돌렸다.

"해리엇!" 잠깐 숨을 돌린 에마가 외쳤다. "무슨 뜻이지? 맙소사! 무슨 뜻이니? 널 오해했다고? 그렇다면 난 어떻게 생각을 해야⋯⋯."

더 이상 말이 나오지 않았다. 목소리가 나오지 않았다. 그래서 자리에 앉아 엄청난 두려움에 사로잡힌 채 해리엇이 대답할 때까지 기다렸다.

해리엇은 약간 떨어진 자리에 서서 그녀에게서 고개를 돌린 채였고, 바로 대답하지 못했다. 그러다 입을 열었을 때 그녀의 목소리는 에마 못지않게 동요하고 있었다.

"이런 일이 일어나리라고는 전혀 생각 못 했네요." 그녀가 말을 시작했다. "당신이 절 오해하시다니! 그분 이름을 절대 입에 올리지 않기로 서로 약속한 건 알아요. 하지만 그분이 누구도 감히 우러러볼 수 없을 만큼 훌륭한 분이시니 다른 사람을 생각하실 거라곤 생각도 못 했어요. 프랭크 처칠 씨라니요! 프랭크 처칠 씨가 그분과 함께 있다면 누구도 처칠 씨를 보진 않을 것 같은데요. 프랭크 처칠 씨를 생각하는 것보다는 제 안목이 더 나은 수준이길 바라요. 그분 옆에 있으면 처칠 씨는 눈에 띄지도 않으니까요. 그런데 우드하우스 양이 그런 오해를 하셨다니 놀랍네요! 진심으로 말씀드리는 건데요, 우드하우스 양이 전적으로 찬성하고 격려해주시리라는 믿음이 없었다면 애초에 그분을 마음에 두는 건 너무나 주제넘는 일이라고 생각했을 거예요. 더 놀라운 일도 있었고, 신분차가 더 나는 혼사도 있었다고 (우드하우스 양이 말씀하신 그대로예요) 처음부터 말씀해주시지 않았다면, 저로선 제 마음 가는 대로 할 엄두도…… 그런 일이 가능할 거라는 생각조차 못 했을 거예요. 하지만 만약 그분과 옛날부터 알고 지내신 우드하우스 양이…….."

"해리엇!" 에마가 마음을 다잡으며 외쳤다. "더 이상 오해가 없도록 우리 서로 터놓고 이야기 해보자. 네가 말하는 사람이 혹시…… 나이틀리 씨야?"

"물론이에요. 전 다른 사람은 마음에 품을 생각조차 못 했는 걸요. 그래서 우드하우스 양도 아시는 줄 알았어요. 그분 이야기를 나누었을 때 명백한 것 아니었나요?"

"꼭 그런 건 아니었어." 에마는 간신히 차분한 태도를 유지하며 대답했다. "그때 네가 한 모든 이야기가 내겐 전혀 다른 사람의 이야기로 들렸으니까. 난 네가 프랭크 처칠 씨 이름을 거의 입에 올릴 뻔했다고 생각했었거든. 프랭크 처칠 씨가 집시들한테서 보호해준 이야기를 내게 해준 것 맞잖아."

"어머! 우드하우스 양, 정말 다 잊어버리셨나 봐요!"

"해리엇, 그때 내가 했던 말의 요지는 분명히 다 기억하고 있어. 네가 연모하게 된 것이 전혀 놀라운 일이 아니라고, 그 사람이 네게 해준 일을 생각하면 지극히 자연스러운 일이라고 말했었지. 그리고 너도 내 말에 동의하면서 그 일에 얼마나 고마워하는지 열을 올리며 표현했었고, 심지어 널 구해주러 나서는 모습을 보았을 때 어떤 기분이었는지도 이야기했잖아. 그때 내가 받은 인상이 기억에 생생한데?"

"어머, 세상에." 해리엇이 외쳤다. "이제야 무슨 말씀이신지 알겠네요. 하지만 그때 전 전혀 다른 일을 생각하고 있었어요. 제가 말한 건 집시들이나 프랭크 처칠 씨가 아니었어요. 천만 에요! (약간 흥분하면서) 전 훨씬 더 소중한 순간을 생각하고 있었어요. 엘턴 씨가 저와 춤추려 하지 않았고, 방 안에 다른 파트너도 없었을 때 나이틀리 씨가 저에게 오셔서 춤을 청하셨 던 순간 말이에요. 그야말로 친절한 행동이었고, 고결한 관용 과 아량이란 것도 그 행동을 말한 거였어요. 그 도움을 계기로 전 그분이 이 세상 누구보다도 훌륭한 사람이라고 느끼기 시작 했어요."

"맙소사!" 에마가 소리쳤다. "정말 이렇게까지 불운한, 이렇 게 유감스러운 착각이 다 있을까! 이제 어떻게 하면 좋지?"

"그 말씀은, 제 말을 제대로 이해하셨다면 그렇게 격려하진 않으셨을 거란 뜻이네요. 그렇지만 적어도, 지금 제 상황은, 제 가 그 다른 분을 연모했다면 처했을 상황만큼 나쁘진 않아요. 그리고 지금은…… 실제로 가능하고……."

해리엇은 잠시 말을 멈추었다. 에마는 입조차 뗄 수 없었다.

"저도 이해해요, 우드하우스 양." 해리엇이 다시 입을 열었 다. "저와 관련해서든 다른 누구와 관련해서든, 그 두 분 사이 엔 어마어마한 차이가 있다고 느끼시죠. 저에 비할 때 지금 분 이 예전의 그분보다 5백 배는 더 우월하시다고 생각하시는 거죠. 그렇지만 전 바라고 있어요, 우드하우스 양, 가령…… 만약에…… 이상해 보일지 몰라도…… 하지만 직접 말씀하셨죠. 프랭크 처칠 씨와 저보다 신분차가 더 큰 혼사도 있었다고요. 그러니 심지어는 이런 일도 일어나지 않았을까요? 그리고 제가 엄청나게 운이 좋아서 만일, 만일 나이틀리 씨가 정말로…… 그분이 신분차는 개의치 않으신다면, 우드하우스 양, 저의 희망 사항이지만, 반대하시거나 가로막으시는 일은 없겠지요? 그러시기엔 우드하우스 양은 너무나 좋으신 분이니까요. 그렇게 믿어요."

해리엇은 한쪽 창가에 서 있었다. 에마는 경악하며 고개를 돌렸고, 그녀를 바라보며 다급하게 말했다.

"나이틀리 씨가 너의 애정에 화답하실지 모른다고 생각하는 거니?"

"네." 해리엇이 겸손하지만 두려운 기색 없이 대답했다. "그렇다고 말씀드려야겠네요."

에마는 서둘러 눈길을 돌렸다. 그리고 몇 분 동안 생각에 잠겨서 옴짝달싹하지 않고 앉아 있었다. 그 정도의 시간이면 그녀 자신의 마음을 알아차리는 데는 족했다. 그녀 같은 정신은 일단 의혹을 품으면 일사천리로 진전을 보기 마련이었다. 그녀는 불현듯 모든 진실을 감지했고, 인정했으며 또 확인했다. 해리엇이 프랭크 처칠이 아니라 나이틀리 씨를 사랑하는 게 훨씬 더 나쁘다고 생각되는 이유는 무엇일까? 해리엇이 자신의 사랑이 화답을 받으리라는 희망을 얼마간 품고 있는 것이 더 끔찍하게 불행한 사태기 되는 이유는 무엇일까? 한 가지 생각이 쏜살같이 에마의 뇌리를 스쳤다. 그것은 나이틀리 씨는 그녀 말고 어느 누구와도 결혼해선 안 된다는 생각이었다!

그 몇 분 사이에 에마 앞으로 그녀 자신의 마음과 자신의 행동이 펼쳐졌다. 그 모든 것이 생전 처음으로 명료하게 다가왔다. 그녀는 이제껏 해리엇에게 얼마나 부적절하게 처신했던가! 사려 깊고, 섬세하고, 합리적이고 다감한 것과는 전혀 거리가 먼 행동이 아니었던가. 도대체 어떤 맹목, 어떤 광기에 휘말려 그렇게 행동한 것일까? 그런 생각이 무시무시하게 그녀를 압도해와서 그녀는 스스로에게 세상의 모든 악담을 끌어다 퍼붓고 싶은 심정이 되었다. 그렇지만 이 모든 실수에도 불구하고, 자신에 대한 일말의 존중심, 체면을 지켜야 한다는 걱정과 해리엇에게 공정하게 대해야 한다는 의지 덕분에 (나이틀리 씨의 사랑을 받고 있다고 믿는 아이에게 동정을 베풀 필요는 없겠지만, 그렇다고 조금이라도 냉랭하게 대해 그 애를 불행하게 만든다면 공정하지 못한 짓이었다) 에마는 차분하게, 아니 겉보기엔 상냥한 모습으로 꿋꿋이 견디며 앉아 있었다. 사실, 자신의 이익을 위해서도, 해리엇이 어느 정도까지 희망을 품고 있는지 알아보는 게 좋았다. 그리고 해리엇은 에마가 자발적으로 느끼고 품어온 호감과 관심을 빼앗길 만한 일을 저지른 것도 아니었다. 언제나 잘못된 조언으로 그녀를 잘못된 방향으로만 이끌어온 사람에게서 경멸을 받을 만한 짓을 저지른 적도 없었다. 그렇기 때문에 에마는 이런 생각의 수면 위로 올라와 스스로를 추슬렀고, 좀 더 부드러운 어조로 다시 해리엇에게 이야기를 했다. 애초 이 대화를 끌어낸 제인 페어팩스의 놀라운 이야기는 온데간데없이 묻혀버리고 말았다. 두 사람 모두 나이틀리 씨와 자기 자신 말고는 다른 생각을 할 겨를이 없었다.

해리엇은 행복한 공상의 나래를 펼치며 서 있었지만, 우드하우스 양처럼 명철한 판단력을 갖춘 다정한 친구가 이제 격려하는 투로 그녀를 공상에서 불러내자 몹시도 기뻐했고, 요청하기만 기다린 듯 기쁨에 떨리는 목소리로 나이틀리 씨에게 그런 희망을 품게 된 계기를 터놓고 이야기했다. 질문을 하고 귀를 기울일 때 에마의 심란한 감정은 해리엇의 그것보다는 더 잘 감춰졌지만, 그렇다고 덜한 건 아니었다. 그녀의 목소리는 떨리진 않았지만, 그녀의 마음은 그런 식으로 자아를 발견하게 된 것, 그렇게 위협적인 불행이 엄습해오는 것, 그토록 느닷없고 곤혹스러운 감정의 혼돈이 빚어내기 마련인 온갖 혼란에 휩싸였다. 그녀는 속으로 너무도 고통스러워했지만 겉으로는 매우 인내심 있게 해리엇의 자세한 설명을 경청했다. 체계적이거나 정연하거나, 뛰어난 말솜씨를 기대할 순 없었지만, 사소하거나 반복되는 이야기들을 걷어내면 에마가 낙담할 만한 내용이 드러났다. 특히, 에마 자신의 기억으로도 해리엇의 이야기에 부응하는 정황이 떠올랐으니, 나이틀리 씨가 해리엇을 전에 없이 좋게 보게 된 건 사실이었다.

해리엇은 그 두 차례의 결정적인 춤을 추고난 후, 그의 행동이 달라졌음을 내내 의식했던 모양이었다. 바로 그날 해리엇이 기대한 것보다 훨씬 낫나고 *그*가 말한 걸 에마는 기억했다. 그날 밤 이후로, 적어도 그분 생각을 해도 좋다고 우드하우스 양이 격려해준 날부터, 해리엇은 그가 그녀에게 전보다 더 자주 말을 걸고, 사뭇 달라진 태도로 대한다는 것을 의식하게 되었다. 그의 태도는 친절했고 다정했다! 그 후 그녀는 그의 그런 태도를 더욱 더 의식하게 되었다. 그들이 다 함께 산책할 때면 그는 자주 그녀의 옆에서 같이 걸으며 더없이 유쾌하게 이야기를 했다! 그는 그녀에 대해 잘 알고 싶어 하는 것 같았다. 에마는 그것이 사실임을 알고 있었다. 그녀 스스로도 그런 변화를 해리엇과 거의 비슷하게 관찰한 바였기 때문이다. 해리엇은 그에게서 인정과 칭찬을 받은 사례를 되풀이해서 말했고, 에마는 그 말들이 자신이 알고 있는 해리엇에 대한 그의 평가와 거의 일치한다는 것을 알게 되었다. 그는 해리엇에게 가식이나 꾸밈이 없고 소박하고 정직하며 너그러운 감정을 갖고 있다고 칭찬했었다. 그는 그런 말을 여러 차례 했었다. 그러나 해리엇의 기억 속에 살아 있는 많은 일들, 어떤 표정이나 말, 의자를 옮겨 앉은 것, 칭찬을 암시하는 말, 해리엇을 먼저 배려한다고 여겨지는 행동 등, 그가 보여준 여러 가지 세세한 배려들을, 에마는 짐작도 못할 만큼 알아차리지 못했었다. 다 이야기하려면 30분은 족히 걸릴 만한, 다양한 증거들을 보여주는 상황들을 봤지만, 그녀는 전혀 눈치채지 못한 채 넘겨버렸고, 이제야 그 이야기를 듣게 된 것이다. 그러나 해리엇에게 가장 큰 희망을 안겨준 최근의 두 가지 사건은 에마 본인도 어느 정도 목격한 것이었다. 첫 번째 사건은 돈웰 참피나무 가로수 길에서 그가 무리와 떨어져 해리엇과 단둘이 산책했던 것이었다. 에마가 다가가기 전에 그들은 그곳을 한참 거닐었고, 그는 그녀와 (해리엇 생각에는) 단둘이 있으려고 했다. 그리고 처음에도 그는 더 각별해진 태도로, 정말로 유달리 특별한 방식으로 해리엇에게 말을 걸었다! (해리엇은 그 일을 회상하면서 얼굴을 붉히지 않을 수 없었다.) 그는 그녀가 좋아하는 사람이 있는지 물으려는 듯했다. 하지만 우드하우스 양이 다가오자 갑자기 화제를 바꿨고 농사에 대한 이야기를 했다. 두 번째 사건은 그가 마지막으로 하트필드를 방문했던 날 아침, 에마가 외출했다가 귀가할 때까지 거의 30분 동안(그가 처음 들어섰을 때는 5분밖에 있을 수 없다고 말했었다) 자기와 이야기를 나눈 것이었다. 그리고 대화를 하던 도중에 그가 런던에 가긴 하지만 전혀 내키지 않은 채 집을 떠난다고 말했다는 것이었다. 이 한 가지 점에서 드러난 사실, 즉, 그가 해리엇에게 자신의 속내를 더 솔직하게 보여주었다는 사실에 에마는 마음이 찢어지는 것 같았다.

잠시 생각에 잠겨 있던 에마는 첫 번째 상황에 대해 과감하게 질문을 던졌다. "혹시 이런 건 아닐까? 네 생각대로 그분이 네가 누굴 좋아하는지 물어보셨을 때, 사실 그건 마틴 씨일 수도 있고 마틴 씨와 잘될 가능성을 염두에 둔 말일 수도 있지 않니?"

그러나 해리엇은 완강히 부인했다. "마틴 씨라고요! 아뇨, 그럴 리가요. 마틴 씨 이야기는 나오지도 않았는걸요. 이제 전 마틴 씨를 좋아하거나, 그럴 거라고 여겨지는 단계는 넘어섰기를 바라요."

해리엇은 자신이 증거라고 생각하는 것을 모두 이야기한 후, 희망을 품을 확실한 근거라고 생각하는지 말해달라고 우드하우스 양에게 애원했다.

"우드하우스 양이 아니었더라면 저로선 애초에 그런 생각은 품을 엄두도 못 냈을 거예요." 그녀가 말했다. "그분을 꼼꼼히 지켜보고 그분의 행동에 따라서 행동하라고 말씀해주셨죠. 전 그 말대로 했어요. 그리고 이제 제가 그분의 상대가 될 자격이 있다는 생각이 들어요. 그분이 실제로 절 택하신다 해도 그리 놀랄 일은 아니라고 생각하게 될 것 같아요."

이 말이 불러일으킨 쓰라린 감정과 수없이 많은 심적 고통 때문에 에마는 엄청난 노력을 기울인 끝에야 간신히 이렇게 대답할 수 있었다.

"해리엇, 그냥 이렇게만 말할게. 나이틀리 씨는 어떤 여자에게도 자기가 실제로 느끼는 것 이상으로 감정을 갖고 있다는 생각을 의도적으로 심어줄 사람은 절대 아니야."

해리엇은 이렇게 흡족한 대답을 해준 친구를 가히 숭배할 지경이 되었다. 그 순간 끔찍한 고문이었을 황홀한 기쁨과 애정 넘치는 고백에서 에마를 구원해준 것은 아버지의 발소리뿐이었다. 아버지는 홀을 거쳐 방으로 오고 있었다. 해리엇은 너무도 흥분한 상태라서 우드하우스 씨를 만날 수 없다고 했다. "마음이 진정이 안 돼요. 우드하우스 씨께서 놀라실 거예요. 전 돌아가는 편이 좋겠어요." 그래서 에마가 신속히 그러라고 했고, 해리엇은 다른 쪽 문으로 나갔다. 다음 순간, 에마가 속에 눌러뒀던 감정들이 저절로 폭발하고 말았다. "아, 맙소사! 저 애를 아예 만나지 않았어야 했는데!"

해가 지고 밤이 찾아왔지만 그녀의 생각을 정리하는 덴 부족했다. 지난 몇 시간 동안 닥쳐 든 온갖 혼란스러운 일들 때문에 그녀는 갈피를 잡을 수 없었다. 매순간 새삼스레 놀라웠고, 그 놀라움은 모두 치욕으로 다가왔다. 이 모든 걸 무슨 수로 이해할 수 있을까? 이렇게 자신을 기만하고 스스로 속아서 지내온 것을 무슨 수로 이해할 수 있단 말인가! 이런 실수들을, 이렇게까지 자기의 머리를, 마음을 헤아리지 못하다니! 그녀는 가만히 앉아 있다가 왔다 갔다 하다가 자기 방에 들어갔다가 관목 숲도 걸어보았지만…… 어디를 가든, 어떤 자세로 있든, 자신이 더없이 나약하게 행동했다는 것을, 가장 치욕스러운 방식으로 다른 사람들에게 속았다는 것을 깨달았다. 그러나 더 치욕스러운 건 그녀 자신을 속였다는 것, 그래서 이제 이렇게 참담한 궁지에 몰렸으며, 이날이 그 참담함의 시작에 불과하다는 걸 깨닫는 것이었다.

제일 먼저 해야 할 일은 바로 자신의 마음을 이해하는 것, 철저히 이해하는 것이었다. 아버지를 돌봐드리고 남는 시간마다, 그리고 의도치 않게 얼이 빠져 있을 때마다 에마는 그런 노력을 기울였다.

지금 이 모든 감정이 가리키듯, 나이틀리 씨가 그녀에게 이토록 소중한 사람이 된 것은 언제부터였을까? 그의 영향력,

그 영향력은 언제부터 시작된 것일까? 잠시나마 프랭크 처칠이 차지했던 그녀의 애정을 그가 물려받은 건 언제였을까? 그녀는 지난날을 돌이키며 두 사람을 비교해보았다. 그들에 대해 늘 생각하던 바를 프랭크 처칠 씨를 알게 된 시점부터 서로 대조해보고, 만약 다행히도 그들을 비교해보려는 생각이 들었더라면 그 순간 했을 방식으로 또 비교해보았다. 그런 후 깨달은 바, 그녀는 나이틀리 씨를 이루 말할 수 없을 만큼 우월한 사람으로 생각하지 않은 적이 없었고, 자신을 존중하는 그의 마음이 무한히 소중하다고 여기지 않은 적이 없었다. 그와 반대로 상상하고 어긋난 확신에 차 행동했을 때, 그녀는 순전한 자기기만에 빠져 스스로의 마음조차 알지 못하고 있었다. 간단히 말해, 그녀가 프랭크 처칠을 좋아한 적은 단 한 번도 없었던 것이다!

이것이 일련의 생각 끝에 첫 번째로 얻은 결론이었다. 이것이 첫 번째로 질문을 하고 그녀가 이르게 된 자기인식이었다. 그리고 그걸 깨닫는 덴 오래 걸리지도 않았다. 그녀는 너무도 슬펐고 너무도 화가 났다. 새롭게 밝혀진 감정, 즉 나이틀리 씨에 대한 감정을 제외한 모든 감정들이 수치스러웠다. 자기 마음의 다른 모든 부분들이 혐오스럽게 여겨졌다.

도저히 봐줄 수 없는 허영심에 빠져서 그녀는 다른 사람들의 감정을 안다고 확신했었다. 용서받지 못할 교만에 빠져서 다른 사람들의 운명을 바꿔주겠다고 나섰었다. 그런 후 모든 점에서 그녀가 착각하고 있음이 탄로나버렸다. 아무것도 하지 않은 게 아니라, 오히려 해악을 저질렀다. 해리엇에게, 에마 자신에게, 그리고 너무도 두렵지만 나이틀리 씨에게도 재앙을 가져다준 것이다. 만약 어떤 경우보다도 신분차가 심한 이 인연이 정말로 맺어진다면, 그 빌미를 제공한 모든 비난은 그녀가 받아야 마땅했다. 그가 애정을 갖게 되었다면 그건 어디까지나 해리엇의 애정을 의식하면서 생겨난 거라고 믿는 수밖에 없었으니 말이다. 그게 아니더라도, 그녀만 어리석게 굴지 않았다면, 그는 해리엇을 알지도 못 했을 것이다.

나이틀리 씨와 해리엇 스미스라니! 이 결합 앞에선 어떤 놀라운 혼사도 무색할 것이다. 이와 비교하면 프랭크 처칠과 제인 페어팩스의 애정은 상식적이고 케케묵고 진부해서 놀랄 것도 차이가 나는 것도 아니었고, 입에 올리거나 재고할 축에도 끼지 못할 것이다. 나이틀리와 해리엇 스미스라니! 해리엇 편에선 엄청난 신분 상승이고, 나이틀리 편에선 엄청난 전락이다! 이로 인해 그에 대한 전반적인 평판이 땅에 떨어질 것이라 생각하니, 세상 모두가 고소해하며 그를 조롱하고 농담거리로 삼을 것이라고 예상하니, 그의 동생은 수치스러워하며 형을 경멸할 것이고, 나이틀리 씨 본인도 헤아릴 수 없을 만큼 불편을 겪을 거라고 생각하니 에마는 모골이 송연해졌다. 정말 그런 일이 일어날 수 있을까? 아니다, 불가능한 일이다. 그렇지만 아주, 전혀 불가능한 것은 아니었다. 가히 최고의 덕성을 갖춘 남자가 저급하기 그지없는 재주에 사로잡히는 일이 어디 처음 있는 일일까? 한 남자가, 너무 바빠서인지 배필을 찾지 못하다가 자기의 마음을 차지하려고 애쓰는 이가씨의 차지가 되는 게 어디 처음 있는 일인가? 불평등하고 일관성도 없고 앞뒤가 안 맞는 일이 일어나는 것, 아니면 (두 번째 원인으로서) 우연과 상황이 인간의 운명을 주재하는 것이 어디 이 세상에 처음 있는 일인가?

아! 그녀가 해리엇을 끌어내지만 않았어도! 그녀가 마땅히 있어야 할 자리, 그녀가 애초 있어야 할 자리라고 그가 말했던 곳에 그냥 놔두었더라면! 그녀가 속해야 할 신분의 테두리 안에서 그녀를 행복하게 해주고 존중받게 해줄 그 훌륭한 청년과의 결혼을 나서서 가로막는 후안무치한 짓만 저지르지 않았어도! 모든 게 무탈했을 것이고, 이렇게 끔찍한 결과를 초래할 일도 없었을 텐데.

어쩌자고 해리엇은 주제넘게 나이틀리 씨를 넘볼 수 있는 걸까! 어떻게 감히, 확실한 말을 들은 것도 아닌데, 자기가 그런 남자의 선택을 받았다는 상상을 할 수 있었던 걸까? 전과 달리 해리엇은 겸손하지도 않았고 주저하는 기색도 없었다. 마음이건 처지건 자기가 열등하다는 사실을 거의 의식하지 못하게 된 것 같았다. 엘턴 씨 때만 해도 자기와 결혼하면 그의 지위가 낮아진다는 의식은 했었는데 슬프구나! 이 역시 에마 자신이 초래한 결과 아닌가? 해리엇의 자부심을 키워주려고 애쓴 사람이 그녀 말고 또 누가 있단 말인가? 해리엇에게 자신이 중요한 존재라는 생각을 불어넣으려 애쓴 사람이 그녀 말고 또 누가 있었던가? 가능하면 현재의 신분을 높여야 한다고, 높은 세속적 지위를 누릴 자격이 충분하다고 가르친 사람이 또 누가 있던가? 겸손했던 해리엇이 허영심을 품게 되었다면, 그 또한 에마 자신이 저지른 일이었다.

12

에마는 지금껏 자신의 행복이 나이틀리 씨에게 가장 중요한 존재가 되는 것, 다시 말해 그가 가장 많은 관심과 애정을 쏟는 대상이 되는 데 있음을 알지 못했다. 그러다 그 자리를 잃게 될 위험에 처한 지금에서야 비로소 깨달았다. 그녀는 자기가 으뜸가는 존재라는 데 만족했고 그것이 당연하다고 여기며, 그렇게 아무 생각 없이 그 자리를 누려왔던 것이다. 그리고 다른 사람에게 밀려날지도 모른다는 두려움과 마주하고서야 비로소 그 자리가 이루 말할 수 없을 만큼 중요했음을 알게 되었다. 오래전, 아주 오래전부터 그녀는 자신이 그에게 있어 으뜸가는 존재라고 느꼈다. 여자 친척이 없는 그에게 에마와 비견할 만한 사람은 이저벨라뿐이었다. 그리고 그가 이저벨라를 어느 정도로 사랑하고 존중하는지는 오래전부터 정확하게 알고 있었다. 지난 몇 년 동안 그에게 첫 번째로 중요한 사람은 에마 자신이었다. 그럴 만한 자격이 있어서는 아니었다. 그녀는 자주 그의 말을 무시하면서 억지를 부렸고, 그의 충고를 대수롭지 않게 넘겨버리거나 그의 미덕의 절반도 아는 것이 없으면서 고집스럽게 그에게 맞서왔다. 그녀의 그릇되고 오만한 판단을 인정해주지 않는다는 이유로 불만을 표하기도 했었다. 그럼에도 그는 가족애와 습관, 그리고 한결 같은 훌륭한 마음으로 그녀를 사랑해주었고, 소녀 시절부터 그녀를 지켜보면서 그녀가 더 나은 사람이 되도록 애썼으며 그녀가 올바르게 처신하기를 바랐으니, 그렇게 마음을 내준 사람은 세상에 둘도 없었다. 그녀는 자신의 모든 결함과 상관없이 그가 자신을 소중히 한다는 것을 알았다. 대단히 소중한 존재라고 말해도 되지 않을까? 그러나 이쯤해서 당연히 따라와야 할 희망의 암시들이 정체를 드러낸다 한들 그것을 만끽할 생각이 들지 않았다. 해리엇 스미스는 자기가 나이틀리 씨의 각별하고 유일하며 열렬한 사랑을 받을 자격이 없지는 않을 거라 생각할지 모르지만, 그녀는 그럴 수가 없었다. 그가 자기를 맹목적으로 좋아한다고 우쭐해할 수가 없었다. 최근에 그는 자신의 애정이 얼마나 공정한지 그녀에게 입증해 보였다. 그녀가 베이츠 양을 어떻게 대하는지를 본 그가 얼마나 큰 충격을 받았던가! 그래서 그 문제에 대해 더없이 직설적으로, 강경하게 자신의 의견을 피력하지 않았던가! 그녀의 죄과에 비하면 그리 강경한 것도 아니었지만, 투철한 공정성과 명철한 선의보다 더 다정한 감정에서 나온 것이라고 보기엔 너무도, 정말 너무도 강경했다. 에마는 지금 대두된 그런 애정을 그가 자기에게 품을 수 있으리라는 어떤 희망도, 희망이란 이름에 필적할 어떤 것도 품을 수가 없었다. 그래도 한 가지 희망(대수롭지 않게 여겨질 때도 있고 대단히 강렬하게 여겨

618

질 때도 있는 희망)이 있다면 해리엇이 착각한 것이며, 그가 그녀를 존중하는 마음을 과대평가한 것일 수도 있다는 것이었다. 그녀는 그를 위해서, 결과적으로 그녀는 아무것도 얻지 못한다 해도, 그가 평생 독신으로 살기를 바랄 수밖에 없었다. 실로 그 점을, 즉 그가 절대 결혼하지 않을 거란 점만 확신할 수 있다면, 그녀는 더는 바랄 것이 없을 것이었다. 그가 그녀와 그녀 아버지에게 지금처럼 변함없는 나이틀리 씨, 온 세상에 대해서도 지금처럼 변함없는 나이틀리 씨로 남아준다면, 돈웰과 하트필드가 지금 같은 우정과 신뢰의 귀중한 교분을 잃지 않을 수 있다면 그녀는 완전한 평화를 얻을 것이다. 결혼은 사실, 그녀에겐 어울리지 않았다. 그녀의 아버지에 대한 의무와 그에 대한 감정은 양립할 수 없는 것이었다. 무슨 일이 있어도 그녀는 아버지와 떨어질 수 없었다. 설령 나이틀리 씨의 청혼을 받는 일이 있더라도 그녀는 결혼하지 않을 작정이었다.

에마는 해리엇이 실망하기를 간절히 바랄 수밖에 없었다. 그들 두 사람이 다시 함께 있는 모습을 볼 수 있다면 그럴 가능성이 어느 정도인지 확인이라도 할 수 있기를 바랐다. 이제부터 그들을 주도면밀하게 관찰해야 할 것이다. 딱하게도 지금까지 지켜봤던 사람들에 대해서조차 착각을 한 그녀였지만, 그렇다고 이 경우에도 눈치를 채지 못한다는 건 있을 수 없는 일었다. 그는 언제라도 돌아올 수 있었다. 그러면 그녀는 자신의 관찰력을 발휘할 것이다. 그녀가 한 가지만 생각할 때면 무서울 정도로 빨리 그 능력이 발휘되는 것 같았다. 그때까지는 해리엇을 만나지 않기로 결심했다. 그 이야기를 더 해봐야 에마 본인에게나 그녀에게나 전혀 도움이 되지 않을 것이고, 이 문제 자체에도 아무 도움이 안 될 것이다. 이야기를 해봐야 서로 심기만 더 불편해질 뿐이다. 그녀는 의혹을 품을 만하지 않으면 섣불리 단정하지 않겠다고 결심했지만 해리엇의 확신에 이의를 제기할 권한도 없었다. 그래서 이야기를 나눠봐야 속만 탈 것이다. 그래서 그녀는 해리엇에게 편지를 썼고, 친절하면서도 단호하게 한동안은 하트필드에 오지 말아달라고 애원했다. '하나의' 화제에 대해 허심탄회하게 이야기를 나누는 건 피하는 게 좋다는 자신의 확신을 인정하며, 다른 사람들과 같이 만나는 것이 아니라면 (단둘이 만나는 것만 반대하는 것이므로) 며칠 기다렸다가 다시 만난다면 둘 다 어제의 대화는 잊은 것처럼 행동할 수도 있을 거라는 희망을 밝혔다. 해리엇은 그녀의 말을 받아들였고, 찬성했고 고마워했다.

이렇게 상황을 정리하고 났을 때, 손님이 찾아왔고 그 덕에 에마는 지난 스물네 시간 동안, 자나 깨나 몰두했던 그 한 가지 생각에서 조금이나마 벗어날 수 있었다. 웨스턴 부인이 며느리 될 사람을 찾아갔다가 다시 집으로 돌아가는 길에 하트필드에 들러서 그 흥미로운 만남에 대해 세세히 들려주었다. 그러는 것이 자기에게도 즐거울 뿐 아니라 에마에 대한 의무라고 느꼈기 때문이었다.

웨스턴 씨도 아내와 함께 베이츠 부인 댁에 갔고, 반드시 필요한 이 절차에서 참으로 근사하게 자기 몫을 해냈다. 그러나 웨스턴 부인은 그 후 제인 페어팩스 양에게 함께 바람을 쐬러 가자고 말했고, 그 덕에 베이츠 부인의 응접실에서 15분간 어색한 감정으로 부담을 안고서 들을 수 있었던 것보다 더 만족스러운 이야깃거리를 가지고 돌아왔다.

에마도 얼마간 호기심을 갖고 있었기 때문에 친구가 이야기를 하는 동안 그것을 십분 활용했다. 페어팩스 양을 보러 나설 때만 해도 웨스턴 부인의 마음은 상당히 흥분된 상태였다. 그래서 처음엔 당분간 방문하지 않는 게 좋겠다고 생각했었고, 페어팩스 양에게 편지를 보내는 것으로 대신하되, 얼마간 시간이 지나서 처칠 씨가 약혼 사실을 공개해도 좋다고 생각할 때까지 방문의 의례를 미루려고 했다. 이모저모를 생각해볼 때 결국 방문하면 소문이 날 수밖에 없겠다고 생각했던 것이다. 그러나 웨스턴 씨의 생각은 달라서, 페어팩스 양과 그녀의 가족에게 자신이 이 혼사를 찬성한다는 것을 몹시 알려주고 싶어 했고, 설령 방문한다고 의심을 살 일은 없을 거라고 했다. 그게 아니더라도, 전혀 중요한 일이 아니라고 했다. '그런 일은 언제나 소문나게 마련'이라는 것이었다. 에마는 미소를 지으면서 웨스턴 씨가 그렇게 말한 근거는 충분하다고 생각했다. 간단히 말해서, 그 부부는 그 집을 찾아갔고 그 숙녀는 이루 말할 수 없을 정도로 괴로워하고 혼란스러워했다. 그녀는 거의 한마디로 하지 못했고, 표정과 행동 하나하나에서 자각이 주는 고통을 역력히 드러냈다. 말없이 진심으로 기뻐하는 노부인과 열렬히 기뻐하는, 너무 기쁜 나머지 평소와 딜리 수다조차 딸지 못하는 노부인의 딸은 참으로 흐뭇하면서도 가히 애잔하기까지 한 모습이었다. 그 두 사람 다 진정 점잖게 행복해하면서 또 어느 모로 봐도 사심이 없었다. 제인과 다른 모든 사람들에 대해선 한없이 중요하게 생각하면서 정작 자기들 생각은 전혀 안 하는 그들을 보면 뭐든 해주고 싶은 마음이 절로 생겼다. 페어팩스 양이 얼마 전까지 몸져누워 있었던 것이 웨스턴 부인에겐 바람을 쐬러 나가자고 말할 구실이 되었다. 그녀는 처음엔 주저하며 고사했지만, 거듭 권하자 응했다. 그리고 함께 바람을 쐬던 중 웨스턴 부인의 다정한 격려에 당혹스러웠던 마음을 한결 가라앉히게 된 그녀는 이 중요한 사건에 대해 이야기할 수 있었다. 우선은 그들 부부를 처음 맞이할 때 자신이 무례하게 보일 정도로 아무 말도 하지 않은 것을 사과했고, 웨스턴 씨 부부에 대해 늘 느껴왔던 감사의 마음을 열과 성을 다해 표현했다. 이렇게 속마음을 털어놓은 후 두 사람은 약혼의 현 상황과 앞으로의 일들을 두고 많은 이야기를 나누었다. 웨스턴 부인은 그런 대화를 통해 페어팩스 양이 그간 오래도록 마음에만 묻어뒀던 것들을 남김없이 털어낼 수 있어서 크나큰 위안이 되었을 거라 확신했고, 또 그 문제에 대해 그녀가 한 모든 말들이 참으로 마음에 들었다고 말했다.

"그렇게 여러 달 동안 숨기느라 얼마나 비참한 기분이었는지 아주 열심히 얘기하더구나."

웨스턴 부인은 계속 말했다. "이런 말도 했어. '약혼한 이후로 행복한 순간이 전혀 없었다고는 하지 않겠어요. 그렇지만 정말 단 한 시간도 평온한 마음의 축복은 누리지 못했다고 말씀드릴 수 있어요.' 그 말을 하면서 입술을 떠는데, 에마, 진심을 말하고 있다는 걸 여실히 느낄 수 있었어."

"딱하기도 하지!" 에마가 말했다. "그렇다면 비밀리에 약혼하기로 한 것이 잘못이라고 생각하는군요?"

"잘못이라니! 어느 누구도 그녀가 자신을 탓하는 것만큼 탓하지는 못할 거야. 이렇게 말했어. '그 결과 전 끊임없이 괴로웠어요. 자업자득이었어요. 하지만 잘못된 행동으로 받아야 할 모든 벌을 받았다고 해서 그 잘못이 덜어지는 건 아니죠. 고통은 면죄부가 아니니까요. 전 죄 없는 때로 다시는 돌아갈 수 없을 거예요. 제가 옳다고 생각하는 것과 정반대로 행동했으니까요. 운이 좋아서 모든 게 잘 풀렸고, 다들 이렇게 제게 친절히 대해주시지만, 저의 양심은 이렇게 풀려선 안 되었다고 말하고 있어요. 제가 잘못 교육을 받은 탓이라고는 생각지 말아주세요, 부인.' 그러고는 계속 말하기를, '절 길러 주신 분들의 원칙이나 보살핌을 비난하진 말아주세요. 그 과오의 책임은 모두 저에게 있으니까요. 지금 이렇게 상황이 나아지긴 했지만, 그럼에도 캠벨 대령님께 이 얘길 어떻게 전할지 여전히 두렵거든요.'"

"딱하기도 하지!" 에마가 했던 말을 또 했다. "그 사람을 정말 사랑하긴 하나 보네요. 그녀가 약혼을 하는 데 마음이 끌렸던 것도 다른 어떤 것도 아닌 사랑 때문이 틀림없었겠군요. 사랑이 판단력을 압도한 거죠."

"맞아, 그 애를 정말로 대단히 사랑한다는 건 의심할 여지가 없어."

"유감스럽지만 저도 자주 그녀를 불행하게 하는 데 일조했고요." 에마는 한숨을 내쉬며 말했다.

"사랑하는 에마, 네 입장에선 전혀 모르고 한 일이었잖니. 그렇지만 프랭크가 예전에 우리에게 암시했었던 오해들을 그녀가 넌지시 비칠 때 보니 그녀도 생각하고 있던 것 같아. 자기도 연루된 이 상서롭지 못한 일의 당연한 결과 중 하나가 '자신이 무분별해졌다'는 거였대. 일을 그르쳤다는 생각을 하다 보니 걷잡을 수 없이 불안한 마음이 들어서 프랭크가 참기 힘들 정도로(실제로 힘들어했었지) 흠을 잡고 짜증을 냈으니까. '전 그이의 기질과 기분을 감안해주질 못했어요. 그랬어야 했는데도요'라고 말하더라. '상황이 달랐다면 처음에 그랬던 것처럼 그의 쾌활한 기질, 명랑하고 장난을 즐기는 성향을 늘 매력적으로 느꼈을 게 틀림없어요.' 그러고는 너에 대해서도 얘기를 했어. 자기가 아플 때 네가 베풀어준 큰 친절에 대해서. 그러더니 얼굴을 붉히길래 그제야 나는 이 모든 게 어떻게 연관된 건지를 알게 되었어. 아무튼 그녀는 내게 혹여 기회가 되면 네가 그녀를 도와주길 바라고 노력한 모든 바에 고맙다는 말을 전해달라고 하더구나. 내가 아무리 고맙다고 말해도 부족하겠지. 그녀는 네게 제대로 고맙다는 인사를 한 번도 못 했다고 느끼고 있어."

"그녀가 이제 행복하다는 걸 알지 못했다면," 에마가 진지하게 대답했다. "자신의 세심한 양심을 소소하게 괴롭히는 일은 있을지언정 틀림없이 행복하겠지요, 그렇지 않았다면 전 그녀의 감사 인사를 견디지 못할 거예요. 그렇지 않나요? 아! 웨스턴 부인, 제가 페어팩스 양에게 저지른 나쁜 짓과 좋은 일을 다 더해본다면요! 아무튼 (감정을 억제하고 좀 더 발랄하게 말하려고 애쓰면서) 이건 다 잊어버려야겠어요. 이렇게 흥미로운 이야기를 소상히 들려주셔서 감사해요. 덕분에 그녀를 훨씬 더 좋게 생각하게 됐어요. 정말 훌륭한 사람이라는 확신이 드네요. 그녀가 앞으로 정말 행복하길 바라요. 운이 좋은 건 남자 쪽이라 해야 맞겠네요. 미덕은 전부 그녀에게만 있다는 생각이 들거든요."

웨스턴 부인 입장에선 에마가 그렇게 결론을 내린 걸 그냥 지나칠 수만은 없었다. 그녀는 거의 모든 면에서 프랭크를 좋게 보았고, 더 중요한 건 그를 몹시도 사랑했기 때문에, 진심으로 그를 옹호하고 있었다. 에마의 말은 상당히 타당한 편이었고, 적어도 그녀 못지않은 애정이 담겨 있었다. 그러나 부인의 과도한 애정 때문에 에마는 주의를 집중하기가 힘들었고, 이내 브런즈윅 스퀘어나 돈웰 생각으로 빠져버렸다. 그래서 듣는 척하는 것도 잊어버렸고, 웨스턴 부인이 마지막으로 "우리 모두가 간절히 기다리는 편지가 아직 안 왔잖아. 그래도 금방 오겠지"라고 말했을 때 잠시 머뭇거릴 수밖에 없었고, 간절히 기다리는 편지가 무엇인지도 기억해내지 못한 채 입에서 나오는 대로 답하는 수밖에 없었다.

"몸은 괜찮아, 에마?" 웨스턴 부인이 헤어지면서 말했다.

"아! 당연하죠. 전 늘 건강하잖아요. 편지가 오는 대로 제게도 꼭 알려주세요."

웨스턴 부인이 해준 이야기로 인해 에마는 페어팩스 양을 재평가하고 연민을 느끼게 되었으며, 자신이 그녀에게 저지른 부당한 행동들을 생각하면서 유쾌하지 않은 한 가지 생각을 더 하게 되었다. 그녀와 더 가깝게 지내려고 하지 않은 것이 사무칠 정도로 후회가 되었고, 어느 정도는 시기심 때문이었던 게 틀림없다는 생각에 얼굴이 붉어졌다. 나이틀리 씨가 바랐던 대로 페어팩스 양에게 그녀가 마땅히 누려야 할 관심을 보여주었다면, 그녀를 더 잘 알고자 노력했다면, 친구가 되기 위해 자기 쪽에서 해야 할 바들을 했다면, 해리엇 스미스 대신 그녀를 친구로 삼으려 노력했다면 틀림없이 지금 자기를 짓누르는 모든 고통을 면할 수 있었을 것이다. 출신으로 보나 재능이나 교육으로 보나 친구로 고맙게 받아들여야 할 사람은 제인이었다. 그에 비해 해리엇은, 뭐가 있다는 거지? 설령 페어팩스 양과 절친한 친구가 되지 못했더라도, 이 중대사에 관해 그녀가 비밀을 털어놓지 않았다 하더라도(그랬을 가능성은 농후했지만), 그렇다 하더라도 그녀를 알아야 할 만큼, 그리고 알 수 있을 만큼 알았을 것이고, 딕슨 씨에게 부적절한 애정을 품고 있다는 혐오스러운 의심을 품는 일도 없었을 것이다. 그러나 그런 의심을 꾸며내고 몰래 품는 것도 모자라 더더욱 용서받을 수 없게도 남에게 알리기까지 한 것이다. 여기에 프랭크 처칠의 경박하거나 아니면 무신경한 성격까지 가해져서 제인의 섬세한 감정이 얼마나 괴로웠을지 생각하니 에마는 더없이 두려워졌다. 하이버리에 온 후 제인을 둘러싸고 일어난 모든 재앙의 근원 중 그녀가 최악이었을 거라는 확신이 들었다. 단언컨대 그녀는 영원한 적이었을 것이다. 셋이 다 함께 있을 때면 바로 에마 본인이 제인 페어팩스의 평온한 마음에 무수한 파문을 일으켰을 것이며, 필시 박스힐에선 도저히 더는 참을 수 없을 고뇌를 느끼게 했을 것이다.

그날, 하트필드의 저녁은 너무도 길고 우울했다. 날씨마저 음울함을 더했고, 차가운 비바람이 일면서 바람이 휘젓는 나무와 관목들, 그리고 그런 잔혹한 풍경을 더 오랫동안 보게 해주는 긴 하루의 시간 말고는 7월다운 느낌은 어디에서도 찾을 수 없었다.

우드하우스 씨는 날씨에 민감한 사람이어서 딸이 쉬지 않고 시중을 들어주다시피 해야만 그럭저럭 편하게 지낼 수 있었는데, 에마는 이제 그런 노력을 기울이는 것이 전보다 배는 더 힘들게 느껴졌다. 웨스턴 부인의 결혼식 날, 처음으로 아버지와 단둘이 고적한 대화를 나눴던 저녁이 떠올랐다. 그러나 그때는 차를 마시고 난 후 얼마 안 돼서 나이틀리 씨가 찾아와준 덕에 음울한 생각같은 건 흔적도 없이 날려버릴 수 있었다. 슬프구나! 그런 방문이 즐겁게 증명해주었던 하트필드의 매력도 조만간 사라질 것이었다. 그때 그녀가 다가올 겨울의 궁핍한 광경

올 그렸던 그림은 잘못 그린 것이 되었다. 어떤 친구도 그녀들을 저버리지 않았고, 즐거운 일이 사라진 것도 아니었다. 그러나 지금 그녀가 느끼는 예감은 위협적이어서 그때처럼 완전히 떨쳐낼 수 있을 것 같지 않았다. 심지어는 일부나마 밝아지기도 힘들 것 같았다. 그녀의 친구들 사이에서 일어날 만한 일들이 빠짐없이 일어난다면, 하트필드는 전과 달리 고적해질 것이 분명했고, 그녀만 혼자 남아 흩어져버린 행복에 슬퍼하며 아버지의 기운을 북돋워드려야 할 것이다.

랜들스에서 태어날 아이는 그녀보다 더 소중한 인연을 그 집에 안겨줄 것이고, 웨스턴 부인도 그 아기에게 마음과 시간을 온전히 쏟아 부을 것이다. 그녀와 아버지는 웨스턴 부인을 잃을 것이고, 필시 그녀의 남편도 잃은 것이나 다름없게 될 것이다. 프랭크 처칠 역시 그들을 찾게 되지 않을 것이고, 페어팩스 양도 이내 하이버리에 발을 끊게 될 거라고 보는 게 온당했다. 두 사람은 결혼해서 엔스콤이나 그 부근에 정착할 것이다. 좋았던 모든 것이 멀어질 텐데, 그것도 모자라 돈웰까지 잃게 된다면, 그들 가까이에서 지냈던 유쾌한 혹은 이성적이었던 사람들과의 친분에 뭐가 남게 될까? 나이틀리 씨가 저녁때 잠시 찾아와 편히 있다 가는 일이 더는 없게 될 거라니! 자기 집을 에마의 집과 바꾸고 싶은 양 아무 때나 스스럼없이 걸어 들어오던 일이 더는 없게 될 거라니! 무슨 수로 그런 생활을 견뎌낼 수 있을까? 그런데다 해리엇 때문에 그를 잃어야 한다면, 그가 앞으로는 자신이 원하는 모든 것을 해리엇과의 관계 속에서 온전히 채울 거라 생각해야 한다면, 만약 해리엇이 인생 최고의 축복을 누릴 수 있을 거라는 기대 속에서 선택한 사람이고, 으뜸가는 가장 소중한 존재이며 친구이자 아내라면? 이 모든 것이 에마 자신이 초래한 일이라는, 한시도 마음에서 멀어지는 법이 없는 이런 생각은 그녀의 참담한 심정을 더욱 참담하게만 만들 것 아닌가?

여기까지 생각이 미치면 에마는 소스라치게 놀라거나, 땅이 꺼지도록 한숨을 내쉬거나, 심지어는 잠깐 동안 방 안을 왔다 갔다 하지 않고선 견딜 수가 없었다. 일말의 위안이나 평정을 찾을 만한 것이 있다면 앞으론 더 처신을 잘하겠다고 결심하고, 남은 평생 찾아올 겨울철마다 예전처럼 활기 있고 명랑하진 못하더라도 더 이성적이고 더 자각 있는 사람이 된다면 겨울이 가도 후회할 일이 줄어들 거라는 희망뿐이었다.

13

다음 날 아침 내내 거의 똑같은 날씨가 이어졌고, 똑같은 고적함, 똑같은 우울함이 하트필드를 장악하는 듯했다. 그러나 오후가 되자 날씨가 개면서 바람은 더 부드러워졌고 구름은 물러났으며 해가 나자 다시 여름이었다. 에마는 그런 변화를 만끽하고 싶은 마음에 서둘러 밖으로 나가기로 결심했다. 폭풍우가 물러간 후의 고요하고 따뜻하며 찬란한, 자연의 아름다운 경치와 냄새와 감각에 이렇게 매혹된 건 처음이었다. 그 속에 있으면서 서서히 맞아들이게 될 평온함이 절실했다. 정찬을 마치고 얼마 안 돼서 페리 씨가 여유 시간이 한 시간 생겨 아버지와 보낼 생각으로 찾아오자 그녀는 서둘러 관목 숲으로 걸어갔다. 거기서 상쾌한 기분과 다소 가벼워진 생각으로 몇 바퀴를 산책했을 때 나이틀리 씨가 정원 문을 통해 그녀 쪽으로 오는 것이 보였다. 런던에서 돌아온 후 처음으로 얼굴을 비친 것이었다. 방금 전만 해도 그는 두말할 것 없이 16마일은 떨어진 먼 곳에 있다고 생각하고 있었던 그녀였다. 신속히 마음을 추스를 시간밖에 없었다. 침착하고 차분하게 행동해야 했다. 30초가 지났을 때 두 사람은 함께 있었다. 둘 사이에 '잘 있었냐'는 조용하고 거북스런 인사가 오갔다. 에마는 서로의 친지들 안부를 물었다. 다들 잘 지내고 있었다. "언제 집에서 나서신 건가요?" 바로 그날 아침이라고 했다. "말을 타고 오시다가 비를 맞으셨겠네요." "그래." 그녀는 그가 함께 산책하고자 한다는 걸 눈치챘다. "방금 정찬실에 들렀는데, 내가 없어도 될 것 같아서 밖으로 나오는 게 낫겠다는 생각이 들었어." 그는 표정으로 보나 말투로 보나 즐거운 것 같지 않았다. 에마는 두려운 마음으로 아마도 그 첫 번째 원인은 그가 자신의 계획을 동생에게 알렸고 동생이 받아들이는 방식에 심란해진 것이리라고 생각했다.

둘은 함께 걸었다. 그는 말이 없었다. 그녀는 이쪽을 자꾸 쳐다보는 그의 시선을 느꼈고, 자연스럽게 보이는 것 이상으로 그녀의 얼굴을 보려고 하는 것 같았다. 그런 확신은 또 다른 두려움을 불러 일으켰다. 어쩌면 해리엇에게 애정을 품게 되었다는 이야기를 하고 싶은지도 몰랐다. 그래서 이야기를 꺼낼 수 있도록 그녀 쪽에서 격려해주길 바라는지도 몰랐다. 그러나 그녀는 그런 화제는 끌어내지도, 끌어낼 수도 없었다. 그가 모두 알아서 해야 할 것이었다. 그럼에도 이런 침묵을 그녀는 견딜 수가 없었다. 그와 있을 때, 아무 말 않는다는 건 너무도 부자연스러웠기 때문이었다. 고심 끝에 그녀는 결심을 했고 미소를 지으려 애쓰며 말을 꺼냈다.

"이제 돌아오셨으니, 소식을 듣게 되실 텐데, 아마 놀라실 거예요."

"그래?" 그는 조용히 대답하고서 그녀를 쳐다봤다. "어떤 소식인데?"

"아! 세상에서 가장 좋은 소식이지요. 결혼 소식 말예요."

그는 그녀가 더는 말할 생각이 없음을 확인이라도 하듯 잠시 기다린 후 대답했다.

"페어팩스 양과 프랭크 처칠 이야기라면 이미 들었는걸."

"아니 어떻게요?" 뺨이 발갛게 달아오른 채 그를 돌아보며 에마가 외쳤다. 그 말을 하면서 그가 오는 길에 고더드 부인 댁에 들렀을지도 모른다는 생각이 떠올랐다.

"오늘 아침 교구와 관련한 때문에 웨스턴 씨한테서 몇 줄 소식이 왔는데, 말미에 어떤 일이 있었는지 짤막하게 써 붙이셨더라고."

에마는 적잖이 안도한 후 이내 좀 더 차분한 마음으로 말할 수 있었나.

"의심을 품으신 적이 있으니, 우리보다는 덜 놀라셨을 것 같네요. 저에게 조심시키려 하셨던 걸 잊지 않고 있어요. 그때 조심했었어야 했는데. 그렇지만 (가라앉은 목소리로 무겁게 한숨을 내쉬며) 전 어떻게 해도 장님 신세를 면치 못할 운명인가 봐요."

아주 잠깐이지만 침묵이 흘렀다. 그녀가 자신이 특별한 감흥을 불러 일으켰다는 것을 알아차린 건, 그가 그녀의 팔을 자기 품으로 끌어당겨 그의 심장에 힘 있게 갖다 대며 감정으로 끓어오르는 어조로 나지막하게 이렇게 말했을 때였다.

"시간이, 나의 소중한 에마, 시간이 흐르면 상처는 치유될 거야. 당신은 분별력이 뛰어나고…… 또 아버지를 위해서라도 분발하면…… 난 알아, 당신은 자신을 절대로……." 또 한 번 그녀의 팔을 지그시 누르면서 그는 전보다 더 가라앉은 어조로 띄엄띄엄 말을 이어나갔다. "가장 뜨거운 우정…… 분노…… 그 혐오스런 악당!" 그러더니 더 크게, 침착한 목소리로 말을 맺었다. "그는 금방 떠날 거야. 두 사람은 곧 요크셔로 갈 거니까. 그녀를 생각하면 마음이 좋지 않아. 더 좋은 배필을 맞을 자격이 있는 사람인데."

에마는 그의 말뜻을 알 수 있었고, 그가 보여준 다정한 배려에 기뻐 떨리는 가슴이 진정되자 곧장 대답했다.

"정말 친절하세요. 하지만 오해하고 계셔서 제가 정정해드리지 않으면 안 되겠네요. 제게 그런 동정을 베푸실 필요는 없어요. 무슨 일이 일어나고 있는지 전혀 알아차리지 못한 탓에 그들에게 저지른 행태 는 앞으로 두고두고 부끄럽게 생각할 게 분명해요. 그런 데다 어리석은 충동에 휩쓸려 한 말과 수많은 행동들은 저 스스로를 불쾌한 추문거리로 만든 것이나 다름없 지만, 그것 말고 비밀을 더 일찍 알지 못한 것에 후회할 이유는 하나도 없어요."

"에마!" 그가 그녀를 뜨겁게 바라보며 외쳤다. "진심이야?" 그러나 이내 그런 자신을 억제하며 말했다. "아니, 아니, 이해 해. 날 용서해줘. 당신이 이렇게까지 말해주니 기뻐. 정말 그래, 그는 후회할 가치가 없는 사람이야! 머지않아 당신도 합리 적인 추론 이상으로 그 점을 인정하게 될 때가 올 거라고 믿어. 더 얽히지 않은 것만도 다행이야! 난 결코, 이제야 고백하지만, 당신 감정이 어느 정도인지 확실히 알 수가 없었어. 내가 확신 한 건 당신이 그를 좋아한다는 것 정도였어. 그로선 누릴 자격 이 전혀 없는 그런 감정이었지. 그는 남자의 이름에 먹칠을 하 는 자니까. 그런데 그렇게 아름다운 아가씨로 보상을 받게 되 었다니, 제인, 제인, 당신은 앞으로 비참해질 운명이오."

"나이틀리 씨." 쾌활하게 말하려고 애썼지만 실제로는 혼란 스럽기 그지없는 에마가 말했다. "제가 참 이상한 상황에 처했 네요. 계속 오해하시도록 놔둘 수는 없겠어요. 하지만 그런 인 상을 받으신 게 제 태도 때문일 테니, 지금 거론되고 있는 사람 에게 제가 애정을 느낀 적이 전혀 없다고 고백하려니 부끄러워 요. 한 여자가 이와 정반대되는 고백을 할 때 느끼는 부끄러운 마음과 맞먹을 성도로요. 하지만 전 한 번도 그에게 애정을 느낀 적이 없어요."

그는 단 한 마디도 하지 않은 채 그녀의 말에 귀를 기울였다. 그녀로선 말을 해줬으면 싶었지만 그는 좀처럼 입을 열지 않았다. 그의 관대한 처분을 얻으려면 더 이야기를 해야겠다는 생각이 들긴 했지만, 그러면 그가 그녀를 나쁘게 평가하게 될테니 괴로운 일이었다. 그래도 그녀는 말을 이었다.

"제 행동에 대해서는 입이 열 개라도 할 말이 없어요. 그가 저에게 관심을 기울이는 것에 혹했었고, 그래서 즐거워하는 것처럼 보이게 굴었으니까요. 케케묵은 얘기겠죠. 흔히 있는 일일 거고, 저 이전에도 셀 수 없이 많은 여자들에게 일어났던 일이고요. 그렇다고 해서 저처럼 판단력이 좋은 걸로 자부했던 사람이 용서받을 수 있는 이유가 되진 않겠죠. 여러 가지 정황때문에 유혹을 느낀 건 사실이에요. 그는 웨스턴 씨 아들이었고 (틈만 나면 하트필드를 찾아왔고) 저도 그를 늘 재미있게 생각했으니까요. 간단히 말해서 (한숨을 내쉬며) 제가 아무리 수를 써서 이유를 꾸며내봤자 결국은 이렇게 귀결되는군요. 허영심에 우쭐해서 그가 관심을 갖는 걸 허용한 거라고요. 그렇지만 최근에 와서는, 실은 어느 정도 시간이 흐르긴 했지만, 전 그의 관심에 아무 의미도 안 두게 되었어요. 그냥 그의 습관, 장난이려니 싶었기 때문에, 제 쪽에서 심각하게 받아들일 건 못 된다고 생각하게 됐어요. 그는 절 속였지만 제게 상처를 주진 못했어요. 그에게 애정을 품은 적이 한 번도 없었으니까요.

그리고 이제 그 사람의 행동도 어느 정도는 이해가 가요. 저를 사로잡을 생각이 전혀 없었던 거예요. 어디까지나 다른 사람과의 상황을 감추려는 눈속임에 지나지 않았어요. 모두 전혀 눈치채지 못하게 하는 것이 그의 목표였고, 그리고 누구도, 제가 확신하는데, 저만큼 잘 속아 넘어갈 사람도 없으니까요. 하지만 전 속지 않았죠. 제가 운이 좋았었어요. 간단히 말해, 어떤 이유에서든 전 그 사람에게서 안전했어요."

이쯤에서 그녀는 그가 답해주기를, 그녀의 처신이 최소한 이해할 만한 것이라는 몇 마디 말을 해주기를 바랐다. 그러나 그는 말이 없었다. 그녀가 보기에 그는 깊은 생각에 빠져 있었다. 마침내 어느 정도 평상시 말투로 돌아온 그가 말했다.

"난 한 번도 프랭크 처칠에 대해 좋게 평가한 적이 없어. 하지만 내가 그를 과소평가했을 수도 있다는 생각은 해. 그와 알고 지낸 시간이 별로 없었으니까. 설령 내가 지금껏 그를 낮게 평가한 게 아니라 해도, 나중에 나아질 수도 있는 거겠지. 그런 여성과 함께 한다면 기회가 있을 거야. 나로선 그가 잘못되길 바랄 이유도 없거니와 그녀를 생각하는 마음에서 볼 때 그녀의 행복은 그의 훌륭한 성격과 처신에 달려 있을 테니, 당연히 그가 잘되기를 바라."

"그들은 함께하며 행복할 거라고 확신해요." 에마가 말했다. "서로 동등하게, 또 진지하게 사랑하니까요."

"그가 정말 운이 좋은 거지!" 나이틀리 씨가 열을 올리며 대답했다. "그렇게 일찍, 스물세 살의 나이에 아내를 고를 경우

대개는 그릇된 선택을 하기 마련인데. 스물세 살에 그렇게 훌륭한 배필을 얻다니! 모든 걸 추정해볼 때 앞으로 그가 얼마나 오래도록 행복해하겠니? 그런 여성의 사랑을, 순수한 사랑을 얻었으니. 제인 페어팩스의 성격만 봐도 그 사랑의 순수함은 입증되고도 남지. 모든 게 그 친구에게 득이야. 형편상, 어느 한 쪽이 기우는 법 없이 동등하고. 내 말은 사회적인 입지에 관련해서 볼 때, 그리고 중요시해야 할 습성과 예절의 모든 면에서 그렇다는 거야. 딱 한 가지만 빼고 모든 면에서 동등한 셈인데, 그것도, 그녀의 마음이 순수하다는 것엔 의심할 여지가 없으니까 결국 그 친구만 더 행복해지는 거지. 제인에게 필요한 한 가지 이점을 그가 줄 수 있을 테니까. 무릇 남자라면 한 여자를 데려가면서 그녀가 기존에 살던 집보다 더 좋은 집을 선사하고 싶기 마련이지. 그리고 자기에 대해 지순한 애정을 간직한 여자를 위해 그렇게 할 능력이 있는 남자는 단연코 세상에서 가장 행복한 사람일 거야. 프랭크 처칠은 정말로 행운아야. 모든 게 그에게 좋은 쪽으로 귀결되니 말이야. 온천지에서 젊은 여성을 만나 그녀의 사랑을 받고, 그녀는 그가 함부로 대해도 일편단심이니, 그는 물론 그의 가족까지 모두 그의 완벽한 배필감을 찾아 온 세상을 샅샅이 뒤진다 해도 그녀만 한 사람은 찾아내지 못할걸. 외숙모가 걸림돌이었지만 세상을 떠났으니 그가 입만 열면 모든 게 성사될 테고. 그의 친구들은 성심을 다해 그의 행복을 도모하지 않나, 정작 그는 모든 사람들에게 잘못을 저질렀는데 그들은 기꺼이 그를 용서해주질 않나.

그만큼 운 좋은 사내가 또 있을까!"

"말씀하시는 게 꼭 그가 부러우신 것 같아요."

"부럽고말고, 에마. 한 가지 점에서 난 그가 부러워."

에마는 더 이상 아무 말도 할 수 없었다. 이내 해리엇 이야기가 나올 것 같았는데, 그 주제만큼은 피하고 싶은 생각부터 들었던 것이다. 그녀는 궁리했다. 뭔가 전혀 다른 이야기, 이를테면 브런즈윅 스퀘어의 조카들 이야기를 해야겠다는 생각이 들었고 한숨 돌리자마자 그 얘길 꺼내려던 찰나에 나이틀리 씨가 갑자기 말을 꺼내는 바람에 깜짝 놀랐다.

"그가 부러운 한 가지 점이 뭔지 묻지 않겠구나. 보아하니 호기심을 갖지 않기로 작정한 모양인데. 현명한 처사야. 하지만 난 현명하게 처신할 수가 없을 것 같아, 에마, 당신이 묻지 않을 얘길 하지 않으면 안 되니까. 말해놓고는 곧바로 후회할지도 모르지만."

"아! 그렇다면 말하지 마세요, 말하지 마세요." 그녀는 절박하게 외쳤다. "좀 더 시간을 두고 고민해보세요. 말을 꺼내면 되돌릴 수 없게 되어버리니까요."

"고마워." 그는 다분히 굴욕스러운 어조로 말하고는, 더 이상 한 마디도 하지 않았다.

그를 괴롭히다니, 에마는 견딜 수가 없었다. 그는 그녀에게 속내를 털어놓고 싶어 했다. 어쩌면 그녀에게 상의하고 싶은 건지도 몰랐다. 그렇다면 어떤 이야기건 들어주고 싶었다. 그가 결심한 바를 응원해주거나, 자신의 결정을 믿을 수 있게 도와줄 수 있을 것이었다. 공정하게 해리엇 칭찬할 수도 있고, 그가 자립한 존재임을 상기시키는 것으로 지금 이렇게 망설이는 상태를 벗어날 수 있도록 도와줄 수도 있을 것이다. 그와 같은 성정을 가진 사람에게 용단을 내리지 못하고 주저하는 것만큼 견디기 힘든 일도 없을 것이다. 그런 생각을 하는 사이 그들은 이미 집에 도착해 있었다.

"들어갈 생각이겠지, 아마도?" 그가 말했다.

"아뇨." 여전히 낙심해 있는 게 분명한 그의 말투에 에마는 마음을 굳히고 대답했다. "한 바퀴 더 돌까 해요. 페리 씨가 아직 안 가셨네요." 그리고 몇 걸음 걸은 뒤 덧붙였다. "방금 제가 무례하게도 말씀하시려는 걸 막는 바람에, 본의 아니게 힘들게 해드린 것 같네요, 나이틀리 씨. 하지만 저에게 친구로서 기탄없이 하실 말이 있거나 뭐든 마음에 두고 있는 문제가 있어서 제 견해를 묻고 싶으시면요, 친구로서, 그렇게 하셔도 돼요. 어떤 이야기를 하시든 들을게요. 제 생각을 있는 그대로 말씀드리고요."

"친구로서!" 나이틀리 씨가 그녀가 한 말을 되풀이했다. "에마, 그건 내가 두려워하는 말이야. 아니, 바라는 건 없어, 이대로 있어줘. 그래, 내가 왜 망설여야 하지? 숨기기에는 이미 너무 멀리 나가버렸는데. 에마, 당신이 하라는 대로 하지. 이상하게 보일지 모르지만, 당신 뜻을 받아들이고, 친구로서 당신에게 날 맡길게. 그러니 말해줘. 나에겐 당신의 마음을 얻을 가능성이 전혀 없는 건가?"

그는 말을 멈추더니 그 질문에 걸맞은 간절한 표정을 지었다. 그의 눈에 담긴 표정에 에마는 압도되고 말았다.

"나의 소중한 에마," 그가 말했다. "이 대화가 어떻게 끝나든 당신이 내게 가장 소중한 사람이라는 점엔 변함이 없을 거야. 나의 가장 소중한, 가장 사랑하는 에마, 당장 답해줘. '없다'가 그 답이 되어야 한다면 그렇게 말해줘." 그녀는 단 한 마디 말도 할 수 없었다. "아무 말도 안 하는구나." 그가 마음이 격해진 나머지 큰 소리로 외쳤다. "단 한 마디도 안 하는구나! 그렇다면 지금은 더 묻지 않을게."

그 순간 에마는 혼란스러운 나머지 당장이라도 주저앉을 것 같았다. 가장 두드러진 감정은 아마도 한없이 행복한 이 꿈에서 깨어날지 모른다는 두려움이 아니었을까.

"나는 말을 잘 못해, 에마." 그가 이내 다시 이야기하기 시작했다. 참으로 신실하고, 단호하며, 이지적으로 다정한 어조여서 꽤 설득력이 있었다. "내가 당신을 이만큼 사랑하지 않았어도, 사랑에 대해 지금보다는 더 많은 말을 할 수 있었겠지. 그렇지만 내가 어떤 사람인지는 당신도 잘 알 거야. 나는 진실만을 말한다는걸. 이제껏 나는 당신을 비난하고 가르치려 들었는데, 당신은 이 나라의 어떤 여성보다도 잘 참아줬어. 그렇게 참아준 것처럼 이제부터 당신에게 말할 진실도 참고 들어줘, 나의 가장 소중한 에마. 태도가 형편없어서 진실을 말해도 그다지 마음에 들지 않을 수도 있을 거야. 두말할 것 없이, 사랑에 있어서도 난 무심하기 짝이 없는 인간이었어. 하지만 당신은

닐 잘 일지. 그래, 지금도 그래. 당신은 내 감정을 이해하고, 할 수만 있다면 보답해주고 싶을 거야. 지금 나로선 당신의 목소리를, 한 번이라도 좋으니 당신의 목소리를 듣게 해달라는 것 말고는 아무것도 부탁할 게 없어."

그의 말을 듣는 동안 에마의 마음은 정신없이 돌아갔고, 놀랍도록 빠른 속도로 말 한 마디 놓치는 법 없이 모든 정확한 진실을 포착하고 이해할 수 있었다. 그래서 해리엇의 희망이 어떤 근거도 없는 착각이자 망상, 그녀 자신이 품었던 망상만큼이나 철저한 망상이었음을 알 수 있었다. 그래서 해리엇은 아무것도 아니라는 것, 자기가 그의 전부라는 것, 해리엇을 두고 그녀가 했던 모든 이야기가 하나부터 열까지 그녀 자신의 감정을 피력한 것으로 받아들여졌다는 것, 그리고 그녀가 동요된 나머지 불안한 마음으로 의심을 품고서 내키지 않는 태도로 아무 말도 하지 말아달라고 부탁한 것 모두 그녀 쪽에서 거절한 것으로 받아들였음을 알 수 있었다. 그리고 이 모든 걸 확신하게 되자 희열을 누릴 시간은 물론, 다행히도 해리엇의 비밀을 말하지 않은 것에 기뻐하며 말할 필요도 없고 말해서도 안 된다는 결론을 내릴 시간도 있었다. 가엾은 그 친구에게 그녀가 이제 해줄 수 있는 건 그것뿐이었다. 해리엇이 자신과 비할 수 없을 정도로 훨씬 나은 사람이니 그녀에 대한 애정을 해리엇에게 돌려달라고 간청할 만큼 영웅적인 감정이나, 아니면 그가 두 사람 모두와 결혼할 수는 없으니 아무 변명 없이 당장, 그리고 확고부동하게 그의 애정을 거절하기로 결심하는 더 순박한 숭고함 같은 건 그녀에겐 없었다. 해리엇을 생각하면 괴롭고 자책도 되었지만, 있음직하거나 도리에 맞는 모든 걸 다 내던지고 미친 듯 날뛰는 극단적인 관용을 보여주자는 생각은 떠오르지 않았다. 해리엇을 잘못된 길로 이끈 것에 대해선 한평생을 자책하게 될 것이다. 그렇지만 그런 감정 못지않게 그녀의 판단력도 강력했다. 즉, 나이틀리 씨가 해리엇 같은 사람과 혼인한다는 건 더없이 불평등하고 격이 떨어지는 짓이라고 비판할 수 있을 만큼 강력했다. 이런 식으로 생각하니 켕기긴 해도 자명한 사실이었다. 이렇게 생각을 정리한 후에야 그녀는 그의 간청에 응해주었다. 그녀는 어떤 말을 했을까? 물론, 이런 경우에 마땅히 할 말을 했다. 숙녀라면 늘 그렇게 한다. 그래서 그에게 더는 낙심할 필요가 없으니, 더 이야기해도 된다고 용기를 줄 만큼은 충분히 말했다. 잠깐이긴 했지만 그는 정말로 낙심했었다. 신중하게 처신하고 아무 말도 하지 말라는 단호한 요구는 잠깐이나마 그가 품은 모든 희망을 박살낼 만했다. 처음에 그녀는 그의 말을 듣지 않으려 했는데 갑자기 태도가 살짝 달라졌다. 한 바퀴 더 돌자고 제안하더니, 좀 전에 본인 입으로 그만하자고 말했던 대화를 재개했으니, 좀 이상하다 싶었을 것이다! 그녀도 자신이 일관되지 못하다고 느꼈지만 나이틀리 씨는 너그럽게 참으면서 더 설명을 요구하지도 않았다.

서로 터놓고 이야기한다고 해서 완전한 진실이 드러나는 것은 인간에게 드문, 아주 드문 일이다. 조금이라도 속이거나 얼마간 오해하게 될 일이 늘 생겨나기 마련이다. 그렇지만 이번처럼 행동의 저의를 오해했을지언정 감정은 그렇지 않다면, 일을 그르치는 일은 없을 것이다. 나이틀리 씨는 자신이 생각하는 것보다 에마가 마음이 더 여리다고, 혹은 그의 마음을 받아들일 거라고는 생각조차 못하고 있었다.

사실 그는 자신이 그녀의 마음을 얻을 수 있으리라는 기대는 전혀 하지 못했다. 그녀를 따라 관목 숲으로 들어갔을 때도 그걸 시험해볼 생각 같은 건 일절 없었다. 그는 그녀가 프랭크 처칠의 약혼 소식을 어떻게 견뎌낼까 걱정이 되어서 온 것이며, 이기적인 계산 같은 건 일절 없이, 어떤 계산도 없이, 그저 그녀가 마음을 열어준다면 열과 성을 다해 위로해주고 조언해주고 싶었다. 그 외의 감정은 즉석에서 생겨난 것으로, 에마의 말을 듣고서 생겨난 결과적 감정이었다. 그녀가 프랭크 처칠에게 전혀 관심이 없고 지금껏 마음이 간 적도 없었다는 사실을 확인하게 되었을 때 그는 기뻐하며 때가 되면 그녀의 마음을 얻을 수 있을지도 모른다는 새로운 희망을 품었다. 그러나 당장 그렇게 되길 바란 건 아니었다. 순간적으로 열망이 앞서 판단력이 미비해진 가운데 다만 그가 그녀의 애정을 얻고자 노력하는 걸 불허하지는 않겠다는 말을 듣고 싶었을 뿐이다. 그렇게 희망의 수위가 점차 높아질수록 더더욱 황홀했다. 그녀가 허락해준다면 이제부터 얻고자 했던 애정이 이미 그의 것이라니! 불과 30분 만에 그는 번민의 나락에 있다가 지복이라고 말해야 할 경지로 옮겨 간 것이다.

그녀의 심정 역시 그 못지않게 급변했으니, 그 30분이란 시간이 두 사람 모두에게 상대의 사랑을 받고 있다는 소중한 확신을 심어주었고, 마찬가지로 서로 똑같이 품고 있었던 무지와 질투심과 불신을 깨끗이 씻어주었다. 그에게는 해묵은 질투의 감정이 있었고 이는 프랭크 처칠이 도착했을 때부터, 아니 도착할 예정이었던 때부터 시작된 것이었다. 그가 에마를 사랑하게 된 것도, 프랭크 처칠을 질투하게 된 것도 같은 시점이었으니, 아무래도 한 가지 감정이 다른 감정을 일깨워준 모양이었다. 그가 런던으로 떠나 있었던 것도 프랭크 처칠에 대한 질투심 때문이었다. 떠나야겠다는 결심을 하게 된 계기는 박스힐 소풍이었다. 에마가 프랭크 처칠이 보이는 관심을 묵인하고 자극하는 걸 또 한 번 지켜봐야 하는 것은 피하고 싶었다. 그는 무심해지고 싶어서 떠났다. 그러나 애초에 갈 곳을 잘못 골랐다. 동생 집은 참기 힘들 정도로 가정적인 행복이 가득 했고, 여성은 너무도 귀염성 있는 존재였다. 이저벨라는 에마와 너무도 닮았다. 다만 눈에 띄게 에마보다 못한 점들만 달라서 언제나 에마를 더욱 빛나게 해주었기 때문에 더 오래 머물렀다 해도 별다른 도움이 되지 못했을 것이다. 그럼에도 그는 하루하루 뚝심으로 버텼는데, 마침내 이날 아침에 도착한 편지를 읽고서 그간 제인 페어팩스와 관련한 전모를 알게 된 것이다. 그때, 그로선 기쁜 마음이 드는 걸 어쩔 수가 없었다. 아니, 프랭크 처칠에게 에마는 너무 과분하다고 생각했기 때문에 마음에 걸리는 것 없이 기뻐했다. 그러면서도 에마를 아끼는 마음에 가슴이 아프고 한없이 걱정되어서 더는 그곳에 머물 수 없었다. 그는 빗속을 달려 집으로 갔고 정찬을 마치자마자 여기까지 걸어온 것이었다. 그에겐 세상에 둘도 없을 만큼 사랑스럽고 각별한 존재, 모든 결함에도 결함이 없는 그녀가 그 비보에 어떻게 대처하고 있는지 확인하지 않을 수 없어서였다.

그리고 그녀가 심란해하며 기운이 없는 것을 보았다. 프랭크 처칠, 이 악당 같으니라고. 그런데 그녀 말이 그를 사랑한 적이 한 번도 없었다는 것이다. 그렇다면 프랭크 처칠이란 녀석이 구제불능은 아닌 모양이었다. 둘이 함께 집으로 돌아왔을 때 손을 잡아주고 말로 확인해준 것으로 그녀는 그의 에마가 되어 있었다. 그때 그가 프랭크 처칠 생각을 떠올릴 수 있었다면, 꽤 괜찮은 친구라고 여겼을지도 모른다.

14

집에 들어왔을 때 에마의 감정은 나갈 때와는 완전히 달라져 있었다! 나갈 때만 해도 괴로움에서 잠시 벗어나 있고 싶은 마음뿐이었다. 그런데 지금은 이루 말할 수 없는 행복에 가슴이 두방망이질을 하고 있었다. 그리고 그녀는 이렇게 두근거리는 마음이 가라앉으면 더 큰 행복을 느낄 거라고 믿어 의심치 않았다.

두 사람은 차를 들기 위해 자리를 잡고 앉았다. 변함없는 탁자에 변함없는 사람들이 이렇게 모여 앉은 적이 얼마나 많았던가! 변함없는 잔디밭에서 자라는 관목에 눈길이 머물던 것도, 서쪽으로 기우는 해가 빚어내는 변함없이 아름다운 광경을 지켜보던 일이 얼마나 많았었나! 그렇지만 이런 기분이었던 적은 단 한 번도 없었다. 비슷한 적조차 없었다. 그래서 평소와 다름없는 세심한 안주인이 되는 것도, 심지어는 세심한 딸 노릇을 하는 것까지도 그녀에겐 이만저만 힘든 게 아니었다.

가엾게도 우드하우스 씨는 자신이 진심으로 환영해 마지않고, 말을 타고 오다가 감기라도 걸린 건 아니기를 바라며 걱정해준 나이틀리 씨의 가슴속에 정작 마뜩잖은 꿍꿍이속이 있음은 거의 알아차리지 못했다. 나이틀리 씨의 심산을 알아볼 수 있었다면, 그의 폐 건강을 염려하진 않았을 것이다. 재앙이 임박해 있음을 상상조차 하지 못한 채, 나이틀리 씨와 딸의 표정이나 행동에서 심상치 않은 점 역시 전혀 감지하지 못한 채, 우드하우스 씨는 매우 느긋하게 페리 씨한테서 들은 소식을 모두 다 이야기해주었고, 이제 그들이 털어놓을 이야기가 있을 거라는 건 조금도 눈치채지 못한 채 적이 흡족한 마음으로 계속해서 이야기를 했다.

나이틀리 씨가 함께 있으니 에마는 흥분을 가라앉힐 수가 없었고, 그가 떠나고서야 얼마간 마음이 가라앉아 진정이 되기 시작했다. 그와 그런 저녁을 보내고 났으니 당연한 일이지만 뜬 눈으로 밤을 지새우면서 그녀는 비로소 한두 가지의 매우 심각한 문제점을 떠올리게 되었고, 결국 자신의 행복에도 얼마간 잡음이 있을 수밖에 없다는 생각이 들었다. 아버지와 해리엇이 마음에 걸렸던 것이다. 혼자 있게 되니 그들 각자의 권리가 온전한 무게로 다가왔다. 어떻게 하면 아버지와 해리엇의 안위를 최대한 지켜줄 수 있을까가 문제였다. 아버지에 대해서라면 금방 답이 나왔다. 나이틀리 씨가 그녀에게 뭘 바랄지는 아직 잘 짐작이 되지 않았지만, 에마는 자신과 담판을 벌인 끝에 무슨 일이 있어도 아버지를 두고 떠나지 않겠다고 더없이 엄숙히 결심했다. 그렇게 생각한 것만으로도 이미 죄를 지었다는 생각에 그녀는 눈물까지 흘렸다. 아버지가 살아 계신 동안은, 약혼을 올리는 것 이상은 할 수 없었다. 그렇지만 딸이 자기 품을 떠난다는 위기감에서 벗어날 수 있다면, 오히려 아버지는 더 든든한 마음으로 안주할 수 있을 거라고 스스로를 달랬다. 해리엇에게 어떻게 최선을 다할 것인지가 더 결정하기 어려운 문제였다. 어떻게 하면 그 애가 쓸데없이 괴로워하지 않을 수 있을까. 어떤 방법으로 보상을 할 수 있을까? 어떻게 하면 그 애의 적으로 비칠 가능성을 최소한으로 줄일 수 있을까? 이런 고민들 때문에 곤혹스럽고 괴롭기가 이루 말할 수 없었고, 쓰디쓴 자책과 슬픈 회한에 시달리기를 거듭했다. 결국 그녀가 내린 용단은 해리엇을 만나는 건 시기상조이니 할 말이 있으면 편지로만 소통하자는 것이었다. 지금 당장은 해리엇을 하이버리에 오지 않도록 하는 게 제일 바람직한 방안이었다. 이런 계획에 골몰하다보니 해리엇을 브런즈윅 스퀘어로 초대하는 건 어떨까 하는 생각이 들었다. 이저벨라는 해리엇을 마음에 들어했으니, 런던에서 몇 주 지내면 해리엇도 즐거울 것이다. 해리엇 성격에 거리를 돌아다니며 상점들을 둘러보고 아이들과 지내는 등의 새롭고 다양한 생활 방식에서 마음의 위안을 얻지 못할 것 같지는 않았다. 어쨌든 에마는 응당 모든 것을 베풀어야 할 입장이었기 때문에 이런 계획을 통해 해리엇에 대한 배려와 호의를 보여주고 싶었다. 또한 한동안은 서로 떨어져 지내면서 모두가 다시 한자리에 모이는 상서롭지 못한 날을 피하는 방법이기도 했다.

에마는 아침 일찍 일어나 해리엇에게 편지를 썼다. 편지를 쓰다 보니 어찌나 심각해지는지, 마음이 슬퍼질 지경이어서, 함께 조찬을 먹으려고 하트필드까지 걸어온 나이틀리 씨를 봤을 땐 더 일찍 왔어도 좋았을 거란 생각이 들었다. 그 후 30분을 할애해 그와 함께 말로서나 비유로서도 같은 곳을 거닐었고, 비로소 전날 저녁에 만끽했던 행복을 다시금 제대로 누릴 수 있었으니 상심한 마음을 되돌리는 데 꼭 필요한 시간이라 할 수 있었다.

나이틀리 씨가 가고 얼마 안 되어서, 다른 사람을 생각할 겨를이 없는 그녀에게 랜들스에서 편지 한 통이 왔다. 아주 두툼한 편지였다. 에마는 어떤 내용일지 짐작이 갔고, 그래서 굳이 읽을 필요가 있을까 싶었다. 프랭크 처칠이라면 그녀는 이제 얼마든지 너그러이 봐줄 수 있었고, 그래서 어떤 해명도 듣고 싶지 않았으며, 그녀 자신의 문제만 신경 쓰고 싶었다. 그리고 그가 편지에 쓴 내용을 이해하는 문제라면 확신컨대 그녀에겐 능력 밖의 일이었다. 그래도 어떻게든 다 읽는 수밖에 없다는 생각에 그녀는 봉투를 뜯었고, 아니나 다를까, 프랭크가 웨스턴 부인에게 쓴 편지였으며, 웨스턴 부인이 그녀에게 일러두는 쪽지를 써서 넣어두었다.

사랑하는 에마, 동봉한 편지를 보내면서 내 마음은 이루 말할 수 없이 즐겁구나. 네가 누구보다도 공정한 마음으로 읽으리라는 걸 알고, 행복한 결과가 따를 것임을 확신하고 있으니까. 앞으로 우리 사이에 이 편지를 쓴 사람 때문에 심각한 이견을 갖게 될 일은 없을 거야. 그렇다고 서두를 길게 써서 네가 편지를 읽는 걸 방해하진 않을게. 우리는 아주 잘 있어. 그간 소소한 문제들로 불안해하던 차였는데 이 편지 덕에 다 해결되었단다. 화요일에 네 표정이 심상치 않다는 생각이 들었지만 그날 아침 날씨가 좋지 않았었지. 넌 날씨에 영향을 받지 않는다고 주장하겠지. 하지만 북동풍은 누구에게나 영향을 미친다는 게 내 생각이야. 그래서 화요일 오후와 어제 아침엔 네 아버지가 잘 계신지 많이 걱정이 됐었는데, 별고 없으셨단 얘길 어젯밤에 페리 씨에게서 전해 듣고 한시름 놓았단다.

너의 변함없는 친구,
A.W.

웨스턴 부인께

7월, 윈저에서

친애하는 새어머니,

어제 제가 제대로 말씀드린 거라면, 이 편지를 기다리고 계시겠지요. 하지만 그러지 않으셨다 해도 공정하게, 또 너른 아량으로 읽어주실 것 알고 있습니다. 늘 선의로 충만하신 분이시지만, 제가 저지른 몇몇 행동들을 받아들여주시려면 그 선의를 다 동원하시지 않으면 안 될 겁니다. 하지만 더 화를 내야 마땅한 사람도 저를 용서해주었답니다. 이렇게 글을 쓰고 있으니 용기가 생깁니다. 앞날이 밝으면 겸손을 유지하기가 힘들지요. 이미 두 차례 사죄한 곳에서 더 바랄 나위 없는 배려를 누리고 나니, 저로 인해 언짢으셨을 새어머니나 친구분들도 용서해주실 거라 자만하고 있는지도 모르겠습니다. 부디 넓은 아량을 베푸셔서 제가 처음 랜들스에 도착했을 때 정확히 어떤 상황이었는지 이해해주시길 바랍니다. 제가 어떤 위험도 불사하고 지켜야 할 비밀이 있었다는 걸 감안해주셔야 합니다. 사실이 이러합니다. 그렇게까지 감춰야 할 상황에 자진해 뛰어들 권리가 제게 있느냐는 별개의 문제입니다. 그 문제는 여기서 논하지 않겠습니다. 저로선 그걸 권리라고 생각하고 싶은 마음도 있습니다. 그런 저를 탓하시려는 분이 계시다면 그분께는 아래층엔 내리닫이창이, 위층에는 여닫이창들이 있는 하이버리의 벽돌집을 떠올려보시라 말씀드립니다. 저는 그녀에게 공개적으로 말을 걸 용기를 내지 못했습니다. 당시 제가 엔스컴에서 겪어야 했던 곤혹스러운 상황은 굳이 말씀드리지 않아도 너무나 잘 아실 겁니다. 그런데 운 좋게도 웨이머스에서 이 세상에서 가장 올곧은 여성의 마음을 사로잡아 그곳을 떠나기 전에 그녀의 자비로운 허락하에 비밀 약혼을 올릴 수 있었습니다. 그녀가 거절했다면 전 미쳐버렸을 것입니다. 이쯤해서 제게 이렇게 묻고 싶으실 겁니다. 무슨 바람이 있어서 그렇게까지 했나? 무엇을 기대한 건가? 무엇이건, 전부 다 입니다. 시간, 우연, 상황, 서서히 발하는 효과, 느닷없는 발설, 인내와 권태, 건강과 질병 모두를. 제 앞엔 모든 긍정적인 가능성이 있었습니다. 그녀가 절 믿고 서신을 주고받겠다고 약속해준 것만으로도 이미 첫 번째 축복을 받은 셈이었지요. 더 설명이 필요하시다면, 친애하는 웨스턴 부인, 제가 명예롭게도 부인 남편의 아들이며 미래를 낙관하는 좋은 성향을 물려받았다는 말씀을 드리고 싶습니다. 그건 저택이나 토지를 물려받는 것과 비할 수 없는 가치를 지닌 복입니다. 그러니, 제가 처음으로 랜들스를 방문했을 때, 이런 상황이었음을 감안해주십시오. 바로 이런 점에서 저에게 과실이 있음을 저도 잘 압니다. 좀 더 일찍 찾아뵐 수 있었는데도 그러지 않았으니까요. 돌아보시면 아시겠지만, 페어팩스 양이 하이버리로 오기 전까지는 저도 찾아뵙지 않았습니다. 그로 인해 제대로 배려받지 못한 분이 다름 아닌 어머니이시니 염치불구 지금이라도 용서를 구합니다. 그렇지만 제가 아버지 댁을 찾지 않은 기간이 길어진 탓에 그만큼 새어머니를 만나는 복도 누리지 못했으니 이에 대해선 아버지의 동정을 구해야하겠지요. 두 주 동안 행복하게 새어머니 곁에서 지내면서 제가 질책받을 만한 행동을 한 건 바라건대 딱한 번뿐이었다고 저는 믿습니다. 그리고 이제 본론으로 들어

650

가, 제가 집에 머무는 동안 했던 것 가운데 단 한 가지, 저 자신 도 몹시 걱정하고 있으며, 성심껏 해명하지 않으면 안 될 행실 에 대해 말씀드리겠습니다. 지금 저는 .무한한 존경과 뜨거운 우정을 담아 우드하우스 양에 대해 말하고자 합니다. 아버지께 서는 여기에 덧붙여 제가 차마 그녀를 대할 면목이 없다는 것 도 언급해야 한다고 생각하시겠지요. 어제 당신 생각을 말씀하 시던 중에 흘리신 몇 마디 말씀도 있고, 저 역시 얼마간 비난을 받아 마땅하다고 생각합니다. 우드하우스 양에 대한 제 행동이 도를 넘어선 것으로 보였다 해도 무리는 아닙니다. 그녀와 금 세 친해지자, 저는 필사적으로 비밀을 감추려는 마음에서 그 친분을 가능한 범위 이상으로 이용할 생각을 하게 되었습니다. 누가 봐도 그녀가 제 구애의 대상인 것처럼 보였으리라는 점은 부인할 수 없을 겁니다. 하지만 그녀가 제게 관심이 없다는 것 을 확신하지 않았다면, 이기적인 목적에 이끌려 계속 밀고 나 가지는 않았을 것임을 어머님은 믿어주시겠지요. 우드하우스 양은 붙임성 좋고 즐거운 분이지만, 남자에게 쉽게 이끌릴 아 가씨 같아 보이진 않았습니다. 만에 하나 저를 마음에 품게 될 날은 절대 오지 않으리라는 건, 저의 바람이기도 했지만 확신 이기도 했습니다. 제가 관심을 보이는 것에 그녀는 스스럼없고 친절하고 기분 좋은 장난처럼 받아들였고, 저로서도 그 정도가 좋았습니다. 우리는 서로를 이해하는 것처럼 보였습니다. 우리 각자의 상황을 생각하면 그녀가 그런 관심의 대상이 되는 건 마땅한 일이었고, 그녀 역시 그렇게 느끼는 듯했습니다. 두 주

라는 시간이 다 가기 전에 우드하우스 양이 제 심중을 읽었는
지에 대해선 저로선 말씀드릴 수 없습니다. 작별 인사를 하러
들렀을 때 제가 막 진실을 고백하려던 게 기억나는데, 그때 그
녀도 저에 대해 얼마간 미심쩍어한다는 생각이 들었습니다. 그
후로 그녀가 절 어느 정도 간파했다는 건 분명합니다. 속속들
이 짐작하지는 못했을지 몰라도 기민한 사람이니 일부는 어느
정도는 파악을 했을 겁니다. 지금은 말을 삼가야 할 때지만 나
중에 전모가 밝혀지면 그녀가 놀라기만 한 건 아님을 아시게
될 겁니다. 제게 무언가 알고 있다는 뜻을 내비친 것도 한두 번
이 아니니까요. 무도회 때 그녀가 엘턴 부인이 페어팩스 양을
돌봐주고 있으니 제가 고마워해야 한다는 말을 한 게 기억나네
요. 이렇게 그녀에 대한 제 행동을 말씀드리는 것으로 새어머
니와 아버지께서 제 과실로 여기셨던 행동을 너그러이 봐주실
여지가 생기길 바랍니다. 제가 에마 우드하우스에게 죄를 저질
렀다고 생각하시는 한, 전 두 분에게 어떤 것도 받을 자격이 없
습니다. 저를 용서해주시고, 때가 될 때, 가능할 때, 오빠 같은
깊은 정으로 그녀도 저처럼 깊고 행복한 사랑을 하길 바라마지
않는 우드하우스 양도 저를 용서하고 행복을 기원해줄 수 있도
록 도와주시기 바랍니다. 이제 두 분은 제가 그 두 주 동안 했
던 이상한 말과 이상한 행동을 모두 파악할 열쇠를 갖게 되셨
으니까요. 제 마음은 하이버리에 있었고, 제 용무는 의심을 받
을 소지는 최대한 줄이면서 갈 수 있는 한 자주 그곳에 가는 것
이었습니다. 기묘한 일이라고 기억하시는 경우가 있다면 모두

다 이런 이유 때문이었다고 할 수 있습니다. 참으로 말이 많았던 피아노에 대해서는 이렇게만 말씀드려도 될 것 같군요. F양은 피아노를 주문한 것은 꿈에도 몰랐고, 그녀에게 선택의 여지가 있었다면 제가 피아노를 보내는 걸 절대 허락하지 않았을 겁니다. 약혼 기간을 내내 그녀가 얼마나 세심히 신경을 써줬는지 제대로 평가하는 것은, 친애하는 새어머니, 저의 능력으론 어림도 없는 일입니다. 진심으로 바라건대, 어머니께서도 조만간 그녀의 인간됨을 온전히 파악하게 되실 겁니다. 어떤 말로도 그녀의 진면목을 설명할 수 없습니다. 본인이 직접 어머니에게 말하지 않으면 안 될 겁니다. 정작 말로서는 미흡할 수밖에 없는 것이, 그녀처럼 자신의 미덕을 일부러 감추는 사람도 없기 때문입니다. 일단 이렇게 편지를 쓰기 시작하니 애초 생각했던 것보다 길어지는군요. 그녀에게서 소식을 들었거든요. 몸 상태가 좋다고 말하는데, 아픈 소리를 일절 하는 법이 없는 사람이니 믿지 않으렵니다. 몸소 그녀의 안색을 살펴보시고 제게 말씀해주시면 좋겠습니다. 곧 그녀를 찾아가실 예정임을 압니다. 그 때문에 그녀는 두려운 날들을 보내고 있다고 합니다. 어쩌면 이미 만나셨을지도 모르겠네요. 그러셨다면 저에게도 알려주시기 바랍니다. 궁금한 게 너무 많아 어찌할 바를 모르겠네요. 랜들스에는 몇 분도 머무르지 못한데다가, 말도 못할 정도로 어리둥절하고 정신 나간 상태였던 걸 기억하실 겁니다. 지금도 더 나아진 것은 없고, 행복해서든 비참해서든 여전히 미친 것 같습니다. 제게 베푼 친절과 호의, 그녀의 뛰어난 인간됨과 인내심, 외삼촌의 관용을 생각하면 기뻐서 미칠 지경이지만, 그녀를 불편하게 한 일들을 생각하고 제가 용서를 받을 자격이 없다고 생각하면 화가 나서 미칠 지경입니다. 다른 건 필요 없으니 그녀의 얼굴을 다시 볼 수 있다면! 그렇지만 아직은 만나자고 해선 안 됩니다. 그러면 제게 한없이 잘해주신 외삼촌에게 못할 짓을 하게 되는 거니까요. 이렇게 길게 썼으면서도 아직 더 드릴 말씀이 있습니다. 새어머니께 드려야 할 말씀을 아직 못 드렸거든요. 어제는 관련된 이야기를 제대로 드릴 수 없었습니다만, 이 일을 느닷없이, 그리고 한 가지 점에서 부적절한 시점에 터뜨릴 수밖에 없었던 사정은 설명을 드려야겠습니다. 지난달 26일에 있었던 일로, 저에게 곧바로 행복의 절정으로 가는 길을 열어준 사건이라고 어머니는 결론내리시겠지만, 정작 저로서는 단 한 시간도 늦출 수 없을 정도로 특별한 상황이 아니었다면 그렇게 서두를 생각은 절대로 하지 않았을 겁니다. 저는 일의 성격을 막론하고 그렇게 서두르는 것을 싫어하고, 그녀 역시 그러해서 저보다 몇 배나 더 단호하면서도 세련되게 주저했을 것입니다. 하지만 제겐 선택의 여지가 없었습니다. 그녀가 그 부인 댁으로 당장 가기로 약속을 했으니까요. 이 대목에서, 친애하는 새어머니, 저는 마음을 진정시키고 저 자신을 수습하기 위해 불쑥 자리를 뜰 수밖에 없었습니다. 들판을 거닐다 왔더니 이제 편지를 마저 쓸 정도의 이성은 찾은 것 같습니다. 사실 저로선 너무도 굴욕적인 기억이니까요. 저는 추잡하게 처신했습니다. W 양을 대했던 제 태도가 F 양에겐 호된 비판을 받아 마땅한 것이었음을 인정합니다. 그래선 안 되는 거라고 그녀가 말했으니, 거기서 멈춰야 마땅했지요. 저는 진실을 숨기기 위한 거라고 하소연했지만 그녀를 납득시키기엔 역부족이었습니다. 그녀는 불쾌해했고 전 그런 그녀가 이성적이지 못하다고 생각했습니다. 그녀가 작은 것들에 쓸데없이 노심초사한다고 생각했었습니다. 심지어는 차갑다는 생각마저 했었지요. 그렇지만 그녀는 늘 옳았습니다. 제가 그녀의 판단을 따르고 그녀가 적절하다고 여기는 정도에서 제 패기를 가라앉혔더라면 제 생애의 가장 큰 불행은 면할 수 있었을 겁니다. 그녀와 전 말다툼을 했습니다. 돈웰의 오전 모임을 기억하시나요? 거기서 저흰 그간 쌓인 사소한 불만들 때문에 위기를 맞았습니다. 제가 늦게 도착했었죠. 혼자 집까지 걸어가던 그녀와 마주쳤고, 함께 가겠다고 했지만 허락하지 않더군요. 한사코 절 곁에 두지 않으려하는 것이 그때의 저에겐 다분히 철없는 행동으로 여겨졌습니다. 하지만 지금은 어느 모로 보건 지극히 자연스럽고 분별 있는 행동이라 생각되는군요. 제가 우리가 약혼한 사이임을 세상이 알지 못하게 감추겠답시고 한 시간 내내 다른 여자한테 각별히 구는 무례를 저지르고선, 곧바로 그때까지 조심해온 모든 걸 무용지물로 만들지도 모르는 제안을 하는데 어찌 그녀가 동의할 수 있었겠습니까? 둘이서 돈웰에서 하이버리로 걸어가는 모습을 누가 보기라도 했다면 틀림없이 의심을 했을 겁니다. 그런데도 성을 냈으니 제가 미쳤지요. 저는 그녀의 애정을 의심했습니다. 그다음 날 박스힐에서 그 의심은 더 깊이졌습니다. 제가 그런 식으로 굴자 그녀는 화가 났지요. 그도 그럴 것이, 부끄러운 줄도 모르고 오만을 떨며 그녀에겐 함부로 굴면서, 여보란 듯 W양에게 전념했으니 분별 있는 여자라면 누구도 견디지 못했겠지요. 그녀는 제가 얼마든지 알아들을 수 있는 말로 분노를 표했습니다. 간단히 말해서, 그 언쟁에서 그녀의 잘못은 일절 없으며 제가 가증스럽게 행동한 것입니다. 그러고는 그날 저녁 리치먼드로 돌아가버렸습니다. 실은, 다음 날 아침까지 집에 있어도 되었는데요. 어디까지나 그녀에게 한껏 화를 내고 싶어서였습니다. 그때에도 적당한 때에 화해하겠다는 생각을 못 할 정도로 바보는 아니었습니다만, 상처받은 건 저라고, 그녀의 냉담한 태도에 상처를 받았다고 생각해서 그녀 쪽에서 먼저 제게 다가와야 한다고 마음을 다져먹으며 떠났습니다. 어머니께서 박스힐 소풍에 오지 않으신 것이 천만다행이란 생각을 늘 합니다. 거기서 제 행동을 직접 보셨다면 다시는 절 좋게 보지 않으셨을 테니까요. 그녀가 이를 어떻게 받아들였는지는 그 후 그녀가 즉각 결정한 일로 잘 알 수 있죠. 제가 정말로 랜들스를 떠났다는 것을 확인하자마자 그 주제넘은 엘턴 부인의 제안에 응했으니까요. 말이 났으니 말인데 이 여자가 그녀를 대하는 태도를 볼 때마다 전 분노와 증오가 머리끝까지 차오르는 것 같았습니다. 저 자신도 더할 나위 없는 큰 수혜를 누린 그녀의 관용 정신에 대해 투덜거려선 안 될 겁니다. 그것만 아니라면, 전 그런 여자한테까지 관용을 베푼 것에 소리 높여 항의했을 겁니다. 그리고 '제인'

이라니요! 저 조차도, 심지어 어머니 앞에서도 그렇게 부른 적이 없음을 아실 겁니다. 그러니 엘턴 부부가 천박하게도 쓸데없이 되풀이해 불러대면서, 그것도 오만하게도 자기들이 우월하다는 착각에 빠져 저들끼리 그 이름을 주고받는 걸 들었을 때 제가 어떤 감정을 눌러야 했을지 생각해보십시오. 조금 더 인내심을 가지고 제 얘기를 들어주시길, 이제 곧 끝납니다. 그녀는 저와 완전히 끝내겠다는 결심에서 이 제안을 받아들이고는 다음 날 제게 편지를 써서 다시는 만날 일이 없을 거라고 알렸습니다. '이 약혼은 서로에게 후회와 괴로움을 주는 근원인 것 같습니다. 그래서 제 쪽에서 약혼을 파기합니다'라면서요. 편지를 받은 건 가엾은 외숙모께서 세상을 떠나신 바로 그날 아침이었습니다. 저는 한 시간도 지나지 않아 답장을 썼습니다. 그러나 마음은 혼란스럽고 처리해야 할 일들이 한꺼번에 쏟아지는 바람에, 그날 보낸 다른 모든 편지와 함께 부치는 대신 제 책상 속에 넣고 잊어버리고 말았습니다. 그런데도 전, 몇 줄밖에 안 썼지만 그녀를 만족시킬 만한 내용이라고 믿어 의심치 않으며 태평하게 지냈습니다. 그녀가 곧바로 답장을 보내오지 않은 것에 실망하기까지 했지요. 그렇지만 그녀 나름의 사정이 있겠거니 싶었고, 저 역시 너무도 바빴습니다. 말을 더 보태도 된다면, 앞날에 대해 신이 난 나머지 트집을 잡고 싶지 않았던 거죠. 윈저로 이사를 가고 이틀 후 인편으로 소포를 받았는데, 제가 보낸 편지를 모두 돌려보냈더군요! 우편으로도 몇 줄을 적어 보냈는데, 마지막 편지에 한 마디 답장도 없다니 참으로 놀랍다면서 덧붙이기를, 그런 문제에 침묵을 지키는 것에 오해의 여지는 있을 수 없으니 두 사람 다 부수적인 일들을 가급적 빨리 정리하는 것이 바람직할 것이라는 겁니다. 안전한 인편으로 제 편지들을 보낼 터이니, 자기가 보낸 편지들을 일주일 안에 하이버리에 도착할 수 있도록 당장 보낼 수 없다면, 이후 ○○주소로 보내달라고 부탁하더군요. 간단히 말해서, 브리스틀 부근의 스몰리지 부인 댁 상세 주소가 제 눈앞에 펼쳐져 있었습니다. 이름도, 장소도, 모든 상황을 알고 있었던 터라, 그녀가 무슨 일을 꾸미는지 즉각 알아차렸습니다. 제가 익히 아는 그 결단력 넘치는 성격과 완벽하게 일치하는 바였고, 전에 보낸 편지에선 그런 계획에 대해 비밀에 부친 것 또한 그녀의 예민한 섬세함을 여일하게 보여주고 있었습니다. 무슨 일이 있어도 제를 협박하려는 것처럼 보이고 싶지 않았던 것이지요. 그 충격이 어느 정도였을지 상상해보세요. 제 실수라는 것을 깨닫기 전까지 우편국의 실수라고 얼마나 길길이 날뛰었을지를요. 어떻게 해야 했을까요? 방법은 하나뿐이었습니다. 외삼촌께 말씀드려야 했습니다. 그분이 허락하지 않으시면 그녀는 제 말은 두 번 다시 들으려하지 않을 테니까. 저는 말씀드렸습니다. 상황은 제게 유리했습니다. 최근의 사건으로 기가 많이 꺾이신 터라, 제가 어떻게 예상해도 더 빠를 수 없을 정도로 전폭적으로 받아들이시고 그렇게 하라고 말씀해주셨습니다. 그리고 마침내는 이런 말씀까지 해주셨으니, 아 가엾은 분! 깊은 한숨을 내쉬시며, 저도 당신처럼 결혼해서 많은 행복을 누리기 바란다고요. 그 행복은 종류가 다른 거라고 전 생각했습니다만. 제가 외삼촌께 그 이야기를 꺼내면서 얼마나 괴로웠을지, 모든 것이 벼랑 끝에서 있는 동안 얼마나 조마조마했을지 생각하시니 제가 가엾으신가요? 그러지 마십시오. 마침내 하이버리에 와서 그녀가 저 때문에 얼마나 피폐해졌는지 알게 되었을 때까지는 가엾게 여기실 것도 없습니다. 그 핏기 없는 병약한 얼굴을 보게 된 그 순간까지는 절 동정하지 마세요. 그 댁에선 조찬을 늦게 드신다는 걸 알고 있는 저는 틀림없이 그녀 혼자 있을 만한 시간에 맞춰 하이버리에 도착했습니다. 기대했던 대로였습니다. 뿐만 아니라 하이버리에 간 일 역시 실망스럽지 않았습니다. 그녀의 참으로 온당하고, 참으로 불쾌한 감정을 설득해 무화시키기까지 이만저만 힘든 게 아니었습니다. 그렇지만 해냈습니다. 우리는 화해했고, 전보다 더 소중한, 훨씬 더 소중한, 아니 그 어느 때보다도 소중한 사람이 되었으니 바야흐로 우리 사이에 불편한 순간 같은 건 없을 것입니다. 친애하는 부인, 이제 놔드리겠습니다만, 편지를 맺기 위해 이 말을 하고난 다음에 그러겠습니다. 제게 베푸신 모든 친절에 수천 번의 감사를, 그녀에게 베풀어주실 온정 넘치는 배려에 수만 번 감사드립니다. 제가 어떤 면에선 과분한 행복을 누리는 거라 생각하신다면, 저도 전적으로 동감합니다. W양은 절 행운아라 부르더군요. 그분 말이 맞기를 바랍니다. 한 가지 점에서 제가 행운아라는 건 의심할 여지가 없으니, 다음과 같은 이름으로 서명할 수 있다는 것입니다.

감사와 애정으로 가득한 당신의 아들,

F. C. 웨스턴 처칠

15

이 편지는 에마의 마음 깊이 파고들 수밖에 없었다. 전에 작정한 바는 정반대였음에도 그녀는 웨스턴 부인이 예견한 대로 그 내용에 공정한 평가를 내릴 수밖에 없었다. 자신의 이름이 등장하는 대목에 이르렀을 때는 어쩔 수가 없었다. 자기와 관련된 모든 구절이 흥미로웠고, 거의 모든 구절에 기분이 좋아지는 것이었다. 이런 매력이 다 한 후에도 편지의 내용이 여전히 흥미로워서 전에 글쓴이에게 가졌던 호감이 자연스럽게 되살아났다. 게다가 때가 때이니만큼 그녀에겐 모든 사랑의 풍경이 강렬한 매력을 가지고 다가왔다. 그녀는 단숨에 끝까지 읽었다. 그가 잘못했다는 생각까지 접을 수는 없었지만, 그녀가 생각했던 것보다는 죄과가 가벼웠던 데다가 그가 이 일로 깊은 번뇌와 후회에 시달렸고, 웨스턴 부인에겐 더없이 고마워하고 있으며 페어팩스 양을 열렬히 사랑하고 있다는 점에서, 그리고 에마 자신도 참 행복해서 더 이상 엄격하게 굴 수 없었다. 만약 그 순간 그가 방에 들어오기라도 했다면 전과 다름없이 진심 어린 악수를 건넸을 것이다.

그 정도로 편지가 마음에 들었기 때문에 나이틀리 씨가 다시 찾아왔을 때 그녀는 읽어보라고 권했다. 틀림없이 웨스턴 부인도 편지의 내용이 전달되기를, 특히나 나이틀리 씨처럼 그의 행실에 비판할 지점이 많다고 생각한 사람에게는 전달되기를 바랄 거란 생각이 들었다.

"기꺼운 마음으로 읽기는 할 텐데." 그가 말했다. "내용이 긴 것 같네. 집에 가져가서 밤에 읽도록 하지."

그건 안 될 말이었다. 웨스턴 씨가 저녁때 들를 예정이어서 그때 편지를 돌려보내야했다.

"난 당신과 이야기하는 게 더 좋은데." 그가 말했다. "하지만 공정을 기해야 하는 문제 같으니 읽도록 하지." 그는 읽기 시작했으나 이내 멈추고 말했다. "이 신사분이 새어머니에게 쓴 편지 한 통을 몇 달 전에만 봤다면 말이지, 에마, 지금처럼 무심하게 받아들지는 못했을 거야."

그는 좀 더 읽다가 미소를 지으며 한 마디 했다. "흠! 서두는 멋진데. 하지만 이게 그 친구의 방식인가 보군. 한 사람의 문체가 다른 사람의 원칙으로 작용해선 안 되는 법. 가차 없는 판단은 하지 맙시다."

"아무래도 나한테는," 그가 이내 덧붙였다. "읽으면서 내 의견을 말하는 게 자연스러울 것 같은데. 그러면 내 옆에 당신이 있는 기분도 살릴 수 있을 테고. 그런다고 시간을 허비할 것 같지도 않고. 하지만 당신이 싫다면……."

"아뇨. 저도 그러는 게 좋겠어요."

나이틀리 씨는 아까보다 활기를 띠고 다시 읽기 시작했다.

"이 친구, 이 대목에서 지면을 낭비하는군." 그가 말했다.
"유혹 운운한 대목 말이야. 자기가 잘못한 걸 알고, 온당하게
변명할 거리도 없으면서. 잘못한 거야. 약혼을 하지 말았어야
지. ……'아버지의 기질'이라니. 그의 부친에겐 부당한 말이야.
웨스턴 씨의 명랑한 기질은 그분의 올곧고 영예로운 노력에 대
한 축복인데. 다만 그분이 지금 누리고 있는 안위는 애써 노력
해서 구하기 전에 생긴 것이긴 하지. ……맞는 말이야. 페어팩
스 양이 오기 전엔 하트필드를 찾아온 적이 없었지."

"그런데 제가 잊지 않고 기억하고 있으니 어쩌죠?" 에마가
말했다. "그럴 마음만 있다면 더 빨리 왔을 거라고 당신이 단언
하셨던 걸요. 그 얘길 참으로 당당하게 넘어가시네요. 그래도
당신이 완전히 옳았어요."

"내 판단에 편견이 없었던 건 아니었어, 에마. 하지만 내 생
각엔, 당신이 그 일에 개입되어 있지 않았더라도 난 여전히 이
친구를 불신했을 거야."

우드하우스 양의 대목에 이르자 그는 그녀와 관련한 내용을
빠짐없이 소리 내 읽어야 했고, 그러면서 미소를 짓기도 하고,
그녀를 바라보기도 했으며, 고개를 젓고, 주제에 따라 동의하
거나 반대하거나, 아니면 그저 사랑의 말을 한두 마디씩 했다.
그리고 믿음직한 모습으로 숙고 끝에 진지하게 결론을 내렸다.

"정말 못된 짓을 한 거야. 물론 사태가 더 안 좋아질 수도 있
었겠지. 하지만 위험천만한 게임을 했다는 건 달라지지 않아.

그 일*이 아니었다면 이렇게 악운을 면할 순 없었을 거야. 당신에게 어떤 식으로 굴었는지는 제대로 판단도 못 하는군. 자기의 바람 때문에 늘 사실을 기만하질 않나, 자기만 편하면 다른 건 어떻게 돼도 개의치 않고. 당신이 자기 비밀을 꿰뚫어 봤다고 생각하는 것 좀 봐. 왜 아니겠나! 자기 마음이 음모로 가득 차 있으니 다른 사람도 그럴 거라 넘겨짚는 거지. 수수께끼니 책략이니 하는 것들이 사람의 판단력을 얼마나 왜곡하는지! 나의 에마, 이 모든 것이 진실하고 진술하게 서로를 대하는 당신과 나의 관계를 더더욱 아름답게 해주는 것 같지 않아?"

에마는 동의하면서도 자신이 진술하게 털어놓을 수 없었던 해리엇의 일이 의식되어 얼굴을 붉혔다.

"계속 읽어보세요." 그녀가 말했다.

그는 더 읽는 듯하더니 이내 다시 멈추고 말했다. "피아노! 야아! 정말, 정말 나어린 청년이나 할 짓을 했네. 너무 어려서 그런 선물을 받으면 기쁜 것보다 거추장스러운 게 훨씬 더 할 수 있다는 건 생각조차 못 하는 청년 말이야. 이렇게 철부지 같은 계획이 다 있을까! 여자는 차라리 안 받는 게 낫다고 생각하는 걸 알면서도 애정의 증표랍시고 어떻게든 주려하는 남자의 기대심리를 나는 이해할 수가 없어. 그녀는 할 수 있다면 그 악기를 보내지 못하게 막았으리라는 걸 그도 잘 알았을 텐데."

그런 후, 그는 한동안 멈추는 법 없이 읽어 내려갔다. 프랭

*외숙모 처칠 부인이 급작스레 세상을 떠난 것을 의미한다.

크 처칠이 부끄러운 짓을 지질렀다고 고백하는 대목을 넘어가면서 그는 처음으로 한 마디 이상의 견해를 말했다.

"전적으로 동감하는 바입니다. 처칠 선생." 그것이 그의 논평이었다. "정말로 아주 부끄러운 짓을 했지. 이 편지에서 이만큼 진실한 말도 없을 것 같군." 그러고 나서 곧바로 그들이 언쟁을 벌인 근거와, 제인 페어팩스가 마땅한 도리라고 생각하는 바에 대해 프랭크 처칠이 완전히 반대되는 행동을 고수했다는 대목을 읽고서 나이틀리 씨는 이전보다 훨씬 오랫동안 읽기를 멈추고 말했다. "이건 정말 잘못한 짓이야. 이 친구는 자기 편의 때문에, 그녀에겐 너무도 힘겹고 불편한 상황을 견디도록 종용한 건데, 그러면 그녀가 쓸데없이 괴로워할 일을 미연에 방지하는 걸 최우선의 과제로 삼았어야 마땅할 것을. 서신을 주고받는 것만 따져 봐도 그녀가 감내해야 할 것이 그와 비교할 수 없을 정도로 많았을 거야. 그러니 설령 그녀가 온당치 못하게 주저했더라도, 정말로 그런 일이 있었더라도 그는 백분 이해해줬어야 해.* 게다가 그녀가 주저한 건 처음부터 끝까지 그럴 만했어. 그런 벌을 받아도 감내할 수밖에 없었다고 할 그녀의 잘못이라면 딱 하나, 잘못된 결정을 내리는 바람에 그런 약혼에 동의했다는 것이고."

*당시 약혼하지 않은 남녀가 서신을 교환하는 건 비정상적인 행동으로 간주되었다. 뿐만 아니라 비좁은 집에서 이모와 할머니와 함께 살면서 프랭크 처칠에게서 오는 비밀 편지를 챙겨야했을 제인 페어팩스의 상황은 당연히 힘들었으리라는 것을 쉽게 짐작할 수 있다.

슬슬 그가 박스힐 소풍 대목을 읽게 될 거라는 생각에 에마는 속이 거북해졌다. 그때 자신이 했던 행동들은 얼마나 부도덕했던가! 그녀는 얼굴을 들 수 없을 만큼 부끄러웠고, 그가 어떤 표정을 지을지도 겁이 났다. 그렇지만 그는 침착하고도 신중한 태도를 고수하며 이렇다 할 평가의 말 한 마디 없이 읽었고, 일순간 그녀를 쳐다보긴 했지만 그녀가 힘들어할까 봐 얼른 시선을 거두었다. 그것 이상으로 박스힐에 대해 기억하는 건 없는 듯했다.

"우리의 선한 벗인 엘턴 부부의 섬세한 마음 씀씀이라면 한마디의 말도 보태고 싶지 않고." 이 말과 함께 그의 논평이 재개되었다. "이런 감정을 느꼈다면 당연한 거지. 아니, 뭐! 그와 정말로 결별하겠다는 결심을 했다고! 이 약혼이 서로에게 후회와 괴로움을 주는 근원인 것 같아서 그녀 쪽에서 약혼을 파기했다? 그 청년의 행태를 어떻게 생각했는지 알겠군! 그는 두말할 여지 없이 참으로 고약한……."

"아니, 아니, 더 읽으세요. 그가 얼마나 괴로워하는지 나와요."

"그러면 좋겠는데." 나이틀리 씨는 냉랭하게 대답하고 다시 편지를 읽기 시작했다. "스몰리지? 이게 무슨 소리지? 대체 어떻게 된 일이야?"

"제인이 스몰리지 부인의 자녀들 가정교사로 가기로 결정했었어요. 엘턴 부인과 친한 친구고, 메이플 그로브의 이웃이더군요. 그나저나 엘턴 부인이 꽤 실망했을 것 같은데 어떻게 추스르고 있을지 모르겠네요."

"아무 말 마, 사랑하는 에마, 당신이 시킨 대로 내가 읽는 동안은. 엘턴 부인 이야기라 해도 말이지. 이제 한 장 남았어. 얼른 다 읽을게. 이 남자는 무슨 편지를 이리도 길게 쓴 거지!"

"그 사람에게 좀 더 아량을 베풀며 읽어주세요."

"음, 이 대목에선 진술한 게 느껴지는군. 그녀가 아픈 걸 알고 정말 괴로워한 것 같으니. 확실히, 그녀를 좋아한다는 점은 의심의 여지가 없어. '전보다 더 소중한, 훨씬 더 소중한'이라. 그런 김에 이렇게 화해하게 된 게 천우신조임을 앞으로도 내내 명심하길 바라는 마음이야. 감사 인사는 아주 후하게 하는군. 수천 번, 수만 번 감사한다니. '과분한 행복을 누리는 거라 생각'한다. 오호, 이 점에선 주제 파악을 하고 있군. 'W 양은 절 행운아라 부르더군요'라. 우드하우스 양께서 이런 말씀을 하셨군? 그리고 멋들어진 맺음말. 자, 이제 다 읽었어. 행운아라! 당신이 그렇게 불렀다는 거지, 그렇지?"

"저만큼 이 편지가 마음에 들진 않으시나 봐요. 그래도 이 편지 덕에 그 사람에 대한 생각이 좀 나아진 건 분명하죠? 그럴 거라는 게 제 최소한의 바람이에요. 당신이 그를 전보다는 더 좋게 생각할 계기가 되었으면 해요."

"그럼, 그거야 확실하지. 그에겐 아주 큰 흠결이 있어, 경솔하고 배려심이 없다는 것. 과분한 행복을 누리게 되었다는 점에서 그의 말에 여지없이 동의하는 바고. 그럼에도 페어팩스 양에 대한 애정이 진실하다는 것은 추호도 의심하지 않아. 그리고 조만간, 바라건대, 그녀와 함께 지내게 된 게 득이 되어 그의 성격이 좋은 방향으로 변하고, 그녀의 성품 가운데 그에겐 결여된 견실하고 섬세한 원칙주의를 익혀나갈 거라고 기꺼이 믿을게. 자, 이제 다른 얘기를 해도 되겠지. 지금 내 마음은 다른 사람과의 일로 꽉 차 있어서, 프랭크 처칠에 대해선 더는 할애할 여유가 없거든. 오늘 아침 당신 집을 나선 후, 에마, 한 가지 문제에 골몰하게 되었어."

그 한 가지 문제는 이러했다. 나이틀리 씨는 자신이 사랑하는 여자라 해도 변함없이 명료하고 꾸밈없으며 신사다운 언어로 말하길, 어떻게 하면 그녀에게 청혼을 하면서 그녀의 아버지가 변함없이 행복할 수 있을지를 물었다. 에마는 그 말이 나오기 무섭게 대답했다. "사랑하는 아버지가 살아 계신 동안은, 지금의 상황에서 조금도 벗어날 수 없어요. 전 절대로 아버지를 떠날 수 없어요." 그는 그녀의 이 답변에서 일부만 인정했다. 그녀가 아버지를 떠날 수 없는 상황은 그도 그녀 못지않게 절감하고 있었지만 어떤 변화도 용납할 수 없는 상황에 대해선 동의할 수 없었다. 그는 전부터 이 문제에 대해 장고를 거듭했고 심혈을 기울여 궁리해온 터였다. 그래서 처음엔 그녀와 함께 우드하우스 씨도 돈웰로 와달라고 설득하고자 했었다. 나이틀리 입장에선 가능한 일이라고 믿고 싶었지만 우드하우스 씨 성격을 모르는 것도 아닌 마당에 그렇게 자기를 속인 게 오래갈 리 없었다. 바야흐로 그 스스로도 확신하게 된 것이 또 있으니, 섣불리 거처를 옮겼다가 그녀의 아버지가 누리던 안위는 둘째 치고, 목숨까지 위태로워질지 모르니 그런 모험은 생각조차 말아야 한다는 것이었다. 우드하우스 씨를 하트필드에서 떼어놓는다고! 아니, 그렇게 도모할 일은 아니었다. 그렇지만 일단 이 생각을 포기한 후 떠오른 계획이라면 그의 사랑, 에마가 보기에도 반대할 만한 요소가 전혀 없을 거라 믿었으니, 다름 아닌 그가 하트필드로 오면 된다는 것이었다. 그녀 아버지의 행복, 다시 말해서 그의 생명을 위해 그녀가 하트필드에서 쭉 살아야 하는 한 그곳은 그의 집이기도 했다.

아버지와 함께 돈웰로 옮겨 가 사는 거라면 에마도 잠깐이나마 이미 생각했던 적이 있었다. 나이틀리 씨처럼 그녀도 그런 계획을 세워봤지만 받아들일 수는 없었다. 그러나 이런 대안은 한 번도 떠올린 적이 없었다. 그가 그럴 정도로 자신을 극진히 사랑하고 있음을 에마는 느낄 수 있었다. 돈웰을 떠날 경우 그는 혼자서 누릴 수 있는 시간과 습성의 대부분을 포기할 수밖에 없으며, 자기 집도 아닌 곳에서 그녀의 아버지와 한 공간에서 사느라 정말 끝도 없이 인내해야만 할 것이었다. 그녀는 생각해보겠다고 약속하면서 그에게도 더 고민해볼 것을 권했다. 그러나 그는 이 계획에 대한 자신의 바람이나 견해가 바뀔 일은 절대 없을 것이라 확고히 믿고 있었다. 그녀에게 확언하기를, 오랜 시간을 들여 차분하게 재고를 거듭했다는 것이었다. 오전 내내 혼자서 진득이 생각하려고 윌리엄 라킨스를 피해 산책도 했었다.

"이런! 돌파해야 할 난항이 또 있잖아요." 에마가 외쳤다. "윌리엄 라킨스가 이 계획을 좋아할 리 없어요. 제게 동의를 구하기 전에 그 사람 동의부터 받으셔야 해요."

그래도 그녀는 생각해보겠다고 약속했다. 아니, 묘안이라고 믿는 쪽으로 생각해보겠다고 약속하다시피 했다.

놀라운 건 에마가 다각도로 돈웰 애비에 대해 생각하기 시작하면서 조카 헨리가 훗날 상속자로서 누리게 될 권리를 확고한 태도로 존중했었던 예전과 달리 이제 해가 될 수도 있다는 생각을 떠올린 적이 없었다는 점이다. 이 가여운 소년의 미래가 달라질 수도 있음을 생각지 않을 도리는 없었지만, 머쓱해서 짓궂은 미소를 지을 뿐이었다. 그러고 보니 나이틀리 씨가 제인 페어팩스건, 누구건 결혼하는 것에 대해 그리 발끈해 반대했던 건, 그때 생각한 것처럼 어디까지나 동생이자 이모로서 걱정하는 고운 마음씨 때문이 아니라 기실 다른 이유 때문이었음을 깨닫고 실소했다.

그의 이런 제안, 결혼하고도 하트필드에서 계속 살자는 이 계획은 곰곰이 생각하면 할수록 점점 더 마음에 들었다. 그가 감수해야 할 불편은 적어지고 그녀가 누리게 될 이점은 늘어나서, 둘 모두에게 해당하는 좋은 점들이 모든 장애를 앞지르는 듯했다. 근심과 무기력으로 점철될 시기를 함께 견뎌줄 반려자를 만나게 되다니! 시간이 갈수록 우울하게 다가올 의무와 수발들 일을 함께 나눌 그런 동지가 생기다니!

불쌍한 해리엇만 아니었어도 그녀는 마냥 행복했을 것이다. 그러나 자신이 누리는 모든 축복이 친구의 고통을 전제로 하고 또 가중하는 듯했으니, 바야흐로 해리엇은 하트필드에 올 수도 없을 것이다. 에마가 즐거운 가족 파티를 주관할 때조차도 가 없은 해리엇은, 어디까지나 배려의 차원에서 신중히 제외할 수밖에 없을 것이다. 해리엇은 모든 면에서 패배자가 될 것이었다. 앞으로 해리엇의 빈자리 때문에 자신의 행복이 조금이라도 줄어들 것에 슬퍼진 건 아니었다. 그런 파티에 해리엇이 있는 게 오히려 부담이 될 테니 말이다. 그렇지만 그 가엾은 아가씨에게 그건 부당한 벌을 받는 것으로, 부득이하다 해도 지독하게 잔혹한 조처가 될 것 같았다.

시간이 흐르면, 물론, 그녀의 마음에 다른 사람이 들어서면서 나이틀리 씨는 잊힐 것이다. 그러나 벌써부터 그런 변화가 있기를 기대할 순 없는 노릇이었다. 엘턴 씨와 달리 나이틀리 씨는 그녀의 상처가 치유될 만한 일을 나서서 할 리 없었다. 상대가 누구건 언제나 한없는 친절과 아량을 베풀며 진심을 다해 배려하는 나이틀리 씨니 만큼 앞으로도 지금처럼 공경의 대상으로 남아 있게 될 것이 분명했다. 그리고 아무리 해리엇이라 해도 1년에 셋 이상의 남자를 사랑할 수 있을 거라 생각한다면 그건 너무도 과한 기대가 아닐 수 없었다.

16

에마는 해리엇이 자기 못지않게 만나는 걸 피하고 싶어 한다는 것을 알고 크게 안도했다. 그들이 교류하며 받은 고통은 서신을 주고받는 것으로 족했다. 직접 만나야 한다면 그 이상으로 괴로웠을 것이다!

해리엇의 편지엔 예상했던 대로, 비난하는 말은 한마디도 없었고, 이용당했다는 억울한 감정 같은 것도 느껴지지 않았다. 그럼에도 에마는 편지의 문체에 어딘지 원망하는 것 같은, 원망에 가까운 분위기가 있다고 생각했고, 그래서 더더욱 둘이 떨어져 지내는 게 바람직하다고 느꼈다. 겸연쩍은 그녀의 눈에 괜히 그리 보였는지도 모르지만, 그런 타격을 받고도 원망을 품지 않는 건 천사가 아니면 할 수 없을 것만 같았다.

이저벨라의 초대를 얻어내는 건 수월했다. 다행히 가짜로 구실을 마련할 필요 없이 초대해달라고 요구할 만한 이유가 있었던 것이다. 다름 아니라 해리엇이 이 하나가 빠져서 얼마 전부터 치과에 가서 치료를 받길 바랐고, 존 나이틀리 부인이 기꺼이 도와주겠다고 했다. 건강 상태에 관한 거라면 언제나 그녀를 찾을 일이었다. 그렇다고 치과 의사를 윙필드 씨만큼 좋아하진 않았지만, 자신이 직접 해리엇을 돌봐주고 싶어 안달을 했다. 이렇게 언니 쪽 일을 정하고 난 후 에마는 친구에게 제안했고 친구도 얼마든지 그러마고 했다. 그렇게 해리엇은 존 나이틀리 씨 댁으로 가게 되었다. 적어도 두 주는 머물게 되어서, 우드하우스 씨의 마차를 타고 가기로 했다. 모든 게 결정되고 완료된 후 해리엇은 무사히 브런즈윅 스퀘어에 도착했다.

이제야 에마는 나이틀리 씨의 방문을 거리낌 없이 반기길 수 있었다. 이제야 바로 가까이 있는 한 사람이 얼마나 낙담해 있을지, 나이틀리 씨가 방문한 바로 그 순간, 가까운 곳에서 그 사람이 다름 아닌 에마 자신이 엉뚱한 방향으로 이끈 감정을 속으로 삭이고 있을 거란 생각이 들 때마다 스스로가 부도덕하다는 의식, 죄의식, 너무도 고통스러운 느낌에 시달리지 않고 진정한 행복을 만끽하며 그에게 이야기를 하고 또 그의 이야기를 들을 수 있었다.

해리엇이 고더드 부인 집이 아니라 런던에 있게 되었다고 해서 에마의 기분이 달라진다는 건 말이 안 되는 건지도 몰랐다. 그렇지만 런던에 있게 된 해리엇이 이전의 슬픔을 피하고, 또 자기 속으로 함몰하지 않게 해줄 만큼 진기한 것이나, 소일할 거리를 찾지 못할 거란 생각은 들지 않았다.* 그녀는 마음속에서 해리엇이 차지했던 자리를 다른 근심사가 냉큼 들어서는 건 용납하고 싶지 않았다. 알려야 할 일이 남아 있었다. 이 일에 그녀 말고 다른 적임자는 없었으니, 아버지에게 약혼 사실을 털어놓는 것이었다. 하지만 한동안은 아무것도 하지 않고, 웨스턴 부인이 무탈하게 지낼 때까지** 그 소식을 알리는 건 미루기로 했다. 현 시점에서 사랑하는 사람들을 불안케 할 일거리를 하나 더 던져줄 순 없었다. 그래서 정해진 때가 되기 전에 예견하는 것으로 스스로를 불안정하게 만들지도 않을 작정이

*당시 런던은 영국 어느 도시에서도 볼 수 없는 쇼핑가와 유흥가를 갖춘 도시였다.
**출산 준비 중인 웨스턴 부인의 안정을 무엇보다 중요시하는 것은 자연스러운 배려였으며, 좋은 소식이라 해도 산모를 놀라게 해선 안 되었다. 18세기 여성의 가장 높은 사망 원인은 산고였다.

었다. 적어도 두 주는 느긋하게 평온한 마음으로 지내며 더 뜨겁고 더 가슴 두근거리는 환희를 온전히 누릴 것이었다.

그녀는 활기찬 휴가 가운데 30분을 의무이자 즐거운 마음으로 페어팩스 양을 찾아가는 데 할애하기로 이내 마음먹었다. 방문해야 마땅했고 만나고 싶은 마음도 있었으니, 그녀들이 현재 처한 상황이 비슷하다는 점이 호의가 더욱 커지도록 자극했다. 그런 만족감은 남에게 들켜선 안 되는 것이었지만, 둘 다 앞으로 비슷하게 풀릴 거라는 생각이 들자 제인이 그녀에게 해 줄 만한 모든 이야기에 관심이 갔다.

그녀는 베이츠가로 갔다. 일전에 마차를 타고 그 집 문 앞까지 갔지만 거절당했었기 때문에, 박스힐을 다녀온 이튿날 아침부터 그때까지 집 안에 발을 들인 적이 없었다. 가엾은 제인이 견디기 힘들 만큼 괴로운 때였고, 그녀가 가히 최악의 고통을 겪는 이유를 헤아리지 못했음에도 에마는 한없는 연민을 느꼈었다. 여전히 자기를 반기지 않을지도 모른다는 두려운 마음에 에마는 베이츠가 사람들이 집에 있을 거라 확신하면서도 복도에서 기다리며 왔다는 소식만 올려 보냈다. 패티가 그녀의 이름을 알리는 소리가 들렸지만 그때 가엾은 베이츠 양이 에마의 귀에도 들릴 만큼 법석을 떠는 소리가 이어지지 않으니 천만다행이었다. 아니었다. 곧바로 "올라오시라고 해요"라고 대답하는 게 들렸고, 다음 순간 다른 식으로 맞아들이는 건 충분치 않다고 여긴 건지, 제인 본인이 성의 넘치는 태도로 계단까지 나와서 그녀를 맞았다. 에마는 그때까지 그토록 혈색 좋고 사랑스러우며 매력적인 제인은 본 적이 없있다. 그녀는 또랑또랑했고, 생기가 넘쳤으며, 온정이 넘쳐흘렀다. 이전까지 그녀의 표정과 태도에 부족한 것이 있었다면 이젠 전혀 모자람이 없었다. 그녀는 손을 내밀며 다가왔고, 나지막하지만 감회 넘치는 목소리로 말했다.

"이렇게 친절하게 방문해주다니! 우드하우스 양, 정말 나로선 어떤 말로도 표현할 수 없을 정도로…… 믿어주길 바라요. 전 지금 차마 말조차 나오지 않을 정도예요."

에마는 기뻤다. 그리고 응접실에서 엘턴 부인의 목소리가 들려오지 않았다면 많은 말을 했겠지만, 자제하고선 한껏 정답게, 축하의 의미를 한껏 담아 매우, 매우 진심 어리게 악수하는 것으로 그쳐야 했다.

베이츠 부인과 엘턴 부인이 함께 있었다. 베이츠 양은 외출하고 없었으니, 좀 전까지 조용했던 것도 그럴 만했다. 에마로선 엘턴 부인이 없었으면 좋았겠지만 지금은 누구건 참을 수 있을 것 같은 기분이었고, 엘턴 부인이 웬일인지 정중하게 맞아주기도 해서 이렇게 만나게 된 것이 둘 중 어느 쪽한테도 폐가 되지 않길 바랐다.

그러나 이내 엘턴 부인의 생각을 꿰뚫어 봤다고 확신하게 되었고, 그녀가 자기처럼 기분이 좋은 이유를 파악하게 되었다. 이유인즉, 엘턴 부인은 자기가 페어팩스 양과 흉허물도 다 터놓고 지내는 사이라 다른 사람들에겐 아직 알리지 않은 비밀도 자긴 알고 있다고 생각한 것이었다. 에마는 그녀의 표정을 살피자마자 그 징후들을 발견했고, 베이츠 부인에게 인사를 건네고 이 선량한 노부인이 대답하는 것을 주의 깊게 듣는 척하는 동안, 엘턴 부인이 페어팩스 양에게 소리 내 읽어주고 있었던 게 틀림없어 보이는 편지 한 통을 과시적으로 감추려는 듯, 접어서 옆에 놓아둔 자주색과 금색이 섞인 손지갑 속에 집어넣으면서 의미심장하게 고개를 끄덕이는 것을 놓치지 않았다.

"이건 나중에 마저 읽도록 하지. 너와 나는 그럴 기회가 있으니까. 사실, 넌 읽어야 할 얘긴 다 읽은 거나 마찬가지야. 난 그저 S 부인이 우리의 사과를 받아들이고 불쾌히 여기지 않는다는 걸 알려주고 싶었던 거야. 부인이 편지를 보면 참 유쾌하게 쓴 게 보이지? 아! 어쩜 그렇게 살가운 사람인지 몰라! 그 댁에 갔으면 너도 그 부인을 정말 좋아했을걸. 하지만 더는 한 마디도 하지 말자. 조심해야지. 우린 특히 조신하게 행동하지 않으면 안 돼. 쉿! 너도 그 시구 기억하지. 지금 그 제목이 생각나질 않네.

숙녀가 관련된 경우라면,
다른 건 다 자리를 내주는 게 도리이니.*

그러니까 내 말은, 얘, 우리의 경우는, 숙녀라는 말이……
음! 현명한 조언이야. 내 기분이 너무 들쭉날쭉한가 봐, 그렇

*존 게이의 〈산토끼와 많은 친구들〉에 등장하는 구절.

지? 네가 S부인 일로 마음 쓰지 않게 하려니까 이러는 거야. 내가 설명하니까 부인도 이만큼 마음을 풀었잖아."

그리고 에마가 베이츠 부인의 뜨개질감을 보려고 고개만 돌렸는데도, 엘턴 부인은 또다시 속삭이다시피 하며 이렇게 덧붙였다.

"난 누구 이름도 말 안 했어. 네가 보면 알겠지만. 절대 안 되지! 내무대신처럼 신중해야지. 내가 정말 일 하나는 제대로 해냈다니까."

에마로선 의심할 필요도 없었다. 틈만 나면 여보란 듯 드러내는 작태를 되풀이했으니 말이다. 그들 모두가 날씨 이야기와 웨스턴 부인의 근황을 이야깃거리 삼아 잠시 오손도손 대화를 나누고 났을 때 에마는 불현듯 엘턴 부인이 말을 걸어오는 걸 들었다.

"어떻게 생각하세요, 우드하우스 양, 여기 우리 이 기운 넘치는 친구가 애교와 건강을 회복한 거 같지 않아요? 이렇게 말짱해지다니 이 모든 공을 페리에게 돌려야 한다는 생각이 들지 않으세요? (여기서 가없는 의미를 담아 제인을 향해 곁눈질하면서) 정말 어쩜, 페리는 그렇게나 빨리 이 친구를 완치시킨 걸까요? 아! 우드하우스 양도 나처럼 이 아이가 최악의 상태였을 때 봤더라면!" 그리고 베이츠 부인이 에마에게 이야기를 건네는 틈을 타서 더 속삭였다. "페리를 거든 사람이 있었는지는 입도 뻥긋하지 말자고. 윈저에서 온 청년 의사 말이야. 어머! 안 될 말이지. 모든 공은 페리가 차지해야 해."

"요새 거의 만나 뵙질 못 해서 아쉬워요. 우드하우스 양." 엘턴 부인이 곧바로 에마에게 말을 시작했다. "박스힐 소풍 이후로 처음이죠. 참 즐거운 파티였어요. 하지만 저로선 뭔가 미흡한 거 같더라고요. 뭐랄까…… 그러니까, 개중 몇몇 사람들 기분이 좀 우울했던 것 같아요. 적어도 저한텐 그렇게 보이던데, 하지만 제가 착각한 것일 수도 있겠네요. 그래도, 또 가고 싶은 생각이 들 만큼은 됐던 것 같아요. 요새 날씨가 줄곧 화창한 김에 그때 모였던 분들을 다시 모아서 박스힐 탐사에 다시 나서 본다면 두 분은 어떻게 하실래요? 그때 모였던 분들 그대로여야 해요. 똑같이. 단 한 사람의 예외도 없이."

그러고 얼마 지나지 않아 베이츠 양이 들어왔고, 에마의 인사를 받고서 무슨 말부터 꺼내야 할지 몰라 당황해했는데, 에마는 얄궂지만 그런 그녀를 보며 기분 전환이 되는 느낌이었다. 어떤 말을 하면 좋을지 자신이 없으면서도 다 털어놓고 싶은 마음을 억누르기 힘든 모양이라고 짐작했다.

"고마워요, 우드하우스 양, 참으로 친절하기도 하지. 어떻게 말해야 할지 모르겠네요. 아, 그래, 나야 다 알지요. 우리 제인의 앞날이…… 그러니까, 내 말 뜻은 그런 게 아니라…… 그렇지만 정말 멋지게 회복되었어요. 우드하우스 씨는 별고 없으시지요? 그것 참 반가운 말이네요. 내 능력 밖의 일이니까. 지금 보고 알겠지만 이렇게 행복하고 단란하게 모여 있지 않아요? 그래요, 그렇고말고요. 매력적인 청년이지! 그러니까, 정말 상냥한 청년이란 뜻이에요. 내 말은 훌륭하신 페리 선생님 말이에요. 제인을 얼마나 극진히 보살펴주시던지!" 그리고 엘턴 부인이 와 있는 것에 평소보다 더, 더할 나위 없이 고마워하고 기뻐하는 것을 보면서, 에마는 목사관에서 제인한테 다소 분노를 표했다가 이제 고맙게도 가라앉힌 건가 싶었다. 아닌 게 아니라 그 추측에 무게를 실어줄 만한 말을 몇 마디 속삭인 후, 엘턴 부인이 큰 소리로 말했다.

"그래요, 제가 왔네요, 착한 친구. 그것도 너무 오랫동안 눌러 앉아 있었기 때문에 다른 집에서라면 마땅히 사과 말씀을 드려야 했을 거예요. 하지만, 실은, 저의 주인님을 기다리고 있답니다. 여기 와서 여러분에게 안부 인사를 전하겠다고 저와 약속했거든요."

"뭐라고요! 엘턴 씨께서 우리 집에 들르신다고요? 황송해라. 그렇게까지 호의를 베풀어주시다니요! 신사란 무릇 오전에 남의 집을 방문하길 좋아하지 않는 걸 저도 알거든요. 게다가 엘턴 씨는 바쁘셔서 시간을 내시기 어려울 텐데."

"정말 말도 마세요, 베이츠 양. 아침부터 밤까지 눈코 뜰 새 없을 정도랍니다. 사람들이 이 핑계 저 핑계로 시도 때도 없이 찾아오니까요. 치안판사니 민생위원이니 교구위원이니 하는 사람들이 늘 그이 의견을 듣고 싶어하니까요. 그이 없인 아무것도 못하는가 봐요. 제가 자주 하는 말인데요. '어쩌면 L 씨, 당신이 내가 아니니까 망정이지, 날 찾아오는 사람이 당신 반만 되어도 내 크레용과 악기가 어떻게 될지 모르겠군요'라고요. 지금도 꼴이 말이 아니어서 용서받을 수 없을 정도로, 내팽개쳐놓은 상태거든요. 지난 두 주 동안 한 소절이나 연주했나 몰라요. 그래도 그인 꼭 올 거라 장담하네요. 네, 여러분 모두를 찾아뵙고자 일부러 오는 거랍니다." 그러고는 에마가 듣지 못하게 손으로 입을 가리고 말했다. "아시겠지만, 축하 방문이지요. 어머! 그럼요, 반드시 와야 하고말고요."

베이츠 양은 행복에 겨워 주변을 둘러보았다.

"나이틀리하고 볼일이 끝나면 곧장 이리로 오기로 약속했어요. 그이와 나이틀리는 둘이서만 문을 걸어 잠그고 진지하게 의논을 하는 사이랍니다. L 씨는 나이틀리의 오른팔이거든요."

에마는 그 말에 미소 짓지 않으려 애쓰며 한 마디만 덧붙였다. "엘턴 씨가 돈웰까지 걸어가신 건가요? 걷기엔 더우실 텐데."

"어머! 그럴 리가요, 크라운에서 만나기로 한 걸요. 정기 회동이죠. 웨스턴과 콜도 함께 할 거고요. 그런데도 일을 선두 지휘하는 사람들만 얘기하게 되더라고요. 모든 걸 L 씨와 나이틀리 뜻대로 정하는 모양이에요."

"날짜를 잘못 아신 것 아닌가요?" 에마가 말했다. "크라운에서 모이는 건 내일이 확실한 거 같은데, 나이틀리 씨가 어제 하트필드에 오셨는데 그 모임은 토요일이라고 말씀하셨거든요."

"어머! 아니에요, 분명 오늘이에요." 엘턴 부인이 자기가 실수할 리 없다는 의미에서 퉁명스레 대답했다. "제가 장담하는데," 그녀가 계속 말을 이어나갔다. "정말 여기처럼 골치아픈 교구도 없을 거예요. 메이플 그로브에선 이런 얘긴 한 번도 들어본 적이 없어요."

"거기 교구는 작잖아요." 제인이 말했다.

"무슨 소리야, 이 친구야, 난 모르겠는걸. 그런 말은 금시초문이라서."

"그렇지만 부인이 언니분과 브래그 부인이 후원하고 계신다고 말씀하셨던 그 학교의 작은 규모를 보면 알 수 있어요. 딱 하나 있는 학교인데, 학생은 스물다섯 명이 채 안 된다고 하셨죠."

"어머! 영리한 친구, 그 말 그대로야. 정말 머리가 잘 돌아가는구나! 제인, 너랑 날 흔들어 합치면 정말 완벽한 인물이 탄생할 텐데. 나의 활력과 너의 견고함을 합치면 완벽할 거야. 그렇다고 어떤 사람들은 네가 이미 완벽하다고 생각하지 않는다는 걸 암시하려는 건 아니야. 하지만 조용! 아무 말도 하지 말아줘."

그녀는 쓸데없이 주의를 주는 것 같았다. 제인이 이야기를 나누고 싶은 사람은 엘턴 부인이 아니라 우드하우스 양이라는 건, 에마 눈에도 명백해 보였던 것이다. 예의에 어긋나지 않는 선에서 우드하우스 양에게 각별한 마음을 표하고 싶어 하는 기색이 역력했다. 표정으로 뜻을 전달하는 것 말고 할 수 있는 게 없을 때가 많았지만.

엘턴 씨가 등장했다. 그의 아내는 재기와 활력이 넘치는 태도로 맞이했다.

"여보, 참으로 멋진 처사네요. 오겠다고 말한 시간보다 한참 먼저 날 이리 보내 내 친구들에게 폐를 끼치게 만들다니! 하지만 그 덕에 당신이 상대하는 사람이 본분을 다한다는 건 잘 아셨겠네요. 주인이 나타나기 전까지는 내가 꼼짝 않으리라는 걸 알았으니까요. 난 한 시간 전부터 여기 앉아서 이 젊은 숙녀분들에게 아내의 참된 복종의 귀감이 되어주고 있었답니다. 당신도 알다시피, 그런 귀감이 지금 당장이라도 귀해질지 누구도 모르는 일이잖아요?"

정작 엘턴 씨가 너무 더워하는 데다 기진맥진해서 이 회심의 재담이 쓸모없어진 듯했다. 그는 다른 숙녀들에게 인사는 해야 했다. 그러나 그다음으로 하고자 하는 말은 더워서 얼마나 고생했는지 모른다는 말과, 그렇게 고생해서 걸어갔건만 아무 소득도 없었다는 한탄이었다.

"돈웰에 가긴 했는데," 그가 말했다. "어딜 봐도 나이틀리가 없는 겁니다. 정말 이상하지 않나요! 설명할 방법이 없어요! 오늘 아침 제가 전갈을 보냈고 그가 답신에서 1시까지는 틀림없이 집에 있을 거라고 했거든요."

"돈웰이라고요!" 그의 아내가 소리쳤다. "사랑하는 L 씨, 돈웰에 간 게 아니잖아요! 크라운 인에 갔단 말이죠? 당신은 크라운 모임에서 오는 길이 아닌가요?"

"아니, 아니, 그건 내일이에요. 바로 그 일 때문에 오늘 나이틀리를 꼭 만나려 했던 건데요. 해가 이글거리는 이 끔찍한 대낮에! 설상가상 (대단히 부당한 대접을 받았다는 투로) 들판까지 건너가야 했다고요. 그렇게 갔는데 정작 그는 집에 없고! 분명히 말하는데 정말 기분이 좋지 않아요. 한 마디 사과의 말이나 전갈을 남겨놓은 것도 아니고. 가정부가 난언하더이다. 내가 올 줄은 꿈에도 몰랐다고요. 어떻게 이런 일이 다 있을까! 하다못해 그가 어딜 간 건지 아는 사람도 한 명 없고. 하트필드에 갔을 수도 있고, 애비밀에 갔을 수도 있고, 자기 숲에 갔을 수도 있다니. 우드하우스 양, 이건 우리의 친구 나이틀리 답지 않은 일입니다. 우드하우스 양은 설명하실 수 있겠어요?"

에마는 과연 정말로 이상한 일이며 자기로선 그를 위해 해명할 말이 한마디도 없다고 말하면서 속으로는 재미있어했다.

"상상이 안 되는데요." 엘턴 부인이 (아내의 본분을 보여주기라도 하듯 분개하며) 말했다. "하고많은 사람 중에 당신한테 그러다니, 정말 상상할 수도 없는 일이에요! 당신은 어떤 경우에도 잊혀선 안 될 사람이라고요. 사랑하는 L씨, 그분은 틀림없이 당신 앞으로 전갈을 남겼을 거예요. 틀림없이 그랬을 거라고 확신해요. 아무리 나이틀리라고 해도 그 정도까지 괴벽스런 행동을 하진 못해요. 그러니까 그의 하인들이 잊은 거네요. 틀림없이 그렇게 된 거예요. 돈웰 하인들이라면 그럴 법도 해요. 하나같이 굼뜨기가 이루 말할 수가 없고 게으른 걸 이 눈으로 확인한 게 한두 번이 아닌걸요. 내가 장담하는데 하늘이 무너지는 한이 있어도 나이틀리가 부리시는 해리 같은 인간에게 식사의 시중을 들게 하진 않을 거예요. 그리고 호지스 부인에 대해서라면 라이트가 형편없이 깎아내리던걸요. 라이트한테 영수증을 써주겠노라 약속해놓고선 이제껏 보내질 않았는데요."

"윌리엄 라킨스를 만나긴 했어요." 엘턴 씨가 말을 계속했다. "그 집 거의 다 가서. 그의 말이 주인이 집에 안 계실 거라는 거예요. 하지만 믿지 않았죠. 윌리엄은 기분이 좀 안 좋아 보였어요. 최근 들어 자기 주인에게 뭔 일이 생긴 건지 말 한마디 나누기가 힘들다고 하더군요. 윌리엄이 힘들건 말건 나와는 아무 상관없지만, 오늘 나이틀리를 만나는 건 정말로 중대한 일이었는데. 그래서 이렇게 더운 날씨에도 아랑곳 않고 걸어갔는데 허사가 되어버렸으니, 이런 낭패가 또 있겠습니까."

에마는 지금 당장 집에 가는 것이 좋겠다고 생각했다. 아무래도 바로 지금 집에서 그녀를 기다리고 있는 사람이 있을 공산이 매우 컸으니, 나이틀리 씨가 윌리엄 라킨스는 몰라도 엘턴 씨에게 더 큰 폐를 끼칠 일은 막을 수 있을지도 몰랐다.

그 집을 나설 때, 페어팩스 양이 방 밖까지 따라 나오는 건 물론, 층계까지도 함께 내려와주는 것에 에마는 기뻤다. 그렇게 주어진 기회를 놓치는 법 없이 그녀는 곧바로 말을 건넸다.

"말할 기회가 없었던 게 오히려 다행이었는지도 모르겠네요. 다른 친구분들과 함께 있었으니 망정이지, 안 그랬으면 난 공연히 화제를 꺼내선 이것저것 물어보고, 엄정한 예절을 무시하면서까지 노골적으로 이야기를 나누려 했을지도 몰라요. 틀림없이 주제넘게 굴었을 거예요."

"아!" 제인은 큰 소리로 외치며 얼굴을 붉히고 머뭇거렸는데, 그 모습이 에마에겐 평소의 우아하고 차분한 태도보다 훨씬 더 잘 어울려 보였다. "그런 위험은 없었을 거예요. 오히려 나 때문에 당신이 싫증을 냈을 수도 있어요. 당신이 관심을 표해주는 것만큼 기쁜 일도 없었을 거예요. 실은, 우드하우스 양, (좀 더 차분해져서) 내가 잘못 처신한 것, 이만저만 잘못 처신한 게 아님을 의식하는 만큼 정말 위로가 된답니다. 친구들 중에서도 특히 나에 대한 좋은 생각을 가장 소중히 간직하고 싶은 분들이 내게 진저리를 치지도 않고 이렇게까지……. 시간이 없어서 하고 싶은 말의 반도 다 못 하겠네요. 사과도 하고 싶고, 변명도 하고 싶고, 나 자신을 해명하고 싶은 마음도 있어요. 그게 마땅하다고 생각하고요. 하지만 안타깝게도…… 간단히 말해서 당신이 내게 동정심을 베풀어 너그러이 날 봐주지 않는다면, 내 친구가…….”

“아! 당신은 정말 너무 세심해요, 정말 그래요.” 에마는 열을 올리며 그렇게 큰 소리로 말했고, 그녀의 손을 잡았다. “내겐 전혀 사과할 필요 없어요. 그리고 당신이 사과해야 한다고 생각하는 분들은 모두 너무도 흐뭇해하고 심지어는 기뻐하고들 계셔서…….”

“너무도 친절하군요. 그렇지만 내가 당신에게 보인 태도가 어땠는지 나도 잘 알아요. 그렇게 냉랭하고 가식적으로 굴었으니! 난 늘 연기를 해야 했어요. 기만에 찬 생활이었어요! 틀림없이 그런 내가 혐오스러웠을 거예요.”

“제발 아무 말 말아요. 나야말로 사과를 해야 할 사람이라고 생각해요. 우리 지금 당장 서로를 용서해요. 빨리 할 수록 좋은 건 뭐든 빨리 해야지요. 그 점에서 당신이나 나나 지체할 마음은 없지 않나요. 윈저에서 즐거운 소식이 왔길 바라는데요?”

"정말 좋은 소식이요."

"그다음엔, 짐작컨대, 우리가 당신을 잃을 수밖에 없다는 소식이 오겠죠. 이제 막 당신을 알기 시작했는데."

"아! 그 문제라면 당연히 아직은 아무것도 생각할 수 없어요. 캠벨 대령 부부께서 부르실 때까지는 여기서 지낼 거예요."

"실질적으로 확정된 건 아직 없겠죠, 아마." 에마가 미소 지으며 대답했다. "그래도, 죄송하지만, 생각은 해봐야 하지 않을까요."

제인은 대답하며 미소를 지었다.

"정확히 맞혔네요, 생각해보긴 했지요. 당신한테 솔직히 털어놓으면 (당신한텐 안심하고 말해도 되니까요) 처칠 씨와 엔스컴에서 살 것은 확실해요. 적어도 석 달의 애도 기간은 지나고서요. 그렇지만 그 시간이 지나면 더 기다릴 일은 없을 거 같아요."

"고마워요, 고마워요. 내가 확실히 알고 싶었던 거네요. 아! 만사를 확정하고 공개하는 걸 내가 얼마나 좋아하는지 당신이 안다면! 그만 가볼게요. 잘 있어요."

17

웨스턴 부인이 무사히 출산하자 친지들은 모두 행복해했다. 에마는 그보다 더 큰 만족감을 느낄 수 있으니, 부인이 여자아이의 어머니가 되었음을 알았을 때였다. 안 그래도 웨스턴 양의 탄생을 바랐었던 그녀였다. 훗날 이저벨라의 두 아들 중 한 명이 배필로 맞을 수 있을 거라는 생각 때문이라고는 인정하지 않겠지만, 아버지와 어머니 모두에게 딸이 제격이라고 확신했다. 웨스턴 씨로선 나이를 먹어가면서(천하의 웨스턴 씨라도 10년 후엔 노년기에 접어들게 되니) 어린 자식이 집을 떠날 일* 없이 장난치고 엉터리 애교를 부리고 귀엽게 변덕을 떨며 집안에 활력을 불어넣어주는 것이 큰 낙이 될 것이다. 웨스턴 부인으로 말하자면 딸이 가장 소중한 존재가 될 것임은 당연한 데다가, 교육에 있어선 내로라할 정도의 전문가이니 자신의 소질을 다시 발휘하지 못한다면 그보다 애석한 일도 없을 터였다.

"아시겠지만, 저를 상대로 연습을 해봤으니 부인에겐 그만큼 유리하잖아요." 그녀는 말을 이었다. "마담 드 장리스의《아델라이드와 테오도르》에서 알망 남작부인이 오스탈리스 백작부인에게 연습한 것처럼요.** 이제 우리는 그녀의 아델라이드

---

*당시 귀족 집안에서는 아들의 경우 7, 8세 때부터 기숙학교에 보내 교육을 시키는 것이 관례였다. 반면에 딸의 경우에는 대개 집에서 가정교사를 두고 교육을 시켰고, 기숙학교를 보내더라도 상대적으로 짧은 기간 동안만 있었기 때문에 아들과 달리 늘 부모 곁에서 성장했다.
**프랑스 작가 마담 드 장 리스의 소설로, 영국에서는 1783년에 번역 출간되었다. 에마는 여기서 소설의 주인공 알망 남작부인이 조카인 오스탈리스 백작부인을 입양, 직접 교육을 시키는 내용을 언급하고 있는데 당시 이 소설은 영국 내에서 큰 인기를 끌었고, 사회적으로는 젊은 세대를 올바르게 교육할 수 있는 일종의 지침서 역할을 하기도 했다. 제인 오스틴 역시 애독자였던 것으로 알려져 있다.

가 한층 완벽한 계획하에 교육을 받는 걸 보게 될 거예요."

"그러니까 당신의 응석을 받아준 것보다 훨씬 더 응석받이로 키우면서도, 정작 본인은 응석은 전혀 받아주지 않는다고 믿을 거란 말이지? 그게 유일한 차이겠군." 나이틀리 씨가 대답했다.

"그건 아이에게 못 할 짓이죠!" 에마가 외쳤다. "그러면 아이가 커서 어떻게 되겠어요?"

"그리 나쁠 건 없을 거야. 수천 명은 될 아이들이 그렇게 자랄 테니까. 그 애도 어릴 땐 손도 못 댈 정도로 막무가내겠지만, 자라면서 스스로 고쳐나갈 거야. 버르장머리 없는 애들이라면 일호의 가차도 없었던 내가 점점 무너지는 모양이야, 내 사랑 에마. 하긴, 당신 덕분에 세상 모든 행복을 누리게 된 내가 그런 아이들에 대해 모진 소리를 한다면 그것처럼 지독한 배은망덕이 어디 있을까?"

에마는 웃음을 터뜨리곤 대답했다. "다른 사람들이 응석을 다 받아줘서 생긴 문제점들을 당신이 없애주려고 애쓰신 게 제겐 도움이 됐는걸요. 그랬으니 망정이지 저 혼자만의 분별로 바로 섰을 것 같진 않아요."

"그렇게 생각해? 난 전혀 그리 생각지 않는데. 자연은 당신에게 이성을, 테일러 양에겐 원칙을 주었지. 당신은 틀림없이 잘 해냈을 거야. 내가 간섭한 건 도움 못지않게 해가 되었을 게 틀림없어. 당신이 '저 사람이 무슨 권리로 내게 설교를 하는 거지?'라고 말해도 그건 지극히 당연한 반응이었고, 내 설교에 당신이 불쾌해했대도 당연히 그럴 수밖에 없을 거라 생각하니 미안해지는데. 내가 행여 당신에게 도움이 됐을 거란 생각은 전혀 들지 않아. 도움이야 오히려 내가 독차지했지. 당신을 나의 가장 다정한 사랑으로 삼게 되었으니까. 당신이 내 마음을 온통 차지하게 되면서 당신에게 맹목적으로 빠지지 않을 도리가 없더군. 당신의 결점이나 다른 모든 것까지도. 그리고 당신의 결점들을 끝도 없이 상상하다 보니 적어도 당신이 열세 살일 때부터 당신에게 푹 빠져 있었던 거야."

"장담하는데, 당신은 도움이 되었어요." 에마가 외쳤다. "당신에게 깊은 감화를 받아 올바른 길을 갈 수 있었던 적이 얼마나 많은데요. 당시 제가 인정한 것보다 훨씬 더 많이, 당신에게 큰 도움을 받았다고 믿어 의심치 않아요. 그리고 가엾게도 꼬맹이 애나 웨스턴 아가씨가 응석받이가 될 경우, 당신이 제게 해주신 만큼 저도 그 애에게 해줄 수 있다면 그것처럼 인정을 베푸는 일도 없을 거예요. 그 애가 열세 살이 됐을 때 그 애를 사랑하게 되는 것만 빼고요."

"꼬마 소녀였을 때 당신이 그 건방진 표정으로 내게 이렇게 말한 게 한두 번인 줄 아나? '나이틀리 씨, 나는 이렇게 할 거예요. 나이틀리 씨, 난 저렇게 할 거예요. 아빠가 그래도 된다고 하세요. 테일러 양도 허락했어요.' 내가 찬성하지 않을 걸 잘 알면서 그랬지. 그럴 때 내가 뭐라 하면 당신은 날 두 번은 나쁘게 생각했고."

"저는 정말 귀여운 아이였군요! 당신이 제 말을 이렇게까지 애정을 담아 기억하고 계신 걸 보면요."

"'나이틀리 씨'라고. 당신은 날 언제나 '나이틀리 씨'라고 불렀어. 익숙해지니까 그렇게까지 딱딱하게 들리진 않지만, 그래도 딱딱하긴 해. 달리 불러줬으면 싶은데, 뭐가 좋을지 나도 모르겠군."

"한번은 '조지'라고 부른 게 기억나는데요. 제가 귀엽게 욱하는 바람에 그랬었죠. 10년 전 쯤이었나. 당신의 화를 돋우려고 그렇게 부른 건데, 정작 당신이 전혀 화를 안 내시는 걸 보고 다신 그럴 생각이 안 들던데요."

"이제라도 '조지'라고 불러줄 수 없을까?"

"못 해요! '나이틀리 씨'말고 다른 이름으론 못 부르겠어요. 엘턴 부인의 우아하고 간결한 방식을 가져와 'N 씨'라 부르겠다는 약속도 절대 할 수 없어요. 하지만 약속할게요." 그녀는 웃다가 얼굴을 붉히며 곧바로 덧붙였다. "한 번은 당신 이름을 불러주겠다고요. 언제가 될지는 말 못 하지만, 어디서 그럴지는 당신도 짐작하실 거예요. 기쁠 때나 슬플 때나 'N'이 'M'을 맞아들일 건물에서요."*

에마는 그의 훌륭한 판단력에 기대볼 수 있을 중요한 사안이 있음에도 솔직히 털어놓고 말할 수 없는 사정에 애달팠다. 그가 조언해주면 그녀가 여자로서 저지른 가히 최악의 바보짓,

---

*영국 국교회의 《공동 기도서》에 나오는 혼례의 서약으로, 당시 영국의 모든 혼례식에서 쓰였다. M은 남편을, N은 부인을 뜻하는데, 오스틴은 원래의 의미 외에도 M은 에마를, N은 나이틀리를 암시하는 효과를 꾀하고 있다.

즉 독단적으로 해리엇 스미스와 친해진 관계에서 벗어날 수 있을 것 같았으나, 너무도 민감한 주제라 이야기를 꺼낼 엄두도 나지 않았다. 두 사람의 대화에 해리엇이 등장하는 일은 거의 없었다. 나이틀리 씨 본인은 어디까지나 해리엇이 생각나지 않아서일 수도 있겠지만, 에마가 보기엔 그가 아무래도 둘의 우정이 식어가고 있는 것 같다고 짐작해서 배려한 결과인 것 같았다. 해리엇과 헤어진 사정이 달랐다면 지금보다 더 원활히 편지를 주고받았을 것이고, 지금처럼 오직 이저벨라의 편지에만 기대어 소식을 전해 듣진 않았을 것임은 에마 본인이 잘 알고 있었다. 그라고 이를 모를 것 같진 않았다. 그에게 감출 수밖에 없어서 느끼는 괴로움은 해리엇을 불행하게 만들었다는 생각이 주는 괴로움과 별반 다르지 않았다.

이저벨라는 그 손님에 대해 기대할 수 있는 제일 좋은 소식을 보내왔다. 처음 이저벨라의 집으로 왔을 때만 해도 해리엇은 기력이 없어 보였지만, 그거야 치과에 갈 생각을 하면 지극히 당연한 거라 여겨졌다. 치과를 다녀와서는 전에 알던 해리엇에서 달라진 게 없어 보였다. 이저벨라는 확실히 기민한 관찰력은 없는 편이었지만, 가령 해리엇이 아이들과 놀아주지 못할 정도였다면 그녀도 알아차렸을 것이다. 해리엇이 더 머물기로 하면서 에마는 더없이 편안하고 희망찬 하루하루를 보내게 되었다. 애초 두 주간 머물기로 한 것이 별 일 없으면 한 달로 늘어나게 되었다. 존 나이틀리 부부가 8월에 내려오기로 한 김에 해리엇도 내처 머물다 같이 내려오자고 권한 것이다.

"존은 당신 친구 애긴 하지도 않는군." 나이틀리 씨가 말했다. "존이 보내온 답장이야, 읽고 싶으면 읽어봐요."

나이틀리 씨가 결혼 소식을 알린 것에 존이 보내온 답신이었다. 에마는 그녀의 친구 이야기는 하지도 않았단 말에도 전혀 개의치 않고 무슨 이야기가 있을지 확인하고 싶은 마음에 잔뜩 흥분해선 다급히 손을 내밀어 그 편지를 받았다.

"존이야 동생이니 내 행복을 자기 일처럼 기뻐하지." 나이틀리 씨가 이어서 말했다. "하지만 칭찬이 후한 사람은 아니야. 그리고 형부로서 당신을 몹시 아낀다는 것도 잘 알지만, 수사학을 남발하는 친구가 아니라서 다른 여자가 본다면 칭찬에 인색하다고 생각할지도 모르겠네. 그렇지만 그의 편지를 읽는 게 당신이라면 그런 건 걱정할 필요가 없지."

"분별 있는 분답게 쓰셨는데요." 편지를 다 읽고 나서 에마가 대답했다. "정직한 게 좋아요. 이 약혼 덕에 행운을 얻은 쪽이 저라고 생각하시는 게 명백하군요. 그래도 시간이 지나면서 당신의 애정에 값할 만큼 성숙해질 거란 기대는 하고 계시네요. 당신이야 이미 제가 그렇다고 여기시지만. 그분이 달리 해석될 내용을 쓰셨어도 전 그분 말을 믿지 않았을 거예요."

"나의 에마, 존은 전혀 그런 의도로 쓴 게 아니야. 그는 어디까지나……."

"당신과 저에 대한 평가라면 저나 형부나 별로 다르지 않아요." 그녀가 사뭇 진지한 미소를 지으며 그의 말을 잘랐다. "우리가 이 문제에 대해 예의를 차리거나 삼가는 일 없이 이야기를 나눌 수 있다면, 형부가 아는 것보디도 더 비슷할 걸요."

"에마, 나의 사랑하는 에마……."

"어머!" 에마의 어조가 더욱 발랄해졌다. "저에 대한 동생분의 평가가 부당하다고 생각하시는 거예요? 그렇다면 제 아버지가 이 사실을 아실 때까지만 기다리셨다가 뭐라고 말씀하실지 들어보시죠. 제가 장담하는데, 아버지야말로 당신을 부당하게 평가하실 게 분명해요. 모든 행복과 모든 이득은 당신이 차지한 거고, 모든 미덕은 제게 있다고 생각하실 테니까요. 그렇게 생각하시기 무섭게 절 '불쌍한 에마'로 전락시키지 않으셨으면 좋겠는데. 훌륭한 사람이 부당하게 고생하는 것에 아버지가 보여줄 수 있는 가장 자상한 동정심이 그 말에 담겨 있거든요."

"아!" 그가 외쳤다. "아버지가 당신과 내가 동등한 가치를 가진 사람으로서 함께 할 행복을 누릴 자격이 있음을 존의 반만 믿어주시면 좋겠는데. 존의 편지 재미있는 대목이 있던데, 당신도 알아봤는지 모르겠군. 우리 소식이 전혀 뜻밖의 것은 아니었다고 쓴 대목인데. 비슷한 소식을 듣게 될 거란 예상을 어느 정도 했었다는 거잖아."

"제가 형부를 제대로 파악하고 있다면, 당신이 결혼할 생각이 없는 건 아니었다는 뜻으로 그렇게 쓰신 것 같은데요. 저에 대해선 전혀 짐작도 못 하신 거고요. 전혀 예상치 못 하셨을 거예요."

"그래, 그래. 그래도 내 감정을 그 정도까지 가늠했다는 게

692

나는 재미있던데. 존이 뭘 근거로 그렇게 판단했을까? 다른 때도 아니고 지금 내가 결혼할 생각을 했을 거라 미루어 짐작할 정도로 내 기분이나 대화가 평소와 달랐던 것 같지도 않은데. 하지만 그에겐 그래 보였는지도 모르지. 일전에 그의 집에 머무는 동안은 달라 보였는지도. 평소 때처럼 애들과 놀아주지 않아서 그런 게 분명해. 그러고 보니 어느 날 저녁엔가 불쌍한 조카 한 녀석이 '요새 큰아버진 맨날 힘들어하는 거 같아요'라던 게 떠오르네."

이 소식을 좀 더 널리 알리고 다른 사람들이 어떻게 받아들이는지 알아볼 시간이 다가오고 있었다. 웨스턴 부인이 우드하우스 씨의 방문을 받아도 될 정도로 몸을 회복하자마자, 에마는 그녀를 조심스럽게 설득하면 이 일이 잘 성사되리라는 생각에 먼저 집에 알린 후에 랜들스에 알리겠다고 결정했다. 그렇지만 결국은 아버지에게 알리는 것이 문제였다! 그녀는 어떤 일이 있어도 나이틀리 씨가 없을 때를 골라서 말씀드리겠다고 마음먹은 터였다. 그러지 않으면 때가 됐는데도 말할 엄두를 내지 못해 다른 때로 미뤘어야 했을 것이다. 그래서 그날 그녀가 먼저 이야기를 꺼내면, 나이틀리 씨가 와서 이어서 하는 것으로 정했다. 그런 고로 그녀는 말씀드릴 수밖에 없었고 또한 명랑한 태도로 말해야만 했다. 우울한 어조로 말해서 아버지가 이 혼사를 단연 참사로 여기는 일은 없어야 했다. 아버지 눈에 딸이 이를 불행한 일로 생각하는 것처럼 비쳐져선 안 되었다. 그녀 딴엔 한껏 기백을 살려서 우선은 아버지가 마음의 준비를 할 수 있도록 좀 이상한 이야기를 말씀드리겠다고 했다. 그런 후, 간절한 어조로 말하길 그가 동의하고 찬성한다면 (모두의 행복을 도모하는 계획이니, 그도 선선히 해주시리라 믿는 바) 그녀는 나이틀리 씨와 결혼할 생각이며 그렇게 되면 그는 두 딸과 웨스턴 부인 다음으로 세상에서 가장 사랑하는 지인을 언제까지나 하트필드에 두시게 될 거라고 했다.

불쌍한 우드하우스 씨! 그 말에 그는 처음엔 이만저만 충격을 받은 게 아니었고, 절박한 심정으로 딸의 생각을 돌리려고 했다. 절대로 결혼하지 않겠다는 말을 늘 하지 않았느냐는 말을 한 번 이상 했고, 독신으로 사는 게 훨씬 더 좋다고 단정했으며, 불쌍한 이저벨라, 불쌍한 테일러 양 이야기도 했다. 그러나 소용없었다. 에마는 다정하게 아버지 목에 매달리며, 미소를 지었고, 반드시 결혼을 할 것이며, 그녀를 이저벨라와 웨스턴 부인과 똑같이 보시면 안 된다고 말했다. 왜냐면 그들은 결혼해서 하트필드를 떠났고, 그래서 실제로 우울한 변화가 찾아왔지만, 자기는 하트필드를 떠나지 않을 것이며, 늘 하트필드에서 살 것이므로, 변화가 있더라도 가족이 늘어나거나, 화목한 분위기가 더 좋아지기만 할 것이다. 그리고 아버지가 이런 생각을 받아들이고 나면 나이틀리 씨가 항상 곁에 있어서 훨씬 더 행복하실 거라고 장담할 수 있다고 했다. 아버지도 나이틀리 씨를 정말 사랑하시지 않으냐. 그걸 부정하시진 않으실 거라 확신한다. 나이틀리 씨 말고 아버지가 사업에 관해 상의하고 싶은 사람이 있었느냐. 아버지에게 큰 도움이 되었던 사람,

기꺼이 아버지의 편지를 대신 써드리고 기쁜 마음으로 도와드린 사람이 또 있더냐. 그렇게 기운차고, 그렇게 마음 써주고, 그렇게 애정을 보이는 사람이 있었나느냐. 그런 사람을 늘 아버지 곁에 두고 싶지 않으시냐. 그래, 다 맞는 말이야. 나이틀리 씨야 아무리 자주 와도 과할 것도 없고, 매일 볼 수 있다면 기쁠 것이다. 그렇지만 지금도 매일 보다시피 하지 않는가. 지금처럼 그냥 그대로 지낼 수 있는 것 아닌가?

우드하우스 씨로선 금방 받아들일 수는 있는 문제는 아니었다. 그렇지만 최악의 순간은 넘겼고, 진상도 밝혀졌으니 남은 건 시간과 지속적인 반복에 달려 있었다. 에마가 간청하고 확언한 것을 이어받은 나이틀리 씨가 에마를 너그럽게 칭찬하면서 이 사안은 환영에 가까운 반응까지 얻게 되었다. 그리고 그는 두 사람이 각자, 기회 닿는 대로 이야기를 하는 것에 곧 익숙해졌다. 이저벨라가 사뭇 강력한 태도로 찬성하는 편지들을 보내 두 사람을 든든하게 뒷받침해주었고, 웨스턴 부인 역시 처음 만났을 때부터 이 사안을 그들에게 가급적 도움이 될 만한 방향에서 볼 태세를 갖추고 있었다. 그래서 첫 번째는 이 결혼은 이미 확정된 것이고, 둘째는 경사가 아닐 수 없다고 말했으니, 이 두 가지 권고야말로 우드하우스 씨에겐 우열을 가릴 수 없을 정도로 중요함을 부인은 누구보다도 잘 알고 있었던 것이다. 이 결혼이 결국엔 치러지리라는 점에선 의문의 여지가 없었다. 그리고 그가 조언을 구했었던 사람들이 하나같이 이 결혼으로 그도 행복해질 거라고 장담한 덕에 그도 이를 거의 인정하는 쪽으로 생각이 기울어서, 언젠가는, 아마도 한두 해 쯤 후에, 정말로 결혼을 하게 된다 해도 그리 나쁠 건 없겠다고 생각하기 시작했다.

　웨스턴 부인은 이 결혼이 성사될 수 있는 방향으로 그에게 말했을 때 연기를 하거나, 감정을 꾸며낸 적이 없었다. 에마가 처음 그 이야기를 했을 때, 부인은 전에 없을 정도로 깜짝 놀랐었다. 그렇지만 모두 더 행복해지는 일이라고 생각했고, 그래서 조금도 주저하지 않고 우드하우스 씨를 최대한 설득했다. 그녀가 너무도 아끼는 에마를 맞이할 자격이 충분하다고 생각할 만큼 나이틀리 씨를 존중했기 때문에 이 결혼은 어느 모로 봐도 지극히 온당하고 적절하며 나무랄 데 없으며, 한 가지, 가장 중요한 한 가지 점에서 특히나 바람직하고, 전례를 찾아볼 수 없을 만큼 상서로운 일이라고 생각했다. 그래서 이제 에마가 애정을 갖게 된 사람이 그가 아니었다면 다른 누구건 문제가 되었을 것이며, 진즉에 이 결혼을 생각하고 바라지 않은 자신이 세상 둘도 없을 천치라는 생각이 들 정도였다. 에마한테 구혼할 만한 지체 높은 남자들 가운데 자기 집을 떠나 하트필드를 와줄 사람이 과연 몇이나 되겠는가! 그리고 그렇게 같이 살기로 한 것이 바람직한 결정이란 생각이 들 만큼 우드하우스 씨를 잘 알고 참아줄 사람이 나이틀리 씨 말고 또 누가 있겠는가! 그녀와 남편이 프랭크와 에마의 결혼을 주선할 생각을 했을 때에도 가엾은 우드하우스 씨의 거취 문제가 늘 걸렸었다. 엔스컴과 하트필드의 권리 문제를 해결하는 것이 늘 걸림돌이 되었고, 이 문제를 그녀만큼 심각하게 여기지 않았던 웨스턴 씨도 "이런 문제는 저절로 해결될 거요. 둘이서 방법을 찾아내 겠지"라고 말하는 것 이상으로 이 사안을 정리하진 못했었다. 그렇지만 이제는 앞날에 대해 어떻게든 될 거라고 무작정 결론 지으며 피할 것이 전혀 없었다. 모든 게 옳고, 모든 게 투명하 며, 모두 대등했다. 어느 쪽도 희생이라 할 만한 것이 없었다. 그 자체로 최고의 행복을 보장하는 결합으로, 이를 반대하거나 지연시킬 실질적이고, 고려할 만한 난항 같은 건 없었다.

무릎에 아기를 뉘인 채 이런 생각을 거리낌 없이 즐기는 웨 스턴 부인은 세상에서 가장 행복한 여자였다. 그녀의 즐거움이 한층 배가 될 일이 있다면, 그것은 조만간 아기의 첫 번째 모자 세트가 작아지겠다는 것을 알아차렸을 때였다.

이 소식을 전해들은 사람들은 누구나 놀랐다. 웨스턴 씨의 경우 5분 정도 놀랐지만 워낙에 기민한 사람이라 5분 만에 이 생각을 예사롭게 받아들일 수 있었다. 그는 이 결혼의 좋은 점 을 알아보았고, 그래서 아내만큼 한결같은 마음으로 기뻐했다. 놀라운 감정은 금세 사라지고, 한 시간이 지났을 때 그는 전부 터 늘 예견하던 바였다고 믿을 정도가 되었다.

"결론적으로 이 일은 비밀로 해야 해요." 그가 말했다. "이 런 일은 늘 비밀이어야지, 다들 알고 있다고 밝혀지기 전까지 는. 언제 말해도 되는지만 알려줘요. 제인은 뭔가 낌새를 알아 차렸는지 모르겠군."

그 문제는 다음 날 아침 그가 하이버리로 가면서 만족스레 풀렸다. 그가 제인에게 직접 소식을 전한 것이다. 제인은 딸, 맏딸 같은 존재가 아니던가? 그러니 그녀에겐 반드시 말해줘야 했고, 그 자리엔 베이츠 양도 있었기 때문에 당연히, 곧바로 콜 부인, 페리 부인, 엘턴 부인한테 전해졌다. 당사자들은 이미 각오하고 있던 바였다. 랜들스에 알릴 때 이미 그들은 이 소식이 얼마나 빨리 하이버리에 퍼질지를 계산해두었으니, 실로 대단한 총기를 발휘해 가족들이 모여 앉은 저녁 자리에서 깜짝 놀랄 만한 얘깃거리가 될 거라 생각하고 있었다.

대체로 다들 이 결혼을 좋게 인정하는 편이었다. 남자가 운이 좋다고 생각하는 사람들도 있었고, 여자가 그렇다고 생각하는 사람들도 있었을 것이다. 가족 모두가 돈웰로 옮기고 하트필드는 존 나이틀리 가족에게 맡기는 게 좋다고 보는 사람들이 있는가 하면, 양가 하인들 사이에 불화가 생길 거라고 예언하는 사람들도 있었을 것이다. 그러나 전반적으로 진지하게 이의를 제기한 사람은 아무도 없었다. 딱 한 곳, 목사관을 제외하고는. 그곳 사람들에겐 놀라움을 무마할 흐뭇한 마음이 전혀 들지 않았기 때문이었다. 엘턴 씨는 아내만큼 신경을 쓰진 않는 편이었고, 다만 "그 아가씨의 자만심이 이젠 채워졌으면"이라 말하면서 그녀가 "할 수 있으면 언제나 나이틀리를 붙잡으려 했다"고 생각했고, 하트필드에서 함께 살 거라는 말에는 대담하게도 "내가 아니라 그 사람이니 망정이지!"라고까지 말했다. 그러나 엘턴 부인은 실로 이만저만 심란해하지 않았다. "가엾은 나이틀리! 불쌍한 사람! 사정이 참 딱하게 됐네요. 괴짜

이긴 해도 장점이 정말 많은 사람이었는데. 어쩌다 그렇게 넘어갔을까? 그가 설마 사랑에 빠질 줄은 정말 몰랐어요. 꿈에도 생각지 못했는데. 가엾은 나이틀리! 그 사람과 즐겁게 친분을 도모하는 일도 이젠 끝났네요. 우리가 초대만 하면 그는 언제나 기꺼이 와서 정찬을 들었었는데! 하지만 그것도 이젠 끝이네요. 가엾은 사람! 날 위해 돈웰의 소풍 파티도 이젠 열어주지 않겠죠. 아! 그럴 리가 없겠지! 나이틀리 부인이라는 사람이 모든 것에 찬물을 끼얹을 테니 말이에요. 정말 이렇게 기분 나쁜 일이 다 있을까요! 저번에 그 집 가정부에 대해 좋지 않게 말한 게 전혀 후회스럽지 않아요. 그리고 충격적인 계획 아닌가요? 다 함께 살겠다니. 잘될 리가 없잖아요. 메이플 그로브 인근에 사는 한 가족도 그렇게 해봤지만, 석 달이 채 되기 전에 다 갈라섰다고요."

18

시간이 흘렀다. 며칠 지나면 런던에서 사람들이 올 것이었다. 불안해지는 변화였다. 어느 날 아침 에마가 앞으로 일어날 심란하고 마음 아픈 일들이 한두 가지가 아니겠다는 생각을 하고 있을 때, 나이틀리 씨가 들어왔고, 그 덕에 괴로운 생각들은 미뤄둘 수 있었다. 한동안 즐거운 담소를 나눈 후, 그가 침묵하더니 다소 진지한 말투로 이야기를 꺼냈다.

"당신한데 할 말이 있어, 에마. 새로운 소식이지."

"좋은 소식이에요, 나쁜 소식이에요?" 그녀는 재빨리 고개를 들어 그를 보며 말했다.

"글쎄 어느 쪽이라고 해야 할지 모르겠는데."

"아! 좋은 소식이 틀림없네요. 얼굴에 다 써있는걸요. 웃지 않으려고 애쓰고 계시잖아요."

"난 걱정 돼." 그가 표정을 가다듬으며 말했다. "정말 걱정 돼, 나의 소중한 에마, 이 소식을 듣고 당신의 미소가 사라질까 봐."

"정말요! 하지만 왜요? 당신에겐 기쁘거나 즐거운 일인데 제겐 기쁘지도 즐겁지도 않은 일이 있다는 건 상상하기 힘든데요."

"한 가지 있지." 그가 대답했다. "딱 하나뿐이길 바라지만, 우리의 견해가 어긋나는 문제가." 그는 다시 미소 지으며, 그녀의 얼굴에 시선을 고정한 채 잠시 말을 멈추었다. "아무 생각도 안 나나? 기억 안 나? 해리엇 스미스."

그 이름이 나오자 그녀는 얼굴을 붉혔고, 이유는 알 수 없지만 어쩐지 두려운 마음이 들었다.

"혹시 오늘 아침에 해리엇한테서 소식을 들은 건가?" 그가 외쳤다. "그랬군, 그래서 다 알고 있겠군."

"아뇨, 못 들었어요. 아무것도 몰라요. 어서 말씀해주세요."

"최악의 상황을 각오하고 있군. 알겠어, 대단히 나쁜 소식이긴 하지. 해리엇 스미스가 로버트 마틴과 결혼하게 됐으니."

에마는 움찔했고, 그 모습은 각오한 사람과는 거리가 멀었다. 그리고 간절하게 응시하는 그녀의 눈은 '아뇨, 그럴 리 없어요'라고 말했지만, 입술은 굳게 닫혀 있었다.

"그렇게 됐어, 정말로." 나이틀리 씨가 이야기를 이어갔다. "로버트 마틴한테서 직접 들었거든. 그 친구가 우리 집을 나선 지 30분도 안 된걸."

그녀는 여전히 놀란 기색이 역력한 표정으로 그를 바라보았다.

"그렇군, 나의 에마, 내가 걱정한 대로 그다지 좋아하질 않는군. 우리의 생각이 일치했으면 좋았을 텐데. 하지만, 시간이 지나면 그렇게 될 거야. 시간이 지나면, 우리 둘 중 한 쪽은 생각이 달라질 거라고 확신해. 그때까지 이 얘기를 많이 할 필요는 없을 거야."

"오해하셨어요, 절 꽤나 오해하고 계시는데요." 그녀는 분발해서 대답했다. "상황이 그렇게 된 걸 지금 나쁘게 생각하는 게 아니에요. 하지만 믿을 수가 없네요. 도저히 불가능한 일처럼 생각되어서요! 해리엇 스미스가 로버트 마틴의 청혼을 받아들였다는 말씀은 아니지요? 그 사람이 다시 청혼했다는 이야긴 더더욱 아닐 테고요. 아직은. 그러니까 그가 앞으로 그럴 생각이란 말씀이시죠?"

"내 말은, 이미 청혼을 했다는 건데." 나이틀리 씨가 미소를 머금고 있지만, 단호한 결의를 담아 대답했다. "그리고 받아들여졌고."

"세상에!" 그녀가 소리쳤다. "그런!" 그러고는 고개를 숙일

빌미로 바느질감이 들어 있는 바구니를 뒤적이면서, 그리고 자기 얼굴에 역력히 드러나 있을 게 분명한 기쁘면서도 재미있어하는 기색을 감추려하면서 덧붙였다. "자, 이제 전부 얘기해주세요. 제가 알아들을 수 있게 말씀해주셔야 해요. 어떻게, 어디서, 언제요? 빠짐없이 다 알고 싶어요. 이렇게 놀란 적은 정말 처음이네요. 하지만 분명한 건, 전 기분 나빠하지 않는다는 거예요. 어떻게, 어떻게 그런 일이 일어날 수 있었지요?"

"이야기는 아주 간단해. 사흘 전에 그 친구가 런던에 용무가 있어서 갔거든. 내가 존에게 보내야 할 서류가 있어서 그 친구에게 맡겼지. 해서 그가 존의 사무실에 가서 서류를 전해줬는데, 존이 그날 저녁에 가족과 애스틀리스*에 가기로 했으니 그도 같이 가자고 했다는 거야. 큰 아들 둘을 애스틀리스로 데려갈 예정이었거든. 동생하고 제수가 헨리, 존을 데리고 가고…… 그리고 스미스 양도. 내 친구 로버트가 어떻게 그 제안을 거절할 수 있었겠어? 그들이 가는 길에 들러서 그를 데리고 가선 다들 정말 즐거운 시간을 보냈다고 해. 그리고 동생이 다음 날 정찬에 초대를 했고, 승낙했는데, 그날 방문해 있는 동안 (내가 알아들은 바로는) 틈을 타서 해리엇에게 청혼을 한 건가봐. 그 노력은 헛되이 끝나지 않은 게 분명하고. 그녀가 받아들였으니, 그 친구로선 응당 누려야 할 행복을 누리게 된 거지. 어제 역마차 편으로 내려왔는데, 오늘 아침에 식사를 마치자마

*현대 서커스의 창시자 필립 애스틀리가 세운 원형 극장으로 당시 런던에서 으뜸가는 유흥 공연장의 하나였다.

자 찾아와서 내가 맡긴 일의 진행 상황을 먼저 보고한 다음, 자기 용무를 이야기해줬어. 어떻게, 어디서, 언제냐는 질문에 내가 말할 수 있는 건 여기까지인데. 당신 친구 해리엇을 보게 되면 이보다 훨씬 더 길게 얘기해주겠지. 사소한 것 하나도 빼놓지 않고 다 이야기해주지 않을까? 아무래도 이런 이야긴 여자의 언어로 해야 재미있는 법이니까. 우리 남자들은 골자만 전하면 끝이라서. 그래도 말해둬야 할 게 있는데, 로버트 마틴의 감정이 그 자신의 가슴에서 나한테까지 넘쳐흐르는 것 같았다는 거야. 그리고 이건 좀 뜬금없이 한 말이지만, 애스틀리즈의 박스석을 나와서 동생이 제수씨와 조카 존을 맡고, 그가 스미스 양과 헨리와 같이 뒤를 따라갔는데, 한번은 북새통에 끼어드는 바람에 스미스 양이 좀 불안해하더래."

그는 말을 멈추었다. 에마는 곧바로 대답할 엄두가 나지 않았다. 말을 하게 되면 도를 넘어설 정도로 기뻐하는 모습을 들킬 게 분명했다. 잠시라도 자중하지 않으면 그는 그녀가 미쳤다고 생각할지도 몰랐다. 그녀가 아무 말 않는 것이 신경 쓰인 그는 한동안 그녀를 관찰하다가 이렇게 덧붙였다.

"에마, 내 사랑, 아까 당신은 상황이 이렇게 된 걸 지금 나쁘게 생각하는 건 아니라고 말했지. 헌데 당신이 예상한 것보다 더 괴로워하는 것 같으니 난 걱정이야. 그 친구의 신분이 낮긴 하지만 당신의 친구는 만족스러워한다는 걸 알아줬으면 해. 그리고 내가 장담하는데, 당신도 그 친구를 알아나갈 수록 지금보다 더 좋게 생각하게 될 거야. 성품만 놓고 볼 때 당신 친구에게 그 친구만큼 든든한 상대도 없어. 그의 사회적인 지위는 내가 노력해서 바꿔보도록 하지. 분명히 말하지만 지금 난 빈 말을 하는 게 아니야, 에마. 당신은 내가 윌리엄 라킨스를 너무 중시한다고 웃지만, 로버트 마틴 역시 내겐 중한 사람이야."

그는 그녀가 고개를 들어 미소 짓기를 바랐다. 그리고 이젠 마음을 추스른 덕에 활짝 미소 짓는 건 자제하게 된 그녀는 쾌활하게 대답했다.

"제가 체념하고 이 결혼을 받아들이게 하려고 맘고생하실 필요 없어요. 전 해리엇이 정말로 잘했다고 생각하거든요. 그녀의 친지가 마틴 씨의 친지보다 신분이 낮을 수도 있는 것 아닌가요. 성품 면에선 해리엇 쪽 친지들이 못하다는 건 의심할 여지가 없고요, 전 다만 놀라서, 굉장히 놀라서 아무 말을 못했던 것뿐이에요. 이 소식이 제게 얼마나 느닷없는 건지 당신은 상상도 못하실 거예요. 제겐 얼마나 뜻밖의 소식인지도요! 그럴 만한 게 최근에 그녀가 마틴 씨와 결혼하지 않겠다는 결심을, 전보다 더, 훨씬 더 확고히 했다고 믿을 만한 일이 있었거든요."

"당신 친구는 당신이 제일 잘 알겠지." 나이틀리 씨가 대답했다. "하지만 그녀는 양순하고 마음이 여린 아가씨라 어떤 청년이건 사랑한다고 고백해오면 아주, 아주 단호히 물리치진 못할 것 같다는 말은 해야겠는데."

에마는 웃음을 참지 못하며 대답했다. "정말 어쩌면, 당신은 저 못지않게 그 애를 잘 알고 계시네요. 하지만 나이틀리 씨,

그 애가 확고하고 명백하게 청혼을 받아들인 게 확실한가요? 시간이 지나면 그럴 수도 있겠다고 생각하지만, 그렇게나 빨리 받아들일 수 있는 걸까요? 마틴 씨 이야기를 잘못 들으신 건 아니에요? 그와 다른 이야기를 나누던 중이셨을 것 아니에요. 사업이나, 가축 박람회나 새 조파기에 관해 이야기를 나누고 계셨죠? 혹시라도 이것저것 너무 많은 이야기들이 뒤섞이는 바람에 그 사람 말을 오해하신 건 아니고요? 그가 확신한 게 해리엇의 손이 아니라 이름난 황소의 크기*였던 건 아닌가요?"

나이틀리 씨와 로버트 마틴의 대조적인 용모와 분위기가 이 순간 에마의 마음에 몹시도 강렬하게 다가왔고, 최근에 해리엇에게 있었던 모든 일들이 생생하게 떠올랐으며, "아뇨. 전 이제 로버트 마틴을 생각하는 단계는 넘어섰을 거라 믿고 싶은데요"라며 더없이 강조해 말했던 그 소리가 생생하게 들리는 듯해서, 에마는 실제로 이 소식이 다소 시기상조라고 밝혀지리라 예상하고 있었다. 그렇지 않을 리가 없었다.

"어떻게 그런 말을 하지?" 나이틀리 씨가 외쳤다. "당신은 설마 내가 상대가 하는 얘기도 못 알아들을 정도로 얼간이라고 생각하는 건가? 무슨 대접을 받으려고 이런 소리를 하는 걸까?"

"아! 저한테야 늘 최고의 대우를 해주셔야죠. 그렇지 않으면 제가 결코 참지 못할 테니까요. 하지만 분명하고 솔직하게 대

*당시 가축박람회에선 몸집을 불리거나 생산성을 증대한 우량종 가축을 전시하기도 했다.

답해주셔야 해요. 마틴 씨와 해리엇이 지금 어떤 관계인지 정말 확실히 아시는 거예요?"

"확실히 알고말고." 그가 더없이 분명한 어조로 대답했다. "그 친구가 내게 그녀의 결혼 승낙을 받아냈다고 말했고, 그렇게 말할 때 애매하거나 의심스러운 점은 조금도 없었어. 그리고 틀림없는 사실이라는 증거도 댈 수 있겠군. 그 친구가 앞으로 어떻게 하면 좋을지 내 의견을 물었으니까. 그 아가씨의 친지나 친구들에 대해 알아보려면 물어볼 사람이 고더드 부인 밖에 없다면서, 그 부인을 찾아가는 것보다 더 좋은 방법을 말해줄 수 있는지 묻길래, 난 모른다고 확실히 말했어. 그랬더니 그 친구가 오늘 중으로 부인을 만나보겠다고 했고."

"제겐 완전한 대답이 되었네요." 에마가 더없이 환한 미소를 지으며 대답했다. "그리고 저의 진심을 다해 그 둘이 행복하기를 바라요."

"전에 이 문제로 나와 이야기한 후로 당신은 사뭇 달라진 것 같은데."

"저도 그러길 바라요. 그때 전 바보였으니까요."

"나도 달라졌는걸. 이제는 당신이 말해준 해리엇의 모든 장점을 얼마든지 인정하니까. 당신을 위해서, 그리고 로버트 마틴을 위해서 (나는 그가 전과 다름없이 해리엇을 지극히 사랑한다고 믿을 만한 근거가 늘 있었으니까) 해리엇과 친해지려고 애를 좀 썼거든. 이런저런 이야기도 많이 하고. 내가 그러는 걸 당신도 봤을 거야. 가끔은, 실제로, 당신이 날 보며 내가 가엾은 마틴에 대해 변명하고 있다고 얼마간 의심하는 건가 싶기도 했는데 단 한 번도 그런 적은 없었어. 그렇지만 내내 지켜보고서, 난 해리엇이 생각이 매우 올곧고, 진정으로 훌륭한 원칙을 가진 꾸밈없고 귀염성 있는 아가씨이며, 애정이 넘치고 실리적인 가정생활에서 행복을 찾고자 한다고 확신하게 되었어. 그녀의 이런 덕목 가운데 많은 게 당신 덕에 이루어진 것임은 의심할 여지가 없지."

"제 덕분이라니요!" 에마가 고개를 저으며 소리쳤다. "아! 가엾은 해리엇!"

하지만 그것으로 그녀는 말을 삼갔고, 말없이 과분한 칭찬을 얼마간 더 감내했다.

이 대화는 그녀의 아버지가 들어오면서 이내 끝이 났지만 그녀는 아쉽지 않았다. 그녀는 혼자 있고 싶은 심정이었다. 가슴이 두근거리는 데다 놀란 감정을 수습할 수가 없었다. 그녀는 마음속으로 춤추고 노래하고 기세 좋게 소리치고 있었다. 이리저리 오가고, 혼잣말을 하고, 웃음을 터뜨리고, 되새겨보기 전까지는 도저히 이성적으로 행동할 수 없을 것 같았다.

아버지가 온 건 이제 매일 방문하게 된 랜들스로 가기 위해 제임스가 말들에 마구를 채우러 갔음을 알려주기 위함이었다. 그녀에겐 곧바로 자리를 뜰 빌미가 생긴 셈이었다.

그녀가 얼마나 기뻤을지, 얼마나 고마운 심정이었을지, 어떤 환희에 차 있었을지는 상상에 맡기련다. 해리엇의 행복한 미래에 먹구름을 드리운 유일한 불만거리와 불순물이 이렇게 사라져버렸으니, 그녀는 정말이지 너무나 행복해서 마음을 가라앉힐 수 없는 지경이었다. 그녀가 바랄 것이 뭐가 있을까? 없었다. 다만 의도와 판단 면에서 그녀보다 월등히 뛰어난 그에게 더 어울리도록 원숙해지는 것 말고는 아무것도 없었다. 예전에 저지른 어리석은 행동을 교훈 삼아 앞으로는 겸양과 신중함을 배워나가는 것 말고는 아무것도 없었다.

그녀의 심정은 진지했고, 고마운 마음도 더없이 진지했으며, 결심에 있어서도 마찬가지였다. 그런 와중에도 가끔씩 웃음이 터져나오는 것은 어떻게 참을 도리가 없었다. 문제가 이렇게 해결되었으니 어떻게 웃지 않을 수 있을까! 5주 전에 수심에 잠겨 낙심했던 일이 이렇게 매듭지어지다니! 사람의 마음이 어쩌면 그럴까? 해리엇은 어쩜 그럴까!

이제 해리엇이 돌아오는 게 즐거운 일이 될 것이다. 모든 게 다 즐거울 것이다. 로버트 마틴을 알게 되는 건 더할 나위 없이 즐거운 일이 될 것이다.

그녀가 진심어리고 순정하게 느낀 행복 가운데서도 가장 높은 자리를 차지한 건 나이틀리 씨에게 숨겼어야 했던 것들이 조만간 사라지리란 생각이었다. 가면을 쓰고, 얼버무리고, 비밀에 부치며 진저리치던 날도 이제 끝날 것이다. 바야흐로 그에게 남김없이 털어놓을 때를 즐겁게 고대할 수 있었고, 그런 것도 의무라면 그녀로선 오히려 환영할 만했다.

그렇게 흥겹고 행복하기 그지없는 기분으로 그녀는 아버지와 함께 출발했다. 아버지가 말하는 내내 경청하진 않았지만 어김없이 수긍했고, 매일 랜들스를 찾아주지 않으면 가엾은 웨스턴 부인이 실망할 거라며 태평하게 확신하는 아버지에겐 말을 하거나 잠자코 있는 것으로 묵인해주었다.

그들이 도착했을 때 웨스턴 부인은 응접실에 혼자 있었다. 그녀가 아기에 관해 이야기하고, 우드하우스 씨가 원한 시간에 와준 것에 고마움을 표하고 있을 때, 블라인드 틈새로 두 사람이 창가를 지나가는 것이 얼핏 눈에 띄었다.

"프랭크와 페어팩스 양이에요." 웨스턴 부인이 말했다. "오늘 아침에 그 애가 와서 저희가 얼마나 기뻐했는지 말씀드리려던 참이었어요. 내일까지 있을 건데, 페어팩스 양을 설득해서 오늘 하루 우리 집에서 지내게 되었답니다. 곧 들어오지 않을까 싶네요."

30초쯤 지나서 두 사람이 방으로 들어왔다. 에마는 그를 보게 되어 반가운 마음을 금할 수 없으면서도 얼마간 혼란스러웠다. 두 사람 모두 황망한 기억들이 많이 있었다. 그들은 서슴없이 미소 지으며 만났지만, 쑥스러운 나머지 처음엔 분위기가 데면데면해서 에마는 프랭크 처칠을 다시 만나고, 또 그가 제인과 함께 있는 걸 보고 싶었던 오랜 바람이 이렇게 이루어지긴 했지만, 과연 그만큼 즐거워할 수 있을지 의심이 가기 시작했다. 그러나 웨스턴 씨가 오고 아기도 데려오면서 연이어 이야깃거리가 나오자 분위기도 화기애애해졌고, 프랭크 처칠도 용기를 내어 그녀 다가와서 말했다.

"감사 말씀드려야겠습니다, 우드하우스 양, 새어머니 편으

로 딩신께서 가없이 친절한 마음으로 절 용서해주시겠다는 편
지를 보내주셨으니까요. 그러는 동안 용서하겠다는 마음이 변
하지 않았기를 바랍니다. 바라건대, 그때 하신 말씀을 철회하
지 말아주세요.”

“아뇨.” 대화를 나눌 수 있게 되어 더 없이 기쁜 마음으로 에
마가 외쳤다. “설마 그럴 리가 있나요. 이렇게 당신을 보게 되
어 악수도 하고, 직접 축하할 수 있게 돼서 기쁜걸요.”

그는 진심에서 우러나는 고마움을 표했고, 진지하게 감사와
행복한 마음을 담아 한동안 이야기를 계속했다.

“저 사람 좋아 보이지 않나요?” 그가 시선을 제인 쪽을 향하
며 말했다. “그 어느 때보다 더 좋아 보이지요? 아버지와 웨스
턴 부인이 얼마나 예뻐하시는지 알만 하실 겁니다.”

이러는 것도 잠시, 그는 이내 활기를 되찾았고, 웃음 가득한
눈으로 캠벨가 사람들이 돌아올 예정이라고 말한 후, 딕슨이라
는 이름을 댔다. 에마는 얼굴을 붉히며, 자기 듣는 데선 그 이
름을 말해선 안 된다고 하소연했다.

“그 생각만 하면,” 그녀가 큰 소리로 말했다. “부끄러워 견
딜 수가 없어요.”

“부끄러운 건 접니다.” 그가 대답했다. “아니, 그래야만 해
요. 그런데 정말로 의심하지 않으셨던 건가요? 나중에요. 초기
엔, 모르셨다는 건 저도 알아요.”

“단언컨대 전혀 몰랐어요.”

“그것 참 놀랍군요. 전 한 번은 다 털어놓기 직전까지(그랬

으면 좋았겠지만) 갔었거든요. 그러는 게 좋았을 텐데요. 제가 늘 잘못을 저지르지만, 그거야말로 정말 나쁜 짓이었고, 저 자신에게도 아무런 도움이 안 됐어요. 차라리 비밀 서약을 어기고 당신에게 모든 걸 다 털어놓았으면 상황이 훨씬 더 좋게 풀렸을 겁니다."

"이제 그건 후회할 가치도 없는 일이에요." 에마가 말했다. "외삼촌을 설득해서 랜들스에 모셔오고 싶어요. 저 사람을 만나고 싶어 하시거든요. 캠벨 부부께서 돌아오시면, 우린 런던에 가서 그분들을 만나 뵙고 거기 더 머물려고요. 저 사람을 북쪽으로 데려갈 수 있을 때까지. 그렇지만 지금 우린 이렇게나 멀리 떨어져 있어야 하네요. 가혹하지 않나요, 우드하우스 양? 오늘 아침까지, 그녀와 전 화해한 날 이후 단 한 번도 만나질 못했어요. 제가 불쌍하지 않나요?"

에마가 매우 상냥하게 연민을 표하자 그는 갑자기 재미난 생각이 떠올리곤 큰 소리로 말했다.

"아! 그나저나 말입니다." 그러더니 목소리를 낮추고 잠깐 짐짓 점잖은 표정을 지으며 "나이틀리 씨도 잘 계시지요?"라고 말하더니 말을 멈췄다. 그녀는 얼굴을 붉히며 웃음을 터뜨렸다. "제 편지를 읽으신 것 알고 있어요. 그리고 당신을 위해 제가 바랐던 바를 기억하시리라 생각해요. 제게 축하해주신 걸 되돌려드리지요. 단언컨대, 저는 뜨거운 관심과 흐뭇한 심정으로 그 소식을 들었습니다. 저로선 칭찬의 말도 할 수 없을 만큼 높으신 분이에요."

에마는 기뻤고, 그가 계속 그렇게 이야기해주길 바랄 뿐이었다. 그러나 그의 마음은 이내 자신의 관심사와 자신의 제인으로 되돌아가서 다음 말을 이어나갔다.

"저런 피부를 보신 적이 있나요? 저렇게 매끈하고! 저렇게 섬세하고! 사실 흰 피부는 아니죠. 그녀를 백옥 같은 피부의 금발 미녀라고 말할 순 없을 거예요. 검은 속눈썹과 검은 머리칼에 정말로 보기 드문 피부색을 하고 있죠. 저렇게 개성 있는 안색은 없을 거예요! 그런데도 특이하게 숙녀다운 아름다움이 깃들어 있죠. 적당히 발그스레해서 아름답고."

"제인의 안색이라면 전 언제나 찬탄해온 사람이지만," 에마가 장난기 넘치게 대답했다. "제가 기억하기론 당신은 그녀가 너무 창백하다고 흠을 잡으셨던 것 같은데요? 우리가 처음으로 그녀의 이야기를 하기 시작한 때였죠. 정말 잊으신 건가요?"

"아! 아뇨, 정말 저처럼 뻔뻔한 놈이 다 있을까요! 어떻게 감히……."

그렇지만 그가 그 기억을 떠올리며 거리낌 없이 웃어대는 것에, 에마는 한 마디 하지 않을 수 없었다.

"그때 당신은 혼란스러운 와중에도 우리 모두를 속이며 틀림없이 이만저만 즐기신 게 아닌 거 같아요. 그랬을 거라고 전 확신해요. 틀림없이 당신에겐 위안이 되었을 테죠."

"아! 아뇨, 아뇨, 그럴 리가요. 어떻게 제게 그런 혐의를 두실 수 있죠? 전 그때 세상에서 가장 비참한 놈이었다고요!"

"희희낙락하지 못할 정도로 비참하진 않았겠죠. 우리가 당신에게 전부 속아 넘어갔다고 생각하면서 못 견딜 정도로 재미있어했을 게 분명해요. 자꾸 이런 의심이 드는 건 솔직히 말해서 제가 그 상황에 처해 있었어도 얼마간 재미있어했을 것 같단 생각이 들어서예요. 당신과 난 좀 비슷한 점이 있는 것 같아요."

그가 머리를 숙여 인사해 보였다.

"기질적으로 비슷한 게 아니라면," 그녀가 진지한 표정으로 곧바로 덧붙였다. "당신과 나의 운명은 비슷한 데가 있어요. 우리 둘 다 훨씬 탁월한 사람과 연을 맺게 된 운명이요."

"맞아요, 맞아요." 그는 열띤 어조로 말했다. "아니, 당신의 경우는 맞지 않아요. 당신보다 더 탁월한 사람은 있을 수 없지만, 제 경우엔 그보다 더한 진실도 없을 겁니다. 그녀는 완벽한 천사니까요. 그녀를 보세요. 몸짓 하나 손짓 하나가 다 천사 같지 않나요? 그녀가 목을 돌리는 걸 보세요. 제 아버지를 올려다볼 때의 두 눈을 보세요. 이 얘길 하면 기뻐하실 거 같은데요. (고개를 숙이더니 진지한 목소리로 속삭이기를) 외삼촌께서 숙모님의 보석을 전부 그녀에게 주신답니다. 새로 세팅할 거예요. 몇 개는 머리 장식으로 달고요. 그녀의 검은 머리칼에 참 아름답게 어울리겠죠?"

"더할 나위 없이 아름다울 거예요, 정말로." 에마가 가없이 상냥하게 대답하자 그는 고마운 마음을 가감 없이 쏟아냈다.

"당신을 다시 만나서 얼마나 기쁜지 몰라요! 그런데다 이렇게 환한 모습으로 뵙게 되었으니. 무슨 일이 있어도 이 만남을 놓치는 일은 없었을 겁니다. 만약 당신 쪽에서 오지 못하셨으면 제가 필히 하트필드를 방문했을 거예요."

다른 사람들은 아기에 대해 이야기하고 있었다. 웨스턴 부인이 그 전날 저녁때 아기의 상태가 다소 좋지 않은 것 같아서 살짝 놀랐던 이야기를 하고 있었다. 바보같이 굴었던 게 틀림없다면서 불안에 시달리다 못해 곧장 페리 씨를 부르려했다는 것이다. 부끄러워할 만한 일일 수도 있었지만, 웨스턴 씨도 그녀 못지않게 불안해했다. 하지만 10분이 지나자 아기는 언제 그랬냐는 듯 다시 좋아졌다. 그녀가 한 이야기는 여기까지였는데 특히나 우드하우스 씨가 흥미를 보이면서 페리를 불러올 생각을 한 건 천 번 만 번 생각을 잘했다고 칭찬하며, 실제로 그렇게 하지 않은 것을 안타까워했다. "아이가 조금이라도, 한순간에 지나지 않을 지라도 심상치 않아 보이면 무조건 페리를 불러야지. 그런 걱정은 아무리 빨라도 섣부르다고 할 수 없고, 페리는 아무리 자주 불러도 과하지 않아. 어젯밤에 페리를 오게 하지 않은 건 좀 유감이구나. 그런 일이 있었던 걸 생각하면 지금 아기는 아무 문제 없어 보이지만 그래도 페리가 와서 봤으면 더 좋았을지도 모르지."

프랭크 처칠이 그 이름을 알아들었다.

"페리!" 그는 에마에게 그렇게 말하면서 페어팩스 양과 눈을 맞추려했다. "내 친구 페리 씨! 페리 씨가 왜요? 오늘 아침에 여기 왔었나요? 근데 그 양반은 요새 뭘 타고 다니시죠? 자기 마차는 마련하셨나요?"

에마는 금세 기억해냈고, 그의 말뜻을 이해했다. 그래서 그를 따라 웃었고, 제인의 얼굴을 봤더니 비록 듣지 못한 척하지만 실은 그가 한 말을 듣고 있었던 게 분명했다.

"전 어떻게 그런 범상치 않은 꿈을 꿨을까요!" 그가 소리 쳤다. "그 생각만 하면 웃음을 참을 수가 없네요. 저 사람도 우리 이야기를 듣고 있어요, 우리 이야길 듣고 있다고요, 우드하우스 양. 뺨을 붉히고 미소가 나오는데 괜히 얼굴을 찡그리려고 애쓰는 걸 보니 알겠네요. 그녀를 좀 보세요. 당신 눈에도 보이지요? 바로 지금 이 순간, 내게 그 얘길 전해주려고 편지에 썼던 바로 그 문장이 눈 밑을 스치고, 모든 실수가 눈앞에 펼쳐지고 있어서, 다른 사람들 말을 듣는 척하고 있지만, 실은 전혀 집중하지 못하고 있잖아요?"

제인은 참지 못하고 일순 활짝 미소를 지었다. 그 미소가 가시지 않은 얼굴로 그를 돌아본 그녀는 쑥스러워서 그런 것이지만 차분한 목소리로 말했다.

"그런 기억을 품고 있으면서 어떻게 견디는 건지 저로선 정말 놀라운 일이군요! 어쩌다가 불쑥 기억날 수는 있겠죠. 하지만 어떻게 일부러 떠올릴 수 있죠!"

그는 되돌려줄 만한 이야기가 정말 많았을 뿐만 아니라, 참으로 재미나게 말했다. 그렇지만 이 언쟁에서 에마는 주로 제인에게 공감하는 편이었다. 랜들스를 나오면서 그녀는 자연스럽게 두 남자를 비교하게 되었고, 비록 프랭크 처칠을 만나서 반가웠고 실제로 예전처럼 친구의 정을 느꼈지만, 이때만큼 나이틀리 씨의 사람됨이 고결하다는 것을 실감한 적도 없었다. 이렇게 비교하며 열성적으로 그의 인격을 재발견하는 것으로 이날 에마의 행복은 정점에 달했다.

19

만약 에마가 여전히, 참참이, 해리엇을 생각하며 불안했다면, 가령 해리엇이 정말로 나이틀리 씨에 대한 애착에서 상처 없이 벗어나 다른 남자를 사심 없이 원하여 받아들일 수 있었을까 순간순간 의심스러웠다면, 그렇게 끝없이 반신반의하며 괴로 워하는 상태는 오래갈 필요가 없었다. 불과 며칠 만에 런던에 서 언니네 가족이 도착하면서, 한 시간 동안 해리엇과 둘만 있 을 기회가 생기자마자 그녀는 거리낌 없이 마음을 놓을 수 있 었으니, 비록 설명할 도리는 없었지만, 로버트 마틴이 나이틀 리 씨가 차지했던 자리를 완전히 독차지한 상태였고, 바야흐로 해리엇이 생각하는 모든 행복의 지반을 다지고 있었던 것이다.

해리엇은 다소 난감해했고 처음에는 살짝 얼이 빠져 있는 것처럼 보였다. 하지만 자기가 주제넘었고 어리석었으며 스스 로를 기만했음을 인정하고 나자, 그 말과 함께 고통과 혼란은 사라지고 과거에 대한 근심도 없어져 현재와 미래에 대한 넘치 는 환희만 남은 것 같았다. 에마가 열렬히 축하해준 덕에 혹여 찬성하지 않을까 불안했던 것도 일거에 사라졌다. 해리엇은 더

없이 기뻐하며 애스틀리즈에 간 저녁과 다음 날 정찬에 대해 세세히 묘사했고, 굉장한 즐거움을 맛보며 하나하나 설명할 수 있었다. 그런데 이렇게 세세한 이야기들이 뒷받침해주는 건 무엇이었을까? 이제는 에마도 인정할 수 있게 된 사실로, 해리엇은 늘 로버트 마틴을 좋아했다는 것, 그리고 그녀에 대한 그의 한결같은 사랑이 불가항력이었다는 것이었다. 그 이상의 이유가 있다면 에마로선 영영 이해할 수 없을 것이다.

그러나 이는 더없이 반가운 일이었고, 매일 그렇게 생각할 근거가 새롭게 생겨났다. 우선 해리엇의 혈통을 알게 되었다. 밝혀진 바 해리엇은 상인의 딸로, 그는 자기 딸이 이제껏 일신의 안녕을 누리는 데 모자람이 없도록 해줄만큼 부유했고, 그녀의 존재를 늘 은폐하고 싶을 만큼 어지간한 집안 사람이었다. 이 정도가 에마가 발 벗고 나서서 단언할 정도로 지체 높은 집안의 실체였다! 많은 신사의 혈통이 그렇듯 그녀의 혈통 역시 흠결이 없을 수도 있겠지만, 에마는 대체 나이틀리 씨나 처칠가에 (심지어 엘턴 씨라 하더라도) 어떤 집안과 중신을 설뻔한 것인가! 사생아라는 오점은, 귀족의 혈통이나 부로 탈색시키지 않으면 계속 오점으로 남았을 것이다.

해리엇의 아버지 쪽에선 전혀 반대하지 않았고, 그 청년을 후하게 대우했으니, 마땅히 그럴 일이었다. 그리고 에마는 이제 하트필드에도 정식으로 인사를 한 로버트 마틴과 알고 지내게 되면서, 그녀의 귀여운 친구에게 든든한 배필이 되어줄 만큼 분별과 인격을 갖추었음을 가감없이 인정하게 되었다. 해리

엇은 성격 좋은 사람이라면 누구와도 행복해질 것이라고 에마
는 믿어 의심치 않았다. 그렇지만 로버트 마틴과, 그가 마련한
집에서 살게 된다면 그보다 더한 행복, 즉 마음 든든하고 안정
된 생활을 하며 더 나은 삶을 도모할 수 있을 거란 기대도 해봄
직했다. 해리엇은 자길 사랑해주고 그녀보다 더 분별 있는 사
람들 속으로 들어가, 더는 불안해할 일 없이 고즈넉하게 안착
하게 될 것이며, 그러면서도 활기차게 바쁜 삶을 살게 될 것이
다. 유혹에 빠질 일도 없고, 유혹에 빠지게 방치되지도 않을 것
이다. 흠잡을 데 없고 행복한 사람이 될 것이다. 그런 남자의
한결같고 끈기 있는 애정을 받다니, 에마는 해리엇이야말로 세
상 누구도 부럽지 않을 만큼, 그렇지 않다면, 자기 다음으로 운
이 좋은 사람이라고 인정했다.

해리엇은 마틴과 약혼하면서 어쩔 수 없이 사이가 멀어졌
고, 하트필드를 찾는 일도 점점 뜸해졌다. 하지만 애석해할 일
은 아니었다. 그녀와 에마의 친교는 이제 묻어둘 일이었고, 둘
의 우정 역시 좀 더 차분한 호의를 가진 관계로 바뀌어야 했다.
다행히, 필연이자 당위로서의 변화가 점진적이고도 자연스럽
기 그지없는 방향으로 이미 시작되고 있는 듯했다.

9월이 다 가기 전에 에마는 해리엇을 따라 교회에 가서 로버
트 마틴과 화촉을 밝히는 것을 비할 데 없이 흐뭇한 마음으로
지켜보았다. 어떤 기억도, 심지어 두 사람 앞에서 있는 엘턴 씨
와 관련된 기억도 그런 그녀의 마음을 손상시키지 못했다. 사
실 그 순간의 에마에게 엘턴 씨는 다음 차례로 자기에게 혼례

의 축사를 내려줄 목사 이상으론 보이지 않았을 것이다. 로버트 마틴과 해리엇 스미스는 세 쌍의 연인 중에서 약혼은 제일 늦었어도 결혼은 가장 먼저 하게 되었다.

제인 페어팩스는 이미 하이버리를 떠나 자신의 소중한 보금자리로 돌아가 캠벨가 사람들과 함께 지내고 있었다. 처칠가 사람들도 이미 런던 시내에 와 있었고, 11월이 되기만을 손꼽아 기다리고 있었다.

에마와 나이틀리 씨는 망설임 없이 그 중간에 긴 달에 혼례를 올리기로 날을 잡았다. 존과 이저벨라가 하트필드에 있는 동안 결혼식을 치러야 한다는 것이 그들이 내린 결론이었다. 그래야 존 부부가 애초 계획한 두 주간의 바닷가 여행을 할 수 있을 터였다. 이에 존과 이저벨라는 물론 다른 모든 친구들도 좋다면서 찬성했다. 하지만 우드하우스 씨는, 어떻게 해야 우드하우스 씨의 동의를 얻어낼 수 있을 것인가. 아직도 그들의 결혼이 까마득히 먼 훗날의 일임을 암시하는 그에게.

맨 처음 이 이야기를 시험 삼아 꺼냈을 때, 그가 가없이 우울해하는 바람에 그들은 가망이 없다는 생각마저 했었다. 두 번째로 넌지시 비치자, 실상 처음보다는 덜 괴로워했다. 그러면서 그도 언젠가는 일어날 일이고 자기로선 막을 수 없는 일이라고 생각하기 시작했으니, 그만 하면 체념하는 쪽으로 확고히 발을 내디딘 셈이라고 할 수 있었다. 그렇지만, 여전히 그는 기분이 좋지 않았다. 좋기는커녕 정반대로 보여서 그의 딸은 더는 용기를 내지 못했다. 그녀로선 아버지가 무시당한다고 상상하며 괴로워하는 것을 그냥 두고만 볼 수 없었다. 일단 혼례를 치르고 나면 아버지의 괴로움도 이내 잦아들 거라고 장담하는 나이틀리 씨 형제와 거의 견해를 같이 하면서도 망설여져서 도저히 진행해나갈 수가 없었다.

답보 상태를 벗어나지 못하고 있는 그들을 도와준 일이 일어났으니, 우드하우스 씨가 어느 날 갑자기 깨달은 것도 아니었고, 그의 신경계에 경이로운 변화가 일어난 것도 아니었다. 아니, 바로 그 신경계가 평소와 다른 방식으로 작동한 것이었다. 어느 날 밤 웨스턴 부인의 양계장에 도둑이 들어 칠면조를 모조리 도둑맞는 일이 있었다. 틀림없이 사람이 저지른 일로, 인근의 다른 양계장들 역시 같은 일을 당했다. 겁 많은 우드하우스 씨에게 좀도둑질은 집에 강도가 든 것과 마찬가지여서 그는 말도 못 할 정도로 불안해했다. 사위가 지켜주고 있다는 생각마저 할 수 없었다면 매일 밤을 불안에 떠는 참담한 지경을 면치 못했을 것이다. 그래서 그는 나이틀리 씨 형제의 강인함, 결단력, 침착성에 전적으로 기대게 되었다. 형제 중 하나가 그와 그의 집을 지켜주는 한 하트필드는 안전했다. 그러나 존 나이틀리 씨는 11월의 첫 번째 주말까진 런던으로 돌아가지 않으면 안 되었다.

이런 재액이 있은 후, 그의 딸은 (한동안은 바랄 수조차 없었던) 비할 바 없이 자발적이고 기운찬 동의를 얻어서 결혼 날짜를 잡을 수 있었다. 그래서 로버트 마틴 부부가 결혼한 지 채 한 달도 안 되어서, 엘턴 씨는 나이틀리 씨와 우드하우스 양의 결혼식에 불려 나가게 되었다.

그들의 결혼식은 화려하거나 과시적인 결혼식을 달가워하지 않는 연인들의 결혼식과 별반 다르지 않았는데, 남편에게 식의 이모저모를 시시콜콜 전해들은 엘턴 부인은 자기 결혼식에 비하면 말할 수 없이 초라하고, 격이 떨어지는 결혼식이라 생각했다. "흰색 공단도, 레이스 면사포도 안 쓰다시피 했다니,* 뭐 그런 볼썽사나운 결혼식이 다 있나요! 셀리나가 이 얘길 들으면 눈이 휘둥그레지겠네." 이렇게 조촐하게 치렀지만, 식에 참석한 진정한 친구들의 몇몇의 소망과 희망과 신뢰와 예감은 신랑과 신부의 합일 속에서 충만한 행복으로 남김없이 실현되었다.

---

*지금과 달리 18세기의 결혼식에서 신부의 면사포는 필수적인 것이 아니었다. 사치와 과시를 좋아하는 엘턴 부인의 경우와 달리 간소한 결혼식을 바랐던 에마와 나이틀리 씨에겐 대수롭지 않았을 것이며, 당시 지체 높은 귀족이라 해도 취향에 따라 조촐한 결혼식을 올리는 경우도 많았다.

철부지 귀족 아가씨의
성장담에 숨은 현대적 여성성

최세희(번역가)

제인 오스틴의 《에마》는 오스틴 자신은 물론 영국 소설사에서 매우 중요한 위치를 차지한다. 오스틴의 여섯 작품 가운데 네 번째인 《에마》는 영국 섭정시대였던 1815년에 출간되었는데, 1813년의 《오만과 편견》, 1814년의 《맨스필드 파크》와 함께 작가로서 오스틴의 역량이 최고조에 달했던 때였다. 《에마》의 집필 기간 동안 오스틴의 사회적인 영향력도 달라져서, 섭정공(조지 4세)이 그녀의 팬임을 공언할 정도였고, 대중적으로도 이른바 컬트적인 인기를 누리고 있었다. 연구자들에 따르면, 네 번째 소설을 쓸 당시 오스틴은 극도로 긴장한 상태에서 새 작품의 집필에 임했다. 기존 소설과 달라야 한다는 강박이 있었는지는 알 수 없지만, 한 친구에게 보낸 편지에 남긴 말은 이 작품을 이야기하는 가장 유명한 언명이 되었다. 오스틴 스스로가 새 작품의 여주인공에 대해서 "나 말고는 누구도 그리 좋아할 것 같지 않다"고 귀띔한 것인데, 이 인물이 오스틴의 주인공 가운데 가장 개성 있고 현실적인 인물로 여겨지는 에마 우드하우스다.

오스틴의 다른 작품들과 마찬가지로, 《에마》역시 '좋은 남편을 찾는 젊은 숙녀'를 주인공으로 하며, 그 과정을 내러티브의 축으로 삼고 있다. 그러나 에마 우드하우스는 조건과 태도 면에서 기존 오스틴의 여성들과 궤를 달리한다. 가장 두드러지는 건 그녀가 높은 계급과 부의 소유자라는 점이다. 경제적으로 완벽하게 독립한 그녀는 오스틴의 여주인공들뿐만 아니라 18세기 영국 여성들 대부분에겐 거의 사활이 걸린 문제였던 결혼에 전혀 구애받지 않는다. 낭만적인 종속성을 거부하며, 영민하고 논리적인 언변으로 강한 자존심을 드러내는 그녀는 그런 점에서 18세기 문학이 여성에게 종용했던 프레임을 얼마간 벗어나 있다.

그러나 그녀는 이쯤해서 으레 기대할 법한 전복적으로 자아를 실현하려는 의지와도 거리를 둔다. 그녀가 관심을 보이는 건 풍요롭지만 무료한 시골생활을 달래는 소일거리이며, 그 결과 자신의 근거 박약한 상상 속에서 어울려 보이는 주변의 남녀를 '몰래' 중신 서는 것에 열을 올린다. 그리고 신분이 다소 낮은 고아 출신의 해리엇 스미스를 엘턴 씨에 이어 프랭크 처칠과 맺어주려 한다. 이 과정은 에마 자신의 철없는 착각과 독단, 그로 인한 우스운 해프닝과 곤혹스러운 반전, 그 뒤에야 찾아오는 자성과 각성으로 이루어진다. 그리고 오늘날, 로맨틱 코미디 장르의 효시로 즐겨 소환되는 장본인답게 오스틴은《에마》에서도 진정한 사랑을 찾아 나선 여성과 행복한 결혼으로 귀결한다. 그러나《에마》의 진정한 묘미는 이렇게 여유가 넘치고 소소하게 낭만적인 인생관 밑에 저류처럼 흐르는 냉정하고 신랄하기 그지없는 현실감각에서 발견된다.

단적으로 말해《에마》는 안위가 보장된 상위 중산 계급의 선하지만 독단적인 중신 '워너비(?)'의 좌충우돌 성장기다. 오스틴은 에마 우드하우스를 통해서 당시 영국 여성들이 처했던 사회적 한계를 어느 정도 벗어날 때 가능한 자유를 타진하면서, 기실 사회보다 스스로를 더 제한하는 인물의 내면적 한계를 섬세하고도 치밀하게 고찰한다. 그를 위해 하이버리라는 시골 상류층의 비좁은 테두리 안에서 나고 자란 여성의 더 비좁은 시점을 거쳐 그녀와 주변인들의 일상적인 행태를 사뭇 '풍자적으로' 조명하는데, 그런 가운데 드러나는 에마의 본색은 가차 없이 말해 계급주의자요, 게으른 속물이다. 그녀의 가장 큰 문제는 의도하지 않게 자신과, 무엇보다 주변인들을 곤경에 빠뜨리는 자기기만이다. 어린 시절부터 상처한 아버지를 대신해 우드하우스 가문의 실질적인 가장 노릇을 해서인지, 롤모델이 없는 그녀는 다른 사람들의 삶과 관계를 조종하는 데 재미를 느낀다. 가족처럼 친했던 가정교사와 웨스턴 씨의 혼사가 자신이 다리를 놓아준 덕이라고 확신하는 그녀는 이후 상대적으로 신분이 낮은 해리엇 스미스를 '적당히' 지체 높은 남자와 맺어 줌으로써 신분을 상승시키려 한다. 그러나 이는 계급 중심 사회의 엄중한 서열 질서에 도전하는 것과는 거리가 멀다. 고아인 해리엇이 실은 지체 높은 귀족 집안의 딸이라는 유아기적인 공상과 유희일 뿐인데, 이 때문에 해리엇과 결혼하려는 '자작농' 로버트 마틴의 의지를 꺾기까지 한다. 그런 의미에서 그녀는 계급성을 탈피한 것이 아니라, 오히려 그 안에 고착된 채 어떻게든 그 체계를 공고히 하려는 인물로, 보편적인 윤리의식이 결여된 이기주의자다.

이런 에마에게 유일하게 문제를 제기하며 그녀를 인격적 성장으로 이끌려고 노력하는 인물이 조지 나이틀리다. 결혼에 관심이 없고, 자신의 신분적 특권을 문제의식 없이 누린다는 점에서 그는 에마와 비슷하지만, 올곧은 도덕의식과 함께 에마와 대조적인 합리적 이성을 갖추고 있다. 그는 가족 같은 에마의 허점들을 끊임없이 지적하고 교정하려는 노력을 아끼지 않는다(그리고 그녀가 각성 끝에 성숙한 면모를 모이는 순간, 그녀를 사랑하게 된다). 뿐만 아니라 불우한 베이츠 양을 성심으로 보살피고, 운명순응주의자인 것 같지만 계급사회의 부조리를 비판적으로 인식하고 있는 제인 페어팩스를 가없이 존중한다. 오만과 허위로 가득 찬 엘턴 부부와는 냉정히 거리를 두며, 호방하지만 무기력한 기회주의자인 프랭크 처칠을 날카롭게 비판한다. 그는 계급사회에 안주하는 현실주의자이지만, 동시에 일종의 노블리스 오블리주를 실천하고자 노력하는 휴머니스트다.

오스틴은 에마 우드하우스와 조지 나이틀리를 효과적으로 대비시키면서 상상과 이성, 미숙과 성숙, 독단주의와 이타주의를 다룬다. 중요한 건, 희극적이고 신랄한 풍자와 아이러니와 함께 주인공의 침습성 허위를 비판하는 주체가 다름 아닌 에마 자신이라는 점이다. 오스틴은 3인칭 시점이지만 에마의 1인칭 시점에 가까운 견지에서 내러티브를 끌어나간다. 아마도 오스틴이 가장 공을 들인 요소이자 《에마》를 읽는 최고의 묘미는, 일련의 해프닝을 해석하고 받아들이는 에마의 변화 과정일 것이다. 그녀는 자신의 착각으로 빚어진 실수들에 대한 수치심, 소중한 친구에게 본의 아니게 상처를 입혔다는 자책을 통해 자신의 흠결을 명철하게 인식하고 이를 반성한 끝에 비로소 각성에 이른다.

그렇다고 에마가 계급주의적 인식의 한계를 완전히 벗어나는 건 아니다. 에마는 명민하게 반성할 줄 아는 힘과 나이틀리의 도움으로 균형 잡힌 성인으로 발돋움하지만, 당대 사회가 정한 틀을 벗어나거나 자신의 특권을 재고하지는 않는다. 네거티브한 방향으로 플롯을 전개하면서 긍정적인 성장 가능성을 모색하는 건 그때도 지금도 흔히 볼 수 있는 내러티브가 아닐진대, 작품의 풍자와 아이러니가 문학적인 윤리주의를 완성하는 것 역시 이 지점일 것이다. 인물의 모순을 낱낱이 고발하면서도 동시에 그의 인간적인 매력을 끝까지 놓지 않으며, 교훈

석인 비약이나 어설픈 절충의 유혹에 빠지지 않고 지극히 현실적인 결론에 이르는 과정은 오스틴이 당대 문학의 패러다임에 충실하면서도 그 구습을 가히 21세기식 리얼리즘의 스타일로 내파하고 있음을 여실히 보여준다. 이런 점에서 에마 우드하우스는 오스틴이 만들어낸 가장 모순적이고 다층적이며, 궁극적으로 현대적인 여성형이다.

주인공 에마뿐만 아니라 주변인들의 미덕과 결함을 생생하게 보는 것 역시 이 작품을 읽는 큰 재미다. 오스틴의 다른 소설들에 비해 플롯이 느슨하고, 인물들에 대한 공감할 여지나, 로맨틱한 긴장감이 떨어진다는 시각이 있는 것도 사실이다. 그러나 그것은 협소한 시골 공동체 안에서 큰 사건 없이 살아가는 몇몇 사람들의 일상을 통해 인간과 삶이라는 보편적인 주제에 접근하고자 한 작가의 의도를 감안하지 못한 결과이다. 오스틴은 자신이 택한 장르의 계획된 내러티브를 의도적으로 거부한다. 가령, 나이틀리가 에마에게 애정을 드러낼 뻔한 상황에서 이렇다 할 극적 효과나 낭만적인 감상이 빠져 있는 건 그 때문이다. 서술보다 대화를 통해 인물들의 면모와 감정을 엿보도록 한 것도 즉각적이며 직접적으로 주제를 포착하려는 노력의 일환이다.

시대나 문화적 거리가 광년은 될 것 같은 이 소우주가 다다르는 지점은 결국 우리의 지금, 이곳인 것이다. 더불어, 당시 영국 귀족사회의 생활상과 풍속의 세세한 고증은 현대의 독자들에겐 18세기 영국의 박물지로 기능할 것이며, 영국 시골의 풍광을 빼어나게 묘사한 것 역시 '전원문학'으로서의 가치를 더한다. 마지막으로 《에마》에서 유일하게 아쉬운 게 있다면, 이 작품이 출간된 지 채 2년도 안 되어 제인 오스틴이 세상을 떠났다는 점이다. 그러지만 않았어도 '포스트 에마'의 빛은 찬란했으리라.

12월 16일 영국 햄프셔 주 스티븐턴에서 교 **1775**
구 목사 조지 오스틴의 일곱째 딸로 태어남.

가족이 함께 첫 가족 공연으로 〈머틸다〉 상연. **1782**

언니 커샌드라와 함께 옥스퍼드의 콜리 부 **1783**
인 기숙학교에 입학. 같은 해 콜리 부인을
따라 사우샘프턴으로 옮겨 갔으나 장티푸스
에 걸려 학업을 중단하고 집으로 돌아옴.

가족 공연으로 리처드 셰리든의 〈경쟁자들〉 **1784**
상연. 이러한 공연을 통해 특유의 풍자와 유
머가 싹틈.

언니와 버크셔 주 레딩에 있는 레딩 수도원 **1785**
여자기숙학교에서 수학. 많은 문학 작품을
접하기 시작함.

학교를 그만두고 아버지와 두 오빠에게 독 **1786**
서와 작문 지도를 받음.

친구나 가족에게 자신의 작품을 들려주는 것에 흥미를 느끼고 소설 습작을 시작함.	1787
6월 초기 습작 가운데 하나인 〈사랑과 우정〉을 탈고.	1790
초기 습작 〈레슬리 캐슬〉과 〈이블린〉 탈고 후 〈캐서린 혹은 은신처〉의 집필을 시작.	1792
〈찰스 그랜디슨 경 혹은 행복한 사람〉이라는 짧은 희곡을 쓰기 시작함.	1793
서간체 소설 〈레이디 수전〉 집필.	1794
첫 장편소설 〈엘리너와 메리앤〉을 집필. 12월 이웃의 조카인 톰 르프로이를 만남. 막 대학을 마치고 삼촌 댁에 방문차 와 있던 톰과 각별한 친분을 쌓음.	1795
1월 톰이 런던으로 떠남. 10월 《오만과 편견》의 초고인 〈첫인상〉 집필 시작.	1796
〈첫인상〉을 탈고하고 〈엘리너와 메리앤〉을 바탕으로 《이성과 감성》을 쓰기 시작함. 아버지의 권유로 〈첫인상〉을 출판사에 보냈으나 거절당함.	1797
《노생거 수도원》의 초고인 〈수전〉 집필 시작.	1798
가족과 함께 바스로 이사.	1801
여섯 살 연하인 해리스 빅위더에게 청혼을 받고 승낙했으나 하루 만에 마음을 바꾸어 거절함.	1802
크로스비 출판사에 〈수전〉을 10파운드에 팔았으나 출판되지 못함.	1803

1월 아버지 조지 오스틴 사망. 전해부터 집필 중이던 〈왓슨 가족〉을 중단.	**1805**
어머니, 언니와 함께 사우샘프턴으로 이주.	**1806**
아내를 잃은 셋째 오빠 에드워드의 권유로 초턴으로 이사.	**1809**
출판업자 토머스 에저턴과 《이성과 감성》 출판 계약.	**1810**
10월 넷째 오빠 헨리 부부가 거주하는 런던에 기거하며 《이성과 감성》 출간. 《맨스필드 파크》 집필을 시작함.	**1811** 《이성과 감성》
《오만과 편견》의 판권을 110파운드에 에저턴에게 넘김.	**1812**
《오만과 편견》이 큰 호평을 받음. 런던에 계속 머물며 이후 모든 작품을 익명으로 출간.	**1813** 《오만과 편견》
1월 《맨스필드 파크》 출간. 《에마》의 집필을 시작함.	**1814** 《맨스필드 파크》
10월 《에마》의 출간 직전, 섭정공(훗날 조지 4세)의 도서관장으로부터 《에마》를 섭정공에 헌정할 것을 권유받고 동의함. 12월 《에마》 출간.	**1815** 《에마》
《설득》 초고 완성. 건강이 악화되기 시작함.	**1816**
〈샌디턴〉을 쓰기 시작했지만 건강이 악화되어 중단함. 5월 요양을 위해 윈체스터로 이주. 7월 18일 42세의 나이로 영면, 윈체스터 성당에 안장됨. 12월 출판업자 머리가 《노생거 수도원》과 《설득》을 묶어서 출판함.	**1817** 《노생거 수도원》 《설득》

머리가 《노생거 수도원》과 《설득》의 판본을 폐기. | 1820

리처드 벤틀리가 남아 있던 오스틴의 판권을 사들여 12년 만에 5권으로 출간. | 1832

최초의 제인 오스틴 전집 출간. | 1833

조카인 제임스 에드워드 오스틴 리가 출판한 전기 《제인 오스틴 회상록》 2판에서 〈레이디 수전〉과 〈왓슨 가족〉, 그리고 〈샌디턴〉 원고의 일부를 수록. | 1871

《샌디턴》 출간. | 1925 《샌디턴》

옮긴이 최세희
국민대학교 영문학과를 졸업했다. 대중음악 칼럼을 쓰고 팟캐스트 방송 〈승열과 케일린의 영미문학관〉의 구성작가로도 활동하고 있다. 옮긴 책으로는 줄리언 반스의 《예감은 틀리지 않는다》《사랑은 그렇게 끝나지 않는다》《웃으면서 죽음을 이야기하는 방법》, 앤서니 도어의 《우리가 볼 수 없는 모든 빛 1, 2》, 욘 아이비데 린드크비스트의 《렛미인 1, 2》, 폴리 호바스의 《블루베리 잼을 만드는 계절》, 제니퍼 이건의 《킵》《깡패단의 방문》, 세스의 《약해지지만 않는다면 괜찮은 인생이야》 등이 있다.

에마

2016년 10월 27일 초판 1쇄 발행
2021년 7월 12일 초판 4쇄 발행

지은이 | 제인 오스틴
옮긴이 | 최세희
발행인 | 윤호권 박헌용
본부장 | 김경섭

발행처 | (주)시공사
출판등록 | 1989년 5월 10일(제3-248호)

주소 | 서울 성동구 상원1길 22 7층(우편번호 04779)
전화 | 편집 (02)2046-2817 · 마케팅 (02)2046-2800
팩스 | 편집 · 마케팅 (02)585-1755
홈페이지 | www.sigongsa.com

ISBN 978-89-527-7714-0(04840)
     978-89-527-7711-9(set)